# Le Menteur

DU MÊME AUTEUR
CHEZ LE MÊME ÉDITEUR

*Le Refuge de l'ange*, 2008
*Si tu m'abandonnes*, 2009
*La Maison aux souvenirs*, 2009
*Les Collines de la chance*, 2010
*Si je te retrouvais*, 2011
*Un cœur en flammes*, 2012
*Une femme sous la menace*, 2013
*Un cœur naufragé*, 2014
*Le Collectionneur*, 2015

Nora Roberts

# Le Menteur

*Traduit de l'anglais (États-Unis)
par Joëlle Touati*

Titre original
*The Liar*

Première publication aux États-Unis par G. P. Putnam's Sons, 2015.

© Nora Roberts, 2015
Tous droits réservés.

*Les personnages, les lieux et les situations de ce récit étant purement fictifs, toute ressemblance avec des personnes ou des situations existantes ne saurait être que fortuite.*

© Éditions Michel Lafon, 2016, pour la traduction française
118, avenue Achille-Peretti
CS70024-92521 Neuilly-sur-Seine Cedex
www.michel-lafon.com

*À JoAnne,
mon amie de toujours.*

# PREMIÈRE PARTIE

FAUX-SEMBLANTS

*Ce n'est pas le mensonge qui passe par l'esprit qui fait le mal,
c'est celui qui y entre et qui s'y fixe.*

Francis Bacon

# 1

Dans la gigantesque villa – elle garderait toujours le souvenir d'une maison démesurée –, Shelby s'installa derrière l'imposant bureau de son mari, en bois de zebrano verni, fabriqué sur mesure en Italie, de même que le fauteuil en cuir, digne d'un ministre, de couleur expresso. Surtout pas marron. Richard tenait à ce genre de précision.

Lorsque Shelby s'était étonnée, par plaisanterie, qu'il y ait des zèbres en Italie, il l'avait gratifiée de ce détestable regard, signifiant qu'en dépit de la somptueuse villa, des vêtements haute couture et de l'énorme diamant à l'annulaire de sa main gauche, elle resterait toujours Shelby Anne Pomeroy, une fille de la campagne, originaire d'un trou perdu au fin fond du Tennessee.

Au début de leur idylle, il aurait ri de son humour. Il affirmait qu'elle était la lumière de sa vie. À ses yeux, elle avait cependant très vite perdu de son éclat.

L'homme rencontré cinq ans plus tôt par une belle soirée d'été l'avait arrachée à son monde et transportée dans un univers de rêve. Il l'avait traitée comme une princesse, emmenée dans des lieux qu'elle pensait ne jamais connaître autrement que par les romans ou le cinéma. Et il l'avait aimée. S'en souvenir était important. Il l'avait aimée, désirée, et lui avait offert tout ce qu'une femme pouvait souhaiter.

Il « subvenait à ses besoins », disait-il.

Peut-être avait-il été contrarié par sa grossesse, peut-être avait-elle été effrayée – l'espace de quelques secondes – par l'expression qui s'était peinte sur son visage quand elle lui avait annoncé la nouvelle. Mais ne l'avait-il pas épousée ? Cette escapade à Las Vegas avait été une aventure fabuleuse.

Ils filaient alors le parfait amour. Oui, il fallait s'en souvenir, chérir la mémoire de ces bons moments. Les souvenirs étaient précieux lorsqu'on se retrouvait veuve à vingt-quatre ans. Et, de surcroît, criblée de dettes. Elle avait été victime d'une terrible tromperie.

Les notaires, les avocats, les comptables et les agents du fisc lui avaient tout expliqué : fonds spéculatifs, hypothèques, emprunts toxiques. Ils s'exprimaient dans un jargon qu'elle ne comprenait pas davantage que le chinois. Néanmoins, elle avait en gros retenu que la gigantesque villa appartenait à la banque. Les voitures avaient été acquises en crédit-bail, et les redevances n'avaient pas été honorées.

Les meubles ? Achetés à crédit, mensualités également impayées.

Quant aux impôts, elle préférait ne pas y penser. Le sujet la terrifiait.

Depuis deux mois et huit jours que Richard était décédé, elle avait l'impression de ne rien faire d'autre que se soucier de choses dont il lui avait toujours dit de ne pas s'inquiéter. Il « gérait », affirmait-il avec ce regard détestable. Elle n'avait pas à mettre son nez dans ce qui ne la regardait pas.

Hélas, elle y était obligée, à présent, puisqu'il lui avait légué sa responsabilité envers les créanciers, les banques, les sociétés de prêt, le gouvernement. Les sommes réclamées atteignaient des montants qui la tétanisaient.

Or elle ne pouvait pas se permettre de rester dans l'inertie. Elle avait une fille. Callie devait être préservée. Pauvre petite Callie, qui n'avait que trois ans… pensa-t-elle en luttant contre les larmes.

– Ne pleure pas, s'enjoignit-elle. Elle n'a plus que toi, ne te laisse pas abattre. Tu ne t'en sortiras qu'en prenant le taureau par les cornes.

Rassemblant son courage, elle ouvrit le classeur étiqueté « Papiers personnels ». Les liquidateurs judiciaires lui avaient rendu tous les documents qu'ils avaient emportés, mais pas les ordinateurs. Qu'à cela ne tienne, des dossiers en carton présentaient une réalité plus tangible que des fichiers informatiques.

Avec un peu de chance, elle y trouverait peut-être une solution, la priorité étant l'éducation de Callie. Dès que possible, bien sûr, elle chercherait un emploi, mais cela ne suffirait pas à rembourser les dettes.

L'argent ne faisait pas le bonheur, se rappela-t-elle en feuilletant une liasse de factures : costumes, chaussures, restaurants, chambres d'hôtel… jets privés. Le luxe n'était qu'un plaisir factice, elle en avait pris conscience après le tourbillon féerique de la première année, après la naissance de Callie.

Devenue mère, elle n'avait plus rien désiré qu'un foyer.

Elle leva les yeux, contempla le bureau de Richard. Les tableaux contemporains aux couleurs criardes, les murs blancs qui, selon lui, mettaient les œuvres d'art en valeur, les meubles en cuir ou en bois sombre.

Cette maison ne lui avait jamais plu. Certes, ils n'y avaient emménagé que trois mois plus tôt, mais elle avait perçu dès le premier instant qu'elle ne s'y sentirait jamais chez elle.

Il l'avait achetée sans la consulter, meublée sans lui demander son avis. Une surprise, avait-il dit, en poussant la porte de l'immense demeure, pleine de lugubres échos, dans la banlieue résidentielle de Villanova, l'une des plus huppées de Philadelphie.

Malgré la froideur de la déco et l'intimidante hauteur des plafonds, elle avait feint de la trouver à son goût, contente de poser enfin ses valises après les déménagements répétés. Callie aurait un foyer, elle serait scolarisée dans une bonne école. Elle jouerait dans le quartier en toute sécurité, se lierait d'amitié avec les enfants du voisinage.

De tout son cœur, Shelby avait espéré se faire, elle aussi, des amies.

Elle n'en avait pas eu le temps.

Mensonges, tout n'avait été que mensonges. Y compris la police d'assurance-vie de dix millions de dollars. Y compris le compte destiné au financement des études universitaires de Callie.

Pourquoi ?

Elle préférait ne pas se poser la question. Richard n'étant plus de ce monde, elle n'obtiendrait jamais de réponse.

Dans un premier temps, décida-t-elle, elle déposerait ses vêtements dans un dépôt-vente, ainsi que ses chaussures, cravates, tenues de sport, clubs de golf, matériel de ski, etc.

Oui, elle vendrait tout ce qui n'avait pas été saisi. Sur eBay, s'il le fallait. Ou, pourquoi pas, par l'intermédiaire d'un prêteur sur gages. Elle-même avait aussi des vêtements à revendre. Sans parler des bijoux.

Ses yeux se posèrent sur le diamant qu'il lui avait passé au doigt à Las Vegas. Elle garderait son alliance. En revanche, elle se séparerait du diamant. Pour Callie.

Les « papiers personnels » compulsés, elle ouvrit le dossier médical.

Richard prenait soin de lui. D'ailleurs, elle devrait résilier ses adhésions au country-club et au centre de fitness ; cela lui était sorti de l'esprit. Il s'entretenait, veillait sur sa forme et sur sa ligne, ne loupait jamais un check-up.

Elle jetterait toutes les vitamines et tous les compléments alimentaires qu'il prenait religieusement chaque matin. Elle jetterait également toutes les ordonnances. À quoi bon les conserver ? L'homme qui veillait sur sa ligne et sur sa forme s'était noyé dans l'Atlantique, au large des côtes de Caroline du Sud, à l'âge de trente-trois ans.

Détruire, avant de jeter. Richard détruisait tout ; il avait une déchiqueteuse dans son bureau et, régulièrement, il y broyait des montagnes de paperasse.

Paradoxalement, il avait soigneusement archivé les résultats de ses bilans sanguins, ses certificats de vaccination contre la grippe… L'attestation délivrée par le service des urgences quand il s'était luxé un doigt en jouant au basket – Seigneur, il y avait déjà trois ans de cela.

Encore plus vieux, le document suivant datait de presque quatre ans. Shelby poussa un soupir, puis fronça les sourcils. Le nom de ce médecin lui était inconnu. Évidemment, elle ne se souvenait pas de tous ceux qu'ils avaient consultés, ici ou là, au fil de leurs déménagements, mais ce spécialiste exerçait à New York, alors qu'eux-mêmes habitaient à cette époque à Houston.

– Bizarre… murmura-t-elle.

Soudain, un froid glacial envahit tout son être – son esprit, son cœur, ses entrailles. Les mains tremblantes, elle éloigna la feuille de ses yeux, comme si les mots pouvaient être différents à distance.

Tristement, noir sur blanc, ils demeuraient les mêmes.

Le 12 juillet 2011, Richard Andrew Foxworth avait subi une intervention chirurgicale au centre médical de Mount Sinai. Une vasectomie, pratiquée par le Dr Dipok Haryana.

Il s'était fait stériliser, à l'insu de son épouse. Leur fille avait à peine deux mois, et il s'était fait opérer pour ne plus avoir d'enfant. Pourtant, il s'était montré enthousiaste lorsque Shelby avait commencé à parler d'un petit frère ou d'une petite sœur. Et il avait accepté les tests de fertilité, en même temps qu'elle, un an plus tard, quand ils n'étaient toujours pas parvenus à concevoir.

Elle entendait encore sa voix : « Détends-toi, Shelby, pour l'amour de Dieu. Si ça te stresse autant de faire un bébé, on n'y arrivera jamais. »

– Aucun risque, tu avais fait en sorte que ce ne soit plus possible. Tu m'as menti, une fois de plus. Alors que, chaque mois, mon cœur se serrait… Comment as-tu pu ?

Elle se leva du bureau, se frotta les yeux.

Juillet, mi-juillet, Callie n'avait que huit semaines. Un voyage d'affaires, avait-il dit, elle s'en souvenait très bien, à présent. À New York, en effet : sur ce point, il avait dit vrai. Elle n'avait pas voulu emmener un nourrisson dans une grande métropole. Du coup, il lui avait réservé un avion privé pour le Tennessee. Encore une surprise. Il y avait longtemps qu'elle n'était pas allée voir sa famille, avait-il dit. Sa mère et sa grand-mère seraient aux anges de passer quelques semaines avec la petite Callie, qu'elles ne connaissaient pas encore.

Shelby lui en avait été infiniment reconnaissante. Or il ne désirait qu'une chose : se débarrasser d'elle pendant qu'il se faisait opérer afin de ne plus procréer.

Sur le bureau, elle s'empara de la photo qu'elle avait fait encadrer pour lui. Une photo d'elle et de Callie, prise par son frère Clay lors de ce séjour. Un cadeau de remerciement, qu'il avait semblé apprécier, puisqu'il l'avait toujours laissé en vue sur son bureau.

– Encore un mensonge. Tu ne nous as jamais aimées. Sinon tu n'aurais pas pu me mentir de la sorte.

De rage, elle faillit fracasser le cadre. Seul le visage de sa fille la retint. Elle reposa le portrait avec autant de précaution que s'il s'agissait d'un précieux bibelot en porcelaine.

Puis elle s'assit sur le plancher – elle ne pouvait pas se rasseoir au bureau –, s'adossa contre le mur blanc, sous un tableau aux couleurs discordantes, et fondit en larmes. Non parce que l'homme qu'elle avait aimé était mort. Mais parce qu'il n'avait jamais existé.

Pas le moment de dormir, Shelby n'avait pas de temps à perdre. Bien qu'elle détestât le café, elle se prépara un double expresso, avec le percolateur italien de Richard.

Malgré la migraine qui pulsait à ses tempes, stimulée par la caféine, elle passa en revue chacun des documents contenus dans le classeur, les triant par piles.

Les notes d'hôtel et de restaurant, sous un œil dessillé, montraient qu'il n'avait pas seulement menti, mais qu'il l'avait aussi trompée.

Des frais de service d'étage trop élevés pour une personne seule, la facture d'un bracelet Tiffany – qu'il ne lui avait jamais offert –, 5 000 dollars de lingerie La Perla – sa marque fétiche –, un reçu pour un week-end dans un *bed and breakfast* du Vermont – aux dates où il était censé finaliser un contrat à Chicago –, et tout devenait clair comme de l'eau de roche.

Pourquoi avoir gardé les preuves de ses mensonges et de ses infidélités ? Parce qu'elle avait confiance en lui, réalisa-t-elle.

Qu'elle avait bien voulu fermer les yeux. Elle avait flairé une liaison, et il devait se douter qu'elle le soupçonnait. Mais il ne craignait pas que sa docile épouse se permette de fouiller dans ses papiers.

En effet, jamais elle n'aurait fait une chose pareille. Et jamais elle ne lui aurait posé de questions, il le savait.

Combien de maîtresses avait-il eues ? s'interrogea-t-elle, bien que peu lui importât le nombre. Une, c'était déjà trop. Toutes devaient être plus sophistiquées, plus intéressantes que la fille du fin fond du Tennessee qui s'était bêtement laissé mettre enceinte à dix-neuf ans, naïve et subjuguée.

Pourquoi l'avait-il épousée ?

Peut-être l'aimait-il, au moins un peu. Il la désirait, en tout cas. Mais sur le long terme, elle n'avait pas su le contenter.

De toute façon, il était mort, maintenant.

Ce qui ne l'excusait pas.

Il l'avait humiliée, et lui avait, de surcroît, laissé des dettes qui l'accableraient pendant des années, au risque de compromettre l'avenir de leur fille.

Cela était impardonnable.

Elle consacra encore une heure à passer son bureau au crible. Le coffre-fort avait été vidé. Ignorant la combinaison, elle n'avait pu donner aux liquidateurs que l'autorisation de le faire ouvrir.

S'ils avaient saisi la plupart des documents qu'ils y avaient trouvés, ils n'avaient pas touché aux 5 000 dollars en espèces. Elle les prit, ainsi que le certificat de naissance de Callie et leurs passeports.

Elle ouvrit celui de Richard, observa la photo.

Un bel homme, brun aux yeux noisette, les traits réguliers, le charisme d'un acteur de cinéma. Shelby avait regretté que Callie n'ait pas hérité de ses fossettes, ces maudites fossettes qui l'avaient tant charmée.

Il était peu probable qu'elle quitte le pays, mais, dans le doute, elle emporterait les passeports et détruirait celui de Richard. Ou plutôt, elle demanderait aux avocats ce qu'elle devait en faire.

Elle ne découvrit rien de caché. Néanmoins, elle réexaminerait tout avant de se débarrasser de quoi que ce soit.

Énervée par la caféine, elle traversa le grand vestibule sur deux niveaux, gravit le majestueux escalier incurvé, à pas feutrés, en grosses chaussettes de laine sur le parquet ciré.

Sans faire de bruit, elle entra dans la chambre de Callie. La fillette dormait les fesses en l'air, sa position favorite. Elle lui déposa un baiser sur la joue, remonta la couverture sur ses épaules puis, laissant la porte entrebâillée, elle gagna la suite parentale, au fond du couloir.

Elle détestait cette pièce, les murs gris argent, la tête de lit en cuir noir, les lignes minimalistes du mobilier, noir aussi.

Elle la haïssait encore plus maintenant qu'elle savait qu'elle avait fait l'amour avec lui dans cette chambre alors qu'il couchait avec d'autres ailleurs.

Le ventre noué, elle songea qu'il lui faudrait consulter un médecin, pour s'assurer qu'il ne lui avait rien transmis. Inutile de s'inquiéter à l'avance, elle prendrait rendez-vous dès le lendemain.

Elle pénétra dans le dressing de Richard, presque aussi grand que la chambre de son enfance, à Rendezvous Ridge.

Certains costumes semblaient n'avoir jamais été portés. Armani, Versace, Cucinelli. Il affectionnait les marques italiennes. Elle s'empara d'une paire de mocassins noirs Ferragamo, en examina les semelles. Comme neuves.

D'un placard, elle sortit une série de housses à vêtements.

Dans la matinée, elle emporterait tout ce qu'elle pourrait au dépôt-vente.

– J'aurais dû le faire plus tôt, marmonna-t-elle.

À sa décharge, elle avait été sous le choc du décès, puis elle avait été accaparée par les avocats, les comptables, les agents du fisc.

Elle vérifia les poches d'un costume anthracite rayé afin de s'assurer qu'elles étaient vides, puis le glissa dans une housse. Cinq costumes par housse, calcula-t-elle. Quatre housses de costumes ; cinq, voire six, de vestes et de manteaux. Sans compter les chemises et les pantalons décontractés.

Cette tâche répétitive lui vida l'esprit. Faire le vide lui allégea le cœur, quelque peu.

Elle hésita un instant devant le blouson d'aviateur en cuir bronze qu'elle lui avait offert et qu'il portait souvent – l'un des rares cadeaux de sa femme qu'il appréciait sincèrement.

Elle caressa la peau souple de l'une des manches et faillit céder à l'envie de le garder.

Puis elle repensa à la facture du chirurgien new-yorkais et fouilla rageusement les poches.

Vides, bien sûr. Il prenait soin chaque soir de déposer sa menue monnaie dans la soucoupe en verre sur la commode, son téléphone sur le chargeur, ses clés sur le crochet près de l'entrée. Il veillait à ne rien laisser dans ses vêtements, de crainte de les déformer.

En tâtant la doublure – une habitude qu'elle tenait de sa mère –, elle sentit néanmoins quelque chose. La couture était légèrement déchirée.

À l'aide de petits ciseaux de manucure, elle élargit le trou – elle le recoudrait avant d'apporter le blouson au dépôt-vente.

Une clé avait glissé à l'intérieur. Elle l'examina à la lumière. À l'évidence, il ne s'agissait pas d'une clé de porte ni de voiture. Ce devait être celle d'un coffre bancaire.

Dans quelle banque ? Que renfermait-il ? Pourquoi avoir un coffre dans une banque quand on en possédait un chez soi ?

Bien que consciente qu'il convenait de la remettre aux avocats, elle décida d'omettre de la mentionner. Dieu seul savait ce que contenait ce coffre... Peut-être Richard y avait-il déposé la liste de ses maîtresses, or Shelby avait déjà essuyé son lot d'humiliations.

Elle trouverait la banque, le coffre, et elle aviserait.

On pouvait lui prendre la maison, les meubles, les voitures, les actions et les obligations – signes extérieurs d'une richesse que Richard ne possédait pas. On pouvait lui prendre les œuvres d'art, les bijoux, l'étole en chinchilla qu'il lui avait offerte pour leur premier – et dernier – Noël en Pennsylvanie.

Mais elle tenait à préserver ce qui lui restait de fierté.

Une petite main pressante la tira de ses rêves tourmentés.

– Maman, maman, maman ! Réveille-toi !

– Que veux-tu, ma chérie ?

Sans ouvrir les yeux, elle prit sa fille dans ses bras et la serra contre elle sur le lit.

– C'est le matin, maman. Fifi veut son petit déjeuner.

Fifi, le chien en peluche de Callie, se réveillait toujours la faim au ventre.

– Mmm, OK, marmonna Shelby sans bouger.

Elle n'avait jamais réussi à convaincre Callie, pas plus que Fifi, de se rendormir une petite heure auprès d'elle, mais elle parvenait en général à gagner quelques minutes.

– Tes cheveux sentent bon, murmura-t-elle.

– Callie a les cheveux de maman, répondit la fillette en lui tiraillant une mèche.

– Oui, ma chérie.

Callie avait hérité de la rousseur de sa mère, celle des McNee.

Ainsi que de leurs bouclettes indomptables. Richard préférait les cheveux raides, alors Shelby se les faisait lisser chaque semaine.

– Callie a les mêmes yeux que maman.

Des yeux d'un bleu profond, presque violets, selon la lumière. De ses petits doigts potelés, la fillette souleva les paupières de sa mère.

– Tu as les yeux rouges, aujourd'hui, maman.

– Cinq minutes, mon lapin, s'il te plaît. Accorde-moi cinq minutes. Que veut manger Fifi ?

– Des bonbons !

Amusée, Shelby attrapa le caniche rose.

– Des bonbons pour le petit déjeuner, Fifi ? Tu sais qu'il n'en est pas question !

En riant, elle chatouilla les côtes de sa fille, dont les cris perçants ravivèrent la migraine de la veille.

– Allez, descendons prendre le petit déjeuner ! Ensuite, nous aurons des tas de choses à faire et des tas de gens à voir, ma petite fée adorée.

– Marta va venir ? demanda Callie.

Marta était la nounou que Richard avait absolument tenu à engager.

– Non, mon bébé, répondit Shelby en descendant l'escalier, sa fille dans les bras. Marta ne viendra plus, je te l'ai expliqué, tu te rappelles ?

– Comme papa ?

– Pas tout à fait. Je vais te préparer un délicieux petit déjeuner. Sais-tu ce qu'il y a de meilleur que les bonbons ?

– Les gâteaux !

– Presque. Les pancakes. Les chiots adorent les pancakes.

En riant, Callie posa la tête sur l'épaule de sa mère.

– Je t'aime, maman.

– Moi aussi, je t'aime, mon amour, répondit Shelby, en se promettant de faire tout ce qui serait en son pouvoir pour que Callie ait une enfance heureuse et insouciante.

Après le petit déjeuner, elle aida sa fille à s'habiller, puis l'emmitoufla chaudement. Elle s'était réjouie de l'arrivée de la neige à Noël, puis l'avait à peine remarquée en janvier, après l'accident de Richard. À présent, mars venu, elle ne la supportait plus, et les températures ne semblaient pas vouloir se radoucir.

Dans le garage, elle installa Callie sur son siège auto, puis chargea les housses à vêtements dans le coffre de l'élégante berline, qu'elle n'aurait sûrement plus très longtemps.

Il lui faudrait rassembler de quoi acheter une voiture d'occasion. Fiable, et confortable pour une enfant. Un monospace, pensa-t-elle tout en manœuvrant hors du garage.

Elle conduisit prudemment. La chaussée était bien entretenue mais, quartier résidentiel ou non, le gel causait des dégâts et creusait des nids-de-poule.

Elle ne connaissait personne, ici. L'hiver avait été rude, elle était peu sortie. Puis Callie avait attrapé cette mauvaise grippe, raison pour laquelle elles n'avaient pas pu partir pour la Caroline du Sud avec Richard, où ils étaient censés passer des vacances en famille.

Elles auraient été avec lui sur le bateau… Préférant ne pas y penser, Shelby se concentra sur la route tandis que Callie babillait avec Fifi.

Devant le dépôt-vente, elle transféra la fillette dans sa poussette et, maudissant le vent glacial, extirpa les trois premières housses du coffre. La voyant ainsi chargée, une jeune femme l'accueillit sur le seuil du magasin.

– Je peux vous aider ?

– Volontiers, merci. C'est un peu lourd…

– Donnez, je vous en prie. Macey, viens vite ! De nouveaux trésors !

Une deuxième femme, enceinte de plusieurs mois, sortit de l'arrière-boutique.

– Bonjour, madame. Salut, ma jolie ! dit-elle à Callie.

– Tu as un bébé dans ton ventre.

– Exact, opina Macey en souriant, une main sur son abdomen rebondi. Soyez les bienvenues à Second Chances. Que nous apportez-vous de beau ?

Shelby jeta un coup d'œil autour d'elle. La boutique semblait principalement dédiée aux vêtements et accessoires féminins. Le rayon homme se limitait à un espace minuscule.

– Des articles masculins, surtout. Je croyais… Je ne savais pas…

– Impeccable, nous manquons justement de vêtements pour homme. Vous permettez que je regarde ?

– Je vous en prie.

– Vous n'êtes pas de la région ? s'enquit Macey.

– À vrai dire, je… Non.

– En visite ?

– Nous… J'ai emménagé à Villanova en décembre dernier, mais…

– Superbe ! Ces costumes sont splendides et en excellent état, commenta l'autre femme.

– Quelle taille, Cheryl ? demanda Macey.

— Trente-huit. Combien y en a-t-il ? Vingt ?

— Vingt-deux, précisa Shelby, en croisant discrètement les doigts. Et j'ai d'autres choses dans la voiture.

— Non ?! s'écrièrent les deux femmes à l'unisson.

— Les habits de papa ! déclara Callie tandis que Cheryl suspendait les costumes à un portant. On ne touche pas les habits de papa avec les doigts colleux.

— Chérie, ces dames ont les mains propres, la reprit Shelby, gênée, en se demandant comment expliquer la situation.

Sa fille la tira d'embarras.

— Mon papa, il est parti au ciel.

— Oh... Je suis désolée, murmura Macey, une main sur l'épaule de la fillette.

— C'est très joli, au ciel. Il y a des anges.

— Tout à fait, acquiesça Macey, approuvée par un hochement de tête peiné de Cheryl. Si vous alliez chercher le reste, suggéra-t-elle à Shelby. Vous pouvez nous laisser... Comment t'appelles-tu, ma belle ?

— Callie Rose Foxworth. Et lui, c'est Fifi.

— Bonjour, Fifi. Vous voulez bien rester avec nous pendant que maman va chercher ce qui reste dans sa voiture ?

Shelby n'hésita qu'un bref instant. Ces deux femmes n'avaient aucune raison de faire du mal à Callie.

— Sois bien sage, lui recommanda-t-elle. Je reviens dans une minute.

Des commerçantes très aimables, songea Shelby en reprenant le volant, direction le quartier des banques. Elles avaient tout accepté, en sachant certainement qu'elles n'écouleraient pas tout, mais Callie les avait charmées.

— Tu es mon porte-bonheur, Callie Rose.

La paille de son jus de fruit dans la bouche, la fillette esquissa un sourire, sans quitter des yeux le DVD de *Shrek*, qu'elle regardait pour la dix millième fois sur l'écran de la banquette arrière.

# 2

Six banques plus tard, Shelby estima qu'elle avait peut-être déjà eu suffisamment de chance pour la journée. Du reste, Callie avait besoin de se reposer.

Sitôt qu'elle l'eut fait manger et couchée pour la sieste – ce qui prenait toujours deux fois plus de temps qu'escompté –, elle s'arma de courage et écouta son répondeur ainsi que la boîte vocale de son portable.

Les sociétés de cartes de crédit lui avaient établi des échéanciers et s'étaient montrées aussi compréhensives qu'elle pouvait l'espérer. De même que le centre des impôts. Le prêteur hypothécaire avait accepté d'attendre que la maison soit vendue, et l'agence immobilière avait laissé un message demandant que Shelby la rappelle pour planifier les premières visites.

Elle se serait volontiers allongée un moment, elle aussi, mais elle préféra profiter de la sieste de Callie pour régler certaines choses.

Malgré son aversion, et pour des raisons purement pratiques, elle s'installa dans le bureau de Richard. Par souci d'économie de chauffage, elle avait fermé la plupart des pièces de la villa. Une flambée aurait été la bienvenue, songea-t-elle avec un regard de regret vers l'insert sous le manteau de marbre noir. Les feux de cheminée étaient la seule chose qu'elle aimait dans cette maison – savourer la beauté des flammes grâce à un simple clic sur un interrupteur. Or ce clic avait un coût qu'elle ne pouvait plus se permettre. Du reste, son pull et ses grosses chaussettes lui tenaient assez chaud.

Elle appela l'agence immobilière, et convint que celle-ci accueillerait les visiteurs le samedi et le dimanche. Pendant ce temps, elle irait se promener avec Callie.

Elle contacta ensuite l'entreprise, indiquée par le notaire, susceptible de racheter le mobilier et de lui épargner ainsi la saisie. Si celle-ci ne reprenait pas tout, Shelby mettrait les meubles en vente sur Internet – à condition, évidemment, qu'elle ait accès à un ordinateur.

Les vide-greniers n'étaient sûrement pas populaires dans le quartier et, de toute façon, il faisait trop froid.

Elle téléphona ensuite à sa mère, à sa grand-mère, puis à sa belle-sœur, et les pria de dire aux tantes et cousines qui avaient tenté de la joindre qu'elle allait bien et que Callie était en pleine forme. Accaparée par la succession, elle n'avait pas le temps de les appeler.

Et surtout, elle ne pouvait pas leur expliquer, pas tout, pas encore. Sa famille était au courant du décès de Richard, bien sûr, mais pour l'instant, elle ne se sentait pas la force d'en révéler davantage. Évoquer ses problèmes la mettait en rage et en larmes, et il restait encore trop de zones d'ombre à éclaircir.

Afin de s'occuper, elle monta dans la chambre et entreprit de trier ses bijoux. La bague de fiançailles, les boucles d'oreilles en diamants, cadeau de Richard pour son vingt et unième anniversaire. Le pendentif en émeraude qu'il lui avait offert à la naissance de Callie. D'autres cadeaux. Lui-même possédait six montres et une myriade de boutons de manchette.

Elle dressa une liste détaillée, comme pour les vêtements apportés au dépôt-vente. Puis elle rassembla les bijoux et leurs certificats dans un sac, et rechercha sur son smartphone une bijouterie pratiquant aussi bien l'achat que la vente.

Après quoi elle commença à remplir des cartons, emballa des photos, des cadeaux de sa famille, quelques objets auxquels elle tenait. L'agence immobilière lui avait conseillé de « dépersonnaliser » la maison, ce qui ne lui posait aucun problème.

Lorsque Callie se réveilla, Shelby lui confia des petites tâches susceptibles d'amuser une enfant : passer le plumeau, par exemple, pendant qu'elle-même astiquait les planchers, le carrelage, les chromes et les vitres – puisqu'elle n'avait plus de femme de ménage.

À la tombée du jour, elle prépara le dîner, mangea ce qu'elle put. Puis ce fut l'heure de la toilette et du coucher. Après avoir raconté une histoire à sa fille, elle termina les cartons et les entreposa au garage. Épuisée, elle s'offrit un bain chaud dans la baignoire à jets, puis se mit au lit armée d'un bloc et d'un stylo, dans l'intention d'établir un planning des jours à venir.

Elle s'endormit la lumière allumée.

Le lendemain matin, elle quitta la maison dès l'aube, avec Callie, Fifi et *Shrek*, l'attaché-case de Richard contenant bijoux et certificats, montres et boutons de manchette. Elle consulta encore trois banques, à la recherche du coffre, dans un périmètre plus large, puis ravala sa fierté et se gara devant la joaillerie.

La promesse d'un nouveau DVD eut raison du caprice de Callie, furieuse d'être sans cesse dérangée dans son film.

Un silence d'église régnait dans le luxueux magasin, où Shelby fut accueillie par une quadragénaire en tailleur noir, sobrement parée d'élégantes boucles d'oreilles en or.

– Bonjour. Je souhaiterais m'entretenir avec quelqu'un à propos d'une vente de bijoux.

– Je suis à votre service, madame. La vente de bijoux est notre métier.

– Je... Je voulais dire... J'ai moi-même quelques pièces à vendre. J'ai vu que vous étiez spécialisés dans le rachat.

– En effet.

D'un œil aussi sévère que son tailleur, la bijoutière toisa Shelby de la tête aux pieds, qui redouta de ne pas être assez bien habillée, et d'avoir peut-être mal camouflé ses cernes. Quoi qu'il en fût, comme sa grand-mère le lui répétait, une cliente était une cliente, et toutes méritaient le même respect.

– Puis-je m'entretenir avec quelqu'un ? redemanda Shelby, le dos droit, le regard assuré. Ou dois-je m'adresser à l'un de vos confrères ?

– Avez-vous les factures originales des articles que vous souhaitez vendre ?

– Pas toutes. Certains de ces bijoux m'ont été offerts. J'ai néanmoins les certificats d'authenticité et d'assurance. Croyez-vous que j'emmènerais ma fille avec moi si j'avais de la marchandise volée à revendre ?

Elle était à deux doigts de faire un scandale, et peut-être la vendeuse le sentit-elle.

– Un instant, je vous prie, dit celle-ci avant de s'éclipser.

– Maman, je veux rentrer à la maison.

– Moi aussi, ma chérie. Nous n'allons pas tarder.

– Puis-je vous aider ?

L'homme qui s'avança vers elle incarnait le cliché hollywoodien du vieil aïeul fortuné.

– Je l'espère, monsieur. Visiblement, vous achetez des bijoux, et j'en ai à vendre.

– Bien sûr. Allons nous asseoir.

– Je vous remercie.

Tout en s'efforçant de garder son maintien, Shelby prit place à la table ouvragée qu'il lui indiquait.

– J'ai quelques pièces que... mon mari m'a offertes. J'ai apporté les documents, naturellement, bredouilla-t-elle en sortant les écrins de la mallette et l'enveloppe kraft contenant les certificats. Je... Il... Nous... (Elle ferma les yeux, prit une profonde inspiration.) Je suis désolée, c'est la première fois...

– Il n'y a pas de souci, madame...

– Foxworth, Shelby Foxworth.

– Wilson Brown, se présenta le joaillier, en serrant délicatement la main qu'elle lui tendait. Si vous me montriez vos bijoux, madame Foxworth ?

Décidée à commencer par le plus gros, Shelby dénoua la bourse en soie qui renfermait sa bague de fiançailles. L'homme la déposa sur un plateau de velours et se munit d'une loupe.

– D'après le certificat, précisa-t-elle en lui remettant le document, il s'agit d'un diamant de trois carats et demi, taille émeraude, couleur D – d'une pureté exceptionnelle, je crois –, serti de six brillants, sur monture platine.

Le bijoutier leva les yeux de sa loupe.

– Madame Foxworth, je crains que ces diamants ne soient pas naturels.

– Pardon ?

– Ce sont des pierres artificielles.

Afin qu'il ne voie pas ses mains trembler, elle les dissimula sous le bureau.

– Autrement dit, ce sont des fausses...

– Elles ont été fabriquées dans un laboratoire. C'est néanmoins un très beau bijou.

Callie se mit à pleurnicher. Shelby sortit de son sac son téléphone portable en plastique.

– Appelle Granny, mon lapin. Raconte-lui ce que tu as fait aujourd'hui. Ce ne serait donc pas un diamant de couleur D ? reprit-elle. J'imagine que la bague ne vaut rien, de ce fait... En tout cas, pas les 155 000 dollars indiqués sur le certificat...

– Hélas, non, chère madame, répondit le vieil homme, la voix caressante. Je peux vous donner les noms d'autres experts, si vous souhaitez solliciter leur avis.

– Je vous fais confiance. Vous êtes honnête, je le vois.

Richard, lui, avait encore menti. Une fois de plus. *Ne t'effondre pas*, s'ordonna-t-elle. Pas maintenant, pas ici.

— Pouvez-vous jeter un coup d'œil au reste, s'il vous plaît, monsieur Brown, et me dire si ce sont eux aussi des faux ?

— Bien sûr.

Seuls les diamants des boucles d'oreilles étaient authentiques. Elle aimait ces petites dormeuses, pour leur simplicité ; elle n'éprouvait pas de gêne à les porter.

Elle était également attachée au pendentif en émeraude, car Richard le lui avait offert le jour de sa sortie de la maternité avec Callie. Et voilà qu'il se révélait aussi faux que son mari.

— Je peux vous proposer 5 000 dollars pour les boucles en brillants, si vous êtes toujours disposée à les vendre.

— Oui, je vous remercie. Ce sera parfait. Sauriez-vous qui pourrait être intéressé par le reste ? Un prêteur sur gages, peut-être ? En auriez-vous un à me recommander ? Je ne tiens pas… avec ma fille, vous comprenez… Je ne voudrais pas l'emmener dans des établissements sordides. Et… si ça ne vous ennuie pas, pourriez-vous me donner une idée de la réelle valeur de ces pièces ?

Le joaillier se renversa contre le dossier de son siège, le regard scrutateur.

— Le diamant de la bague de fiançailles est un beau spécimen de brillant synthétique, comme je vous l'ai dit. Je peux vous en offrir 500 dollars.

Shelby l'observa à son tour, tout en posant l'alliance assortie à côté de la bague.

— Combien pour les deux ?

Elle ne s'effondra pas et repartit avec 15 600 dollars. Les boutons de manchette n'étaient pas des faux, et elle en avait retiré ce qu'elle considérait comme un bonus. Jamais elle n'avait eu autant d'argent entre les mains. Certes, les dettes étaient loin d'être résorbées, mais c'était la première fois que Shelby empochait une telle somme.

Par ailleurs, Wilson Brown lui avait indiqué un confrère qui évaluerait les montres de Richard.

Elle tenta encore sa chance dans deux autres banques, puis abandonna pour la journée.

Callie choisit un DVD de *My Little Pony*, et Shelby s'acheta un ordinateur portable ainsi qu'un disque dur externe, se justifiant pour elle-même cette dépense par le caractère indispensable de cet outil, un investissement.

Que les bijoux fussent des faux était sans importance. Mieux valait considérer qu'ils lui fournissaient un moyen d'aller de l'avant.

Elle consacra l'heure de la sieste à créer un tableau comptable, dans lequel elle inscrivit le montant de la vente des bijoux. Elle résilia leurs assurances. Des frais en moins, aussi minimes fussent-ils, comparés aux charges de la villa. Celles-ci atteignaient des sommets, malgré les chambres fermées. L'argent des bijoux permettrait de régler les arriérés de gaz et d'électricité.

Se souvenant tout à coup de la cave à vin dont Richard était si fier, elle y emporta l'ordinateur et commença à répertorier les bouteilles.

Quelqu'un les achèterait.

Et au diable l'avarice, elle en déboucherait une et dégusterait un bon cru au dîner. Elle opta pour un pinot gris – elle avait un peu appris à connaître les vins au fil des quatre années et demie précédentes ; tout du moins savait-elle ce qu'elle aimait. Le pinot gris se marierait à merveille avec le poulet-frites, le plat préféré de Callie.

À la fin de la journée, elle éprouva le sentiment de reprendre le dessus. Surtout lorsqu'elle découvrit 5 000 dollars dans le tiroir à chaussettes de Richard.

Ainsi, elle disposait à présent de 20 000 dollars pour se remettre à flot et repartir de zéro.

Allongée sur son lit, elle examina la clé du coffre.

– Quelle serrure ouvres-tu et que vas-tu me révéler ? Je mettrai le temps qu'il faudra, mais je ne renoncerai pas.

Elle envisagea le recours à un détective privé. Sans doute lui coûterait-il les yeux de la tête, mais il lui ferait gagner du temps.

Elle verrait d'ici quelques jours. D'abord, elle essaierait d'autres banques, plus près de Philadelphie, voire à Philadelphie même.

Le lendemain, elle récolta 35 000 dollars en vendant les montres de Richard, plus 2 300 pour ses clubs de golf, ses skis et ses raquettes de tennis. Cela lui mit tellement de baume au cœur qu'entre deux banques, elle emmena Callie à la pizzeria.

Peut-être pouvait-elle se permettre les services d'un détective privé, maintenant ; elle se renseignerait sur les tarifs. La priorité, c'était d'acheter une voiture. Si elle voulait un monospace, il lui faudrait débourser une bonne partie des 58 000 dollars engrangés. De surcroît, il semblait judicieux d'apurer les soldes des cartes de crédit.

Elle vendrait le vin, et ce qu'il lui rapporterait serait destiné au détective.

Plutôt que de sortir la poussette du coffre et de la déplier, Shelby prit Callie dans ses bras.

– Veux pas y aller, bougonna la fillette, avec une moue renfrognée.

– Je n'y vais pas non plus de gaieté de cœur, mon chat, mais ce sera la dernière. Ensuite, on rentrera à la maison et on se déguisera.

– Je serai la princesse.

– Comme il vous plaira, Votre Altesse.

Elle pénétra dans la banque avec une petite fille radieuse, se plaça dans la file la plus courte et attendit son tour.

Elle ne pouvait pas continuer à imposer ce rythme à Callie, l'emmener ainsi partout en voiture tous les jours. Elle-même était fatiguée et irritable, et pourtant elle n'avait pas trois ans et demi.

Cette banque serait la dernière. Elle ferait ensuite appel à un privé. Les meubles se vendraient, le vin se vendrait. Elle était optimiste, elle en avait fini de se laisser ronger par l'angoisse.

Sa fille calée sur une hanche, elle s'avança vers la guichetière, qui la dévisagea par-dessus ses lunettes à monture rouge.

– Que puis-je faire pour vous, madame ?

– Je souhaiterais voir le directeur. Je suis Mme Richard Foxworth, j'ai perdu mon mari en décembre, j'ai une procuration sur ses comptes.

– Toutes mes condoléances.

– Merci. Nous avons un coffre ici, je crois.

L'expérience lui avait appris à aller droit au but, au lieu de tourner maladroitement autour du pot : elle avait trouvé une clé, ignorait ce qu'elle ouvrait – il n'y avait aucune honte à dire la vérité.

– Mme Babbington devrait pouvoir vous renseigner. Elle est dans son bureau. Au fond du couloir sur votre gauche.

– Je vous remercie.

Shelby trouva le bureau et frappa à la porte vitrée entrouverte.

– Excusez-moi de vous déranger. Votre collègue m'a envoyée vers vous. Je souhaiterais accéder au coffre de mon époux.

Droite comme un i, elle entra dans l'alvéole et s'assit face à la banquière, Callie sur ses genoux.

– J'ai une procuration, et la clé. Je suis Mme Richard Foxworth.

– Foxworth, voyons voir… répondit la femme en pianotant sur son clavier. Tu as des cheveux magnifiques, ajouta-t-elle à l'attention de Callie.

– Comme maman, dit la fillette en caressant ceux de sa mère.

– Oui, comme ta maman. Vous n'avez pas de procuration sur le coffre, madame Foxworth.

– Je… Pardon ?

– Votre mari a signé un pouvoir uniquement pour le compte courant.

– Mais il a bien un coffre ici ?
– Tout à fait. Malheureusement, je ne peux pas vous autoriser à l'ouvrir. Il faudrait qu'il vienne modifier la procuration.
– C'est que... Ce ne sera pas possible. Il...
– Mon papa, il est au ciel.
– Oh, je suis désolée, s'apitoya Mme Babington, confuse.
– Il est au paradis, avec les anges. Maman, Fifi veut rentrer à la maison.
– Bientôt, ma puce. Il... Richard... Mon mari est décédé dans un accident de bateau. Une tempête... En décembre. Le 28. J'ai les attestations. Ils ne délivrent pas de certificat de décès tant que...
– Je comprends. Avez-vous une pièce d'identité, madame Foxworth ?
– Oui, bien sûr. J'ai également apporté l'acte de mariage, le rapport de police et des courriers du notaire.

Shelby remit une liasse de documents à Mme Babbington, puis elle retint son souffle.

– En principe, il vous faudrait une ordonnance judiciaire pour accéder au coffre.
– Ah bon ? Je demanderai aux avocats de Richard. Enfin, aux miens, maintenant.
– Accordez-moi juste un petit instant...

Mme Babbington parcourut les documents tandis que Callie s'agitait sur les genoux de sa mère.

– On va se déguiser, maman ? Tu avais dit qu'on se déguiserait.
– Tout à l'heure. Et on organisera un goûter de princesse. Réfléchis aux poupées que tu veux inviter.

Callie commença à les énumérer, et Shelby réalisa que la nervosité lui provoquait une impérieuse envie d'aller aux toilettes.

– Tout est à jour. Je vais vous conduire au coffre.
– Maintenant ?
– À moins que vous ne préfériez revenir à un autre moment ?
– Non, non, je vous remercie infiniment. (Elle en avait presque le vertige.) Ce qu'il y a... C'est la première fois... Je...
– Ne vous inquiétez pas, je vous montrerai. J'aurai d'abord besoin de votre signature. Laissez-moi juste imprimer le formulaire. On dirait que les princesses seront nombreuses, à ce goûter ! J'ai une petite fille qui doit avoir à peu près ton âge et qui adore se déguiser, elle aussi, déclara Mme Babbington en souriant à Callie.
– Elle a qu'à venir.

– Seulement elle habite à Richmond, en Virginie. Si vous voulez bien signer ici, madame Foxworth.

Tant de pensées se bousculaient dans son esprit que Shelby parvenait à peine à lire.

La banquière utilisa une carte magnétique ainsi qu'un code pour accéder à une salle souterraine, dont les murs étaient couverts de casiers numérotés. Le coffre de Richard portait le numéro 512.

– Je vous laisse tranquille, dit la femme en se retirant. Si vous avez besoin de moi, je serai dans mon bureau.

– Merci beaucoup. Pourrai-je emporter le contenu du coffre ?

– Absolument.

Et là-dessus, elle disparut en tirant un rideau.

Shelby déposa l'attaché-case sur une table, ainsi que le fourre-tout qui lui tenait lieu de sac à main, dans lequel elle pouvait transporter les affaires de Callie. Puis, en serrant sa fille contre elle, elle s'approcha du coffre.

– Aïe ! Tu me fais mal, maman !

– Pardon, ma chérie, excuse-moi. Maman est un peu nerveuse.

D'une main tremblante, elle introduisit la clé dans la serrure, et tressaillit lorsque le verrou cliqueta.

– Et voilà, murmura-t-elle. Tant pis s'il est vide ou s'il ne contient que de la paperasse sans intérêt. L'important, c'est que je l'aie trouvé. Par mes propres moyens. Toute seule. Je dois te lâcher une minute, ma puce. Ne bouge pas, reste près de moi.

Elle délogea le coffre de son casier et le posa sur la table. Puis se contenta de le regarder.

– Nom de Dieu de nom de Dieu...

– Nom de Dieu, maman !

– Ne jure pas, mon ange. Maman n'aurait pas dû jurer.

Elle s'appuya un instant contre la table, en découvrant des liasses de billets, retenus par des bracelets de papier.

Elle compta le nombre de liasses, puis le nombre de billets qu'elles comportaient.

– Vingt-cinq fois 10 000 dollars...

Telle une voleuse, elle glissa un regard anxieux vers le rideau, puis rangea les billets dans la mallette.

Au fond du coffre restaient trois permis de conduire. Portant la photo de Richard, chacun à un nom différent. Ainsi que trois passeports.

Et un semi-automatique calibre 32. Qu'elle n'osa pas toucher. Néanmoins, elle se força à retirer le chargeur.

Pour avoir grandi dans les montagnes du Tennessee, entourée de deux frères, dont l'un travaillait aujourd'hui dans la police, elle savait manier les armes à feu. Avec Callie, il était cependant hors de question qu'elle transporte un pistolet chargé.

Elle le rangea dans l'attaché-case, de même que les deux chargeurs de rechange, les passeports et les permis de conduire. Elle découvrit aussi des cartes de sécurité sociale, des cartes Visa et American Express, aux trois mêmes noms.

— Maman, on s'en va… s'impatienta Callie en tiraillant la jambe du pantalon de sa mère.

— Une seconde, s'il te plaît.

— Tout de suite, maman !

— Une seconde, répéta-t-elle d'un ton ferme.

Parfois, les enfants avaient besoin qu'on leur rappelle qui commande. Le menton tremblant, Callie se cacha le visage derrière son chien en peluche. Les mamans ne devaient pas non plus oublier qu'une enfant de trois ans avait le droit d'être fatiguée. Shelby se pencha et déposa un baiser sur le crâne de sa fille.

— J'ai presque terminé, ma chérie.

Si tout cela semblait irréel, Callie, elle, appartenait à la réalité. Et elle représentait ce que Shelby avait de plus cher au monde. Avec plus de 200 000 dollars, elle pourrait acheter une bonne voiture, rembourser une partie des dettes, et peut-être même envisager d'acquérir une petite maison, quand elle aurait un emploi stable.

Sans le vouloir, Richard avait assuré l'avenir de sa fille.

Shelby, quant à elle, pouvait enfin respirer.

Elle prit Callie dans ses bras, passa son sac sur l'épaule et empoigna la mallette avec force comme si sa vie en dépendait.

— Allons-y, mon lapin. C'est l'heure du goûter.

# 3

Shelby rouvrit toutes les pièces, remonta le chauffage et alluma des feux dans les cheminées – chacune des sept que comptait la villa.

Elle acheta des fleurs fraîches, prépara des cookies.

Si elle voulait vendre la maison rapidement, il lui fallait chouchouter les acquéreurs potentiels.

Quant à la dépersonnaliser, comme l'avait recommandé l'agence immobilière, cette demeure n'aurait pu l'être davantage.

De toute façon, Shelby l'avait toujours trouvée impersonnelle. Avec des meubles rustiques, une déco dans des tons plus chaleureux, peut-être aurait-elle été plus accueillante. Mais c'était là sa sensibilité propre, et, pour l'heure, ses goûts importaient peu.

L'agent immobilier, une femme, arriva chargée de fleurs et de biscuits. Si Shelby avait su, elle aurait économisé du temps et de l'argent. La courtière avait en outre amené ce qu'elle appelait « une équipe de décorateurs », qui s'affaira sur-le-champ à changer la disposition des meubles, à allumer des photophores, à exposer des bouquets çà et là. Shelby avait acheté une douzaine de bougies parfumées. Elle les rapporterait au magasin. Ou les garderait. Elle aviserait en temps voulu.

– Tout est d'une propreté étincelante. Vous pourrez féliciter votre femme de ménage.

À la pensée des soirées passées à briquer et à épousseter, Shelby se contenta d'esquisser un sourire poli.

– Je suis sûre que la maison trouvera rapidement preneur. Les acheteurs se méfient parfois des vendeurs pressés, mais je suis confiante : nous aurons des offres, et sans tarder.

— Je l'espère. Je voulais vous dire : quelqu'un doit venir voir les meubles lundi matin, mais si jamais l'un des visiteurs était intéressé, je suis prête à les céder à un bon prix.

— Je ne manquerai pas de les en informer. Vous avez tant de belles choses !

Shelby jeta un dernier regard critique autour d'elle, repensa au pistolet, aux faux papiers et aux liasses de billets qu'elle avait enfermés dans le coffre du bureau de Richard.

Puis elle prit son fourre-tout.

— Bien... Nous vous laissons tranquille. Nous avons quelques courses à faire.

Notamment un monospace à acheter.

Son père n'approuverait sûrement pas le choix d'une marque étrangère, mais le Toyota trouvé sur Car Max n'avait que cinq ans, il était en excellent état, et son prix était correct. Du reste, Shelby obtint une remise après avoir annoncé qu'elle paierait au comptant et en liquide.

Les mains légèrement tremblantes, elle remit la moitié de la somme. Elle réglerait le solde en prenant possession du véhicule, le lendemain après-midi.

En repartant du garage, elle s'arrêta trois rues plus loin, et posa le front contre le volant. Jamais de sa vie elle n'avait effectué un aussi gros achat. Jamais de sa vie elle n'avait acheté de voiture.

Elle en tremblait encore, non pas de nervosité, mais de pure joie.

Shelby Anne Pomeroy – car c'était celle, au fond, qu'elle était toujours restée, quoi qu'en disent ses papiers officiels – venait d'acquérir un monospace Toyota 2010 rouge cerise.

Et d'économiser 1 000 dollars parce qu'elle n'avait pas eu peur de marchander.

— On va s'en sortir, Callie, dit-elle, bien que sa fille fût absorbée dans *Shrek*.

De son mobile, elle appela la compagnie de crédit-bail, convint d'un rendez-vous pour restituer la berline et s'arrangea pour qu'on l'emmène chercher le monospace.

Elle fit ensuite transférer l'assurance auto et, profitant de la totale immersion de Callie dans son dessin animé, elle consulta le site sur lequel elle avait mis le vin en vente.

— Super, Callie, on a des offres !

Ravie, elle calcula que les propositions se montaient à près de 1 000 dollars.

– J'ajouterai douze bouteilles, ce soir.

Puisque la chance semblait lui sourire, elle prit la direction de Philadelphie. Malgré le GPS, elle se trompa trois fois de rue, le ventre noué, dans la confusion des embouteillages. Elle finit toutefois par trouver le magasin de fourrures, dans lequel elle entra avec sa fille et l'étole de chinchilla jamais portée.

Étonnamment, personne n'eut l'air de la trouver pathétique. Et la reprise de l'étole lui procura de quoi couvrir une bonne partie des arriérés de l'une des cartes de crédit et de réduire ainsi le douloureux taux d'intérêt.

Elle était trop longtemps restée inerte, reconnaissait-elle. Beaucoup, beaucoup trop longtemps. Elle avait retrouvé de l'énergie, à présent, elle en débordait même. Elle régala sa fille d'un « Happy Meal ».

À la sortie de la ville, elle fit le plein dans une station-service, maudissant le froid et le prix de l'essence, puis elle roula sans but, Callie endormie sur la banquette arrière.

À deux reprises, elle passa devant la villa sans s'arrêter, car il y avait encore des visiteurs. Elle s'en réjouissait, bien sûr, mais elle avait hâte de mettre Callie au lit, et son tableau comptable à jour.

Enfin ne resta plus que la voiture de l'agent immobilier.

– Excusez-moi, et accordez-moi une minute, je vous prie, dit-elle en se ruant dans le couloir. Callie a envie de faire pipi.

Elles arrivèrent aux toilettes juste à temps. Quand elles rejoignirent la courtière dans le séjour, celle-ci travaillait sur sa tablette.

– Nous avons eu plus de cinquante visites, ce dont nous pouvons nous féliciter, à cette époque de l'année. Plusieurs personnes se sont montrées très intéressées, et deux d'entre elles ont fait une offre.

– Vraiment ?

Étonnée, Shelby déposa sa fille sur le sol.

– Un peu basses, je doute que le créancier les accepte, mais c'est un bon début. J'ai notamment reçu un jeune couple avec deux enfants. Ils avaient l'air vraiment emballés. Ils doivent en discuter et me recontacter.

– Super.

– On m'a également fait une offre pour le mobilier de la suite parentale. L'un des visiteurs était accompagné de sa sœur, qui ne cherche pas de maison mais souhaite renouveler son mobilier. Son prix est un peu faible, à mon avis, et elle voudrait venir prendre les meubles lundi.

– Vendu.

La courtière accueillit cette réponse en riant, puis cilla de surprise en comprenant que Shelby était sérieuse.

— Je ne vous ai même pas dit combien elle proposait !

— Peu importe. Je déteste cette chambre. Je déteste tout ce que contient cette maison. Excepté la chambre de Callie, rectifia-t-elle en regardant la fillette extirper une caisse de jouets de l'un des placards de la cuisine. C'est la seule pièce que j'ai aménagée moi-même. Cette dame peut emporter la suite dès ce soir, si elle le souhaite. Il y a suffisamment d'autres lits.

— Cela vous ennuierait que nous nous asseyions un moment ?

— Pas du tout. Excusez-moi, mademoiselle Tinesdale, j'ai tellement de soucis…

— Appelez-moi Donna, je vous en prie.

— Désirez-vous un café, Donna, ou autre chose ? J'en perds mon savoir-vivre.

— Ne vous dérangez pas. Je comprends que vous soyez débordée. Franchement, je ne sais pas comment vous faites pour tout gérer ! Je suis là pour vous aider, c'est mon métier. L'offre pour les meubles est trop faible. Laissez-moi faire une contre-proposition. Il n'y a pas de honte à négocier, Shelby. Je ne voudrais pas que l'on profite de vous. Même si cette chambre est affreuse.

— Oh… Vous êtes de mon avis, alors ? Sincèrement ?

— Globalement, je trouve la déco de très mauvais goût, à part la chambre de votre petite fille.

Shelby éclata de rire, puis fondit en larmes.

— Je suis désolée, pardon, excusez-moi.

— Pleure pas, maman, pleure pas ! s'écria Callie en grimpant sur les genoux de sa mère.

— Ce n'est rien, ma chérie, ne t'inquiète pas, répondit-elle en la berçant. Maman est un peu fatiguée, c'est tout.

— Maman a besoin de faire la sieste.

— Ne t'en fais pas, mon bébé, ça va aller.

— Je vais vous servir un verre de vin, déclara Donna en sortant un paquet de mouchoirs de sa poche. Asseyez-vous. J'ai vu une bouteille ouverte dans votre frigo.

— Il est un peu tôt…

— Ça vous fera du bien, affirma la courtière en cherchant un verre. Dites-moi, souhaitez-vous également vendre les œuvres d'art ?

— Absolument, acquiesça Shelby, épuisée, en laissant Callie lui tamponner le visage avec un mouchoir en papier. J'avais l'intention de m'en occuper ces jours-ci. Je ne comprends rien à la peinture moderne.

— Les tapis ? Les lampes ?

— J'ai emballé tout ce que je souhaite garder, à part la chambre de Callie, mes vêtements et quelques objets de première nécessité. Tout le reste est à vendre, mademoiselle... Donna. Y compris la vaisselle.

— J'ai vu que vous aviez une belle cave à vin.

— J'ai mis vingt-quatre bouteilles en vente sur Internet. Les enchères commencent à grimper. Je comptais en ajouter douze autres.

Donna inclina la tête, considérant sa cliente d'un air approbateur.

— Bravo ! Vous ne perdez pas le nord, je vois.

— Si j'avais eu la tête sur les épaules, je ne serais pas dans un tel pétrin. Merci, ajouta Shelby lorsque la jeune femme lui tendit un verre de vin.

— Vous n'y êtes pour rien... Mais revenons à nos moutons. Pouvez-vous me donner le nom de la société qui doit venir voir les meubles ?

— Dolby and Sons, de Philadelphie.

— Parfait, je vous les aurais recommandés, déclara Donna en sirotant son pinot gris et en prenant des notes sur sa tablette. Ce sont des gens aimables et honnêtes. Vous aurez probablement affaire à Chad Dolby, l'aîné des deux frères qui ont pris la suite de leur père. Il vous fera une offre équitable, vous pouvez lui faire confiance. Pour ce qui est de la suite parentale, je transmettrai une contre-proposition. Si cette dame la veut vraiment, qu'elle revienne à la raison. Par ailleurs, je connais une personne susceptible d'estimer la vaisselle et des marchands d'art que vos tableaux pourraient intéresser.

— Je ne sais pas comment vous remercier, balbutia Shelby.

— Je ne fais que mon travail, et tout le plaisir est pour moi. J'ai une fille un peu plus jeune que la vôtre. J'aimerais que l'on pense à elle si jamais elle se retrouvait... dans cette situation. J'ai vu que vous aviez vidé le dressing de votre mari...

— En effet. Va jouer, s'il te plaît, dit Shelby à la petite en déposant un baiser sur ses cheveux. Oui, j'ai déposé la plupart de ses vêtements chez Second Chances, précisa-t-elle tandis que sa fille descendait de ses genoux.

— Macey et Cheryl connaissent leur métier, et leur boutique est très en vogue, ces derniers temps.

— Vous connaissez décidément tout le monde !

— Au fil du temps, on se tisse un réseau. Que souhaitez-vous faire de la bibliothèque ?

– J'ai mis de côté les livres auxquels je tiens. Richard avait acheté les autres en lot.

Donna hocha la tête, puis pianota sur sa tablette.

– Nous les revendrons. Si vous êtes d'accord, je demanderai à mes contacts de vous appeler, afin que vous preniez directement rendez-vous avec eux.

– Ce serait formidable. J'apprécie sincèrement votre aide. J'ai l'impression d'avoir perdu tellement de temps !

– À ce que je vois, vous avez déjà réglé pas mal de choses par vous-même.

– Votre collaboration m'est néanmoins précieuse, et vous êtes très sympathique. Je ne sais pas pourquoi j'appréhendais tant de vous rencontrer.

– Je suis parfois intimidante, répondit Donna en riant. Dois-je donner votre numéro de portable ou celui du fixe ?

– Donnez les deux. Il m'arrive d'oublier mon mobile.

– OK. Ces gens sont des commerçants, ils cherchent à faire du profit, mais ils ne vous rouleront pas. Si jamais il y avait un quelconque problème, dites-le-moi. Faites-moi confiance, Shelby, déclara Donna avec un sourire, j'obtiendrai une bonne offre pour la maison. Elle est bien située, elle a de beaux volumes, elle se vendra. Je trouverai un acheteur.

– J'en suis certaine.

Et parce qu'elle le pensait sincèrement, Shelby dormit mieux cette nuit-là que depuis des semaines.

Elle ne vit pas passer la semaine suivante. Elle fit affaire avec Dolby and Sons, expédia le vin aux meilleurs enchérisseurs, encaissa un joli chèque du dépôt-vente pour les costumes de Richard et y apporta trois sacs de vêtements féminins.

Elle accepta l'offre pour la vaisselle, l'emballa soigneusement, puis acheta un set de quatre assiettes et quatre gobelets en plastique coloré.

Bien qu'il eût peut-être été plus judicieux d'étaler les paiements, elle remboursa la totalité du solde d'une carte de crédit.

*Une de moins*, songea-t-elle, *plus que onze*.

Les tableaux – qui n'étaient pas des originaux – valaient moins qu'elle l'avait espéré. Mais la quantité compensa le défaut d'authenticité.

Chaque jour, elle se sentait plus légère. Et son entrain résista même à la tempête qui apporta trente-cinq centimètres de neige supplémentaires. Elle emmitoufla Callie comme un Esquimau et, ensemble, elles firent leur premier bonhomme de neige, dont elle envoya des photos à sa famille, dans le Tennessee.

Épuisés, Callie et Fifi s'endormirent à 19 heures. Ce qui permit à Shelby de consacrer cette longue soirée à son tableau comptable, à ses factures et à sa liste de tâches à accomplir.

Devait-elle utiliser telle somme pour se débarrasser de l'une des cartes de crédit ? Ou alléger le montant dû sur une autre et réduire ainsi les intérêts ?

Même si elle aurait aimé en avoir deux de moins, et plus que dix à solder, il lui parut plus raisonnable d'amoindrir les intérêts.

Elle procéda au paiement en ligne et actualisa son tableau.

486 400 dollars remboursés. La dette restante était désormais de 1 184 000 dollars.

Sans compter les honoraires des avocats et des comptables. Par comparaison, ils semblaient dérisoires.

Le téléphone sonna. En voyant le nom de Donna s'afficher à l'écran, Shelby décrocha, pleine d'espoir.

– Allô ?

– Bonsoir, Shelby, c'est Donna. Il est un peu tard, pardonnez-moi, mais je voulais vous dire que j'ai reçu une offre intéressante.

– Voilà une excellente nouvelle !

– Le créancier sera d'accord, je pense. Une vente peut prendre des semaines, voire des mois, vous le savez, mais je ferai pression pour accélérer les démarches. Il s'agit de la famille dont je vous ai parlé, vous vous souvenez ? Qui est venue le premier jour des visites. La villa leur plaît vraiment, le quartier aussi. En plus... La femme déteste le mobilier.

Shelby ne put s'empêcher de rire.

– C'est vrai ?

– Elle le trouve hideux. Elle m'a dit qu'elle s'était efforcée d'en faire abstraction. Son mari s'inquiète un peu du caractère précipité de cette acquisition, mais elle est décidée, et c'est elle qui porte la culotte. Si jamais le créancier refuse de baisser le prix initial, ils seraient, apparemment, disposés à consentir une rallonge.

– Oh, mon Dieu ! Donna, c'est fantastique !

– Je ne voudrais pas vous donner de faux espoirs, mais je crois que vous pouvez fêter ça.

– J'ai envie de danser toute nue dans cette maudite maison !

– Si cela vous fait plaisir !

– Je danserai tout habillée. Merci ! Merci mille fois.

– Croisez les doigts, Shelby. Je contacte le créancier demain à la première heure. Je vous souhaite une bonne soirée.
– Moi de même. Merci encore, et à bientôt.

Shelby alluma la radio et dansa autour du bureau de Richard, en chantant avec Adele.

Elle avait eu des ambitions, des aspirations, des rêves. Elle voulait devenir chanteuse, une star. La nature l'avait dotée d'une belle voix, qu'elle avait travaillée et exploitée avec succès.

Elle avait rencontré Richard un soir où elle se produisait dans un club de Memphis avec le groupe Horizon.

Elle n'avait alors que dix-neuf ans – elle n'était même pas en âge de commander une bière. Ty, le batteur, qui était amoureux d'elle, lui offrait des canettes de Corona dans les loges.

Quel bonheur de danser, de chanter à nouveau ! Depuis des mois, elle ne chantait plus que des berceuses et des comptines. Après Adele, elle savoura un tube de Taylor Swift, puis baissa le volume lorsque le téléphone sonna encore.

– Allô ? dit-elle, le sourire aux lèvres, sans cesser de danser.
– Bonsoir, je voudrais parler à M. David Matherson.
– Vous devez faire erreur.

Son interlocuteur énonça le numéro.

– Vous êtes bien à ce numéro, mais… (Shelby s'éclaircit la gorge en serrant le combiné.) Il n'y a personne ici de ce nom, je suis désolée.

Après avoir raccroché, elle s'accroupit devant le coffre-fort et composa la combinaison. Elle retira l'enveloppe kraft qui contenait les faux papiers et l'ouvrit, les mains tremblantes.

Comme elle le craignait, l'une des identités de Richard était bel et bien celle d'un certain David Allen Matherson.

Elle n'avait plus aucune envie de chanter ni de danser. Effrayée, elle vérifia tous les verrous et le système d'alarme.

Indifférente au gaspillage d'électricité, elle laissa une lampe allumée dans le vestibule et toutes les pièces de l'étage éclairées. Et au lieu de se coucher dans son lit, elle se glissa dans celui de Callie. Où elle resta longuement éveillée, à prier que le téléphone ne sonne plus.

Dolby and Sons envoya une équipe, qui débarrassa les deux chambres d'amis, le hall d'entrée et la salle à manger, où Shelby n'avait pas pris un seul repas depuis la disparition de Richard. Après d'âpres discussions, elle avait cédé le mobilier de la suite parentale à l'acheteuse privée.

Elle solda une deuxième carte de crédit.

Deux de moins, plus que dix.

La villa paraissait encore plus grande, encore plus hostile, désormais vidée d'une grande partie de son mobilier. Shelby avait hâte de la quitter, mais il restait encore des formalités à régler, dont la responsabilité lui incombait.

Elle avait notamment rendez-vous à 13 h 30 avec un bouquiniste – pendant la sieste de Callie. Elle attacha ses cheveux et mit à ses oreilles les jolis pendants en aigue-marine que ses grands-parents lui avaient offerts pour Noël. Elle masqua sa pâleur sous une touche de blush, puis troqua ses chaussettes de laine contre des escarpins noirs.

Sa grand-mère affirmait que si les talons pouvaient être inconfortables, ils vous donnaient toutefois de l'assurance.

Shelby sursauta quand le timbre de la sonnette retentit. Le bouquiniste avait un bon quart d'heure d'avance, quinze minutes sur lesquelles elle avait compté pour préparer du café. Elle se précipita à la porte, en espérant qu'il ne sonne pas une seconde fois – Callie avait le sommeil léger, l'après-midi.

Elle accueillit un homme plus jeune et plus élégant qu'elle ne l'avait imaginé. Comme quoi, se dit-elle, il fallait se méfier des clichés.

– Bonjour, monsieur Lauderdale. Vous êtes ponctuel.

Il lui serra la main.

– Entrez, je vous en prie, il fait un froid de canard. Je ne m'habituerai jamais aux hivers du Nord.

– Vous n'êtes pas installée dans la région depuis longtemps ?

– Depuis quelques mois seulement. Donnez-moi votre manteau.

Grand et costaud, la mâchoire carrée, les yeux noisette, il était aux antipodes de l'image du petit vieux à lunettes que Shelby associait au stéréotype du bouquiniste.

– Donna Tinesdale m'a dit que vous seriez peut-être intéressé par la collection de livres de mon mari, dit-elle en accrochant le lourd caban de laine dans la penderie. Suivez-moi, je vais vous la montrer.

– Vous avez une maison impressionnante.

– Grande, en tout cas, répondit-elle en le précédant à travers un salon doté d'un piano à queue, dont personne n'avait jamais joué, et d'une table de billard qu'il lui restait à vendre.

La bibliothèque aurait été sa pièce favorite, après la chambre de Callie, si elle avait pu l'aménager de façon plus chaleureuse. Elle avait allumé un feu dans la cheminée et ouvert les rideaux de velours

– également sur la liste des choses à mettre en vente – afin que le pâle soleil d'hiver entre par les fenêtres.

Le canapé de cuir – d'une teinte qui évoquait une tarte au citron –, les tables et les chaises laquées seraient partis d'ici la fin de la semaine.

Elle espérait que le seraient aussi les rangées de volumes reliés de cuir que personne n'avait jamais lus.

– Comme je vous l'ai dit au téléphone, je déménage. Mon mari avait acheté ces livres en lot, uniquement pour le prestige.

– La bibliothèque est aussi impressionnante que le reste de la maison.

– Personnellement, les livres ne m'intéressent que par leur contenu, je me moque de leur apparence. Si vous voulez y jeter un coup d'œil, je vous en prie... Désirez-vous une tasse de café ?

Sans répondre, l'homme longea les rayonnages, et y prit un ouvrage, au hasard. *Faust*.

– Il paraît que beaucoup de gens achètent des livres de cette façon, au mètre, juste pour faire joli...

Shelby avait envie de se tordre les mains, mais elle s'efforça de se détendre. Elle aurait dû être habituée à ce genre de transactions, désormais, mais elle ressentait toujours la même gêne.

– L'effet serait plus plaisant – à mon goût, tout du moins – si les livres n'étaient pas tous de la même hauteur ni de la même couleur. Et pour tout vous avouer, ce n'est pas *Faust* que j'aurais envie de lire au coin de l'âtre.

– Entièrement d'accord sur ce point, répondit-il en remettant le volume à sa place et en tournant vers elle son regard froid. Je ne suis pas M. Lauderdale. Je m'appelle Ted Privet.

– Vous êtes un associé de M. Lauderdale ?

– Je suis détective privé. Je vous ai téléphoné, avant-hier soir. Je voulais parler à David Matherson.

Shelby recula. Talons ou pas, elle était prête à courir, au besoin.

– Et je vous ai répondu que vous faisiez erreur. Allez-vous-en. J'attends quelqu'un.

Avec un sourire, il lui présenta ses paumes ouvertes, comme pour montrer qu'il n'était pas dangereux.

– Je ne serai pas long, dit-il en sortant une photo de la poche intérieure de sa veste, l'autre main levée en signe de paix. Connaissez-vous cet homme ? Selon mes sources, il résiderait ici.

Le cœur de Shelby battait à tout rompre. Elle avait laissé entrer un inconnu dans la maison, alors que sa fille dormait à l'étage. Elle avait accueilli tant d'étrangers, ces jours derniers, qu'elle ne s'était pas méfiée une seule seconde.

– Vous vous êtes fait passer pour un autre, dit-elle sèchement.

– Dans mon métier, je suis parfois contraint d'user de subterfuges.

– Vous ne m'inspirez pas confiance, répliqua-t-elle en lui arrachant le cliché des mains.

Elle se doutait que ce serait Richard. Le voir, néanmoins, lui causa un choc. Son sourire de star de cinéma, ses yeux bruns pailletés d'or. Il avait les cheveux plus foncés, et une barbe taillée avec soin qui le vieillissait, comme sur les faux papiers découverts à la banque. Mais c'était bien Richard.

Cet homme avait été son mari. Elle avait été mariée à un imposteur.

– Il s'agit de feu mon époux, Richard.

– Il y a sept mois, sous le nom de David Matherson, il a extorqué 50 000 dollars à une habitante d'Atlanta.

– J'ignore de quoi vous parlez. Je ne connais pas de David Matherson. Mon mari s'appelait Richard Foxworth.

– Deux mois auparavant, à Jacksonville, en Floride, David Matherson a escroqué un petit groupement d'investisseurs de 100 000 dollars. Il y a cinq ans, il a commis un cambriolage d'envergure, à Miami : 28 millions, en timbres rares et en bijoux.

Les escroqueries ne la bouleversèrent pas, après tout ce qu'elle avait appris au fil des semaines précédentes. Le vol, en revanche, et son montant lui soulevèrent le cœur.

– J'ignore de quoi vous parlez. Je vous prie de prendre congé.

Tout en rangeant la photo, il soutint son regard.

– Matherson opérait ces derniers temps depuis Atlanta, d'où il montait des arnaques immobilières. Vous habitiez à Atlanta avant d'emménager ici, n'est-ce pas ?

– Richard était consultant financier. Il ne peut pas répondre à vos questions, il est décédé, peu après Noël. Et j'en suis également incapable. Vous n'obtiendrez rien de moi par le mensonge et l'intimidation.

De nouveau, l'homme exhiba les paumes de ses mains, mais la lueur malsaine dans son regard démentait sa prétendue innocence.

– Je ne cherche pas à vous effrayer, dit-il.

– La seule chose que je puisse vous dire, c'est que j'ai épousé Richard Foxworth le 18 octobre 2010, à Las Vegas, dans le Nevada. Je ne connais personne du nom de David Matherson.

– Vous avez vécu plus de quatre ans au côté de cet homme, et vous prétendez ignorer comment il gagnait sa vie ? rétorqua Privet avec un petit sourire ironique.

– Traitez-moi d'idiote, ne vous gênez pas. Si Richard a volé des millions, je n'ai hérité que de ses dettes. Cette impressionnante maison sera saisie si je ne la vends pas au plus vite. Fichez le camp, allez dire à celui qui vous a engagé que je n'ai rien à voir avec cette sombre histoire et que je serais bien en peine de le dédommager.

– Chère madame, pendant presque cinq ans, vous avez été l'épouse de Matherson.

– Croyez-moi ou non, je m'en moque, riposta Shelby, la colère balayant la frayeur. Vous vous figuriez que j'allais tirer des timbres et des bijoux de ma poche ? Dans ce cas, c'est vous qui êtes idiot, et, de surcroît, un grossier personnage. Allez-vous-en.

– Je recherche simplement des informations sur…

– Je n'ai aucune information à vous fournir. Je n'ai jamais été mêlée à aucune des magouilles dont vous parlez. Je ne possède rien d'autre que des dettes, à cause…

– À cause de ?

– Je vous assure que je ne sais rien, dit-elle, soudain extrêmement lasse. Si vous avez des questions, adressez-vous à maître Michael Spears ou à Mme Jessica Broadway, du cabinet Spears, Cannon, Fife et Hanover, à Philadelphie. Ce sont les avocats qui s'occupent de la succession. Maintenant, partez d'ici, ou j'appelle la police.

– Je m'en vais, dit-il en la suivant jusqu'à la penderie.

Quand elle lui rendit son manteau, il lui remit une carte de visite.

– Si quelque chose vous revient en mémoire, appelez-moi.

– N'insistez pas, je ne me souviendrai pas de ce que je n'ai jamais su, répliqua-t-elle en prenant néanmoins la carte. Si Richard a volé votre client, j'en suis navrée. Ne revenez pas, s'il vous plaît. Je ne vous laisserai pas entrer une deuxième fois.

– Ce sera peut-être la police qui viendra frapper chez vous, la prochaine fois. Pensez-y, et gardez mes coordonnées.

– La naïveté n'est pas passible d'emprisonnement. Et c'est mon seul crime.

Sur ces mots, elle ouvrit la porte, et poussa un petit cri devant l'homme qui s'apprêtait à appuyer sur le bouton de la sonnette.

– Ah ! Mme Foxworth ? Je vous ai fait peur, veuillez m'excuser. Martin Lauderdale.

D'un certain âge, les yeux bleu délavé derrière des lunettes à monture métallique, un petit bouc poivre et sel, le bouquiniste correspondait davantage au cliché du rat de bibliothèque.

– Entrez, je vous en prie. Au revoir, monsieur Privet.

– Gardez bien ma carte, lança ce dernier à Shelby en se dirigeant vers une voiture grise.

Petite-fille de mécanicien automobile, elle connaissait les voitures. Celle-ci était une Honda Civic, immatriculée en Floride.

Si elle la revoyait dans les parages, elle préviendrait la police.

– Donnez-moi votre manteau, dit-elle à Lauderdale.

À la fin de la semaine, la bibliothèque et la suite parentale étaient vides, le piano et la table de billard vendus, par petites annonces en ligne.

Le solde de l'une des cartes de crédit restantes avoisinait zéro.

Shelby décrocha les derniers tableaux, qui trouvèrent également un acquéreur, de même que la machine à expresso et le blender professionnel.

Quand elle se réveilla au matin de ce qui aurait dû être le premier jour du printemps, pour découvrir de gros flocons de neige tourbillonnant derrière la fenêtre, elle rentra la tête dans le sac de couchage Princesse Fiona qui lui tenait lieu de literie.

Elle vivait dans une maison quasiment vide. Pire, sa fille vivait dans une maison quasiment vide, sans ami, sans personne d'autre que sa mère à qui parler ou avec qui jouer.

Quatre ans et demi plus tôt, par une chaude soirée d'octobre dans les déserts de l'Ouest, Shelby avait acheté une belle robe bleue – parce que Richard l'aimait en bleu –, passé une heure à se faire un brushing – parce que Richard préférait les cheveux lisses – et s'était avancée devant le juge de paix, dans cette ridicule petite chapelle, une rose blanche à la main.

Le plus beau jour de sa vie, pensait-elle alors. Le premier jour d'une énorme duperie.

Pendant quatre ans et demi, elle s'était ensuite efforcée d'être une bonne épouse. Elle avait appris à cuisiner les plats préférés de Richard, à s'habiller selon ses goûts. Elle veillait à ce que Callie ait mangé et soit vêtue de propre avant son retour le soir. Elle s'était habituée à déménager chaque fois sur un claquement de doigts.

Ce temps-là était révolu.

– Alors pourquoi t'attardes-tu ici ? murmura-t-elle.

Elle se leva et entra dans le dressing, où elle avait commencé à remplir la malle Vuitton que Richard lui avait achetée pour remplacer son vieux sac polochon.

Ses derniers vêtements emballés, enfreignant l'une de ses règles d'or, elle installa Callie devant *Shrek* avec un bol de céréales et entreprit de rassembler les affaires de sa fille.

Puis, fidèle à l'une des règles d'or de sa mère – ne jamais téléphoner avant 9 heures, hormis à la police, aux pompiers ou au plombier –, elle attendit 9 h 05 pour appeler Donna.

– Enchantée de vous entendre, Shelby ! Comment allez-vous ?

– Plutôt bien, si ce n'est qu'il a encore neigé.

– L'hiver n'en finit pas, cette année. Il paraît qu'il est tombé vingt centimètres, cette nuit ! Et qu'on en attend cinquante d'ici samedi ! Espérons que ce sera la dernière tempête.

– Espérons. Donna, il ne reste presque plus rien dans la maison, à part Callie et moi. Je voudrais emporter la petite télé de la cuisine, pour l'offrir à ma grand-mère, cela lui ferait plaisir. Ainsi que l'un des écrans plats, pour mon père. Il en restera encore huit, je les ai comptés. Si les acheteurs les veulent, je les leur laisse gratuitement.

– Je leur en parlerai.

– Je veux bien, c'est très aimable de votre part. S'ils n'en veulent pas, ou s'ils ne veulent que certains d'entre eux, je m'occuperai de les faire débarrasser. Mais… Je vais contacter un déménageur aujourd'hui. Je ne peux pas transporter la chambre de Callie dans le monospace. Donna… Puis-je vous demander un service ?

– Je vous écoute.

– Pourriez-vous vous charger de faire installer un boîtier de sécurité ?

– Bien sûr, sans problème.

– Pour la suite de la vente, si elle se fait, nous correspondrons par e-mails. Je ne peux plus rester ici. Je rentre dans ma famille.

Le simple fait de le dire lui ôta un énorme poids.

– Callie a besoin de repères, ajouta-t-elle. Elle n'a pas une seule amie de son âge ici. La maison est vide. Elle l'a toujours été mais, maintenant, on ne peut pas prétendre le contraire. Nous partirons demain, si je parviens à tout organiser dans la journée. Samedi, au plus tard.

– Ne vous inquiétez pas, je m'occuperai de la maison. Vous ferez la route toute seule ?

– Avec Callie. Je vais résilier mon abonnement au téléphone fixe, mais je resterai joignable sur mon portable. Si la vente n'aboutit pas, poursuivez les visites. Mais j'espère que les gens qui sont tombés amoureux de la villa pourront s'y installer et qu'ils y seront heureux. Nous, nous partons.

– Vous m'enverrez un message quand vous serez arrivées ? Je vais me faire un peu de souci...

– Je vous enverrai un texto. Ne vous en faites pas, tout ira bien. Vous êtes ma bonne étoile, j'aurais aimé vous rencontrer plus tôt. Excusez-moi, je dis des âneries.

– Pas du tout, répondit Donna en riant. Vous êtes une femme formidable, vous aussi. Si je peux faire quoi que ce soit pour vous, n'hésitez pas. Vous avez une amie à Philadelphie.

– Et vous en avez une dans le Tennessee.

Après avoir raccroché, Shelby prit une profonde inspiration et entreprit de dresser la liste des démarches à effectuer avant le départ.

Quand elle aurait biffé la dernière ligne, elle retournerait enfin parmi les siens.

Avec Callie, elle rentrerait à Rendezvous Ridge.

# 4

Il lui fallut une bonne partie de la journée et beaucoup d'imagination pour occuper Callie afin que la fillette ne la dérange pas sans cesse. Des comptes à clôturer, d'autres à transférer, le changement d'adresse, la réexpédition du courrier.

Le coût du déménagement, pour démonter la chambre de Callie, la transporter et la remonter, la fit grincer des dents, à tel point qu'elle envisagea de louer une remorque. Mais elle aurait de toute façon besoin d'aide pour descendre le lit et la commode dans le garage. En grimaçant, elle accepta donc le devis.

Et elle se réjouit de cette décision car le lendemain, pour 20 dollars, les déménageurs décrochèrent le grand poste de télévision du séjour, l'emballèrent et le calèrent dans le monospace.

Donna, fidèle à sa parole, fit installer le boîtier de sécurité.

Shelby empaqueta ce qui restait à empaqueter et rangea dans un grand cabas tout ce dont elle aurait besoin durant le voyage.

Peut-être était-ce idiot de prendre la route si tard un vendredi. Peut-être aurait-il été plus raisonnable de remettre le départ au lendemain matin. Mais elle ne pouvait se résoudre à passer une nuit de plus dans cette maison, où elle ne s'était jamais sentie chez elle.

Elle en fit une dernière fois le tour, du rez-de-chaussée à l'étage, puis de l'étage au rez-de-chaussée, et contempla une dernière fois le majestueux hall d'entrée.

Elle voyait, à présent, sans les tableaux et les meubles design, comment elle aurait pu aménager cet espace. Des couleurs plus chaleureuses, plus douces, de belles antiquités, des pièces de caractère, un petit guéridon dans le vestibule, sur lequel elle aurait posé des fleurs, des bougies.

Un mélange d'ancien et de moderne, élégant mais sans prétention. De vieux miroirs – oui, une série de miroirs, au-dessus de l'escalier, de différentes dimensions et formes –, des livres et des photos de famille, de jolis petits bibelots. Et…

Elle n'avait plus à se soucier de la villa.

Elle n'aurait pas dit qu'elle détestait cette maison. Cela n'aurait pas été sympathique pour ses prochains occupants. Cela aurait été comme leur jeter un mauvais sort. Elle s'en était tant bien que mal accommodée.

Elle laissa les clés sur le comptoir de la cuisine, avec un mot de remerciement à l'attention de Donna, puis elle prit Callie par la main.

– Allons-y, mon chat. En voiture pour de nouvelles aventures !

– On va voir Granny et Grandpa et Gamma et Granddaddy ?

– Et aussi tous les autres, mon cœur, répondit Shelby en ouvrant la porte du garage, la fillette traînant derrière elle sa valisette Cendrillon – autrefois sa princesse préférée, dernièrement supplantée par Fiona.

Tandis qu'elle installait Callie sur son siège auto, celle-ci lui tapota la joue, signe qu'elle réclamait son attention.

– Qu'y a-t-il, ma puce ?

– On est bientôt arrivées ?

Partagée entre l'amusement et la résignation, Shelby tapota à son tour la joue de Callie. Si la fillette commençait à s'impatienter avant même d'avoir quitté le garage, le trajet menaçait d'être long.

– Nous partons dans le Tennessee, tu te rappelles ? C'est très loin, nous allons mettre du temps, mais… (Le regard prometteur, elle ménagea un temps de suspense.)… nous dormirons dans un motel. Ce sera une grande aventure !

– Une grande 'venture !

– Oui, ma chérie. Attention, les doigts…

En riant, Callie ramena ses mains devant elle afin que sa mère puisse fermer la portière.

– Et voilà, nous sommes parties ! déclara Shelby en prenant place derrière le volant.

Et elle démarra sans un regard en arrière.

Malgré les embouteillages monstres, elle garda son calme. Peu importait le temps qu'elles mettraient.

Réservant *Shrek* pour le moment où l'impatience serait à son comble, elle chanta des comptines avec Callie puis, afin d'éviter de répéter en boucle un répertoire somme toute restreint, ce qui l'aurait rendue folle, elle lui apprit de nouvelles chansons.

La fillette se prêta au jeu de bon gré.

Traverser la frontière de l'État du Maryland eut déjà un parfum de victoire. Shelby aurait volontiers roulé toute la nuit mais, au bout de trois heures, comme prévu, elle quitta l'autoroute. Le « Happy Meal » amena un sourire radieux sur le visage de Callie et lui remplit le ventre.

Encore deux heures, et elles seraient à mi-chemin. Elles feraient halte pour la nuit. Le motel était déjà réservé, son adresse programmée dans le GPS.

Quand elle s'arrêta en Virginie, Shelby se félicita de son choix. Callie était fatiguée et bougonne. Les bonds sur le lit de la chambre lui rendirent sa bonne humeur. Puis elle sombra dans les bras de Morphée sans entendre la fin de l'histoire que sa mère lui lisait.

Un feu d'artifice ne l'aurait pas réveillée ; néanmoins, Shelby s'enferma dans la salle de bains pour appeler ses parents.

– Allô, maman ? Nous nous sommes arrêtées pour la nuit, comme j'avais dit que je le ferais.

– Où êtes-vous ?

– Dans un Best Western, près de Wytheville, en Virginie.

– La literie est propre ?

– Impeccable. J'avais lu les commentaires des internautes avant de réserver.

– Tu as bien fermé la porte à clé ?

– Oui, maman.

– Coince une chaise sous la poignée, on ne sait jamais…

– OK.

– Comment va mon petit ange ?

– Elle dort à poings fermés. Elle a été très sage durant le trajet.

– J'ai hâte de vous voir, ma chérie. Tu aurais dû nous prévenir plus tôt, Clay Junior serait allé vous chercher.

Shelby était non seulement la seule fille, mais la cadette de la fratrie. Sa mère l'avait toujours couvée.

– Tout se passe bien, maman, je t'assure. Nous avons déjà fait la moitié du voyage. Clay a sa famille et son travail.

– Tu fais partie de sa famille.

– Je suis pressée de le voir, de tous vous voir.

Les visages, les voix, les montagnes, la forêt. Au bord des larmes, elle s'efforça de paraître enjouée.

– J'essaierai de repartir vers 8 heures. En principe, on arrivera autour de 14 heures. Je te rappellerai dans la matinée. Maman, je tiens à te remercier de nous accueillir.

– Tu n'as pas à me remercier, c'est normal, tu es ma fille.

– À demain, maman. Dis à papa que nous sommes en sécurité pour la nuit.

– Repose-toi, tu dois être fatiguée.

– Un peu. Bonne nuit, maman.

Bien qu'il fût à peine 20 heures, Shelby se mit au lit et s'endormit aussi vite que sa fille.

Il faisait encore nuit quand elle se réveilla d'un mauvais rêve : une tempête en mer, des vagues monumentales secouant un bateau, petit point blanc sur un océan noir démonté. Elle était à la proue, luttant contre les déferlantes et envoyant des signaux de détresse, tandis que Callie hurlait.

Richard, vêtu d'un costume beige, l'arrachait du gouvernail en pestant qu'elle ne savait pas naviguer, qu'elle ne savait rien faire.

Puis la chute, interminable, au fond de l'océan.

Frigorifiée, tremblante, Shelby se redressa en position assise, dans l'obscurité de cette chambre étrangère, essayant de retrouver une respiration normale.

Callie dormait, ses jolies petites fesses en l'air. Au chaud et en sécurité.

Shelby se rallongea et caressa le dos de sa fille, espérant en éprouver du réconfort. Puis, sachant qu'elle ne se rendormirait pas, elle se leva sans faire de bruit.

Dans la salle de bains, elle hésita : devait-elle laisser la porte ouverte, afin que Callie sache où était sa maman si jamais elle se réveillait dans ce lieu inconnu ? Ou la fermer, pour que le bruit et la lumière ne la dérangent pas ?

En guise de compromis, Shelby la laissa entrebâillée.

La douche dissipa les derniers frissons du cauchemar, lui insuffla de l'énergie.

Elle utilisa son propre shampooing et son gel douche. Déjà avant de rencontrer Richard, elle était habituée aux produits de qualité, sa grand-mère tenant le meilleur institut de beauté de Rendezvous Ridge.

Doté d'un spa, aujourd'hui. Granny ne reculait devant rien.

Elle avait hâte de la revoir. De retrouver sa famille, le grand air, la nature, d'entendre les voix des siens, qui ne la dénigreraient pas sans arrêt.

Les cheveux enveloppés dans une serviette, elle procéda au rituel enseigné par sa mère alors qu'elle était à peine plus âgée que Callie : celui du lait hydratant. Une sensation agréable, le contact de la peau contre la peau, même si ce n'étaient que ses mains à elle. Il y avait si longtemps qu'on ne l'avait pas touchée...

En s'habillant, elle jeta un coup d'œil à Callie et ouvrit davantage la porte avant de se maquiller.

Elle ne voulait pas paraître pâle et cernée. Hélas, elle ne pouvait pas dissimuler les kilos perdus, mais l'appétit reviendrait vite, grâce aux bons petits plats de sa mère.

Elle compléta sa tenue – legging noir et tunique verte printanière – par des boucles d'oreilles et un soupçon d'eau de toilette, car selon Ada Mae Pomeroy, une femme non parfumée n'était pas entièrement habillée.

Dans la chambre, Shelby refit les valises et prépara les vêtements de Callie – une robe bleue à fleurs blanches et un petit cardigan blanc. Puis elle alluma l'une des lampes de chevet, s'assit au bord du lit et embrassa sa fille.

– Callie Rose... Où est ma Callie Rose ? Au pays des songes, chevauchant un poney mauve ?

– Suis là, maman ! s'écria la fillette, chaude et douce comme un lapereau, en se blottissant au creux des bras de sa mère.

Shelby la cajola un moment. Ces instants étaient précieux.

– On des 'venturières.

– De grandes aventurières.

– J'ai pas mouillé le lit.

– Tu es une grande fille, mais va vite aux toilettes, maintenant. Ensuite, on fera ta toilette.

Elle prit le temps de lui tresser les cheveux, noua la natte avec un ruban bleu assorti à la robe, la débarbouilla de nouveau après les gaufres du petit déjeuner, puis reprit du carburant.

À 7 h 30, elles étaient sur la route. Un signe de bon augure.

À 10 heures, Shelby s'arrêta pour une pause-pipi, refit le plein d'énergie avec un Coca, remplit le gobelet de Callie et envoya un texto à sa mère :

*Sommes parties de bonne heure. Pas trop de circulation.*
*Arrivée prévue vers midi et demi. Bisous*

Quand elle reprit l'autoroute, la Honda grise quitta la bande d'arrêt d'urgence et se cala trois véhicules derrière le monospace.

La jeune veuve retournait dans sa famille. Rien d'extraordinaire ni de suspect. Cependant, elle savait quelque chose, Privet en était convaincu. Quoi ? Il était résolu à le découvrir.

À la vue des massifs montagneux, le cœur de Shelby fit un bond, et les larmes lui montèrent aux yeux. Ces paysages lui avaient manqué plus qu'elle ne le pensait. Ils représentaient son port d'attache, son havre de paix.

– Regarde comme c'est beau, Callie. Ce sont les Smokies.
– Gamma habite dans les 'Mokies.
– Les Ssssmokies, articula Shelby avec un sourire dans le rétroviseur.
– Les Sssssmokies. Gamma et Granny et Grandpa et Granddaddy habitent là. Et aussi tonton Clay et tatie Gilly et tonton Forrest.

La fillette énuméra les noms de chacun des membres de la famille, y compris, à la surprise de sa mère, ceux des chats et des chiens.

Shelby n'était peut-être pas la seule, songea-t-elle, à éprouver le besoin de retrouver ses racines.

À midi, elle serpentait sur une petite route de montagne, vitre baissée afin de respirer le parfum des forêts. La neige avait fondu, ici, laissant place aux fleurs sauvages, aux jonquilles et aux jacinthes dans les jardinets des chalets. Des draps claquaient au vent sur les cordes à linge. Des faucons tournoyaient dans le ciel bleu.

– J'ai faim, maman. Fifi a très faim. On arrive bientôt ?
– Bientôt, mon lapin.
– Pourquoi on n'arrive pas ?
– On y est presque, mon cœur. On mangera chez Gamma.
– Des cookies ?
– Peut-être.

La voiture franchit le pont au-dessus de Billy's Creek, ainsi nommé en souvenir du garçonnet qui s'était noyé dans la rivière l'année de naissance du père de Shelby. Puis elle s'engagea sur la piste de terre traversant la vallée, bordée de mobile homes délabrés, où des chiens de chasse aboyaient dans les enclos, un secteur où les carabines demeuraient en permanence chargées et à portée de main.

Un peu plus loin, Shelby passa devant le panneau indiquant le camping de Mountain Spring. Son frère Forrest, à l'adolescence, y avait travaillé un été et flirté avec Emma Kate Addison, la meilleure amie de Shelby depuis la maternelle jusqu'au lycée, qui lui avait naturellement tout raconté.

Puis elle longea le village de vacances construit quand elle avait une dizaine d'années. Son frère Clay y était employé. Il emmenait les touristes faire du rafting en eaux vives, et c'était là qu'il avait rencontré sa femme, pâtissière en chef au restaurant du complexe hôtelier. Gilly attendait à présent leur deuxième enfant.

Avant les mariages et les naissances, les jobs et les carrières, Shelby et ses frères avaient fait les quatre cents coups, ici.

Elle connaissait chaque sentier, chaque ruisseau des environs, les endroits où l'on pouvait se baigner et ceux où l'on risquait de rencontrer des ours noirs. Avec Emma Kate, elle coupait à travers champs, les après-midi d'été, pour aller en ville acheter du Coca ou quémander de l'argent de poche au salon de beauté de sa grand-mère.

Elle reconnut la clairière où elle aimait s'asseoir et contempler l'horizon, écouter les engoulevents au crépuscule, quand le soleil rougeoyant déclinait par-delà les sommets embrumés.

Sa fille découvrirait à son tour tous ces endroits, la sensation grisante de l'herbe chaude sous les pieds, de l'eau glacée des torrents vous mordant les chevilles.

– S'il te plaît, maman, s'il te plaît ! On s'arrête ?

– On est vraiment presque arrivées. Tu vois cette maison ? Je connaissais une fille qui habitait là. Elle s'appelait Lorilee. Sa maman, Miss Maybeline, travaillait pour Granny. Elle y travaille toujours, d'ailleurs, et Granny m'a dit, je crois me souvenir, qu'elle avait aussi embauché Lorilee. Et juste là, à la fourche…

– La fourchette ?

Presque aussi impatiente que sa fille, Shelby bifurqua en riant, prenant le virage un peu trop vite.

– La fourchette, c'est pour manger. Quand la route fait une fourche, c'est qu'elle se sépare en deux, pour aller d'un côté ou de l'autre. Si on avait pris à droite – du côté de ta main qui tient le crayon –, on aurait abouti au village. Par la gauche, on va à la maison.

– La maison de Gamma ?

– Exactement.

Le long de la route, qui grimpait en lacets, elle constata que de nouveaux pavillons étaient sortis de terre.

Un camion, au nom de la société Les Hommes à tout faire, était garé devant chez Emma Kate.

Et enfin apparut la maison de ses parents.

Des voitures et des pick-up s'alignaient sur les bas-côtés, dans l'allée de gravier. Des enfants et des chiens couraient sur la pelouse.

Les massifs que ses parents soignaient comme des bébés étaient en fleurs. Le feuillage du cèdre argenté chatoyait sous le soleil, et les cornouillers, dont sa mère était si fière, étaient aussi resplendissants qu'un matin de Pâques.

BIENVENUE À SHELBY ET À CALLIE ROSE ! clamait une banderole tendue entre les piliers de la galerie.

Shelby en aurait pleuré de joie, la tête contre le volant, mais la fillette s'agitait.

– On sort, maman ? On sort, j'ai trop faim !

Un écriteau se dressait devant le garage : PLACE RÉSERVÉE À SHELBY.

Deux garçonnets se précipitèrent vers le monospace.

– Attends, Shelby, on va le déplacer.

Les fils de son oncle Grady semblaient avoir poussé de dix centimètres depuis sa dernière visite, à Noël.

– Il y a une fête, ici ? lança-t-elle en riant.

– En votre honneur, répondit l'aîné en toquant à la vitre arrière. Coucou, Callie !

– C'est qui, maman ?

– Ton cousin Macon. On est arrivées, ma puce, dit-elle en coupant le contact, avec un immense soulagement.

– Veux sortir ! Veux sortir !

– Une seconde, ma chérie.

Avant même d'avoir contourné sa voiture, Shelby fut assaillie par un essaim d'enfants, tandis que sa mère accourait à sa rencontre, sa robe jaune flottant autour de ses longues jambes et faisant flamboyer ses cheveux roux.

Shelby n'eut pas le temps de reprendre son souffle. Ada Mae l'enveloppait déjà d'une étreinte maternelle et d'une volute de L'Air du temps, son parfum de toujours.

– Enfin vous voilà, mes chéries ! Seigneur ! Shelby Anne, tu n'as que la peau sur les os ! Nous y remédierons. Pour l'amour de Dieu, les enfants, ne restez pas dans nos pattes !

Ada Mae s'écarta de sa fille et lui encadra le visage de ses mains.

– Ne t'en fais pas, ça va aller, lui dit-elle lorsque les yeux de Shelby s'emplirent de larmes. Ton mascara va couler, ce serait dommage. Tout ira bien, maintenant. Comment ouvre-t-on cette portière ?

Shelby la fit coulisser.

– Gamma ! Gamma ! Veux sortir ! s'écria Callie en tendant les bras vers sa grand-mère.

– Je vais te détacher, ma poulette. Comment diable se dégrafe cette ceinture ? Oh, regardez-moi ce joli bout de chou !

Tandis que Shelby libérait Callie du harnais du siège auto, Ada Mae couvrait sa petite-fille de baisers.

– Tu es belle comme un rayon de soleil de mai. Et quelle jolie robe… Oh oui, fais un gros câlin à ta Gamma.

Perchée sur ses sandales jaunes à talons, Ada Mae tourbillonna sur elle-même, la fillette agrippée à son cou.

– Je suis tout émue, bredouilla-t-elle, les joues ruisselantes de larmes.

– Pleure pas, Gamma.

– Ce sont des larmes de joie, mon poussin. Dieu merci, j'ai du mascara waterproof. Venez vite, mes amours, tout le monde est là. Le barbecue est presque prêt. Nous avons de quoi rassasier un bataillon et du champagne à volonté.

Callie calée sur une hanche, Ada Mae attira Shelby contre elle, trois générations réunies dans son étreinte.

– Bienvenue chez toi, ma chérie.

– Je te remercie, maman, plus que je ne saurais le dire.

– Venez. Vous avez soif ? Les déménageurs sont repartis il n'y a même pas deux heures.

– Déjà ?

– Ils ont tout déposé dans la chambre de Callie – elle est magnifique. Ta chambre est juste à côté de celle de ta maman, ma puce. Je t'ai installée dans l'ancienne chambre de Clay, Shelby, elle est plus grande que la tienne. Nous l'avons repeinte et avons acheté un nouveau matelas – le vieux était dans un état pitoyable. Callie dormira dans l'ancienne chambre de Forrest, et vous vous partagerez la salle de bains entre les deux. Je vous ai préparé des serviettes, les mêmes qu'à l'institut de Granny, elles sont formidables.

Shelby aurait voulu dire à sa mère qu'elle n'aurait pas dû se donner autant de peine, mais le jour où Ada Mae ne serait plus aux petits soins pour son entourage, elle ne respirerait plus.

– Gilly a fait un gâteau de toute beauté, bien qu'elle soit sur le point d'éclater. Elle m'épatera toujours !

Clay apparut sur le seuil de la maison, souleva sa sœur de terre et la fit tournoyer.

– Il était temps que tu reviennes, lui chuchota-t-il à l'oreille.

– J'avais hâte, moi aussi.

– Passe-moi ce petit cœur, que je lui fasse un gros bisou, dit-il à sa mère en lui prenant Callie des bras. Salut, poupée ! Tu te souviens de moi ?

– Tonton Clay.
– Les filles se rappellent toujours les beaux garçons.

Grand et mince, Clay avait hérité des cheveux et des yeux noirs de son père.

– Viens vite t'asseoir et te désaltérer, dit Ada Mae en enlaçant la taille de Shelby.

– Je suis restée assise des heures dans la voiture, mais je boirais volontiers quelque chose de frais.

Dans le couloir, les embrassades se succédèrent, puis se poursuivirent dans la cuisine. Gilly, dont le ventre semblait en effet sur le point d'éclater, se tenait devant le four, un petit garçon dans les bras. Clay l'attrapa et sortit en courant par la porte de derrière, le petit Jackson d'un côté et Callie de l'autre, avec un cri de guerre qui arracha aux deux bambins des hurlements de joie.

– Né pour être papa, déclara Ada Mae en tapotant le ventre de sa belle-fille. Assieds-toi, ma belle.

– Ça va, je vous assure, affirma l'intéressée. Je suis si contente de te voir, dit-elle à Shelby en l'embrassant chaleureusement. Il y a des pichets de thé glacé dans le jardin, des seaux de bière et du champagne – uniquement pour les dames, a décrété ta mère, vu qu'aucun des hommes de la famille ne l'apprécie.

– Je commencerai par un thé, déclara Shelby. Tu es superbe, Gilly.

Ses cheveux, aussi blonds que ceux de Clay étaient bruns, rassemblés en une soyeuse queue-de-cheval qui dégageait son visage arrondi par la grossesse, et le regard pétillant, du même ton que les bleuets, la jeune femme rayonnait.

– Je me porte comme un charme. Plus que cinq semaines et deux jours.

– Le temps doit te paraître long.

– Et comment !

Shelby sortit dans la galerie surplombant le grand jardin. Dans le potager, de jeunes pousses pointaient déjà hors de terre. Des enfants jouaient près d'une balançoire, le barbecue fumait. Autour des tables de pique-nique, on avait attaché des ballons à chaque chaise.

Son père surveillait les grillades, protégé par un de ses tabliers humoristiques proclamant qu'il était comme le bon vin, qu'il se bonifiait avec l'âge.

Dans la seconde suivante, elle se retrouva entre ses bras. Ne pas craquer, s'ordonna-t-elle, ne pas gâcher cette belle journée.

– Salut, papa.

– Salut, ma fille.

Du haut de son mètre quatre-vingt-dix, il se courba pour déposer un baiser sur son crâne. Bel homme à la carrure athlétique, marathonien pour le plaisir et médecin de métier, il la serra affectueusement.

– Tu es trop maigre.

– Maman a dit qu'elle y remédierait.

– Je lui fais confiance, déclara-t-il en relâchant son étreinte. Pour ma part, je te prescris de bien manger, de boire avec modération, de dormir tout ton soûl et de te faire cajoler. Ça fera 20 dollars.

– Tu les ajouteras à mon ardoise.

– C'est ce que disent tous mes patients. Allez, va te servir un verre. Je termine les ribs.

Un bras lui enserra les épaules, et elle reconnut le merveilleux picotement des bacchantes de son grand-père. Elle se tourna vers lui pour l'embrasser.

– Grandpa, je suis si heureuse !

– Je disais juste à Vi, l'autre jour : « Vi, il nous manque quelque chose, ici, je n'arrive pas à savoir quoi. » Je le sais, maintenant : c'était toi.

Shelby caressa les favoris grisonnants, plongeant son regard dans les yeux bleus et rieurs du vieil homme.

– Je suis contente que tu m'aies trouvée, dit-elle, la joue contre le torse de son grand-père. On dirait que c'est carnaval, ici ! Tout est plein de gaieté et de couleurs.

– Il était grand temps que tu nous reviennes. Tu penses rester ?

– Jack... grommela Clayton, réprobateur.

Son regard rieur, qui pouvait s'assombrir d'un instant à l'autre, se fit pugnace.

– On m'a interdit de poser des questions, mais que je sois damné si je n'ai pas le droit de me renseigner sur les intentions de ma petite-fille.

– Il n'y a pas de mal, Daddy. Oui, je compte rester.

– Bien. Et voilà que Vi me regarde d'un sale œil, maintenant, parce que je te retiens alors qu'elle est pressée de t'embrasser.

Il fit pivoter Shelby face à Viola MacNee Donahue, les poings sur les hanches, en robe bleu roi, sa chevelure rousse domptée par un brushing ondulé, d'énormes lunettes de soleil sur le bout du nez, découvrant des yeux bleus malicieux.

Shelby s'élança vers elle, en songeant que sa grand-mère paraissait plus jeune que jamais.

– Granny !

Viola lui ouvrit les bras.

— Enfin, te voici ! Tu gardais la meilleure pour la fin, je parie !

— Granny, tu es resplendissante.

— N'es-tu pas chanceuse de me ressembler ? Ou, tout du moins, à celle que j'étais il y a quarante ans. C'est le sang des MacNee, et les bons soins de peau. Ton petit ange a hérité de notre teint de pêche.

Shelby jeta un coup d'œil en direction de sa fille, et sourit en la voyant se rouler dans l'herbe en compagnie de ses cousins et de deux chiots.

— Elle est la prunelle de mes yeux.

— Je le sais.

— J'aurais dû...

— Les « j'aurais dû » ne servent à rien. Viens, allons faire un tour, déclara Viola en voyant les yeux de sa petite-fille s'embuer. Que je te montre le potager de ton père. Les meilleures tomates de la région ! Oublie tes soucis, ma chérie.

— J'en ai tellement, Granny. Plus que je ne peux t'en dire, pour le moment.

— Les soucis ne servent à rien non plus, qu'à vous creuser des rides. N'y pense plus. Tu n'es plus seule, maintenant.

— Je... J'avais oublié ce que c'était que d'être entourée. J'ai l'impression de vivre un rêve.

— Ce rêve est bien réel, tu es parmi les tiens, à présent. Viens, que je te serre contre moi.

Viola joignant le geste à la parole, Shelby contempla les montagnes, couronnées de nuages cotonneux, si solides, si stables, immuables.

Oui, elle était parmi les siens, à présent.

# 5

Quelqu'un sortit le banjo du grand-père ; Rosalee, la femme de l'oncle Grady, accorda son violon ; Clay se mit à la guitare. On leur réclama du bluegrass, des morceaux entraînants qui rappelèrent de vieux souvenirs à Shelby, allumèrent une lumière en elle. Elle avait l'impression de renaître.

Là étaient ses racines, dans la musique et les montagnes, les réunions de famille.

Elle regarda ses cousines danser sur la pelouse, sa mère en talons jaunes balançant le petit Jackson en rythme. Son père, en grande conversation avec Callie, assise sur ses genoux, devant une assiette de grillades et de salade de pommes de terre.

Assise en tailleur dans l'herbe, Viola bavardait gaiement avec Gilly, ses éclats de rire couvrant la musique.

Wynonna, la sœur cadette d'Ada Mae, surveillait du coin de l'œil la plus jeune de ses filles, qui se trémoussait contre un grand gaillard efflanqué en jean déchiré, désigné par la tante de Shelby comme « le fils Hallister ».

À seize ans, Lark était devenue une jeune fille pulpeuse ; sa mère n'avait pas tort de la tenir à l'œil, songea Shelby.

Sans cesse, on lui tendait des plats, qu'elle n'osait pas refuser, sentant sa mère à elle l'observer discrètement. Et bien que le champagne lui rappelât Richard, elle en but une coupette.

À la demande de son grand-père, elle chanta « Cotton-Eyed Joe » et « Salty Dog », « Lonesome Road Blues » et « Lost John ». Les paroles lui revenaient comme si elle les avait chantées la veille, et son cœur meurtri s'emplit de joie, apaisé par le plaisir tout simple de chanter dans le jardin, d'entendre la musique s'élever vers le ciel radieux.

Elle avait oublié ces moments, elle s'en était privée pour un homme qu'elle n'avait jamais vraiment connu et pour une vie qui n'avait été que tromperie du début à la fin.

N'était-ce pas miraculeux d'avoir retrouvé l'authenticité et la sincérité ?

Dès qu'elle le put, Shelby s'éclipsa dans la maison. Lorsqu'elle découvrit la chambre de Callie, à l'étage, son cœur chavira de reconnaissance.

Les murs rose poudré, les rideaux de dentelle blanche encadrant la fenêtre, la vue sur le jardin et les montagnes. Le lit à baldaquin rose et blanc avait été monté ; les livres, poupées et jouets, rangés sur l'étagère blanche ; les peluches calées contre les coussins.

La pièce était peut-être deux fois plus petite que dans la villa, mais elle dégageait deux fois plus de chaleur.

Shelby passa dans la salle de bains attenante, rutilante, comme sa mère veillait à ce qu'elle le soit en permanence, puis dans la chambre qui avait été celle de son frère et qui serait désormais la sienne.

Le vieux lit en fer forgé de son enfance avait été placé face à la fenêtre, afin qu'elle puisse contempler les montagnes dès qu'elle ouvrirait les yeux, comme dans son ancienne chambre au fond du couloir. Ada Mae l'avait garni d'une couette blanche, d'oreillers brodés et de coussins dans les tons de vert et de bleu, assortis à un plaid plié au pied du lit, crocheté par son arrière-grand-mère.

Les murs avaient été repeints en vert mélèze, rappelant le paysage, et ornés de deux aquarelles signées Jesslyn, l'une des cousines de Shelby. Une prairie printanière et une forêt à l'aurore.

Un bouquet de tulipes blanches, ses fleurs préférées, trônait sur la commode, près d'une photo d'elle et de Callie âgée de huit semaines, dans un cadre argenté.

On avait monté ses valises, sans qu'elle ait eu à le demander. Les cartons devaient être empilés dans le garage, attendant qu'elle décide quoi faire des vestiges d'une vie qui ne semblait déjà plus lui appartenir.

Émue, Shelby s'assit au bord du lit. À travers la vitre lui parvenait la musique, le brouhaha des voix. En décalage. Comme elle, entre hier et aujourd'hui. Il lui aurait suffi d'ouvrir la fenêtre pour être dans l'instant présent, mais...

Aujourd'hui, on lui avait souhaité la bienvenue, on s'était abstenu de l'interroger. Mais les questions ne tarderaient pas, et Shelby s'en posait encore tellement...

Que raconter ? Et comment le raconter ?

À quoi bon révéler que son mari lui avait menti, qu'il lui avait été infidèle, et sans doute pire : qu'il était un escroc, elle en avait bien peur. Néanmoins, quoi qu'il ait été, il demeurait le père de sa fille.

Mort, il ne pouvait ni se défendre ni s'expliquer.

Et rester là à broyer du noir ne servait à rien. Inutile de gâcher cette belle journée de retrouvailles.

Shelby s'apprêtait à se lever, à redescendre manger une part de gâteau – même si elle avait déjà l'estomac plus que plein – lorsque des pas résonnèrent dans le couloir.

Son frère Forrest, le seul qui n'avait pas été là pour l'accueillir, se campa dans l'encadrement de la porte. Elle s'efforça d'afficher un sourire détendu.

Moins grand que Clay, Forrest ne mesurait qu'un mètre quatre-vingt-deux, et leur grand-mère affirmait, non sans fierté, qu'il était bâti comme un lutteur. Il avait les cheveux noirs de son père, mais les yeux du même bleu que ceux de sa mère et de sa sœur. Il les plongea dans les siens. Un regard froid, pensa-t-elle, lourd de ces interrogations que personne n'avait osé formuler.

– Salut, dit-elle en se levant. Tu travaillais, maman m'a dit.

– Ouais.

Dans la police, un métier qui lui allait comme un gant. Et qui lui valait sûrement cette ecchymose sur une pommette, saillante comme celles de leur père.

– Tu t'es battu ?

Il garda un instant le silence, puis palpa délicatement l'hématome.

– En service. Tu te souviens d'Arlo Kattery ? Il a encore trop picolé, hier soir, au Shady's Bar. Tout le monde te cherche, en bas. J'étais sûr de te trouver ici.

– J'avais besoin d'un peu de recul.

Appuyé contre le chambranle de la porte, Forrest scruta longuement le visage de sa sœur.

– Il me semble, en effet... répliqua-t-il.

– Mince, Forrest, quand cesseras-tu de m'en vouloir ? Ça fait quatre ans. Presque cinq. Tu ne vas tout de même pas rester fâché contre moi toute ta vie...

– Je ne suis pas fâché. Je ne le suis plus. Mais toujours contrarié.

– Quand cesseras-tu de l'être ?

– Je ne sais pas.

– Tu veux que je reconnaisse mes torts ? Tu veux m'entendre dire que j'ai commis une erreur en me mariant avec Richard ?

Un instant, il sembla réfléchir.

– Ce serait un début, répondit-il enfin.

– Eh bien, non, car cela ferait de Callie une erreur, or elle est la meilleure chose qui me soit jamais arrivée.

– Tu as épousé un abruti, Shelby.

Elle sentit tous les muscles de son corps se contracter.

– De quel droit te permets-tu de le juger, officier Pomeroy ?

– Je ne juge pas, je constate. En quatre ans, presque cinq, je n'ai quasiment jamais vu ni ma sœur ni ma nièce.

– Je suis venue chaque fois que je l'ai pu. OK, Richard était un abruti, je l'admets, et j'ai été idiote de l'épouser. Voilà, je l'ai dit, ça te va ?

– Plus ou moins. Il te frappait ?

– Non, répondit-elle, étonnée. Il n'a jamais levé la main sur moi, je te le jure.

– Tu n'es même pas venue pour les enterrements, les naissances, les mariages. À part celui de Clay. Peux-tu m'expliquer pourquoi ?

– C'est compliqué.

– Simplifie.

– Il ne voulait pas que je vienne, dit-elle, les nerfs à fleur de peau.

– Tu ne te laissais pas aussi facilement commander, avant…

– Si tu crois que c'était facile, tu te trompes.

– Je veux savoir pourquoi tu étais aussi fatiguée, aussi maigre, aussi déprimée lorsque tu passais en coup de vent pour Noël.

– Parce que je m'étais rendu compte, peut-être, que j'avais épousé un abruti qui, de surcroît, ne m'aimait pas, répliqua-t-elle, à la fois furieuse et lasse, rongée par le sentiment de culpabilité. Et que je n'ai jamais aimé, ajouta-t-elle.

Les sanglots lui nouaient la gorge, menaçant de rompre le barrage si laborieusement érigé dans l'espoir de les contenir.

– Dans ce cas, pourquoi n'es-tu pas revenue ?

– Je ne sais pas… Peut-être ai-je épousé un abruti parce que je n'étais moi-même pas très futée. Peut-on en rester là pour l'instant ? Si je continue à parler de lui, là, maintenant, je risque de m'effondrer.

– OK, acquiesça Forrest en s'asseyant à côté d'elle sur le lit. Je suis un peu moins contrarié, petite sœur.

Les larmes jaillirent, elle ne pouvait plus les retenir.

– Tant mieux, bredouilla-t-elle en posant la tête contre l'épaule de son frère. Tu m'as tellement manqué. Autant qu'un bras ou une jambe, ou la moitié de mon cœur.

– Je sais, murmura-t-il en l'enlaçant. Toi aussi, tu m'as manqué. C'est pour ça qu'il m'a fallu presque cinq ans pour cesser de t'en vouloir. J'avais trop de questions.

– Tu as toujours trop de questions.

– Tu m'en autorises une de plus ? Pourquoi es-tu revenue de Philadelphie dans une voiture plus vieille que Callie, avec seulement quelques valises, quelques cartons et un immense écran plat ?

– C'est pour papa.

– Fayote. J'ai encore un tas de questions, mais remettons-les à plus tard. Dans l'immédiat, j'ai une faim de loup et je meurs d'envie d'une bière. Et si nous ne redescendons pas, maman ne va pas tarder à monter, et je me ferai tirer les oreilles pour t'avoir fait pleurer.

– J'ai besoin d'un peu de temps avant de pouvoir vous apporter des réponses. J'ai besoin de me ressourcer.

– Pas de problème. Allez, descendons rejoindre les autres.

– Si tu m'en veux encore, je t'en voudrai, moi aussi.

– Légitime, opina Forrest en se levant.

– Si tu veux te faire pardonner, demande à Clay de t'aider à installer la télé.

– Je l'installerais volontiers chez moi, mais je viendrai la regarder ici, et je me ferai offrir à manger par les parents.

Il invita Shelby à se lever, lui passa un bras autour des épaules.

– Tu sais qu'Emma Kate est revenue ? dit-il.

– C'est vrai ? Elle ne se plaisait plus à Baltimore ?

– Son père a eu un grave accident, l'an dernier. Il est tombé du toit de Clyde Barrow.

– Je sais. Je croyais qu'il s'en était remis.

– Oui, mais au début, elle préférait être là, tu connais sa mère...

– Elle se noie dans un verre d'eau.

– Ce n'est rien de le dire. Du coup, Emma Kate est restée chez ses parents pendant que son père était hospitalisé, puis en rééducation. Son homme la rejoignait les week-ends. Un chic type. Enfin, bref, ses absences et les restrictions budgétaires lui ont coûté son poste à l'hôpital de Baltimore. Comme il y avait une place d'infirmière vacante à la clinique de Rendezvous, ils ont décidé de s'installer ici, son chéri et elle, il y a six ou sept mois.

– Elle travaille avec papa ?

– D'après lui, elle est sensationnelle. Matt, son mec, a monté une petite entreprise avec son associé de Baltimore, Griff, Les Hommes à tout faire. Ils font de la menuiserie, de la maçonnerie, un peu de tout, quoi.

– J'ai vu leur camion devant chez Emma Kate.
– Ils sont en train de refaire la cuisine de miss Bitsy. Il paraît qu'elle change d'avis toutes les cinq minutes. Le chantier n'en finit pas. Emma Kate et Matt ont pris un appart juste en face de chez moi, et Griff a acheté la maison du vieux Tripplehorn, sur Five Possum Road.
– Elle tombait en ruine.
Shelby l'adorait, quand elle était enfant.
– Il est en train de la retaper. Il n'est pas au bout de ses peines, le pauvre !
– Tu es au courant de tous les potins du coin !
– C'est toi qui n'es plus à jour. Tu devrais passer voir Emma Kate, un de ces quatre.
– J'aurais aimé qu'elle soit là aujourd'hui.
– Elle travaille, et elle t'en veut sûrement encore un peu, elle aussi.
– À croire que je me suis mis le monde entier à dos...
– La prochaine fois, pense à dire au revoir avant de partir.
Dans le jardin, son fils sur les épaules, Clay courait autour de la pelouse. La grand-mère de Shelby poussait Callie sur la balançoire.
– Pour l'instant, je reste ici. Je suis déjà partie trop longtemps.

Shelby dormit dans le lit de son enfance, sur un matelas neuf, et, malgré la fraîcheur de la nuit, avec la fenêtre entrouverte. Elle se réveilla au bruit d'une pluie fine, puis referma les yeux, un sourire flottant sur les lèvres, à l'écoute de cette mélodie si paisible. Encore quelques minutes sous la couette, se dit-elle. Ensuite, elle lèverait Callie, lui donnerait son petit déjeuner, puis elle déballerait les cartons et s'occuperait de tout ce dont elle devait s'occuper. Après encore cinq minutes de bien-être.

Quand elle se réveilla de nouveau, la pluie s'était muée en bruine, et un *plic ploc* irrégulier tombant des feuillages et des gouttières accompagnait le gazouillis des oiseaux. Elle ne se rappelait pas la dernière fois où elle s'était réveillée avec le chant des oiseaux.

Roulant sur elle-même, elle jeta un coup d'œil à la jolie pendule de verre sur la table de chevet, puis se leva d'un bond et fonça à travers la salle de bains jusqu'à la chambre de Callie. Dont le lit était vide.

Quelle mère dormait jusqu'à 9 heures passées sans se soucier de sa fille ?! Pieds nus, paniquée, Shelby dévala l'escalier. Une flambée brûlait dans la cheminée du séjour. Sur le tapis, le vieux Clancy couché à ses côtés, Callie s'affairait au-dessus d'un éléphant en peluche étendu sur un torchon de cuisine.

– Il est très malade, Gamma.
– Je vois, répondit Ada Mae, confortablement installée dans un fauteuil, avec une tasse de café. Heureusement, il est soigné par un excellent médecin.
– Il ira bientôt mieux, mais il doit être courageux parce qu'il faut lui faire une piqûre.

Doucement, la fillette retourna son patient sur le flanc et utilisa l'un de ses crayons de couleur en guise de seringue.

– Et voilà, tu as été très sage, c'est bien. Laisse-moi faire un bisou sur ton bobo, ça te fera moins mal.
– Les bisous sont le meilleur des remèdes. Bonjour, Shelby, tu as bien dormi ?
– Je suis désolée, maman, je ne pensais pas qu'il était si tard.
– Il est à peine 9 heures, il n'est pas tard pour une journée pluvieuse.

Callie se précipita vers sa mère.

– On joue à l'hôpital. Tous mes animaux sont malades. Je dois les soigner. Tu viens m'aider, maman ?
– Ta maman va d'abord prendre son petit déjeuner.
– Oh, ça va, je...
– Le petit déjeuner est le repas le plus important de la journée, pas vrai, Callie ?
– Oui. Gamma m'a préparé des œufs bouillés et des tartines à la gelée. Granddaddy est parti à son travail soigner les gens malades.
– Des œufs *brouillés*, corrigea Shelby en embrassant sa fille. À quelle heure s'est-elle réveillée ?
– À 7 heures, à peu près. Ne commence pas, je t'en prie. J'ai passé deux heures fabuleuses avec ma petite-fille. On s'est bien amusées, pas vrai, Callie Rose ?
– Oh oui ! Clancy a eu droit à un biscuit parce qu'il m'a donné la papatte. Et Granddaddy m'a portée sur ses épaules pour descendre l'escalier, parce que je n'avais pas fait de bruit et que je ne t'ai pas dérangée. Il est parti soigner les dames et les monsieurs malades, et moi, je m'occupe des peluches malades.
– Si tu amenais tes patients à la cuisine, pendant que je sers le petit déjeuner à ta maman ? Il faudra qu'elle termine entièrement son assiette, comme toi.
– Maman, ne te sens pas obligée... OK, OK, je ne dis rien, obtempéra Shelby devant les sourcils froncés d'Ada Mae.
– Coca ? Tu ne bois toujours pas de café, j'imagine. Callie, viens jouer à côté de nous, avec tes animaux. Je te fais une omelette au

jambon et au fromage, d'accord ? Tu as besoin de protéines. Je ne suis pas pressée, j'ai toute la journée devant moi. J'ai pris quelques jours de congé. Ma patronne est arrangeante.

— Comment tournera l'institut de Granny, sans toi ?

— Personne n'est indispensable. Prends un Coca dans le frigo. Ta fille n'a pas besoin de toi pour le moment, chuchota Ada Mae. Regarde comme elle s'amuse bien. Ton père et moi étions ravis de nous occuper d'elle ce matin. Tu ne m'as toujours pas dit si tu avais bien dormi, mais ça se voit, tu as déjà meilleure mine.

— J'ai presque fait le tour du cadran.

— Matelas neuf, déclara Ada Mae en découpant des dés de jambon. Et la pluie. On dormirait toute la journée, quand il pleut. Tu manquais de sommeil, je parie.

— Je dormais mal.

— Et tu ne mangeais rien.

— Je n'avais pas d'appétit.

— Tu as besoin d'être dorlotée. (Ada Mae coula un regard en direction de Callie.) Tu l'as bien élevé, ce bout de chou. Elle est très polie, et spontanée. Je déteste les petites filles qui font des manières. Et elle respire la joie de vivre.

— Elle déborde d'énergie.

— Elle t'a réclamée, ce matin. Je lui ai montré que tu dormais, qu'il ne fallait pas te déranger, et elle s'en est accommodée. Une bonne chose. Quand les enfants ne peuvent pas se passer de leur mère, c'est que la mère est trop possessive. Pourtant, vous avez dû vous rapprocher, toutes les deux, ces derniers mois, j'imagine.

— Je n'ai jamais vu aucun enfant de son âge dans le quartier où nous habitions. Il faut dire que le climat n'était pas propice à jouer dehors. J'avais l'intention de l'inscrire dans une crèche, pour qu'elle se sociabilise, mais... je n'en ai pas eu le courage après... tu sais. Je n'étais pas sûre que ce soit le bon moment. Et puis vous êtes venus quelque temps, avec papa. Granny aussi est venue. Ça nous a beaucoup aidées, d'être entourées.

— Je l'espère. Nous redoutions tous de t'avoir laissée seule trop tôt.

Ada Mae versa les œufs battus dans la poêle, y incorpora le jambon et le fromage râpé.

— J'ignore si je serais repartie, ajouta-t-elle, si tu ne m'avais pas promis de venir chez nous dès que possible.

— Je n'aurais pas tenu le coup sans la perspective de revenir ici. Maman, tu as préparé une omelette pour quatre !

– Tu mangeras ce que tu voudras, et une bouchée de plus. On dit qu'une femme n'est jamais trop maigre, mais ce n'est pas vrai. Tu n'as que la peau sur les os. Nous allons remplumer ta maman, Callie, et ramener du rose sur ses joues.
– Pourquoi ?
– Parce qu'elle en a besoin.

Ada Mae transféra l'omelette sur une assiette, y ajouta une tranche de pain grillé et la déposa sur le comptoir.

– Et voilà, madame est servie ! N'oublie pas : une bouchée de plus.
– Bien, chef.
– Ensuite, tu as rendez-vous à 14 heures chez maman pour un massage aux pierres chaudes.
– Ah bon ?
– Un soin facial te ferait également le plus grand bien, mais je m'en chargerai moi-même, dans la semaine. Rien de tel qu'un bon massage, tu verras, après un long trajet en voiture. Callie et moi avons notre programme pour l'après-midi.
– Ah oui ?
– Je l'emmène chez Suzannah. Tu te rappelles ma grande amie Suzannah Lee ? Elle n'a pas pu venir hier parce que c'était l'enterrement de vie de jeune fille de sa nièce, Scarlet. Scarlet Lee, tu te souviens ? Vous étiez à l'école ensemble.
– Bien sûr que je me souviens d'elle. Elle se marie ?
– En mai, avec un charmant garçon qu'elle a rencontré à la fac. Le mariage aura lieu ici, mais ils iront s'installer à Boston, parce qu'il travaille là-bas, dans une agence de pub. Scarlet est devenue institutrice.
– Non ! s'exclama Shelby en riant. Elle détestait l'école !
– Comme quoi il ne faut jamais jurer de rien. Enfin, bref, comme je te le disais, Callie et moi, nous sommes invitées chez Suzannah, cet après-midi. Il y aura sa petite-fille, Chelsea, la fille de son fils Robbie, qui s'est marié avec Tracey Lynn Bowran. Je ne crois pas que tu la connaisses. Ses parents sont de Pigeon Forge. Elle est potière, et très sympathique. C'est elle qui a fait ce compotier, là, avec les citrons.

Shelby contempla le récipient en terre brune, émaillé de vert et de bleu.

– Il est superbe.
– Elle travaille chez elle, elle s'est aménagé un atelier avec un tour. Ses pièces sont en vente dans le magasin de souvenirs de l'hôtel et à The Artful Ridge. Sa fille Chelsea a le même âge que ta puce.

– Callie sera ravie.

– Et moi aussi. Si tu n'y vois pas d'objections, je compte bien me l'accaparer ces prochains jours, histoire de la présenter à mes copines. Nous partirons vers 11 heures. Les petites feront connaissance, ensuite nous déjeunerons, et si le temps le permet, nous irons nous promener.

– Callie a l'habitude de faire une heure de sieste.

– Dans ce cas, elle la fera, ne t'inquiète pas. J'ai élevé trois enfants, déclara Ada Mae, le poing sur la hanche. Je suis encore capable de m'occuper de la tienne une demi-journée, non ?

– Je n'en doute pas une seule seconde, maman. C'est juste... Non, rien... Tu as raison, je me fais du souci inutilement.

Ada Mae contourna l'îlot central et posa les mains sur les épaules de sa fille.

– Tu as toujours été intelligente. Je n'ai fait que des enfants intelligents. Seigneur ! Tu as les cervicales complètement nouées ! J'ai réservé Vonnie, pour ton massage. Tu te souviens de Vonnie ? Une cousine éloignée du côté de ton père.

*Vaguement*, pensa Shelby. Les cousins et cousines étaient légion, dans la famille.

– Vonnie Gates, précisa Ada Mae. La deuxième fille de Jed, le petit-cousin de papa. Elle a des mains en or !

Sur son épaule, Shelby couvrit la main de sa mère.

– Tu n'es pas obligée de te mettre en quatre pour moi.

– Tu ne chouchouterais pas ta fille, dans les mêmes circonstances ?

– Si, bien sûr, soupira Shelby.

– Allez, mange une bouchée de plus, murmura Ada Mae en déposant un baiser sur les cheveux de sa fille.

Conciliante, celle-ci s'exécuta.

– À partir de demain, tu mettras ton assiette et tes couverts dans le lave-vaisselle, mais aujourd'hui, je débarrasserai. Qu'as-tu envie de faire, ce matin ?

– Il faudrait que je déballe mes cartons.

– Je ne te demande pas ce qu'il faudrait que tu fasses mais ce que tu as envie de faire.

– Ça revient au même. J'aurai l'esprit plus tranquille une fois mes affaires rangées.

– Nous t'aiderons, Callie et moi. Quand arrivera le reste ?

– Tout est là.

Poêle et spatule dans les mains, Ada Mae s'immobilisa, les yeux écarquillés.

– Tout ?! Dans deux valises et six ou sept cartons ?

– Qu'aurais-je fait de toutes ces choses, maman ? Même si je trouve une maison – et je dois d'abord trouver un emploi –, je n'aurai pas l'utilité de tous ces meubles. Savais-tu qu'il existe des entreprises qui viennent chez toi estimer ton mobilier, tes objets de déco, et qui peuvent tout te racheter en lot ?

S'efforçant de paraître détendue, Shelby se leva et prit Callie dans ses bras.

– C'est l'agent immobilier qui m'a donné cette idée, poursuivit-elle. Une femme très aimable, qui m'a rendu de nombreux services. Je devrais lui envoyer des fleurs quand la vente sera conclue, tu ne crois pas ?

Elle espérait ainsi détourner la conversation. Peine perdue.

– Tu as vendu tous tes meubles ? s'étonna sa mère, choquée. Combien y avait-il de pièces dans cette villa ? Au moins sept chambres, plus le bureau, la bibliothèque... Un vrai château ! J'espère que tu en as obtenu un bon prix !

– J'ai traité avec une compagnie d'excellente réputation, établie depuis plus de trente ans. Je me suis renseignée, crois-moi ; je pourrais devenir une pro de la recherche en ligne, si ce n'est qu'au bout d'une semaine, j'aurais envie de me tirer une balle dans la tête. Nous allons ranger nos affaires, Callie. Tu veux m'aider un moment, avant de partir avec Gamma ?

– Oh, oui !

– La meilleure assistante de la terre. Allons-y, mon lapin, au boulot ! Maman, sais-tu si Clay a monté le carton qui contenait les cintres de Callie ? Je ne peux pas encore utiliser des cintres normaux pour ses vêtements.

– Il a monté tout ce qui était étiqueté à son nom, mais je vais quand même jeter un coup d'œil dans le garage, au cas où.

– Merci, maman. Oh, attends ! Je viens avec toi, pour installer le siège enfant dans ta voiture.

– Je ne suis pas tombée de la dernière pluie, rétorqua Ada Mae d'un ton sec.

Shelby en déduisit que sa mère ne digérait pas qu'elle ait vendu ses meubles. *Et elle ne sait encore rien...* pensa-t-elle.

– On avait le même, quand vous étiez petits, ajouta Ada Mae. Il est déjà installé.

– Callie, tu as la meilleure Gamma du monde, déclara Shelby en passant un bras autour des épaules de sa mère.

– C'est ma Gamma à moi.

Cela, au moins, parvint à faire diversion.

Shelby avait l'impression qu'il lui manquait quelque chose, sans sa fille dans les jambes ou dans son champ de vision, mais Callie était partie tout excitée par la perspective de jouer avec une enfant de son âge. Et Shelby avait déballé et rangé ses affaires deux fois plus vite qu'avec « l'aide » de la fillette, si bien qu'à midi, elle se retrouva désœuvrée.

Elle n'avait pas très envie d'allumer son ordinateur, mais elle s'y résigna. Pas de nouvelles des créanciers – tant mieux ! Rien de nouveau non plus à propos de la vente de la villa, mais le contraire l'eût étonnée. Un bref e-mail du dépôt-vente : deux blousons de cuir et le manteau en cachemire de Richard avaient été vendus, de même que deux des robes de soirée de Shelby. Elle retourna un message de remerciement en indiquant que, oui, elle pouvait attendre le chèque jusqu'au premier jour du mois.

Une fois douchée et habillée, puisqu'il était encore trop tôt pour le massage – dont elle se réjouissait par avance –, elle décida de se rendre à pied à l'institut de beauté de sa grand-mère. Prendre l'air lui ferait le plus grand bien.

Un léger crachin persistait, le ciel était sombre, mais elle aimait marcher sous la pluie. Elle enfila un sweat à capuche, des bottines en cuir souple, et chercha son grand fourre-tout – le « sac Callie ». Puis, se remémorant qu'elle l'avait prêté à sa mère, elle prit simplement son porte-monnaie dans la poche arrière de son jean.

Inhabituée à avoir les mains libres, et ne sachant qu'en faire, elle les glissa dans les poches de son sweat, où elle retrouva un paquet de lingettes.

Sur le pas de la porte, elle inspira une grande bouffée d'air frais, demeura un instant sur le perron, les doigts autour du paquet de lingettes, un long après-midi de liberté devant elle.

Tout reverdissait, bourgeonnait, fleurissait, et la pluie accentuait les couleurs de la végétation. Se gorgeant du parfum de l'herbe, de la terre mouillée, des jacinthes et des jonquilles, Shelby traversa le jardin et s'éloigna sur le bord de la route.

Elle envisagea de faire un saut chez les Lee, histoire de s'assurer que tout se passait bien. L'heure de la sieste approchait. En principe, Callie ne faisait plus pipi au lit, mais sa grand-mère pouvait oublier de l'emmener aux toilettes avant de la coucher, et Shelby aurait été affreusement embêtée si un petit accident se produisait.

*Non*, se ravisa-t-elle. *Maman serait en colère…*

Inutile de stresser, plutôt suivre le conseil de sa mère : profiter d'une journée pour soi. Se promener sous la pluie, prendre le temps, contempler les montagnes embrumées, les fleurs, savourer le calme.

En passant devant chez les parents d'Emma Kate, Shelby nota la présence du camion, ainsi que d'une voiture rouge. En descendit justement son amie, vêtue d'un sweat-shirt à capuche, elle aussi, d'un rose bonbon que Callie aurait adoré. Elle avait fait couper sa longue tresse châtain ; elle portait à présent une coupe courte ébouriffée, avec une frange.

Emma Kate attrapa deux sacs de provisions sur la banquette arrière. Shelby n'osa pas l'interpeller, de crainte de ne savoir quoi lui dire. Emma Kate claqua la portière, puis tourna la tête vers elle.

– Tiens... dit-elle froidement. Que fais-tu plantée sous la pluie ?

– Ce n'est qu'un petit crachin.

– Il n'empêche que ça mouille. Tu es de retour ?

– Oui. Toi aussi, on m'a dit. Ton papa va bien, j'espère ?

– Ça va.

Mal à l'aise, Shelby s'avança dans l'allée. Le visage fermé, Emma Kate la scrutait d'un œil critique.

– J'aime bien ta nouvelle coupe.

– C'est plus pratique. Mes condoléances pour ton mari.

– Merci.

– Où est ta fille ?

– Avec maman, chez Suzannah, qui garde sa petite-fille.

– Chelsea ? Elle est adorable. Tu vas quelque part ou tu erres sous la pluie ?

– J'ai rendez-vous chez Viola, mais je suis en avance, alors je me promène.

– Entre, viens dire bonjour à ma mère. Sinon je me ferai sonner les cloches.

– Avec plaisir. Je peux t'aider à porter un sac ?

– Pas la peine.

Penaude, Shelby emboîta le pas d'Emma Kate.

– Je... Forrest m'a dit que tu étais revenue habiter ici, avec... ton compagnon.

– Matt. On est ensemble depuis deux ans. Il est chez Viola, en ce moment, il répare l'un de ses lavabos.

– Ce n'est pas son camion, dans l'allée ?

– Celui de son associé. Ils en ont deux. Maman fait refaire sa cuisine. Elle va tous nous rendre dingues.

Emma Kate poussa la porte et jeta un regard à Shelby par-dessus son épaule.

*Le Menteur*

– On ne parle que de toi, à Rendezvous Ridge, tu sais ? La fille Pomeroy qui a épousé un richard et rentre veuve au pays. Que va-t-elle devenir, la pauvre...

Et avec un sourire en coin, elle s'engagea dans le vestibule, Shelby sur ses talons, dans ses petits souliers.

# 6

Griff estimait être patient, il ne s'énervait pas facilement. Quand cela lui arrivait, il ne répondait plus de rien, mais il en fallait beaucoup pour le faire sortir de ses gonds.

Or là, il envisageait sérieusement de bâillonner la charmante maman d'Emma Kate.

Il avait passé toute la matinée à installer les éléments inférieurs de sa cuisine, et toute la matinée, il l'avait eue sur le dos.

Matt, le veinard, avait trouvé une échappatoire : il était parti réparer un lavabo chez miss Vi, s'épargnant pour un moment les soliloques de cette incorrigible bavarde qu'était la mère de sa compagne.

Le pire, c'était qu'elle « se tâtait » encore – « se tâter » serait le mot du jour – à propos de ses placards, alors qu'il avait déjà commencé à les monter. S'il était amené à les démonter parce qu'elle changeait d'avis une fois de plus, il ne se contenterait pas de la bâillonner. Il lui tordrait le cou.

– Griff, honnêtement, vous aimez le blanc ? Vous ne trouvez pas que c'est une couleur terne ? Et froide ? Une cuisine doit être chaleureuse, non ? Finalement, j'aurais peut-être dû prendre les portes en merisier. C'est tellement dur de choisir tant que les choses ne sont pas en place...

– Le blanc fait propre et frais, répondit-il le plus gaiement possible. Une cuisine doit être fraîche et nette. La vôtre sera étincelante.

– Vous croyez ? Je ne sais pas... Henry s'en est remis à mon bon goût, mais si ça ne lui plaît pas, il me le reprochera.

Elle se tenait à deux centimètres de lui, se tordant désespérément les mains.

– Ce sera superbe, miss Bitsy, ne vous inquiétez pas.

Griff et Matt avaient eu des clients difficiles à Baltimore : ceux qui voulaient tout contrôler, les râleurs, les exigeants et les indécis, mais Louisa « Bitsy » Addison remportait haut la main la palme de l'indécision.

Les précédents lauréats du genre, John et Rhonda Turner, qui leur avaient fait casser une cloison, la remonter, puis de nouveau l'abattre, semblaient dotés d'une détermination d'acier à côté d'elle.

La durée du chantier initialement estimée à trois semaines s'était déjà étendue à cinq. Et Dieu seul savait combien de temps il s'éterniserait encore.

– Je ne sais pas… répéta-t-elle pour la millième fois, les mains jointes sous le menton. Le blanc fait un peu triste, non ?

Griff posa son niveau à bulle et fourragea dans sa crinière blonde.

– Les robes de mariée sont blanches.

– C'est vrai… acquiesça-t-elle, quand, soudain, elle arrondit la bouche et écarquilla les yeux. Robes de mariée ? Oh, Griff, vous savez quelque chose ? Ça y est, Matt lui a fait sa demande ?!

Il allait réellement commettre un meurtre…

– Ce n'était qu'un exemple. J'aurais pu vous dire que les magnolias sont blancs, que… que… que les balles de baseball sont blanches.

… Ou sombrer dans la débilité profonde.

– La robinetterie apportera une touche de couleur, ajouta-t-il, en désespoir de cause. Et le comptoir gris fera chic et convivial à la fois.

– C'est peut-être la couleur des murs, qui ne va pas… Peut-être que je…

– Voyons, maman, tu ne vas pas faire repeindre les murs, intervint Emma Kate en s'avançant dans la cuisine.

Griff se serait jeté à ses genoux et lui aurait baisé les pieds, si son regard n'avait pas aussitôt été attiré par la rouquine qui l'accompagnait. Une jeune femme de toute beauté. Un visage de poupée encadré de boucles de la couleur d'un coucher de soleil, des lèvres pulpeuses, parfaitement dessinées, et de grands yeux bleus, profonds et tristes.

Son cœur cognait si fort qu'il n'entendait presque plus les jérémiades de miss Bitsy.

– La cuisine est l'âme d'une maison, Emma Kate.

– Avec toutes les transformations que tu lui fais subir, tu as de la chance d'avoir encore une âme. Laisse Griff travailler tranquillement. Shelby est venue te dire bonjour, maman, et tu ne la regardes même pas.

– Shelby ? Shelby ! Oh, mon Dieu !

Bitsy traversa la pièce en courant et se jeta au cou de la belle rouquine. Shelby. *Joli prénom*, songea Griff. Son prénom favori, pour l'heure. Puis il percuta : Shelby Anne Pomeroy, comme le répétait Bitsy d'une voix extatique. La sœur de son ami Forrest. La petite-fille de miss Viola, dont il était tombé éperdument amoureux.

Ébloui, il voyait tout à fait comment devait être miss Vi dans sa jeunesse. Et à quoi Ada Mae devait ressembler une trentaine d'années plus tôt.

La petite-fille de Miss Vi... Veuve, se souvint-il.

Pas étonnant qu'elle eût l'air malheureuse.

À cette pensée, il se sentit coupable du regard qu'il avait porté sur elle – même s'il n'était pas responsable de la mort de son mari.

– Oh, j'ai tant regretté de ne pas avoir été présente hier pour fêter ton retour ! Nous étions de mariage, à Memphis. La fille d'une cousine d'Henry. Que je déteste, en plus ! Une prétentieuse, qui vous regarde de haut parce qu'elle a épousé un avocat. Cela dit, c'était un mariage magnifique. La réception a eu lieu au Peabody Hotel.

– Maman, tu empêches Shelby de respirer.

– Oh, je suis désolée ! Je suis si heureuse de te revoir ! Emma Kate et Shelby étaient inséparables, Griff, depuis la maternelle jusqu'à...

Bitsy s'interrompit, se remémorant tout à coup la raison du retour de Shelby.

– Oh, ma pauvre... Toutes mes condoléances. Tu es si jeune pour vivre un tel drame. Tu tiens le coup ?

– Je serai entourée, maintenant.

– Tu as bien fait de revenir au pays. Oh, là, là... Si ma maison n'était pas en chantier, je pourrais au moins t'offrir quelque chose à grignoter. Tu as maigri. Tu es plus rachitique qu'un top model new-yorkais. Grande comme tu es, j'ai toujours dit que tu aurais pu devenir mannequin. Emma Kate, on a du Coca ? Tu as toujours aimé le Coca, n'est-ce pas, Shelby ?

– C'est vrai, mais ne vous dérangez pas. J'adore votre nouvelle cuisine, miss Bitsy. Le blanc fait propre et frais, et les placards se marient à merveille avec les murs gris-bleu.

Veuve ou non, Griff l'aurait embrassée. Partout.

– C'est exactement ce que disait Griff. Tu ne trouves pas que...

– Maman, nous n'avons même pas fait les présentations. Shelby, voici l'associé de mon homme, Griffin Lott. Griff, Shelby... Foxworth, c'est ça ?

– Oui. Enchantée.

Elle tourna vers lui ses yeux magnifiques, et le cœur de Griff se remit à tambouriner.

– Bonjour. Je suis aussi un copain de votre frère.

– Lequel ?

– Les deux, mais surtout de Forrest. Et autant vous l'avouer tout de suite, je suis amoureux de votre grand-mère. Je cherche un moyen de l'enlever pour l'emmener à Tahiti.

La bouche pulpeuse de Shelby s'incurva et une petite lueur s'alluma dans son regard triste.

– Griff retape la maison Tripplehorn, précisa Emma Kate.

– Vous accomplissez des miracles ?

– Il suffit d'être équipé de bons outils. Passez la voir, un de ces jours. Elle commence à prendre forme.

Shelby esquissa un sourire, qui, cette fois, ne s'étira pas jusqu'à ses grands yeux mélancoliques.

– Je vais vous laisser travailler, dit-elle. J'ai rendez-vous chez ma grand-mère.

– Tu reviendras quand les travaux seront terminés, déclara Bitsy, et nous pourrons discuter plus longuement. J'espère te revoir aussi souvent que dans le bon vieux temps. Tu sais que tu es chez toi, ici.

– Merci, miss Bitsy. Ravie d'avoir fait votre connaissance, Griff.

– Je t'ai pris de la charcuterie, des salades toutes prêtes et des plats préparés, en attendant ta nouvelle cuisinière, dit Emma Kate à sa mère, en lui remettant les sacs de provisions. Je te raccompagne, Shelby.

En silence, elle la précéda dans le couloir.

– Tu donneras le bonjour à Viola, dit-elle en ouvrant la porte.

Après l'exubérance de la mère, la réserve de la fille n'en était que plus douloureuse.

– Je n'y manquerai pas, répondit Shelby. Pardonne-moi, s'il te plaît.

– Pourquoi ?

– Parce que tu es la meilleure amie que j'aie jamais eue.

– Le temps passe, les gens changent. Tu traverses une rude épreuve et j'en suis sincèrement désolée, mais...

– Pardonne-moi, je t'en prie, insista Shelby, l'affection et l'attachement prenant le dessus sur la fierté. Je n'ai pas été réglo avec toi, je le reconnais et je le regrette. Je le regretterai toute ma vie. Pardonne-moi, s'il te plaît, au nom de cette belle amitié que j'ai mise à mal. Parle-moi, au moins, raconte-moi ce que tu deviens.

Les mains dans les poches de son sweat, Emma Kate scruta son visage, le regard perplexe.

– Pourquoi n'es-tu pas venue à l'enterrement de mon grand-père ? Il t'adorait. J'avais besoin de toi.

– J'aurais voulu venir. Je n'ai pas pu.

En secouant la tête, Emma Kate recula d'un pas.

– Ça ne me suffit pas pour te pardonner. Tu aurais dû venir, tu le sais, mais tu t'es contentée d'envoyer des fleurs et une carte. Explique-moi pourquoi.

– Mon mari ne voulait pas que je vienne, avoua Shelby, piteuse. Je n'avais pas les moyens financiers ni le courage de m'opposer à sa volonté.

– Tu étais pourtant du genre à n'en faire qu'à ta tête.

Shelby se souvenait de cette fille-là comme de sa cousine Vonnie : vaguement.

– On change, tu l'as dit toi-même... Le peu de courage qui me restait, je viens de l'utiliser pour te demander de me pardonner.

Emma Kate prit une longue inspiration.

– Tu te rappelles le Bootlegger's Bar and Grill ?

– Bien sûr.

– Retrouvons-nous là-bas demain à 19 h 30. On discutera.

– Je demanderai à maman si elle peut garder Callie.

– Ta fille ? Celle que je n'ai jamais vue ? répliqua Emma Kate, d'une voix redevenue glaciale.

– Excuse-moi, murmura Shelby, taraudée par la honte et le sentiment de culpabilité. Je suis prête à m'excuser autant de fois que tu le voudras.

– Je serai au Bootlegger's demain à 19 h 30. Essaie de venir.

Là-dessus, Emma Kate referma la porte et laissa couler quelques larmes sur ses joues, avant de rejoindre sa mère dans la cuisine.

Griff put poser le dernier élément du bas en paix : Emma Kate avait eu la bonté d'emmener sa mère faire du shopping.

S'accordant une pause, il se désaltérait de Gatorade tout en examinant l'avancée des travaux. La reine des enquiquineuses adorerait sa nouvelle cuisine, il en était certain.

Quant à la belle rousse, Shelby, la copine d'enfance d'Emma Kate, il avait dû se passer quelque chose entre elles. Jamais il n'avait vu Emma Kate aussi froide et distante.

Une brouille de filles, sans doute. Griff avait une sœur, il ne savait que trop combien les filles pouvaient être rancunières.

Curieux, il tenterait de sonder Emma Kate.

Il aurait volontiers sondé la rouquine, s'il avait pu l'inviter à prendre un verre, mais ne convenait-il pas de respecter un certain délai, après un deuil ?

Ce n'était sûrement pas glorieux de songer à draguer une veuve... Mais il y avait longtemps qu'une femme ne lui avait pas fait autant d'effet. Aucune ne lui avait jamais fait autant d'effet. Pourtant, il aimait les femmes.

Il jeta sa canette dans la poubelle et déplaça son escabeau. Puisque Matt n'était toujours pas là, il commencerait seul à installer les éléments supérieurs. Matt devait bavarder.

Les bavardages étaient un art de vivre à Rendezvous Ridge. Et le thé glacé. Et les questions. Et les longues pauses paresseuses.

Griff s'y était habitué et trouvait plaisante cette ambiance de petite bourgade.

Il avait été confronté à un dilemme lorsque Matt avait décidé de s'installer dans le Tennessee, auprès des parents d'Emma Kate. Rester à Baltimore ou le suivre ? Recruter un nouveau partenaire ? Gérer seul l'entreprise ? Ou repartir plus ou moins de zéro, dans un environnement nouveau, avec une nouvelle clientèle ?

Il ne regrettait pas une seule seconde d'avoir quitté la grande ville.

Alors qu'il posait la dernière vis du premier élément du haut, il tendit l'oreille en entendant la porte d'entrée s'ouvrir. À cela aussi, il fallait s'habituer : personne ici ne verrouillait jamais sa maison.

– Tu lui as fabriqué un nouveau lavabo ? lança-t-il à Matt.

– Miss Vi avait deux ou trois autres bricoles à me faire faire. Hé, tu as drôlement avancé ! Ça rend bien.

Griff descendit de son escabeau afin d'examiner le placard qu'il venait de fixer.

– Tu sais quel est le mot du jour ? « Se tâter ». Il sera désormais illustré dans tous les bons dictionnaires par une photo de Bitsy Addison.

– Elle a toujours un peu de mal à savoir ce qu'elle veut.

Matt avait le chic pour les euphémismes.

– Je ne sais pas comment elle fait pour se décider à se lever le matin. Elle trouve le blanc trop blanc, elle n'est pas sûre que le comptoir lui plaise. Elle aurait peut-être dû choisir une autre couleur pour les murs. Et ne me parle pas de la crédence.

– Trop tard, de toute façon.

– Essaie de le lui dire.

– Bah, elle est adorable, au fond.

– Certes, mais on ne pourrait pas l'enfermer, pendant deux ou trois jours ?

En souriant, Matt enleva sa veste. Autant Griff était mince et élancé, autant Matt était large d'épaules et massif. Le premier ne se souciait pas d'avoir les cheveux qui recouvrent sa nuque et une barbe de deux ou trois jours, tandis que le second veillait toujours à avoir une coupe bien nette et à être rasé de frais.

Matt jouait aux échecs et s'intéressait à l'œnologie.

Griff aimait le poker et la bière.

Depuis près de dix ans, ils étaient aussi proches que des frères.

– Je t'ai rapporté un sandwich, déclara Matt.

– À quoi ?

– Poulet, sauce piquante, comme tu aimes, avec assez de sauce pour te faire un trou dans l'estomac.

– Super.

– On pose un ou deux autres placards, et on prend notre pause-déjeuner ? En vitesse, avant que Bitsy ne revienne.

– Ça marche.

Ils se mirent aussitôt à l'œuvre, et Griff entreprit de sonder son ami.

– La petite-fille de miss Vi est passée, tout à l'heure. Celle qui vient de revenir à Rendezvous.

– Ah oui ? Les clientes de l'institut de beauté ne parlaient que d'elle. Elle est comment ?

– Canon. Aussi rousse que sa mère et sa grand-mère, et les mêmes yeux, d'un bleu presque violet. Avec de longs cheveux bouclés. Le genre de beauté à inspirer les poètes. Et un air triste.

– Pas étonnant, elle vient de perdre son mari. Juste après Noël, je crois. Bonjour les fêtes de fin d'année...

*Environ trois mois*, calcula Griff. Probablement trop tôt pour inviter une veuve à sortir.

– Il s'est passé un truc entre elle et Emma Kate ?... On est droit, là ?

– Monte-le un peu de ton côté, d'un poil. Impec. Quel genre de truc ?

– Bitsy disait qu'elles étaient les meilleures amies du monde, mais Emma Kate ne lui a quasiment pas dit un mot.

– Elle lui en veut, je crois, à cause de la façon dont Shelby est partie quand elle s'est mariée.

– À mon avis, il doit y avoir autre chose. Beaucoup de gens déménagent quand ils se marient.

– Ouais, j'en sais rien... En tout cas, elles ont coupé les ponts. Emma Kate ne m'a parlé d'elle qu'une ou deux fois, mais elle ne s'est pas étendue.

Griff secoua la tête.

– Tu n'y connais rien aux femmes. Quand elles abordent un sujet et qu'elles restent dans le vague, tu peux être sûr qu'il y a anguille sous roche. Dans ce cas, il faut les faire parler, elles n'attendent que ça. Remarque... Forrest non plus ne nous a pas dit grand-chose sur sa sœur, et je n'ai pas pensé à lui tendre une perche.

— Tu ne savais pas encore qu'elle était canon, répliqua Matt avec un clin d'œil, en vérifiant l'alignement du placard. Mais tu ne vas tout de même pas draguer une veuve flanquée d'une gamine, de surcroît la frangine d'un copain...

Griff se contenta de sourire, tout en descendant de l'escabeau pour prendre un autre caisson.

— Tu as bien dragué une fille du Sud qui n'arrêtait pas de te répéter qu'elle n'avait pas le temps de penser aux mecs.

— Je l'ai eue à l'usure.

— Comme quoi il ne faut jamais écouter que son cœur. Vous étiez faits l'un pour l'autre. C'est bon, tu tiens ?

— Je tiens.

Griff lâcha le meuble et entreprit de le visser au premier.

— Tu devrais demander à Emma Kate de t'en dire davantage à propos de sa copine d'enfance.

— Pourquoi ?

— Elle avait l'air contrariée.

— Sérieux ?

— Si je te le dis. Demande-lui pourquoi.

— Ce n'est peut-être pas la peine de remuer le couteau dans la plaie.

— Quand il y a un problème, Matt, il faut l'évacuer.

— Honnêtement, je n'ai pas envie de mettre le doigt dans un nid de guêpes.

— Trouillard.

— Dans ce domaine, je le reconnais, et je n'en ai pas honte, déclara Matt en vérifiant le niveau. Impeccable. On a fait du bon boulot.

— Dans ce cas, je suggère d'attaquer les sandwichs.

Viola avait commencé à coiffer par plaisir, ses sœurs et ses amies, s'inspirant des magazines de mode. Elle racontait que la première fois qu'elle avait coupé les cheveux de sa sœur Evalynn, avec les ciseaux de cuisine de sa mère et le coupe-chou de son grand-père, elle n'avait échappé à la fessée que parce que le résultat était aussi honorable que ce que miss Brenda, la coiffeuse du village, facturait au prix fort.

Elle avait douze ans. À partir de ce jour, elle avait été chargée de couper les cheveux de toute la famille, et de coiffer les filles pour les grandes occasions, y compris sa mère.

Enceinte de son premier enfant, elle avait été embauchée chez miss Brenda. Pour arrondir ses fins de mois, elle coiffait également à domicile, dans la minuscule kitchenette du mobile home où elle vivait alors avec Jackson. À la naissance de Grady, quatre mois avant son dix-septième anniversaire, elle s'était mise à la manucure, travaillant à son compte dans le deux pièces qu'ils louaient à l'oncle Bobby.

Peu après Grady, un deuxième bébé était arrivé. Elle avait alors suivi une formation en cosmétologie, confiant ses deux bambins à la garde de sa mère.

Viola MacNee Donahue était née avec de l'ambition, et elle n'avait pas peur de tirer son mari vers le haut.

À vingt ans, mère de trois enfants, le cœur brisé par une fausse couche, elle avait racheté le salon de miss Brenda, laquelle avait plaqué son mari pour disparaître avec un guitariste de Maryville.

Le couple s'était endetté, mais Viola était vaillante. Elle passait souvent dix-huit heures debout. De son côté, au garage Fester, Jackson ne comptait pas ses heures non plus.

Ils avaient eu un quatrième enfant, remboursé peu à peu leurs emprunts, et repris un crédit afin que Jackson puisse monter sa petite entreprise de dépannage et remorquage. Jackson Donahue était le meilleur mécanicien du comté, et il n'avait pas tardé à fidéliser sa clientèle, Fester étant ivre mort avant midi cinq jours sur sept.

Ils avaient fait leur petit bonhomme de chemin, élevé leurs quatre enfants, acheté une jolie maison.

Avec son bas de laine, Viola avait acquis la vieille épicerie à côté du salon de coiffure et fait jaser la ville en y installant trois fauteuils de pédicure ultramodernes.

La petite affaire tournait bien, mais Viola voyait toujours plus grand.

Quelques touristes s'aventuraient parfois à Rendezvous Ridge, en quête de calme, d'authenticité et de vacances bon marché. La plupart campaient, pêchaient, faisaient de la randonnée ou du rafting, mais certains séjournaient à l'hôtel, et ceux-ci ne regardaient pas à la dépense.

Viola avait encore agrandi le salon, deux fois.

Pour les habitants du village, il demeurait Chez Vi, mais les étrangers entraient à l'Institut de beauté et spa Viola Harmony.

Elle trouvait que le nom sonnait bien.

La dernière extension – elle affirmait que ce serait la dernière – lui avait permis d'aménager une salle de relaxation. Appellation peut-être pompeuse, pour ce qui n'était ni plus ni moins qu'une salle d'attente, mais celle-ci était des plus charmantes. Alors que Viola aimait les couleurs vives, elle s'en était tenue ici à des teintes douces. Tout appareil électronique en était banni. En peignoir au logo brodé, les clientes patientaient dans de confortables fauteuils, autour d'un poêle à bois, en sirotant une infusion bio ou de l'eau de source locale.

Ce dernier aménagement ayant été réalisé à l'époque où Shelby avait déménagé d'Atlanta à Philadelphie, cette dernière ne l'avait pas encore vu.

Elle ne fut pas surprise, toutefois, lorsque sa grand-mère l'y conduisit, après l'avoir fait passer par le vestiaire.

– Magnifique, chuchota-t-elle, afin de ne pas déranger deux dames qui feuilletaient des magazines.

– Goûte le thé au jasmin, tu m'en diras des nouvelles. Il est produit dans la région. Vonnie viendra te chercher. Relaxe-toi, en attendant.

– C'est aussi beau que dans tous les spas que j'ai fréquentés. Encore plus, même.

Toutes sortes de petites attentions avaient été pensées pour les clientes : des soucoupes de graines de tournesol, une corbeille de pommes vertes, des pichets d'eau fraîche agrémentée de rondelles de citron ou de concombre, des théières chaudes et des tasses en porcelaine.

– Tu m'épateras toujours, ajouta-t-elle.

– Ce ne sont pas les idées qui me manquent, et dès que j'en ai une, je n'hésite pas à la mettre en pratique. Viens me voir quand Vonnie en aura terminé avec toi.

– D'accord. Pourrais-tu… passer un coup de fil à maman ? Je voudrais être sûre que tout se passe bien avec Callie.

– Ne t'inquiète pas.

*Plus facile à dire qu'à faire*, songea Shelby, jusqu'à ce que Vonnie, un petit bout de femme qui ne devait pas mesurer plus d'un mètre cinquante-cinq, l'installe sur une table chauffante, dans une pièce à l'éclairage tamisé, avec une musique douce en fond sonore.

– Ouh, tu as du roc dans les épaules ! De quoi bâtir une cathédrale ! Inspire profondément. Encore… Voilà, très bien. Ne pense plus à rien.

Shelby s'y efforça, puis elle n'eut plus besoin de s'appliquer : elle se laissa porter.

– Comment te sens-tu, maintenant ?

– Comment ?

– Excellente réponse. Ne te redresse pas trop vite, prends le temps. Je vais remonter un peu la lumière. Ton peignoir est sur tes jambes.

– Merci, Vonnie.
– Je dirai à miss Vi de te caler un rendez-vous la semaine prochaine. Il faudra quelque temps pour éliminer toutes ces contractures.
– J'ai l'impression d'être en guimauve.
– C'est parfait. Ne te lève pas trop vite, entendu ? Je t'apporte de l'eau fraîche. Pense à bien t'hydrater.

Shelby but deux grands verres d'eau, se rhabilla, puis se rendit dans le salon de coiffure.

Quatre des six fauteuils étaient occupés, ainsi que deux des quatre espaces de pédicure. En voyant deux femmes qui se faisaient vernir les ongles, elle regarda les siens. Elle n'était pas allée chez la manucure depuis les fêtes.

Si la salle de relaxation était un sanctuaire de silence, le salon bourdonnait de voix, du bouillonnement des bains de pieds, du bruit des sèche-cheveux. Cinq personnes l'interpellèrent – trois esthéticiennes et deux clientes – pour lui présenter leurs condoléances et lui souhaiter la bienvenue, si bien qu'elle dut échanger quelques mots avec chacune avant de rejoindre sa grand-mère.

– Timing parfait. Je viens juste de finir les mèches de Dolly Wobuck, et mon prochain rendez-vous est annulé. J'ai le temps de te faire un massage facial. Va vite remettre un peignoir.
– Oh, mais...
– Callie va bien. Elle joue à la dînette avec Chelsea, déguisée. Ada Mae m'a dit qu'elles avaient tout de suite accroché, et qu'elles lui rappelaient Emma Kate et toi.

Shelby s'efforça de ne pas repenser au regard glacial de son amie d'enfance.

– Elle ramène ta petite à la maison dans une heure ou deux, ce qui nous laisse tout le loisir de te faire un soin du visage et de papoter. Vonnie t'a fait du bien ?
– Elle est sensationnelle. Je ne me souvenais pas qu'elle était aussi petite.
– Comme sa mère.
– Mais elle a des mains d'une force incroyable. Elle a refusé mon pourboire, sous prétexte que maman avait déjà tout réglé et que nous étions de la même famille.
– En guise de pourboire, accorde-moi une heure de ton temps. Va enfiler un peignoir et installe-toi dans la première cabine.

Shelby s'exécuta. Elle souhaitait que Callie se fasse des amies, non ? Qu'elle fréquente des enfants de son âge. Ce qui était normal.

*Le Menteur*

Il n'y avait pas lieu de culpabiliser parce qu'elle passait l'après-midi dans l'institut de beauté de sa grand-mère.

– J'ai exactement ce qu'il te faut, déclara Viola en pénétrant dans la cabine. Mon soin énergisant boostera ta peau. Accroche ton peignoir au portemanteau, là, et allonge-toi.

– Ça aussi, c'est nouveau : ce fauteuil, toutes ces machines...

– Pour être compétitif, il faut rester à la page, répondit Viola en nouant un tablier par-dessus son pantacourt saumon et son tee-shirt orange. Dans la salle d'à côté, j'ai un appareil qui traite les rides par électrostimulation.

– Vraiment ?! demanda Shelby en se glissant sous le drap étendu sur le fauteuil inclinable.

– Pour l'instant, nous ne sommes que deux à savoir l'utiliser, moi et ta mère, mais Maybeline... Tu te souviens de Maybeline ?

– Bien sûr. Aussi loin que je me souvienne, elle a toujours travaillé pour toi.

– J'ai embauché sa fille aussi, Lorilee. Elle a le même talent pour la manucure que sa mère. Tout ça pour dire que Maybeline se forme à la nouvelle machine. Nous serons donc bientôt trois à pouvoir nous en servir. Mais tu n'as pas encore à te soucier des rides.

Viola étendit un plaid par-dessus le drap, puis, à l'aide d'un bandeau, ramena les cheveux de Shelby en arrière.

– Tu as la peau déshydratée, ma chérie. Le stress.

Elle commença par un nettoyage, appliquant ses mains aussi douces que celles d'un enfant sur le visage de Shelby.

– Il y a des choses qu'on ne dirait pas à sa mère, mais qu'on peut dire à sa grand-mère, tu le sais. Je te garantis de garder le secret. Tu as du chagrin, c'est normal, mais je vois bien qu'il y a autre chose qui te tracasse.

– Je n'aimais plus mon mari, avoua Shelby. (Les yeux fermés, elle pouvait le dire à voix haute.) Je ne l'ai jamais aimé, peut-être. Lui non plus, j'en suis sûre, maintenant.

– Tu étais très jeune quand tu t'es mariée.

– Moins que toi.

– J'ai eu une chance du tonnerre. Ton grand-père aussi.

– J'étais une bonne épouse, Granny. Je peux le dire, je le sais. Et je ne regretterai jamais Callie. Je voulais un deuxième enfant. Ce n'était peut-être pas judicieux, dans ces circonstances, mais j'avais tellement envie d'un autre bébé.

– Je connais cette envie.

– Il était d'accord. Il disait que ça aurait été bien pour Callie d'avoir un petit frère ou une petite sœur. Mais on n'y arrivait pas, alors que ça avait été si facile et si rapide la première fois. J'ai subi des tests, et lui aussi, prétendait-il…

– « Prétendait-il » ? répéta Viola en faisant délicatement pénétrer un exfoliant.

– Je… J'ai dû trier ses papiers après son décès. Et j'ai découvert la facture d'une intervention chirurgicale, datée de quelques semaines après la naissance de Callie. Il m'avait dit qu'il partait en voyage d'affaires. Moi, j'étais ici ; il m'avait réservé un jet privé et une limousine. Tu te rappelles ? C'est la première fois que je suis venue avec Callie. Pendant ce temps-là, il était à New York, en train de subir une vasectomie.

Les mains de Viola s'immobilisèrent.

– Et il te laissait croire qu'il désirait un autre enfant ?

– Ça, je ne le lui pardonnerai jamais.

– C'était son droit, de ne pas en vouloir d'autre, mais il n'avait pas celui de se faire opérer sans t'en avoir d'abord parlé. Comment peut-on faire une chose pareille ? Et vivre avec ? Il devait lui manquer quelque chose, à cet homme !

– Il m'a tant de fois menti, Granny… et je ne m'en suis aperçue qu'après sa mort. Je me sens idiote, j'ai l'impression d'avoir vécu avec un étranger. Je ne comprends pas pourquoi il m'a épousée.

Et Shelby ressentait un vide qu'elle ne parviendrait sans doute jamais à combler.

– Tu es belle, Shelby Anne. Si, en plus, tu étais une bonne épouse… Tu n'es pas une idiote, en tout cas. Tu lui faisais confiance, voilà tout. À propos de quoi d'autre te mentait-il ? Il te trompait ?

– Je crois, bien que je n'en sois pas sûre à cent pour cent. Mais ce n'est pas grave. J'ai passé des examens, il y a quelques semaines. L'essentiel, c'est qu'il ne m'ait rien transmis.

En dépit de la colère qui bouillonnait en elle, Viola appliqua le masque énergisant avec une infinie douceur.

– Il n'était pas clair non plus au sujet de ses sources de revenus. C'était lui qui gérait les finances, je ne m'en suis jamais souciée. Il disait que mon rôle était de m'occuper de la maison et de Callie. Il était méchant, parfois, bien qu'il n'ait jamais levé la main sur moi ni même haussé le ton.

– Le mépris est plus blessant que la rage.

Réconfortée, Shelby ouvrit les yeux et les plongea dans ceux de sa grand-mère.

– Il avait fait de moi une femme soumise. C'est douloureux de le reconnaître, et je ne sais pas comment ça s'est produit, mais j'en suis parfaitement consciente, avec le recul. Il n'aimait pas que je lui pose des questions sur l'argent, alors je m'abstenais. J'avais tout ce que je voulais : vêtements, meubles, restaurants, voyages. En vérité, il trempait dans des affaires louches, je ne sais pas encore exactement lesquelles.

Shelby referma les yeux – non de honte, pas avec Granny, mais de lassitude.

– Nous vivions à crédit, poursuivit-elle. La maison de Philadelphie était hypothéquée. Il n'avait même pas honoré la première mensualité du prêt, et il l'avait racheté dans le courant de l'été. Je n'étais au courant de rien, je n'ai su qu'en novembre que nous allions déménager. Et je passe sur les voitures, les cartes de crédit, les dettes qu'il a laissées à Atlanta, les impôts impayés.

– Il t'a laissé des dettes ?

– J'ai commencé à les rembourser, j'ai vendu beaucoup de choses avant de quitter Philadelphie. Et la villa est presque vendue, elle aussi.

– Des dettes de quel montant ?

– Très exactement, répondit Shelby en rouvrant les yeux, 1 900 096 dollars et 89 cents.

– Seigneur ! s'exclama Viola. C'est énorme !

– On m'a fait une offre d'un million huit pour la maison. Si la vente se fait, je serai presque à jour. Au départ, l'ardoise s'élevait à 3 millions.

– Tu as remboursé plus d'un million de dollars depuis janvier ? Tu as dû faire un sacré vide-grenier !

# 7

Un massage, un soin du visage, une petite fille qu'elle retrouva pétillante de joie, tout cela contribua à rehausser le moral de Shelby.

Et surtout, en se confiant à sa grand-mère, elle s'était libérée d'un poids colossal. Elle lui avait tout raconté : ce qu'elle avait découvert dans le coffre à la banque, le détective privé, le tableau comptable qu'elle avait créé, et son désir de trouver au plus vite un emploi rémunéré.

Après le souper, le bain et le coucher de Callie, elle savait tout de Chelsea et promit à sa fille qu'elle reverrait très prochainement sa nouvelle amie.

Lorsqu'elle redescendit dans le salon, son père regardait un match de basket sur son nouveau poste de télévision, confortablement calé dans son fauteuil inclinable attitré. Sa mère, elle, crochetait sur le canapé.

– Elle s'est endormie ?

– Comme une masse, avant que j'aie terminé de lui lire son histoire. Tu l'as épuisée, maman !

– Elle s'est bien amusée, elle n'a pas soufflé une minute. On pense établir un tour de rôle, avec Suzannah : une semaine sur deux, j'irai chez elle avec Callie ; la semaine suivante, elle viendra ici avec Chelsea. Et je t'ai noté le numéro de Tracey, la maman de Chelsea ; je te l'ai laissé sur le comptoir de la cuisine. Vous pourrez vous arranger directement entre vous.

– Je l'appellerai. Grâce à toi, Callie a passé une journée formidable. Dis-moi… Je pourrais te demander un service ?

– Tu sais bien que oui.

– J'ai rencontré Emma Kate, aujourd'hui.

– Il paraît, commenta Ada Mae en souriant par-dessus son ouvrage. Tout se sait, à Rendezvous. Le jour où il se passera quelque chose dont je ne serai pas au courant dans les trente minutes, ce sera parce que je commencerai à devenir sourde. Hattie Munson – tu te souviens ? Elle habite en face de chez Bitsy. Elles sont sans cesse en train de se chamailler. En ce moment, elles sont en froid parce que Bitsy a renouvelé son électro ménager sans la consulter. Le fils d'Hattie travaille chez LG, mais Bitsy a acheté du Maytag, et Hattie le prend comme un affront. Cela dit, Hattie se vexe quand elle éternue dans sa cuisine et que tu ne lui dis pas « *Gesundheit* » de la tienne.

Amusée par les digressions de sa mère, et par les invectives de son père à l'encontre des joueurs, des arbitres et des entraîneurs, Shelby se cala sur le bras du canapé.

– Toujours est-il qu'Hattie t'a vue entrer chez Bitsy avec Emma Kate. Sa cuisine prend forme ? Je ne suis pas passée la voir depuis plus d'une semaine.

– Ils sont en train d'installer les placards. Ce sera très joli.

– Le chéri d'Emma Kate et son associé font du bon boulot, et ils sont adorables. Je vais leur faire faire une salle de bains, ensuite, à la place de ton ancienne chambre.

– Ce n'est pas encore décidé, intervint Clayton, émergeant de son match.

– Bien sûr que si, c'est tout vu ! rétorqua Ada Mae. Griff est venu jeter un coup d'œil et il a dit que ça ne posait pas de problème, qu'on pouvait abattre la cloison. Il m'a prêté des catalogues, et j'ai déjà repéré une baignoire. Et je suis allée voir la salle de bains qu'il s'est faite dans la maison du vieux Tripplehorn : digne d'un magazine ! La chambre est loin d'être finie, par contre : il dort sur un matelas gonflable. Mais la cuisine m'a fait pâlir d'envie.

– Ah non ! s'exclama Clayton.

– Ne t'affole pas, j'aime bien la mienne, répondit Ada Mae, et à l'attention de sa fille, elle articula en silence : Pour le moment... Vous deviez être super contentes de vous revoir, j'imagine, avec Emma Kate ?

*Hélas non*, pensa Shelby.

– C'est justement à ce sujet que je voudrais te demander un petit service. Elle m'a proposé de la rejoindre demain soir au Bootlegger's.

– Pas de problème, on gardera Callie. Les vieilles amies sont le ciment de la vie. Je ne sais pas ce que je deviendrais sans Suzannah.

– Va passer la soirée avec ta copine, on gâtera ta fille, déclara Clayton.

Shelby se pencha vers sa mère pour l'embrasser, puis se leva et alla embrasser son père.

– Merci. Je monte me coucher. Après cette journée de massages, je tombe de sommeil. Merci, maman, ça m'a fait un bien fou. Il faudra qu'on mange tôt, demain soir, Emma Kate m'a donné rendez-vous à 19 h 30. Je préparerai le dîner.

– Oh, mais...

– Je préparerai le dîner, c'est tout vu, déclara-t-elle sur le même ton que celui que sa mère avait employé avec son père, ce qui suscita un petit hennissement de la part de celui-ci. Je suis devenue bonne cuisinière, ajouta-t-elle, vous jugerez par vous-mêmes. Et j'ai l'intention de participer aux tâches ménagères ; c'est comme ça que j'ai été élevée. Sur ce, bonne nuit.

Ada Mae attendit que sa fille eût disparu dans l'escalier pour chuchoter à son mari :

– Elle était moins pâle, et elle avait l'air moins fatiguée, ce soir.

– C'est vrai, et ça ira de mieux en mieux. J'ai hâte de savoir ce qu'elle va nous préparer, demain !

– J'ai encore plus hâte qu'elle se réconcilie avec Emma Kate.

Au milieu de la matinée, Shelby se maquilla, enfila un petit blouson de jean rose, sortit la poussette et partit au village avec Callie acheter ce dont elle avait besoin pour le poulet du dîner. Par la même occasion, elle commencerait à regarder s'il n'y avait pas d'offres d'emploi.

Les nuages s'étaient dissipés, l'air avait cette fraîcheur vivifiante qui succède aux pluies printanières.

– On va voir Chelsea, maman ?

– On va se promener au village, faire des courses et ouvrir un compte à la banque. On passera peut-être dire bonjour à Granny.

– Et à Chelsea !

– Je téléphonerai à sa maman dans la journée, et on verra.

En passant devant chez les parents d'Emma Kate, Shelby nota la présence dans l'allée du camion des Hommes à tout faire, et résista à l'envie de faire coucou à Hattie Munson, qu'elle imaginait épiant le voisinage de derrière ses rideaux.

Mme Munson n'était pas la seule commère à Rendezvous Ridge. Par-dessus les clôtures, dans les rayons du supermarché et à l'heure du déjeuner, chez Sid and Sadie, on devait faire des gorges chaudes de la fille Pomeroy, revenue veuve au bercail, avec sa petite orpheline. Ce à quoi il fallait s'attendre quand on était partie avec un homme que personne ne connaissait ni d'Ève ni d'Adam.

Les mauvaises langues devaient raconter qu'elle s'était exilée dans le Nord, qu'elle ne venait presque jamais rendre visite à sa famille, qu'elle avait abandonné les études pour lesquelles ses parents s'étaient saignés aux quatre veines.

Il y avait matière à cancaner… Et encore, ils ne connaissaient pas la moitié de son histoire !

Il fallait garder la tête haute, se montrer aimable avec tout le monde, et trouver un emploi stable.

Travailler, pensa Shelby, impliquerait de confier Callie à une assistante maternelle, ce qui générerait des frais. Mais Callie avait besoin de côtoyer d'autres enfants, il n'y avait pas à hésiter.

À la fourche, tandis que la fillette bavardait avec Fifi, Shelby prit la direction du centre-ville. Çà et là, des maisons étaient en vente.

Lorsqu'elles s'installeraient toutes les deux, il faudrait qu'elles soient près de tout, que Callie puisse aller à pied chez ses grands-parents, chez ses copines, et au village, comme Shelby dans son enfance.

Un petit cottage modeste leur suffirait. Deux chambres, un bout de terrain. Le jardinage lui avait manqué en appartement, et à Philadelphie, elle n'en avait pas eu le temps. Elles planteraient des fleurs, des herbes aromatiques, quelques légumes. Callie apprendrait à arroser, tailler, récolter.

Shelby trouverait des meubles dans les vide-greniers et sur les marchés aux puces, qu'elle repeindrait ou customiserait. Des couleurs chaudes et des coussins moelleux.

Elles seraient heureuses, ici. Elle ferait tout pour qu'elles le soient.

La rue principale était toujours aussi charmante, bordée de vieilles maisons et de boutiques.

Shelby pourrait travailler dans un magasin de souvenirs, dans un restaurant, à la caisse du drugstore ou du supermarché. Granny avait proposé de l'embaucher au salon, mais elle n'avait pas de talent pour la coiffure – et pas de diplôme. Elle ne lui serait d'aucune utilité réelle. Sa grand-mère cherchait seulement à lui rendre service, et sa famille en faisait déjà bien assez pour elle.

Elle irait aussi voir à l'hôtel et au lodge, juste à la sortie de la ville, s'ils avaient besoin d'une réceptionniste ou d'une serveuse, voire d'une femme de chambre. Pas aujourd'hui, pas avec Callie. Cette piste était à creuser.

Tout avait un air pimpant, les vitrines étincelantes au soleil, les balcons garnis de fleurs. Les gens prenaient le temps de se saluer, de bavarder un instant. Quelques touristes flânaient, sac au dos, prenaient en photo le puits – le principal monument de Rendezvous Ridge.

Selon la légende, deux amoureux maudits, issus de familles rivales, se retrouvaient là, autrefois, chaque soir à minuit. Jusqu'à ce que le père de la belle abatte froidement son amant d'un coup de revolver et que sa fille en périsse de chagrin.

La ville devait son nom, disait-on, à leurs rendez-vous clandestins, et le puits – hanté, bien sûr – était devenu une attraction touristique, figurant sur les cartes postales et les tableautins vendus dans les boutiques de souvenirs.

Shelby envisageait également un emploi de bureau. Elle avait quelques notions d'informatique. Mais, hélas, aucune expérience. Son cursus professionnel se résumait à des jobs d'été au salon – à remplir des flacons de shampooing, à balayer et à tenir la caisse – et à un semestre à la librairie universitaire.

Plus ses prestations de chanteuse.

Il y avait peu de chances qu'elle réintègre un groupe, et remplir des flacons de shampooing n'était plus de son âge. Restait le commerce. Ou la garde d'enfants. Seulement il y avait déjà une assistante maternelle à Rendezvous, et presque tout le monde avait de la famille ici, une mère, une cousine ou une sœur qui se faisaient une joie de garder les enfants.

Vendeuse. Ou serveuse. La saison touristique approchait, boutiques et restaurants auraient besoin d'extras : The Artful Ridge, qui exposait les artistes et les artisans de la région ; Mountain Treasures, le magasin de bibelots ; Hasty Market, la petite supérette où s'approvisionnaient ceux qui ne voulaient pas parcourir les huit cents mètres jusqu'à la grande surface ; la pharmacie, le glacier, le bar et grill, la Pizzateria, le magasin de spiritueux.

Le Shady's Bar, au bout de la rue, le troquet le plus mal famé de la ville. Sa mère ferait une crise cardiaque si Shelby y travaillait.

En premier lieu, elle s'arrêta au salon, afin que sa grand-mère puisse présenter sa petite-fille à ses collègues et à ses clientes.

– Nous allons te coiffer, ma petite chérie, déclara aussitôt Viola. Crystal, apporte-moi un rehausseur, s'il te plaît. Assieds-toi là, Callie Rose. J'ai coiffé ta Gamma, ta maman, et maintenant voici ton tour !

La fillette caressa ses cheveux, puis ceux de son arrière-grand-mère.

– Les cheveux de Callie, les cheveux de Granny.

– On a presque les mêmes, en effet, bien que les miens ne soient plus aussi vigoureux que les tiens.

– Plus aussi vigoureux, répéta Callie, ce qui fit rire Viola.

– Installe-toi au poste de Crystal, Shelby. Sa prochaine cliente n'arrive pas avant une demi-heure. Regardez-moi ces belles frisettes !

Callie, qui d'ordinaire s'agitait chez le coiffeur, se regardait tranquillement dans le miroir.

– Je veux être une princesse, Granny.

– Tu *es* une princesse, et nous allons te faire une coiffure digne de ton rang.

Viola brossa les bouclettes, en rassembla certaines dans une grosse pince argentée, puis entreprit de natter les autres en une tresse française.

– J'ai appris que Bonnie Jo Farnsworth – une cousine du beau-frère de Gilly – allait divorcer. Forrest était copain avec son mari, Les Wickett, quand ils étaient petits. Ça ne fait même pas deux ans qu'ils sont mariés, et ils ont un bébé de six mois. Ils avaient fait un mariage somptueux, à l'hôtel, qui avait dû coûter deux bras et une jambe au père de Bonnie Jo.

– Les était un gentil garçon, je me souviens très bien de lui.

– Leur couple battait déjà de l'aile avant leur mariage, déclara Crystal, en secouant sa sublime chevelure blonde. Mais je ne vais pas faire ma mauvaise langue…

– Raconte-nous tout ! l'encouragea Viola en attachant la première tresse, avant de s'attaquer à la seconde.

– Eh bien, vous ne saviez peut-être pas que Bonnie Jo avait fréquenté Boyd Kattery…

– Les fils Kattery sont des lascars. Forrest a eu maille à partir avec Arlo, le plus jeune, il n'y a pas très longtemps. Arlo était soûl comme un cochon, et il a provoqué une bagarre au Shady's. Le patron a appelé Forrest, qui s'est pris un coup dans la figure en intervenant. Tu connais Arlo, Shelby. Un grand blond avec des airs de voyou. Il avait une moto et il te draguait.

– Il avait été renvoyé du lycée pour avoir tabassé un garçon deux fois plus petit que lui.

– Boyd est encore pire, affirma Crystal, tout en préparant son poste pour la prochaine cliente. Ils avaient rompu, avec Bonnie Jo, quand il s'est fait arrêter… (Elle jeta un coup d'œil à Callie, trop occupée à s'admirer pour écouter la conversation des adultes.) … pour détention de substances illégales. Bonnie Jo a rencontré Les peu après, et ils ont décidé de se marier presque tout de suite. À mon avis, le père de Bonnie Jo était tellement soulagé qu'il aurait consenti à tous les sacrifices. Mais Boyd est sorti de prison avant le mariage, et il paraît qu'il a recommencé à fricoter avec Bonnie Jo. Ils sont tous les deux en Floride, maintenant, où il a des cousins, paraît-il, qui fabriquent de la méthamphétamine. Elle a abandonné son bébé comme une vieille chaussette.

Du moment que les ragots ne la concernaient pas, Shelby prenait un certain plaisir à les écouter, tout en observant sa fille qui se pavanait devant le miroir.

Viola rassembla les nattes en une couronne et les fixa au moyen de petites barrettes roses.

— Je suis jolie, Granny ?

— Tu es belle comme un cœur, acquiesça Viola en se baissant pour que son visage se reflète aux côtés de celui de la fillette. Tu le sais, et ce n'est pas un mal. Mais sais-tu qu'il y a des choses plus importantes que la beauté ?

— Quoi ?

— L'intelligence. Es-tu intelligente, Callie Rose ?

— Maman le dit.

— Il faut être gentille, aussi. Si tu es jolie, intelligente et gentille, alors tu es une vraie princesse.

Elle déposa un baiser sur la joue de son arrière-petite-fille, puis la souleva hors du fauteuil.

— Si je n'attendais pas une cliente, je vous inviterais à déjeuner. La prochaine fois.

— La prochaine fois, c'est nous qui t'inviterons à déjeuner, décréta Shelby en installant Callie dans la poussette. À tout hasard, Crystal, saurais-tu où je pourrais trouver du travail ?

— Voyons voir... Beaucoup de commerçants embauchent des extras en été. Mais tu cherches du travail, Shelby ? Avec tout l'argent...

La jeune femme se plaqua une main sur la bouche et jeta un regard confus en direction de Callie.

— Excuse-moi, je suis navrée. Je parle toujours trop vite.

— Il n'y a pas de mal. J'ai besoin de m'occuper, tu sais ce que c'est...

— Je sais surtout ce que c'est que d'avoir des factures à payer. Mais si tu as peur de t'ennuyer, tu pourrais peut-être trouver un job plaisant à The Artflul Ridge. C'est devenu une boutique très chic, toujours bondée pendant la saison touristique. Peut-être aussi qu'ils auraient besoin d'une hôtesse d'accueil supplémentaire à l'hôtel. Ils ne prennent que des jolies filles. Oh, et Rendezvous Gardens, la jardinerie, tu sais ? Ils ont toujours besoin d'aide à cette époque de l'année. Ça pourrait être sympa, si tu aimes les plantes.

— Merci pour ces pistes. J'irai voir. Pour l'heure, il faut que j'aille au supermarché. Je prépare le repas pour papa et maman, ce soir. Si vous voulez venir, Granny, avec Grandpa, je me ferai une joie de cuisiner pour vous aussi.

– Avec plaisir. J'en parlerai à Jackson.
– On dînera à 18 heures. Venez un peu plus tôt. J'ai rendez-vous avec Emma Kate à 19 h 30.
– Tu as rencontré son chéri ? demanda Crystal.
– Pas encore.
– Il est adorable. Et pour ne rien gâcher, il a un associé... craquant ! minauda-t-elle, une main sur le cœur. Si je n'étais pas sur le point de me marier, pour la deuxième fois de ma vie, j'en aurais volontiers fait mon quatre-heures ! Il a une démarche d'une classe folle. J'adore les hommes qui ont une belle démarche.
– Voilà ton rendez-vous de 11 h 30, Crystal.
– C'était un plaisir de bavarder un moment avec toi, Shelby. Je suis contente que tu sois de retour.
– Moi aussi.
– Son premier mari avait de la classe, chuchota Viola tandis que son employée accueillait sa cliente. Mais elle se l'est fait piquer par une autre.
– J'espère qu'elle aura plus de chance, cette fois.
– Je le lui souhaite, elle le mérite. Que vas-tu préparer pour ce soir ?
– Surprise... Et je ferais mieux de me dépêcher, ou sinon je serai obligée de commander des pizzas !

Au supermarché, Shelby et Callie rencontrèrent Chelsea et sa mère, ce qui les retarda encore d'une demi-heure, mais déboucha sur un rendez-vous le lendemain au parc, afin que les filles puissent jouer ensemble.

Puisqu'ils seraient finalement six à table, Shelby modifia quelque peu son menu. Elle servirait un poulet rôti à l'ail, à la sauge et au romarin, accompagné de carottes au beurre et au thym, comme les aimait Callie, et de petits pois. En entrée, une salade de pommes de terre rouges assaisonnée de cette sauce dont elle avait découpé la recette dans un magazine. Et elle ferait aussi des petits pains.

Richard n'aimait pas ses petits pains. Il les qualifiait d'« étouffe-chrétien ».

Au diable Richard.

Si elle avait le temps, elle préparerait des feuilletés apéritifs. Et des profiteroles pour le dessert. La cuisinière qui venait trois fois par semaine, à Atlanta, lui avait appris à les faire.

Elle remplit son chariot, acheta des biscuits en forme d'animaux pour Callie, et s'efforça de ne pas grincer des dents en passant à la caisse.

Sa famille le méritait bien, pensa-t-elle. En échange d'un toit au-dessus de sa tête et de celle de sa fille, un bon dîner était le minimum qu'elle leur devait.

Ce ne fut qu'en sortant du supermarché qu'elle se rappela qu'elle était à pied.

– Oh, mince... Je suis trop bête !

Trois sacs de courses, une poussette, et deux kilomètres et demi de chemin.

En se maudissant, elle casa deux sacs sous la poussette, cala son gros fourre-tout sur son épaule et empoigna le troisième sac.

Au bout de sept cents mètres, elle changea de bras, envisageant sérieusement d'appeler sa mère, ou de passer au bureau du shérif voir si Forrest était là et pouvait la ramener à la maison en voiture.

– Ça va aller, je vais me débrouiller.

Elle repensa à l'époque où elle revenait du village en courant, dans les montées et les descentes, le long de la route en lacets.

Elle avait une enfant, aujourd'hui, et trois sacs de provisions. Et, de surcroît, une ampoule au talon.

À la fourche, où elle s'arrêta pour souffler cinq minutes, le camion des Hommes à tout faire se rangea sur le bas-côté.

– Bonjour ! lui lança Griff par la vitre baissée. Vous êtes en panne de voiture ?

– Non, je suis partie à pied. Je n'avais pas l'intention de faire autant d'achats.

– Vous voulez que je vous dépose ?

– Ça me rendrait service, mais...

– Vous ne me connaissez que depuis hier, mais Emma Kate me connaît depuis quelques années. Je serais derrière les barreaux si j'étais un psychopathe... Coucou, mignonne ! Comment t'appelles-tu ?

– Callie, répondit l'intéressée en inclinant la tête d'un air charmeur et en portant la main à sa nouvelle coiffure. Je suis jolie ?

– Tu es belle comme tout ! Montez, je vous ramène chez vous.

– Ce serait avec plaisir, mais vous n'avez pas de siège enfant.

– Il n'y a même pas un kilomètre de distance. Je roulerai doucement, et je m'arrêterai chaque fois qu'on croisera une voiture.

Shelby avait le talon en feu, les bras sciés et les jambes en compote.

– Je crois qu'il suffira de rouler doucement.

– OK. Attendez, je vais vous aider.

En une matinée, cela faisait deux personnes étrangères à la famille qui lui offraient leur aide. Elle peinait à se rappeler la dernière fois que cela lui était arrivé.

Griff descendit du camion et lui prit son sac de provisions. Des fourmillements lui parcoururent les doigts.

– Merci.

– Pas de quoi.

Elle souleva Callie et l'installa sur la banquette. Griff avait déjà la poussette dans les mains.

– Comment ça… Ah, OK.

Il la plia avec dextérité, puis la chargea à l'arrière du camion.

– Callie ! s'exclama Shelby en voyant sa fille grignoter des frites. Ce n'est pas à toi !

– J'ai faim, maman.

En riant, Griff remonta derrière le volant.

– Ce n'est pas grave. Moi non plus, je ne sais pas résister aux frites. Fais-toi plaisir, Callie. Il me restera quand même un gros casse-croûte.

– Nous déjeunons plus tôt, d'habitude. Je ne pensais pas rester en ville aussi longtemps.

– Vous n'avez pas grandi ici ?

Fidèle à sa parole, il roula à trente à l'heure.

– Si. J'avais oublié…

À présent sur les genoux de sa mère, Callie tendit une frite à Griff.

– Merci. Tu sais que tu ressembles beaucoup à ta maman ?

– J'ai les mêmes cheveux.

– Et tu es très bien coiffée. Tu es allée chez miss Vi ?

– Granny s'appelle aussi miss Vi, précisa Shelby.

– Oui, elle m'a coiffée comme une princesse. Je suis jolie, intelligente et gentille.

– Je vois ça ! Tu es la première princesse à monter dans mon camion, je suis très fier. Comment s'appelle ton ami ?

– Fifi. Il aime les frites.

– Ça ne m'étonne pas. Et voilà ! déclara Griff en s'engageant dans l'allée. Nous sommes arrivés. Occupez-vous de la princesse et de son carrosse. Je me charge de vos courses.

– Laissez faire, je peux…

– … traîner trois sacs, une enfant, une poussette et ce gros cabas que vous avez là ? Bien sûr que vous pouvez, mais je me charge des sacs.

– Tu me portes ? demanda Callie, les bras tendus vers lui.

– Callie, ne…

Griff descendit du camion, se courba en avant et tapota son dos.

– Vas-y, grimpe, princesse.

– Youpi ! s'écria la fillette en s'accrochant au cou de Griff, qui s'empara de deux sacs de provisions et parvint à la porte avant Shelby.

– C'est fermé à clé ?

– Je ne crois pas. Maman doit...

Griff entrait déjà dans la maison, Callie agrippée à ses épaules, lui parlant à l'oreille. Shelby laissa la poussette sur le perron.

Il avait déjà posé les sacs sur le comptoir, et faillit lui provoquer une crise cardiaque en faisant basculer Callie par-dessus sa tête, pour la rattraper par les chevilles, tête en bas, puis lui faire exécuter une pirouette et la réceptionner tête en haut. La fillette hurlait de joie.

– Je t'aime ! déclara-t-elle en l'embrassant sur la bouche avec enthousiasme.

– Il suffit de si peu ?! Apparemment, je m'y prenais mal avec mes conquêtes, toutes ces dernières années !

– Tu restes jouer avec moi ?

– J'aimerais bien, mais je dois retourner travailler.

– Tu reviendras jouer avec moi ? demanda Callie en enroulant une mèche de ses cheveux autour de son index.

– Un de ces jours, pas de problème, répondit Griff en cherchant du regard l'assentiment de Shelby.

Elle remarqua que ses yeux étaient aussi verts et malicieux que ceux d'un chat.

– Vous avez des enfants ?

– Moi ? Non, répondit-il en déposant Callie sur le sol, avant de lui donner une petite tape amicale sur les fesses. Bon, Matt m'attend, il faut que j'y aille. Salut, Roussette !

La fillette lui enlaça la jambe affectueusement.

– Au revoir, monsieur.

– Griff, appelle-moi Griff.

– Guiff.

– *Grrr-iff*, corrigea Shelby.

– *Grrr...* répéta Callie.

– Grrr-iff doit retourner travailler, dit-il.

– Merci encore, lui dit Shelby.

– Tout le plaisir était pour moi. J'adore cette cuisine, répondit-il avant de se diriger vers la porte.

Effectivement, il avait une démarche d'une classe folle, constata Shelby, sans même penser à le saluer.

– Grrr-iff, dit Callie à Fifi. Il est joli, maman, et il sent bon. Il va revenir jouer avec moi.

– Je... euh... mmm.

– J'ai faim, maman !

– Quoi ?... Oh, bien sûr !

## 8

Au retour de sa mère, Shelby avait mis le poulet dans le four, épluché carottes et pommes de terre, et dressé le couvert dans la salle à manger – où l'on ne prenait que les repas importants. Elle n'avait pas sorti le service de son arrière-grand-mère paternelle, réservé aux grandes occasions, mais opté tout de même pour les assiettes d'invités, ornées d'un liseré de roses.

Elle avait plié les serviettes en éventail, disposé des bougies et des fleurs au centre de la table, et elle terminait de préparer la pâte à choux pour les profiteroles.

– Waouh ! s'exclama sa mère. La table est superbe ! On dirait que nous allons recevoir du grand monde...

– Nous *sommes* du grand monde.

– Tu as toujours su arranger les choses joliment. Et quel délicieux fumet...

– J'ai invité Granny et Grandpa. Ça ne t'ennuie pas, j'espère ?

– Bien sûr que non, tu le sais bien. J'étais au courant, je me suis arrêtée au salon après ma réunion au club de jardinage. On a fait un peu de shopping, avec Suzannah. J'ai trouvé des petites tenues de printemps adorables pour Callie ! J'ai passé une excellente journée, déclara Ada Mae en hissant trois sacs sur le comptoir, qu'elle commença aussitôt à déballer. J'ai hâte de la voir dans cette jupette à volants ! Avec le corsage assorti, à rayures roses et blanches. Et regarde ces petites babies roses ! J'ai vérifié sa pointure, elles devraient lui aller. Sinon on pourra les échanger.

– Elle va les adorer.

– Et j'ai craqué pour le tee-shirt « Princesse » et ce petit cardigan blanc. Ça lui plaira, n'est-ce pas ? Où est-elle ? Elle pourrait les essayer.

– Elle dort. Il est un peu tard pour la sieste, je sais, mais nous avons déjeuné à 15 heures. Les courses m'ont pris plus de temps que prévu.

– Et alors, quelle importance ? Je te disais donc que j'étais passée au salon… J'y ai rencontré Maxine Pinkett. Elle était partie dans l'Arkansas – tu te souviens ? –, mais elle était de passage. Elle voulait que je lui fasse une couleur. Je ne coiffe plus, en principe, à part les anciennes clientes que je connais bien.

N'ayant qu'un très vague souvenir de Mme Pinkett, Shelby se contenta de hocher la tête, tout en garnissant les petits choux de crème pâtissière.

– Crystal venait de lui dire que j'étais en congé, aujourd'hui, et elle s'apprêtait à repartir, déçue. Je suis arrivée pile à ce moment-là, on s'est croisées sur le pas de la porte ! Elle m'a suppliée de lui faire sa teinture, et je n'ai pas pu refuser – elle prétend qu'elle n'est pas satisfaite des coiffeuses de Little Rock. Du coup, on a papoté, toutes les deux. Son gendre a trouvé du travail dans l'Ohio, alors qu'elle vient juste de revenir dans la région pour se rapprocher de sa fille et de ses petits-enfants. Elle est au trente-sixième dessous, la pauvre, ce qui est compréhensible. Quand tu es…

Ada Mae ferma les yeux, secoua la tête.

– Pardon, je parle trop vite. Il faudrait me coller du sparadrap sur la bouche.

– Mais non. Tu n'as pas vu Callie souvent, en trois ans ; c'est vrai, et c'est entièrement ma faute.

– Bah, nous rattraperons le temps perdu. Que prépares-tu ? Des choux à la crème ? Oh, elle est réveillée ! s'exclama Ada Mae en regardant le moniteur bébé. Je monte lui montrer ses nouveaux vêtements. Tu n'as pas besoin de mon aide ?

– Non, je te remercie. Va vite rejoindre Callie.

– J'espère que les babies lui iront, elles sont trop mignonnes !

Elle prendrait sa fille en photo avec les chaussures roses, pensa Shelby. Callie les oublierait sûrement, en grandissant, mais elle se rappellerait que sa grand-mère l'aimait et lui offrait de jolies choses. Et que son arrière-grand-mère l'avait coiffée comme une princesse.

Les souvenirs étaient importants. Autant qu'un bon repas de famille à la table des grands jours.

Shelby termina les profiteroles, arrosa le poulet, mit les carottes et les pommes de terre sur le feu.

Elle devait se changer, maintenant, non seulement pour le dîner, mais pour son rendez-vous avec Emma Kate. Le minuteur réglé, elle monta à l'étage, et traversa le couloir sur la pointe des pieds pour ne pas déranger Callie et sa mère dans leur séance d'essayage.

Elle passa les quinze minutes suivantes à hésiter sur le choix de sa tenue. Encore récemment, elle possédait une garde-robe trois, voire quatre fois plus importante, et jamais pourtant elle n'avait été aussi indécise.

Sans doute parce qu'elle avait cessé de se soucier de son apparence.

Le Bootlegger's n'était qu'un bar sans prétention, se remémora-t-elle. À mille lieues du Shady's, certes, mais à mille lieues aussi du grand restaurant de l'hôtel, où l'élégance était de mise.

Un jean noir et une chemise blanche feraient l'affaire, avec sa veste en cuir grise et des bottines à talons.

Elle s'habilla en vitesse, redescendit à la cuisine, puis mit un tablier avant de s'attaquer à la préparation des petits pains.

– Salut ! lança Forrest en entrant par la porte de derrière. Que se passe-t-il, ici ?

– Rien, pourquoi ?

– Ça sent drôlement bon !

– Granny et Grandpa viennent dîner. Tu es le bienvenu, si tu es libre. C'est moi qui ai préparé le repas.

– Toi aux fourneaux ?

– Eh oui !

– Tu te mets toujours sur ton trente et un pour cuisiner ?

– Je vais au Bootlegger's, ce soir. Tu trouves que ma tenue fait trop habillée ?

– Pourquoi tu cuisines, si tu sors ?

– Je sortirai après le dîner. J'ai rendez-vous avec Emma Kate, si tu veux tout savoir.

– Ah, d'accord.

– Tu ne m'as pas répondu : ma tenue fait trop habillée ?

– Tu es parfaite, répondit Forrest en entrouvrant le four. Ce poulet a l'air succulent. J'ai une faim de loup !

– Ne reste pas dans mes pattes, s'il te plaît. J'ai encore les amuse-bouches à préparer.

– Les amuse-bouches ? Mazette ! commenta son frère en prenant une bière dans le réfrigérateur.

– J'ai envie de faire plaisir à ma famille. Maman m'a offert un massage, Granny a coiffé Callie, vous avez refait les chambres pour nous... Je me dois au moins de vous régaler.

– C'est gentil, dit-il en lui frictionnant l'épaule. Et c'est une bonne chose que tu renoues avec ta vieille copine.

– Ce n'est pas gagné… Elle m'en veut encore…
– Tu n'as qu'à lui préparer un poulet rôti !

Shelby était heureuse de se retrouver à table avec sa famille, autour d'un repas préparé par ses soins. Le premier, réalisa-t-elle. Mais il y en aurait un deuxième, et bien d'autres encore, se promit-elle, auxquels seraient conviés Clay et Gilly, ainsi que leur petit Jackson et le bébé à venir.

Preuve qu'elle avait été à la hauteur, son grand-père se resservit deux fois de chaque plat, et sa grand-mère lui demanda les recettes.

– Je te les noterai, Granny.

– Pour moi aussi, réclama Ada Mae en se levant pour aider à débarrasser. Mon poulet fait piètre figure à côté du tien !

– Ton poulet aussi est excellent. Vous avez gardé de la place pour le dessert ?

– Bien sûr ! répondit Jack en se tapotant le ventre. Tu as encore de la place, Callie ?

Sur sa chaise haute, la fillette se renversa en arrière et imita son grand-père.

Le plus gratifiant pour Shelby fut de voir tous les yeux s'arrondir lorsque les profiteroles arrivèrent sur la table.

– Elles sont aussi bien présentées qu'au restaurant, commenta son père.

– Et aussi bonnes, j'espère ! répondit-elle. Maman, tu les sers, s'il te plaît ? Je dois vous laisser. Je ne voudrais pas faire attendre Emma Kate.

– Dépêche-toi d'aller mettre du rouge à lèvres ! ordonna Viola. Une teinte légèrement rosée. C'est le printemps.

– Bien, madame, acquiesça Shelby. Forrest, je compte sur toi pour aider les femmes à faire la vaisselle.

– J'en avais l'intention, affirma-t-il, et il lui saisit la main lorsqu'elle s'approcha de Callie pour l'embrasser. Ton dîner était délicieux, petite sœur. Ne bois pas trop, si tu prends le volant.

– Tu en es à ta troisième bière, je te signale ! Tu seras bien sage, Callie ?

– Gamma a dit que je prendrai un bain moussant.

– Super ! Je ne rentrerai pas tard.

– Rentre quand tu veux, déclara Ada Mae en servant de généreuses portions de dessert. Et amuse-toi bien.

– J'essaierai. Surtout, ne…

– Ne t'inquiète pas. Va vite rejoindre ta copine.
– OK. Bonsoir, tout le monde. Terminez bien la soirée.

Shelby se farda les lèvres, s'appliqua une légère touche de blush pour se donner meilleure mine, et partit avec une légère appréhension ; elle n'avait pas l'habitude de sortir seule le soir et, surtout, elle redoutait qu'Emma Kate refuse de lui pardonner. Elle espérait qu'elle trouverait les bons mots, qu'elle parviendrait à se racheter auprès de sa meilleure amie.

Les réverbères étaient allumés, des lumières scintillaient dans les montagnes. Les magasins fermaient à 18 heures, mais quelques personnes flânaient dans la grand-rue, et la Pizzateria était bondée.

Le minuscule parking derrière le Bootlegger's étant plein, Shelby chercha une place dans la rue et, une fois garée, se fit violence pour ne pas rebrousser chemin.

Un joyeux brouhaha l'accueillit dans le bar. Elle ne se rappelait pas qu'il attirait autant de monde les soirs de semaine. Cela dit, elle n'était pas en âge légal de boire lorsqu'elle avait quitté Rendezvous Ridge, et fréquentait alors davantage la pizzeria et le glacier.

La plupart des tables et des box étaient occupés, une odeur de poulet grillé et de bière flottait dans la salle.

– Bonsoir ! lui lança une serveuse en venant à sa rencontre. Je peux vous installer au comptoir en attendant... Shelby ? Shelby Anne Pomeroy ? Ça alors !

Shelby se retrouva enveloppée dans une étreinte parfumée à la pêche.

– Tu ne te souviens pas de moi ? lui demanda la jeune femme au teint hâlé et aux yeux noirs.

– Je suis désolée, je... Tansy ?

– J'ai tant vieilli que ça ?

– Non, mais tu as changé.

Et c'était peu dire. La Tansy Johnson dont se souvenait Shelby était une ado gauche et timide, aux dents écartées, couverte d'acné et affublée d'épaisses lunettes. Celle-ci avait un sourire radieux, une peau magnifique et le regard lumineux.

– Je me suis fait redresser les dents et je porte des lentilles.

– Tu es superbe.

– Merci, tu es gentille. Tu l'as toujours été. Emma Kate et toi, vous ne vous êtes jamais moquées de moi. Toutes mes condoléances, Shelby, pour ton mari, et bienvenue à Rendezvous. Je suis contente que tu sois de retour.

– Tu travailles ici ?
– J'ai épousé le patron.
– Derrick ? Waouh ! Depuis quand êtes-vous mariés ?
– Ça fera un an en juin. Je te raconterai tout… Emma Kate t'attend.
– Elle est déjà là ?
– Je vous ai installées dans un coin tranquille. Il y a toujours un monde fou pour les soirées Wings, précisa Tansy en glissant un bras sous celui de Shelby. Tu as une petite fille, il paraît ?
– Callie, trois ans.
– Je vais en avoir une.
Ce qui appela une nouvelle embrassade.
– Félicitations, je suis heureuse pour toi.
– Je n'en suis qu'à la quatrième semaine. On dit qu'il ne faut pas l'annoncer avant la fin du premier trimestre, mais je ne peux pas attendre. Je le crie sur tous les toits. Hé ! Regarde qui est là !
Emma Kate leva les yeux de son téléphone.
– Tu as pu venir ?
– Je suis un peu en retard, désolée.
– Pas du tout. J'avais oublié que c'était la soirée Wings. Du coup, je suis venue plus tôt pour réserver une table.
– Qu'est-ce que tu bois, Shelby ? demanda Tansy. Je vous offre ma tournée. Ensuite, je vous laisse vous retrouver.
– Je conduis… Bah, un verre de vin ne me fera pas de mal.
– Nous en avons une belle sélection.
Tansy énuméra en effet un vaste choix.
– Un pinot noir, s'il te plaît.
– Il est excellent, tu verras. Tu prendras autre chose, Emma Kate ?
Celle-ci leva sa chope de bière.
– Pas pour le moment, je te remercie.
– Je ne l'avais pas reconnue, dit Shelby lorsque Tansy se fut éloignée.
– Elle s'est métamorphosée. C'est la personne la plus épanouie que je connaisse. Remarque, elle a toujours été de nature heureuse.
– C'est vrai. Pourtant, elle n'a pas eu une enfance facile. Tout le monde la ridiculisait, en particulier ces pestes de Melody Bunker et de Jolene Newton.
– Melody n'a pas changé. Elle est toujours aussi prétentieuse, et toujours aussi mauvaise. Tu sais qu'elle n'a toujours pas digéré que tu l'aies battue au concours de la reine du lycée ?
– Seigneur ! J'avais complètement oublié.
– Il faut toujours qu'elle soit la plus belle et la plus populaire. Sa

vie entière repose là-dessus. Et cette fois, elle n'était arrivée qu'en deuxième position. Jolene non plus n'a pas beaucoup évolué, déclara Emma Kate en se calant dans l'angle du box, dans la diagonale de Shelby. Elle est fiancée au fils des propriétaires de l'hôtel. Elle passe ses après-midi à se pavaner en ville dans la petite voiture de luxe que son papa chéri lui a payée.

Une serveuse apporta le verre de Shelby.

– Santé, de la part de Tansy ! Si vous avez besoin de quoi que ce soit, faites-moi signe.

– Merci. Melody et Jolene ne méritent pas qu'on parle d'elles. Raconte-moi plutôt ce que tu es devenue. J'ai appris que tu avais eu ton diplôme d'infirmière et que tu avais vécu quelque temps à Baltimore. Comment c'était ? demanda Shelby en faisant tourner le vin dans son verre.

– J'aimais bien. Je m'étais fait de chouettes amis, et j'avais un bon poste. C'est là-bas que j'ai rencontré Matt.

– C'est du sérieux, entre vous ?

– Suffisamment pour que je me sois résolue à affronter le choc et l'horreur de maman lorsque je lui ai annoncé qu'on s'installait ensemble. Elle n'arrête pas de me seriner pour qu'on se marie et qu'on fasse des enfants.

– Tu n'en veux pas ?

– Disons que je suis moins pressée que toi.

Shelby encaissa le coup, et goûta le pinot noir.

– Tu te plais, à la clinique ?

– C'est un bonheur de travailler avec Doc Pomeroy. Ton père est un médecin hors pair et un homme fabuleux.

Emma Kate se redressa et but une gorgée de bière avant de changer le sujet de la conversation.

– L'autre jour, tu as dit que tu n'avais pas les moyens de venir à Rendezvous... Comment ça se fait ? Je croyais que tu roulais sur l'or...

– Richard tenait les cordons de la bourse, et je ne travaillais pas.

– Tu ne voulais pas ?

– Je devais m'occuper de Callie, et de la maison. Et je n'ai aucune qualification. Je n'ai pas fini la fac et...

– Tu aurais pu chanter.

– La musique n'était qu'une toquade de jeunesse, répondit Shelby, irritée d'avoir été interrompue.

Autrefois, les deux amies se connaissaient suffisamment pour terminer mutuellement leurs phrases, mais là, c'était différent.

– Je n'avais aucune compétence, poursuivit-elle. En revanche, j'avais une fille, et un mari qui subvenait à nos besoins.

Emma Kate se renversa contre le dossier de la banquette.

– Ça te suffisait ? Tu ne désirais rien d'autre qu'un mari subvenant à tes besoins ?

– Avec Callie, sans expérience ni diplôme...

– Il te disait que tu n'étais bonne à rien ?

Shelby garda le silence.

– Tu veux que je te pardonne, Shelby ? Alors dis-moi la vérité. Regarde-moi dans les yeux et dis-moi la vérité.

– Il me le répétait à tout bout de champ. Et il n'avait pas tort. Je ne savais rien faire.

Le regard furieux, Emma Kate posa son verre et se pencha par-dessus la table.

– Quel gâchis... Non seulement tu avais une belle voix, mais c'était toi qui gérais la promo du groupe. Tu aurais pu être chanteuse, ou agent artistique. À la librairie universitaire, tu étais passée assistante manager au bout d'un mois. Parce que tu étais sérieuse et compétente. Alors ne me dis pas que tu ne savais rien faire, s'il te plaît. Tu écrivais des chansons, Shelby, mince ! Et tes textes étaient magnifiques. À seize ans, tu as redécoré ma chambre, et même ma mère a été épatée, c'est pour dire... Tu sais faire un tas de choses. Cet abruti te dépréciait.

Cette tirade, aussi violente qu'une fusillade, laissa Shelby sans voix.

– Tout cela n'était que des hobbys, murmura-t-elle. Les choses changent, Emma Kate, quand tu as un enfant qui dépend de toi. J'étais une femme au foyer, j'élevais ma fille, et ce n'est pas honteux.

– Ça ne l'aurait pas été si tu avais été heureuse. Mais à t'entendre, je n'ai pas l'impression que c'était le cas.

Shelby secoua la tête, dans le déni.

– Callie est ma lumière, elle est le plus beau cadeau que j'aie reçu dans ma vie. Richard gagnait assez d'argent pour que je puisse rester à la maison. Beaucoup de mères n'ont pas cette chance. J'étais contente d'avoir un mari qui subvenait à nos besoins.

– Encore cette expression...

– On est obligées de parler de mon couple ? répliqua Shelby, mal à l'aise.

– Je peux te pardonner d'être partie comme une voleuse, rétorqua Emma Kate, et même de m'avoir ignorée quand j'avais besoin de toi, mais tu me caches des choses, et ça, je ne peux pas l'accepter.

La cacophonie du bar, que Shelby avait trouvée festive à son arrivée, lui donnait à présent la migraine, et elle avait la gorge si sèche qu'elle regrettait de ne pas avoir commandé une eau minérale. Néanmoins, elle rassembla son courage et se résolut à passer aux aveux.

— Je n'avais pas d'argent. Si je parvenais à mettre 1 000 dollars de côté, il les trouvait et me les reprenait. Pour investir, soi-disant, pour éviter que je gaspille. Je pouvais m'acheter tous les vêtements que je voulais, des jouets à gogo pour Callie, je n'avais qu'à lui faire envoyer les factures, je n'avais pas besoin de liquide. Et aucune raison de me plaindre. Nous avions une femme de ménage, une nounou, une cuisinière, parce que je ne savais rien préparer d'autre que de la tambouille. Je devais m'estimer heureuse. Et il était hors de question que je m'envole pour le Tennessee à chaque enterrement, mariage ou anniversaire. Monsieur avait besoin de son épouse à la maison.

— Il t'a coupée de ta famille et de tes amis. Il t'isolait, et il voulait encore que tu lui sois reconnaissante…

C'était exactement cela, et Shelby n'avait rien vu venir avant qu'il ne soit trop tard.

— Parfois, j'avais l'impression qu'il me haïssait, mais ce n'était pas le cas : il n'avait pas autant de sentiments pour moi. Les premiers mois, disons même la première année, la relation était valorisante : à travers lui, je me sentais exceptionnelle. Je le laissais tout diriger, j'étais toujours d'accord. Et puis je suis tombée enceinte, j'étais tellement heureuse… Mais après la naissance de Callie, il… il a changé.

Elle prit une profonde inspiration, s'efforçant de réfléchir objectivement.

— Je croyais que c'était à cause du bébé, poursuivit-elle. L'arrivée d'un enfant dans un couple entraîne des bouleversements. Mais il ne s'intéressait pas à elle, et si je faisais le moindre commentaire à ce sujet, il s'énervait ou jouait l'offensé. Il veillait à ce que sa fille ne manque de rien. Avec le bébé, je préférais éviter de voyager, et il n'insistait pas. De son côté, par contre, il était presque tout le temps absent. À son retour, je ne savais jamais s'il serait de bonne ou de mauvaise humeur. Je faisais donc très attention à ne pas le contrarier. Je voulais que ma fille grandisse dans un foyer serein. À mes yeux, c'était ce qu'il y avait de plus important.

— Mais tu n'étais pas heureuse.

— C'était la vie que je m'étais construite, Emma Kate, les choix que j'avais faits.

— Tu avais choisi d'être maltraitée.

Le dos de Shelby se raidit.

– Il n'a jamais levé la main ni sur moi ni sur Callie.

– Il existe d'autres formes de maltraitance, tu le sais, répliqua Emma Kate, d'un ton ferme mais à voix basse, redoutant, malgré le brouhaha, les oreilles indiscrètes. Il te rabaissait, continua-t-elle, et il t'empêchait de voir tes proches. On ne sait jamais… ils auraient pu te souffler de mauvaises idées. En plus, si j'ai bien compris, il se servait de Callie pour t'imposer ses quatre volontés.

– Peut-être. De toute façon, il est mort, maintenant. Il appartient au passé.

– Serais-tu restée avec lui s'il n'était pas mort ?

Les sourcils froncés, Shelby passa un doigt sur le pourtour de son verre.

– Je pensais au divorce… Seulement j'aurais été la première divorcée de la famille, et ça me gênait. Mais j'y pensais sérieusement. Son dernier voyage a été la goutte d'eau qui a fait déborder le vase. On était censés partir tous les trois, au soleil, mais Callie est tombée malade. Il est quand même parti, seul, le lendemain de Noël, en nous laissant dans cette horrible villa. Je ne connaissais absolument personne là-bas, et Callie avait de la fièvre.

Shelby redressa la tête, la rage contenue irradiant dans son regard.

– Il ne lui a même pas dit au revoir, sous prétexte qu'elle était peut-être contagieuse. J'ai pensé : *il ne l'aime pas*. Peu m'importait qu'il n'ait pas de sentiments pour moi, mais il n'avait pas une once d'affection pour sa propre fille, et ça, c'était grave. Le problème, c'était que je n'avais pas de quoi payer les honoraires d'un bon avocat, alors que lui, il était plein aux as. Je craignais, en demandant le divorce, qu'il obtienne la garde de Callie. Voilà le genre de choses que je ruminais quand la police est venue m'annoncer qu'il avait eu un accident de bateau, en Caroline du Sud, et qu'il était porté disparu.

Shelby s'interrompit un instant et but une gorgée de vin.

– Il avait lancé un SOS, disant qu'il avait une avarie de moteur. On lui avait envoyé des secours. Pendant un moment, ils avaient communiqué avec lui, puis le contact avait été rompu. Ils avaient retrouvé le bateau, fracassé contre des écueils. Puis, dans les jours suivants, certaines des affaires de Richard : son coupe-vent, déchiqueté, et une de ses chaussures. Juste une. Un gilet de sauvetage. Les recherches ont duré presque une semaine. Richard s'était noyé, et son corps avait dû dériver. Je n'avais plus à me soucier d'un divorce.

– Tu n'as pas à te sentir coupable.

– J'ai cessé de culpabiliser.

– Tu ne me dis pas tout, je le sens...

– Non, je ne t'ai pas tout dit, loin de là, mais pouvons-nous en rester là pour le moment ?

Éprouvant soudain un immense besoin de contact physique, Shelby saisit la main d'Emma Kate.

– Je suis désolée de t'avoir blessée, ajouta-t-elle, et je m'en veux terriblement de ma faiblesse. J'aurais dû réagir. Je... Seigneur, j'ai besoin d'un verre d'eau, dit-elle en cherchant la serveuse du regard.

Puis elle se leva brusquement.

– Attendez ! s'écria-t-elle.

Et elle s'élança à travers la salle, se faufilant tant bien que mal entre les tables, Emma Kate sur ses talons.

– Que se passe-t-il, Shelby ? Tu es malade ? Les toilettes sont de l'autre côté !

– Non. Je crois que j'ai vu quelqu'un...

– Il y a plein de monde, ici, pendant les soirées Wings.

– Quelqu'un de Philadelphie. Ce détective privé qui enquêtait sur Richard.

– Un détective privé ?

– Non, ça ne peut pas être lui, il n'y a pas de raison. J'ai dû avoir une hallucination. Il faut que j'arrête de penser à Richard, ou je vais devenir dingue.

– OK.

– Parlons d'autre chose, s'il te plaît. De n'importe quoi, mais plus de lui. De Melody et de Jolene, si tu veux.

– Bonnie Jo Farnsworth va divorcer. Elle était mariée à Les Wickett. Ils avaient fait un mariage somptueux, il n'y a même pas deux ans.

– J'ai appris ça. Elle s'est remise à la colle avec Boyd Kattery. Ils sont en Floride, paraît-il, chez des cousins à lui qui fabriquent de la meth.

– Tu as réintégré le circuit, on dirait ! Allons nous rasseoir. Je boirais volontiers une autre bière, vu que je ne conduis pas.

Reconnaissante, Shelby suivit Emma Kate en direction de leur box.

– Tu habites près d'ici ?

– Dans l'un des appartements au-dessus de Mountain Treasures. Où est passée la serveuse ? Oh... mince.

– Quoi ?

– Matt et Griff sont là. J'étais censée envoyer un texto à Matt si je ne voulais pas qu'il me rejoigne. On va être obligées de se coltiner les garçons, et je ne pourrai plus te poser de questions indiscrètes. Tu vois, de ce côté-là, tu es tranquille !

– Je t'en ai déjà dit plus qu'à Granny.

– Dans ce cas, j'arrête de te cuisiner, pour l'instant, répondit Emma Kate en souriant, et en hélant Matt et Griff de la main.

– Ton Matt est charmant.

– Et terriblement doué de ses mains.

Shelby étouffa un petit rire tandis que Matt s'avançait à leur rencontre, avant d'embrasser Emma Kate amoureusement. Puis il se tourna.

– Shelby, je suppose ?

– Enchantée.

– De même. Vous allez partir ?

– Non, non, répondit Emma Kate. On allait juste commander une deuxième tournée.

– Celle-ci est pour Griff.

– Deux Black Bears pour les amoureux, comme d'habitude. Un Bombardier pour moi. Que buvez-vous, Shelby ?

– Un verre d'eau.

– Je ne sais pas si j'ai les moyens de vous l'offrir, mais pour vous, je ferai un effort.

– Je conduis, précisa Shelby tandis qu'ils s'installaient à la table.

– Pas nous, déclara Matt joyeusement en passant un bras autour des épaules d'Emma Kate. Je ne suis pas mécontent de notre journée. Aujourd'hui, on a posé le plateau du comptoir chez ta mère, chérie.

– Il lui plaît ?

– Elle l'adore. Je te l'avais dit !

– Tu es plus optimiste que moi.

– J'ai vu la cuisine de Bitsy, hier, intervint Shelby. Elle sera superbe. Vous avez fait du chouette boulot.

– Sympa, ton amie. Elle a l'œil, et le bon, et d'excellents goûts. Vous êtes contente d'être de retour ?

– Très. Et vous, vous vous plaisez ici ? Rendezvous Ridge doit vous changer de Baltimore.

– Je ne pouvais pas laisser ma chérie partir sans moi.

– Vous avez d'excellents goûts, vous aussi.

– On trinquera à ce point commun. Griff m'a dit que vous aviez une petite fille mignonne comme tout.

– Quand Griff a-t-il vu Callie ? s'étonna Emma Kate.

– Il nous a ramenées à la maison en voiture, cet après-midi. Je revenais du supermarché à pied, avec trois sacs, plus la poussette de Callie. Elle est tombée amoureuse de lui.

– C'est réciproque, je crois, dit Matt en enroulant une mèche d'Emma Kate autour de son index. Maintenant que nous sommes bons amis, racontez-moi quelque chose de compromettant à propos d'Emma Kate, que sa mère ne sache pas. J'ai déjà soutiré à Bitsy toutes ses anecdotes croustillantes.

– Ne comptez pas sur moi pour ébruiter les secrets de mes amies. Jamais je n'oserais vous révéler qu'elle a, par exemple, volé deux canettes de Budweiser à son père, qu'on les a bues en cachette et qu'elle a vomi dans les hortensias de sa mère...

– Tu as été malade avec une bière ?

– On avait quatorze ans, répliqua Emma Kate en feignant de fusiller Shelby du regard. Et elle était encore plus mal en point que moi !

– C'est vrai. J'avais englouti la canette à toute vitesse, parce que je n'aimais pas le goût de la bière. Je l'ai rendue presque instantanément. Résultat, je déteste la bière !

– Vous n'aimez pas la bière ? Dommage, commenta Griff en déposant deux chopes devant ses amis et un verre d'eau garni d'une rondelle de citron devant Shelby. Je comptais vous soûler et vous convaincre de m'aider à m'enfuir avec Viola.

– Méfiez-vous, il ne plaisante pas, dit Matt en levant son verre. Santé ! Aux amis, y compris à ceux qui ne partagent pas notre goût immodéré pour le houblon.

Dans sa voiture, Privet prenait des notes, garé en face du monospace de Shelby. La jeune veuve bavardait dans un bar avec une vieille amie. Deux hommes s'étaient joints à elles. RAS. Son comportement n'avait rien de suspect ni d'éloquent. Peut-être n'était-elle pas impliquée, après tout. Peut-être ne savait-elle rien.

Néanmoins, elle se tenait sur ses gardes. Il s'en était fallu de peu qu'elle le repère.

Attendait-elle dans ce patelin du Tennessee que les choses se tassent ? Ce n'était pas exclu. Compte tenu de l'enjeu, la filature méritait d'être poursuivie durant quelques jours.

Pour une trentaine de millions de dollars, Privet était tout disposé à prendre son temps.

# 9

Shelby passait une soirée agréable, une soirée normale, entre adultes. Elle entrevoyait des lueurs de sa vieille amitié avec Emma Kate, qui lui redonnaient l'espoir de retrouver leur complicité d'autrefois.

De voir un homme, apparemment bien sous tous rapports, mordu de son amie – c'était le mot qui lui venait à l'esprit – lui mettait du baume au cœur.

Ils formaient un beau couple et paraissaient s'entendre à merveille. Elle avait déjà vu son amie amoureuse, comme on peut l'être à l'adolescence, de façon aussi passionnée que fugace. Ce qu'elle voyait là était à l'évidence profond et fort, ne demandant qu'à se consolider.

Emma Kate et Matt semblaient faits l'un pour l'autre ; Matt et Griff se comportaient comme deux frères, et Emma Kate partageait clairement une sincère amitié avec l'associé de son compagnon. Shelby était heureuse qu'ils lui aient ouvert cette unité très serrée, ne fût-ce que le temps d'une soirée.

Elle devait néanmoins se dominer pour rester détendue, assise à côté de Griff sur l'étroite banquette du box, sa hanche frôlant la sienne. Il y avait si longtemps qu'elle ne s'était pas trouvée aussi près d'un homme… Sans doute cela expliquait-il les frémissements qu'elle ressentait au creux du ventre. Il avait la conversation facile – ils l'avaient tous. Et Dieu qu'il était bon, ne fût-ce qu'une heure, de ne pas parler d'elle ni de ses problèmes.

– Rendezvous Ridge n'a pas l'air d'avoir beaucoup changé. Ça n'a pas dû être du gâteau, de monter une nouvelle affaire, surtout que vous n'êtes pas… du coin.

– Ça se voit tant que ça, qu'on est du Nord ? demanda Matt avec un sourire.

– Non, mais ça s'entend, répondit Shelby, ce qui le fit rire.

– Quand on est compétent et sympa, on s'intègre n'importe où. Et on a bénéficié du facteur « Emma Kate », dit-il en caressant les cheveux de l'intéressée. Certains étaient tellement curieux de voir le Yankee dont elle s'était entichée qu'ils ont trouvé des prétextes fallacieux pour faire appel à nous.

– Je ne vous dis pas le nombre de barrières et de volets qu'on a repeints, au début ! renchérit Griff. Et puis le père d'Emma Kate nous a mis le pied à l'étrier lorsque le toit des Hallister s'est effondré. Il leur a refait la charpente, puis il les a orientés vers nous pour le reste.

– Les parents du garçon qui sort avec ma cousine Lark ? s'enquit Shelby.

– Exactement, acquiesça Emma Kate. Granny aussi les a bien aidés à démarrer.

– Ah oui ?

– Initialement, c'était Dewey Trake, de Maryville, qui devait lui faire sa salle de relaxation et son spa, plus le patio.

– Qu'est devenu M. Curtis ? C'était toujours lui, avant, qui faisait les travaux au salon.

– Il a pris sa retraite, il y a au moins deux ans. Granny a eu beau le supplier, il n'a pas voulu s'engager sur un aussi gros chantier. Du coup, elle s'est adressée à Trake, mais ça n'a pas duré deux semaines.

– Ce gars n'est pas sérieux, commenta Griff.

– Et il pratique des prix exorbitants, ajouta Matt.

– Du coup, Granny a rompu le contrat.

– J'étais là quand elle a mis les points sur les i, déclara Griff. Elle lui a passé un de ces savons ! En quatre jours, il avait déjà pris du retard et commençait à parler de dépassement de devis. Elle lui a dit qu'il n'était qu'un flemmard et un escroc.

– Ça ne m'étonne pas d'elle.

– C'est à ce moment-là que je suis tombé amoureux, soupira Griff avec un sourire rêveur. J'aime les femmes qui n'ont pas la langue dans leur poche.

– En quelque sorte, le malheur de Trake a fait votre bonheur.

– Exactement. J'ai demandé à Viola si elle voulait bien me laisser jeter un coup d'œil au chantier.

– Griff est notre chargé de relations publiques, précisa Matt.

– Et Matt, le comptable. On se complète. Miss Vi m'a donc montré le chantier, les plans, et je lui ai tout de suite fait une estimation de prix, à la louche.

– Tu t'es tout de même planté de plus de 1 000 dollars ! lui rappela Matt.

– Je viens de dire que ce n'était qu'une estimation à la louche, rétorqua Griff. Dès le lendemain matin, Viola avait un devis par écrit. Et on a attaqué les travaux dans la semaine.

– Elle devait être contente de vous avoir trouvés.

– Le chantier a été terminé avant Noël, elle était ravie et elle nous a fait une pub d'enfer.

– Ce qui nous a aidés, aussi, enchaîna Matt, c'est que Griff rachète la ruine du vieux Tripplehorn et ses quinze hectares de forêt vierge. Elle pleurait : « Achète-moi, Griff, je t'en supplie ! J'ai un énorme potentiel ! »

– C'est vrai que cette maison sera superbe, une fois retapée, déclara Shelby, s'attirant un sourire approbateur de la part de Griff, qui réveilla les frémissements au creux de son bas-ventre.

– C'est évident, acquiesça-t-il. N'empêche qu'on m'a pris pour un fou.

– À votre avantage, certainement. On aime les fous, dans le Sud.

– Ce jeune gars de Baltimore, Lott, vous voyez qui c'est ? commença Emma Kate.

– Complètement cinglé, termina Shelby, mais un bosseur comme pas deux.

En disant cela, elle vit Forrest entrer dans le bar. *Il me surveille*, ne put-elle s'empêcher de penser. Certaines choses ne changeraient décidément jamais.

– Vingt-deux, v'là les flics, chuchota Griff tandis que Forrest s'avançait vers le box. Salut, Pomeroy. C'est une descente ?

– T'affole pas, je ne suis pas en service. Je viens juste boire une bière et reluquer les filles.

– Celle-ci est prise, répliqua Matt en serrant Emma Kate contre lui. Mais tu peux quand même t'asseoir avec nous.

– Je vais commander une tournée et j'arrive. C'est de l'eau ? demanda Forrest en regardant le verre de Shelby.

– Oui, papa, railla-t-elle. Tout se passait bien, à la maison ? Callie est sage ?

– Comme une image. Elle a pris un gigantesque bain moussant, son grand-père lui a raconté deux histoires, et elle dormait avec Fifi quand je suis parti. Tu veux un autre verre d'eau ?

– Non, je te remercie, je ne vais pas tarder à rentrer.

– Tu as le temps, il n'est pas tard. Bière pour tout le monde ? demanda Forrest au reste de la table.

– Un Coca Light pour moi, s'il te plaît, répondit Emma Kate. J'ai déjà bu mon quota d'alcool.

Lorsque son frère s'éloigna en direction du bar, Shelby parcourut la salle du regard.

– On ne venait pas là souvent, dit-elle, mais je ne me rappelais pas qu'il y avait autant de monde.

– Tu devrais voir les samedis soir, répondit Matt, qui vida sa chope en prévision de la prochaine. Une semaine sur deux, il y a de la musique live. Avec Griff, on essaie de convaincre Tansy et Derrick d'agrandir la scène et d'aménager une piste de danse avec un deuxième bar.

– Éventuellement, de faire aussi une extension, ajouta Griff. Ça leur permettrait d'accueillir des soirées privées.

– Les verres arrivent, annonça Forrest en se casant sur un bord de banquette. La cuisine de miss Bitsy avance ?

– Elle sera terminée après-demain.

– Vous savez quoi ? Ma mère parle de faire faire une salle de bains attenante à sa chambre, avec une douche vapeur. OK, je vois que vous êtes au courant, dit-il devant l'expression de Matt et de Griff.

– Les bruits courent vite.

– Du coup, il n'y aura plus de chambres libres, vu que la nouvelle salle de bains sera à la place de celle de Shelby, que Shelby occupe la mienne, et Callie celle de Clay.

– Tu avais l'intention de retourner chez tes parents ?

– Non, mais on ne sait jamais, répondit Forrest en coulant un regard à sa sœur.

– Tu pourras toujours venir crécher chez moi, proposa Griff, ce n'est pas la place qui manque. Au fait, toujours d'accord pour me filer un coup de paluche dimanche ?

– Il y aura de la bière ?

– Bien sûr !

– Dans ce cas, tu peux compter sur moi.

– Griff abat des murs, dimanche, chez le vieux Tripplehorn, précisa Emma Kate à l'attention de Shelby.

– Vous croyez que dans vingt ans, on parlera de chez le vieux Lott ? demanda Griff.

– J'en doute, répondit Forrest. Hé, Lorna, comment vas-tu ?

– Bien, répondit la serveuse en déposant les verres sur la table. Mais j'irais encore mieux si j'étais assise là, à boire un coup avec tous ces beaux garçons. Méfiez-vous de celui-ci, dit-elle à Shelby en décochant une petite bourrade dans l'épaule de Griff. C'est un charmeur.

– Je ne risque rien, il en pince pour ma grand-mère.

Lorna ramassa les chopes vides et cala son plateau contre sa hanche.

– Vous êtes la petite-fille de Vi ? J'aurais pu m'en douter, vous êtes son portrait tout craché. Elle est aux anges que vous soyez revenues, vous et votre fille. J'étais au salon, aujourd'hui : elle m'a montré une photo de votre petite, qu'elle a prise avec son portable le jour où elle l'a coiffée. Vous avez un bout de chou adorable !

– Merci.

– J'arrive, Prentiss ! cria Lorna par-dessus son épaule à un client qui la hélait. Bon, allez, je vous laisse, le boulot m'appelle. Méfiez-vous de celui-ci, répéta-t-elle à Shelby.

– Je ne me souviens pas d'elle. Je devrais ?

– Tu te souviens de miss Clyde ?

– La prof de littérature anglaise qu'on a eue en terminale ?

– Lorna est sa sœur. Elle habitait à Nashville, mais elle est revenue il y a trois ou quatre ans, quand son mari est décédé d'une crise cardiaque à l'âge de cinquante ans.

– La pauvre.

– Comme ils n'avaient pas d'enfant, elle s'est rapprochée de sa sœur, précisa Forrest en buvant une gorgée de bière. Derrick dit que Tansy est son bras droit, et Lorna, le gauche. Tu as vu Tansy ?

– Oui, il m'a fallu plus d'une minute pour la reconnaître. Matt m'a dit qu'ils pensaient agrandir le Bootlegger's, ajouter une piste de danse, une scène, un deuxième bar.

– Si tu les lances sur les travaux, ils ne s'arrêteront plus, prévint Emma Kate.

Ce fut effectivement le cas, mais cela ne déplaisait pas à Shelby, et elle apprécia la demi-heure qu'elle passa en compagnie de son frère.

– C'était une soirée sympa, mais je crois qu'il est temps que je rentre.

– Je vous raccompagne à votre voiture, déclara Griff en se levant afin qu'elle puisse sortir du box.

– Ne soyez pas ridicule, mon frère fait régner la sécurité dans la ville. Prends ma place, Forrest. Tu seras mieux installé.

– Tu m'envoies un texto quand tu arrives à la maison ?

Elle crut d'abord qu'il plaisantait, puis comprit qu'il était sérieux.

– Sûrement pas. En revanche, je t'appellerai si j'ai un problème. Sur deux kilomètres et demi, je crois que ça ira. Bonne fin de soirée, tout le monde ! Merci pour le verre, Griff.

– Ce n'était que de l'eau.

– Vous m'offrirez autre chose la prochaine fois.

Shelby partit heureuse, sa vitre baissée malgré la fraîcheur de la nuit, en fredonnant les chansons qui passaient à la radio – sans remarquer la voiture qui la suivait.

Au Bootlegger's, Forrest s'était confortablement installé à sa place.

– Tu as une sœur superbe, lui dit Griff.

– Fais gaffe à ce que tu dis, si tu ne veux pas prendre un gnon.

– Tu peux me mettre ton poing dans la figure, ça ne changera rien au fait qu'elle est canon.

L'ignorant, Forrest se tourna vers Emma Kate.

– Vous vous êtes raccommodées, on dirait.

– On y travaille.

– Elle t'a parlé de sa situation ?

– Un peu. J'ai cru comprendre que son mari était un enfoiré. Ce que tu as toujours dit.

– Ça crevait les yeux dès le départ, mais elle ne voulait rien entendre.

– Quel genre d'enfoiré ? demanda Griff.

– Il la rabaissait constamment, et il tenait serrés les cordons de la bourse. Il la trompait pendant qu'elle s'occupait de la maison et du bébé – auquel il n'avait pas l'air de beaucoup s'intéresser. Et je suis sûre qu'elle ne m'a pas tout dit…

Emma Kate prit une longue inspiration, s'efforçant de maîtriser sa colère.

– Si ce type n'était pas mort, ajouta-t-elle, je vous jure que je lui collerais volontiers mon poing dans la figure.

– Elle aurait pu le faire elle-même, suggéra Forrest.

– Tu ne sais pas ce que c'est que de vivre avec un homme abusif, répliqua Griff en repensant aux yeux tristes de Shelby et au sourire enjôleur de la petite Callie.

Il préférait ne pas s'emporter. S'il prenait le sujet trop à cœur, il risquait d'aller trop loin.

– Ma sœur a vécu quelque temps avec un mec du même genre, manipulateur, méprisant, qui l'a brisée en quelques mois. Heureusement, ils n'ont pas eu d'enfant. Au début, il était tout sucre tout miel, mais très vite, il s'est révélé sous son vrai jour, et il s'est mis à la détruire peu à peu. Il l'a obligée à suivre un régime draconien, par exemple, alors qu'elle n'était pas grosse du tout.

– Sûrement pas, acquiesça Forrest. Ta sœur est super bien roulée !

– Absolument, et je ne t'en veux pas de l'avoir remarqué. Mais à ses yeux, elle était toujours mal coiffée, elle s'empâtait, elle avait un boulot minable.

– Je m'en souviens, confirma Matt. Un gars odieux, vraiment. Quand Jolie s'est enfin décidée à le quitter, Griff l'a traité de tous les noms.

– J'ai fait exprès de le provoquer, pour qu'il me frappe le premier et que je puisse lui filer la dérouillée de sa vie.

– Tu étais quand même coupable d'agression.

– Oh, je t'en prie, le flic ! Il l'avait mérité.

– Je ne sais pas comment ma frangine a pu supporter ça, elle qui était si… si… Comment dire ?

– Elle avait du caractère, enchaîna Emma Kate. Elle savait ce qu'elle voulait et elle ne se laissait pas marcher sur les pieds.

– Elle a toujours du caractère, déclara Griff. Vous ne le voyez peut-être pas, parce que vous la connaissez depuis toujours, mais c'est une évidence.

– Que t'arrive-t-il, Griffin Lott ? demanda Emma Kate. Shelby m'a dit que sa fille était tombée amoureuse de toi, mais toi, en pincerais-tu pour la maman ?

– Je préfère ne pas répondre, son frère a déjà menacé de me casser la margoulette.

– Elle serait ton type, commenta Matt.

– C'est-à-dire ?

– Je plaisante, tu n'as pas de type, tu craques pour toutes les nanas que tu croises.

– Ne dis pas n'importe quoi devant son frère, riposta Griff en se concentrant sur son verre.

Shelby avait apprécié le rendez-vous au parc presque autant que Callie. Et surtout, elle se félicitait de l'arrangement dont elle avait convenu avec la mère de Chelsea. Tracey garderait les filles quelques heures, dans l'après-midi, afin de libérer Shelby, qui lui rendrait la pareille le surlendemain.

Avec un peu de chance, songea-t-elle en examinant sa garde-robe, elle trouverait peut-être au moins un emploi à temps partiel.

Elle opta pour une robe jaune pâle, des escarpins crème et un cardigan blanc, attacha ses cheveux et mit ses petits pendants d'oreilles en nacre. Des boucles de pacotille qu'elle avait depuis la fac, dont elle ne s'était jamais lassée et qui se mariaient bien avec sa tenue.

Sa mère ayant repris le travail, elle était seule à la maison avec Callie, si bien qu'elle n'eut pas à expliquer qu'elle s'était pomponnée pour chercher du travail. Si jamais elle en trouvait, elle l'annoncerait comme un fait accompli.

Et si, par chance, elle vendait aussi la villa de Philadelphie, elle ferait des saltos dans High Street, devant tout le monde.

– Tu es jolie, maman.

– Toi aussi, tu es jolie, répondit-elle en se tournant vers Callie, assise sur le lit, occupée à dévêtir méthodiquement deux de ses Barbie. Pourquoi déshabilles-tu tes poupées ? lui demanda-t-elle.

– Elles doivent se changer pour aller chez Chelsea. Chelsea a un chat qui s'appelle Blanche-Neige. Je pourrai avoir un chat ?

Shelby regarda le vieux chien couché au pied du lit.

– Tu crois que Clancy serait content ?

– Ben oui... Ils joueront tous les deux. Maman, je pourrai avoir un petit chat, s'il te plaît ? Il s'appellera Fiona, comme dans *Shrek*. Et aussi un petit chien.

– Quand nous aurons une maison à nous, nous adopterons peut-être un chaton.

– Et aussi un petit chien ! Il s'appellera L'Âne, comme dans *Shrek*.

– On verra, ma puce.

Richard avait toujours catégoriquement refusé tout animal de compagnie. Eh bien, quand elles auraient une maison à elles, elles prendraient un chat et un chien.

– Et aussi un poney !

– Tu n'exagères pas un peu, Callie Rose ? répliqua Shelby en prenant sa fille dans ses bras et en la faisant tournoyer. Maman est vraiment jolie ? Je dois faire bonne impression, aujourd'hui.

– Oui, maman, tu es la plus belle.

– Tu es un amour, dit-elle en pressant sa joue contre celle de la fillette.

– C'est l'heure d'aller chez Chelsea ?

– Oui, mon lapin. Habille vite tes poupées, et nous partons.

Une fois qu'elle eut déposé Callie et bavardé un moment avec Tracey, elle prit le chemin de la ville.

Elle avait son sérieux pour atout, se dit Shelby. Et elle était disposée à se former. Elle possédait quelques notions d'art, et elle connaissait – ou avait connu – certains des artistes et artisans locaux. Elle avait ses chances à The Artful Ridge.

Après s'être garée, elle demeura quelques minutes dans la voiture, à se motiver.

Ne pas paraître aux abois. Au pire, acheter quelque chose. Elle sauverait ainsi la face.

Sourire aux lèvres, ignorant la boule qui lui nouait le ventre, elle descendit du monospace et parcourut les quelques mètres qui la séparaient de la boutique.

C'était si joli ! Quel bonheur ce devait être de travailler dans cet endroit… La lumière naturelle entrait à flots par les vitrines, des cônes d'encens parfumaient l'atmosphère. Au premier coup d'œil, elle repéra cinq ou six objets qu'elle aurait aimé avoir chez elle – quand elle aurait un chez-elle.

Des chandeliers en fer forgé, des verres à pied en verre soufflé bleu pâle, un tableau représentant un torrent de montagne par un matin brumeux, une carafe au long col sinueux en céramique couleur crème. Les poteries de Tracey, notamment des bols en forme de tulipe.

Les rayonnages de verre étincelaient, le vieux parquet de bois reluisait.

La jeune fille qui contourna le comptoir et vint à sa rencontre ne pouvait pas avoir plus de vingt ans et portait une dizaine de petites boucles colorées sur le pourtour de l'oreille.

– Bonjour, je peux vous aider ?

– Vous avez de très belles choses.

– Merci ! Ce sont les œuvres d'artistes et d'artisans locaux. Nous avons énormément de talents, dans la région.

– Je le sais. Oh, ce sont des tableaux de ma cousine ! s'exclama Shelby en s'approchant d'une série de quatre aquarelles.

– Vous êtes de la famille de Jesslyn Pomeroy ?

– Je suis Shelby Pomeroy. Foxworth, de mon nom d'épouse. Jesslyn est la fille de mon oncle Bartlett, le frère de mon père. Nous sommes tous très fiers d'elle.

Les origines familiales étaient importantes, Shelby le savait, et pouvaient vous ouvrir des portes.

– Nous avons vendu l'une de ses toiles à un monsieur de Washington samedi dernier.

– Excellent pour sa renommée, n'est-ce pas ? Les peintures de Jesslyn sur les murs d'un appartement de Washington, c'est formidable !

– Vous êtes en visite à Rendezvous ?

– Je suis née et j'ai grandi ici. J'étais partie quelques années, mais me voici de retour. Depuis tout juste quelques jours. Je suis en train de m'installer. En fait, je suis à la recherche d'un emploi à temps partiel, et j'aimerais beaucoup travailler dans une boutique comme celle-ci, qui contribue à faire connaître le travail de ma cousine. Et celui de Tracey Lee, ajouta-t-elle, cela ne pouvant nuire d'avoir des relations. Sa petite fille et la mienne ont déjà sympathisé.

– Les mugs de Tracey se vendent comme des petits pains. Ma sœur Tate est mariée à un cousin de Robbie, le mari de Tracey. Ils habitent à Knoxville.

– Tate Brown ?

– Oui, elle s'appelle Bradshaw, maintenant. Vous la connaissez ?

– Bien sûr. Elle est sortie avec mon frère Clay quand ils étaient au lycée. J'ignorais qu'elle s'était mariée.

De fil en aiguille, elles bavardèrent de connaissances communes.

– Nous commençons juste à recruter des extras pour l'été. Vous souhaitez en discuter avec la gérante ?

– Volontiers, je vous remercie.

– Une petite minute, s'il vous plaît. Faites un tour dans le magasin, si vous voulez.

Sitôt la jeune femme disparue, Shelby regarda le prix de la carafe au long col. Justifié, sans doute, mais pas dans ses moyens pour le moment.

Plus tard, peut-être.

Lorsque la vendeuse reparut, toute amabilité avait quitté son regard et son ton était glacial.

– Vous pouvez monter au bureau. Je vous accompagne.

– Merci. Ce doit être agréable de travailler au milieu de tant de jolies choses…

– En haut à droite de l'escalier, lui indiqua sèchement la jeune femme. La porte est ouverte.

– Merci encore.

Shelby gravit les marches de bois. Elle s'avança sur le seuil d'une pièce dotée de trois fenêtres qui donnaient sur les toits du village et les montagnes au-delà, meublée d'un somptueux bureau ancien en chêne lasuré et d'un fauteuil aux pieds incurvés tapissé de velours bleu cobalt. Un bouquet de roses rouges et de gypsophile trônait sur la table de travail, près d'un ordinateur et d'un téléphone.

Fascinée par l'élégance de cet aménagement, elle mit un instant avant de porter son attention sur la jeune femme assise derrière le bureau, et comprit aussitôt le brutal revirement d'attitude de la vendeuse.

– Ça alors… Bonjour, Melody. Je ne savais pas que tu travaillais ici.

– Je gère la galerie. Ma grand-mère l'a rachetée l'an dernier et m'a demandé de m'en occuper.

– Tu en as fait un lieu magnifique.

– Merci. C'est normal, n'est-ce pas, de rendre service à sa famille ?

Melody se leva. Elle portait une robe moulante rose vif. Ses cheveux blonds permanentés encadraient un visage en forme de cœur, halé par un autobronzant appliqué d'une main experte.

Shelby savait que Melody ne s'exposait jamais au soleil, de crainte de se rider prématurément ou de s'abîmer la peau. D'un regard bleu glaçant, son ancienne camarade de classe la détailla de la tête aux pieds.

— Tu n'as pas changé du tout ! Seigneur, avec cette humidité, tu dois avoir un mal fou à te coiffer.

— En effet, répondit Shelby, mais j'ai la chance d'avoir accès à des produits professionnels.

*Quant à toi, tes racines ont grand besoin d'être retouchées*, se garda-t-elle d'ajouter.

— Heureusement... J'avais entendu dire que tu étais de retour. Toutes mes condoléances pour le décès tragique de ton mari.

— Merci.

— Ce doit être dur de revenir chez ses parents... Oh, assieds-toi, je t'en prie.

Tandis que Shelby prenait place sur une chaise, Melody s'appuya d'une hanche au coin du bureau, en position de supériorité.

— Au contraire, c'est une bénédiction. Comment vont les tiens ?

— Très bien. Nous partons quelques jours à Memphis, maman et moi, la semaine prochaine. Nous avons réservé une chambre au Peabody, comme d'habitude. On ne trouve pas de beaux vêtements, ici, tu le sais. Nous allons faire nos emplettes à Memphis, chaque saison. Je dois te l'avouer, jamais je n'aurais cru que tu reviendrais à Rendezvous. Mais étant veuve, tu dois te sentir moins seule ici...

— C'est exactement cela.

— J'ai été surprise quand Kelly est montée me dire que tu étais en bas, en quête de travail. Tout le monde racontait que tu avais épousé un beau parti, que tu menais la grande vie. Tu as une petite fille, je crois ? Certains disent que sans elle, tu aurais sombré dans la folie.

— Ce que les gens ne savent pas, ils l'inventent, répliqua Shelby. En tout cas, oui, je cherche du travail.

— J'aurais été ravie de t'aider, tu sais. Malheureusement, je ne crois pas que tu aies les compétences nécessaires. Je suppose que tu n'as jamais tenu une caisse ?

Melody savait très bien que si, au salon.

— J'ai tenu la caisse de l'institut de beauté de ma grand-mère dès l'âge de quatorze ans, les week-ends et les mois d'été. Et pour te rafraîchir la mémoire, j'étais assistante manager à la librairie universitaire, à Memphis. Ça remonte certes à quelques années, mais si tu as besoin de références, je peux t'en fournir.

– Un petit commerce familial et une librairie universitaire ne se comparent pas à une galerie d'art haut de gamme. Sais-tu vendre ? Les bouquins de fac se vendent tout seuls, non ? Nous exposons des pièces uniques, et nous avons l'exclusivité de la plupart de nos artistes. Nous sommes très cotés dans la région. Et même au-delà.

– Je suis certaine que votre réputation est méritée, au vu des œuvres que vous présentez, mais, si je puis permettre, elles gagneraient à être mises en valeur. Personnellement, je n'aurais pas mis ces chaises cannées dans la vitrine. Je les aurais plutôt disposées autour de la table en bois de rose, à l'arrière, sur laquelle j'aurais placé des poteries, des verres à vin, des textiles.

– Ah oui ?

– Libre à toi, bien sûr, d'agencer ta boutique comme il te plaît, continua Shelby avec un sourire froid. Je ne vois pas, d'ailleurs, pourquoi je te donne des conseils, puisque tu n'as pas l'intention de m'embaucher.

– Ce ne sera pas possible, non.

– Tant pis pour toi, répliqua-t-elle en se levant. J'aurais été un atout pour la galerie de ta grand-mère. Je te remercie de m'avoir accordé ton temps précieux.

– Pourquoi ne t'adresses-tu pas à Vi ? Je suis certaine que ta grand-mère te trouverait du travail adapté à tes qualifications et à ton expérience. Elle a sûrement besoin de quelqu'un pour passer la serpillière et laver les bacs.

– Et alors ? Il n'y a pas de sot métier. Cela dit, toi non plus, tu n'as pas changé, Melody. Tu es toujours aussi mauvaise, et tu es devenue acariâtre. Tu n'as toujours pas digéré que j'aie été élue reine du lycée alors que tu briguais la couronne. Tu es pathétique. C'est triste de ne pas avoir évolué.

Et là-dessus, Shelby sortit du bureau et s'engagea dans l'escalier.

– J'ai été dauphine de Miss Tennessee !

Les mains sur les hanches, Melody se tenait en haut des marches. Par-dessus son épaule, Shelby lui jeta un sourire apitoyé.

– Grand bien te fasse, répondit-elle, et elle continua de descendre, avant de quitter la boutique sans un mot à la vendeuse.

Un tremblement la parcourut, de rage, d'humiliation, qu'elle réprima aussitôt. Il était inutile de se rendre malade pour si peu.

Son premier instinct fut de se diriger vers le salon, pour tout évacuer, mais elle fit brusquement demi-tour, en direction du Bootlegger's.

Tansy avait peut-être besoin d'une serveuse supplémentaire.

Sur les nerfs, Shelby tambourina contre la porte. Le bar n'ouvrait que dans une demi-heure, mais il devait sûrement y avoir quelqu'un.

Après la deuxième série de coups, on finit effectivement par lui ouvrir : un jeune homme bâti comme une armoire à glace, en tee-shirt aux manches découpées révélant des biceps musclés, qui la dévisagea d'un regard d'onyx.

– On ouvre à 11 h 30.

– Je sais, les horaires sont indiqués très clairement. Je viens voir Tansy.

– Pour… ?

– Ça ne regarde que moi, si on vous le demande… Pardon, excusez-moi, je suis énervée. Je suis une amie de Tansy : Shelby, se présenta-t-elle. Je voudrais lui parler une minute, si elle est là.

– Ah, Shelby ! Enchanté. Derrick.

– Vous êtes le mari de Tansy ? Excusez-moi encore, j'ai été grossière. Ravie de faire votre connaissance.

– Entrez, je vous en prie. Tout le monde a le droit d'être contrarié.

Deux employés s'affairaient à mettre les tables en place. En cuisine, on entendait des bruits de casseroles et des éclats de voix.

– Installez-vous au bar, je vais chercher Tansy.

– Merci. Je ne la retiendrai pas longtemps.

Shelby se jucha sur un tabouret et s'efforça de respirer comme elle l'avait appris au cours de yoga à Atlanta.

Tansy arriva presque aussitôt, tout sourire.

– Je suis contente de te voir. On n'a pas trop eu le temps de discuter, l'autre soir.

– J'ai été désagréable avec Derrick.

– Pas tant que ça, dit-il, et vous vous êtes déjà excusée deux fois. Vous voulez boire quelque chose ?

– Je…

– Un Coca ? suggéra Tansy.

– OK, merci. Je me répète, je sais, mais je suis sincèrement désolée. Je viens d'avoir une prise de bec avec Melody Bunker.

Tansy prit place à côté de Shelby.

– Tu veux quelque chose de plus fort qu'un Coca ?

– C'est tentant, mais non, merci. Je suis passée à The Artful Ridge, voir s'ils n'avaient pas un job pour moi. Je trouve la boutique magnifique, j'aurais aimé y travailler. Jusqu'à ce que je monte parler à Melody. Elle a été méchante comme la gale. Elle garde envers moi une vieille rancune qui remonte au lycée, tu y crois ?

— Cette fille est une teigne. C'est moi qui suis désolée de t'avoir envoyée là-bas. Je n'avais pas pensé à Melody. À vrai dire, je m'efforce de l'ignorer.

Tansy gratifia son mari d'un sourire amoureux lorsqu'il lui servit une ginger ale.

— Merci, chéri. Melody n'est au magasin que deux ou trois heures par jour, et encore, pas toute la semaine. Madame a toujours une réunion au country-club, un rendez-vous chez la manucure ou un déjeuner au restaurant. C'est Roseanne, son assistante, qui fait tourner la boutique.

Shelby remercia à son tour Derrick quand il posa un verre de Coca devant elle.

— Je suis sûre que je vais vous aimer, lui dit-elle, ne serait-ce que parce que vous avez épousé une femme formidable. Et j'adore votre bar ; j'y ai passé un excellent moment. Oh, et félicitations pour le bébé !

— Vous m'êtes déjà sympathique, vous aussi, répondit-il en se décapsulant une eau gazeuse. Tansy m'a parlé de vous. Elle m'a raconté que vous preniez toujours sa défense lorsque des garces comme Melody Bunker l'embêtaient.

— Chéri, surveille ton langage, s'il te plaît.

— Melody est une garce, il n'y a pas d'autre mot, dit Shelby. Mais je l'ai remise à sa place, ça m'a fait un bien fou.

— Tu n'as jamais eu ta langue dans ta poche.

— De la fumée lui sortait des oreilles quand je suis partie. Enfin, bref, elle ne mérite même pas qu'on parle d'elle. À tout hasard... vous n'auriez pas besoin d'une serveuse ?

— Tu voudrais travailler au bar ?

— Je voudrais travailler tout court. Je profite de ce que Tracey me garde Callie un moment pour prospecter. Si vous n'avez besoin de personne, ce n'est pas grave. J'ai encore d'autres endroits où aller voir.

— Vous avez déjà fait du service ? demanda Derrick.

— Je sais débarrasser une table, servir des verres ou des plats, et je n'ai pas peur de me remonter les manches. Je ne cherche qu'un emploi à temps partiel pour le moment, mais...

— Tu n'es pas faite pour être serveuse, déclara Tansy.

— OK, tant pis. Merci de m'avoir écoutée, et aussi pour le Coca.

— Attends, je n'ai pas terminé. Avec Derrick, on pense organiser des spectacles les vendredis soir, en plus des soirées du samedi. Mais si, on en a parlé ! dit-elle devant le froncement de sourcils de son mari.

– Ce n'est encore qu'un vague projet.

– Deux samedis par mois, on a de la musique live, et ça cartonne. Désormais, on en aura aussi le vendredi. Je t'engage, Shelby, pour chanter les vendredis soir, de 20 heures à minuit.

– J'apprécie ton geste, Tansy, mais je n'ai pas chanté depuis des années.

– Tu n'as pas perdu ta voix ?

– Non mais...

– On ne pourra pas te payer une fortune, tout du moins au début. Tu feras des sets de quarante minutes, avec des pauses de dix à vingt minutes. Ce qui serait bien, c'est de proposer des soirées à thème.

– Elle en a, des idées ! commenta Derrick, non sans fierté.

– On commencera par une soirée années 40, poursuivit Tansy, son verre dans une main, en tapotant le comptoir de l'index. Tu chanteras des tubes de l'époque, et on servira des cocktails vintage. Que buvait-on en ce temps-là ? Des martinis et des boilermakers. Je regarderai sur Internet. On passera ensuite aux années 50, et ainsi de suite. Les gens aiment la nostalgie. Tu chanteras sur des bandes de karaoké. Plus tard, si on agrandit, on pourra engager un pianiste, voire d'autres musiciens. Mais dans un premier temps, on achètera un lecteur karaoké. De toute façon, on avait aussi l'intention de lancer les lundis karaoké.

– Elle en a, des idées ! répéta Derrick.

– Les gens adorent s'entendre chanter, même s'ils chantent comme des casseroles. Le bar sera plein, les lundis. Et les vendredis aussi. Je ne peux te proposer qu'un soir de travail par semaine, Shelby ; ce n'est pas grand-chose, je sais, mais ça te permettra éventuellement de prendre un emploi en journée.

– Vous êtes d'accord ? demanda Shelby à Derrick.

– C'est elle qui gère. Je ne suis que le patron.

– On ne commencera pas ce vendredi, déclara Tansy. Ce serait trop tôt, je dois d'abord régler certains détails pratiques. Mais vendredi prochain. Tu pourras venir répéter sur place, d'ici là. Il faut absolument qu'on agrandisse, Derrick. Tu devrais en toucher un mot à Matt et à Griff, voir quand ils seront disponibles.

– Bien, madame.

– Alors, c'est OK, Shelby ?

Celle-ci inspira profondément, puis expira.

– Faisons au moins un essai, acquiesça-t-elle. Je suis partante. Du fond du cœur, un énorme merci à vous deux.

# 10

Shelby se rendit au salon en dansant de joie.
– Tu as l'air en grande forme, lui dit Viola. Sissy, vous vous souvenez de ma petite-fille Shelby ?

S'amorça alors une conversation tout en tours et détours avec la cliente à laquelle Viola ôtait ses bigoudis.

Dès qu'elle put en placer une, Shelby annonça sa nouvelle.
– Formidable ! Tansy et Derrick sont en train de faire revivre le Bootlegger's. Tu seras leur vedette !

En riant, Shelby débarrassa machinalement le panier de bigoudis.
– Ce ne sera que les vendredis soir, mais…

Sissy l'interrompit pour raconter que sa fille tiendrait le premier rôle dans la comédie musicale du lycée tandis que Viola s'employait à faire gonfler ses cheveux.

– Bon… Je dois vous laisser. Maman est occupée, je suppose ?
– À un soin du visage. Callie est chez Tracey, non ? Tu n'as pas deux minutes ? J'aurai bientôt une pause.
– Je voulais aller voir si Mountain Treasures n'embauchait pas, et peut-être aussi passer à The What-Not Place. Tansy m'a dit qu'ils tournaient bien.
– J'y ai acheté un ravissant service à thé, déclara Sissy.
– Avec la saison touristique qui approche, ils ont peut-être besoin d'une vendeuse supplémentaire. The Artful Ridge recrute pour l'été, mais Melody Bunker ne veut pas de moi.
– Elle t'envie depuis toute petite, répondit Viola en laquant les cheveux de sa cliente. Estime-toi heureuse qu'elle ne t'ait pas prise. Tes journées auraient été un calvaire si tu avais travaillé avec elle. Et voilà, Sissy ! Ça vous plaît ?

– Oh, c'est parfait, Vi ! Personne ne me coiffe aussi bien que vous. Dieu m'a dotée de beaux cheveux, ce serait dommage de ne pas les mettre en valeur. Je déjeune avec mes amies tout à l'heure, précisa Sissy à l'attention de Shelby. Nous avons réservé au restaurant de l'hôtel.

– Vous allez vous régaler.

Sissy partie, après avoir jacassé encore quelques minutes sur le pas de la porte, Viola se laissa tomber dans un fauteuil.

– Quelle incorrigible bavarde ! soupira-t-elle. Elle m'épuise. Enfin, bref. Combien de jours par semaine aimerais-tu travailler ?

– Trois ou quatre, voire cinq selon le nombre d'heures, si je peux m'arranger avec Tracey, et si maman peut garder Callie de temps en temps. Avec un temps complet, je serais obligée de la mettre à la crèche.

– Tu y laisserais la moitié de ton salaire.

– Je voulais attendre l'automne pour l'inscrire en maternelle, lui laisser le temps de prendre ses marques, mais il faudra peut-être que je trouve une solution pour l'été. Ça lui fera du bien d'être avec des enfants de son âge.

– Sans aucun doute. Écoute, j'ai une proposition à te faire. Pourquoi aller mendier du travail à Mountain Treasures, ou ailleurs, alors qu'il y en a ici ? Tu pourrais répondre au téléphone, prendre les rendez-vous, gérer les stocks et les commandes, accueillir les clientes. Et veiller à la bonne marche générale, vu que tu es de nature organisée. Si tu trouves mieux, pas de problème. Mais en attendant, je peux te prendre trois jours par semaine. Quatre en période de coup de feu. Tu pourras amener Callie de temps en temps. Tu passais beaucoup de temps au salon quand tu avais son âge.

– C'est vrai.

– En as-tu souffert ?

– Bien au contraire. J'adorais jouer là, écouter les dames discuter, me faire coiffer et vernir les ongles comme une grande. Mais je ne veux pas que tu m'embauches juste pour me faire plaisir.

– Pas du tout, j'ai réellement besoin de quelqu'un.

– Une personne de plus ne serait pas de trop, confirma Crystal depuis son poste. Ça nous éviterait de courir répondre au téléphone ou de vérifier dans l'agenda si on de la place quand des clientes viennent sans rendez-vous.

– Tu travaillerais de 10 heures à 15 heures, et le samedi de 9 heures à 16 heures, déclara Viola.

Puis, devant l'air hésitant de Shelby, elle ajouta :

– Si tu n'es pas intéressée, je devrai trouver quelqu'un d'autre. Je suis sérieuse, pas vrai, Crystal ?

– Absolument, je vous le jure, répondit Crystal en se signant avec le peigne qu'elle avait à la main. On en parlait encore pas plus tard que tout à l'heure.

– Je te réexpliquerai tout, comme tu n'as pas travaillé ici depuis un bout de temps, poursuivit Viola. Mais tu es intelligente, je suis sûre que tu t'adapteras vite.

Shelby se tourna vers Crystal.

– Vous me jurez, vraiment, qu'elle ne m'engage pas juste pour me rendre service ?

– Absolument. Dottie n'arrête pas de courir entre le salon, les cabines de soin, le vestiaire et la salle de relaxation. Sasha n'a plus le temps de l'aider depuis qu'elle a son certificat de masseuse. On se débrouille, certes, mais c'est sûr que ça nous soulagerait d'avoir une personne de plus.

– OK, acquiesça Shelby avec un rire surpris. Ce sera une joie pour moi de travailler avec vous toutes.

– Dans ce cas, tu es engagée ! Pendant l'heure que tu aurais passée à prospecter, tu n'as qu'à plier les serviettes et les répartir entre les différents postes.

– Merci, Granny, dit Shelby en déposant une bise sur la joue de sa grand-mère.

– Je te préviens, tu ne chômeras pas !

– Tant mieux, répliqua-t-elle, et elle se mit aussitôt au travail.

Lorsqu'elle rentra chez ses parents avec Callie, Shelby avait établi un planning de garde. Tracey prendrait Callie chez elle deux fois par semaine, trois quand Shelby travaillerait le samedi, en échange d'un jour où Shelby garderait Chelsea, contre rémunération pour le reste. Ada Mae se réjouissait, pour sa part, d'instaurer chaque semaine une « journée Gamma et Callie ». Les vendredis soir, sa mère et sa grand-mère se relaieraient.

Shelby était ravie : elle gagnerait décemment sa vie et sa fille serait chouchoutée.

Elle se gara dans l'allée et extirpa de la voiture une Callie à moitié endormie. Pendant que la fillette ferait la sieste, elle chercherait sur Internet des chansons des années 40 et commencerait à composer son répertoire.

Callie dans les bras, elle monta directement à l'étage en la berçant et en chantonnant. Elle laissa échapper un petit cri de surprise lorsque Griff apparut dans le couloir. Callie sursauta et poussa un hurlement.

— Désolé ! dit-il en retirant les écouteurs de ses oreilles. Je ne vous avais pas entendues. Votre mère m'a dit… Oh, pardon, Callie, je ne voulais pas te faire peur.

Agrippée à sa mère, secouée de sanglots, la fillette le dévisagea, puis elle se jeta à son cou. Il la prit dans ses bras, lui cala la tête au creux de son épaule et lui caressa les cheveux.

— Ne pleure pas, ce n'est rien, la réconforta-t-il en souriant à Shelby. Votre mère s'est décidée à faire faire sa nouvelle salle de bains. Je viens de prendre les mesures. Waouh, vous êtes superbe !

— Excusez-moi, il faut que je me pose une minute, dit Shelby en s'asseyant sur une marche de l'escalier. Je n'avais pas vu votre camion.

— Je suis venu à pied de chez Bitsy. On a terminé sa cuisine. On attaque ici la semaine prochaine.

— La semaine prochaine ?

— Oui, dit-il en frictionnant le dos de Callie, dont les larmes se muaient peu à peu en reniflements. On a deux ou trois petits chantiers en cours, mais on arrivera à jongler. J'écoutais de la musique, voilà pourquoi je ne vous ai pas entendues arriver.

— Il n'y a pas de mal. Je n'avais probablement pas besoin des dix prochaines années de ma vie ! Vous permettez que je mette Callie au lit ? C'est l'heure de sa sieste.

— Laissez, j'y vais. Sa chambre est juste là, n'est-ce pas ?

Il y entra, et lorsque Shelby le rejoignit, il avait déjà couché la fillette sous sa couette et répondait patiemment à la litanie de questions qu'elle posait immanquablement avant de s'endormir.

— Bisou, réclama-t-elle.

Il l'embrassa, se redressa et se tourna vers Shelby.

— Elle dort déjà ?

— Elle a passé la matinée à jouer avec Chelsea. Elle doit être épuisée, chuchota-t-elle en se retirant de la pièce sur la pointe des pieds.

— Elle sent la cerise.

— Les bonbons, sans doute.

Et elle-même dégageait un parfum de prairie, frais, doux et sauvage à la fois. Le mot du jour serait « phéromones ».

— Je vous l'ai déjà dit, mais vous êtes vraiment superbe.

— Il fallait que je sois présentable pour chercher du travail.

*Vous êtes non seulement présentable mais… désirable*, faillit-il dire.

– Vraiment superbe ! répéta-t-il. Ça a marché ?

– Impeccable, lancer franc réussi, panier à trois points. *Slam dunk.*

Doux Jésus, une métaphore sportive ! Il devait absolument épouser cette femme.

– Je boirais volontiers un Coca, dit-elle. Vous en voulez un ?

– Avec plaisir.

Excellent, il pourrait ainsi rester un peu plus longtemps avec elle.

– Alors, quel job avez-vous trouvé ?

– Comme vous y allez ! répondit Shelby tandis qu'ils redescendaient à la cuisine. Les gens d'ici me demanderaient d'abord *comment* j'ai trouvé du travail.

– Désolé, je suis du Nord. On ne se refait pas.

– Ne changez pas, vous êtes très bien tel que vous êtes. Qu'écoutiez-vous ? demanda-t-elle en désignant les écouteurs qu'il tenait toujours à la main.

– Oh, j'ai des goûts assez éclectiques. C'étaient les Black Keys, je crois, quand j'ai écourté votre vie de dix ans. « Fever ».

– Au moins, j'ai perdu dix ans pour un morceau que j'aime. Mais revenons-en à votre question. Je me suis d'abord fait rembarrer comme une malpropre en allant quémander un emploi à The Artful Ridge, dont la gérante a une dent contre moi depuis le lycée.

– Melody Bunker. Je la connais. Elle a essayé de me draguer.

– Non ?! s'exclama Shelby en s'immobilisant, ce qui laissa à Griff le loisir de la contempler.

Ses yeux bleus avaient aujourd'hui des reflets mauves.

– Elle était un peu éméchée. Je venais d'arriver à Rendezvous. L'irrésistible appât de la nouveauté.

– Elle ne vous plaisait pas ?

– Elle est bien roulée, mais c'est une langue de vipère.

– Les hommes ne s'en rendent pas forcément compte.

– J'ai le nez pour détecter les pestes. Elle était avec une amie et elles n'arrêtaient pas de… comment dire sans employer le verbe « miauler » ?

– Vous pouvez l'employer, il lui va comme un gant ! répondit Shelby en sortant deux canettes du réfrigérateur et deux verres du buffet. Elle peut être aussi cruelle qu'un chat, bien que je n'aie rien contre les chats. Elle a cherché à me rabaisser plus bas que terre, aujourd'hui, mais elle n'y est pas arrivée.

– Que vous a-t-elle dit, si ce n'est pas indiscret ?

– Elle a commencé par des remarques perfides sur ma coiffure.

– Vous avez des cheveux magnifiques. Une chevelure de sirène. De sirène magique.

– C'est la première fois qu'on me dit une chose pareille, répondit Shelby en riant. Une chevelure de sirène magique, voilà qui plaira à Callie ! Melody la Grande Dame m'a ensuite lancé quelques piques sur ma situation, que j'ai encaissées sans broncher, vu que je voulais ce maudit job. Puis elle a décrété que je n'avais ni les qualifications ni la classe requises pour travailler chez elle. Alors là, j'ai riposté, avec un peu plus de subtilité qu'elle.

– Bravo.

En souriant, Shelby versa les Coca sur des glaçons.

– Elle était tellement furieuse quand je suis partie qu'elle m'a crié qu'elle avait été dauphine de Miss Tennessee – le summum de la gloire, à ses yeux. Ce à quoi j'ai répondu par l'insulte la plus blessante pour une femme du Sud.

– « Grand bien te fasse ! »

– Vous apprenez vite ! dit-elle en tendant un verre à Griff. Après quoi je suis allée au Bootlegger's. Je voulais demander à Tansy de me prendre comme serveuse. J'ai fait la connaissance de Derrick – il a le physique d'un acteur de cinéma.

– Vous trouvez ?

– Absolument. Tansy a eu de la chance de le rencontrer, et la réciproque vaut pour lui : Tansy est une chouette nana, intelligente, sensible, attentionnée. Toujours est-il qu'ils ne voulaient pas de moi comme serveuse. Il faut dire, énervée comme je l'étais, que je ne me suis pas présentée à Derrick sous mon meilleur jour, mais je me suis excusée.

– Dure journée !

– Attendez… Ils ne me voulaient pas comme serveuse, mais comme chanteuse. Je vais chanter au Bootlegger's tous les vendredis soir.

– Sans blague ? C'est génial, Red ! Tout le monde dit que vous avez une belle voix. Chantez-moi quelque chose.

– Non.

– Allez… juste quelques notes.

– Venez au Bootlegger's vendredi en quinze, et vous m'entendrez chanter, dit-elle en levant son verre. Ensuite, parce que ce n'est pas tout, je suis passée chez Granny, avant de continuer ma tournée des commerces susceptibles d'embaucher, et elle m'a engagée à temps partiel au salon. Elle a prétendu qu'elle avait réellement besoin de quelqu'un. J'espère que c'est vrai.

– Je ne connais pas encore très bien miss Vi, mais elle me semble franche.

– Elle l'est, en règle générale, et Crystal m'a juré qu'elles avaient de toute façon l'intention de recruter. Du coup, je n'ai pas seulement trouvé un job mais deux. Je suis super contente.

– Voilà qui se fête ! répondit Griff. Ça vous dirait d'aller dîner ? Avec Matt et Emma Kate, ajouta-t-il devant le regard méfiant que lui coulait Shelby.

– Ce serait sympa, mais j'ai du pain sur la planche : je dois préparer mes tours de chant. Tansy veut changer de thème chaque semaine. Et puis il y a Callie, bien que la laisser quelques heures serait sans doute plus douloureux pour moi que pour elle.

– Elle aime les pizzas ?

– Callie ? Bien sûr ! Presque autant que les glaces.

– Alors je vous inviterai toutes les deux à la pizzeria, un soir après le travail.

– C'est très gentil, Griffin. Elle a déjà le béguin pour vous.

– C'est réciproque.

En souriant, Shelby ajouta du Coca dans son verre.

– Ça fait combien de temps, maintenant, que vous êtes à Rendezvous ?

– Presque un an.

– Et vous n'avez pas encore rencontré l'âme sœur ? Charmant comme vous l'êtes, vous ne manquez sûrement pas de prétendantes.

– Il n'y a que miss Vi qui fasse battre mon cœur.

– Méfiez-vous de Grandpa, c'est un bagarreur !

– Il ne me fait pas peur.

– Il est pourtant vigoureux, malgré son âge, répliqua Shelby en riant. Emma Kate et miss Bitsy n'ont pas essayé de vous caser ? Ça me surprend.

– Oh si ! répondit-il. Aucune ne me plaisait. Jusqu'à maintenant…

Il y avait longtemps que Shelby n'avait pas joué au jeu de la séduction, mais une femme reconnaissait vite cette étincelle dans les yeux d'un homme, et cette sonorité dans sa voix.

– Je suis dans une situation compliquée, en ce moment, dit-elle, prudente mais néanmoins flattée.

– Je remets les choses d'aplomb, c'est mon métier.

– Il y aurait du boulot, répliqua-t-elle avec un rire nerveux. Il faudrait tout reprendre depuis les fondations. Et je suis maman.

– Ça ne me dérange pas. Au risque de vous paraître trop direct, je dois vous avouer que vous m'avez séduit dès l'instant où vous êtes entrée dans la cuisine de miss Bitsy. Je voulais prendre mon temps, y aller en douceur, mais après tout, à quoi bon ?

Il n'y allait pas par quatre chemins, en effet, et la tactique était aussi déstabilisante qu'excitante.

– Vous ne me connaissez pas.

– J'espère faire plus ample connaissance.

De nouveau, elle eut un petit rire gêné.

– Je n'ai pas l'impression de vous inspirer de l'aversion, ajouta-t-il. Je suis plutôt aimable, non ? Je serais vraiment heureux de dîner avec vous, quand vous serez disponible. De toute façon, comme je suis proche de Matt et qu'il est proche d'Emma Kate, nous serons amenés à nous revoir. En plus, j'aime bien votre fille.

– Ça se voit. Si je pensais que vous vous serviez d'elle pour m'amadouer, nous aurions une tout autre conversation. À vrai dire, je ne sais que vous répondre.

– Prenez le temps de réfléchir. Je dois rejoindre Matt, et vous avez des choses à faire. Vous direz à votre mère que j'ai pris les mesures. Qu'elle me fasse signe quand elle aura choisi le carrelage, et on passera la commande.

– OK.

– Merci pour le Coca.

– Il n'y a pas de quoi, dit-elle en le raccompagnant, consciente qu'il ne la laissait pas indifférente.

Dans ces circonstances, toutefois, il n'aurait pas été raisonnable de tomber sous son charme.

– J'étais sérieux au sujet de la pizza, dit-il sur le pas de la porte.

– Callie serait ravie.

– Fixez un jour, tenez-moi au courant.

Les sourcils froncés, il suivit du regard une voiture qui passait sur la route.

– Vous connaissez quelqu'un qui roule en Honda grise ?

– Non, pourquoi ?

– Je n'arrête pas de la voir passer par ici, ces derniers temps.

– Elle peut être à n'importe qui.

– Elle est immatriculée en Floride.

– Un touriste, sans doute. Il y a de chouettes randonnées à faire dans le coin, surtout en cette saison où tout est en fleurs, bien qu'il fasse encore un peu frisquet.

– Ouais, vous avez sûrement raison. À bientôt, et félicitations pour les jobs que vous avez décrochés.

*Le Menteur*

– Merci.

Shelby le regarda s'éloigner, de cette démarche ô combien sexy. Mais non, elle ne pouvait pas se permettre de flirter. Elle avait d'autres chats à fouetter : Callie, ses nouveaux emplois, et le canyon de dettes dont elle devait s'extirper.

En pensant à sa situation financière, elle monta à l'étage. Elle allait se changer, recalculer son budget, voir où en était la vente de la villa, si le dépôt-vente avait écoulé d'autres articles.

Ensuite, elle s'attellerait à la préparation de son répertoire. Cela représentait du travail, mais aussi du plaisir. Mieux valait se débarrasser en priorité des corvées désagréables.

Sur le seuil de sa chambre, elle se figea.

Une Honda grise immatriculée en Floride...

Affolée, Shelby ouvrit le tiroir de la commode où elle avait rangé une série de cartes de visite susceptibles de lui être utiles. Et y retrouva celle de Ted Privet – « Détective privé, Miami, Floride ».

C'était donc bien lui qu'elle avait vu au Bootlegger's. Il l'avait suivie jusqu'à Rendezvous Ridge. Il la surveillait.

Avec circonspection, elle s'approcha de la fenêtre et scruta la route.

Elle n'avait pas d'autre choix que de rembourser les dettes de Richard, mais il était hors de question qu'elle se laisse empoisonner la vie par les embrouilles dans lesquelles il avait trempé.

Au lieu de se mettre au travail, elle appela son frère.

– Forrest ? Désolée de te déranger au boulot, mais j'ai des ennuis. J'aurais besoin de ton aide.

Il l'écouta sans l'interrompre, sans lui poser aucune question, l'expression impassible, le regard rivé au fond du sien, ce qui la mettait au supplice. Néanmoins, elle s'efforça de ne rien omettre.

– C'est tout ? demanda-t-il quand elle se tut.

– Oui, répondit-elle. Je t'ai tout dit. C'est déjà bien assez, non ?

– Tu as les pièces d'identité que tu as trouvées dans le coffre à la banque ?

– Oui.

– Il faudra me les donner.

– Je vais les chercher.

– Attends, je n'ai pas fini.

Elle se rassit au comptoir de la cuisine, noua nerveusement les mains.

– Tu as le revolver ?

– Je... oui. J'ai enlevé le chargeur et je l'ai rangé dans une boîte, en haut de mon armoire, hors de portée de Callie.

– L'argent ?

– J'ai gardé 3 000 dollars, dans mon armoire également. Le reste m'a servi, comme je te l'ai dit, à régler des factures. Et j'en ai placé une partie à la banque, ici. J'ai ouvert un compte à Rendezvous.

– Tu me remettras tout : les papiers, le revolver, l'argent, les enveloppes.

– Pas de problème.

– Maintenant, permets-moi de te demander pourquoi tu as attendu tout ce temps avant de me prévenir.

– Le gouffre était si profond... Tout à coup, c'était comme si la terre s'était ouverte sous mes pieds... Non seulement Richard était mort, mais j'étais criblée de dettes. J'ai fouillé dans ses papiers, ce que je n'avais jamais fait – il les gardait sous clé. Je n'avais pas à me mêler de ses affaires, disait-il. Abstiens-toi de commentaires, s'il te plaît, tu n'étais pas à ma place. Quand je suis tombée sur cette clé, je me suis doutée qu'elle me révélerait des secrets. Ça n'a pas manqué... J'ignorais à qui j'étais mariée, avec qui je partageais ma vie, avec qui j'avais un enfant.

Elle prit une longue inspiration avant de poursuivre.

– Mais peu importe. Ma vie ne s'arrête pas là, je dois aller de l'avant, me débarrasser de ces dettes, préserver Callie. J'ignore pourquoi ce détective m'a suivie jusqu'ici. Je ne suis au courant de rien, et je n'ai rien.

– Je m'en occuperai.

– Je t'en remercie.

– Si j'ai été dur avec toi, Shelby, c'était uniquement pour te réveiller. Tu es ma sœur, mince ! Nous sommes ta famille.

De nouveau, elle entrecroisa les doigts, afin de se contenir.

– Si tu crois que je l'ai oublié, tu te trompes. Si tu penses que je ne tiens pas à ma famille, tu me déçois terriblement.

– Que dois-je penser ? rétorqua-t-il.

– Que j'ai agi en mon âme et conscience. Je ne pouvais pas revenir avant d'avoir émergé de ce gouffre. Fierté mal placée, me diras-tu, mais il était hors de question que je me décharge de mon fardeau sur ma famille.

– Tu ne pouvais pas nous demander du soutien ?

– Ce n'est pas ce que je suis en train de faire ?

Forrest se leva, arpenta la pièce, puis se posta devant la fenêtre et regarda un instant au-dehors, en silence.

– OK, OK, marmonna-t-il enfin. Je peux comprendre... Va me chercher tout ce qu'il y avait dans le coffre, s'il te plaît.

– Que vas-tu en faire ?

– En premier lieu, j'ai quelques mots à dire à ce privé de Floride, qu'il sache que je ne vois pas d'un très bon œil qu'il traque ma sœur. Ensuite, je m'emploierai à découvrir avec qui tu étais mariée.

– L'argent du coffre était sûrement de l'argent volé, ou tout au moins mal acquis. Si je dois le rendre...

– Tu n'auras pas à le rendre. Tu as agi en toute légalité. Quoi qu'ait fait ton mari, il me semble clair qu'il n'en reste rien pour rembourser qui que ce soit. Une dernière chose : tu dois tout raconter au reste de la famille. Ils ont le droit de savoir.

– Gilly est enceinte.

– Ne cherche pas de prétextes. Ce soir, quand Callie sera couchée, tu leur expliqueras tout. Je téléphonerai à Clay. Voudrais-tu qu'ils apprennent incidemment qu'un détective privé enquête sur leur fille, leur sœur ?

– Non, concéda-t-elle, ne pouvant que reconnaître le bien-fondé des paroles de Forrest. Je le leur dirai moi-même. Mais je compte sur toi pour me soutenir lorsque papa et maman proposeront de m'aider à éponger les dettes. C'est absolument exclu.

– Ne t'en fais pas, dit-il en posant ses mains sur ses épaules. Je suis de ton côté, petite sœur.

Soulagée, Shelby posa son front contre son torse.

– Je ne peux pas regretter ces dernières années sans regretter Callie, mais je regrette d'avoir été si faible, de ne pas avoir eu le cran de lui poser davantage de questions. Chaque fois que je me ressaisissais, il se passait quelque chose qui me décourageait.

– Ce type était malin. J'ai l'impression qu'il savait s'y prendre pour déstabiliser son monde. Allez, va me chercher ce qu'il y avait dans le coffre, s'il te plaît, que je me mette au travail sans tarder.

Retrouver le privé ne fut pas difficile : il était descendu à l'hôtel sous son nom, en se prétendant toutefois rédacteur de guides touristiques.

Forrest avait d'abord envisagé d'aller le trouver là-bas, puis il s'était ravisé : il préférait jouer sur le même terrain que lui.

Son service terminé, il prit donc son pick-up personnel et sillonna les rues jusqu'à repérer la Honda, stationnée devant The Artful Ridge.

Forrest se gara un peu plus loin et passa nonchalamment devant la boutique. Privet discutait avec Melody. Nul doute qu'il avait déniché là une mine de ragots sur Shelby.

Forrest regagna sa voiture et attendit.

Sorti de la galerie, le détective traversa la rue et entra dans le bar-grill. Là aussi, il était susceptible de dégoter quelques renseignements, quoique différents des précédents.

Quinze minutes plus tard, le bonhomme quittait le Bootlegger's et se rendait à l'institut de beauté.

À l'évidence, il avait suivi Shelby toute la matinée de la veille, ce qui resta en travers de la gorge de Forrest.

Trouvant que cet arrêt-la durait un peu trop, il alla discrètement jeter un coup d'œil par la vitrine : Privet se faisait couper les cheveux. Au moins, il contribuait au commerce local !

Forrest se réinstalla dans sa voiture, patient, et attendit que le privé regagne la sienne.

La filature fut aisée, la circulation était fluide. À la fourche, la Honda bifurqua en direction de chez les Pomeroy. Lorsqu'elle passa devant la maison, Forrest s'engagea sur un chemin de terre, où il fit demi-tour, et fixa son gyrophare sur le toit de son véhicule.

Comme il s'y attendait, le détective repassa dans l'autre sens et se rangea sur le bas-côté. Forrest redémarra et alluma le gyrophare afin que Privet le voie dans son rétroviseur.

Il se gara derrière la Honda et s'approcha de la vitre passager, déjà baissée.

Privet consultait une carte routière.

— J'espère que je n'ai pas commis d'infraction, monsieur l'agent, et que vous pourrez m'aider. J'ai dû me tromper de route. Je cherche...

— Ne me faites pas perdre mon temps. Vous savez qui je suis et je sais qui vous êtes, monsieur Privet. Les mains sur le volant, s'il vous plaît, ordonna Forrest, la main sur la crosse de son revolver. Je sais que vous avez une autorisation de port d'arme. Si je ne vois pas vos deux mains, je risque de me fâcher.

— Je ne cherche pas les ennuis, dit Privet en levant les mains. Je ne fais que mon métier.

— Et je fais le mien. Vous vous êtes introduit chez ma sœur, à Philadelphie, en vous faisant passer pour qui vous n'étiez pas.

— Elle m'a laissé entrer.

— Vous avez abusé de sa confiance, et vous avez profité de ce qu'elle était seule chez elle avec un enfant en bas âge pour l'intimider. Ensuite de quoi vous l'avez suivie à travers plusieurs États, et, à présent, vous l'espionnez.

— Je suis détective privé. Voulez-vous voir ma licence ?

– Je vous l'ai dit : je sais qui vous êtes.

– J'ai été chargé par un client de...

– Votre client s'est peut-être fait dépouiller par Richard Foxworth, mais ma sœur n'y est pour rien. Foxworth est mort, manque de bol pour votre client. Vous avez parlé avec sa veuve. Si vous persistez à croire qu'elle était sa complice, c'est que vous n'êtes pas fin psychologue.

– Matherson. Il utilisait le nom de David Matherson.

– Peu importe, il n'est plus de ce monde. Personnellement, j'espère que les requins l'ont bouffé. Maintenant, s'il est vrai que vous ne voulez pas d'ennuis, vous allez cesser de surveiller ma sœur et de chercher à soutirer des renseignements aux gens du coin. Car c'est ce que vous faisiez, ne me dites pas le contraire, à The Artful Ridge, au bar-grill et à l'institut de beauté de ma grand-mère. Que cela ne se reproduise pas. Si je vous y prends, je vous arrête. Ici, ce que vous faites s'appelle du harcèlement, et le harcèlement est interdit par la loi.

– Dans mon métier, on appelle ça faire son boulot.

– Permettez-moi de vous poser une question, monsieur Privet, dit Forrest en s'accoudant au rebord de la vitre. Ces jumelles, là, sur le siège passager, à quoi vous servent-elles ?

– Je suis ornithologue.

– Citez-moi cinq espèces d'oiseaux indigènes des Smokies, demanda Forrest, qui attendit un instant, jusqu'à ce que Privet baisse les yeux. Bien... J'informerai mon supérieur de vos agissements, qui en référera au juge Harris – un cousin à moi, soit dit en passant. La prison du comté vous coûtera moins cher que l'hôtel.

– Mon client n'est pas le seul à s'être fait escroquer par Matherson. Par ailleurs, il est recherché pour un vol de bijoux à Miami.

– Je vous crois, ce type était une ordure et il a pourri la vie de ma sœur. Laissez-la tranquille, maintenant.

– Le cambriolage se chiffre à 28 millions de dollars. Savez-vous ce que je toucherai si j'en retrouve l'auteur ?

– Des clopinettes, si vous continuez à harceler ma sœur, répondit platement Forrest. Fichez-lui la paix, ou vous le paierez cher. Dites à votre client que nous sommes navrés de son malheur. À votre place, je reprendrais la route pour la Floride dès ce soir. Suis-je clair ?

– Comme de l'eau de roche. Puis-je à mon tour vous poser une question ?

– Je vous écoute.

– Comment votre sœur a-t-elle pu partager la vie de Matherson pendant des années sans savoir qui il était ?
– Votre client est un individu intelligent ?
– Oui...
– Alors comment se fait-il qu'il se soit laissé escroquer ? Maintenant, circulez, et que je ne vous revoie plus dans les parages.

Là-dessus, Forrest regagna son pick-up et attendit que Privet ait pris le large. Puis il se gara devant chez ses parents. Il souhaitait être présent lorsque Shelby dévoilerait ses infortunes à la famille.

**DEUXIÈME PARTIE**

REPÈRES

*Nous sommes indissociables. Quitter la compagnie, regagner la maison, c'est revenir à la raison.*

Robert Frost

## 11

Ses confessions l'avaient vidée, physiquement et nerveusement. En se levant, le lendemain matin, Shelby était encore épuisée.

C'était terrible de décevoir ceux qui vous avaient élevé. Elle pensa à Callie, se demanda si elle commettrait un jour des erreurs et se réveillerait avec cette sensation d'accablement.

Sûrement. Shelby se promit de ne pas oublier ce matin et de laisser sa fille en paix lorsque celle-ci aurait le cœur lourd.

Elle trouva Callie – encore trop jeune, heureusement, pour commettre de graves erreurs – assise dans son lit, en grande conversation avec Fifi. La séance de câlins lui remonta quelque peu le moral.

Elle l'habilla, puis elles descendirent à la cuisine.

Shelby prépara le café et décida, pour se racheter, de faire du pain perdu, ainsi que des œufs pochés, que son père adorait.

Lorsque sa mère les rejoignit, Callie était installée sur sa chaise haute, devant une soucoupe de fraises et de banane en rondelles. Le petit déjeuner était presque prêt.

– Bonjour, maman.

– Bonjour. Déjà en pleine effervescence ? Bonjour, mon rayon de soleil, dit Ada Mae en embrassant Callie.

– On va manger du pain doré, Gamma.

– Ah oui ? Nous avons droit à un petit déjeuner spécial, aujourd'hui ?

– Ce sera prêt dans deux minutes, déclara Shelby. Je poche des œufs pour papa. Tu en veux ?

– Non, je te remercie, je n'ai pas très faim, ce matin.

Tandis qu'Ada Mae se servait une tasse de café, Shelby l'enlaça par-derrière.

– Tu es toujours en colère, murmura-t-elle.
– Oui, la colère ne s'éteint pas comme une ampoule.
– Tu m'en veux ?
– Un peu moins qu'hier, soupira sa mère.
– Je suis désolée, maman.
– Je m'en doute, répondit Ada Mae en lui tapotant la main. J'essaie de me mettre à ta place. Tu étais dans une situation délicate. Ce n'est pas que tu avais perdu confiance en ta famille.
– Bien sûr que non ! Jamais de la vie. Je ne pouvais m'en prendre qu'à moi-même, et tu m'as toujours dit que quand on s'attire des ennuis, il faut les assumer.
– Je t'ai toujours dit aussi que partager ses tracas les allégeait.
– J'avais honte.
Ada Mae se retourna et encadra le visage de sa fille entre ses mains.
– Tu n'as pas de honte à avoir vis-à-vis de moi, dit-elle, puis elle jeta un regard à Callie, occupée à manger sa salade de fruits. Mais nous reparlerons de tout cela quand les murs n'auront pas d'oreilles.
– Les murs n'ont pas d'oreilles, Gamma ! Tu dis des bêtises !
– Veux-tu que je te serve une tranche de ce délicieux pain perdu que ta maman a préparé, mon cœur ?
Clay descendit en tenue de travail : tee-shirt blanc soigneusement rentré dans un pantalon kaki. Il ébouriffa les cheveux de Shelby, puis l'embrassa sur la tête.
– Un petit déjeuner du dimanche au milieu de la semaine ? Tu te fais mousser ?
– Exactement.

Comme convenu avec Tracey, Shelby emmena les filles au parc, où Emma Kate les rejoignit pendant sa pause-déjeuner et fit enfin la connaissance de Callie.
– Quand on était petites, Emma Kate était ma grande amie, comme toi et Chelsea.
– Tu jouais à la dînette avec maman ? demanda Callie.
– Bien sûr. Et on faisait des pique-niques, comme aujourd'hui.
– Si tu veux, tu pourras venir jouer à la dînette chez Gamma.
– Avec plaisir.
– Gamma a gardé la dînette de maman, et j'ai le droit de jouer avec.
– Oh, celle avec des violettes et des roses ?
– Oui, répondit Callie, interloquée. Il faut faire attention à ne pas la casser, parce qu'elle est fagile.

– *Fragile*, corrigea Shelby.

– Fragile, répéta la fillette. Tu viens, Chelsea ? On va faire de la balançoire !

– Ta fille est adorable.

– Elle est la plus belle chose de ma vie. Tu es libre ce soir, après le travail ? Je voudrais te parler. En tête-à-tête.

Emma Kate, qui attendait ce moment – ou l'espérait –, avait déjà un plan.

– Pas de problème. On pourrait monter au Belvédère, comme au bon vieux temps. Je finis à 16 heures, aujourd'hui. On peut se retrouver vers 16 h 15 au départ du sentier.

– Parfait.

Emma Kate regarda Callie, qui courait autour des balançoires avec Chelsea.

– Si j'avais un petit être qui dépendait de moi, je ferais un tas de choses que je ne ferais pas autrement.

– Et il y aurait un tas de choses aussi que tu ne pourrais plus faire !

– Maman ! Maman ! Tu viens nous pousser très haut ?

– Elle te ressemble, commenta Emma Kate. Toi aussi, tu voulais toujours monter le plus haut possible dans le ciel.

Shelby se leva en riant.

– Ces temps-ci, je ne décolle pas du ras des pâquerettes !

Shelby parvint à trouver le temps d'ébaucher un répertoire. Elle brandit le poing de la victoire en découvrant un e-mail du dépôt-vente lui annonçant que deux de ses robes de cocktail avaient été achetées, ainsi qu'une tenue de soirée et la pochette assortie. Elle mit ses comptes à jour, calcula qu'avec une vente de plus, elle pourrait rembourser le solde d'une autre carte de crédit.

Ensuite, elle s'organisa pour le lendemain, sa première journée de travail à l'institut de beauté. Puis elle enfila ses vieilles chaussures de marche – qu'elle avait gardées au fond de son placard, hors de la vue de Richard, afin qu'il ne l'oblige pas à les jeter.

Comme convenu avec Clay, elle amena Callie chez lui pour qu'elle passe un moment avec Jackson, la regarda quelques minutes explorer gaiement la cabane de son cousin, puis elle repartit en voiture jusqu'au sentier du Belvédère.

Cela aussi lui avait manqué, pensa-t-elle en se garant. Le calme de la nature, le chant des oiseaux, le bruit du vent dans les branches. L'odeur des pins, le grand air.

Elle régla les bretelles de son petit sac à dos – encore un objet conservé à l'insu de Richard.

Dès l'enfance, on lui avait inculqué de toujours emporter de l'eau en balade, même pour une promenade facile, ainsi que quelques articles de première nécessité. Le téléphone portable ne passait pas partout sur le chemin – tout du moins la dernière fois qu'elle l'avait emprunté ; néanmoins, elle glissa son mobile dans sa poche.

Elle préférait rester joignable quand elle n'était pas avec sa fille.

Elle emmènerait Callie ici, songea-t-elle, lui apprendrait le nom des fleurs sauvages et des arbres. Peut-être apercevraient-elles un chevreuil ou un lapin. Elle lui apprendrait aussi à reconnaître les crottes d'ours. À son âge, Callie trouverait cela aussi drôle que dégoûtant.

Elle l'emmènerait bivouaquer. Elles planteraient la tente, se raconteraient des histoires autour d'un feu de camp et observeraient les étoiles.

Voilà ce qu'elle désirait léguer à sa fille. Les déménagements incessants, Atlanta, Philadelphie, tout cela appartenait à un autre monde. Callie se construirait la vie qu'elle voudrait, mais elle aurait des racines à retrouver quand elle le souhaiterait.

Elle aurait toujours une famille à Rendezvous Ridge, un port d'attache.

Shelby se retourna en entendant le bruit d'une voiture et, malgré l'appréhension des aveux, sourit joyeusement lorsque Emma Kate se gara près du monospace.

– J'avais presque oublié comme cet endroit est beau : la ville d'un côté, la forêt de l'autre. Libre à toi de choisir où tu as envie d'aller.

– La première fois que Matt m'a accompagnée à Rendezvous, je l'ai emmené en randonnée à Sweetwater Cave. Je voulais voir de quoi il était fait.

– La montée est mortelle. Il a réussi le test ?

– La preuve, c'est que je suis toujours avec lui ! Tu as encore ces vieilles godasses ?

– Je suis bien dedans, elles se sont faites à mes pieds.

– Tu dis ça depuis des lustres. Je me suis résolue à en acheter une nouvelle paire, l'année dernière. J'essaie de faire de la marche au moins une fois par semaine, deux si possible. Matt préfère soulever de la fonte. Il va au club de muscu de Gatlinburg. Il parle de trouver un local et d'en monter un à Rendezvous, pour ne plus avoir à se taper toutes ces bornes. Perso, je trouve idiot de s'enfermer dans une salle pour faire du sport, bien que j'aie peut-être envie de m'inscrire au cours de yoga de l'institut de beauté, le samedi matin.

– Granny ne m'en a pas parlé.

– Elle ne sait plus où donner de la tête. On y va, si on ne veut pas arriver trop tard au Belvédère ?

– Notre endroit favori pour parler de mecs, de nos parents et de nos petits soucis.

– On va renouer avec la tradition ? demanda Emma Kate tandis qu'elles se mettaient en marche.

– En quelque sorte. J'ai tout avoué à ma famille, hier soir. Comme tu en fais pour ainsi dire partie, tu as le droit de savoir, toi aussi.

– Tu es en cavale ?

En riant, Shelby prit la main de son amie et lui imprima un mouvement de balancier.

– Je n'ai rien à me reprocher vis-à-vis de la loi, mais j'avais l'impression de fuir tout le reste, jusqu'à maintenant. C'en est fini, désormais.

– Tant mieux.

– Je t'ai un peu parlé de ma situation, l'autre jour, mais je ne t'ai pas tout dit et je tiens à le faire. Mes ennuis ont commencé après la mort de Richard. Leur origine était antérieure, mais ils ne me sont retombés dessus qu'après.

Shelby raconta tout ce qu'elle avait passé sous silence et répondit aux questions d'Emma Kate. Le chemin était escarpé, elle éprouvait un agréable tiraillement dans les mollets. Elle entrevit un merle bleu dans le feuillage d'un cornouiller, dont les fleurs blanches commençaient juste à éclore.

Plus elles montaient, plus l'air était frais. Néanmoins, l'effort physique la faisait transpirer.

Elle avait moins de mal à s'ouvrir ici, en pleine nature, où la brise emportait ses paroles.

– Je dois dire que je ne connaissais encore personne dont les dettes atteignaient plusieurs millions de dollars. Mais, en réalité, ces dettes ne sont pas les tiennes.

– J'ai signé l'emprunt pour la maison. Tout du moins, je le crois.

– Tu n'en es pas sûre ?

– Il n'arrêtait pas de me faire signer des papiers, en me disant que ce n'étaient que des formalités administratives. Et à mon avis, il ne devait pas se gêner pour signer en mon nom. J'aurais pu intenter une action en justice, me déclarer en faillite, mais je n'ai pas voulu. Quand la maison se vendra, et elle se vendra, je serai déjà soulagée d'un grand poids. En attendant, je me débrouille comme je peux.

– En vendant des vêtements ?

– Ils m'ont déjà rapporté 15 000 dollars, sans compter l'étole de fourrure que je me suis fait rembourser – l'étiquette était encore dessus. Et ce qui reste au dépôt-vente devrait me rapporter au moins autant. Richard avait des costumes en pagaille, et je n'avais jamais porté certaines de mes tenues. Je vivais dans un autre monde...

– Mais ta bague de fiançailles, c'était du toc.

– Il ne voyait pas l'intérêt de m'offrir un vrai diamant, j'imagine. Il ne m'a jamais aimée. Il se servait de moi, c'est tout – j'ignore encore de quelle manière exactement.

– C'est incroyable, n'empêche, que tu aies retrouvé le coffre à la banque !

Avec le recul, Shelby se rendait compte qu'elle avait, en effet, eu une chance inouïe. Néanmoins...

– Je voulais absolument le retrouver.

Le soleil déclinant, Emma Kate ajusta la visière de sa casquette.

– Je sais de quoi tu es capable quand tu t'es fixé une mission. Toutes ces liasses de billets, quand j'y pense... C'est dingue ! Sans parler des faux papiers !

– Il ne s'était sûrement pas procuré cet argent de façon très orthodoxe. J'ai hésité, je te l'avoue, mais je ne l'ai pas planqué. Avec Callie, je ne peux pas me permettre d'entourloupe. Si je dois le rendre, tôt ou tard, je trouverai une solution. J'en ai placé une partie à la banque. Avec un peu de chance, je pourrai peut-être acheter une petite maison, un jour ou l'autre.

– Et ce détective privé ? Que cherche-t-il ?

– Il perd son temps, je n'ai rien à lui apprendre. Il finira par le comprendre, ou Forrest l'en persuadera.

– Forrest sait être persuasif.

– Il m'en veut toujours, au moins un peu. Et toi ?

– J'admets que la fascination l'emporte sur la rancune.

Elles poursuivirent leur chemin en silence, le long du sentier familier.

– Tes meubles étaient vraiment aussi laids que tu le dis ?

– Pire ! répondit Shelby en riant, amusée par le fait que son amie ait retenu ce détail. J'aurais dû les prendre en photo. Ils étaient sombres, froids, tout en angles. J'ai toujours eu l'impression d'être en visite, dans cette maison, et j'avais hâte de la quitter. Il n'avait même pas payé la première mensualité, tu te rends compte ?! Quand il est mort, la banque avait déjà envoyé plusieurs mises en demeure, dont je n'étais pas au courant.

Shelby s'arrêta pour ouvrir sa bouteille d'eau.

– Il devait avoir des ennuis, poursuivit-elle. Nous sommes partis d'Atlanta si précipitamment... Du jour au lendemain, il m'a annoncé qu'il avait acheté cette villa à Philadelphie, qu'il fallait qu'on déménage, parce qu'il avait des opportunités dans le Nord. Et je l'ai suivi. Une fois de plus. C'est fou, tu as raison... soupira-t-elle. J'ai vécu avec un homme dont je ne connaissais même pas le vrai nom, sans savoir ce qu'il faisait, d'où venait tout cet argent. Tout n'était que façade et mensonges.

Lorsqu'elles parvinrent au mirador, Shelby sentit son cœur se gonfler.

– Ça, au moins, c'est réel.

Le paysage s'étendait à perte de vue, des collines et des vallons d'un vert profond, aussi délicat que celui de son ancien service à thé. Au loin, les sommets enneigés que l'on distinguait dans la brume semblaient empreints de mystère, de silence.

L'après-midi touchant à sa fin, la lumière s'était adoucie. Bientôt, le soleil disparaîtrait derrière les montagnes, qui s'embraseraient de lueurs rougeoyantes avant de s'assombrir.

– Je considérais cela comme acquis, dit-elle. Mais plus jamais ça n'arrivera.

Elles s'assirent sur un rocher, où elles s'étaient reposées maintes et maintes fois au fil des ans. De son sac, Emma Kate sortit un paquet de graines de tournesol.

– Avant, c'étaient des bonbons, lui fit remarquer Shelby.

– Je surveille ma ligne. Cela dit, je mangerais volontiers des bonbons. Des nounours !

En souriant, Shelby en retira un sachet de son sac à dos.

– J'en achète de temps en temps à Callie. Chaque fois, je pense à toi.

Emma Kate ouvrit le sachet et y plongea la main.

– Ta famille pourrait t'aider, financièrement. OK, je ne le voudrais pas, moi non plus, ajouta-t-elle, anticipant la réaction de son amie.

– Merci, je suis contente que tu me comprennes. Je serai heureuse, ici, je le sens. Je devais peut-être m'éloigner pour en prendre conscience.

– Tu vas recommencer à chanter, c'est super.

– Ça, c'est la cerise sur le gâteau. Je trouve Derrick très sympathique.

– Il est formidable. Et quelle belle gueule...

– Je te l'accorde, et...

– Quel corps ! dirent-elles à l'unisson, avant de pouffer de rire.
– Et nous revoilà assises ici, à parler de mecs ! soupira Shelby.
– Une énigme qu'on ne résoudra jamais.
– Un sujet inépuisable, en effet. Parle-moi un peu de toi, Emma Kate Addison, infirmière diplômée d'État. Tu aimes ton métier ?
– Beaucoup. Heureusement, parce que j'ai bossé dur pour obtenir ce diplôme. Je voulais travailler dans un grand hôpital, et je l'ai fait ; c'était très formateur, très enrichissant. Mais j'ignorais que je me plairais encore plus à la clinique. Un peu comme pour toi, il a fallu que je prenne de la distance pour m'en apercevoir.
– Et ta cerise sur le gâteau, c'est Matt ?
– Matt est un gâteau entier à lui tout seul, déclara Emma Kate en piochant un bonbon dans le paquet.
– Vous allez vous marier ?
– Il est l'homme de ma vie, mais je ne suis pas pressée, même si ma mère n'arrête pas de me tanner. On est très bien comme ça, pour le moment. Il paraît que la tienne s'est décidée à faire cette fameuse salle de bains ?
– Elle passe son temps à éplucher les catalogues et les magazines de déco. Papa prétend que c'est de l'argent jeté par les fenêtres, mais en vérité, il est content.

Shelby but une gorgée d'eau, puis revissa le bouchon sur la bouteille.

– Griff est venu prendre des mesures.
– Ils ont hâte d'attaquer la démolition, leur phase préférée. Ce sont de vrais gamins !

Hésitant à aborder le sujet, Shelby contempla le paysage. Au loin, un cours d'eau scintillait sous les rayons du soleil rasant.

– Il m'a dit que je lui plaisais, lâcha-t-elle enfin.
– Je ne suis pas étonnée, répliqua Emma Kate en suçotant un nounours.
– Pourquoi ? C'est un dragueur ?
– Pas plus qu'un autre. J'ai vu tout de suite que tu lui avais tapé dans l'œil, l'autre jour chez ma mère.
– Ah bon ? Je ne me suis rendu compte de rien.
– Tu étais trop mal à l'aise. Que lui as-tu répondu ?
– Que dans les circonstances actuelles, je ne pouvais pas me permettre de penser à ce genre de choses.
– N'empêche que tu y penses.
– Je ne devrais pas. Je viens juste de perdre Richard. Le décès n'a même pas encore été officiellement déclaré.

– Richard n'est plus là, rétorqua Emma Kate en feignant de froisser une boulette de papier et de la jeter dans le ravin. Tu étais malheureuse avec lui, tu n'es pas obligée de faire semblant de te morfondre.

– Ce n'est pas ça… Ce ne serait pas correct.

– Arrête de te prendre la tête. Écoute ton cœur. Pendant quatre ans, tu n'as écouté que ton mari, et regarde où ça t'a menée…

– Je ne connais pas Griffin.

– D'où l'intérêt de sortir avec lui, d'aller au restau, prendre un verre, discuter, voir si vous avez des affinités, si tu es attirée par lui. Et sexuellement ?…

– Richard ne me touchait plus, les derniers temps. Oh, tu parlais de Griffin ! Je t'en prie ! (Tout en riant, Shelby prit le paquet de bonbons des mains de son amie.) On n'est même pas encore sortis ensemble, tu ne voudrais pas que je couche déjà avec lui !

– Pourquoi pas ? Vous êtes libres, tous les deux.

– La dernière fois que j'ai couché avec un homme que je connaissais à peine, j'aurais mieux fait de m'abstenir.

– Griffin n'est pas Richard, je te le promets.

– Je me comporterais comme une gourde, en tête-à-tête avec un homme. Il y a si longtemps…

– Ne t'inquiète pas : comme le vélo, ce sont des choses qu'on n'oublie pas. On pourrait sortir tous les quatre ensemble, si tu veux ?

– Éventuellement. Griff veut nous inviter à la pizzeria, Callie et moi, et j'ai eu le malheur de le dire à la petite. Elle m'en a déjà reparlé deux fois.

– Eh bien, voilà ! s'exclama Emma Kate avec une claque sur la cuisse de Shelby. Allez manger une pizza tous les trois. Ensuite, on ira au restau tous les quatre, un de ces soirs. Et après, tu pourras faire un essai en solo.

– Ma vie est sens dessus dessous. Ce ne serait pas raisonnable de m'engager dans une relation.

– Ma chérie, quand on est célibataire, il n'y a rien de plus normal que de sortir avec un beau garçon. Accepte l'invitation à la pizzeria, et *que sera sera*…

– Je vais t'en rebattre les oreilles ! Si tu savais comme je suis contente de t'avoir retrouvée ! D'être assise là, à papoter avec toi en mangeant des bonbons !

– On est bien.

– Trop bien ! renchérit Shelby et, dans un élan d'affection, elle prit la main d'Emma Kate. Prêtons serment : quand on aura quatre-vingts ans, si on ne peut plus marcher, on paiera deux grands costauds pour nous porter jusqu'ici, et on papotera en mangeant des nounours.

– Voilà la Shelby Pomeroy dont je me souvenais ! déclara Emma Kate. Serment scellé, ajouta-t-elle, une main sur le cœur. À condition que les deux grands costauds soient aussi jeunes et beaux.

– Ça coule de source !

Shelby prenait peu à peu ses marques, préparait son répertoire et se réinsérait dans le tissu social de Rendezvous Ridge grâce à son emploi au salon.

Elle trouvait à la fois bizarre et merveilleux de s'être si vite réadaptée au rythme de l'institut de beauté, aux bavardages, à l'ambiance de cette petite ville nichée au creux des montagnes, resplendissantes sous le soleil printanier.

Comme promis, le chantier commença sans tarder, si bien que chaque matin, avant que Shelby parte au travail ou faire des courses, la maison résonnait de voix masculines, de coups de masse et de bruits de perceuse.

C'était agréable de voir Matt et Griff régulièrement. Et ne pas penser à ce dernier aurait été difficile quand elle le voyait tous les jours, une ceinture à outils autour de la taille et cette lueur malicieuse dans le regard.

– Ça sonnait bien, aujourd'hui.

Alors qu'elle allait prendre le fourre-tout « Callie », il sortit de l'ancienne chambre.

– Pardon ?

– Je disais que ça sonnait bien, ce que vous chantiez tout à l'heure sous la douche.

– Oh, c'est une salle de répétition pratique.

– Vous avez du coffre, Red. C'était quoi, cette chanson ?

– « Stormy Weather », un succès des années 40.

– Sensuel à toute époque. Coucou, Little Red !

Griff s'accroupit quand Callie apparut en haut de l'escalier.

– Maman va travailler chez Granny. Et moi, je vais chez Chelsea, parce que Gamma travaille, aujourd'hui.

– Je sens que tu vas bien t'amuser.

– C'est quand qu'on va manger la pizza ?

– Callie !

– C'était convenu, non ? Pour ma part, j'irais volontiers ce soir. Vous êtes dispo, ce soir, Shelby ?

– Je...

– Maman, je veux aller manger une pizza avec Grrr-iff, déclara Callie en se jetant au cou de celui-ci, son visage implorant tourné vers sa mère.

– Je crois que je ne peux pas refuser... Entendu pour ce soir.

– 18 heures ?

– 18 heures.

– Je viendrai vous chercher.

– Vous n'avez pas de siège enfant. Retrouvons-nous plutôt à la pizzeria.

– Comme vous voudrez, acquiesça Griff. Rendez-vous à 18 heures, Callie ?

– Rendez-vous à 18 heures, répéta-t-elle en l'embrassant. On y va, maman ? On va chez Chelsea ?

– On est parties, mon lapin. Merci, Griff. Vous avez embelli sa journée.

– Vous embellissez la mienne. À ce soir.

– À ce soir.

Lorsqu'il regagna le chantier, Matt lui adressa un clin d'œil.

– Tu as conclu avec la diva locale ?

– Chaque chose en son temps.

– Elle est charmante, mais elle a eu une vie très compliquée.

– Je sais. Je suis équipé de bons outils, répliqua Griff en s'emparant d'une cloueuse. Et je sais m'en servir.

Il pensa à Shelby toute la journée. Aucune femme ne l'avait jamais à ce point intrigué – le contraste entre ce regard triste, méfiant, et la spontanéité de son sourire quand elle oubliait de se tenir sur ses gardes. Cette douceur avec sa fille. Sa silhouette dans un jean serré.

Tout en elle lui plaisait.

Il regrettait presque que les travaux avancent aussi vite. Quelques petits contretemps prolongeraient le chantier, et il la reverrait ainsi chaque matin pendant quelques jours de plus.

Mais Ada Mae n'était pas Bitsy. Quand elle avait arrêté ses choix, elle cessait de se tâter !

Il eut le temps de rentrer chez lui, de se laver et de se changer. Il se serait mal vu emmener deux jolies filles déguster une pizza en empestant la transpiration et la poussière de plâtre. Avec une enfant de trois ans, songea-t-il, la soirée se terminerait tôt. Ce qui lui permettrait de consacrer quelques heures à ses propres travaux.

Il était grand temps qu'il aménage la chambre. Difficile d'inviter une jolie fille chez lui tant qu'il n'aurait qu'un matelas pneumatique posé sur le plancher. Et il avait la ferme intention d'inviter Shelby chez lui, quand elle et la chambre seraient prêtes.

En ville, il trouva un emplacement de stationnement à quelques pas de la Pizzateria. Il était un peu en avance, mais Shelby arrivait juste et se gara deux places plus loin.

Il approcha du monospace tandis qu'elle soulevait Callie hors de son siège auto.

– Vous voulez un coup de main ?
– Oh non, c'est bon, merci.

Il entendit les larmes dans sa voix avant de les voir dans ses yeux lorsqu'elle se retourna, la fillette dans les bras.

– Que se passe-t-il ? Des ennuis ?
– Non, c'est juste…
– Maman est heureuse. C'est des larmes de joie, expliqua Callie.
– Vous êtes heureuse ?
– Oui, très.
– Si toutes les femmes pleuraient de bonheur quand je les invite à manger une pizza…
– Ce n'est pas ça. Je viens de recevoir un coup de fil : la maison à Philadelphie a été vendue.

Une larme roula le long de sa joue.

– Fais un bisou à maman, Griff !
– Bien sûr !

Avant que Shelby ait pu réagir, il serra la mère et la fille entre ses bras. Il sentit la jeune femme se contracter, puis littéralement fondre.

– Félicitations, dit-il en lui embrassant le sommet du crâne. Une chose de plus à arroser ! On va faire un repas de fête, n'est-ce pas, Callie ?

– On n'aimait pas la maison. On est contentes qu'elle ne soit plus à nous.

– On ne l'aimait pas, confirma Shelby, mais maintenant, elle sera habitée par des gens qui l'aimeront. Nous allons passer une excellente soirée. Merci, Griffin.

– Vous voulez qu'on reste dehors une minute ?
– Non, non, ça va aller.
– Alors donnez-moi la puce, dit-il en prenant Callie dans ses bras. Et que la fête commence !

# 12

La fillette était une charmeuse, bavarde et amusante, et elle ravit Griff en insistant pour s'asseoir à côté de lui dans le box.

Hélas, sa mère n'était pas aussi entreprenante. Mais il n'allait pas se plaindre : la pause était des plus agréables, entre son job et sa maison à retaper.

Lorsque Shelby se leva pour embrasser chaleureusement le patron de la Pizzateria, il en éprouva une pique de jalousie.

Johnny Foster, un homme au sourire aguicheur et à l'attitude décontractée, gardait les mains sur les épaules de Shelby en contemplant son visage.

– Tu nous as manqué. Je suis content de te retrouver. Vous vous connaissez, tous les deux ? dit-il en se tournant vers Griff, un bras autour de la taille de Shelby. Elle et moi, ça remonte à la nuit des temps !

– Mon cousin Johnny et mon frère Clay m'en ont fait voir de toutes les couleurs, quand on était petits.

– Vous êtes cousins ?

– Au troisième ou au quatrième degré.

– Troisième, je crois, dit Shelby.

– En tout cas, on s'entend bien, déclara Johnny en lui déposant une bise sur la joue. Et toi, tu es Callie, je suppose ? Tu es mignonne comme un chou à la crème ! Enchanté de faire ta connaissance, petite cousine.

– Griff m'a invitée à dîner. On va manger de la pizza.

– Vous n'auriez pu choisir meilleur endroit ! Il faudra qu'on trouve un moment pour discuter, OK, Shelby ?

– Avec plaisir.
– Vous avez commandé ?
– Oui, à l'instant.
– Regarde bien par là, dit-il à Callie en désignant le comptoir derrière lequel un homme en tablier blanc étalait de la pâte. Je vais te faire une pizza spéciale. J'ai mes secrets, tu verras... Au fait, Griff, je voulais te dire : je ne sais pas ce que tu as bricolé dans le four, mais il fonctionne de nouveau comme s'il était neuf !
– Tant mieux.
Shelby se rassit dans le box.
– Vous réparez tout ! dit-elle.
– Ce n'est pas pour rien qu'on s'appelle Les Hommes à tout faire ! Un four qui déconne, une chasse d'eau qui fuit le dimanche matin quand vous avez des invités à midi ? Nous sommes là. C'est comme ça qu'on se fait aimer.
– Et qu'on devient riche, ajouta-t-elle en riant. Où trouvez-vous le temps de retaper la maison du vieux Tripplehorn ?
– Maman ! Maman ! Regarde ! s'écria Callie. Le monsieur, il fait des trucs !
Johnny faisait tournoyer au bout de son index un disque de pâte, qu'il jeta en l'air et rattrapa avec dextérité.
– Nous allons manger de la pizza magique, je crois.
Callie tourna vers Griff des yeux écarquillés.
– De la pizza magique ?
– J'en ai bien l'impression. Regarde, tu ne vois pas la poussière d'étoiles ?
Callie se retourna vers Johnny et poussa un petit cri émerveillé.
– Elle brille !
*Le pouvoir de l'imagination enfantine*, pensa Griff avec un sourire amusé.
– Tu as vu ? Et tu sais quoi ? Quand on mange de la pizza magique, on se transforme en fée.
– C'est vrai ?
– Si je te le dis. Naturellement, il faut manger sa pizza en entier, même la croûte, et quand ta maman te dira qu'il est l'heure d'aller au lit, il faudra lui obéir et faire le vœu de devenir une fée.
– D'accord. Mais toi, tu ne peux pas devenir une fée, parce que tu es un garçon.
– Moi, je me transformerai en prince et je tuerai le croque-mitaine.
– Les princes tuent les dragons !

– Ah non ! s'exclama Griff, rentrant dans le jeu. Moi, je suis l'ami des dragons. Si tu avais un dragon – et tu pourras peut-être faire aussi le vœu d'en avoir un –, tu pourrais monter sur son dos et survoler ton royaume.

De l'autre côté de la table, Shelby écoutait la conversation en souriant.

– Oh, oui, je veux un dragon ! Il s'appellera Lulu !

– Excellent nom pour un dragon.

– Vous savez y faire avec les enfants, murmura-t-elle.

– Pas seulement avec les enfants, répondit-il avec un clin d'œil.

Il passa un moment savoureux, dans la pizzeria bruyante, à amuser une petite fille et faire rire sa maman – un moment qu'il se promit de renouveler. Les pizzas magiques possédaient de réels pouvoirs.

– C'était une belle soirée, dit Shelby quand il la raccompagna à sa voiture. Callie n'est pas près d'oublier son premier rendez-vous galant.

– Il faudra qu'on en ait un deuxième. Qu'en penses-tu, Callie ?

– Oh, oui ! J'aime beaucoup les glaces !

– Quelle coïncidence ! Je les adore, moi aussi. Décidément, je crois que nous sommes faits l'un pour l'autre.

En battant des cils, la fillette le gratifia d'un sourire de femme fatale.

– Tu pourras m'inviter à manger une glace, si tu veux.

En riant, Shelby installa sa fille dans le siège auto.

– Samedi ?

Occupée à boucler la ceinture de sécurité, elle jeta un regard par-dessus son épaule.

– Pardon ?

– Ça vous dirait d'aller déguster une glace samedi ?

– D'accord ! cria Callie en rebondissant de joie.

– Je travaille, samedi, objecta Shelby.

– Moi aussi. Après le travail.

– Vous… Je… Vous êtes sûr ?

– Je ne vous le proposerais pas sinon. Pense bien à faire ton vœu, Callie…

– Je serai une fée-princesse et je volerai sur le dos de mon dragon.

– Callie, qu'est-ce qu'on dit à Griffin ?

– Merci ! Bisou, réclama-t-elle en lui tendant les bras avec une candeur désarmante.

Il se courba pour l'embrasser. En riant, elle lui caressa le visage.

– Ça pique. Fais un bisou à maman.

– Bien sûr.

Comme il s'y attendait, Shelby lui tendit la joue, mais il n'était pas disposé à s'en contenter. Il posa les mains sur ses hanches, les laissa remonter le long de son dos, le regard plongé au fond de ses yeux – qui s'élargirent de surprise, sans toutefois traduire la moindre résistance.

Il prit donc sa bouche comme s'ils avaient tout le temps du monde, comme s'ils n'étaient pas sur le trottoir de High Street, à la vue de tout Rendezvous Ridge.

Ce ne fut pas difficile d'oublier où ils étaient quand les lèvres de Shelby s'entrouvrirent, chaudes et douces, quand elle plaqua son corps contre le sien.

Elle sentit son esprit se vider, toute préoccupation – passée, présente, future – se dissoudre dans un flot de sensations. Son corps mollit en même temps qu'il vibrait de vie. La tête lui tournait comme si elle avait bu trop de bon vin.

Elle se gorgea du parfum de sa peau, de son savon, des jacinthes plantées dans un tonneau de whisky de l'autre côté de la rue. Un gémissement de plaisir se forma dans sa gorge, un son qu'elle entendit mais n'identifia qu'après coup.

Le regard rivé au sien, attentif, Griff rompit le baiser avec autant de délicatesse qu'il l'avait initié.

– Je le savais, murmura-t-il.
– Je... Je... bredouilla-t-elle, les jambes chancelantes. Je... À bientôt.
– À samedi.
– Attention à tes doigts, Callie.

La fillette ramena ses mains devant elle.

– Au revoir, Griff, au revoir !

Il agita la main tandis que Shelby fermait la portière, la regarda contourner le monospace, et ne put s'empêcher de sourire quand elle manqua trébucher.

Il lui adressa un geste d'au revoir lorsqu'elle démarra, après avoir calé une première fois.

Oui, sans conteste le meilleur moment de sa journée. À renouveler impérativement.

Shelby conduisit avec une vigilance redoublée. Elle n'avait bu qu'un Coca, mais se sentait en proie à une légère ivresse. Et ce gémissement dans sa gorge refusait de se taire, comme un écho aux papillons qui dansaient dans son ventre.

Callie s'assoupit durant le bref trajet du retour, terrassée par tant d'excitation en une seule et même journée. Mais elle se réveilla quand

Shelby se gara devant la maison et se précipita dans le salon pour raconter sa soirée à ses grands-parents.

– Griff est mon chéri ! Et samedi, on va manger une glace !

– Voilà qui paraît sérieux, dit Ada Mae en coulant un regard à Shelby. Ton grand-père devrait peut-être demander à ce garçon quelles sont ses intentions.

– Et ses ressources, renchérit Clayton.

– Je les chaperonne, déclara Shelby gaiement. Oh, j'ai vu Johnny Foster. Je n'ai pas trop eu le temps de discuter avec lui, la Pizzateria était bondée. Il fait des pizzas magiques, n'est-ce pas, Callie ?

– Oui, et Griff a dit que je pourrais voler sur le dragon, et qu'il tuerait le… le quoi, maman ?

– Le croque-mitaine.

– Et quand le croque-mitaine sera mort, on se mariera.

– Qu'y avait-il dans ces pizzas ?! plaisanta Clayton.

Callie virevoltait à travers le salon.

– Tu pourras être le roi, Granddaddy, et toi, la reine, Gamma. Clancy pourra venir aussi, dit-elle en jetant ses petits bras autour du vieux chien. J'aurai une belle robe de princesse, et mon fiancé m'embrassera. Ça gratte quand Griff fait des bisous, hein, maman ?

– Je…

– Ah oui ? demanda Ada Mae avec un sourire.

– Oui, ça pique. C'est quand, samedi, maman ?

– Bientôt. Maintenant, il est l'heure de monter. Il faut que tu prennes ton bain avant de rêver au prince charmant.

– D'accord.

– Monte et mets tes vêtements dans la panière à linge, je te rejoins dans deux secondes. Elle a passé une soirée fabuleuse, déclara Shelby lorsque Callie courut vers l'escalier.

– Et toi ?

– C'était sympa. Il est si gentil avec elle ! Mais ce que je voulais vous dire, c'est que, juste avant le dîner, j'ai reçu un coup de fil : la maison est vendue.

– La maison ?! répéta Ada Mae, hébétée, puis elle se laissa tomber dans un fauteuil, les yeux emplis de larmes. Oh, la villa de Philadelphie ! Je suis si contente, voilà une excellente nouvelle !

– Des larmes de joie, dit Shelby en tirant un mouchoir du paquet qu'elle avait toujours dans sa poche. Moi aussi, j'en ai pleuré. Voilà qui me libère d'un poids énorme.

Son père se leva, la prit dans ses bras et la berça doucement.

– Nous t'aiderons, pour le reste, dit-il. Nous en avons parlé, avec ta mère et...

– Non, papa. Merci, mais je ne peux pas accepter, répliqua Shelby en posant les mains sur ses joues. Je me débrouillerai. Ça prendra du temps, mais j'y arriverai. J'ai besoin de m'en sortir seule. Ça compensera, d'une certaine manière, tout ce temps où je me suis contentée d'être passive.

Elle se laissa aller contre son père et sourit à sa mère.

– Le pire est derrière moi, maintenant, ajouta-t-elle. Je peux regarder l'avenir d'un œil serein. Je vous suis infiniment reconnaissante. Je sais, à présent, que si le fardeau redevenait trop lourd, je pourrais compter sur vous.

– Ne l'oublie jamais.

– Promis. Je dois aller baigner Callie. J'ai passé une bonne journée, dit-elle en se libérant de l'étreinte de son père et en attrapant son sac. Une très bonne journée.

Une fois Callie couchée, elle s'installa devant son tableau de comptes. Le compromis n'était pas encore signé, mais il n'y avait pas de raison d'être pessimiste. Quand elle eut refait ses calculs, en y incluant le montant de la vente immobilière, elle ferma les yeux et respira profondément.

Oui, elle pouvait désormais envisager l'avenir avec confiance.

Allongée sur son lit, elle téléphona à Emma Kate.

– Alors, cette pizza ?

– Magique. Tout du moins, Griff en a convaincu Callie. Elle s'est couchée avec un sourire jusqu'aux oreilles et la perspective de se changer en fée chevauchant un dragon ailé. Elle veut l'épouser.

– Il sait y faire avec les enfants. Il est resté un grand gamin lui-même, je crois.

– Il m'a embrassée.

– Oh, oh... Ça aussi, c'était magique ?

– J'en ai encore le cerveau tout ramolli. Ne le répète pas à Matt, il le rapporterait à Griff, et je passerais pour une idiote. Je ne sais pas si c'est parce qu'il y avait si longtemps que ça ne m'était pas arrivé ou parce qu'il embrasse comme un dieu.

– À mon avis, il embrasse comme un dieu.

Sourire aux lèvres, Shelby s'installa dans une position plus confortable.

– Ton cerveau s'est ramolli la première fois que tu as embrassé Matt ?

– Il s'est liquéfié et écoulé par mes oreilles. Ça paraît dégoûtant, mais c'est la vérité.

– J'ai l'impression de flotter sur un petit nuage. J'avais oublié cette sensation. En plus, j'ai vendu la maison de Philadelphie.

– C'est vrai ? Super ! Je suis vraiment contente pour toi.

– L'horizon s'éclaircit, je commence enfin à voir le bout du tunnel.

Et allongée sur son lit, à bavarder avec sa meilleure amie, Shelby avait l'impression que des milliards d'étoiles scintillaient autour d'elle.

La bonne journée s'étira en une bonne semaine. Elle savourait la sensation d'être heureuse et productive, de gagner sa vie.

Elle lavait les sols, remplissait les flacons doseurs, prenait des rendez-vous, passait des commandes, écoutait les bavardages. Elle compatissait quand Crystal se plaignait des travers de son homme, et consola Dottie lorsque la grand-mère de la masseuse s'éteignit paisiblement dans son sommeil.

Elle installa des tables et des chaises dans le petit patio du spa, planta des fleurs.

Après avoir visité l'école maternelle où Chelsea irait à la rentrée, elle y inscrivit Callie – avec ce sentiment de fierté et de déchirement qui ne serait que le premier d'une longue série.

Elle dégusta une glace avec Griff et découvrit que le deuxième baiser pouvait être aussi renversant que le premier. Néanmoins, elle déclina une invitation à dîner.

– J'ai un timing serré, ces temps-ci. D'ici vendredi, j'emploie tout mon temps libre à répéter.

– La semaine prochaine, alors ? suggéra-t-il tout en consultant les schémas du chauffage de la nouvelle salle de bains. Tu vas faire un tabac, vendredi, j'en suis certain.

– Je croise les doigts. Tu viendras ?

– Je ne louperai ta première pour rien au monde ! J'adore t'entendre chanter sous la douche.

– Je vais répéter sur place, ce matin, avant l'ouverture. J'espère que ça ne soûlera pas les gens, d'entendre des vieilles rengaines. De toute façon, les dés sont jetés, maintenant. On verra bien... dit-elle, une main sur le ventre.

– Tu as le trac ?

– Pas de chanter, j'aime trop ça ; mais je voudrais que Tansy et Derrick en aient pour leur argent. C'est ça qui me rend nerveuse.

Bref. Trêve de bla-bla. Il faut que je te laisse. Ça commence à prendre forme, ici !

— Ça avance plutôt pas mal, tout doucement. Disons que le mot du jour sera « pas à pas ». À chaque jour suffit sa peine.

— Mmm, fit Shelby, consciente qu'il ne parlait pas seulement de la nouvelle salle de bains.

Elle répéta une dernière fois le vendredi matin et s'efforça de ne pas penser à la façon dont elle pourrait interpréter les morceaux si elle était accompagnée d'un ou deux musiciens.

Toutefois, elle n'était pas mécontente de la touche personnelle qu'elle apportait au vieux standard « As Time Goes By ».

— « De tous les bars de toutes les villes du monde... » cita Derrick avec nostalgie, derrière le comptoir. Tu aimes les vieux films ?

— Mon père m'a transmis cette passion. Et qui n'aime pas *Casablanca* ? Comment ça sonnait ?

— Hyper bien. Tansy a vraiment eu une idée du tonnerre. Tu vas avoir un succès fou, assura-t-il en essuyant les verres.

— Je croise les doigts, répondit-elle en descendant de la petite scène. Je voulais te dire : si ça ne marche pas, si vous ne faites pas un chiffre suffisant, on laisse tomber, ce n'est pas grave.

— Tu pars vaincue, Shelby ?

Elle inclina la tête et s'approcha du bar.

— Oublie ce que je viens de dire. Je vais faire un malheur ce soir, et vous serez obligés de m'augmenter.

— Ne t'emballe pas ! Tu veux un Coca ?

— Ça aurait été avec plaisir mais je n'ai pas le temps. Je dois aller travailler.

Pour vérifier qu'elle n'était pas déjà en retard, elle consulta l'heure sur son portable.

— Il y aura du monde, ce soir, dit-elle. Les gens viendront par curiosité, à cause de la pub qu'a faite Tansy. Il y a des flyers dans tous les commerces, et on ne voit que moi sur votre page Facebook. Presque toute ma famille sera là, et à eux seuls, ils remplissent quasiment la moitié de la salle.

— On va cartonner.

— On va cartonner, opina-t-elle. À ce soir, bonne journée !

Distraite, et répétant encore mentalement, Shelby ne remarqua pas la jeune femme qui lui avait emboîté le pas à sa sortie du bar-grill, jusqu'à ce que celle-ci l'interpelle :

– Shelby Foxworth ?

Elle s'était si vite réhabituée au nom de Pomeroy qu'elle faillit ne pas répondre.

– Oui, bonjour.

Elle s'arrêta et fouilla dans sa mémoire, sans parvenir à identifier cette belle brune au regard froid et aux lèvres rouges parfaitement dessinées.

– Excusez-moi, je ne vous remets pas…

– Natalie Sinclair, l'épouse de Jake Brimley. *Alias* Richard Foxworth.

Un demi-sourire resta figé sur les traits de Shelby, comme si on venait de lui parler dans une langue étrangère.

– Pardon ? Je ne suis pas sûre d'avoir compris…

Une lueur féline passa dans les yeux de la jeune femme.

– Pourrions-nous aller discuter dans un endroit tranquille ? J'ai aperçu un charmant petit parc près d'ici.

– Je ne comprends pas. Je ne connais pas de Jake Brimley.

– Ce visage vous est familier ? répliqua Natalie en sortant une photographie de son sac à main bleu pâle.

Sur le cliché, elle se tenait joue contre joue avec Richard. Il avait les cheveux plus longs, plus clairs, et son nez semblait ne pas avoir tout à fait la même forme. Néanmoins, il était impossible de ne pas le reconnaître.

– Vous… Je suis désolée… Êtes-vous en train de me dire que vous étiez mariée à Richard ?

– N'ai-je pas été claire ? Je suis l'épouse de Jake Brimley. Richard Foxworth n'a jamais existé.

– Mais je…

– J'ai mis du temps à vous retrouver, Shelby. Il faut qu'on parle, vous et moi.

Brimley ne figurait pas parmi les identités découvertes à la banque. En avait-il encore une autre ? Un autre nom ? Une autre femme ?

– Je dois passer un coup de fil. Je vais être en retard au travail.

– Je vous en prie. Rendezvous Ridge est une petite bourgade pittoresque. Pour qui aime les armes à feu et les tenues de camouflage.

– Nous sommes aussi amateurs d'art, de musique, rétorqua Shelby. Nous sommes attachés à nos traditions, à notre histoire.

– Aïe, fit Natalie avec un mouvement d'épaule amusé. On dirait que j'ai touché une corde sensible.

Shelby envoya un texto à sa grand-mère pour la prévenir qu'elle aurait un peu de retard. Tenter d'exposer la situation verbalement aurait été trop compliqué.

– La campagne a son charme, mais je suis une citadine dans l'âme, déclara Natalie en prenant la direction du parc, d'une démarche assurée, juchée sur d'élégants nu-pieds à talons dorés. Jake aussi aimait la ville. Ce n'est pas ici que vous l'avez rencontré.

– J'ai rencontré Richard à Memphis, lors d'une tournée. Je suis chanteuse.

– Et il vous a conquise. C'était un séducteur. Il vous a emmenée à Paris, dans les petits cafés de la rive gauche. Vous logiez au George V. Il vous a offert des roses blanches.

Shelby se sentit prise d'un léger vertige, qu'elle s'efforça de réprimer, de crainte qu'il ne transparaisse sur ses traits.

– Les hommes comme Jake ont des rituels immuables, ajouta Natalie en lui posant une main sur le bras.

– Je ne comprends pas. Comment avez-vous pu l'épouser ? Nous avons vécu ensemble pendant quatre ans. Nous avons eu un enfant.

– Ce détail a été une surprise pour moi. Mais je vois très bien en quoi une petite famille pouvait lui servir. J'ai commis la bêtise de me marier avec lui, sur un coup de tête, à Vegas. Ça vous rappelle des souvenirs ? Et j'ai eu le bon sens de ne pas divorcer quand il m'a laissée tomber.

Soudain, le jour se fit dans l'esprit de Shelby.

– Je n'ai jamais été mariée à lui… Voilà ce que tout cela signifie. Voilà ce que vous êtes en train de me dire.

– Attendu qu'il était légalement mon conjoint, non, vous n'avez jamais été son épouse.

– Il le savait…

– Bien sûr qu'il le savait, dit Natalie en riant. Quel mauvais garçon ! C'est ce qui faisait son charme, me direz-vous. Cher Jake…

Le parc était désert. À cette heure-ci, les enfants étaient à l'école, les mamans préparaient le déjeuner.

Natalie s'assit sur un banc et croisa les jambes en tapotant la place à côté d'elle.

– Je me demandais si vous aviez conscience du rôle que vous jouiez. Vraisemblablement, il vous a menée en bateau. Jake était très fort… Il était très fort dans l'art de la manipulation.

Furtivement, une expression peinée se peignit sur le visage de la belle brune.

– Je ne comprends pas, répéta Shelby une fois de plus, en prenant place sur le banc. Pourquoi avoir fait cela ? Comment a-t-il pu ? Oh, mon Dieu... Y en a-t-il d'autres ? A-t-il fait cela à une autre ?

– Je l'ignore, répondit Natalie en haussant les épaules. Vu la vitesse à laquelle il est passé de moi à vous, je dirais que non. Je ne pense pas qu'il y en ait eu une troisième entre nous deux. Et justement, c'est à cette période-là que je m'intéresse.

Déconcertée, Shelby ramena ses cheveux en arrière, puis se tint un instant la tête entre les mains.

– Je n'ai jamais été mariée, articula-t-elle lentement. Tout était faux, comme la bague.

– Vous avez mené la grande vie pendant quelque temps, dit Natalie en se penchant vers elle. Paris, Prague, Londres, Aruba, Saint-Barth, Rome, énuméra-t-elle, narquoise.

– D'où savez-vous cela ? Comment savez-vous où je suis allée avec lui ?

– J'ai mené ma petite enquête. Vous aviez un appartement de grand standing à Atlanta, des robes Valentino, puis une très belle maison à Villanova. Vous n'avez pas à vous plaindre, il vous a gâtée. Vous en avez bien profité.

– Pardon ?! rétorqua Shelby, offensée. Il m'a menti, depuis le premier jour. Il m'a utilisée comme un pion. Je croyais l'aimer. J'ai quitté ma famille pour lui, j'ai laissé derrière moi tout ce à quoi je tenais.

– Vous ne pouvez vous en prendre qu'à vous-même, mais vous en avez retiré une contrepartie. Il vous a sortie de ce bled de bouseux. Oh, pardon, excusez-moi ! De cette charmante petite ville férue d'art et de culture. Vous avez goûté au luxe pendant quelques années, alors cessez de pleurnicher, ce n'est pas élégant.

– Que me voulez-vous ? Qui me dit que vous ne fabulez pas ?

– Vous vérifierez, mais vous devinez que je ne mens pas. Jake savait comment gagner le cœur des femmes et en faire ce qu'il voulait.

– L'aimiez-vous ?

– Beaucoup. Nous avons passé du bon temps, ensemble. Mais notre aventure touchait à sa fin, quand bien même il n'y aurait pas mis un terme avant moi. J'avais investi en lui, si l'on peut dire. Une somme élevée. Naturellement, j'attends mon dû.

– Quel dû ?

– 28 millions.

– 28 millions de quoi ? De dollars ? Êtes-vous folle ? Il n'avait pas autant d'argent, tant s'en faut.

– Oh, si ! Je suis bien placée pour le savoir, je l'ai aidé à se procurer cette petite fortune. Près de 30 millions en diamants, émeraudes, rubis, saphirs et timbres rares. Où sont-ils, Shelby ? Je me contenterai de la moitié.

– Ai-je l'air de receler des diamants et des rubis ? Il m'a laissée dans les dettes jusqu'au cou. Voilà le prix que je paie pour lui avoir fait confiance.

– Je me suis, pour ma part, acquittée de quatre ans, deux mois et vingt-trois jours d'emprisonnement dans une cellule du centre carcéral de Dade County, en Floride.

– Vous avez été en prison ? Pourquoi ?

– Escroquerie. J'étais associée à Jake et à Mickey. Mickey O'Hara, le troisième membre de notre joyeuse petite bande. Mickey a encore vingt ans à purger.

Avec un sourire carnassier, sardonique, Natalie brandit un doigt menaçant devant Shelby.

– Vous ne voudriez pas que Mickey O'Hara s'en prenne à vous, croyez-moi...

– C'est vous qui avez engagé ce détective privé pour me retrouver ?

– J'ai mené moi-même ma petite enquête, je vous l'ai dit. La moitié, Shelby, et vous n'entendrez plus parler de moi.

– Je n'ai pas la moitié de quoi que ce soit à vous donner, riposta Shelby en se levant. Richard a donc volé des millions de dollars ? Ce privé disait vrai ?

– C'est ce que nous faisions, très chère. Jake avait un faible pour les veuves riches et seules. En quelques jours, il s'attirait leurs bonnes grâces. Et rien de plus simple ensuite que de leur conseiller d'investir dans un projet immobilier – c'était sa spécialité. Mais le plus beau coup de notre carrière, le plus gros, celui qui a, hélas, dérapé, ce sont ces bijoux et ces timbres. La vieille rombière possédait quelques pièces d'exception. Si vous croyez que je vais gober que vous ne savez rien, vous vous fourrez le doigt dans l'œil !

– S'il avait de tels joyaux en sa possession, comment se fait-il que je sois en train de rembourser ses dettes ?

– Il a toujours été radin. Et ces bijoux n'étaient pas faciles à écouler. Les timbres ? Il suffisait de trouver un collectionneur intéressé. Quand la situation a tourné au vinaigre, Jake a pu emporter les bijoux, mais s'il avait tenté de les vendre, il se serait fait pincer. Pour fourguer un tel larcin, mieux vaut d'abord faire profil bas pendant quelques années.

– Profil bas, murmura Shelby.

– Nous avions prévu d'attendre quatre ou cinq ans avant de les liquider, puis de prendre notre retraite. Ou plutôt une demi-retraite, car nous n'étions pas encore prêts à bouder notre plaisir. Vous étiez sa couverture, c'est clair. Mais vous ne me ferez pas avaler que vous étiez nouille au point de ne rien savoir.

– J'ai été nouille de lui faire confiance. Voilà avec quoi je dois vivre.

– Je vous accorde le temps de la réflexion. Quand bien même vous seriez innocente comme l'agneau qui vient de naître, vous avez vécu plus de quatre ans avec lui. Creusez-vous les méninges, les souvenirs vous reviendront sûrement. La moitié de 30 millions devrait vous motiver.

– Je ne veux pas être mêlée à vos histoires.

– Comme vous voudrez. Si vous êtes intelligente, rendez-vous utile et vous toucherez votre commission. Elle vous permettra de rembourser une bonne partie des dettes dans lesquelles vous êtes engluée. Vous avez ma parole : dès que j'aurai récupéré ma part, je disparaîtrai. Maintenant, si vous avez envie de moisir dans ce trou paumé, à trimer pour des cacahuètes dans le salon de coiffure de votre grand-mère, à chanter le vendredi soir dans un boui-boui, le choix vous appartient. Je comprendrais que vous deviez penser à cette jolie petite fille.

– Ne vous approchez pas de ma fille, ou je vous mets en charpie.

– En seriez-vous capable ? répliqua Natalie, les lèvres pincées.

Shelby ne réfléchit pas, elle passa à l'action.

– Parfaitement, siffla-t-elle en empoignant la belle brune par le col, la forçant à se lever. Et je n'hésiterai pas.

– Voilà ce qui a plu à Jake. Il a toujours aimé les femmes de caractère. Du calme, Shelby, je n'ai pas l'intention de faire du mal à une enfant. Je ne tiens pas à retourner sous les verrous. Cinquante-cinquante, réfléchissez bien. Si je mets Mickey sur le coup, vous vous en mordrez les doigts. La discussion n'est pas son fort. Mickey n'est pas aussi civil que moi.

Là-dessus, Natalie détacha la main de Shelby de son corsage et s'éloigna d'un pas nonchalant. Les jambes tremblantes, Shelby se rassit sur le banc.

28 millions… de bijoux et de timbres volés… Bigamie… Qui diable avait-elle épousé ? Ou cru épouser.

Certes, Natalie mentait peut-être. Mais dans quel intérêt ?

Une chose était sûre : cette sombre histoire demandait à être creusée.

*Le Menteur*

En prenant le chemin du salon, Shelby appela Tracey, qui lui assura que Callie jouait tranquillement avec Chelsea. Néanmoins, elle arriva à l'institut dans tous ses états.

– Je suis désolée, Granny.

– Que t'est-il arrivé ? Tu as l'air furax.

– Il faut que je vous parle, à toi et à maman, dès que vous aurez cinq minutes, dit-elle en fourrant son sac sous le comptoir. Excusez-moi, madame Hallister. Comment allez-vous ?

– Très bien, je vous remercie, répondit la cliente – la grand-mère du fils Hallister – installée dans le fauteuil au poste de Viola. J'étais venue pour un simple brushing, mais Vi m'a convaincue de faire des mèches. On verra si M. Hallister s'aperçoit du changement…

– Cette couleur vous va très bien au teint, et c'est une bonne idée d'éclaircir sa coiffure pour le printemps. Granny, je dois passer un coup de fil, je n'en aurai pas pour longtemps. Ensuite, je vérifierai les stocks.

– Les serviettes doivent être sèches. Tu pourras les plier.

– OK, je m'en occuperai.

Par-dessus la tête de Mme Hallister, toutes deux échangèrent un regard et, de la main, Viola indiqua : « cinq minutes ».

Dans la buanderie, Shelby appela son frère Forrest.

## 13

Il n'y avait pas de raison de sombrer dans la paranoïa : Callie était en sécurité, Tracey veillait sur elle, il ne pouvait rien lui arriver. Shelby n'était au courant d'aucun vol de bijoux, et elle aurait été bien en peine de reconnaître un timbre rare. Si cette Natalie se figurait qu'elle était dans le coup, elle se fourvoyait.

Cependant, Shelby ne doutait pas une seule seconde que Richard – ou Jake, peu importait son nom – ait été un malfaiteur, un imposteur.

Mais jamais il n'avait été son mari. Tout en pliant les serviettes, elle ne pouvait s'empêcher de ruminer cette nouvelle information. Étrangement, d'une certaine manière, cela la réconfortait. Désormais, elle ne décevrait plus personne, elle la première.

Forrest trouva sa sœur, en fin de journée, occupée à balayer le petit patio du spa.

– Tu l'as retrouvée ? lui demanda Shelby.

– Non. Personne de ce nom ni correspondant à son signalement ne s'est enregistré à l'hôtel, au lodge, dans les chalets de location ou les B&B. Elle ne séjourne pas ici. Et la prison de Dade n'a jamais eu de détenue nommée Natalie Sinclair.

– Ce n'est sûrement pas son vrai nom.

– Une belle brune telle que tu me l'as décrite ne passerait pas inaperçue à Rendezvous. Je demanderai aux gens d'ouvrir l'œil, au cas où elle reviendrait t'importuner.

– Je ne me fais pas trop de souci.

– Tu devrais, pourtant. Tu en as parlé à maman ?

– Oui, et à Granny. Elles préviendront le reste de la famille. Je ne risque pas grand-chose, Forrest, puisque je ne sais absolument rien de ces bijoux ni de ces timbres.

– Tu en sais peut-être plus que tu ne penses. Ne sors pas les griffes, dit-il posément quand elle fit brusquement volte-face. Pour l'amour de Dieu, Shelby, je n'insinue pas que tu puisses être mêlée à cette affaire. Simplement, il n'est pas impossible que Richard ait par mégarde laissé échapper des indices devant toi et que tu n'y aies pas attaché d'importance sur le moment. Maintenant que tu es au courant, il te reviendra peut-être des souvenirs. C'est tout ce que je voulais dire.

Lasse, elle se massa le front, entre les sourcils, où une migraine commençait à poindre.

– Excuse-moi. Elle m'a mise à cran.

– Je le conçois.

Shelby émit un petit rire.

– C'est dingue que je sois contente, au fond, d'avoir découvert que je n'ai jamais été mariée à lui.

– Pas tant que ça.

– Enfin, bref. J'ai fini ma journée ici, je vais rentrer. Maman a dû ramener Callie de chez Tracey. Nous allons faire un bon souper, toutes les deux, puis je me préparerai pour ma première au Bootlegger's.

– Je te suis jusqu'à la maison. Mieux vaut prévenir que guérir, ajouta Forrest sur un ton sans appel avant qu'elle ne proteste.

– OK, merci.

Savait-elle quelque chose, dans les tréfonds de son subconscient ? Shelby s'interrogeait sur le chemin du retour, tandis que Forrest l'escortait dans un véhicule de patrouille. En creusant dans sa mémoire, elle revoyait en effet des signes qui auraient pu lui mettre la puce à l'oreille : ces communications téléphoniques subitement abrégées quand elle se trouvait par hasard à proximité ; ces portes et ces tiroirs fermés à double tour ; Richard éludant les questions quant à ses horaires, ses déplacements.

Des affaires confidentielles, avait-elle pensé, à plus d'une reprise. Toutefois, elle était à mille lieues de soupçonner des cambriolages. De surcroît d'une telle envergure... Des millions de dollars en bijoux...

Et maintenant qu'elle savait ? Elle préférait ne pas y penser, songea-t-elle en s'engageant dans l'allée. Elle avait les mains propres, là était l'essentiel.

Les éclats de rire de Callie, quand elle poussa la porte, chassèrent aussitôt ses tracas.

Après une séance de câlins et le récit détaillé de sa journée avec

Chelsea, Callie s'installa à la table de la cuisine devant un album de coloriage, tandis que Shelby aidait sa mère.

– Tu as un joli bouquet de tulipes dans ta chambre, déclara Ada Mae.

– Oh, maman, mes fleurs préférées ! Merci.

– Je n'y suis pour rien. Elles ont été livrées il y a une heure, de la part de Griffin. Je crois que tu as un soupirant, Shelby Anne !

– Quelle charmante attention !

– Ce jeune homme est très bien élevé. Et il a belle allure !

– Je ne recherche pas les aventures, maman.

– C'est toujours plus excitant, je trouve, quand on ne s'y attend pas.

– J'ai d'autres chats à fouetter, il me semble...

– Ce qui n'empêche pas que tu doives vivre ta vie, ma chérie. Tu ne vas tout de même pas te plaindre qu'un beau garçon t'ait envoyé des fleurs !

Les tulipes blanches étaient magnifiques. Comment avait-il deviné qu'elles étaient ses fleurs préférées ? se demanda Shelby, songeuse, en passant une petite robe noire, simple et classique.

Il avait dû se renseigner auprès de quelqu'un qui la connaissait. Il savait, en tout cas, elle l'aurait parié, qu'un bouquet raviverait le souvenir de ses baisers. Elle ne pouvait l'en blâmer. Et ne se blâmait pas non plus elle-même d'attendre le prochain avec impatience.

Elle opta pour des boucles d'oreilles discrètes, à l'image de la robe, et des barrettes dorées pour retenir ses cheveux sur les côtés, les laissant retomber en boucles libres dans son dos.

– Qu'en penses-tu, mon lapin ? demanda-t-elle à Callie en se tournant face à elle dans une pose de mannequin.

– Très belle, maman. Je veux aller avec toi, s'il te plaît ! S'il te plaît...

Shelby s'accroupit auprès de sa fille et lui caressa les cheveux.

– Ce n'est pas possible, mon cœur : les enfants ne sont pas admis dans les bars.

– Pourquoi ?

– C'est la loi.

– Tonton Forrest, il travaille dans la loi.

En riant, Shelby cajola la fillette dépitée.

– C'est vrai, il est représentant de la loi.

– Alors il peut m'emmener, lui.

– Pas aujourd'hui, ma puce, mais tu sais quoi ? Tu viendras me voir en répétition, la semaine prochaine. Ce sera un concert spécial, rien que pour toi.

– Je pourrai mettre ma jolie robe ?

– Bien sûr ! Ce soir, Granny et Grandpa vont venir te garder, et je suis sûre que vous allez bien vous amuser, tous les trois.

Ensuite, après le premier set, les parents de Shelby reviendraient prendre le relais, afin que ses grands-parents puissent aller la voir chanter.

C'était réconfortant de savoir que sa famille serait là.

– Allez, viens, ma puce, on descend. Maman doit s'en aller.

Le Bootlegger's était bondé. Comme Shelby l'avait prédit, la curiosité avait attiré du monde, sans parler de sa famille et de ses amis, qui pour rien au monde n'auraient manqué son retour sur scène. Elle était rassurée : son premier cachet serait mérité.

Elle avait salué de nombreuses connaissances, les avait remerciées pour leurs encouragements, quand elle parvint enfin à la table à laquelle Griff s'était installé, au premier rang.

– Tu es superbe.

– Merci. Et merci aussi pour les fleurs, elles sont magnifiques.

– Content qu'elles te plaisent. Emma Kate et Matt ne vont pas tarder. J'ai failli me battre avec au moins dix personnes qui voulaient prendre leurs chaises. Au sens littéral, avec un géant que Tansy appelle Big Bud.

– Big Bud ? Il est là ?

En le cherchant du regard, Shelby aperçut son imposante silhouette attablée dans un box, face à une jeune femme menue qu'elle ne connaissait pas, qui le regardait d'un air blasé engouffrer une énorme côte de bœuf.

– On était au lycée ensemble, précisa-t-elle. Il est chauffeur routier, maintenant, je crois.

Elle aperçut également Arlo Kattery, qui n'avait guère changé et lui donnait toujours la chair de poule quand il la fixait comme il était en train de le faire. Il était en compagnie de deux gars avec lesquels elle l'avait toujours vu traîner. *Pourvu qu'ils ne s'attardent pas*, pensa-t-elle, *qu'ils partent terminer la soirée au Shady's*, dont ils étaient des piliers de bar.

– Que se passe-t-il ? demanda Griff.

– Oh, rien, je regardais quelqu'un que je connais depuis longtemps. Certains doivent espérer que je fasse un bide.

– Tu vas faire sensation. Ce sera le mot du jour.

Elle se retourna vers Griff, oubliant Arlo.

– C'est une manie, ces mots du jour...

– Amusante, non ? Tansy m'a chargé de te dire que tes parents et Clay et Gilly seront aux premières loges, ajouta-t-il en désignant une table à sa droite, où trônait un grand carton « RÉSERVÉ ». Celle-ci, personne n'a essayé de la piquer, pas même Big Bud.

– Big Bud a toujours idolâtré Clay. Il n'est pas méchant... juste un peu lourd, parfois. Papa et maman doivent être en route, si ma mère ne met pas des heures à se pomponner. Je suis contente que tu sois là.

– Pour rien au monde je ne voudrais être ailleurs.

Shelby hésita un instant, puis elle prit place à la table. Elle avait le temps.

– Griffin, tu ne veux pas comprendre que je traverse une période difficile ?

– Tu reprends le dessus, non ?

– J'ai appris du nouveau, aujourd'hui. Je ne peux pas t'en parler là, maintenant, mais ce n'est pas réjouissant.

Il lui passa une main dans le dos.

– Je t'aiderai à te reconstruire.

– Parce que c'est ton métier ?

– Parce que tu m'attires, de plus en plus. Et je sens que c'est réciproque.

– Tu en es sûr ?

– Il suffit de te regarder, Red.

– Ton feeling ne te trompe pas, concéda-t-elle avec un sourire enjôleur, en laissant courir un doigt le long du bras de Griff – elle avait oublié combien ces vibrations pouvaient être puissantes. Bon spectacle, ajouta-t-elle en se levant.

Elle se rendit aux cuisines, en pleine effervescence, puis se glissa dans le minuscule bureau afin de souffler un instant, où Tansy ne tarda pas à la rejoindre, survoltée.

– On ne sait plus où donner de la tête ! Les serveurs sont débordés, Derrick leur donne un coup de main derrière le bar. Ça va, toi ? Tu es prête ? J'ai l'impression que tu es beaucoup plus détendue que moi. Tu n'as pas le trac ?

– Pas trop. J'ai tellement d'autres soucis, en ce moment... Remonter sur scène me fait l'effet de retrouver une vieille paire de pantoufles. Ne t'inquiète pas, je vais assurer.

– Je n'en doute pas une seconde. D'ici une dizaine de minutes, je prendrai le micro et je t'annoncerai, déclara Tansy en tirant une feuille de papier de sa poche. Ma check-list, précisa-t-elle. J'en fais pour tout. OK... La sono est réglée selon tes recommandations, et tu sais comment elle fonctionne, au cas où.

– Oui.

– Si jamais le son...

– Je m'en occuperai. Merci d'avoir réservé cette table pour mes parents.

– Je t'en prie, c'était bien la moindre des choses que je leur garde des places au premier rang – en première ligne de ma check-list. Quand ils partiront, elle restera réservée pour tes grands-parents. Bon... Il me reste juste deux ou trois trucs à vérifier, et je donne le coup d'envoi. Tu as besoin de quelque chose ?

– Non, je te remercie.

Souhaitant faire son entrée en scène de manière naturelle, décontractée, Shelby regagna la salle, échangea quelques menus propos avec des connaissances accoudées au comptoir. Et demanda une bouteille d'eau.

Sachant que sa mère avait tendance à être nerveuse avant les concerts – elle l'avait toujours été –, elle préféra éviter d'aller parler à ses parents et se contenta de leur faire signe de loin. De même qu'à Emma Kate et à Matt. Ainsi qu'à Griff, tandis que Tansy montait sur la petite estrade.

Lorsqu'elle prit le micro, le brouhaha baissa d'un cran.

– Mesdames et messieurs, bienvenue à notre premier concert du vendredi. Ce soir, nous allons voyager dans les années 40. Installez-vous confortablement, devant un martini ou un highball, le spectacle va commencer. La plupart d'entre vous connaissent Shelby et l'ont déjà entendue chanter. Les autres, préparez-vous à une belle découverte. Derrick et moi-même sommes heureux et fiers de l'accueillir sur le podium du Bootlegger's. Je vous remercie de l'applaudir chaleureusement.

Shelby monta sur scène, face au public, sous les acclamations.

– Tout d'abord, merci d'être venus si nombreux. C'est un immense plaisir pour moi de retrouver Rendezvous, le bon air des montagnes et tous ces visages familiers. Ma première chanson pour vous dire combien je suis heureuse de vous revoir : « I'll Be Seeing You ».

Sur scène, elle se sentait elle-même. Shelby Pomeroy dans ce qu'elle savait faire de mieux.

– Elle a une voix magique ! murmura Griff.

– Toi, tu as des étoiles dans les yeux, répliqua Emma Kate en lui tapotant le bras.

Tout au long du premier set, Shelby savoura la satisfaction de voir arriver encore d'autres visages connus, la foule se masser au comptoir et entre les tables. Quand elle s'interrompit pour le premier entracte, son frère Clay s'avança vers elle et la souleva de terre.

– Je suis fier de toi, lui chuchota-t-il à l'oreille.

– Je ne suis pas mécontente non plus.

– J'aurais aimé rester, mais je dois ramener Gilly à la maison.

– Elle ne se sent pas bien ?

– Si, si, elle est juste un peu fatiguée. C'est la première fois depuis un mois qu'elle veille après 21 heures. Viens boire un verre avec nous avant qu'on parte.

Shelby jeta un coup d'œil vers la table de ses parents, que Matt et Griff étaient en train de rapprocher de la leur. La journée avait peut-être mal commencé, pensa-t-elle, mais la soirée s'annonçait plus que parfaite.

Elle resta un moment avec sa famille et ses amis, puis retourna au bar redemander de l'eau.

Arlo et ses comparses s'en allaient. Tant mieux. Elle serait encore plus à l'aise sans ce regard de reptile posé sur elle en permanence. Arlo l'avait toujours reluquée et, plus d'une fois, quand ils étaient ados, lui avait proposé de l'emmener faire un tour en moto ou de lui offrir une bière. Elle avait toujours refusé. Des années plus tard, elle trouvait effrayant qu'il persiste dans cette attitude.

Griff la rejoignit au bar, compagnie beaucoup plus agréable.

– Sortons ensemble demain soir.

– Oh, je...

– S'il te plaît, Shelby. J'aimerais tellement passer un moment avec toi. Rien que nous deux.

Elle plongea les yeux au fond des siens – verts, rieurs, intelligents, aux antipodes du regard patibulaire d'Arlo.

– J'aimerais bien, moi aussi, répondit-elle, mais ce ne serait pas sympa de laisser Callie à mes parents deux soirs de suite.

– La semaine prochaine, dans ce cas. Où et quand tu voudras.

– Euh... mardi ?

– Entendu. Où aurais-tu envie d'aller ?

– Pour être franche, je suis impatiente de voir ta maison.

– Vraiment ?

– Absolument, acquiesça-t-elle avec un sourire. Je me demandais par quel moyen me faire inviter à la visiter.

– Eh bien, c'est chose faite.
– J'apporterai le dîner, si tu veux.
– Je m'en occuperai. 19 heures ?
– Plutôt 19 h 30, que je puisse baigner Callie.
– Va pour 19 h 30.
– Je demanderai à ma mère si elle n'a rien prévu d'autre, mais je ne pense pas. Et tu devrais attendre de savoir ce qui m'est arrivé aujourd'hui avant de t'engager dans une relation avec moi.
– Je suis déjà engagé, répliqua-t-il.

Et avant qu'elle ne s'éloigne, il la retint et l'embrassa – un geste qu'elle interpréta comme une déclaration, une sorte de pacte, dont elle n'aurait su évaluer l'importance qu'elle y attachait. Pour l'heure, toutefois, elle devait remonter sur scène, et relégua Griff au fond de ses pensées.

Elle vit ses grands-parents arriver avec Forrest et s'asseoir sur les chaises libres. En revanche, elle ne remarqua pas Natalie Sinclair avant la moitié du deuxième set. Son cœur fit alors un bond. Néanmoins, elle s'efforça de ne rien laisser paraître lorsqu'elle croisa son regard.

Était-elle là depuis le début, tranquillement installée au fond de la salle, dissimulée dans l'ombre ?

Shelby tenta de capter l'attention de Forrest, mais il était parti au bar et ne regardait pas dans sa direction.

La femme se leva et resta debout quelques instants, un martini à la main. Puis elle posa son verre, enfila une veste noire et envoya un baiser à Shelby avant de se diriger vers la sortie.

Celle-ci termina le set – qu'aurait-elle pu faire d'autre ? puis alla aussitôt trouver Forrest.

– Elle était là.
– Où ? demanda-t-il, comprenant immédiatement de qui parlait sa sœur.
– Au fond de la salle.
– Qui ? s'enquit Griff.
– Elle est partie depuis une bonne quinzaine de minutes.
– Qui ? insista Griff.
– C'est compliqué, répondit Shelby en adressant un geste de la main à quelqu'un qui l'interpellait. Tu leur expliqueras, Forrest ? J'ai essayé d'attirer ton attention quand je l'ai vue, mais tu ne regardais pas vers moi.
– Qui ? demanda Griff pour la troisième fois lorsque Shelby se rendit auprès d'une autre table.

– Je t'expliquerai, promit Forrest, mais je vais d'abord jeter un coup d'œil à l'extérieur.

– Je t'accompagne, déclara Griff en se levant. Garde nos places, dit-il à Matt. On revient.

– Que se passe-t-il ? s'inquiéta Viola.

– Rien de grave, je vous expliquerai, répondit Forrest en lui frictionnant l'épaule et, talonné par Griff, il sortit du bar.

– Qu'est-ce que c'est que cette histoire, Forrest ? De qui parlait Shelby ? Et pourquoi faisait-elle cette tête ?

– Quelle tête ?

– À la fois angoissée et furax.

Forrest s'immobilisa devant la porte.

– Bonne analyse.

– Je commence à la connaître.

– Ah oui ?

– Eh oui.

– On en reparlera, répliqua Forrest, le sourcil sévère. En attendant, on cherche une belle brune, la trentaine, un mètre soixante-dix environ, les yeux marron.

– Pourquoi ?

– Il semblerait qu'elle ait été mariée au gars dont Shelby croyait être la légitime.

– Hein ?!

– Le soi-disant mari de Shelby trempait avec cette femme dans de sales affaires. Encore plus sales que je ne le pensais.

– Shelby n'était pas mariée avec ce type ?

– Difficile à dire.

– Comment ça ? Soit elle était mariée, soit elle ne l'était pas, non ?

Ignorant l'irritation de Griff, Forrest scruta la rue, les véhicules garés le long des trottoirs.

– Pourquoi les gens du Nord sont-ils toujours aussi impatients ? Il faut du temps pour raconter une histoire correctement. Allons regarder derrière le bar, je vais t'expliquer. Dis-moi, tu as couché avec ma frangine ?

– Pas encore, mais ça ne saurait tarder.

– Elle est d'accord ?

– Tu devrais commencer à me connaître, depuis le temps. Tu crois que j'ai l'intention de la violer ?

– Bien sûr que non. Je veille sur ma petite sœur, c'est tout. D'autant plus qu'elle en a bavé, ces derniers temps, et que la situation ne s'arrange pas, bien au contraire.

Tandis qu'ils inspectaient le parking, Forrest exposa la situation.

– Tu crois que cette nana dit la vérité ?

– Elle en a dit assez, en tout cas, pour renforcer ma conviction que cet enfoiré était un escroc et un fieffé manipulateur. Dès que possible, je me ferai communiquer les dossiers sur ce vol de bijoux et de timbres.

Dans la pénombre, Forrest examinait tour à tour l'intérieur de chaque voiture.

– Dommage que la table ait été débarrassée, marmonna-t-il, j'aurais pu y relever des empreintes.

– Si cette femme était réellement mariée à Foxworth, Shelby devait lui servir de couverture. Quant à Callie…

– Qu'elle ne s'avise pas de toucher à un cheveu de Callie. Je le lui ferai comprendre très clairement.

– Tu m'as dit qu'elle était brune, avec les yeux marron ?

– Ouais.

– Tu n'en auras pas l'occasion. Viens voir par là. Je l'ai retrouvée, je crois.

Griff prit une profonde inspiration, en désignant à Forrest une BMW gris métallisé.

Natalie Sinclair était affaissée derrière le volant, les yeux grands ouverts, un filet de sang s'écoulant de son front.

– Oh, putain de bordel de merde ! bougonna Forrest en tirant son portable de sa poche. Ne touche pas la bagnole.

– On n'a pas entendu de coup de feu…

Forrest prit une photo de profil, puis de face.

– Tu vois ces traces de brûlure autour de l'orifice d'entrée de la balle ? On l'a tuée à bout portant. En général, ça ne fait quasiment pas de bruit. Il faut que je prévienne mon boss.

– Shelby…

D'un même mouvement, les deux hommes se tournèrent vers l'entrée du Bootlegger's.

– On la mettra au courant tout à l'heure. Il va falloir sécuriser le périmètre et, mince… interroger tout le monde à l'intérieur. Allô, shérif ? (Forrest se redressa et ajusta le téléphone contre son oreille.) Oui, patron. J'ai un cadavre sur le parking du bar-grill. Elle est morte, oui, sûr et certain. C'est une femme, oui. Abattue d'une balle dans le front, à bout portant, petit calibre. OK, d'accord.

Avec un soupir, Forrest rempocha son portable.

– Même pas eu le temps de boire une bière, grommela-t-il en regardant le corps sans vie. Et la soirée s'annonce bien moins cool que prévu. Griff, je te nomme mon adjoint.

– Pardon ?

– Tu es un gars sérieux. Pas du genre à perdre ton sang-froid à la vue d'un macchabée, tu viens de me le montrer. Tu ne paniques pas pour un rien, pas vrai ?

– C'est la première fois que je vois un cadavre.

– Et tu n'as pas poussé des cris de femmelette, répliqua Forrest en posant une main sur son épaule. Du reste, je sais que tu es innocent, vu que tu étais avec moi dans la salle.

– Une chance…

– Le corps est encore chaud, elle n'est pas morte depuis longtemps. Je dois aller chercher des trucs dans mon pick-up. Attends-moi là, OK ? Ne bouge pas.

– Ça, c'est dans mes capacités.

Mais que pouvait-il faire d'autre ? s'interrogea Griff en regardant Forrest s'éloigner. Pas grand-chose.

Que s'était-il passé ? Cette femme était montée dans sa voiture et avait baissé la vitre. Parce qu'elle avait chaud ? Pour parler à quelqu'un ? Une femme seule la nuit sur le parking d'un bar baissait-elle sa vitre pour parler à un inconnu ? Connaissait-elle son assassin ?

– Pourquoi a-t-elle descendu sa vitre ? demanda-t-il à Forrest dès que celui-ci revint. D'après ce que tu m'as dit, elle ne connaissait personne ici. Une femme dotée d'un minimum de bon sens ne parle pas la nuit à n'importe qui.

– Tu n'es mon adjoint que depuis deux minutes, mais tu raisonnes déjà comme un flic. Je savais que je pouvais compter sur toi. Tiens, mets ça.

D'un air dubitatif, Griff regarda les gants en latex que lui tendait Forrest.

– Tu crois ?

– En principe, tu n'auras rien à manipuler, mais on ne sait jamais. Tu as ton portable ? Tu vas prendre des notes.

– Tu n'as pas demandé des renforts ?

– Si, ils sont en route. Cette femme en voulait à ma sœur, je me sens personnellement concerné. Relève la marque de la voiture, le modèle, le numéro d'immatriculation. Photographie la plaque. Il s'agit d'un véhicule de location. Ce ne sera pas difficile de retrouver l'agence à laquelle il appartient.

Forrest dirigea le faisceau de sa torche à l'intérieur de l'habitacle.

– Le sac à main est là, sur le siège passager. Fermé. Les clés sur le tableau de bord. Moteur coupé.

– Elle a dû mettre le contact pour descendre la vitre. Dans une ville étrangère, à sa place, j'aurais verrouillé les portières.

– Mon pote, le jour où tu abandonnes la menuiserie, je t'embauche, dit Forrest en ouvrant la portière passager afin de jeter un coup d'œil dans le sac à main. Joli petit Glock…

Griff se pencha par-dessus son épaule.

– Elle avait un flingue dans son sac ?

– On est dans le Tennessee. La moitié des femmes présentes ici ce soir ont une arme. Chargée. Celle-ci n'a pas été utilisée récemment. Permis de conduire délivré par l'État de Floride, au nom de Madeline Elizabeth Proctor. Ce n'est pas celui qu'elle a donné à Shelby. Adresse à Miami. Née le 22 août 1985. Un bâton de rouge à lèvres, presque neuf. Couteau de combat pliant.

– Non !

– Une belle pièce, un Blackhawk. Cartes Visa et American Express, au même nom. 232 dollars en liquide. Et une carte magnétique du lodge de Buckberry Creek, à Gatlinburg. Madame avait des goûts de luxe.

– Elle devait savoir que Shelby avait un frère dans la police. Et une grande famille à Rendezvous Ridge. C'est pour ça qu'elle n'a pas pris une chambre sur place. Bien que nous ayons ici un hôtel de standing. Elle a préféré garder ses distances et se présenter à Shelby sous un faux nom.

– Tu ferais décidément un bon enquêteur ! Que lui est-il arrivé, à ton avis ?

– Eh bien… J'imagine qu'elle était là ce soir pour se rappeler au bon souvenir de Shelby. Une fois que Shelby l'aurait vue, elle pourrait repartir. C'est ce qu'elle a fait, et elle est montée dans sa voiture, très certainement dans l'intention de retourner à Gatlinburg. Quelqu'un l'a interpellée, une personne qu'elle connaissait, sûrement, sinon elle n'aurait pas descendu sa vitre. Si elle s'était sentie menacée, elle aurait démarré, ou elle aurait dégainé son flingue. Elle baisse sa vitre, donc, et…

Griff mima le geste de tirer un coup de revolver.

– Tu es sûr de ne pas vouloir postuler au bureau du shérif ?

– Pour rien au monde. Je déteste les armes.

– Bah, on s'y fait, répliqua Forrest avec un haussement d'épaules. Oh mince... soupira-t-il à la vue d'un véhicule de patrouille s'engageant sur le parking. J'aurais pu me douter qu'ils m'enverraient Barrow. Un brave gars, mais plus lent qu'une tortue boiteuse. Retourne dans le bar, Griff, s'il te plaît, et préviens Derrick.

– Moi ?

– Ça nous fera gagner du temps. Demande-lui s'il n'a pas remarqué un individu suspect.

– L'individu en question a probablement pris le large.

– Sans doute. Tu as l'esprit plus vif que Barrow. Remarque, il n'y a pas de mal.

– Bonsoir, Forrest, lança Barrow. Hé ! Salut, Griff. Comment vas-tu ? Que se passe-t-il, ici ? D'après le chef... Oh, bon sang ! s'exclama-t-il en découvrant le corps de Natalie Sinclair. Elle est morte ?

– Affirmatif, Woody, répondit Forrest avec un clin d'œil à l'intention de Griff, qui regagna la salle pour s'acquitter de sa mission.

# 14

Assise dans le minuscule bureau attenant aux cuisines, Shelby tenait un verre de Coca à deux mains, qu'elle ne pouvait avaler.

O. C. Hardigan occupait le poste de shérif depuis aussi longtemps qu'elle se souvenait. Il l'avait toujours intimidée, mais cela tenait sans doute moins à l'homme qu'à l'étoile épinglée sur sa poitrine. Jusqu'à présent, toutefois, par chance, elle n'avait encore jamais eu affaire à lui dans l'exercice de ses fonctions. Toujours coupés en brosse, ses cheveux avaient blanchi depuis qu'elle avait quitté Rendezvous Ridge, et il avait pris du ventre et des bajoues.

Il sentait la menthe et le tabac froid.

Elle se rendait compte qu'il veillait à ne pas la brusquer et lui en savait gré.

« La victime », disait-il en parlant de la femme qui avait trouvé la mort sur le parking. Forrest lui avait fait son rapport, mais il souhaitait entendre la version de Shelby.

– Vous ne l'aviez jamais vue avant ce matin ? Elle ne vous avait jamais contactée ?

– Non.

– Et votre… l'homme que vous connaissiez sous le nom de Richard Foxworth n'avait jamais mentionné de Natalie Sinclair ou de Madeline Proctor ?

– Pas que je me souvienne.

– Ted Privet, le détective privé, n'a pas non plus fait allusion à elle ?

– Non, j'en suis certaine.

– *Quid* de ce Mickey O'Hara ?

– Je n'avais pas non plus entendu ce nom, jusqu'à ce qu'elle le prononce.

– OK. Quelle heure était-il, approximativement, lorsque vous l'avez aperçue, ce soir ?

– 22 h 30, je dirais. Peut-être 22 h 25. J'en étais à peu près à la moitié du deuxième set, et j'avais commencé à 22 heures pile. Elle était au fond de la salle, sur la droite. À ma droite, à la droite de la scène, précisa Shelby. Je ne l'avais pas remarquée plus tôt, mais il n'y a pas beaucoup de lumière au fond de la salle.

Elle se força à boire une gorgée, avant de poursuivre :

– Quand elle a compris que je l'avais aperçue, elle s'est levée, très posément, comme pour me dire : « Tu m'as vue ? Très bien. Maintenant, je peux partir. » Elle avait commandé une coupe de martini, mais je ne sais pas qui a débarrassé la table. Il s'est écoulé au moins une quinzaine de minutes avant que je termine le set et que je prévienne Forrest. Une vingtaine au maximum. Il me restait quatre morceaux après la chanson que j'étais en train de chanter. Je parle très peu entre les chansons. Plutôt quinze minutes, donc, à mon avis, dix-sept tout au plus.

– Avez-vous vu quelqu'un la suivre quand elle est sortie ?

– Non, mais j'essayais de capter l'attention de Forrest, je ne regardais pas la porte.

– Vous avez dû voir beaucoup de visages familiers dans le public, ce soir, j'imagine.

– En effet, et c'était un plaisir. Enfin… à quelques exceptions près, ajouta-t-elle en repensant à Arlo.

– Beaucoup d'inconnus, aussi.

– Tansy avait collé des affiches et déposé des flyers partout. Il paraît qu'il y avait pas mal de touristes.

– Si je n'avais pas été de garde, je serais venu. On viendra la prochaine fois, avec ma femme. Avez-vous remarqué quelqu'un au comportement suspect ?

– Non. Arlo Kattery était là, avec ses deux copains de toujours, mais ils sont partis après le premier entracte.

– C'est rare qu'on voie Arlo ici. Il fréquente davantage le Shady's, d'habitude, ou les relais routiers en dehors de la ville.

– Ils se sont bien tenus, ils ont juste bu quelques bières. Arlo m'a toujours fait un peu peur, c'est uniquement pour cette raison que je vous signalais sa présence.

– Je vous comprends.

– En fait, je regardais surtout les gens que je connaissais. Et les couples, comme mon répertoire était assez romantique. Croyez-vous, shérif, qu'elle ait été tuée par un habitant de Rendezvous ? Personne ne la connaissait, ici.

Il lui tapota amicalement la main.

– Ne vous faites pas de souci, nous allons tirer cela au clair. Si jamais vous repensez à quelque chose, tenez-moi au courant. Ou parlez-en à Forrest, si vous préférez.

– Franchement, je ne sais pas quoi penser de cette histoire.

De son côté, Griff avait fait tout son possible pour se rendre utile. Il avait organisé un tour de rôle afin que les policiers puissent recueillir le témoignage de chacun, ou seulement les noms. Il avait aidé Derrick à servir du café, des boissons fraîches ou de l'eau pendant qu'un suppléant du shérif interrogeait le personnel dans les cuisines.

En sortant prendre l'air – mauvais timing –, il avait vu les policiers charger la housse contenant le cadavre dans le véhicule du médecin légiste.

Cette vision l'avait glacé.

Alors qu'il distribuait une deuxième tournée de café, Forrest l'entraîna à l'écart.

– Shelby s'apprête à partir. On a encore besoin de moi ici. Raccompagne-la chez mes parents, s'il te plaît.

– Pas de problème. Vous avez pu établir l'identité de la brune ?

Préoccupé, Forrest secoua la tête.

– Pas encore. On a relevé ses empreintes digitales. Je les analyserai moi-même dès ce soir. Écoute, il faut que je parle à Shelby avant qu'elle s'en aille. Laisse-moi une seconde avec elle et ramène-la à la maison. Si elle proteste, sois ferme.

– Si tu me vois la porter dans mes bras, ne dégaine pas ton arme.

– Pas cette fois.

Là-dessus, Forrest se rendit auprès de sa sœur. Les mains sur ses épaules, il la regarda longuement, puis la serra dans ses bras. Griff n'entendait pas ce qu'il lui disait, mais elle acquiesça de la tête et se blottit contre son torse. Quand il la libéra de son étreinte, elle se dirigea vers Griff, qui s'avança à sa rencontre.

– Forrest tient absolument à ce que tu me raccompagnes. Désolée qu'il soit aussi alarmiste.

– Il a raison, la prudence s'impose.

– En tout cas, merci.

– On y va ?

– Je voudrais dire au revoir à Tansy et à Derrick.

— Ils sont occupés, répliqua-t-il en la prenant non dans ses bras mais par la main. On va prendre ton monospace.

— Et toi, comment rentreras-tu chez toi ?

— Tu auras besoin de ta voiture, demain. Ne t'inquiète pas pour moi. Je conduis, dit-il en tendant la paume afin qu'elle lui remette les clés.

— Comme tu veux, obtempéra-t-elle. Je n'ai pas la force de discuter. Personne ne connaissait cette femme, ici. Personne n'avait de raison de lui tirer une balle dans la tête.

— On peut donc en conclure qu'elle n'a pas été tuée par quelqu'un du coin.

Shelby leva vers Griff un regard soulagé.

— C'est ce que j'ai dit au shérif.

— Elle s'était attiré des ennuis, et ses ennuis l'ont suivie jusqu'ici.

— Probablement ce O'Hara dont elle m'a parlé, en termes menaçants. Elle m'a dit qu'il était en prison, mais elle n'en était pas à un mensonge près, je présume. Si c'est lui qui l'a supprimée, et si elle disait vrai à propos de Richard, de ce vol de bijoux, le danger rôde autour de moi.

— Tout cela fait beaucoup de « si », déclara Griff, peiné que se soit éteinte l'étincelle qui luisait dans les yeux de Shelby quand elle était sur scène. Mais j'en rajouterai un : si O'Hara rôde dans les parages et qu'il pense que tu sais quelque chose à propos de ces millions, ce serait stupide de te réduire au silence.

Il attendit qu'elle monte dans le monospace, puis s'installa devant le volant.

— Et s'il est aussi méchant qu'elle l'a laissé entendre, pourquoi n'a-t-elle pas sorti son arme la première, au lieu d'attendre qu'il lui colle son flingue sur le front ?

— Je n'en sais rien, soupira Shelby en se renversant contre l'appui-tête. Je croyais avoir atteint le summum du chaos. Quand Richard est mort et que cette avalanche de dettes m'est tombée sur la tête, je pensais que ça ne pourrait pas être pire. Mais si, pourtant, ça l'est. Je me suis dit : « OK, maintenant que j'ai touché le fond, je vais pouvoir rebondir. » Or voilà que cette femme entre en scène, avec de nouveaux éléments complètement hallucinants. Et, comble de l'horreur, elle se fait assassiner.

— J'avoue que la poisse semble s'acharner sur toi.

— Ce n'est rien de le dire.

— Mais la chance tourne. Elle a déjà recommencé à te sourire, dit Griff en négociant prudemment un tournant. Tu as vendu la maison, tes dettes se réduisent. Ce soir, tu as conquis le public.

– Tu crois ?

– J'en suis certain. Et pour couronner le tout, tu as bientôt un rendez-vous galant avec moi, qui suis un sacré bon parti !

Malgré son humeur sombre, Shelby parvint à esquisser un sourire.

– Ah oui ?

– Parfaitement. Demande à ma mère. Ou à la tienne.

– En tout cas, ce n'est pas l'assurance qui te fait défaut.

– Je me connais, répondit-il en se garant devant la maison des Pomeroy.

– Comment vas-tu rentrer chez toi ? s'inquiéta-t-elle à nouveau, en se massant le front, entre les deux yeux, où pulsait une migraine. Tu peux prendre le monospace, je viendrai le chercher demain matin avec mon père.

– Ne t'en fais pas pour ça.

Griff descendit de la voiture, la contourna, ouvrit la portière de Shelby et lui tendit la main.

– Tu n'es pas obligé de m'accompagner jusqu'à la porte.

– Je suis galant. Ce n'est que l'une de mes nombreuses qualités.

Ada Mae apparut sur le seuil tandis qu'ils remontaient l'allée.

– Oh, ma chérie ! s'écria-t-elle en prenant sa fille dans ses bras.

– Tout va bien, maman.

– Venez, entrez vite. Granny et Grandpa nous ont raconté ce qui s'était passé. Forrest est toujours là-bas ?

– Sûrement.

– Ne t'en fais pas pour Callie. Elle dort comme un loir, je suis montée la voir il y a cinq minutes. Vous voulez manger quelque chose ?

– Je crois que je ne pourrais rien avaler.

Clayton les rejoignit dans le vestibule et examina longuement sa fille.

– Tu es pâle et fatiguée.

– Merci pour le diagnostic, docteur.

– Si tu n'arrives pas à dormir, je te donnerai un petit quelque chose. Mais essaie, d'abord.

– D'accord. Papa, Griff a laissé son camion au Bootlegger's pour me ramener à la maison. Merci, Griff, ajouta-t-elle en se tournant vers lui, et elle lui déposa un baiser sur la joue.

Ada Mae enlaça la taille de Shelby.

– Merci, Griff, de vous être occupé de ma fille. Vous êtes un bon garçon.

– Mais suis-je un bon parti ?

Shelby ne put s'empêcher de rire, tandis que sa mère affichait un sourire interrogateur.

– Le meilleur qui puisse être, répondit-elle. Viens, ma chérie, je t'accompagne à ta chambre.

Clayton attendit qu'elles parviennent en haut de l'escalier.

– Tu as le temps de boire une bière ? demanda-t-il à Griff.

– Plutôt un Coca ou une ginger ale, mais j'ai le temps, oui. Je dormirai sur le canapé.

– Je peux te reconduire au Bootlegger's.

– Je préfère rester là. Je ne pense pas qu'on risque quoi que ce soit, mais je me sentirai plus tranquille.

– OK. Dans ce cas, je t'offre un Coca, et je t'apporterai un oreiller et une couverture.

Une heure plus tard, Griff s'étendait sur le canapé – fort confortable pour quelqu'un qui avait l'habitude de dormir à la dure. Les yeux au plafond, les pensées occupées par Shelby, il réentendait sa voix, ses chansons. Revoyait le déroulement de la soirée.

C'était ainsi qu'il résolvait les problèmes. Il se projetait mentalement les éléments en présence, s'efforçait de les assembler de différentes manières, jusqu'à ce qu'un tableau d'ensemble finisse par se dessiner.

Pour l'heure, il n'avait en tête qu'une seule image : celle de Shelby.

Elle était dans une situation critique, incontestablement, et peut-être était-il incapable de résister à une gente dame en détresse. Bien sûr, jamais il n'emploierait cette expression à voix haute. D'ailleurs, il détestait les femmes qui se faisaient passer pour plus faibles qu'elles ne l'étaient en réalité et comptaient sur les hommes pour les tirer d'embarras.

Non, Shelby n'appartenait pas à cette catégorie. Elle avait certes besoin de soutien, mais elle était forte, intelligente, débrouillarde. En plus de sa plastique parfaite et de sa voix magnifique.

Il fallait être de marbre pour demeurer insensible à son charme.

Et Griff n'était pas de marbre.

Il ferma les yeux, s'efforça de faire le vide dans son esprit, et finit par s'assoupir.

Il dormait d'un sommeil léger et agité lorsqu'un bruit lui fit dresser l'oreille. Les craquements d'une vieille maison ? Non, des pas résonnaient à l'étage. Il se leva, s'approcha sur la pointe des pieds de l'escalier et, prêt à l'attaque, alluma la lumière.

Shelby se plaqua une main sur la bouche pour étouffer un cri.

– Oh, pardon ! Je suis navré.

Haletante, elle s'appuya contre le mur.

– Décidément... Encore dix ans de moins. Que fais-tu là ?

– Je dors dans le salon.

– Ah... fit-elle en se passant les doigts dans les cheveux, ébouriffant ses boucles folles encore plus qu'elles ne l'étaient déjà – et provoquant chez Griff une délicieuse tension musculaire. Je n'arrivais pas à dormir, j'allais me préparer une infusion.

– OK.

– Tu veux une tisane, ou autre chose ? proposa-t-elle.

Puis, après réflexion :

– Des œufs brouillés, ça te dirait ?

– Excellente idée.

Il la suivit dans la cuisine. En pantalon de pyjama bleu roi à fleurs jaunes et tee-shirt jaune, elle était aussi alléchante qu'un cornet de crème glacée.

Elle remplit la bouilloire et sortit une poêle.

– Je suis sur les nerfs, dit-elle. Mais si je réclame un somnifère à mon père, ma mère se fera un sang d'encre.

– Ils t'aiment beaucoup.

– J'ai des parents en or.

Shelby fit fondre du beurre, puis se mit à battre les œufs.

– Ce matin, poursuivit-elle, quand cette femme m'a parlé des bijoux volés, j'ai pensé que le détective privé avait été engagé par la victime du cambriolage.

– Possible.

– Maintenant, je me demande si ce n'était pas plutôt elle, sa cliente. Elle m'a répondu que non quand je lui ai posé la question, mais c'est... c'était une menteuse.

– Possible aussi. Du coup, tu le soupçonnes de l'avoir tuée ? Quel aurait été son mobile ?

– Elle a peut-être cherché à le doubler, dans l'espoir de toucher cette récompense revenant à qui mettrait la main sur le butin. Ou alors, ils étaient amants, et elle l'avait trahi.

– Je ne crois pas.

Les sourcils froncés, elle inséra deux tranches de pain dans le toaster.

– Pourquoi ?

– S'il s'agissait d'un crime passionnel, elle se serait débattue, non ?

Shelby réfléchit un instant.

– Moi, en tout cas, j'aurais tenté de me défendre.

– Comme la plupart des gens, répliqua Griff. Or là, elle a manifestement été éliminée froidement.

– C'est vraiment toi qui l'as découverte ?

– Par pur hasard. Forrest inspectait la partie gauche du parking, moi la droite.

– Tu es resté si calme ! Quand tu es revenu dans la salle, jamais je n'aurais deviné que tu allais nous annoncer une chose aussi horrible.

– La panique ne sert à rien d'autre qu'à engendrer des accidents. J'en ai fait les frais, à dix-sept ans, en sautant par la fenêtre de la chambre d'Annie Roebuck.

– Quelle drôle d'idée…

– On sortait ensemble depuis six mois, et on faisait crac-crac comme des lapins. Le fait que ses parents dorment juste de l'autre côté du couloir ne faisait qu'ajouter du piment à la chose. Jusqu'au jour où, dans un coma post-coïtal, elle a fait tomber sa lampe de chevet en attrapant une bouteille d'eau. Évidemment, ça a fait un boucan d'enfer.

– Aïe.

– Comme tu dis. Son père s'est réveillé et lui a demandé ce qui se passait. Je me suis habillé à toute vitesse, le cœur battant à cent à l'heure, et transpirant à grosses gouttes. Ah, ça te fait rire ! Moi aussi, maintenant, mais sur le moment, je nageais en plein cauchemar. Annie a répondu à son père que tout allait bien, qu'elle avait juste renversé sa lampe. Manque de bol, elle ne se rappelait plus si elle avait fermé sa chambre à clé. Dans l'affolement, je me suis enfui par la fenêtre, et j'ai perdu l'équilibre.

– Mince…

– Par chance, j'ai atterri dans un massif d'azalées, mais je me suis quand même cassé le poignet. En rentrant chez moi, j'ai fait semblant de glisser sur le carrelage des toilettes, pour que mon père m'amène aux urgences.

Shelby déposa une assiette devant Griff, et dut se retenir pour ne pas le câliner, comme elle l'aurait fait avec Callie.

– J'espère que tu n'as pas inventé cette anecdote juste pour me changer les idées.

– Je ne l'ai pas inventée, mais c'était le but.

– Qu'est devenue Annie ?

– Présentatrice météo. Après avoir fait ses armes sur une chaîne locale de Baltimore, elle vit aujourd'hui à New York. On s'envoie des mails de temps en temps. Elle s'est mariée l'été dernier. À un chic type. Tes œufs brouillés sont délicieux.

– À 3 heures du matin, ils sont toujours meilleurs. C'était ta première ? Annie ?

– Eh bien, euh…

– Non, ne réponds pas. Je t'ai battu, de toute façon. Je n'avais même pas dix-sept ans, la première fois. Avec July Parker.

– July ?

– C'était un garçon, je te rassure, né le 1$^{er}$ juillet, d'où ce prénom ridicule. Pour lui aussi, c'était la première fois. Il était très doux, mais très maladroit. Et je l'étais autant que lui, naturellement. Du coup, je n'ai pas été tentée de renouveler l'expérience avant les grandes vacances précédant mon entrée à la fac. Ça n'a guère été mieux, sans la douceur de July. Résultat, j'ai décidé de me concentrer sur le chant et sur mes études. Et puis Richard est arrivé, et j'ai eu le coup de foudre.

– Qu'est devenu July ?

– Garde forestier, à Pigeon Forge. C'est ma mère qui me l'a dit. Il n'est pas encore marié, mais il vit en concubinage. Mais pourquoi parlons-nous de nos ex ? Parce que tu envisages de coucher avec moi, tôt ou tard, je suppose…

Griff ne se laissa pas désarçonner.

– Plus que sérieusement, répondit-il.

– Eh bien, te voilà au courant de mon expérience dans ce domaine. Maladresse, déception, et Richard, avec qui tout était faux.

– Ne t'inquiète pas, Red, je ferai ton éducation.

– Tu es vraiment un fanfaron ! dit-elle en riant.

Elle termina ses œufs, puis se leva pour rincer son assiette.

– Si jamais tu parviens à tes fins, je ne te promets pas le nirvana ni de coma post-coïtal, mais ce sera vrai. Ce n'est pas rien. Sur ce, je remonte me coucher. Fais de beaux rêves.

– Toi aussi.

Un long moment, Griff demeura assis dans la cuisine silencieuse, à regretter que Richard Foxworth ait péri en mer. Si ce salopard avait été en vie, il se serait fait une joie de lui faire goûter de son poing.

– Son identité légale était Melinda Warren.

Forrest se tenait dans ce qui avait été la chambre de Shelby et regardait Griff lisser les joints d'une cloison sèche.

– Trente et un ans, poursuivit-il, née à Springbrook, dans l'Illinois.

Elle a fait de la prison pour un cambriolage ; ça, au moins, c'était vrai. Elle a également passé quelque temps dans une maison de redressement pour mineurs, pour suspicion de vol, fraude et contrefaçon – faits qui n'ont jamais été prouvés. Et elle avait bel et bien épousé un Jake Brimley, à Las Vegas, il y a un peu plus de sept ans. Pas de divorce officiel.

– On est sûr que Jake Brimley et Richard Foxworth ne faisaient qu'un ?

– Les recherches sont en cours. Pour en revenir à Warren, le légiste m'a transmis le rapport d'autopsie. La balle provenait d'un calibre 25. Elle a réduit sa cervelle en bouillie.

– Appétissant... commenta Griff. Pourquoi me racontes-tu tout ça ?

– Tu as découvert le corps, tu es partie prenante.

– Et toi, tu es un drôle de gars, Pomeroy.

– Ouais, il paraît que j'ai le sens de l'humour. En vérité, je venais apporter les dernières nouvelles à Shelby, mais il n'y a personne dans cette baraque, à part toi.

– Toute la famille est sortie, confirma Griff. Et Matt est parti chercher du matériel. Je suis meilleur que lui, sur les cloisons sèches. Il n'a pas assez de patience.

– Toi si ?

Griff remonta la casquette de baseball qu'il portait pour protéger ses yeux de la poussière.

– Il faut prendre son temps et, tôt ou tard, ton mur devient aussi lisse que du verre. Shelby est au salon, ajouta-t-il. Ta mère a emmené Callie à la jardinerie, acheter des fleurs pour planter ce qu'elle appelle un jardin féerique. Cet après-midi, elle a invité son amie Suzannah et sa petite-fille Chelsea. Les gamines gratteront la terre. Quant à ton père, il est à la clinique.

Forrest but une goulée de la bouteille de soda qu'il avait emportée.

– Tu es bien informé des allées et venues de ma famille, dis donc !

– J'ai dormi sur le canapé, hier soir.

– Je t'en suis reconnaissant, approuva Forrest.

– Pas de quoi, ta famille m'est sympathique, répliqua Griff en palpant un joint entre deux plaques de plâtre.

Satisfait, il entreprit de poncer le suivant.

– Justement... J'en discutais avec Clay, ce matin, et on se demandait, en tant que frères dignes de ce nom, s'il n'y avait que les fesses de notre frangine qui t'intéressaient.

– Un peu de respect, Forrest, s'il te plaît.

– Question légitime, non ?
– Pas quand j'ai une cale à poncer entre les mains, et toi un flingue au côté.
– Je ne te buterai pas. Pas cette fois.
Griff se retourna et jaugea le sourire de son ami.
– J'ai envie de mieux connaître ta sœur, et on verra bien la suite. M'est avis qu'elle n'était pas très épanouie, avec feu son faux mari, dans le domaine en question.
– Ça ne m'étonne pas. Mais trêve de bla-bla, il faut que je retourne au bureau.
– Et le troisième luron, ce O'Hara, tu en sais plus à son sujet ?
– Il ne s'appelle pas O'Hara mais James Harlow, Jimmy pour les intimes. Il est tombé en même temps que la brune, mais il en a pris pour quelques années de plus. D'après ce qu'elle a raconté au tribunal, ils étaient complices dans l'arnaque d'une riche veuve du nom de Lydia Redd Montville, issue d'une famille de la haute bourgeoisie et héritière d'une très grosse fortune du côté de son mari. Foxworth – pour l'instant, je continue à l'appeler comme ça – l'a embobinée. Il s'est fait passer pour un marchand d'art spécialisé dans l'import-export d'objets de luxe.
Forrest but une autre gorgée de soda avant de poursuivre, en ponctuant son exposé de gestes avec sa bouteille.
– La brune était soi-disant son assistante, et Harlow son garde du corps. Pendant deux mois, ils ont tâté le terrain, lui extorquant au passage près d'un million. Mais ils n'entendaient pas en rester là. La veuve était réputée pour ses bijoux, son défunt mari pour sa collection de timbres. Tout était à l'abri dans un coffre. D'après la brune, après ce coup magistral, ils se seraient retirés du business.
– Classique, commenta Griff.
– Seulement, comme le fils de la veuve commençait à poser trop de questions sur les investissements que Foxworth recommandait à sa mère, ils ont dû passer à l'action plus tôt que prévu, et ça a mal tourné.
– Les gangsters ont toujours la poisse sur leur dernier casse.
– Faut croire… La vieille était censée partir quelques jours en thalasso, mais en vérité, elle allait subir une opération de chirurgie esthétique.
– Elle avait un jeune amant et elle ne voulait pas qu'il sache qu'elle allait se faire ravaler la façade.
– Exactement. Et nos marlous ont profité de son absence pour s'attaquer au coffre-fort. Manque de pot, le fiston ramène sa mère à la maison juste à ce moment-là.

– Panique à bord.

– L'un des deux hommes – Foxworth ou Harlow, ce point n'est pas clair – dégaine une arme et tire sur le fils. La brune assomme la veuve, selon elle pour éviter qu'Harlow lui loge une balle dans la peau, bien qu'Harlow jure ses grands dieux que c'est Foxworth qui a fait feu.

– Quelle bande de rats... Ce sera le mot du jour, décida Griff. Mais continue, j'ai hâte d'entendre la suite.

– Les rats – car tu as raison, c'est le terme approprié – quittent le navire, laissant la mère et le fils dans une mare de sang.

– En emportant le butin ?

– Oui, et c'est Foxworth qui le transporte. Là-dessus, Harlow et Warren sont d'accord. Après leur départ, la vieille revient à elle et appelle une ambulance pour son fils. Il est entre la vie et la mort, mais il s'en remettra. Ni l'un ni l'autre ne se rappellent qui a tiré. Tout s'est passé très vite, et le fils est resté trois semaines dans le coma ; il ne garde des événements qu'un souvenir très flou.

– Et nos lascars ?

– Ils se séparent, en convenant de se retrouver dans un motel, d'où ils partiront pour les Keys, et de là, en jet privé, vers l'île de Saint-Christophe.

– J'ai toujours rêvé d'aller à Saint-Christophe. J'imagine qu'eux n'y sont jamais arrivés.

– Non. Quand la brune et Harlow se sont pointés au motel, ils se sont fait cueillir par mes confrères.

– Foxworth les avait balancés.

– On peut le supposer. La police avait reçu un appel anonyme.

Griff prit la bouteille de soda des mains de Forrest et en but une longue rasade avant de la lui rendre.

– Bonjour, le code de l'honneur...

– Ces gens-là n'ont ni foi ni loi. Par-dessus le marché, Harlow avait une bague en diamant dans la poche, cadeau empoisonné de la part de son ami Foxworth.

– Vraiment sympa, ce mec.

– Harlow avait déjà fait de la taule, mais jamais pour violences. Il jure n'avoir jamais tiré sur personne. Il a écopé de vingt-cinq ans, la brune seulement de quatre. Et Foxworth s'est volatilisé avec les millions.

– Ça, ça doit te mettre en rogne.

– Et comment !

– Mais si Harlow est derrière les barreaux...

*Le Menteur*

– Il est en liberté.
– Comment ça se fait ?
– Les autorités carcérales de l'État de Floride se posent la même question. Il s'est échappé, quelques jours avant Noël.
– Il ne voulait pas louper les fêtes de fin d'année, dit Griff en ôtant sa casquette pour l'épousseter. On peut donc supposer que c'est lui qui a tué la brune. Pourquoi tu ne me l'as pas dit tout de suite ?
– Je voulais tester ta capacité de déduction. Je t'ai envoyé sa photo sur ton téléphone, mais sache qu'ils étaient tous les trois des as du travestissement. La seule chose de sûre, c'est qu'il est grand et costaud.
– Comme Big Bud ?
– Non, répondit Forrest, amusé. J'ai dit « grand », pas « immense ». Tu regarderas bien sa binette, et si jamais tu croises quelqu'un qui lui ressemble, garde tes distances et appelle-moi.
– Je n'y manquerai pas. Une remarque : tu viens de dire qu'il n'avait jamais commis de crimes violents, or ce n'est pas ce que la brune a laissé entendre à Shelby.
– La vigilance est de mise. Garde un œil sur ma sœur, Griff, s'il te plaît.
– Les deux, même, tu peux compter sur moi !

## 15

Shelby se tenait au comptoir de la petite cuisine pimpante d'Emma Kate et regardait son amie glisser un plat de lasagnes dans le four. Elle n'avait pas beaucoup de temps, mais elle voulait absolument voir Emma Kate, et son appartement.

– Ça va être la fête, ce soir, dit cette dernière avec un sourire entendu, tout en réglant le minuteur. Matt adore les lasagnes aux épinards, et j'ai acheté une bonne bouteille de vin en rentrant de la clinique. Les épinards ne collent pas vraiment avec ma vision du dîner romantique, mais c'est son plat préféré. J'en récolterai les bénéfices.

– Vous avez l'air de bien vous entendre. Vous êtes faits l'un pour l'autre, ça se voit. Et votre appart est super sympa. Ta table est magnifique !

– C'est un vieil étal de boucher que Matt a récupéré et retapé. On est bien, ici, mais il voudrait construire une maison. Il n'arrête pas d'en parler.

– Ça ne te plairait pas ?

– Oh, si. Un de ces jours, je finirai par lui donner le feu vert. Il rêve d'une cabane au fond des bois. On serait au calme et, surtout, on serait chez nous. J'apprendrai peut-être à jardiner. Mais pour l'instant, c'est pratique d'être à deux pas de la clinique, de pouvoir aller travailler à pied.

– Ça doit être génial de construire sa maison. Tu peux agencer les pièces comme tu le veux, décider de l'emplacement des ouvertures, de la grandeur des fenêtres, etc.

– C'est l'un des sujets de conversation favoris de Matt et de Griff. Moi, rien que de choisir une couleur de peinture, ça m'angoisse.

J'ai toujours peur de me tromper. Heureusement, ici, nous n'avons quasiment pas eu de travaux à faire. Tout était propre et bien pensé. Tu veux goûter le vin ?

– Non, je n'ai pas trop de temps. Je passais juste te faire un petit coucou. Ton chez-toi te ressemble, il est sympa et lumineux, déclara Shelby en sortant de la cuisine pour admirer le séjour, avec son canapé rouge agrémenté de coussins à motifs rigolos, et ses posters de fleurs encadrés.

– Matt a apporté sa touche à la déco. L'arbre de Jade, là, vient de chez sa grand-mère. Elle lui avait donné une bouture, qu'il a plantée. Il s'en occupe comme de son premier-né. C'est trop mignon.

Emma Kate frictionna le bras de Shelby.

– Comment ça va depuis hier soir ? s'enquit-elle.

– Je n'ai pas trop envie d'en parler, mais je peux tout de même te dire que la brune ne s'appelait ni Natalie ni Madeline, mais Melinda Warren. Et le type dont elle m'a conseillé de me méfier si jamais il me retrouvait s'appelle James Harlow. Il s'est échappé de prison, quelques jours avant Noël. Forrest m'a envoyé sa photo. (Shelby l'afficha sur son téléphone.) Si tu le croises, sois prudente. D'après mon frère, il a sans doute changé de coupe et de couleur de cheveux. Il se peut qu'il soit méconnaissable. Il mesure un mètre quatre-vingt-dix. La taille, au moins, c'est immuable.

– J'ouvrirai l'œil. C'est une photo anthropométrique, non ?

– Je crois.

Emma Kate examina le cliché de plus près.

– Il a l'air cool, tu ne trouves pas ? En tout cas, on ne dirait pas un bandit. Plutôt un prof d'histoire-géo, ou un entraîneur d'équipe de foot.

– Il faut avoir l'air sympa, je suppose, pour abuser de la confiance des gens et les escroquer.

– Ouais… La police pense que c'est lui qui l'a tuée ?

– Qui d'autre ?

Shelby s'était déjà posé la question des dizaines de fois, sans y trouver de réponse.

– Ils essaient de savoir si quelqu'un l'aurait aperçu dans les environs. Forrest m'a dit qu'ils tentaient également de contacter le détective privé, mais pour l'instant, il est injoignable.

– C'est le week-end.

– C'est vrai. Pour en revenir à Melinda Warren, elle disait vrai à propos de son mariage.

– Avec Richard ?

Cette fois, Emma Kate posa sa main sur le bras de son amie, et l'y laissa.

– Il y a de fortes chances, bien qu'il leur manque encore certaines données.

– Shelby... Je suis désolée... si tu l'es.

À ce sujet aussi, elle s'était longuement interrogée. Se sentait-elle flouée ? Peinée ? En colère ? Un peu de tout cela, mais avant tout, elle était soulagée.

– Au fond, je suis contente, dit-elle en couvrant la main d'Emma Kate de la sienne. Aussi horrible que ça puisse paraître, je suis contente.

– C'est tout à fait compréhensible, répondit son amie en entrelaçant ses doigts avec les siens.

– Il me prenait pour une idiote, et à juste titre. Je me suis laissé berner comme une oie blanche.

Shelby exerça une pression sur la main d'Emma Kate, puis la relâcha et arpenta le petit salon plein de couleurs.

– Quand j'y repense, ajouta-t-elle, ça me rend dingue.

– Tu m'étonnes !

– Je restais avec lui pour préserver ma famille, mais nous n'étions pas une famille. Je croyais avoir tourné la page. Or, non, la page n'est pas tournée et ne le sera pas tant qu'on n'aura pas remis la main sur ce Harlow. Quant aux bijoux et aux timbres, je ne suis pas sûre qu'on les retrouve un jour. Je n'ose pas imaginer ce que Richard a pu en faire.

– Ce n'est pas ton problème.

– J'estime que si, répliqua Shelby en s'approchant d'une fenêtre et en contemplant la vue sur Rendezvous Ridge.

L'artère principale et ses maisons fleuries. Les randonneurs, sac au dos. Les personnes âgées se réchauffant au soleil sur les bancs publics. Le puits, un peu plus loin, et une jeune famille lisant la plaque retraçant sa légende. Deux adolescents courant après un chien dont la laisse leur avait échappé.

Une petite ville nichée au pied des montagnes, sereine, si ce n'était cette sombre histoire pour gâcher le paysage.

– Si la police pouvait retrouver ces bijoux et ces timbres, ou ce que Richard en a fait, je n'aurais plus à me torturer l'esprit et je pourrais vivre ma vie en paix.

– À quoi te sert de te torturer l'esprit ?

– Strictement à rien, répondit Shelby en se retournant face à son amie, amusée par son côté prosaïque. C'est pour ça que j'essaie de ne pas trop y penser. Si je n'y pense pas, peut-être que quelque chose ressurgira de ma mémoire.

– Ça m'arrive, parfois, quand je passe l'aspirateur. Je déteste passer l'aspirateur.

– Depuis toujours.

– Quand je fais le ménage, mon esprit vagabonde. Et il m'arrive alors d'avoir des éclairs de génie.

– J'espère que c'est ce qui se produira. Bon, je vais rentrer. Maman et Callie plantent un jardin féerique, j'ai hâte de le voir ! Tu te rappelles les nôtres ?

– Bien sûr. On en faisait un chaque année au printemps avec ta mère, même quand on était ados. Quand Matt aura construit notre maison, il faudra que je m'y remette.

– Tu pourrais en faire un sur le rebord de ta fenêtre.

– Hé, tu sais que tu n'es pas bête ! Je n'y avais pas pensé. Maintenant que tu m'as donné l'idée, j'irai acheter une jardinière et des plantes miniatures. Ce sera trop mimi ! Je pourrais... Attends, s'interrompit Emma Kate pour lire un texto qu'elle venait de recevoir. Matt ne sera pas là avant une demi-heure, autrement dit une heure. Il file un coup de main à Griff dans sa nouvelle maison. Le temps qu'ils rangent leurs outils et qu'ils fassent le débriefing de la journée, je les connais... mon homme n'est pas encore rentré !

– Au fait, je suis invitée chez Griff, mardi.

– Et ce n'est que maintenant que tu me le dis, quasiment sur le pas de la porte ?

– Je ne sais pas encore quoi en penser, mais j'ai envie de voir sa maison. J'ai toujours été curieuse de voir ce qu'une personne de goût pouvait en faire.

Emma Kate arqua un sourcil.

– Ne me dis pas que c'est pour cette seule raison que tu as accepté l'invitation...

– Non, mais honnêtement, je ne sais pas comment je voudrais que cette relation évolue.

Faisant la moue, Emma Kate leva les deux index.

– Conseil d'amie : pourquoi ne pas essayer quelque chose qui, à mon avis, te manquait cruellement ces dernières années ? Qu'en dis-tu ?

– Présenté de cette façon ? répondit Shelby en riant. D'un côté, j'avoue que j'en meurs d'envie. De l'autre, la voix de la sagesse me dicte de ne pas me précipiter.

– Quel côté l'emportera ?

– Je n'en sais franchement rien, je te le jure. Griff ne figurait pas sur ma liste de priorités, et Dieu sait qu'il me reste des tas de choses à rayer de cette liste !

– Je t'appellerai mercredi matin pour savoir si tu as biffé « nuit d'amour avec Griff ».

Ce fut au tour de Shelby de hausser les sourcils et de brandir un index.

– Ça, ce n'est clairement pas sur la liste.

– Ajoute-le, suggéra Emma Kate.

*Peut-être bien, tôt ou tard*, songea Shelby. Mais, pour l'heure, elle allait consacrer le reste de son week-end à sa fille.

Le lundi, la police n'avait toujours pas trouvé de traces de Jimmy Harlow. Personne n'avait vu d'individu correspondant à son signalement, il ne s'était pas présenté au lodge de Gatlinburg à la recherche de la brune.

Optimiste, Shelby préférait partir du principe qu'il avait accompli sa mission – prendre sa revanche sur Melinda Warren – et mis les voiles.

Elle se gara devant le salon, et comme elle avait un peu d'avance, elle alla toquer au Bootlegger's. Elle avait fait le choix de l'optimisme, mais ce n'était pas nécessairement le cas de tout le monde.

Tansy lui ouvrit et la prit aussitôt dans ses bras.

– Shelby, j'ai pensé à toi tout le week-end.

– Je suis vraiment désolée de ce qui s'est passé.

– Nous sommes tous désolés. Entre, asseyons-nous.

– Je vais travailler. Je voulais juste te dire que je comprendrais si vous annuliez les soirées du vendredi.

– Pourquoi ferions-nous une chose pareille ?

– Ce n'était pas le genre de retombées que vous attendiez.

– Ce meurtre n'a rien à voir avec nous ni avec toi. Derrick s'est personnellement entretenu avec le shérif, hier. Ils pensent qu'il s'agit d'un règlement de comptes, d'une vieille affaire.

– Je suis mêlée à cette vieille affaire.

– Pas de mon point de vue. Ce...

En étouffant un gémissement, Tansy se hissa sur un tabouret.

– J'ai toujours des nausées et des vertiges, le matin.

– Et moi qui viens t'embêter ! Laisse-moi aller te chercher un linge frais.

– Je préférerais une ginger ale.

Promptement, Shelby se glissa derrière le bar, mit une bonne dose de glace pilée dans un verre et y versa de la ginger ale.

– Bois tout doucement, recommanda-t-elle, puis elle trouva un torchon propre, le passa sous l'eau et l'essora.

Quand elle souleva les cheveux de Tansy et le lui appliqua sur la nuque, celle-ci poussa un long soupir d'aise.

– Je me sens déjà mieux.

– C'est ce que je faisais quand j'étais enceinte de Callie.

– Je suis encore malade presque tous les matins au réveil, mais, en général, ça ne dure pas. Sauf que, parfois, ça revient dans la matinée, juste des spasmes – tu vois ce que je veux dire ?

– Tout à fait. C'est injuste que quelque chose d'aussi merveilleux que la grossesse nous mette dans de tels états. Mais le jeu en vaut la chandelle.

– C'est ce que je me dis chaque jour au-dessus de la cuvette des toilettes !

Tansy eut à nouveau un soupir de bien-être lorsque Shelby retourna le torchon et apposa le côté resté frais contre sa peau.

– C'est bon, c'est passé. Je me souviendrai du truc. Merci.

– Tu veux grignoter des crackers ? Je peux aller t'en chercher à la cuisine.

– Non, ça va, je t'assure. Assieds-toi, que, moi aussi, je te fasse profiter de ma médecine.

Après avoir forcé Shelby à s'installer à ses côtés, Tansy la regarda droit dans les yeux.

– Cette Warren était un monstre, qui n'avait de considération pour personne, hormis elle-même, si j'ai bien compris. Pour autant, elle ne méritait pas la mort, mais cette femme était un être abject. Son assassin aussi. Tu ne connaissais même pas ces gens, Shelby.

– Je connaissais Richard – ou, tout du moins, je croyais le connaître.

À l'évidence requinquée, Tansy balaya cette remarque d'un geste de la main.

– Derrick a un cousin trafiquant de drogue, à Memphis. Nous n'y sommes pour rien et nous n'avons rien à voir avec lui. Tu es trop contrariée pour chanter vendredi prochain ? Je le comprendrais. Nous avons déjà perdu une serveuse.

– Oh, mince ! Je suis désolée.

– Ce n'est pas ta faute. Sa mère n'a rien trouvé d'autre à lui dire qu'elle ferait mieux de travailler au Shady's. Comme si quelqu'un se faisait buter ici chaque semaine ! Cette fille était une enquiquineuse, de toute façon. Lorna n'est pas chagrinée de la voir partir, et moi non plus.

– Je ne suis pas contrariée au point de ne plus vouloir chanter. Si vous voulez encore de moi, je serai là. J'ai déjà commencé à préparer une liste de chansons.

– Les nouveaux flyers seront prêts aujourd'hui. Nous avons battu notre record de chiffre, vendredi dernier.

– C'est vrai ?

– On a encaissé plus que le soir où on a fait passer les Rough Riders de Nashville. 33 dollars et 6 cents de plus. Envoie-moi ta liste par mail dès qu'elle sera prête, je programmerai la sono. Comment ta mère a-t-elle réagi ?

– Elle assume, le reste de la famille aussi. D'ailleurs, en parlant de famille, je dois aller travailler, si je ne veux pas que Granny me fasse une retenue sur salaire !

Shelby arriva à l'institut pile à l'heure, et se mit aussitôt à la tâche. Elle balaya le patio, arrosa les plantes et ouvrit les parasols afin que les clientes puissent s'asseoir à l'ombre si elles le souhaitaient. Dans la réserve, elle plia les serviettes tout en écoutant les bavardages des premiers rendez-vous.

En rejoignant le salon, elle vit que sa grand-mère était arrivée. Une dame était déjà installée à son poste. Crystal papotait joyeusement avec la jeune femme qu'elle shampouinait.

Et, côte à côte dans des fauteuils de pédicure, Melody Bunker et Jolene Newton feuilletaient des magazines, les pieds dans un bain bouillonnant.

Shelby n'avait pas encore eu l'occasion de croiser Jolene et n'avait pas revu Melody depuis leur prise de bec. Elle ne s'en portait pas plus mal, mais étant bien élevée, elle se sentit obligée de les saluer.

– Bonjour, Jolene. Comment vas-tu ?

– Shelby, ça alors ! s'écria Jolene en posant sa revue sur ses genoux et en redressant la tête d'un mouvement qui fit valser sa longue queue-de-cheval. Tu n'as pas changé, pas du tout, malgré ce que tu viens de traverser… Tu es là pour une manucure ?

– Non, je travaille ici.

– Ah bon ? Remarque, je crois que je le savais. Tu me l'avais dit, Melody, non ? Que Shelby travaillait de nouveau chez Vi, comme quand on était gamines.

– Il me semble, répondit Melody sans lever les yeux. À ce que je vois, tu as suivi mes conseils, Shelby. Tu as trouvé un emploi dans tes cordes.

– Je voulais justement te remercier. J'avais oublié combien l'ambiance était agréable ici.

Là-dessus, Shelby s'éloigna pour répondre au téléphone, nota un rendez-vous et s'éclipsa dans le couloir des cabines de soin.

Du coin de l'œil, elle entrevit Melody et Jolene échanger des messes basses, et entendit les gloussements haut perchés de la seconde. Comme quand elles étaient gamines. Mais elle n'allait pas se formaliser pour si peu. Elle avait des soucis plus graves.

Quand elle revint dans le salon, Maybeline et Lorilee – la mère et la fille –, assises sur des petits tabourets, s'affairaient à gommer les pieds des deux pimbêches. Elles avaient donc opté pour le soin « de luxe ».

Shelby vérifia la température de la paraffine, accrocha des peignoirs dans les vestiaires, puis s'acquitta du reste de ses tâches matinales.

Elle eut une agréable conversation avec une jeune dame de l'Ohio qui s'offrait une séance de bien-être après deux jours de trek en compagnie de son fiancé. Shelby proposa de lui commander un plateau-repas, puisqu'elle passait la journée entière à l'institut.

– Vous pourrez déjeuner dans le jardin, si vous le souhaitez. Il fait un temps splendide, aujourd'hui.

– Quelle excellente idée ! Serait-il possible d'avoir aussi un verre de vin ?

– Pourquoi pas ? répondit Shelby en lui remettant les cartes de plusieurs restaurants. Choisissez ce qui vous ferait plaisir, et l'une d'entre nous ira le chercher. Vers 13 h 15 ? Entre votre Wrap Aromathérapie et le Vitamin Glo ?

– Vous êtes vraiment aux petits soins pour vos clientes !

– Vous êtes là pour vous faire bichonner.

– J'adore cet institut. J'avais réservé juste pour échapper à une randonnée de trois jours, mais je n'ai absolument aucun regret. Vous êtes tellement sympathiques, toutes ! Je prendrai la salade du jardin au poulet grillé, avec la sauce à part, et un verre de chardonnay.

– Pas de problème.

– La patronne est votre maman ? Vous vous ressemblez comme deux gouttes d'eau.

– Ma grand-mère. Vous aurez l'occasion de voir ma mère cet après-midi. C'est elle qui vous fera votre massage facial.

– Votre grand-mère ? Vous plaisantez ?!

– Je lui dirai que vous ne lui donniez pas son âge, elle sera flattée. Vous avez besoin d'autre chose ?

– Non, je suis comblée, affirma la jeune femme en s'installant confortablement dans l'un des fauteuils du coin relaxation.

— Sasha viendra vous chercher dans une dizaine de minutes pour le Wrap. À tout à l'heure !

Shelby passa un coup de téléphone à la Pizzateria, précisant qu'elle viendrait chercher la commande à 13 heures tapantes. Elle se dirigeait vers sa grand-mère lorsque Jolene l'interpella.

— Cette teinte est très jolie, lui dit Shelby à propos du vernis rose qu'elle avait choisi pour ses orteils.

— Elle me rappelle les pivoines de maman. J'ai oublié de te dire, tout à l'heure... Tu étais tellement occupée... Il paraît que tu chantes au Bootlegger's les vendredis soir. Je voulais venir la semaine dernière, mais j'ai eu un empêchement. J'ai appris ce qui s'est passé. Du coup, j'ai moins de regrets ! J'aurais fait une crise cardiaque, je crois, si j'avais vu cette femme, assassinée sur le parking.

Jolene posa une main sur son cœur, comme pour s'assurer qu'il était opérationnel.

— J'ai entendu dire que tu la connaissais, c'est vrai ?

— Je sais que tu considères Melody comme une source d'informations fiable et que Melody peut compter sur toi comme porte-parole.

— Ne monte pas sur tes grands chevaux, ce n'était qu'une question.

— Que Melody t'a dit de me poser. La réponse est non, je ne la connaissais pas.

— Ton mari la connaissait, intervint Melody. Mais c'est vrai qu'il n'était pas ton mari, n'est-ce pas ?

— Apparemment, non, il ne l'était pas.

— Ça doit être horrible d'avoir été ainsi trompée, minauda Jolene. J'en mourrais, je crois, si j'avais vécu avec un homme toutes ces années, eu un enfant de lui, et découvert tout à coup qu'il avait une autre femme.

— Je respire encore, rétorqua Shelby. Je dois être moins sensible que toi.

Et là-dessus, elle tourna les talons.

— Si tu n'as rien d'important à faire, lui lança Melody, je voudrais un verre d'eau gazeuse, s'il te plaît, avec des glaçons.

— Je vais vous le chercher, déclara Maybeline, mais Melody lui décocha un regard noir.

— Vous êtes en train de me vernir les ongles. Shelby peut y aller, n'est-ce pas, Shelby ?

Jolene eut la décence de rougir.

— Je veux bien un peu d'eau fraîche, moi aussi, si ça ne te dérange pas.

– Pas du tout.

Shelby se rendit dans la kitchenette, furieuse mais déterminée à ne rien en laisser paraître.

Elle rapporta deux verres et en donna un à Jolene.

– Merci, Shelby.

– Il n'y a pas de quoi, tout le plaisir est pour moi.

Lorsqu'elle tendit le deuxième à Melody, celle-ci le heurta légèrement, renversant un peu d'eau.

– Qu'est-ce que tu peux être maladroite... Regarde ce que tu as fait !

– Je vais te chercher une serviette.

– Tu l'as fait exprès, parce que j'ai refusé de t'embaucher dans ma boutique.

– La boutique de ta grand-mère, que je sache. Et crois-moi, si je l'avais fait exprès, je te l'aurais jeté à la figure. Veux-tu une serviette, oui ou non ?

– Je ne veux rien venant de quelqu'un de ton espèce.

Un silence de plomb s'abattit sur le salon. Même les sèche-cheveux se turent.

– Ma pauvre Melody, tu es aussi rancunière et aussi imbue de ta petite personne qu'à l'époque où nous étions au lycée, déclara Shelby à haute et intelligible voix, un sourire sur les lèvres. Ce doit être un fardeau de contenir en soi toute cette méchanceté. Tu me fais de la peine.

– Je te fais de la peine ? Moi, je te fais de la peine ?! s'offusqua Melody en jetant son magazine sur le plancher, la voix montant dangereusement dans les aigus, les joues empourprées. Ce n'est pas moi qui suis revenue chez mes parents la queue entre les jambes... Et que rapportes-tu dans tes bagages ?

– Ma fille, c'est à peu près tout. Tu es laide, Melody, quand tu es toute rouge. Bois donc un peu d'eau, ça te fera du bien.

– Tu n'as pas à me donner d'ordre. Je suis une cliente, et le client est roi. Tu n'es qu'une employée, payée pour passer le balai. Tu n'es même pas capable de vernir les ongles ou de te servir d'un fer à friser.

– Et toi, de quoi es-tu capable ? marmonna Maybeline entre ses dents, en rebouchant le flacon de vernis corail sans se préoccuper du deuxième pied de Melody.

– Melody... souffla Jolene, en se mordant la lèvre devant le regard de pierre de Maybeline.

Son amie repoussa vivement sa main.

– Tu me dois le respect, siffla celle-ci à l'attention de Shelby. La faute à qui si cette femme s'est fait tuer dans notre ville ?

– À celui qui a pressé la détente.

– Ce ne serait pas arrivé si tu n'étais pas là, tout le monde le sait. Les honnêtes gens ne veulent pas de toi à Rendezvous. Tu t'es acoquinée avec un criminel. Et ne me dis pas que tu croyais être mariée avec lui. Tu étais sa complice, et quand il est mort, qu'il t'a laissée dans la panade, et tu n'as rien trouvé de mieux à faire que de revenir ici avec ta bâtarde.

Jolene étouffa un petit cri choqué.

– Fais attention à ce que tu dis, proféra Shelby. Fais très attention.

– Je dis ce que je pense, ce que tout le monde pense. Et je dis ce que je veux.

– Pas ici, intervint fermement Viola, en saisissant le bras de Shelby et en lui prenant le verre d'eau qu'elle tenait toujours, sur le point de le jeter au visage de Melody. Tu es pitoyable, Melody, grossière et vicieuse.

– Je ne tolérerai pas d'être insultée ! Pour qui vous prenez-vous ?!

– Je ne suis que Viola MacNee Donahue, mais tu es ici chez moi. Je te traite comme tu le mérites, et Dieu sait que quelqu'un aurait dû le faire depuis longtemps. Sortez d'ici, toutes les deux, et ne remettez plus jamais les pieds dans mon salon.

– Nos soins ne sont pas terminés ! protesta Melody.

– Allez-vous-en, et que je ne vous revoie plus ici.

– Miss Vi, Crystal devait me coiffer pour mon mariage, bredouilla Jolene, les larmes aux yeux. Le rendez-vous est déjà pris.

– Il est annulé.

– Ne t'en fais pas, Jolene, dit Melody en prenant le magazine oublié sur les genoux de son amie et en le lançant rageusement à l'autre bout de la pièce. Crystal viendra te coiffer à domicile.

– Pas pour tout l'or du monde ! se récria l'intéressée.

– Crystal, je vous en supplie….

– La honte sur toi, Jolene, répliqua Crystal en ramassant le magazine. Melody nous avait habituées à ce genre de bassesses, mais je croyais que tu valais mieux qu'elle. Hélas, je vois que non.

– Nous nous passerons de tes services, cracha Melody. N'oublie pas que tu as grandi dans une caravane. Et de vos services aussi, Viola. Nous venions chez vous par civisme, pour soutenir le commerce local, mais ce ne sont pas les instituts de beauté qui manquent. Il ne sera pas difficile d'en trouver de beaucoup plus classes.

– Un peu de classe, justement, ne te ferait pas de tort, riposta Viola tandis que Melody remettait ses chaussures. Ta grand-mère est pourtant quelqu'un de très bien. Je crains qu'elle ne soit terriblement peinée par ton attitude, quand je l'appellerai pour lui raconter comment tu t'es comportée vis-à-vis de ma petite-fille. Voilà qui te rabat le clapet, n'est-ce pas ? ajouta-t-elle en voyant Melody blêmir. Tu avais dû oublier que je connais ta grand-mère depuis plus de quarante ans. Et nous avons beaucoup d'estime l'une pour l'autre.

— Racontez-lui ce que vous voudrez.

— Je ne m'en priverai pas. Maintenant, du balai, madame la dauphine !

Sans répondre, Melody se dirigea vers la porte.

— Attends-moi ! cria Jolene. Miss Vi, je vous en prie, je n'y suis pour rien…

— On choisit ses amis, Jolene. Peut-être est-il temps que tu mûrisses. Allez, ouste, file.

Un instant de silence suivit le départ de Jolene, puis clientes et employées se mirent à applaudir.

— Je vous jure, Vi, s'exclama la dame que Viola était en train de coiffer, en pivotant sur son fauteuil, j'ai toujours dit que c'était plus distrayant de venir chez vous que de regarder les feuilletons télévisés !

Puisque le verre d'eau était toujours plein, Shelby le prit et le vida d'un trait.

— Excuse-moi, Granny. J'étais à deux doigts de la gifler. Je n'ai pas supporté qu'elle traite ma fille de bâtarde.

Sa grand-mère lui passa un bras autour du cou.

— C'est tout à fait normal, ma chérie.

— Tu vas vraiment téléphoner à sa grand-mère ?

— Ce ne sera pas utile. Je mettrais ma main à couper que Melody est déjà en train de l'appeler pour lui raconter sa version des faits. Flo l'adore, mais elle la connaît. Je suis sûre que je l'aurai au bout du fil d'ici la fin de la journée. Maybeline, Lorilee, je vous verserai votre commission habituelle sur les pédicures.

— Ah, non ! s'écrièrent-elles à l'unisson.

— Il n'en est pas question, ajouta Maybeline. Et n'insistez pas, Viola, ou vous me mettrez en colère. Cette fille a de la chance que je ne lui aie pas planté le ciseau à cuticules dans le mollet ! Ça faisait une demi-heure qu'elle médisait de toi, Shelby. Je ne suis pas fâchée de savoir que je ne la reverrai plus ici. Et elle me donnait toujours des pourboires ridicules !

— Jolene n'est pas désagréable quand elle est seule, déclara Lorilee, mais dès qu'elles sont ensemble, elles sont odieuses.

– N'en parlons plus, dit Viola, la voix encore frémissante de colère, avant d'ajouter avec une pointe de fierté : je vous offre à toutes le déjeuner, aujourd'hui !

– Le déjeuner ! se remémora Shelby. Je dois aller à la Pizzateria chercher une salade et un verre de vin pour une cliente. Que voulez-vous que je prenne pour nous ?

– On va faire un repas de fête ! répondit Crystal. Miss Vi, vous m'avez trop fait rire quand vous avez appelé Melody « madame la dauphine ». Je vous adore !

– Moi aussi, je t'adore, renchérit Shelby en embrassant sa grand-mère.

Entre le meurtre sur le parking du Bootlegger's et l'éviction de Melody du salon de Viola, les cancans allaient bon train. S'il était vrai que le dernier crime commis à Rendezvous Ridge remontait à presque quatre ans, lorsque Barlow Keith avait tué son beau-frère d'un coup de revolver autour de la table de billard du Shady's – blessant légèrement deux joueurs innocents –, personne ne connaissait la femme dont le corps reposait dans un tiroir de la chambre froide du funérarium.

En revanche, tout le monde connaissait Melody et Viola, si bien que l'anecdote prit rapidement le dessus. Et les rumeurs repartirent de plus belle quand on apprit, le mardi matin, que Florence Piedmont avait exigé de sa petite-fille qu'elle présente des excuses à Shelby et à Viola.

En apnée, on attendait de voir si Melody se plierait aux ordres de sa grand-mère.

– Je ne veux pas de ses excuses, déclara Shelby en empilant des serviettes près des bacs à shampooing. Elles ne seront pas sincères. Quel intérêt ?

– Ça ferait plaisir à Flo, répondit Viola, pour une fois assise dans un fauteuil, tandis que Crystal retouchait ses racines.

– OK, par respect pour sa grand-mère, je les accepterai.

– Il lui faudra peut-être quelques jours, mais elle viendra. Cette fille sait où se trouve son intérêt. Nous n'avons pas beaucoup de rendez-vous aujourd'hui, tu ne voudrais pas que Maybeline te fasse une pédicure ? Ce ne serait pas un mal d'avoir de jolis orteils pour ta soirée avec Griff…

Maybeline et Crystal, seules présentes dans le salon, coulèrent toutes deux un regard en direction de Shelby.

– Je ne sais pas s'il remarquera mes doigts de pied, pédicurés ou non.

— Un homme qui s'intéresse à une femme regarde tout, jusqu'aux plus petits détails.

— C'est vrai, approuva Crystal. Après, par contre, il pourrait te pousser dix orteils supplémentaires, ils ne remarquent plus rien. Surtout s'il y a un match à la télé et des bières dans le frigo.

— On a reçu de très belles teintes, dans la nouvelle collection, déclara Maybeline. Personnellement, j'aime beaucoup le Blues in the Night. Il irait bien avec tes yeux, Shelby. Je n'ai que trois rendez-vous, ce matin. Si tu veux que je te fasse les ongles, ce sera avec plaisir.

— Dans ce cas, volontiers. Merci, Maybeline.

— Comment vas-tu t'habiller, ce soir, pour ton rendez-vous avec Griff ? demanda Crystal.

— Je n'y ai pas encore réfléchi. Ça n'a pas une grande importance. Je vais juste voir sa maison. Je l'ai toujours adorée, je suis curieuse de savoir comment il la retape.

— Un homme qui te prépare lui-même le dîner mérite un effort vestimentaire.

— Il prépare le dîner ? D'où tiens-tu cette information, Granny ?

— Il est passé me voir, dimanche après-midi, et il m'a demandé, l'air de rien, quels plats tu aimais particulièrement et s'il y en avait que tu n'aimais vraiment pas.

— Je croyais qu'il achèterait quelque chose de tout prêt, dit Shelby, ne sachant si elle devait se sentir flattée ou s'alarmer. Que va-t-il cuisiner ?

— Je ne veux pas gâcher l'effet de surprise. En tout cas, tu devrais mettre une jolie robe. Rien de sophistiqué, juste joli. Tu as de belles jambes. De longues jambes. Tu les tiens de moi.

— Et de la jolie lingerie.

— Crystal ! s'exclama Maybeline en rougissant, avec un gloussement d'adolescente.

— On devrait porter de la jolie lingerie tous les jours, à plus forte raison pour un rendez-vous galant. Ça renforce la confiance en soi. Et c'est toujours mieux de se tenir prête.

— Si je veux chauffer Jackson, je n'ai qu'à mettre une culotte et un soutien-gorge noirs.

— Oh, Granny !

Gênée, Shelby se cacha le visage derrière ses mains.

— Si je n'avais pas su comment le chauffer, tu ne serais pas là ! D'après ta mère, ton père aime les dessous bleu nuit.

— Je vais vérifier un truc dans la réserve.

– Quel truc ?

– Il y a toujours des trucs à vérifier. J'en ai assez entendu sur la vie sexuelle de mes parents et de mes grands-parents !

Et Shelby s'éloigna d'un pas décidé, poursuivie par les éclats de rire de ses collègues.

Elle se fit vernir les orteils en violet et, sur l'insistance de Callie, revêtit une robe jaune jonquille. Par-dessus un soutien-gorge blanc brodé de minuscules roses jaunes et la culotte assortie. Personne ne les verrait, mais peut-être renforceraient-ils son assurance.

– Moi aussi, je veux aller chez Griff ! décréta Callie en s'agrippant à la jambe de sa mère.

Ayant prévu cela, Shelby avait préparé sa parade.

– Nous l'inviterons, très bientôt. Dimanche, peut-être. Que dirais-tu d'un pique-nique ? Avec du poulet frit et de la citronnade ?

– Et des cupcakes.

– Et des cupcakes, acquiesça Shelby en soulevant sa fille dans ses bras avant de sortir de la chambre.

– C'est quand, dimanche ?

– Dans quelques jours à peine.

– Tu es resplendissante ! s'exclama Ada Mae. Tu n'es pas d'accord avec moi, Callie ?

– Si. Maman s'est fait belle pour aller visiter la maison de Griff, et dimanche, on va faire un pique-nique avec lui.

– Super ! Voilà qui sera encore plus rigolo que la machine à bulles que ton grand-père est en train d'installer dans le jardin.

– Une machine à bulles ?

– Oui, va vite voir !

– Je vais faire des bulles avec Grandpa ! À tout à l'heure, maman !

La fillette embrassa sa mère, se faufila hors de ses bras et détala comme un lapin en appelant son grand-père.

– Je te remercie, maman, de la garder encore ce soir.

– Tout le plaisir est pour nous. Ton père est aussi excité qu'elle, je crois, par la machine à bulles. Passe une bonne soirée. Tu as des préservatifs dans ton sac ?

– Maman…

Ada Mae en sortit un de la poche de son pantalon.

– Au cas où… Prends-le dans ton sac. Je serai plus tranquille.

– Je vais juste voir sa maison et dîner avec lui.

– On ne sait jamais. Une femme avertie en vaut deux.

– Bien, madame. Je ne rentrerai pas tard.
– Tu rentres quand tu veux.

Le préservatif au fond de son sac, Shelby allait monter dans son monospace lorsque Forrest se gara dans l'allée.

– Où pars-tu, dans cette jolie robe jaune ?
– Dîner avec Griff.
– Où ?
– Chez lui, répondit-elle, les yeux au ciel. Je voulais voir sa maison, et je vais être en retard si tu me soumets à un interrogatoire.
– Il attendra. Le shérif m'a chargé de t'informer que Richard n'était pas non plus Jake Brimley.

Le cœur de Shelby fit un bond.

– Comment ça ?
– Jake Brimley est décédé en 2001, à l'âge de trois ans. Richard avait seulement usurpé son identité.
– Pour l'amour de Dieu, combien de faux noms avait-il ?
– Je ne peux pas te le dire, je n'en sais rien. Nous poursuivons les investigations. Crois-moi, Shelby, je fais tout ce qui est en mon pouvoir pour t'apporter des réponses.
– Merci, Forrest. Je ne serai en paix avec moi-même que lorsque cette histoire délirante sera éclaircie. En savez-vous davantage à propos du meurtre ?
– Une dame est venue au poste faire une déposition, aujourd'hui. Elle se trouvait sur le parking, à l'arrière d'une voiture, avec quelqu'un qui n'était pas son mari... Elle a entendu un bruit qui lui a évoqué celui d'un silencieux. L'heure concorde avec celle du meurtre. Les vitres étaient couvertes de buée, mais elle a distingué une silhouette, qui est montée dans une voiture, noire ou bleu foncé, qui a démarré quelques secondes plus tard.
– L'assassin ?
– Elle n'avait pas ses lunettes, elle n'a pas bien vu, mais elle pense qu'il s'agissait d'un homme. Évidemment, elle n'a pas pu relever l'immatriculation.
– Son amant n'a rien vu de plus ?
– Je n'ai pas dit qu'il s'agissait d'un homme.
– Ah...
– Voilà pourquoi elle hésitait à témoigner. Heureusement, sa conscience l'a emporté sur sa gêne. La deuxième personne était... disons, très occupée en dessous du niveau des vitres. Elle ne risquait pas de voir quoi que ce soit.

– OK. Et Harlow ? Du nouveau ?
– Toujours rien. Sois prudente en allant chez Griff, et envoie-moi un texto quand tu seras arrivée.
– Pour l'amour de Dieu, Forrest…
– Si tu ne veux pas que je te dérange pendant que tu seras… occupée, envoie-moi un texto, s'il te plaît.

## 16

Shelby s'arrêta au début du chemin de terre menant chez le vieux Tripplehorn, s'examina d'un œil critique dans le rétroviseur et retoucha son gloss.

Ses cernes avaient disparu, et la couleur de ses joues ne provenait plus uniquement de l'échantillon de blush que sa grand-mère l'avait vivement encouragée à tester.

Ébouriffés par le vent, ses cheveux lui donnaient un look naturel. Les hommes aimaient-ils le naturel ?

Elle respira un grand coup. Pourquoi se tracasser pour de telles futilités ?

Le fait était que depuis son mariage avec Richard – ou son pseudo-mariage –, elle n'avait pas passé de soirée en tête à tête avec un homme. Avant lui, bien sûr, elle avait eu de nombreux flirts, au lycée, puis à la fac, mais ces souvenirs lui paraissaient lointains, floutés par l'énormité de ce qu'elle avait vécu ces dernières années.

Que Griff ait préparé un dîner conférait-il à la soirée une sorte de caractère officiel ? Richard n'avait évidemment jamais cuisiné, et ses petits copains de jeunesse l'emmenaient au fast-food. Mais, à l'âge adulte, il n'y avait peut-être rien d'extraordinaire à ce qu'un célibataire se mette aux fourneaux pour recevoir ses conquêtes.

Elle se posait trop de questions.

Elle redémarra, parcourut prudemment l'étroit chemin cahoteux – quelque chose, apparemment, que Griff n'avait pas encore jugé utile de refaire. Parvenue au bout, elle coupa le contact et resta assise derrière le volant, à contempler la maison.

Elle avait toujours été sensible au charme de cette vieille demeure nichée dans la verdure, en bordure d'un ruisseau ombragé.

Maintenant que la maison était habitée, elle n'en avait que plus de cachet.

Le terrain avait été débroussaillé, les façades sablées et rejointées, si bien que les vieilles pierres se révélaient dans toute leur splendeur. Des fenêtres ou des portes-fenêtres neuves remplaçaient les vitres cassées. Un balcon aux rambardes couleur bronze avait été ajouté devant ce qui devait être la chambre principale.

De jeunes cornouillers, en fleurs, avaient été plantés au côté des érables et des chênes, sans doute centenaires, d'un vert déjà presque estival. Arracher les ronces et les mauvaises herbes au pied des murs avait dû représenter un travail colossal. Ils étaient maintenant bordés d'azalées et de rhododendrons.

Griff avait entrepris des travaux de terrassement, commencé à bâtir des murettes de pierre sèche, qui sûrement délimiteraient bientôt des massifs d'arbustes ou de fleurs.

La fascination l'emportant sur l'appréhension, Shelby gara le monospace derrière le camion de Griff, prit le laurier en pot qu'elle lui apportait et s'avança vers la galerie.

Elle admira les fauteuils Adirondack repeints en vert sapin, la table en bois brut, taillée dans un tronc. Elle s'apprêtait à frapper lorsque la porte s'ouvrit.

– J'ai entendu ta voiture arriver.

– Je suis déjà amoureuse de ta maison. Tu as dû mettre un temps fou à défricher le terrain !

– Ça m'a fait mal au cœur. Toute cette végétation sauvage apportait un petit côté « Belle au bois dormant ». Tu es superbe !

Lui-même était rasé de frais, vêtu d'une chemise bleu clair, les manches retroussées jusqu'aux coudes. Il lui prit la main et l'entraîna à l'intérieur.

– Je suis contente de voir que tu n'es pas hostile aux plantes. Tu trouveras sûrement une place pour celle-ci.

– Merci. Je…

– Oh, mon Dieu ! s'exclama Shelby.

Elle semblait tellement choquée qu'il regarda frénétiquement autour de lui, à la recherche de l'une de ces hideuses tarentules qu'il avait mis des semaines à exterminer. Mais quand elle lui lâcha la main et pivota sur elle-même, son sourire ne traduisait que pur émerveillement.

– C'est magnifique… Griffin, c'est magnifique !

Il avait abattu des cloisons, et transformé l'ancien couloir étroit et sombre en un vaste hall d'entrée, ouvert sur un séjour doté d'une cheminée, dont il avait refait le manteau en pierre locale. La lumière du soir entrait à flots par les fenêtres sans rideau, se réverbérant sur un splendide parquet de chêne.

– Je n'utilise pas encore beaucoup le salon. Le vieux canapé et les fauteuils ne sont que provisoires. Je n'arrive pas à me décider sur la couleur des murs... C'est pour ça qu'ils ne sont pas peints.

– Les volumes sont impressionnants ! J'ai si souvent regardé à travers les carreaux ! Je me suis même aventurée à l'intérieur, une fois... Le parquet est d'origine ?

– Oui, bien que j'aie dû remplacer quelques lattes. Sa rénovation n'a pas été une mince affaire. En règle générale, j'essaie de conserver tout ce qui peut l'être.

– Le médaillon du plafond m'a fait faire des cauchemars. Il est charmant, mais ces petits visages autour de la rosace ont quelque chose d'effrayant, tu ne trouves pas ?

Comme Shelby, Griff leva les yeux.

– C'est vrai. Je ne sais pas quoi mettre comme lustre. Je cherche, mais ce n'est pas évident...

– Il faudrait de l'ancien. Du moderne jurerait, dans ce contexte. Sauf dans la cuisine et dans les salles de bains, bien sûr. Cela dit, tu n'as pas besoin de mes conseils. Manifestement, tu sais où tu vas. Tu me fais visiter ?

– Tout n'est pas terminé, loin de là. Je prends mon temps. Quand j'hésite, je m'arrête, plutôt que de prendre des décisions précipitées que je risquerais de regretter.

Pour sa part, Shelby aurait peint le séjour dans une teinte dorée, riche et chaleureuse, ni trop vive ni trop feutrée. Et elle n'aurait pas mis de rideaux aux fenêtres, de façon à laisser les moulures apparentes. Elle aurait également...

Mais elle devait cesser de chercher des idées de déco pour cette maison qui n'était pas la sienne.

– Tu es aidé, j'espère ?

– Heureusement, répondit Griff en lui prenant la main pour l'entraîner vers le fond de la maison. Matt bosse comme un esclave, en échange de bière. Forrest aussi. Et Clay m'a donné de bons coups de main. Mes parents et mon frangin sont descendus une semaine de Baltimore. Ma mère a participé au débroussaillage. Elle y a passé un nombre d'heures incalculable, un travail de titan !

En riant, Shelby jeta un coup d'œil par la porte qu'il venait de pousser.

– Ce seront des toilettes, précisa-t-il.

– J'adore le lavabo. On dirait une table de toilette d'autrefois. Avec les robinets en bronze et les appliques rétro, c'est super. Tu as du goût, Griff, et le sens de la couleur. J'aime beaucoup ces tons chauds et naturels. La maison ne supporterait pas des teintes flashy. Et là, c'est quoi ?

– Du matos, principalement, pour l'instant, dit-il en tirant une porte coulissante.

– Belle hauteur de plafond, commenta Shelby, apparemment pas le moins du monde rebutée par les piles de planches, les sacs de plâtre et la poussière. Oh, encore un médaillon ! Tu dois savoir, j'imagine, que M. Tripplehorn mesurait un mètre quatre-vingt-dix-sept et qu'il avait construit la maison à sa taille. La cheminée est fonctionnelle ?

– Pas encore. Je serai sûrement obligé d'y mettre un insert – qui ne ressemble pas trop à un insert. Et de refaire le manteau – en ardoise, ou en granit, je verrai. Les vieilles briques tombent en miettes.

– Que penses-tu faire de la pièce ?

– Une bibliothèque. Il me semble que ça s'impose, dans une maison comme celle-ci. Des étagères encastrées de part et d'autre de la cheminée, dit-il, gestes à l'appui, en les imaginant. Une échelle pour atteindre les rayonnages supérieurs. Un grand canapé en cuir, un lustre en verre coloré, si je trouve ce que j'ai en tête. Pour les autres pièces du bas, je continue de réfléchir. Je n'ai pas voulu tout ouvrir. J'aime bien le concept du loft, mais ce serait dommage de perdre les singularités et le charme de l'agencement d'origine.

Shelby s'avança sur le seuil d'une autre pièce.

– L'essentiel est de trouver le bon équilibre. Tu pourrais aménager un petit salon télé, ici, ou un bureau, voire une chambre d'amis. La vue est magnifique, sur les arbres, le ruisseau. Si tu en fais ton bureau, il faudrait placer la table de travail au centre, face aux fenêtres, mais pas complètement dos à la porte. Et tu pourrais… Voilà que je recommence !

– Continue, tes idées sont intéressantes.

– J'ai voulu devenir chanteuse, mais j'ai toujours aimé la déco. J'avais commencé des études d'architecture intérieure.

– Ah bon ? Comment se fait-il que je ne le savais pas ?

– Ça date.

– Je te consulterai, en cas d'hésitations. Dans l'immédiat, laisse-moi déboucher une bouteille de vin.

– J'en boirai volontiers un verre.

Juste un, se promit-elle, qu'elle aurait le temps d'éliminer avant de reprendre le volant.

– Hmm, ça sent bon ! dit-elle tandis qu'ils se dirigeaient vers la cuisine. Je n'aurais jamais cru…

Émerveillée, elle s'interrompit au milieu de sa phrase. Le dédale de pièces dont elle gardait le souvenir, la salle à manger lugubre séparée d'une cuisine encore plus sinistre, les chambres qu'elle supposait être celles des bonnes et des cuisinières, étaient à présent réunis en un sublime espace, entièrement vitré d'un côté, donnant sur les collines, la forêt et un bout de ruisseau.

– J'ai peut-être un peu forcé sur le neuf et le rutilant, ici…

– Pas du tout. C'est splendide. C'est un évier de ferme ? Il est immense ! J'aime beaucoup les placards vitrés.

– La plupart sont vides.

– Tu les rempliras en temps voulu. À ta place, j'irais chiner de la vaisselle ancienne sur les marchés aux puces et les vide-greniers. Je verrais bien une collection de vieilles théières, là, et…

Elle s'arrêta avant de décorer la maison de fond en comble.

– Tu mettras la table de ce côté, j'imagine ? Le comptoir est gigantesque ! Il est en quoi ?

– Ardoise.

– Il est magnifique. Ma mère se damnerait pour un fourneau pareil. J'adore les lampes, ce ton ambre pâle associé au bronze. C'est toi qui as conçu les plans ?

– Mon père m'a soufflé quelques idées, Matt aussi, et j'ai consulté un architecte, une connaissance de mon père. Il est entrepreneur, il a un réseau tentaculaire.

– Tu es, toi aussi, de la partie. Cette maison te ressemble. Honnêtement, je n'ai jamais vu de cuisine aussi belle. Et elle s'inscrit parfaitement dans le style du lieu. Tu as su conserver le cachet initial tout en pensant pratique. Tu pourrais recevoir la moitié de Rendezvous Ridge, ici. Et ce doit être un bonheur de cuisiner dans un cadre aussi joli.

– Je ne cuisine pas des masses, répliqua Griff en se tirant l'oreille, mais j'avais envie d'une chouette cuisine. La cuisine est le cœur d'une maison.

– C'est vrai, et celle-ci a un cœur en or.

– Tu n'as pas vu le meilleur…

Il lui tendit un verre de vin, s'en servit un, et s'approcha des portes vitrées. Quand il les ouvrit, elles se plièrent en accordéon, convoquant l'extérieur à l'intérieur.

– Waouh, c'est génial ! Les soirs d'été et les matins ensoleillés, ce sera comme si tu étais dehors. Et pour inviter du monde, ce sera royal.

Shelby sortit dans la galerie.

– La vue est vraiment fantastique, ajouta-t-elle.

Il se posta à côté d'elle. Au-delà du terrain encore en friche, les montagnes se découpaient dans la brume, auréolées de la douce lumière du couchant.

– En toute saison, renchérit-il. Il y a deux mois, tout était couvert de neige, et les sommets sont restés blancs jusqu'en avril. À l'automne dernier, jamais je n'avais vu une telle féerie de couleurs, alors que nous avons pourtant des forêts somptueuses dans le Maryland. Elles sont tellement vastes, ici... Elles touchent le ciel. Chaque matin, le paysage me laisse bouche bée.

Il aimait cette maison, et surtout, il la comprenait. La demeure du vieux Tripplehorn avait une chance inouïe d'être tombée entre ses mains.

– On entend le ruisseau, constata Shelby, qui trouvait cette mélodie plus romantique que des violons. Tu pourrais semer des fleurs, dans ce coin, là, des variétés qui attirent les papillons et les colibris. Et juste devant la cuisine, des herbes aromatiques, pour quand tu cuisineras.

– Tu m'aideras à aménager le jardin ?

– J'ai des idées bien arrêtées en matière d'aménagement extérieur, dit-elle en offrant son visage à la brise. Tu devrais planter des saules pleureurs et trouver un grand carillon éolien que tu accrocherais à ce grand chêne. Quelque chose qui apporte une touche masculine. Et des mangeoires pour les oiseaux... Mais il faudrait les mettre sur le balcon, à l'étage, si tu ne veux pas attirer les ours.

– J'en ai aperçu deux, l'autre jour, dans les bois, de la fenêtre. Je ne tiens pas à les voir de plus près !

– Je t'envie ta maison, Griff. Son atmosphère, son style, son potentiel, son histoire. Je suis heureuse qu'elle ait été reprise par quelqu'un que je connais, et, encore mieux, par quelqu'un qui sait ce qu'il fait. Je ne pensais pas que tu avais autant de goût.

– Ah oui ?

En riant, elle lui fit face.

– Je savais que tu étais bon dans ton métier, je l'ai vu, je vois ce que vous faites chez maman, avec Matt. Mais là, il ne s'agit pas simplement de réparer, d'améliorer, d'embellir ou de rendre plus fonctionnel. Tu es en train de ramener à la vie un lieu que beaucoup tenaient pour mort.

– Je suis venu la visiter sur un coup de tête, et j'ai eu le coup de foudre au premier regard.

– La propriété était abandonnée depuis si longtemps qu'elle doit se réjouir d'être à nouveau habitée. Je ne sais pas ce qui sent aussi bon, mais j'espère que ça ne risque pas de brûler. Je resterais volontiers dehors un moment.

– Deux secondes, je vais voir mes casseroles.

– Qu'as-tu préparé ?

– Des pennes à la sauce tomate pimentée, au basilic et aux olives noires, répondit-il en allant éteindre le feu.

– Comment as-tu deviné que c'était l'un de mes plats préférés ?!

– Serais-je extralucide ? dit-il en revenant dans la galerie.

– Sans doute pas. C'est gentil d'avoir pris la peine de te renseigner et de t'être donné tout ce mal.

– Attends de goûter avant de me jeter des fleurs. Ce sera peut-être immangeable. Au moins, les cannolis seront bons, je les ai achetés tout prêts !

– Tu as acheté des cannolis ?

– J'ai acheté le dessert, le pain – italien – et la salade – en sachet. Je ne me suis décarcassé que pour les pâtes.

– Tu es le premier à me préparer un dîner, et je sens qu'il sera parfait.

– Comment ?

– Je sens que le dîner sera parfait.

– Non, qu'as-tu dit avant ça ? Je suis le premier à te préparer un dîner ?!

– À part mon père, évidemment, et mon grand-père, qui fait des grillades d'enfer.

– Si j'avais su, j'aurais acheté de jolies assiettes.

– Qu'importe le flacon, pourvu qu'on ait l'ivresse.

Griff réfléchit un instant.

– J'ai deux spécialités culinaires pour impressionner les femmes : le steak au barbecue, accompagné de patates au four et de salade verte ; et quand je veux faire encore meilleure impression, le coq au vin. Ma recette a du succès, en général.

– Pourquoi ne me l'as-tu pas préparée ?

– Pour toi, je voulais me surpasser. Je te ferai du coq au vin la prochaine fois.

Il lui prit son verre, le posa sur le rebord de la fenêtre, posa le sien, et l'attira contre lui.

Elle sentait le coucher de soleil, pensa-t-il. Un parfum frais et boisé, vivifiant. Il caressa ses longs cheveux bouclés et lui déposa un baiser sur ses lèvres.

— Tu pensais que j'avais oublié de t'embrasser, hein, quand tu es arrivée ?

— Non, je... Non... Enfin, si... Oh, et puis mince !

Manquant presque le renverser, elle l'embrassa à pleine bouche, lui faisant oublier toute idée de retenue, allumant un arc électrique dans ses veines.

Il retrouva l'équilibre et la retint avant qu'ils ne basculent tous deux par-dessus la rambarde. Et au prix d'un effort surhumain, il se retint de lui arracher sa robe.

Elle était un séisme, une éruption volcanique projetant des scories enflammées, lui réduisant le cerveau en cendres et en fumée.

Il la plaqua contre un pilier de la galerie, glissa les mains sous sa jupe, remonta sur ses hanches, jusqu'à la source de chaleur.

Elle frémit, gémit contre sa bouche, cambra ses reins.

— Attends... chuchota-t-il, s'efforçant de conserver un brin de self-control.

Elle empoigna ses cheveux et reprit ses lèvres entre les siennes.

— Pourquoi ?

— Attends, répéta-t-il, son front contre le sien. Respire.

— Je respire.

— Non, moi, je me parlais à moi-même, dit-il en prenant une longue inspiration, puis une autre. Voilà, c'est bon.

Interprétant cela comme un feu vert, elle se serra de nouveau contre lui.

— Doucement, doucement...

Seigneur, pourquoi avait-elle un corps aussi long, aussi souple ? Il pensait avoir des mains fermes. Des mains de pierre. Des mains de chirurgien. Alors pourquoi tremblaient-elles ?

Il les posa sur ses épaules, s'écarta d'une longueur de bras. Juste pour la regarder, regarder ces grands yeux d'un bleu presque violet dans les dernières lueurs du jour.

Elle venait de traverser une rude épreuve, se remémora-t-il, et elle n'était pas encore au bout de ses peines.

— On devrait peut-être... Je ne veux pas te bousculer.

— Tu as l'impression de me bousculer ? répliqua-t-elle, le regard brûlant, et Griff sentit sa gorge s'assécher.

— Je ne sais pas. Peut-être un peu. Le fait est que... à ce rythme... nous risquons de finir nus dans la galerie.

– D'accord.
– OK, dit-il en laissant retomber ses mains le long de son corps et en reculant d'un pas. Prenons cinq minutes…
– Je voulais dire : d'accord, finissons nus dans la galerie.
Il en eut à nouveau le souffle coupé.
– Tu me tues, Red.
– Je sors peut-être d'une période d'abstinence, mais je sais encore reconnaître un homme qui me désire. De toute façon, tu me l'as dit clairement, l'autre jour, quand on a bu un Coca dans la cuisine de ma mère.
– Je serais un idiot si je ne te désirais pas, et ma propre mère se vante de n'avoir mis au monde que des enfants d'une intelligence supérieure.
– Je te désire, moi aussi.
– Eh bien… excellente nouvelle. Remarque, je m'en étais aperçu, moi aussi. Seulement, dans ces circonstances, j'avais prévu qu'on se revoie quelques fois avant de coucher ensemble.
Shelby s'adossa contre la rambarde et hocha la tête avec une expression amusée.
– Tu aimes planifier, n'est-ce pas, tant dans ta vie privée que dans le domaine professionnel ?
– Les plans permettent d'éviter les erreurs.
– Tu n'aimes pas les surprises ?
– Si… À Noël, pour mon anniversaire… Oh, et puis basta, faisons l'amour dans la galerie !
– Les surprises te déstabilisent.
– Apparemment.
Elle esquissa un sourire.
Des yeux couleur crépuscule, des cheveux de sirène, un corps long et souple comme la tige d'une rose. Oui, elle le tuait.
– Veux-tu que je t'expose mon plan ? demanda-t-elle. Il est improvisé, impulsif, mais réalisable, je crois.
– Je suis tout ouïe.
– À mon avis, il n'est pas nécessaire qu'on se revoie avant de coucher ensemble. Faisons l'amour dans la galerie. Ensuite, nous déciderons si nous avons envie de nous revoir.
– Tu es vraiment surprenante, mais c'est non.
– Tu es têtu, soupira-t-elle.
– J'ai une meilleure proposition à te faire.
– Meilleure que l'amour dans la galerie ?

– Pour cette fois.

*Pour cette première fois*, pensa-t-il. *Cette première fois ô combien déstabilisante.*

– Je ne t'ai pas encore montré l'étage, ajouta-t-il.

Elle inclina la tête, et son sourire s'élargit.

– Non, c'est vrai.

Il lui tendit la main.

– J'aimerais t'y emmener.

– Avec plaisir, acquiesça-t-elle en glissant sa main dans la sienne. Je te préviens, je risque d'être un peu rouillée.

– Je ne crois pas, répondit-il tandis qu'ils traversaient la cuisine. Mais ne t'inquiète pas, je t'aiderai à dégripper les rouages.

Shelby s'arrêta près du comptoir, sur lequel elle avait posé son sac.

– Ma mère m'a donné un préservatif.

– Oh, Seigneur ! s'exclama-t-il en se passant une main sur le visage. Elle mérite des remerciements, mais je me sentirais un peu gêné... De toute manière, j'en avais prévu.

– Impeccable.

– Tu veux qu'on monte par l'escalier de derrière ?

– J'avais oublié qu'il y en avait deux. C'est génial, non ? Une maison avec deux escaliers ?!

– J'adore celui de derrière. Je le referai, mais il est costaud, déclara Griff en allumant la lumière, une ampoule nue. L'éclairage est aussi à revoir, bien sûr.

– En effet, opina-t-elle en gravissant les marches. À droite ou à gauche ? s'enquit-elle au sommet.

– À gauche.

– Combien as-tu de chambres ?

– À l'origine, il y en avait sept, au premier. Je voulais n'en garder que cinq. Mais tout compte fait, à terme, il y en aura six, vu que j'ai décidé d'installer ma chambre sur le devant.

– Là où tu as ajouté un balcon ?

– Exactement. Et il y a encore d'autres petites chambres au deuxième, dans un labyrinthe de couloirs. Je m'en occuperai plus tard.

Shelby se sentait si calme. Jamais elle n'aurait cru qu'elle se sentirait aussi détendue, pensa-t-elle tandis qu'ils longeaient un large corridor. Elle était excitée, certes, oh oui, mais n'éprouvait pas la moindre tension, pas la moindre gêne.

Cela venait de lui, sans doute, de sa façon d'être, tellement naturelle, décontractée.

– Oh, une double porte ! Elle est à la fois simple et élégante, comme le reste de la maison.

– Ce n'est pas encore fini, dit-il en allumant la lumière.

– Mais ce sera magnifique. Clair, spacieux. La cheminée est en bon état, ici. Elle a un cachet fou.

– Là non plus, je n'ai pas encore décidé de la couleur des murs, déclara-t-il en désignant une cloison sur laquelle il avait peint des bandes de différentes teintes. J'ai trouvé la suspension dans un vide-grenier. J'ai entièrement décapé le fer forgé et refait le branchement électrique. Je cherche des lampes de chevet, maintenant. En attendant, je me contente de ces vieilleries familiales. Le lit aussi, je l'ai trouvé sur un marché aux puces, il y a une quinzaine de jours. Le matelas est neuf, je te rassure.

Shelby effleura le montant en bois sculpté, chaleureux, sobre, massif.

– Il est très joli.

– C'est du châtaignier, une belle essence. Là aussi, il y avait du boulot.

– Comme toujours, avec les meubles anciens. Où dormais-tu, avant ?

– Sur un matelas gonflable, dans un sac de couchage. C'est pour toi que j'ai acheté un vrai lit. Heureusement que je n'ai pas traîné !

– Heureusement, approuva-t-elle avec un petit sourire.

Il ouvrit la porte du balcon et alluma le chauffage avant d'éteindre la lumière.

– Tu es bien ? demanda-t-il.

– Mieux que ça.

– Tu es là où tu souhaites être ? ajouta-t-il en lui enlaçant la taille.

– Je ne voudrais être nulle part ailleurs. Toi aussi, tu es surprenant, dit-elle en lui caressant les cheveux. Je ne pensais pas en arriver là, avec personne, avant un bon bout de temps.

Elle leva les bras et les noua autour de son cou. Il lui donna un long baiser, plein de douceur et de tendresse. Et comme la première fois, elle sentit son corps fondre comme une bougie au soleil.

Elle avait oublié ces sensations, le bonheur d'être deux et de ne faire qu'un. Elle se laissa aller, telle l'aigrette du pissenlit portée par le vent. La tempête se préparait, elle la sentait gronder en elle, mais avant le déferlement, elle savourait le calme et la langueur.

Il inclina la tête, elle lui encadra le visage de ses mains. Et frissonna d'impatience en le sentant descendre la fermeture Éclair dans le dos de sa robe.

Du bout des doigts, il parcourut la ligne de sa colonne vertébrale, du haut vers le bas. Elle se cambra, avec un gémissement de gorge quand il fit glisser les brides sur ses épaules.

La robe tomba sur le plancher.

– Tu es belle, murmura-t-il, en effleurant de ses doigts calleux la dentelle de son soutien-gorge.

– Mon cœur bat à toute allure.

– Je l'entends.

– J'entends le tien, dit-elle, une main contre sa poitrine, soulagée de le sentir cogner aussi fort que le sien.

Elle entreprit de déboutonner sa chemise, et repoussa sa main avec un petit rire haletant lorsqu'il tenta de l'aider.

– Laisse-moi faire, protesta-t-elle. Tu dois tolérer un peu de maladresse.

Elle le sentit frémir quand elle écarta les pans de sa chemise, et posa une paume contre son torse.

– Je veux… murmura-t-elle. Je veux tout.

Ces paroles brisèrent en lui le dernier maillon de la chaîne qui le retenait encore. Il la souleva, la déposa sur le lit et s'allongea au-dessus d'elle. Elle était si frêle qu'il redoutait de lui faire mal. Mais elle s'agrippa à ses reins, l'amena vers elle, centre contre centre.

Dans le soleil couchant, un engoulevent appela sa compagne.

La tempête se déchaîna en Shelby, un ouragan ravageur, brûlant. Il avait des muscles de fer, malgré sa silhouette mince et élancée. Et des mains fermes, délicieusement rugueuses, impatientes, partout sur son corps, exacerbant le désir. Elle se sentait renaître.

Lorsqu'il referma sa bouche sur l'un de ses seins, un frôlement de dents, un coup de langue, sa main se glissant entre ses cuisses, l'orgasme la secoua, la laissant pantelante et sous le choc.

Il ne s'arrêta pas pour autant, et ses caresses attisèrent un nouveau crescendo.

Elle était un galet propulsé par une catapulte, dépourvue de toute volonté, parcourue de vibrations. Son corps était à lui, ouvert, et il le prit, portant le désir aux confins de la douleur.

Puis il la pénétra, et le plaisir la submergea.

Elle atteignit le sommet de la vague avec lui, son cœur tambourinant au même rythme effréné que le sien, ses cheveux flamboyants épars sur les draps, sa peau soyeuse irisée par les derniers rayons du couchant.

– Shelby, regarde-moi, chuchota-t-il.

Son corps hurlait, prêt à exploser, mais il voulait voir ses yeux.

– Regarde-moi.

Elle souleva les paupières et plongea son regard au fond du sien. Il lâcha prise.

## 17

*Voilà donc ce que c'est...* Telle fut la première pensée cohérente de Shelby lorsqu'elle recouvra ses esprits.

Elle se sentait lourde et légère, vidée et repue à la fois. Capable de courir un marathon ou de dormir une semaine.

Surtout, elle se sentait vivante, pleinement.

Griff était encore allongé sur elle, et elle savourait le poids de son corps, le contact de sa peau, chaude et humide, comme après une forte pluie d'été.

Agréable contraste, la brise pénétrant par la porte du balcon lui rafraîchissait les joues. Elle avait envie de sourire, elle avait envie de chanter.

– Je vais bouger dans une minute, marmonna-t-il.
– Tu n'y es pas obligé, on est bien.

Il souleva la tête, déposa un baiser sur son cou.

– J'ai été un peu brut...
– Juste ce qu'il faut. Je n'arrive pas à déterminer si je ne me suis jamais sentie aussi comblée ou si j'avais oublié cette sensation. Tu étais parfait, Griffin.
– Quant à toi, tu n'étais pas du tout rouillée, dit-il en se soulevant sur un coude.
– Je n'y pensais même plus.
– C'était encore meilleur que je ne l'imaginais.
– Pour moi aussi. Sans doute à cause de cette longue période d'abstinence, mais tu n'y es pas pour rien !
– Merci. Il commence à faire frais. Tu n'as pas froid ?
– Non.

– Pourtant, il ne fait pas chaud. Et nous avons toujours le ventre vide. Je vais terminer le dîner, dit-il en l'embrassant sur la bouche. Mais d'abord...

Il glissa un bras dans le creux de son dos et la souleva en même temps qu'il basculait hors du lit. Des muscles de fer. Il avait une force impressionnante.

– Il faut qu'on prenne une douche, compléta-t-il.

– Il faut ?

– Impératif, répondit-il avec un large sourire. Tu vas adorer la salle de bains.

En effet. Shelby aimait la générosité de l'espace, l'immense baignoire à pattes de lion, les carreaux de ciment dans les tons ocre et rouille. Et elle adorait l'énorme pommeau à jets multiples – ainsi que tout ce que l'on pouvait faire dessous, avec de l'imagination et de l'agilité.

Quand ils redescendirent dans la cuisine, elle se sentait si fraîche et neuve, si épanouie qu'elle regrettait de ne pas savoir danser les claquettes.

– Je dois prévenir mes parents que je rentrerai un peu plus tard que prévu.

– Appelle-les. Vu que ta mère t'a donné un préservatif, elle ne sera pas étonnée.

Elle envoya un bref texto, demandant si Callie était montée au lit sans faire d'histoires. Puis, tandis que Griff rallumait le gaz sous la sauce, mettait de l'eau à bouillir pour les pâtes, elle composa également un message à l'attention d'Emma Kate.

*Suis chez Griff depuis deux heures. Pas encore mangé. Tu devines pourquoi. Je n'aurai qu'un mot : Waouh ! Je t'en dirai plus quand on se verra. Bises.*

– Que puis-je faire ? demanda-t-elle ensuite à Griff.

– Terminer ton verre de vin, par exemple.

– OK, opina-t-elle en consultant son téléphone, qui lui signalait la réception d'un message. Maman dit que Callie dort comme un ange, elle nous souhaite une bonne soirée. Oh, j'allais oublier... Callie était tellement déçue de ne pas venir ce soir que je lui ai promis qu'on t'inviterait.

– Chic ! dit-il en sortant la salade du réfrigérateur.

– Si j'avais su, j'aurais apporté une laitue du jardin. Tu as des couverts à salade, que je la remue ?

– Hein ?

– Deux fourchettes feront l'affaire.

Il lui indiqua le tiroir où elles étaient rangées.

– Où m'inviterez-vous ?

– À un pique-nique, répondit-elle en versant de la vinaigrette en bouteille dans le saladier.

– Un pique-nique avec du poulet froid et de la salade de pommes de terre ou un pique-nique imaginaire avec une clique de princesses ? Que je sache comment m'habiller.

– Un vrai pique-nique. Je connais un coin sympa. Tu es libre dimanche après-midi ?

– Complètement, pour deux jolies rouquines !

– Callie t'adore.

– C'est réciproque.

– Je le sais, ça se voit. Je voulais juste te dire... Elle a subi beaucoup de bouleversements, ces derniers temps et...

– Tu cherches les ennuis, Red ?

– Ce sont eux qui me cherchent... Tu es quelqu'un de bien, Griff, ça aussi, ça se voit. Ce que je voulais te dire, c'est que quoi qu'il advienne entre nous, j'espère que tu lui donneras quand même encore des rendez-vous de temps en temps.

– J'ai la chance de connaître quatre générations de femmes Donahue-Pomeroy. Je suis fou de chacune d'elles, et ce n'est pas près de changer. Je suis impressionné par votre force et votre courage.

– J'aimerais en avoir un peu plus.

– Ne dis pas d'âneries.

Il avait prononcé ces paroles sur un ton si désinvolte que Shelby mit un instant avant de lever vers lui un regard interdit.

– La plupart des gens que je connais, et moi le premier, sans doute, auraient été anéantis de se retrouver accablés par des millions de dollars de dettes, de surcroît sans en être responsables.

Apparemment, on lui avait donc donné des détails. Les gens ne pouvaient pas s'empêcher de parler, mais pouvait-on les en blâmer ?

– J'ai essayé de faire face.

– Alors ne dis pas que tu n'as pas de courage. Tu étais jeune, impulsive, et tu t'es laissé séduire par une crapule.

– C'est parfaitement résumé.

– Et quand tu t'es retrouvée ensevelie sous une montagne de dettes, avec une enfant en bas âge, tu as eu la force de soulever des montagnes. Quant à ta petite fille, elle est heureuse parce que tu fais tout pour qu'elle le soit. Je t'admire.

Bouleversée, Shelby se contenta de le dévisager.

– Eh bien... je ne sais pas quoi répondre.

– En plus, tu es belle, ce qui n'est pas un atout négligeable, dit-il en jetant les pâtes dans l'eau bouillante.

En riant, elle recommença à tourner la salade.

– Je peux te poser une question ? ajouta-t-il.

– Je t'écoute.

– Pourquoi être restée avec lui ? Il ne te rendait pas heureuse et, si j'ai bien compris, il ne s'occupait pas beaucoup de Callie.

Question légitime, dans ces circonstances, pensa-t-elle.

– J'envisageais le divorce... Mais je n'ai pas osé franchir le pas. Je ne voulais pas être celle qui avait raté son mariage. Savais-tu que ma grand-mère n'avait que seize ans quand elle a épousé mon grand-père ?

– Non, répondit-il, interloqué. Je savais qu'elle était jeune, mais pas à ce point. On est encore un bébé, à seize ans.

– Ils fêteront bientôt leur cinquantième anniversaire de mariage. Un demi-siècle, tu te rends compte ? Forcément, ils ont dû surmonter des crises. La mère de Granny, elle, n'avait que quinze ans, et elle a vécu trente-huit ans avec mon arrière-grand-père. Il est mort dans un accident de la route, l'hiver de 1971. Quant à ma mère, elle avait à peine dix-huit ans quand elle s'est mariée avec mon père.

– Les femmes de ta famille sont fidèles.

– Les hommes aussi. J'ai des tantes et des cousines qui ont divorcé, bien sûr, certaines dans des conditions peu glorieuses. Mais en ligne directe, je peux remonter sur sept générations : aucune de mes aïeules n'a élevé un enfant dans un foyer désuni. Je ne voulais pas être la première.

Avec un haussement d'épaules, elle reprit son verre, et décida de détendre l'atmosphère.

– Cela dit, mon arrière-arrière-grand-mère du côté maternel a eu trois maris. Le premier a fait les frais de la vendetta du clan Nash. Il n'avait que dix-huit ans quand Harlan Nash lui a tendu une embuscade et l'a tué d'une balle dans le dos. Mon arrière-arrière-grand-mère s'est retrouvée seule avec trois enfants, plus un autre en route. Elle a épousé un petit-cousin de son premier mari, qui a eu le temps de lui faire deux enfants avant de mourir d'une mauvaise fièvre. À vingt-deux ans, elle convolait en justes noces pour la troisième fois, avec un grand costaud d'Irlandais nommé Finias O'Riley, qui lui a donné encore six enfants.

– Attends... Laisse-moi calculer... Elle a eu douze enfants ?

– Oui, et elle a vécu jusqu'à quatre-vingt-onze ans, ce qui était extrêmement rare à l'époque. Elle a enterré cinq de ses enfants – ça a dû être horrible. Son Finias est mort à quatre-vingt-huit ans, elle en avait alors quatre-vingt-deux. Il était shérif. Forrest a hérité de sa vocation. Mon arrière-grand-mère, c'est-à-dire sa fille, qui vit à Tampa, en Floride, avec sa fille aînée, prétend qu'elle a failli se marier une quatrième fois. Elle avait un bon ami, veuf, qui lui apportait des fleurs chaque semaine, mais il a passé l'arme à gauche avant qu'elle se décide. J'espère que j'aurai encore des prétendants à son âge !

– Je t'offrirai des fleurs.

Griff était soulagé : sa cuisine était plus que mangeable, elle était succulente. Shelby lui raconta l'esclandre provoqué par Melody, dont il avait déjà entendu diverses versions. À présent, il visualisait parfaitement la scène.

– Cette fille a un problème.

– Elle a toujours été peste. C'est une enfant gâtée, sa mère l'a pourrie. Elle l'inscrivait dans tous les concours de beauté. Elle en a remporté plusieurs, et ça lui est monté à la tête. Toute petite, c'était déjà une bêcheuse.

– Bêcheuse... Voilà un mot que je n'avais pas entendu depuis longtemps.

– Il lui va comme un gant. On lui a toujours passé tous ses caprices, et au lieu de s'estimer heureuse, elle s'imagine que tout lui est dû. D'aussi loin que je me souvienne, elle m'a toujours détestée.

– Parce que tu l'aurais battue à plates coutures dans les concours de beauté.

– Je n'en sais rien, mais je lui ai raflé d'autres choses.

– Quoi ?

– Oh, ça paraît ridicule aujourd'hui. Un garçon, notamment, quand on avait quatorze ans. Elle l'a fait tabasser par Arlo Kattery. Arlo n'a jamais voulu le reconnaître, mais je le sais. Et la place de capitaine de l'équipe des pom-pom girls du lycée. Grandpa m'avait retapé une vieille Chevrolet. Elle a tagué dessus « pute » à la bombe. Je suis sûre que c'était elle parce que quand je lui en ai parlé, Jolene a fait une tête qui l'a trahie. La même tête que lorsque mon pare-brise a été fracassé et mes quatre pneus crevés après que j'ai été élue reine du lycée.

– Elle a vraiment un grave problème ! À ce degré-là, c'est pathologique.

– Elle est méchante, c'est tout. Il y a des gens mauvais, on n'y peut rien, et s'ils ne finissent pas par payer, ils deviennent de pire en pire. Mais je ne vais pas me rendre malade à cause d'elle, surtout maintenant qu'elle a été bannie de l'institut. Ton repas était délicieux, Griffin. Je commence à croire que tu es réellement un bon parti !

— Quand je te le disais...

— Je vais t'aider à ranger la cuisine, puis il faudra que je rentre.

— Tu ne peux vraiment pas rester ? demanda-t-il en laissant courir un doigt le long de son bras.

Ses merveilleux yeux verts, ses mains calleuses, fortes et adroites, ses baisers électrisants...

— L'offre est tentante, et j'aurais volontiers terminé la soirée dans la galerie, mais je culpabiliserais vis-à-vis de Callie.

— Je pourrais peut-être l'inviter à manger une pizza, en attendant le pique-nique.

— Ce serait sympa, mais j'ai une semaine chargée. Je dois répéter et...

— Qui a dit que tu étais conviée ? Verrais-tu une objection à ce que j'emmène Little Red à la pizzeria ?

— Je... Non, répondit Shelby en se levant pour déposer les assiettes dans l'évier. Elle serait ravie. Es-tu sûr de toi, Griffin ?

— À quel sujet ? De la mère ou de la fille ?

— Nous sommes indissociables.

— La paire me plaît.

Tout en chargeant le lave-vaisselle, il revint sur ses projets d'aménagement. Il aimait exposer ses idées et ses plans à quelqu'un qui les comprenait, qui voyait leur potentiel, et peut-être était-il plus sage de changer de sujet de conversation.

— Ce qu'il te faudra en priorité, déclara Shelby, et d'ici peu, c'est une balancelle. Une belle galerie sans balancelle, c'est comme un été sans soleil.

— Balancelle pour la galerie : approuvé !

— À l'arrière, tu pourrais mettre un vieux banc, ou un rocking-chair. Tu te balancerais en contemplant les jardins que tu aurais plantés.

— Les jardins ? Quels jardins ?

— J'y verrais des saules pleureurs, et une glycine, dit Shelby en se séchant les mains après avoir nettoyé la cuisinière. J'ai passé une excellente soirée mais, si je puis me permettre, je n'ai pas terminé le tour du propriétaire.

— J'ai encore un tas de choses à te montrer, répondit-il en lui enlaçant la taille.

Elle se blottit contre lui, s'abandonna à son baiser, puis s'écarta à regret.

– Il faut vraiment que je parte, maintenant.

– OK, tu reviendras pour la suite de la visite.

– Avec le plus grand plaisir.

Tandis qu'elle prenait son sac à main, il attrapa un trousseau de clés dans un vide-poche.

– Tu sors ? s'étonna-t-elle.

– Je te suis jusque chez toi.

– Ne sois pas ridicule.

– Je te suis, un point c'est tout, inutile de discuter. La femme qui t'a menacée a été tuée il y a moins d'une semaine devant le bar où tu chantais. Tu ne prends pas la route seule la nuit.

– Je ne peux pas t'empêcher de me raccompagner, mais c'est ridicule.

– C'est comme ça, dit-il en la retenant par le bras pour l'embrasser.

Puis il se dirigea vers son camion, et elle vers son monospace.

Ridicule peut-être, mais attentionné, songea Shelby. Décidément, il n'arrêtait pas de marquer des points.

Seigneur, elle n'avait pas pensé à ce système de points depuis des lustres, établi avec Emma Kate quand elles étaient au lycée. Pour s'amuser, elle entreprit de comptabiliser ceux de Griff, sur une échelle de un à dix.

Beauté : elle lui donnait dix sans hésiter, et sans avoir le sentiment de le surnoter.

Conversation : dix sur dix, là encore. Il s'exprimait bien, et il savait écouter.

Humour, idem : dix sur dix.

Elle négocia un tournant et regarda les phares du camion dans le rétroviseur.

Gentillesse : peut-être un peu excessive ; elle n'avait pas besoin qu'on la ramène à bon port sur des routes qu'elle connaissait comme sa poche.

Baiser : hors catégorie.

Elle descendit sa vitre, histoire d'atténuer le feu ravivé par cette pensée. En toute honnêteté, personne ne l'avait jamais aussi bien embrassée.

Quels étaient les autres critères du garçon parfait ? Elle avait dû les recenser quelque part. À l'époque, ni Emma Kate ni elle n'avaient jamais eu de relation sexuelle. Ce critère ne figurait donc pas sur la liste.

La Shelby adulte l'inclurait, et, sur ce plan, Griff remportait une fois de plus les félicitations du jury.

Par habitude, elle emprunta l'itinéraire qui contournait la ville, les phares de Griff toujours non loin derrière elle.

Un sourire étira ses lèvres. Finalement, ce n'était pas désagréable de se sentir protégée. L'essentiel était de se rappeler qu'elle était en charge de sa vie. Et de celle de Callie.

En s'engageant dans l'allée, elle vit que la chambre de ses parents était encore éclairée. Elle descendit de sa voiture, pensant adresser à Griff un geste d'au revoir, mais il descendit lui aussi de son camion.

– Tu ne vas tout de même pas me raccompagner jusqu'à la porte !

– Bien sûr que si. N'oublie pas que je suis un gentleman. Où voudrais-tu que je t'embrasse, si ce n'est sur le pas de ta porte ?

– La dernière fois qu'on m'a embrassée devant cette porte, j'avais quinze ans. Silas Nash, un descendant du clan Nash, m'a donné un baiser dont j'ai rêvé la moitié de la nuit.

– Je peux faire mieux qu'un ado nommé Silas, déclara Griff.

– Il prépare un doctorat de droit.

– Je peux faire mieux qu'un docteur en droit.

Et il le prouva.

– Tu peux être sûr que je rêverai de toi.

– Toute la nuit, dit-il en l'embrassant de nouveau. La moitié ne me suffit pas.

– Bonsoir, Griffin.

– Ciao, à bientôt.

Il attendit que la porte se referme, puis regagna son camion. Lui aussi ferait de beaux rêves, il en était certain. Cette femme le subjuguait. Tout en elle le fascinait.

Il leva les yeux vers les fenêtres de l'étage, l'imagina vérifier que Callie dormait bien. Puis se déshabiller en pensant à lui. Nul doute qu'il penserait à elle.

Il repartit par les petites routes, en songeant à sa sortie avec Callie à la pizzeria, au pique-nique. Il apporterait du champagne, histoire de marquer le coup d'une touche raffinée et exceptionnelle.

En voyant dans le rétroviseur qu'une voiture le suivait, et se rendant compte qu'il lambinait, absorbé dans ses rêveries, il accéléra.

Apparemment pas assez, car les phares se rapprochèrent. Il attendit que le pick-up – il voyait maintenant le type de véhicule – le dépasse, puisqu'il semblait si pressé.

Au lieu de le doubler, celui-ci lui rentra dedans, avec une telle force que Griff heurta le volant.

Instinctivement, il enfonça l'accélérateur, et pensa au téléphone posé par habitude dans le porte-gobelet, mais il ne voulait pas risquer de lâcher le volant, ne fût-ce que d'une main.

Le pick-up le percuta de nouveau, avec plus de violence. Le camion de Griff se déporta sur le bas-côté. Il parvint à le redresser, mais le coup suivant lui fit manquer le virage et le projeta droit dans un chêne.

Il entendit le froissement des tôles et eut le temps de penser « Merde ! » avant que l'airbag se déploie. Sa tête tapa néanmoins contre la vitre latérale. Il vit des étoiles, et les feux arrière du pick-up s'immobiliser un instant, puis disparaître dans le tournant.

– Pas de mal, marmonna-t-il, mais les étoiles lui brouillaient la vision. Au moins, rien de cassé.

À part le camion.

Il s'empara de son portable. Les touches dansaient devant ses yeux, il avait l'impression d'être sous l'eau.

*Ne tombe pas dans les pommes*, s'ordonna-t-il.

Devant la lumière du tableau de bord, il fit défiler ses contacts et appela le numéro de Forrest.

– Où est ma sœur ? s'inquiéta aussitôt celui-ci.

– Chez tes parents. J'ai des ennuis. Au cas où je perdrais connaissance, je suis sur Black Bear Road, à environ trois kilomètres de chez moi. Tu vois le tournant avec un grand chêne ?

– Oui.

– Je suis encastré dedans. On m'a poussé hors de la route. J'ai besoin de la police.

– Et d'une dépanneuse, je suppose. Tu es blessé ?

– Rien de grave, je me suis juste cogné la tête.

– Ne bouge pas, j'arrive.

– Je viens de te dire que j'étais encastré dans un arbre. Où veux-tu que j'aille ?!

Mais Forrest avait déjà raccroché. En l'attendant, Griff essaya de visualiser le pick-up.

Chevrolet, oui, un Chevrolet. Une demi-tonne. Modèle datant de quatre ou cinq ans. Un outil fixé à l'avant, comme... une lame à neige ?

L'effort de concentration provoquant une migraine, il dégrafa sa ceinture, et s'aperçut, quand il tenta d'ouvrir la portière, qu'il était perclus de douleurs.

Le mieux à faire était de rester assis, la portière ouverte, pour respirer l'air frais. Il essuya la sueur qui perlait sur son front et regarda sa main tachée de sang.

Merde.

Il devait avoir un bandana dans la boîte à gants, mais pour l'instant, il préférait éviter de bouger.

*Rien de cassé*, se rassura-t-il. Il s'était cassé le bras, à l'âge de huit ans, en tombant d'un arbre. Et le poignet, en sautant par la fenêtre d'Annie. Il connaissait la douleur que causait une fracture.

Il était juste contusionné, et sonné.

Son camion, en revanche, devait être dans un sale état – et Dieu sait qu'il aimait son camion.

Il se força à en descendre et à faire quelques pas, afin de vérifier qu'il en était capable. La tête lui tournait un peu, mais pas trop. En se tenant à la carrosserie, il alla constater les dégâts.

– Oh, putain de bordel de merde !

Furieux, il se passa une main dans les cheveux, ce qui fit ressurgir les étoiles.

La grille était défoncée, le capot en accordéon. Et ce n'était que la partie visible de l'iceberg. Les organes du moteur ne pouvaient pas être indemnes. Le choc avait été violent, suffisamment pour fissurer le pare-brise.

Des débris de verre crissèrent sous ses pieds tandis qu'il retournait chercher le bandana et une lampe torche. *Les feux de détresse*, pensa-t-il. Il aurait dû les allumer tout de suite.

Soudain, des phares trouèrent la nuit, et Forrest, dans un véhicule de patrouille, se gara derrière le camion.

– Tu saignes, dit-il en descendant de la voiture.

– Je sais. L'enfoiré... bougonna Griff en décochant un coup de pied dans un pneu arrière, qu'il regretta aussitôt, la violence de son geste lui déclenchant une vive douleur dans la nuque.

Le coup du lapin ? Non, hors de question.

– Tu as bu ?

– Deux verres de vin, et le deuxième remonte à plus d'une heure. Cette enflure m'est rentrée dedans délibérément, plusieurs fois, jusqu'à ce que je perde le contrôle.

– Quelle enflure ?

– Je n'en sais rien, répondit Griff en comprimant sa blessure de la paume, fatigué que le sang lui coule dans l'œil. Aïe ! Un pick-up d'une demi-tonne, Chevrolet, modèle d'il y a quatre ou cinq ans. Il avait une lame de déneigement. Rouge, je crois qu'il était rouge. Le pick-up. La lame, jaune, il me semble.

— OK. Tu ne veux pas t'asseoir ? J'ai une trousse de premiers secours dans la bagnole. On va arrêter le saignement.

Griff s'appuya contre l'arrière du camion.

— Autre chose... Il a ralenti après l'accident. Juste deux ou trois secondes, comme s'il voulait s'assurer que je m'étais bien planté. J'ai vu ses feux arrière et... un autocollant ! Il avait un autocollant, sur... C'est quelle main, ça ?

Il leva la gauche et l'observa un instant.

— Sur la gauche. Il avait un autocollant sur le côté gauche du hayon.

En fermant les yeux, il s'aperçut que la migraine était moins lancinante.

— Il n'était pas soûl, poursuivit Griff. C'était intentionnel. Je ne sais pas depuis combien de temps il me suivait, mais je n'étais pas très loin de chez tes parents.

— Tu as raccompagné ma sœur ?

— Je ne voulais pas qu'elle rentre seule la nuit, avec ce qui s'est passé la semaine dernière.

— Mmm.

Forrest plaça un triangle rouge sur la chaussée tandis que Griff refermait les yeux.

— Mon camion est mort. Ou presque. Il n'a même pas trois ans. J'ai fait des bornes, c'est sûr, mais il pouvait encore rouler.

— Mon grand-père y jettera un coup d'œil, répondit Forrest en revenant avec son kit de premiers secours. Tu es lucide ? Tu n'as pas encore vomi ?

— Je ne vais pas vomir.

— Au cas où, fais-moi signe. Tu as des vertiges ?

— Je voyais trouble tout à l'heure, mais ça va mieux. Aïe !

— Ne fais pas ta chochotte, dit doucement Forrest en tamponnant la plaie avec une compresse antiseptique.

— Et toi, ne joue pas les infirmières sadiques.

— Emma Kate ne devrait pas tarder à arriver.

— Hein ? Non ! Pourquoi ?!

— Si elle estime que tu dois aller aux urgences, elle te conduira à Gatlinburg, avec Matt.

— Tu les as appelés ?

— Oui. Et j'appellerai la remorqueuse dès que j'aurai fait mon constat. Autre chose à me signaler à propos du pick-up ?

— Je crois que je t'ai tout dit. Le type qui le conduisait est un frappé.

– C'était un homme ? Tu l'as vu ?

– Juste une silhouette. J'étais trop occupé à essayer de ne pas finir dans le décor.

Griff demeura silencieux un instant, observant son ami, qui appliquait du sparadrap sur sa tempe.

– Tu sais à qui appartient cette bagnole ? demanda-t-il.

– C'est mon affaire, Griff.

– Ouais, mais c'est mon camion, et ma tronche.

– Laisse-moi faire mon boulot. Ah, voilà Matt et Emma Kate. Tu t'es mis quelqu'un à dos, récemment ?

– Toi, vu que j'ai couché avec ta sœur.

Forrest s'immobilisa, plissa les yeux.

– Ah oui ?

– Le moment me paraît approprié pour t'en informer : tu es en service, je pisse déjà le sang. Je suis fou d'elle. Raide dingue.

Avant que Forrest ait pu répliquer, Emma Kate accourut auprès d'eux, une sacoche médicale à la main.

– Que s'est-il passé ? Laisse-moi t'ausculter, dit-elle en allumant une lampe stylo. Suis la lumière du regard.

– Je vais bien.

– Tais-toi. Dis-moi ton nom et ta date de naissance.

– Franklin Delano Roosevelt. 7 décembre 1941. Date funeste.

– Très drôle. Combien vois-tu de doigts ?

– Onze moins neuf. Je te dis que tout va bien.

– C'est moi qui te dirai comment tu vas, après t'avoir examiné à la clinique.

– Ce n'est pas la peine.

– Tais-toi, répéta-t-elle, et elle lui donna une accolade. Je n'ai rien contre tes pansements, Forrest, mais je les referai, une fois que j'aurai vu ce qu'il y a dessous. Il faudra peut-être quelques points de suture.

– Oh non, gémit Griff.

Les poings sur les hanches, Matt examinait le camion.

– Bon pour la casse, grommela-t-il. Forrest m'a dit qu'on t'est rentré dedans délibérément. C'était qui ?

– Demande à Forrest. J'ai l'impression qu'il le sait, d'après la description que je lui ai faite du pick-up.

– Je ne suis sûr de rien, je dois vérifier. Pour l'instant, emmenez-le à la clinique et soignez-le bien. Je ferai remorquer le camion au garage de mon grand-père.

– Je peux emporter mes outils ?

– Ils seront toujours dans ton camion demain matin. Si jamais j'ai des questions, je te passerai un coup de fil. Ça ne sert à rien que tu restes là plus longtemps, Griff, hormis à t'énerver.

Celui-ci tenta de protester, mais, vaincu par le nombre, il finit par s'installer dans le camion de Matt.

– Il sait qui c'est, mais il ne veut pas le dire, bougonna-t-il, amer.

– Parce qu'il ne tient pas à ce que tu ailles te faire justice toi-même, répondit Matt. De toute façon, tu es déjà amoché, tu n'aurais pas le dessus. Autant que cet enfoiré finisse en taule.

– Tu es sûr qu'il l'a fait exprès ? demanda Emma Kate.

– Certain.

– Que faisais-tu ici à cette heure-ci ?

– Je rentrais chez moi après avoir raccompagné Shelby chez ses parents, répondit Griff, quand, soudain, il se redressa. Oh, purée... Si ça se trouve, il l'attendait là-bas... Ou alors il nous a suivis depuis chez moi...

– Tu crois qu'on s'en est pris à toi parce qu'on n'a pas pu s'en prendre à elle ? demanda Matt.

– Je pense que ce n'était pas seulement un taré. Je crois que c'est pire. Bien pire.

## 18

Shelby commença la journée en chantant sous la douche. Elle se sentait le cœur léger, et se moquait de qui s'en apercevrait et chercherait à en deviner la raison.

Elle s'habilla, puis aida Callie à en faire de même.

– Aujourd'hui, tu vas chez Granny.

– Dans sa maison ?

– Oui, c'est son jour de repos, et elle tient à te le consacrer. Vous allez bien vous amuser.

– Granny a des cookies, dans sa maison, et Bear.

Bear était un gros chien jaune, qui courrait et jouerait avec la fillette jusqu'à l'épuisement, puis paresserait au soleil quand elle se désintéresserait de lui.

– Grandpa sera là aussi. Gamma te déposera chez eux en partant au salon, et je viendrai te chercher en sortant du travail.

Elles descendirent à la cuisine tandis que Callie énumérait tout ce qu'elle emporterait chez Granny et tout ce qu'elle y ferait. Les parents de Shelby se turent subitement et échangèrent un regard qui ne manqua pas de l'alarmer.

– Des soucis ?

– Quelle drôle d'idée ! répondit gaiement Ada Mae. Avec ce beau soleil, tout va pour le mieux. Tu voudrais prendre ton petit déjeuner dans la galerie, Callie Rose ?

– Comme un pique-nique ? Bientôt, je vais faire un pique-nique avec Griff !

– J'ai appris ça. Eh bien, ce sera une sorte de répétition. J'ai préparé des fraises et une omelette au fromage. Tu m'aides à tout emporter dehors, ma chérie ?

– Et maman, elle fait pas la répétition pour le pique-nique ?

– Viens m'aider, ma puce, elle nous rejoindra.

Là-dessus, Ada Mae entraîna sa petite-fille à l'extérieur.

– Que se passe-t-il ? demanda Shelby à son père. Quelqu'un d'autre a été tué ?

– Non, non. En premier lieu, sache qu'il va bien.

– Qui ? Griff ?! Il est arrivé quelque chose à Griffin…

Le cœur battant à tout rompre, Shelby saisit les mains de son père. Il demeurerait inébranlable, elle le savait, dans n'importe quelles circonstances.

– S'il s'agissait de Forrest ou de Clay, maman serait au trente-sixième dessous, ajouta-t-elle. Que s'est-il passé ?

– Rien de grave, ne t'inquiète pas. Quelqu'un l'a poussé hors de la route, hier soir. Il est rentré dans le grand chêne sur Black Bear Road. Il a juste été secoué.

– Qui a fait ça ?! Pourquoi ?!

– Assieds-toi et respire, dit Clayton en sortant un Coca du réfrigérateur. Il n'a que de légères brûlures, dues à la ceinture de sécurité et à l'airbag, et une petite plaie superficielle à la tempe. Emma Kate l'a tout de suite conduit à la clinique et je vais moi-même l'examiner ce matin. Mais si elle a jugé qu'il n'avait pas besoin de rester hospitalisé, on peut lui faire confiance.

– Je voudrais quand même le voir.

– Bien sûr, répondit-il calmement, quand tu auras repris ton souffle.

– Ça a dû se passer quand il rentrait chez lui après m'avoir raccompagnée. Il n'aurait pas été sur la route s'il n'avait pas insisté pour me suivre jusqu'ici. Je vais faire un saut chez lui, si vous pouvez garder Callie.

– Ne t'en fais pas pour Callie, mais il n'est pas chez lui. Il a passé la nuit chez Matt et Emma Kate. Elle ne voulait pas qu'il reste seul.

– Elle a eu raison.

– À l'heure qu'il est, il doit être au poste de police. Forrest et Nobby – tu te souviens de mon petit-cousin Nobby ? – ont placé Arlo Kattery en garde à vue.

Shelby se pressa les doigts contre les yeux.

– Arlo ? C'est lui qui a provoqué cet accident ? Il était soûl, je parie, et il roulait comme un dingue !

– Je ne sais pas exactement. Griff t'en dira davantage. Informe-le qu'il a un examen médical à 10 heures et qu'il ne pourra pas conduire ni manier un outil électrique tant qu'il ne s'y sera pas soumis.

– OK. Callie...

– Ne t'inquiète pas, on s'en occupe. Tu peux y aller.

– Merci, papa.

En voyant sa fille partir en courant, Clayton sut qu'elle était amoureuse. Avec un soupir, il prit la canette de Coca abandonnée sur le comptoir et la décapsula. À 7 h 30, un Coca était plus raisonnable qu'un whisky.

– Je veux parler à ce salopard, tonna Griff en arrivant au poste de police, l'œil gauche auréolé d'un énorme coquard.

Forrest cessa de pianoter sur son ordinateur.

– Je te rappelle dans la matinée, dit-il au téléphone, qu'il tenait coincé entre l'épaule et l'oreille, avant de raccrocher. Calme-toi, d'abord, dit-il à Griff.

– Comment veux-tu que je me calme ? Je ne connais Kattery ni d'Ève ni d'Adam, je ne lui ai jamais adressé la parole de ma vie. Je veux savoir pourquoi il m'est rentré dedans.

– Forrest ? lança le shérif depuis le seuil de son bureau. Laisse Griff aller voir Kattery. À sa place, j'aurais deux mots à lui dire, moi aussi.

– Bien, chef. Nobby, tu peux rappeler le gars du labo, s'il te plaît ?

– Pas de problème, acquiesça Nobby, vingt ans de bons et loyaux services dans la police du comté. Ça va, tu n'es pas trop amoché, dit-il à Griff. Ça aurait pu être pire. Mets de la viande crue sur ton œil au beurre noir, ça le fera désenfler.

– OK, merci pour le conseil.

Griff se dirigeait vers le couloir menant aux cellules lorsque Shelby fit irruption dans le hall d'accueil.

– Oh, Griff !

– Shelby, comment vas-tu ? J'étais justement en train de lui dire que ça n'allait pas si mal.

– Rien de méchant, confirma Griff. Ce n'est même pas douloureux.

– Papa m'a dit que c'était Arlo Kattery. Je ne comprends pas pourquoi on ne lui retire pas son permis ! Il a déjà été arrêté en état d'ivresse je ne sais combien de fois.

– Il était alcoolisé, effectivement, au moment des faits.

– Forcément. Pour quelle raison, sinon, aurait-il fait une chose pareille ?!

– Si nous allions lui poser la question ? suggéra Forrest en consultant du regard le shérif, qui approuva d'un hochement de tête. Il était à moitié bourré, hier soir, quand on est allés le trouver à son mobile home avec Nobby. Il a essayé de nous faire gober qu'il n'avait pas bougé de la soirée. La lame était toujours sur le pick-up. Arlo déneige des chemins privés, en hiver, précisa-t-il à Griff. Mais on est en mai, et il y avait des traces de peinture blanche dessus. Et des traces de peinture jaune à l'arrière de ton camion. Il a prétendu qu'on lui avait volé son pick-up.

– C'est ça, ouais.

– Vu qu'il n'y avait pas moyen d'avoir avec lui une conversation sensée – il nous a reçus avec un verre de tequila à la main et un joint au bec –, on l'a embarqué, en le prévenant qu'il serait accusé de tentative de meurtre.

– Oh, mon Dieu ! murmura Shelby en fermant les yeux.

– Maintenant qu'il a dessoûlé, j'espère qu'il aura la même réaction que toi, grommela Forrest, les pouces dans les passants de son ceinturon. On a grossi le trait, en parlant de tentative de meurtre, histoire de le faire réfléchir, mais il sera probablement inculpé de mise en danger délibérée de la vie d'autrui, délit de fuite, et j'en passe.

– Pour sûr qu'il traîne quelques casseroles, intervint Hardigan.

– Dans tous les cas, il est bon pour la taule. Allons voir s'il a des remords. Surtout, que personne ne prononce le mot « avocat ». Avec sa cervelle de poisson rouge, il n'y a pas encore pensé.

Sur ces mots, Forrest précéda Griff et Shelby au-delà d'une porte métallique qui menait aux trois cellules de détention provisoire.

Dans celle du centre, Arlo Kattery était affalé sur un lit pliant.

Shelby l'avait seulement vu de loin, et dans la pénombre, au Bootlegger's. Elle pouvait à présent constater qu'il n'avait pas changé : cheveux filasse, le chaume d'une barbe blonde, des barbelés tatoués autour du cou, petit et trapu, les mains couvertes de cicatrices, stigmates d'innombrables bagarres.

Forrest émit un coup de sifflet, qui la fit sursauter. Arlo ouvrit ses yeux de serpent, d'un bleu pâle presque incolore, et les posa tour à tour sur Griff, puis sur Shelby.

– Réveille-toi, tu as de la visite.

– J'ai pas demandé de visite. T'as intérêt à me faire sortir de là, Pomeroy, ou tu risques d'avoir chaud au cul.

– Je crois plutôt que c'est toi, Arlo, qui as les miches qui fument. Griff voudrait savoir pourquoi tu l'as poussé dans ce vieux chêne.

– Je te l'ai déjà dit, c'est pas moi.

– Pick-up Chevrolet, demi-tonne, rouge foncé, lame jaune à l'avant, autocollant sur la gauche du hayon, énuméra Griff en soutenant le regard d'Arlo, dont la mâchoire tressaillit.

– Ça pouvait être n'importe qui.

– Non, rétorqua Forrest. Tout le monde n'a pas de sticker aussi hilarant : une cible criblée de balles, avec marqué dessus « Vise juste ». Nobby est au téléphone en ce moment même avec les techniciens du labo. Ce ne sera pas difficile de déterminer d'où proviennent les traces de peinture jaune sur le camion de Griff et les traces de peinture blanche sur ton chasse-neige.

– Votre labo, c'est de la foutaise.

– Les jurés font confiance aux expertises scientifiques, surtout dans des affaires aussi graves qu'une tentative de meurtre.

– J'ai tué personne, répliqua Arlo en se levant. Il est là, non ?

– Tu ne sais pas ce que signifie « tentative » ? Tu as essayé, tu n'y es pas arrivé.

– J'ai voulu tuer personne.

Forrest hocha la tête, comme s'il réfléchissait, puis il la secoua.

– Non, le jury ne te trouvera pas convaincant. Vois-tu, nous allons procéder à ce que nous appelons une reconstitution de la scène. Elle montrera que tu as délibérément percuté le camion de Griff, à plusieurs reprises, ce qui demande une certaine maîtrise. Tu ne pourras pas prétendre que tu étais ivre, que tu n'étais pas en possession de toutes tes facultés. Une défense, de toute façon, qui ne t'avancerait pas à grand-chose. Avec ce que tu as fait, tu vas en prendre pour une vingtaine d'années, au bas mot.

– Ça m'étonnerait.

– Moi pas, intervint Griff. Forrest, chante une chanson et bouche-toi les oreilles pendant que je préviens cet abruti que je jurerai sur une montagne de bibles, devant Dieu et devant la patrie, que je l'ai clairement vu au volant. Je jurerai que j'ai compté le nombre d'impacts sur la cible de son autocollant et que j'ai relevé son numéro d'immatriculation.

– Pas possible, j'avais caché les plaques avec de la toile de jute.

– Tu n'es vraiment pas futé, Arlo, murmura Forrest.

– Il ment, proféra Arlo en brandissant un index furieux entre les barreaux.

– Tu as essayé de me tuer, rétorqua Griff.

– J'ai essayé de tuer personne. C'était même pas censé être toi. C'était censé être elle.

– Peux-tu répéter ça ? demanda posément Forrest, mais Griff avait déjà empoigné Arlo par le col et lui cognait la tête contre les barreaux. Arrête, lâche-le ! lui intima-t-il.

Néanmoins, il ne fit rien pour l'empêcher de reproduire son geste.

— Arrête, maintenant, ça suffit, dit-il en le saisissant par l'épaule. Tu ne voudrais pas qu'il s'en tire grâce à une boulette, non ?

— Pourquoi voulais-tu t'en prendre à moi, Arlo ? demanda Shelby, qui était jusque-là restée de marbre. Je ne t'ai jamais rien fait.

— Tu t'es toujours crue trop bien pour moi, tu me regardais de haut. Tu t'es maquée avec le premier richard sur qui t'as pu mettre le grappin, sauf qu'il valait pas grand-chose, à ce qu'il paraît…

— Tu m'en veux encore parce que je ne voulais pas sortir avec toi quand on était au lycée ? J'ai un enfant, une petite fille qui n'a plus de père aujourd'hui. Tu voulais en faire une orpheline ?

— Non, je voulais juste te faire peur, te donner une leçon. Et d'abord, c'était même pas mon idée.

— Et de qui donc était-ce l'idée ?

Pour la première fois, une lueur d'intelligence passa dans les yeux d'Arlo, qui regarda tour à tour Forrest, Shelby, puis de nouveau Forrest.

— Je pourrais vous le dire, mais il me faut… Comment qu'on dit déjà ? L'immunité, ou je ne sais quoi. Je veux pas passer vingt ans en taule pour un truc qu'était même pas mon idée.

— Donne-moi un nom, et on verra après. Sinon je réclamerai vingt-cinq ans. C'est de ma sœur qu'il est question, espèce de crétin ! La famille, ça devrait te parler, tout de même… Dis-moi qui t'a poussé à faire cette connerie, ou je ferai tout pour que tu ramasses un maximum.

— Il me faut des garanties.

— Que dalle.

— Crache le morceau, dit Griff, ou je t'aurai, un jour. Et là, tu regretteras de ne pas en avoir pris pour vingt ans.

— Je l'ai pas touchée, non ? Je voulais juste lui flanquer les jetons. Elle m'a donné 1 000 dollars, et elle m'en avait promis 1 000 de plus si je lui collais la trouille de sa vie. Je voulais juste lui donner un petit coup de bagnole, mais elle est passée dans l'autre sens. Le temps que je fasse demi-tour, elle partait vers la baraque du vieux Tripplehorn.

— Tu m'as suivie.

— J'ai attendu, là-bas, en me disant que ce serait mieux quand il ferait nuit. Mais il t'a raccompagnée, je pouvais rien te faire. Je voulais pas avoir perdu tout ce temps pour des prunes. Alors c'est lui qui a pris le coup de bagnole. J'ai pensé que rien que ça, déjà, ça te ferait flipper. Moi, tu me regardais pas, mais les gars du Nord, tu les aimes bien, on dirait ! Il t'a mise dans son lit en moins de deux. Je l'ai vu qui te dépoilait.

Trop furieuse pour être choquée, Shelby s'approcha de la cellule.

– Melody Bunker t'a aussi payé pour nous espionner ? siffla-t-elle, sûre et certaine qu'il ne pouvait s'agir que d'elle.

– Elle m'a refilé 1 000 dollars pour te coller les foies, que je me débrouille comme je voulais, c'est tout ce qu'elle m'a dit. Miss Je-me-la-pète est sacrément en colère contre toi ! Elle est venue me trouver à mon mobile home, dans la vallée, avec un paquet de biftons. Elle a pas digéré de se faire virer du salon.

– J'espère que tu m'as bien regardée, Arlo, et que tu emporteras cette image avec toi dans ta cellule à Bledsoe County. Sache une chose, en tout cas : je ne me suis jamais estimée trop bien pour toi ; je ne t'ai jamais aimé, c'est tout.

Là-dessus, Shelby pivota sur ses talons et se dirigea vers le couloir. Forrest fit signe à Griff de la suivre.

– Attends, Red.

– Je ne veux plus voir sa sale gueule une seconde de plus. Si tu ne la lui avais pas fracassée contre les barreaux, je te jure que je l'aurais fait moi-même. Il aurait pu te tuer !

– Il ne l'a pas fait.

– Si tu ne m'avais pas raccompagnée...

– Je l'ai fait, dit-il en l'attrapant par les épaules. Il est sous les verrous et il y restera.

– Tout ça parce que Melody a été blessée dans son amour-propre. Elle sait pertinemment de quoi il aurait été capable. Elle lui a donné de l'argent et une raison de le faire.

– D'ici la fin de la matinée, elle sera derrière les barreaux, elle aussi.

– Absolument, confirma Forrest en leur emboîtant le pas. Nobby, tu peux surveiller cet abruti d'Arlo un moment ?

– Bien sûr. Il a avoué ?

– Il a tout balancé. Shérif, je vous expliquerai, et ensuite, il nous faudra un mandat. À l'encontre de Melody Bunker, coupable d'incitation au crime et d'intention d'infliger des blessures corporelles.

– Eh bien... soupira Hardigan en se massant la nuque. Tu es sûr de ce que tu avances, Forrest ?

– Je le tiens de la bouche d'Arlo.

– Elle l'a payé, précisa Griff. Il n'a sûrement pas encore eu l'occasion de dépenser ce pognon.

– On perquisitionnera son mobile home, déclara Forrest, puis il regarda autour de lui. Où est passée Shelby ?

– Elle... Elle n'est plus là ? Oh, merde ! s'écria Griff.

– Elle est allée trouver Melody. Qu'est-ce qu'on fait, shérif ? demanda Forrest, mais Griff franchissait déjà la porte.

– Va avec lui. Manquerait plus que ta frangine défenestre la petite-fille de Florence Piedmont.

Elle n'avait pas l'intention de défenestrer Melody, tout bonnement parce que l'idée ne lui était pas venue à l'esprit. Elle ne savait pas vraiment ce qu'elle avait l'intention de faire, mais une chose était claire : elle ne pouvait pas rester sans réagir après un acte aussi grave.

Ignorer Melody avait été vain, le sarcasme avait été vain, le franc-parler avait été vain. Cette fois, d'une manière ou d'une autre, Shelby allait lui montrer de quel bois elle se chauffait.

La maison des Piedmont se dressait au sommet d'une colline verdoyante, au milieu de jardins étagés, arborés et impeccablement entretenus.

L'élégante demeure, bâtie avant la guerre de Sécession, surplombait Rendezvous Ridge et la vallée. Shelby l'avait toujours trouvée splendide, avec ses façades d'un blanc immaculé, ses balcons fleuris, ses massifs éclatants de couleurs. Aujourd'hui, toutefois, elle gravissait la route sans même la voir, pied au plancher.

Melody avait ses appartements dans les anciennes écuries. Les oreilles bourdonnantes de rage, Shelby gara son monospace près de sa voiture et en descendit en claquant la portière, lorsque quelqu'un l'interpella.

– Mais c'est Shelby Anne Pomeroy !

Elle reconnut la gouvernante – la sœur de Maybeline, depuis des lustres au service des Pomeroy – et s'efforça de dissimuler sa fureur.

– Bonjour, miss Pattie. Quel plaisir de vous voir, dit-elle en grimaçant un sourire. Comment allez-vous ?

Un panier de roses sur le bras, grande et mince, les cheveux poivre et sel permanentés de frais, l'employée de maison s'avança à sa rencontre.

– Très bien, je vous remercie. Nous avons un printemps magnifique, cette année. L'été s'annonce chaud. Je suis contente que vous soyez de retour. Toutes mes condoléances pour votre mari…

– Merci, miss Pattie. Melody est là ?

– Elle prend son petit déjeuner dans la galerie de derrière, avec Mme Piedmont et miss Jolene. Maybeline et Lorilee m'ont raconté ce qui s'est passé au salon… J'espère que ce malentendu sera vite dissipé.

– Je l'espère aussi, c'est la raison qui m'amène.
– Dans ce cas, je vous laisse aller les trouver.
– Merci encore, miss Pattie. Je vous souhaite une très bonne journée.

Laissant remonter sa colère, Shelby traversa la pelouse parfaitement taillée, d'où lui parvenaient des éclats de voix féminines.

Melody, sa grand-mère et son amie étaient assises autour d'une petite table ronde couverte d'une nappe blanche et de vaisselle en porcelaine.

– Je ne m'excuserai pas, Grandmama, inutile d'insister. Je ne leur ai dit que la stricte vérité. Il est hors de question que je rampe devant ces petites gens juste pour que Jolene se fasse coiffer par cette gourde.

– Crystal n'est pas une gourde, et nous...

– Arrête de pleurnicher, Jolene, tu me fatigues. Dans tous les cas, cette moins-que-rien et sa grand-mère, qui se mêle de tout, ne...

En apercevant Shelby, Melody se leva, et demeura bouche bée en voyant Forrest et Griff accourir derrière elle.

– Va-t'en, siffla-t-elle. Tu n'as rien à faire ici.

– Libre à moi d'accueillir qui je veux, déclara fermement Florence.

– Si tu l'accueilles, je m'en vais.

Melody fit mine de tourner les talons, mais Shelby la saisit par le bras, la forçant à lui faire face.

– Tu as ordonné à Arlo Kattery de me causer un accident.

– Ne me touche pas, je ne sais pas de quoi tu parles.

– Et par-dessus le marché, tu es une menteuse.

Shelby serra le poing, et le coup partit tout seul.

Elle entendit le cri de Melody à travers le bourdonnement de ses oreilles et vit son regard se vitrifier à travers le voile rouge qui lui brouillait la vue.

Puis quelqu'un lui plaqua les bras le long du corps et la souleva de terre. À coups de pied, elle tenta de se libérer, en vain.

– Calme-toi, Red, ça suffit, elle en a eu pour son compte.

Assise par terre, Melody se tenait la mâchoire.

– Elle m'a frappée ! Vous êtes témoins, elle m'a agressée ! Je porterai plainte !

– Si vous voulez, lui dit Forrest. Mais les charges qui pèsent contre vous seront nettement plus lourdes.

– Je n'ai rien fait, je ne sais pas de quoi elle parle ! Grandmama, j'ai mal !

Florence, qui s'était levée, se rassit avec exaspération.

– Jolene, cesse d'agiter stérilement les mains comme si tu voulais t'envoler et va chercher une poche de glace. Qu'on m'explique ce qui se passe, s'il vous plaît. Que signifient ces accusations incompréhensibles et ces débordements de violence ?

— Je vais vous expliquer, répondit Shelby, devançant Forrest. Lâche-moi, Griff, je ne la toucherai plus. Je vous prie de m'excuser, madame Piedmont. Je suis désolée de vous importuner, la colère m'a fait agir sur un coup de tête.

— Dis-lui de partir, Grandmama. Elle mérite la prison.

— Tais-toi, Melody. Pourquoi êtes-vous là, Shelby ?

— Parce qu'elle ne s'est pas contentée d'être médisante, cette fois, d'inventer des balivernes ou de crever des pneus. Elle a donné 1 000 dollars à Arlo Kattery et lui en a promis 1 000 de plus, pour m'effrayer, pour m'intimider.

— Ce n'est pas vrai ! Je ne me rabaisserais jamais à parler à ce pauvre type. Il ment, et toi aussi !

— Tais-toi, Melody Louisa ! Shelby, continuez.

— Arlo Kattery a délibérément causé un accident à Griff, hier soir. Son camion est fichu. Et regardez dans quel état il est... Il a été blessé parce qu'il m'a raccompagnée chez moi. Arlo s'en est pris à lui par dépit, faute d'avoir pu s'en prendre à moi, comme le lui avait demandé Melody, en le soudoyant.

— Elle est cinglée ! Elle raconte n'importe quoi !

— Oh, mon Dieu ! s'écria Jolene, en revenant avec un sac de glace. Oh, mon Dieu ! Melody, je ne pensais pas que tu étais sérieuse... Je ne croyais pas que tu le ferais !

— Ferme-la, Jolene, bon sang !

— De quoi parles-tu, Jolene ? demanda Florence. Arrête de geindre et exprime-toi clairement.

— Quand miss Vi nous a chassées du salon, Melody a dit qu'elle savait comment se venger de Shelby, comment lui donner une leçon dont elle se souviendrait. Elle a dit qu'Arlo le ferait pour rien, mais qu'il le ferait plus consciencieusement si elle le payait.

— Menteuse !

Melody se redressa et se rua sur son amie, toutes griffes dehors, prête à lui lacérer le visage, mais Jolene lui jeta le sac de glace à la figure.

Sous le choc, Melody recula, et Forrest l'immobilisa.

— Écoutez votre grand-mère, et taisez-vous, lui dit-il. Jolene, continuez.

— Pourquoi as-tu fait ça, Melody ? sanglota Jolene. Je ne comprends pas, tu as perdu la tête...

– Ne dis plus rien, Jolene, ou tu le regretteras.

– Jolene, raconte tout ce que tu sais à l'officier Pomeroy, ordonna Florence. Quant à toi, Melody, si tu prononces encore un mot, je te gifle devant tout le monde.

– Oh, miss Florence, j'ai tout dit... Je vous promets, je vous jure, je ne croyais pas qu'elle était sérieuse. J'étais contrariée parce que Crystal devait me coiffer pour mon mariage, mais je ne voulais pas que Melody fasse une chose aussi affreuse !

– Traîtresse ! Elle était d'accord ! hurla Melody.

– Ce n'est pas vrai. Crois-moi ou non, Shelby, j'ai fait des choses pas très jolies, je le reconnais, mais je ne veux de mal à personne. J'en ai assez de ces histoires, assez...

En sanglotant, Jolene se rassit et cacha son visage entre ses mains.

– Je suis navré, madame Piedmont, mais je vais devoir conduire ces demoiselles au poste.

– Bien sûr, acquiesça Florence, droite comme un i. Jolene, sèche tes larmes et suis l'officier Pomeroy. Melody, idem.

– Non. Tout ça n'est que mensonges.

– Ce n'est pas moi qui mens, mais toi ! protesta Jolene, ce qui déclencha un échange de braillements entre les deux jeunes femmes.

– On se calme, intervint Forrest. Melody, soit vous me suivez de votre plein gré, soit je vous y contrains.

– Ne me touchez pas ! rugit-elle lorsqu'il la prit par le bras. Je vais où je veux !

– Melody Louisa Bunker, vociféra sa grand-mère, si tu ne suis pas l'officier Pomeroy, tu as ma parole que je ne lèverai pas le petit doigt pour te tirer de l'embarras, et je veillerai à ce que ta mère ne s'en mêle pas.

– Tu ne penses pas ce que tu dis.

– Oh, que si ! Dépêche-toi de partir avec l'officier Pomeroy, ou je me lave les mains de cette histoire et je ne veux plus entendre parler de toi.

– D'accord, j'y vais, capitula Melody. Je saurai, maintenant, que tu es aussi méchante que les autres.

– J'emmène Melody, dit Forrest à Griff. Toi, emmène Shelby et Jolene. Tu es toujours mon adjoint.

– Punaise... OK. Jolene ?

– Je viens, je ne ferai pas d'histoire. Shelby, je suis désolée, je...

– Je crois qu'il vaudrait mieux, pendant le trajet, que tout le monde garde le silence, recommanda Griff, s'attirant un sourire approbateur

de la part de Forrest.
— Comme je te disais, tu devrais songer à un changement de carrière. Melody, suivez-moi jusqu'à mon véhicule, ou je vous menotte.
— Je viens, je viens. D'ici la fin de la journée, vous serez au chômage. Je connais du monde haut placé.

Avant de prendre congé, Forrest se tourna vers Florence.
— Je suis sincèrement navré, madame Piedmont, du tort que tout cela pourrait vous causer, à vous ainsi qu'à votre famille.
— Je sais, dit-elle, les larmes aux yeux, mais le dos toujours aussi droit. Moi aussi, je suis désolée, davantage que je ne saurais le dire.

# 19

Incapable de garder le silence, Jolene pleura à gros sanglots tout le long du trajet, excédant Griff, qui n'aspirait qu'à une seule chose : déposer ses deux passagères au poste de police et reprendre le travail, clore cet épisode complètement dingue.

Le shérif Hardigan l'interrogea du regard, puis observa les deux jeunes femmes – l'une dont les yeux jetaient des flammes, l'autre larmoyante, à qui il tendit un grand mouchoir blanc tiré de sa poche.

– Eh bien, dites-moi, que se passe-t-il ? demanda-t-il d'un ton miraculeusement joyeux et sympathique.

– Forrest arrive, répondit Griff.

– Je suis probablement en état d'arrestation, grommela Shelby, les mains sur les hanches, en plantant un regard défiant dans celui du shérif. J'ai frappé Melody Bunker au visage.

– Hmm, fit Hardigan, puis il se tourna vers Jolene.

– Je ne pensais pas qu'elle le ferait ! glapit-elle, hystérique. Je vous le jure, je ne la croyais pas sérieuse. Je croyais qu'elle était sous l'emprise de la colère. Je ne pensais vraiment pas qu'elle demanderait à Arlo de faire du mal à Shelby. Je suis extrêmement contrariée, croyez-moi !

– Je le vois. Venez, allons discuter dans mon bureau. Tu t'occupes d'elle, Griff ? ajouta le shérif en arquant les sourcils en direction de Shelby.

– Oui.

– Nouvel adjoint du shérif ? lança-t-elle froidement, tandis qu'Hardigan conduisait Jolene dans son bureau.

Griff fut soulagé par l'arrivée de Forrest, accompagné d'une Melody au regard glacial.

– Où est Jolene ?
– En entretien avec le shérif.
– Bien. Tu t'occupes de ma sœur ?
– Oui, bougonna Griff.
Forrest escorta Melody dans la salle de pause, puis en ressortit.
– Nobby, reste avec elle cinq minutes, s'il te plaît.
– Pas de problème.
Quand Forrest se posta face à Shelby, elle lui tendit ses deux mains, poignets joints.
– Arrête ces singeries.
– Tu préfères que ce soit ton nouvel adjoint, qui me menotte ?
Elle présenta ses poignets à Griff, qui lui encadra le visage de ses mains.
– Arrête, Shelby.
Elle se contracta, mais il soutint son regard, jusqu'à ce qu'elle relâche sa respiration.
– Ce n'est pas à vous que j'en veux, dit-elle. Ce qui t'est arrivé me rend malade, Griff, et du coup, je me réfugie dans la colère. Je suis en état d'arrestation ?
– Non, répondit Forrest. Quand bien même elle porterait plainte, elle est en tort. Elle a mérité ce coup.
– Sans aucun doute.
– Tu as un sacré crochet du droit, Red !
– Merci. C'est mon père qui m'a appris à me battre, mais je n'avais encore jamais mis ses leçons en pratique. Qu'est-ce que je dois faire, maintenant ?
– Me laisser régler cette affaire avec le shérif, comme tu aurais dû le faire, au lieu de passer toi-même à l'offensive. Je ne te reproche pas ce coup de poing, mais maintenant, retourne à la maison, va travailler, ou faire ce que tu as à faire.
– Je peux partir ?
– Oui. Si elle veut déposer une plainte, nous saurons l'en dissuader.
– OK, acquiesça-t-elle, infiniment reconnaissante envers son frère. Je suis désolée de cet esclandre.
– Non, tu ne l'es pas.
– C'est vrai, concéda-t-elle.
Elle se dirigea vers la sortie, puis s'arrêta sur le seuil du poste de police lorsque Griff lui emboîta le pas.
– Rien de tout ça n'est ma faute, dit-elle, mais…
– Il n'y a pas de « mais » qui tienne, la coupa-t-il.

Elle secoua la tête.

– Mais je ne veux pas être une source d'ennuis pour toi. Je ne t'en voudrai pas de prendre tes distances. Je serai triste, mais je ne t'en voudrai pas.

Pour toute réponse, il reprit son visage entre ses mains et lui donna un long baiser.

– Voilà qui devrait éclaircir ma position. Je dois aller voir ton père, maintenant, pour qu'il m'autorise à reprendre le boulot.

Elle esquissa un sourire.

– Avec ton œil au beurre noir, tu n'es pas très présentable.

– Ce n'est pas grave. Je te verrai plus tard. Nous aurons eu un début de journée palpitant !

C'était une façon de voir les choses, songea-t-elle en se rendant au salon. Néanmoins, elle préférait les matinées moins mouvementées.

Comme elle s'en doutait, les dernières nouvelles étaient déjà parvenues à l'institut de beauté. À son entrée, les conversations cessèrent et tous les regards se braquèrent sur elle.

– Comment va Griffin ? s'enquit aussitôt Viola. Il ne souffre pas trop ?

– Non, juste quelques blessures superficielles. Il est allé voir papa.

– J'ai appris qu'on avait arrêté Arlo Kattery, dit Crystal. Et Lorilee t'a vue passer à toute vitesse en direction de chez les Piedmont.

– Si Melody est impliquée, tu peux nous le dire, déclara Viola. De toute façon, ça finira par se savoir.

– Elle a commandité ce pseudo-accident, causé par Arlo.

Après le cri de stupeur collectif, Shelby se laissa tomber dans un fauteuil. Elle était en avance et, Seigneur, cette matinée palpitante l'avait épuisée.

Les sourcils froncés, sa grand-mère imprima un demi-tour au fauteuil, de façon à pouvoir la regarder en face.

– Attends... Melody a payé Kattery pour qu'il cause un accident à Griffin Lott ? À quoi diable cela rime-t-il ?

– Elle voulait qu'Arlo s'en prenne à moi. Comme Griff était là, il s'est retourné contre lui.

– Mais pourquoi ?... Oh, mon Dieu ! Parce que je l'ai renvoyée du salon ! comprit soudain Viola en blêmissant.

– Ce n'est pas ta faute, Granny, ni la mienne. Personne ici n'y est pour rien.

– Dieu sait qu'elle est mauvaise comme la gale, mais à ce point... Jamais je n'aurais imaginé qu'elle puisse en arriver là.

— Arlo a dit qu'elle lui avait donné 1 000 dollars et qu'il en aurait touché 1 000 de plus une fois son forfait accompli.

Viola hocha la tête, les joues à présent écarlates.

— Elle a été arrêtée ?

— Elle est au poste, en ce moment même.

— S'ils ne l'enferment pas, il faudra qu'on me fournisse des explications.

— Je ne sais pas ce qui va se passer, mais cette histoire fera du grabuge, c'est certain. Et il faut que je vous raconte le reste. Je suis en effet allée chez les Piedmont, ce matin. J'ai vu rouge, et j'ai donné un coup de poing à Melody, je l'ai envoyée au tapis. Je n'en ai aucun regret !

Des murmures s'élevèrent tandis que Viola se penchait au-dessus de Shelby pour l'enlacer.

— Je reconnais là ma petite-fille, dit-elle avec un grand sourire.

— J'aurais bien aimé être une mouche, déclara Maybeline, les bras croisés sur sa poitrine. Ce n'est pas joli de dire ça, mais j'aurais voulu être témoin de la scène. J'aurais pris une photo avec mon téléphone !

— Moi, je l'aurais filmée ! renchérit Lorilee. Tante Pattie dit que Melody est odieuse dès que miss Piedmont a le dos tourné. (Elle s'approcha de Shelby et lui donna une accolade.) Ne t'en fais pas, je connais plein de monde qui aurait payé cher pour te voir lui casser la figure ! Pas vrai, miss Vi ?

— Oh que si, Lorilee !

— Tu es sympa, dit Shelby en tapotant la main de Lorilee. Bon, je crois qu'il est grand temps que je me mette au travail, maintenant. Ça me changera les idées.

Crystal attendit que Shelby ait disparu dans la réserve pour demander :

— Comment Mme Piedmont va-t-elle réagir, à votre avis ?

— Attendons de voir, répondit Viola.

Elles n'eurent pas à attendre longtemps.

Au creux de l'après-midi – à l'heure où les mères au foyer allaient chercher leurs enfants à l'école et où les femmes actives n'étaient pas encore sorties du travail –, Florence Piedmont poussa la porte de l'institut.

Un silence d'église s'abattit sur le salon. Très digne, en robe bleu marine et chaussures pour pieds sensibles, Florence adressa un petit signe de tête à Shelby, qui se tenait derrière le comptoir d'accueil, puis elle s'approcha de Viola.

– Viola, aurais-tu quelques minutes pour qu'on discute ? En privé. Avec Shelby.

– Bien sûr. Shelby, il y a quelqu'un dans la salle de relaxation ?

– Non, nous avons seulement deux personnes dans les cabines de soin, et les trois prochains rendez-vous n'arrivent que dans une heure.

– Parfait. Allons nous installer au calme, Florence. Quand ma mise en plis de 15 h 30 arrivera, Crystal, installe-la avec un magazine.

– Je te remercie de me consacrer un instant de ton précieux temps, Viola.

– Il n'y a pas de quoi, répondit celle-ci en précédant Florence et Shelby à travers le vestiaire. Tu aurais fait pareil pour moi. On se connaît depuis tant d'années.

– C'est vrai. Comment va ta mère, Vi ?

– Toujours aussi fringante. Et la tienne ?

– Le poids de l'âge se fait ressentir, mais elle est ravie de s'être installée en Floride. Mon frère Samuel passe la voir tous les jours.

– Il a toujours eu un cœur en or. Assieds-toi, je t'en prie.

– Nous avons un excellent thé à la pêche, madame Piedmont. Glacé ou chaud, proposa Shelby.

– Volontiers, chaud, si ça ne t'embête pas.

– Pas du tout. Granny ?

– Chaud, pour moi aussi, ma chérie, s'il te plaît.

– Cette pièce est très jolie, Viola. Paisible, reposante. Tu as toujours eu des idées avisées.

– Merci. Tout le monde a besoin de calme, de temps de temps.

– Oh, oui. Quelle est cette teinte, sur les murs ?

– Cette peinture s'appelle Crépuscule doré. Joli nom, n'est-ce pas ?

– En effet, soupira Florence. Viola, Shelby, en premier lieu, je voudrais vous dire que j'irai parler à Griffin Lott en sortant d'ici. Mais je voulais d'abord vous voir, toutes les deux. J'aurais aussi dû demander à Ada Mae si elle pouvait se libérer un moment.

– Elle est en train de faire un massage facial. Ne t'en fais pas, Flo, nous lui transmettrons ce que tu as à lui dire.

– Je souhaite m'excuser auprès de vous toutes. Auprès de ton père aussi, Shelby, ainsi que de ta fille et de tes frères. Et de Jackson, Viola.

– Vous n'avez rien à vous reprocher, madame Piedmont, protesta Shelby.

– Je vous prie quand même d'accepter mes excuses.

– Bien sûr, acquiesça Shelby en servant le thé dans les jolies tasses en porcelaine du salon.

– Merci. Assieds-toi donc avec nous. Je sors juste du poste de police. Melody a reconnu avoir donné de l'argent à Arlo Kattery pour qu'il te cause des ennuis. Je ne suis pas certaine qu'elle aurait avoué aussi vite si trois personnes n'avaient pas vu sa voiture devant le mobile home de Kattery. De toute façon, je ne lui aurais pas payé d'avocat tant qu'elle n'aurait pas dit la vérité.

Sans un mot, Viola se pencha vers Florence et lui prit la main.

– Je ne comprends pas ce qui lui est passé par la tête, pourquoi elle a agi aussi bêtement, poursuivit Florence. Je ne sais pas pourquoi elle a toujours été jalouse de toi, Shelby. Quand tu as été nommée cheftaine des pom-pom girls, elle a piqué une crise d'hystérie et elle m'a suppliée de faire un don à la ligue athlétique pour qu'ils lui donnent ta place. Lorsque tu as été élue reine du lycée, elle a découpé sa robe en lambeaux. Elle se laisse dominer par la colère, soupira Florence. En lui confiant The Artful Ridge, en lui aménageant les anciennes écuries, j'espérais qu'elle serait plus heureuse, qu'elle deviendrait plus mature. Hélas, je me rends compte maintenant que j'ai été trop indulgente, que je l'ai trop gâtée. Et sa mère encore plus. Elle est ma petite-fille, la première de mes petits-enfants, et je l'aime.

– Naturellement.

– Je lui ai pardonné trop de choses, mais cela, je ne le laisserai pas passer. Cette fois, elle a causé des dommages corporels, et ça aurait pu être pire. Elle a agi par pure méchanceté, elle doit être punie. Le shérif m'a indiqué, si vous êtes d'accord, toi et Griffin Lott, qu'au lieu d'aller en prison, elle pourrait…

La main tremblante, Florence reposa précautionneusement sa tasse sur la soucoupe.

– Elle pourrait passer six mois dans un établissement de soins, privé, où elle suivrait une thérapie, et où elle serait assignée à des corvées de ménage, de jardinage et de lessive. Ensuite, elle irait six mois en centre de réadaptation, pour y effectuer des travaux d'intérêt général, à l'issue de quoi elle serait encore soumise à un an de mise à l'épreuve. Ce n'est pas la prison, j'en conviens, mais elle serait internée, et elle recevrait des soins dont elle a grand besoin, il me semble. Elle devrait se plier à une discipline, et perdrait sa liberté, ce qui équivaut tout de même à une sorte de détention. Et si jamais elle refusait d'obéir aux règles, alors elle serait incarcérée. Sa mère tentera de s'opposer à cette décision, mais son père… J'ai parlé à mon gendre, nous avons longuement discuté, et il me soutiendra.

Plus calme, Florence reprit son thé.

– Ce sont nos petites-filles, Vi. Qui aurait cru que nous en arriverions là ?

De nouveau, Viola lui prit la main.

– L'existence est une route cahoteuse et glissante. Les dérapages sont parfois inévitables.

– Certains savent tenir la barre mieux que d'autres... Tu prendras le temps de réfléchir, Shelby ?

– C'est Griff qui a été blessé.

– Mais c'est toi qui étais visée.

– Je ne demande qu'une chose, madame Piedmont : qu'elle me laisse tranquille. J'ai une fille, une vie à reconstruire, j'aimerais seulement que Melody nous laisse en paix. Si votre proposition convient à Griffin, elle me conviendra. Quelles qu'aient été les intentions de Melody, c'est lui qui en a pâti.

– Je lui parlerai, et nous nous rangerons à sa décision. Je suis affligée qu'un membre de ma famille lui ait causé du tort. Sais-tu si Jackson a estimé le montant des dégâts causés au camion, Viola ?

– Je l'ai eu au téléphone tout à l'heure. Les réparations coûteraient plus cher qu'un véhicule neuf.

– Oh, Granny...

– Espérons que l'assurance le dédommagera.

– Je le dédommagerai, moi. Je vous en donne ma parole. Vous avez du travail, toutes les deux. Je vous remercie de m'avoir accordé ces quelques instants. Et de votre compréhension, de votre gentillesse.

– Je te raccompagne, déclara Viola en glissant un bras sous celui de Florence. Et je vais te donner une brochure, si tu veux revenir pour un massage aux pierres chaudes ou un soin du visage rajeunissant.

Shelby entendit le rire de Florence, dans le couloir.

– Il est un peu tard, je crois, pour rajeunir mon visage.

– Il n'est jamais trop tard, Flo.

La meilleure politique, semblait-il à Shelby, était de se faire oublier et de prendre chaque jour comme il se présentait. Depuis son retour à Rendezvous Ridge, elle n'avait que trop souvent été au centre des potins. D'expérience, elle savait toutefois que de nouveaux ragots ne tarderaient pas à venir alimenter les conversations.

Le vendredi soir, néanmoins, elle apprécia d'occuper le devant de la scène, au Bootlegger's, et le public parut apprécier les ballades des *fifties*, les morceaux de rock et de doo-wop qu'elle interpréta. Du reste, personne ne fut tué !

Et comme Callie dormait chez Granny, elle termina la soirée chez Griff, pour son plus grand plaisir.

Le samedi soir, en rentrant du travail, elle mit ses comptes à jour, régla des notes et se félicita de pouvoir solder une autre carte de crédit.

Trois de moins, plus que neuf.

Sitôt le petit déjeuner du dimanche terminé, elle fit frire du poulet tandis que Callie riait à tue-tête en jouant avec sa nouvelle machine à bulles.

Ada Mae entra dans la cuisine et lui enlaça la taille.

– N'est-ce pas le plus beau bruit de fond du monde ?

– Oh, si ! Elle est si heureuse, maman, que j'en ai le cœur retourné.

– Et toi, es-tu heureuse ?

– Presque autant qu'une petite fille devant une machine à bulles.

– Tu étais en voix, vendredi soir, et très belle dans cette robe bleue.

– Je vais m'éclater, la semaine prochaine, avec les *sixties*. J'ai commencé à sélectionner des chansons. Tansy m'a dit qu'ils s'étaient décidés pour l'agrandissement. Ce sera chouette.

– Une bonne chose que Griff et Matt aient presque fini ici. J'adore ma nouvelle salle de bains, autant que Callie aime sa machine à bulles.

Pour le prouver, Ada Mae esquissa un pas de danse, amenant un sourire sur les lèvres de sa fille.

– Ils sont habiles de leurs mains. Un homme habile de ses mains vaut son pesant d'or. Tu as dû passer du bon temps, après le concert au bar-grill...

– Je ne peux pas dire le contraire, répondit Shelby en rosissant. Tu n'as pas attendu que je rentre, j'espère ?

– Quand tu as ta fille sous ton toit, qu'elle ait quatorze ans ou qu'elle en ait quarante, tu guettes le bruit de sa voiture. Et ne me dis pas que tu es désolée, je suis contente que tu aies trouvé un charmant garçon. Tu es tout sourire depuis que tu le fréquentes.

– C'est vrai. Pourtant, je ne pensais pas m'engager dans une relation de sitôt. Cela dit, je ne me projette pas plus loin que la semaine prochaine, se hâta d'ajouter Shelby, devinant où sa mère voulait en venir.

– Tu as raison, prends ton temps, rode-le bien.

– Maman !

– Crois-tu que ta génération ait inventé le sexe ? Et tu vas chanter des chansons des années soixante ? Cette génération-là se le figurait, elle aussi. En parlant de rodage, j'ai su que Florence Piedmont avait acheté un nouveau camion à Griff.

– Il n'a pas pu refuser, elle l'aurait trop mal pris. Grandpa essaiera de récupérer des pièces de l'ancien, et Griff va faire peindre le logo des Hommes à tout faire sur le nouveau.

Elle s'interrompit pour égoutter une partie du poulet.

– Crois-tu qu'on ait bien fait, maman ? De laisser Melody s'en tirer avec un séjour en centre de soins ?

– Ces centres ressemblent à des country-clubs, j'imagine... Mais je crois que vous avez pris la bonne décision, oui. Je ne sais pas si elle osera revenir à Rendezvous. Tout du moins, nous ne la reverrons pas avant un bon bout de temps. Ce que je sais, en revanche, c'est que miss Florence ne lui gardera pas son poste à la boutique.

– Oh...

– Et je pense que tu pourrais l'avoir, si tu le voulais.

– Je... Non, je suis très bien au salon. J'aime mon travail, je m'entends bien avec mes collègues, les clientes sont sympas. Par ailleurs, au cas où je devrais m'absenter, je sais que personne ne m'en tiendrait rigueur. De toute manière, je ne voudrais pas de l'ancienne place de Melody, je m'y sentirais... Trop de mauvaises vibrations, tu vois ce que je veux dire ?

– Tout à fait, je te comprends. Tu as la main de ta grand-mère, pour préparer le poulet frit, ma chérie ! Si tu ne veux pas te projeter au-delà de la semaine prochaine, sois prudente : le bon poulet amène les hommes à vous demander en mariage...

– De ce côté-là, je ne me fais pas trop de souci.

Elle en avait déjà bien assez, songea-t-elle, inutile de s'en créer d'autres.

À midi, lorsque Griff gara son camion de location dans l'allée, le panier à pique-nique était prêt, et Callie aussi, en robe jaune et ruban dans les cheveux. Shelby avait opté pour un jean et une chemise en jean, et ses vieilles chaussures de randonnée.

La fillette se rua dans le jardin avant que Griff ne parvienne à la porte et lui sauta au cou.

– Tu as vu mon nœud ? dit-elle en portant la main au ruban jaune attaché dans ses cheveux.

– Tu es belle comme un cœur, et ta maman aussi. Donne-moi le panier, dit-il à Shelby.

– Tu as déjà Callie. On va prendre mon monospace, je conduirai. Les couvertures sont déjà dans le coffre.

– Dans ce cas, laisse-moi juste prendre deux ou trois trucs dans le camion.

Il installa Callie dans son siège auto – avec dextérité, remarqua Shelby. Il n'était pas nécessaire de lui expliquer les choses deux fois. Puis il alla chercher un sac de provisions dans son camion.

– Ma contribution, dit-il en le déposant dans le coffre du monospace.

– J'espère que le coin est resté aussi joli que dans mon souvenir. Il y a un bail que je n'y suis pas allée.

Elle prit la direction du village, Callie jacassant comme une pie, puis bifurqua sur un axe secondaire longeant la vallée et les mobile homes. Tandis qu'elle gravissait la petite route accidentée et sinueuse, tout lui revenait : les paysages, les odeurs, les couleurs.

Des trilliums, des iris et des ancolies poussaient à la lisière des sous-bois ; çà et là des lauriers des montagnes, des sabots de la Vierge.

– C'est magnifique par ici, commenta Griff lorsque Callie engagea une conversation avec son inséparable Fifi.

– Les rhododendrons sauvages ne vont pas tarder à fleurir. J'adore le vert de leur feuillage, la couleur changeante de leurs fleurs.

Ils passèrent devant une petite ferme, où un garçonnet de l'âge de Callie se roulait dans l'herbe avec un jeune chiot.

– Maman, regarde le petit chien ! C'est quand qu'on aura un petit chien ?

– Sa nouvelle obsession, chuchota Shelby. On verra quand on aura notre maison à nous, mon cœur. On est presque arrivés à l'endroit du pique-nique, ajouta-t-elle, espérant ainsi faire diversion. À partir de là, nous sommes sur les terres de la ferme qu'on vient de voir, dit-elle à Griff en s'engageant sur un étroit chemin. Papa a mis trois enfants au monde ici – peut-être plus, pendant que j'étais partie –, et il est venu soigner la grand-mère à domicile, avant son décès. La famille lui voue une admiration sans bornes.

– Moi aussi, depuis qu'il m'a autorisé à reprendre le boulot.

– Ton œil commence à guérir.

– Je lui ai fait un bisou, maman, pour qu'il aille mieux, quand on est allés manger la pizza avec Griff. On est bientôt arrivés ?

– On va se garer ici, car on ne peut pas aller plus loin en voiture, mais il faudra encore marcher quatre ou cinq cents mètres, en montée.

– Nous sommes prêts ! déclara Griff en hissant Callie sur ses épaules et en attrapant le panier à pique-nique. Prends le sac et les couvertures, dit-il à Shelby. Quel calme, ici !

Il aperçut un cardinal au plumage rouge, qui les observait du haut d'un buisson d'aubépine.

– On sera encore plus tranquilles là-haut, tu verras.

– Personne ne viendra nous déloger à coups de carabine ?

– Non, mon père a demandé si nous pouvions venir. Il n'y a pas de problème, à condition qu'on laisse les lieux dans l'état où on les aura trouvés. À l'époque de la prohibition, les contrebandiers faisaient du trafic de whisky, par ici. Ma famille en revendait sous le manteau.

– C'est du propre ! plaisanta Griff.

– Les gens du coin ont tous des contrebandiers parmi leurs ancêtres.

– La prohibition était une loi de con.

– Loi de con, répéta Callie.

– Oups ! Pardon, s'excusa Griff.

– Attention, Callie, c'est un mot d'adulte…

– Moi, j'aime bien les mots d'adulte.

Soudain, la fillette poussa un hurlement. Griff donna le panier à Shelby et se baissa pour que Callie descende de son dos.

– Un lapin ! Maman, j'ai vu un lapin !

– Putain… Purée ! se corrigea Griff. Tu m'as fait une de ces peurs, Little Red !

– Attrape le lapin, Griff, attrape-le !

– Pas de chance, je n'ai pas emporté mon épuisette à lapereaux.

Le cœur tambourinant encore de frayeur, il reprit le panier, et ils continuèrent à grimper jusqu'au sommet, où il découvrit que chaque pas de l'ascension en valait la peine.

– OK, waouh !

– C'est exactement comme dans mon souvenir. Le ruisseau, les arbres. J'adore ce grand noyer noir. Et ce panorama, à perte de vue, sur les montagnes et les vallons…

– À compter d'aujourd'hui, tu es officiellement promue responsable du choix des sites de pique-nique !

– Difficile de trouver mieux que celui-ci, à part chez toi.

Dès que Griff déposa Callie sur le sol, elle fila vers la rivière.

– Ne t'approche pas trop du bord ! cria Shelby, mais Griff attrapa la main de la fillette et l'entraîna près du cours d'eau.

– Tu as vu ces petites cascades ? Et les cailloux qui brillent ? dit-il en s'accroupissant à côté d'elle.

– Je veux nager !

– Ce n'est pas assez profond pour nager, mais tu peux enlever tes chaussures et tes chaussettes pour te tremper les pieds.

– Ouais !

Assise par terre, Callie s'attaqua à ses lacets tandis que Shelby étalait les couvertures.

– Ce n'est pas grave si elle mouille sa robe ? demanda Griff.

– Non, j'ai prévu une tenue de rechange. Je ne connais pas un seul enfant qui n'aime pas patauger !

– Tu es une maman cool.

Avec des cris de délice, Callie plongea les pieds dans le courant, pendant que Griff sortait une bouteille de son sac, puis de sa poche isotherme.

– Du champagne ?! s'exclama Shelby. Avec mon poulet frit, je vais faire piètre figure !

– J'en jugerai.

Elle sirota du champagne, savoura la satisfaction de voir Griff dévorer son poulet, laissa Callie chasser les papillons et barboter encore dans le ruisseau.

Et elle se détendit, ce qui ne lui était pas arrivé depuis son face-à-face avec Arlo à travers les barreaux de la cellule de garde à vue.

Lui ne verrait plus le jour avant longtemps.

Shelby avait pour elle le ciel bleu, la nature, le pépiement des oiseaux, les rayons du soleil jouant à travers les branches, et sa petite fille riant au bord de l'eau.

– Tu es définitivement engagée ! déclara Griff en reprenant un pilon de poulet et en se resservant une assiette de salade de pommes de terre.

– Ici, on a l'impression que le monde est parfait.

– C'est la raison pour laquelle nous avons tous besoin d'endroits comme celui-ci.

Du bout des doigts, elle effleura la blessure sur son front.

– Forrest m'a dit qu'ils n'avaient toujours pas arrêté ce Harlow. À mon avis, il est venu faire ce qu'il avait à faire, et il a pris le large.

– Ça paraît logique.

– Alors pourquoi m'avoir raccompagnée vendredi soir à 2 heures du matin ?

– Ça me paraissait logique. Quand aurais-je de nouveau le plaisir de te raccompagner ?

Oh, elle espérait justement entendre cette proposition !

– Je verrai si maman peut garder Callie un soir de la semaine.

– Si on allait au ciné ? On passerait ensuite un moment chez moi ?

Elle avait cela aussi, pensa-t-elle, un sourire sur les lèvres. Des soirées avec un homme qui éveillait en elle des frissons de volupté.

– Pourquoi pas ? Callie, si tu ne finis pas ton poulet, tu n'auras pas de cupcake.

Pendant le trajet du retour, tandis que Callie luttait contre le sommeil sur la banquette arrière, Shelby réfléchissait à la façon dont elle pourrait prolonger ce dimanche après-midi absolument parfait.

Griff pourrait peut-être rester un moment chez ses parents pendant que Callie ferait la sieste. Ils bavarderaient dans le jardin. Ou alors elle passerait un coup de fil à Emma Kate et Matt, pour leur proposer de les rejoindre.

– Tu as du boulot qui t'attend chez toi, j'imagine ? interrogea-t-elle Griff.

– Toujours. Pourquoi ? Tu as autre chose à me proposer ?

– Je me disais… si tu veux rester un moment chez mes parents, on pourrait inviter Matt et Emma Kate pour un barbecue ?

– Quand il s'agit de manger, je suis toujours partant !

– Il faut que je voie si ça ne dérange pas mes parents, et…

Elle s'interrompit en se garant devant la maison, d'où sa mère sortit en trombe, l'air catastrophé.

– Oh, mon Dieu… Que se passe-t-il, maman ?

– J'allais t'envoyer un texto. Gilly a perdu les eaux. Ils sont partis à la maternité il y a déjà quelques heures. Papa garde Jackson. Forrest est allé chercher Granny. On se rejoint tous à l'hôpital. Clay dit que l'accouchement s'annonce rapide. Oh, je ne sais pas pourquoi les naissances me font perdre la tête !

– Ce sont des événements heureux et excitants.

– Va avec eux, dit Griff à Shelby.

– Je ne veux pas laisser mon grand-père seul avec deux bambins.

– Je m'occupe de Callie.

– C'est vrai ? Je…

– Je veux rester avec Griff ! S'il te plaît, maman, s'il te plaît ! Griff, je veux aller chez toi. Tu joueras avec moi dans ta maison ?

– Ce serait super, trancha Ada Mae. Shelby n'a pas pu être là pour la naissance de Jackson. Vous nous rendriez un énorme service, Griff.

– Avec plaisir.

– Youpi !

Shelby contempla un instant le visage radieux de sa fille.

– Il y en a peut-être pour plusieurs heures !

– Pas d'après Clay. Clayton, dépêche-toi ! cria Ada Mae. Si tu continues de traînasser, on va louper l'arrivée du bébé ! Mille mercis, Griff. Callie, sois bien sage chez Griff. Clayton Zachariah Pomeroy ! tempêta-t-elle en entrant dans le vestibule.

– Tu es sûr que ça ne t'embête pas ? demanda Shelby à Griff.

– Sûr et certain.

*Le Menteur*

– On y va, Griff ? On va dans ta maison ? s'impatienta Callie en lui frottant les joues de ses deux petites mains.

– Laissez-moi juste… vous donner quelques jouets à emporter.

– J'ai des ciseaux et de la colle pour l'occuper, et des allumettes.

– Très drôle ! Tu prendras mon monospace, au cas où tu serais obligé de l'emmener quelque part. Tu me prêtes ton camion ?

– Sans problème, ce n'est pas le mien.

– Tu sais que tu es vraiment hilarant ?! Bon, je reviens dans deux minutes. Enfin, cinq.

Shelby se rua à l'intérieur de la maison tandis que sa mère en ressortait en tirant son père par le bras.

– Ada Mae, je suis médecin, et je t'assure que nous avons le temps.

– Ce n'est pas ce que tu dis chaque fois que tu pars faire des accouchements en urgence. On y va, Shelby !

– Je vous suis, je connais le chemin !

Griff s'adossa contre le monospace, à côté de la vitre de Callie.

– On va s'éclater, tous les deux, Little Red !

20

Et ils s'éclatèrent.

Coiffé d'une tête de monstre fabriquée avec du carton, Griff poursuivit une Callie extatique à travers le jardin. Elle l'abattit d'un coup de baguette magique confectionnée à partir d'un tuyau.

Ressuscité en prince, il répondit au premier texto de Shelby.

*Arrivée à l'hôpital. Tout se passe bien. Et vous ?*

*Impec. On s'apprête à sortir jouer sur la route.*

Il emmena Callie boire un Coca et, à en juger d'après ses yeux brillants, devina qu'elle n'avait encore jamais goûté à la boisson favorite de sa mère. Il fallut ensuite une bonne demi-heure pour que l'ivresse retombe. Hors d'haleine, en homme averti, il la réinstalla à l'arrière du monospace, et ils partirent acheter un pack de jus de fruit – breuvage sans doute plus adapté à une enfant de quatre ans.

En apercevant une pancarte « CHIOTS À VENDRE », pensant avoir trouvé une distraction qui plairait à la fillette, il bifurqua sur le chemin de gravier indiqué par la flèche, qui les mena jusqu'à un petit ranch.

Dans un enclos très propre, trois jeunes chiens au pelage crème, suivis d'un quatrième à la robe chocolat, se précipitèrent contre le grillage en jappant et en tortillant leur petit corps pataud.

Callie ne se rua pas vers eux en hurlant, comme Griff s'y attendait.

Le souffle coupé, elle pressa ses deux mains contre sa bouche et tourna vers lui un regard émerveillé, empreint d'amour et d'une incommensurable joie.

*Oh, mince ! Qu'ai-je fait ?* pensa-t-il.

## Le Menteur

Puis elle s'agrippa à ses jambes.
– Des bébés chiens ! Je t'aime, Griff. Merci, merci !
– Écoute, je... On va juste...
Elle leva vers lui un visage irradiant de bonheur et le lâcha pour s'élancer enfin contre la clôture du chenil.
– Bonjour, lança une femme en sortant du ranch, un bébé sur la hanche, un foulard rouge autour des cheveux.
– Bonjour, répondit Griff, sous l'œil méfiant du nourrisson. Je voulais juste montrer les chiots à la petite.
– Pas de problème. Tu veux entrer dans l'enclos, la puce ? Ils sont gentils comme tout. Ils ont trois mois, précisa la jeune maman en ouvrant le portail. Georgie, notre labrador croisé retriever, en a eu huit avec le labrador chocolat de mon cousin.
Callie pénétra dans le chenil et s'y accroupit. Les petits chiens se rassemblèrent autour d'elle, leurs jappements se mêlant à ses éclats de rire.
– Ils adorent les enfants. Si vous en prenez un, vous n'aurez pas à vous faire de souci pour votre fille. Ils sont très doux, loyaux et joueurs.
– Je ne suis pas son père. Je la garde juste un moment. La belle-sœur de sa mère est en train d'accoucher.
– Griff ! Viens voir, Griff ! Viens voir les bébés chiens !
– J'arrive !
– Allez-y, prenez votre temps. Elle n'est pas brusque, c'est bien. En général, les gamins essaient de les attraper, quand ils ne leur tirent pas la queue ou les oreilles. Ils partiront vite, je pense, ajouta la propriétaire de la portée, en changeant son bébé de côté, lequel souriait maintenant à Griff de toutes ses petites gencives roses. Je n'ai mis la pancarte que ce matin. Les quatre premiers étaient promis. J'ai attendu qu'ils soient complètement sevrés et vaccinés.
– Je... Je n'avais pas... Enfin si, j'avais l'intention de prendre un chien, mais pas tout de suite. Pas avant que ma maison soit à peu près finie.
– Ah, mais oui ! C'est vous qui avez acheté la ruine du vieux Tripplehorn ! Vous travaillez avec le jules d'Emma Kate. Doc Pomeroy et Emma Kate ont mis Lucas au monde dans la salle de consultation de la clinique. Normalement, c'était ma dernière visite de contrôle, mais il est arrivé sans crier gare ! Pas le temps d'aller à la maternité. C'est la petite de Shelby Pomeroy ?
– Oui.

– Avec ces cheveux, j'aurais pu m'en douter. Si vous voulez un chiot, je vous le laisse à moitié prix.
– C'est-à-dire que...
– Griff, viens jouer avec les petits chiens !
– Allez-y, je serai par là.

Il prit le chiot brun dans ses bras et arrêta sa décision lorsque Callie commença à suggérer des noms.

Il ne l'appellerait pas Fifi, en l'honneur de sa peluche. Pas plus que L'Âne, en l'honneur du fidèle compagnon de Shrek.

Il le baptisa Snickers, en référence à la barre chocolatée, et ils retournèrent au supermarché acheter de la pâtée, une gamelle, une laisse, un collier et des biscuits pour chien.

Sur le chemin du retour, tandis que le chiot explorait l'intérieur du monospace, il crut que ses tympans explosaient.

Le deuxième texto de Shelby arriva alors qu'il libérait Callie du siège auto, devant chez lui. La fillette bondit hors de la voiture, à la poursuite de son nouvel ami.

*Gilly en salle d'accouchement. Naissance imminente.*
*Toujours en train de jouer sur la route ?*

*Adopté un chiot*, commença-t-il à écrire, bien que Snickers lui parût encore irréel. Puis il effaça le message et en composa un autre :

*Affamés, partons à la recherche d'inconnus susceptibles*
*de nous offrir des sucreries. Courage à Gilly.*

Beau Sawyer Pomeroy, trois kilos six cents, en parfaite santé, vint au monde à 19 h 11, deux nombres porte-bonheur selon son père. Shelby prit le temps de l'admirer – le portrait craché de son frère –, puis elle donna son paquet de mouchoirs à sa mère et embrassa les heureux parents.

Elle rédigea un bref SMS :

*C'est un garçon ! Beau Sawyer est à croquer, son papa et*
*sa maman sont aux anges. Je ne vais pas tarder.*

Quand elle parvint à prendre congé, le soleil déclinait. Elle envisagea d'envoyer un nouveau texto à Griff, pour lui demander s'il voulait qu'elle rapporte quelque chose à manger, mais se dit finalement qu'ils avaient sans doute déjà soupé.

*Quelle journée !* pensa-t-elle, remplie d'émotion, en se garant à côté de son monospace.

Lorsqu'elle frappa à la porte et que personne ne répondit, elle s'efforça de ne pas penser au pire. Elle poussa le battant, appela, et reconnut une bande-son familière. *Shrek.*

En secouant la tête, elle se dirigea vers le séjour.

Sur le grand écran plat, Shrek et L'Âne se disputaient. Sur le canapé, sa petite fille dormait sur les genoux de Griff, lui aussi profondément endormi.

Elle faillit pousser un cri en sentant une chose froide et humide glisser sur sa cheville, et découvrit un chiot qui mordillait les lacets de ses chaussures de randonnée.

– Non, non, non, dit-elle en le prenant dans ses bras. D'où viens-tu, toi ?

– De pas très loin, répondit Griff en entrouvrant un œil ensommeillé.

– À qui est-il ?

– À moi. Le sort en a décidé ainsi. Il s'appelle Snickers.

– Comment ?!

– Snickers. C'est un croisé labrador et golden retriever.

Amusée, charmée, Shelby cajola la boule de poils qui lui léchait amoureusement le menton.

– Il est adorable. Tu as vu la taille de ses pattes ?

– Non. Pas vraiment.

– Ce sera un grand chien, dit-elle en souriant à Snickers, qui gigotait entre ses bras. Qui t'a épuisé ? Callie ou lui ?

– Nous nous sommes tous les trois mutuellement épuisés, je crois. Comment se porte le bébé ?

– Comme un charme. Il s'appelle Beau Sawyer, si tu n'as pas lu mon dernier SMS. Il est en bonne santé, mignon comme un cœur, toute la famille nage dans le bonheur. Je te remercie du fond du cœur d'avoir gardé Callie. C'était hyper important pour moi d'être là pour cette naissance.

– On s'est amusés comme des petits fous. Quelle heure est-il ?

– 20 h 30.

– On a dû dormir une vingtaine de minutes.

– Vous avez mangé ? Si j'avais su...

– Il restait du poulet du pique-nique. Et j'ai fait des macaronis au fromage. J'étais sûr de ne pas me tromper, tous les enfants aiment les macaronis. J'avais aussi des petits pois surgelés. Callie en a repris deux fois !

Tout en parlant, il caressa le dos de la fillette et essaya de se lever. Elle bascula sur le canapé tel un sac de chiffons.

– Elle est lessivée !

– Elle a passé une bonne journée. Moi aussi, déclara Shelby en posant le chiot sur le plancher.

Avant que Snickers ne s'attaque à ses lacets, Griff le prit sous son bras et regarda autour de lui à la recherche de la vieille corde qu'il lui avait trouvée pour se faire les dents.

– Tiens, essaie ça, dit-il en le redéposant sur le sol et en la lui donnant.

– C'est Callie qui t'a soufflé l'idée d'adopter un chien ?

– Elle n'a pas eu besoin de prononcer un mot, répondit-il en la regardant dormir, les fesses en l'air, Fifi tendrement serré contre elle. Ses yeux en disaient assez long. J'avais de toute façon l'intention d'en prendre un, mais pas avant l'automne. J'ai juste avancé la date. Tu veux manger ? Il reste des macaronis. Le poulet, lui, n'est plus qu'un bon souvenir !

– Non, je te remercie, on a grignoté à l'hôpital. Je vais ramener Callie à la maison et la coucher.

– Tu ne pourrais pas rester ?

Tentant, délicieusement tentant, quand il l'enlaça d'un geste sensuel.

– J'aimerais bien, et Callie aussi, j'imagine. Mais pas encore, Griff. Bientôt.

Elle pouvait toutefois prolonger ce moment, sa bouche contre la sienne, puis la tête au creux de son épaule.

– Nous avons passé une excellente journée.

– À marquer d'une pierre blanche.

Il souleva Callie, qui se laissa mollement aller par-dessus son épaule, tandis que Shelby prenait le panier à pique-nique et son sac. Le chien les précéda au-dehors, trottinant autour de la voiture pendant que Griff attachait Callie dans son siège auto.

Il regarda le monospace s'éloigner sous le ciel rougeoyant. Puis ce fut le silence.

Il aimait le silence, ou il n'aurait jamais acheté cette maison isolée. Mais après des heures de babillage enfantin, le silence devenait tout à coup prégnant. Il regarda Snickers, qui mâchouillait ses lacets.

– Arrête, dit-il en secouant le pied. Viens, allons faire notre ronde.

Ils en refirent deux avant minuit.

Griff avait consacré trop de temps à ses parquets pour laisser un jeune chien les abîmer.

Il lui confectionna un panier provisoire, dans une boîte en carton tapissée de vieilles serviettes. Et noua une autre serviette de façon à lui donner plus ou moins la forme d'un chiot. Snickers ne fut pas conquis d'emblée, mais l'excitation de la journée eut bientôt raison de lui. Satisfait, Griff se mit lui aussi au lit.

Quand il se réveilla, le réveil indiquait 2 h 12. Il alluma son téléphone, vérifia. Snickers demeura roulé en boule dans sa caisse.

Griff ignorait ce qui l'avait tiré du sommeil, mais ne se sentant pas tranquille, il sortit tout doucement de la chambre, laissant le chien dormir.

Ce n'étaient sans doute que les craquements de la vieille maison... Néanmoins, il se munit d'une clé à molette et alluma la lumière avant de descendre.

Au bas de l'escalier, il entendit un déclic. Une porte qui se fermait.

Il courut jusqu'aux baies vitrées, éclaira la cuisine, puis l'extérieur, au risque de trahir sa présence ; mais s'il y avait quelqu'un, Griff saurait au moins à quoi s'en tenir.

Il ne distingua rien, aucun mouvement.

Avait-il verrouillé la porte de derrière ? Non, il y pensait rarement. Et comme il avait sorti le chien plusieurs fois, il n'avait sûrement pas pris la peine de fermer à clé.

Il sortit dans la galerie, et s'efforça de filtrer les bruits de la nuit, du vent, le lugubre hululement d'une chouette, l'écho d'un aboiement dans le lointain.

Un ronflement de moteur. Des pneus crissant sur le gravier.

Il scruta l'obscurité.

Quelqu'un était entré chez lui, il en aurait mis sa main au feu.

Il retourna à l'intérieur et ferma la porte à double tour, tout en songeant qu'un verrou sur une porte vitrée ne servait pas à grand-chose.

Il balaya la pièce du regard, en quête de quelque chose qui aurait été déplacé. Ses yeux passèrent sur son ordinateur portable, qu'il avait laissé sur l'îlot de la cuisine, puis revinrent en arrière.

Il laissait presque toujours son ordinateur ouvert, or l'écran était rabattu. Il posa la main dessus : il était encore chaud.

Il l'alluma et lança les applications qu'il utilisait couramment. Il n'était pas un génie de l'informatique, mais il possédait de bonnes notions de base et ne tarda pas à découvrir qu'on avait copié ses fichiers : ses comptes, ses factures, ses mails, ses plans.

– Oh, punaise...

Il passa les vingt minutes suivantes, avec force jurons, à modifier ses mots de passe, ses codes et ses noms d'utilisateur, tout ce à quoi il put penser, sans parvenir à comprendre en quoi le contenu de son ordinateur pouvait intéresser qui que ce soit.

Il envoya un mail à sa famille, à ses amis, à ses relations professionnelles, afin de les prévenir qu'il avait eu un problème informatique et qu'ils ne devaient répondre à aucun message provenant de son ancienne adresse électronique.

Après avoir vérifié chacune des portes et fenêtres, il remonta dans sa chambre, son ordinateur sous le bras. Une nouvelle priorité s'imposait : sécuriser la maison.

Une heure après s'être réveillé, il tenta de se rendormir, dressant l'oreille au moindre craquement, au moindre souffle de vent. Quand il finit enfin par s'assoupir, le chiot se réveilla et poussa un jappement plaintif.

– OK, soupira Griff en se relevant et en remettant son pantalon. J'ai compris : c'est l'heure de ta ronde, Snickers !

Armé d'une lampe de poche, il sortit le chien et découvrit une empreinte de pas dans la terre, au bord du chemin de gravier.

– Ton œil au beurre noir commence juste à s'estomper, et on s'est introduit chez toi ? Drôle de coïncidence...

Matt retouchait les peintures tandis que Griff posait les plinthes de la nouvelle salle de bains d'Ada Mae.

– Non seulement chez moi, mais dans mon ordinateur. Il a fallu que je change tous mes mots de passe, que je prévienne tous mes contacts, et j'ai passé une heure au poste de police, ce matin, pour déposer une plainte. Je ne comprends pas... Le pire, c'est que je ne me serais rendu compte de rien si je n'avais pas trouvé mon ordi fermé.

– Tu es sûr que tu l'avais laissé ouvert ?

– Certain. En plus, il était chaud, alors que je ne l'avais pas touché depuis des heures. Et il y avait une trace de pas dehors. Ce n'était pas la mienne, Matt. Je chausse du 46, et elle était plus grande. Et j'ai entendu une bagnole.

– Qu'ont dit les flics ?

– Forrest a tenu à venir chez moi. Il a inspecté les lieux et pris une photo de l'empreinte. Ce n'était pas un acte de harcèlement. Sinon, crois-moi, je serais illico allé trouver la famille et les potes de Kattery !

– Tu ne roules pas sur l'or, mais tu es plutôt bien loti. Quelqu'un a dû se dire : « Hé, ce type vient d'acheter une grande baraque, il se paie un camion flambant neuf... », etc.

– Parce que l'autre empaffé a bousillé l'ancien.

Matt secoua Snickers, accroché à ses lacets, et lui lança la balle que Griff avait apportée.

– À mon avis, on a pensé qu'on pouvait siphonner tes comptes.

– Plus de risques, maintenant. Franchement, ça me met en rogne qu'on soit entré chez moi comme ça ! Je ne regrette vraiment pas d'avoir pris un chien.

– Tu en es sûr ? Combien de fois as-tu déjà nettoyé derrière lui ?

– Quelques-unes. Cinq ou six. Mais il commence à faire attention. Ce sera un bon chien de garde. Il n'a pas peur du bruit de la cloueuse. Et il va devenir grand, il dissuadera les intrus d'entrer chez moi à 2 heures du matin. Tu devrais en prendre un, toi aussi ; Snickers aurait un copain.

– Tu oublies que j'habite en appart, répliqua Matt en montant sur l'escabeau, pinceau et pot de peinture dans les mains. Cela dit, je vais peut-être bientôt commencer à construire ma maison.

– Tu dis ça depuis qu'on est ici.

– C'est sérieux, cette fois. Je vais demander Emma Kate en mariage.

– Tu devrais... Hein ?! s'écria Griff, manquant de peu de lâcher la cloueuse. Quand ? Waouh !

Béat, Matt souriait jusqu'aux oreilles.

– Pendant que tu étais au bureau du shérif, ce matin, je la regardais. Elle préparait des smoothies verts...

– Ne me parle pas de tes fameux smoothies verts.

– Tu n'y as jamais goûté.

– Je ne comprends pas les gens qui mangent du kale, encore moins ceux qui en boivent. Tu as décidé de l'épouser à cause de ses jus de légumes ?!

Matt releva la visière de sa casquette, révélant un regard plein d'étoiles.

– Je la regardais... Elle était pieds nus, en pantalon kaki et tee-shirt bleu, pas maquillée, un peu grognon. Le soleil brillait derrière la fenêtre, et je me suis dit : « Voilà ce que je veux voir, chaque matin. »

– Une Emma Kate bougonne et du jus de chou ?

– Absolument, jusqu'au dernier jour de ma vie. Tu viendras m'aider à choisir une bague, après le travail ? Je compte lui faire ma demande ce soir même.

– Ce soir ?! répéta Griff en se redressant. Tu es sérieux ? Tu ne veux pas d'abord préparer le terrain ?

– J'achèterai aussi des fleurs. La bague préparera le terrain. Je ne connais pas son tour de doigt, mais...

– Retourne chez toi et mesure l'une de ses bagues.

– Tu sais que tu n'es pas bête, toi ? J'aurais pu y penser !

– Comment vas-tu lui présenter la chose ?

– Je ne sais pas. Je lui dirai : « Je t'aime. Veux-tu être ma femme ? »
– Pas très original.
– Purée, tu me rends nerveux.
– On y réfléchira. Va mesurer une bague.
– Maintenant ?
– Oui. Je dois sortir le chien, de toute façon, avant qu'il fasse pipi sur le nouveau carrelage d'Ada Mae. Allez, c'est l'heure de la pause ! déclara Griff avec une bourrade dans l'épaule de son ami. Quand j'y pense... Tu vas te marier...
– Si elle dit oui.
– Pourquoi dirait-elle non ?
– Elle n'a peut-être pas envie de voir ma tronche tous les matins. J'ai un peu mal au ventre.
– Mais non. Dépêche-toi d'aller mesurer cette bague, dit Griff en prenant le chien dans ses bras, qui commençait à renifler le sol d'une manière indiquant un besoin pressant. Il faut que je le sorte. Passe à l'action avant de changer d'avis.
– OK, OK...

Shelby était satisfaite de sa dernière répétition et de sa nouvelle playlist : une sélection de morceaux des Beatles, de Johnny Cash et de la Motown. Elle regrettait juste de chanter sur des bandes préenregistrées. Accompagnée d'un guitariste, elle aurait interprété « Ring of Fire » sur un tempo plus lent, plus romantique, plus sensuel.

Plus tard, peut-être, songea-t-elle en achevant ses tâches matinales au salon. Elle prit les commandes pour le déjeuner des clientes du spa et demanda à ses collègues si elles souhaitaient qu'elle leur rapporte quelque chose. Et alors qu'elle glissait la liste dans son sac, Jolene poussa timidement la porte de l'institut.

– Bonjour, miss Vi... Excusez-moi... Je peux entrer une minute ? Je... Je voudrais juste vous parler... Le révérend Beardsly m'a conseillé de venir vous voir.

– Entre, lui dit Viola en retirant la dernière feuille d'aluminium des cheveux de sa cliente. Dottie, tu peux faire le shampooing de Sherrilyn, s'il te plaît ?

– Bien sûr, miss Vi.

Dottie et Sherrilyn échangèrent un regard. Ni l'une ni l'autre ne voulaient manquer le spectacle.

– Veux-tu qu'on aille dans mon bureau, Jolene ?

– Non, madame, miss Vi. J'aimerais dire ce que j'ai à dire ici, devant tout le monde, balbutia-t-elle, les joues écarlates, les yeux embués, mais, au soulagement des unes et à la déception des autres, elle n'éclata pas en sanglots. Je voulais vous dire, miss Vi, et à toi aussi, Shelby... que je suis sincèrement désolée. Excusez-moi. Je regrette la façon dont je me suis comportée l'autre jour et...

Sa voix tremblait, et une larme se forma au coin de son œil. Elle respira profondément et poursuivit :

– Pardonne-moi, Shelby, pour toutes les fois où j'ai été méchante avec toi, ouvertement ou dans ton dos, depuis l'école primaire. J'ai honte. Je voulais tellement gagner l'amitié de Melody que j'ai fait des choses inexcusables.

La larme roula le long de sa joue, mais elle continua, en se tordant les doigts.

– C'est elle qui a esquinté ta voiture, Shelby, quand on était au lycée. Je n'y ai pas participé, je te le jure. Je te le dirais, aujourd'hui.

– Je te crois.

– Au lieu de la dénoncer, j'ai fait semblant de trouver ça drôle, j'ai dit que tu l'avais mérité. Je voulais qu'elle soit mon amie, mais je me rends compte maintenant qu'elle ne l'a jamais été, pas vraiment. Quand elle a insulté ta petite fille, l'autre jour, j'aurais dû prendre ta défense. Elle a eu des mots inadmissibles, et je n'ai pas bronché. En reconnaissant mes torts, j'espère faire amende honorable, comme dit le révérend Beardsly. Je n'ai pensé qu'à moi, je le regrette.

Jolene renifla et s'essuya les yeux.

– Je ne savais pas qu'elle était allée trouver Arlo, ajouta-t-elle. J'aurais pu m'en douter, et je ne suis pas certaine qu'au fond, je ne le pressentais pas. De toute façon, je n'aurais pas osé tenter de la dissuader. Je suis lâche.

– Tu t'es désolidarisée d'elle, lui rappela Shelby, en apprenant ce qui était arrivé à Griff.

– J'ai été choquée de le voir dans cet état. Je ne pouvais pas garder le silence.

– Jolene, intervint Viola, je voudrais te poser une question, et regarde-moi dans les yeux : es-tu au courant que quelqu'un s'est introduit chez Griff la nuit dernière ?

– Oh, mon Dieu ! Non...

– Que s'est-il passé ? s'étonna Shelby. Que...

Mais elle s'interrompit lorsque Viola, du doigt, lui intima le silence.

– Je vous le promets, miss Vi, je vous le jure, bredouilla Jolene, les mains croisées sur le cœur. Ce n'est pas Melody. Elle est dans un centre de soins, à Memphis. C'est miss Florence qui me l'a dit, pas plus tard que tout à l'heure. Il a encore été blessé ? Il a été cambriolé ?

– Non, répondit Viola en regardant Shelby. Non, aucun dégât n'a été causé. Or s'il s'agissait d'un mauvais coup du clan Kattery, nous savons toutes qu'ils auraient tout saccagé. As-tu autre chose à nous dire, Jolene ? demanda-t-elle, le poing sur la hanche.

– Je ne crois pas. Juste que je suis terriblement confuse. Je vais m'efforcer de devenir une meilleure personne.

– Tu n'as jamais eu beaucoup de jugeote, répliqua Viola. C'est la première fois que je te vois faire preuve d'un minimum de bon sens, et je t'en félicite. Si tu souhaites revenir au salon, tu seras la bienvenue.

– Oh, merci, miss Vi ! Mais je ne reviendrai que si Shelby est d'accord.

– J'accepte tes excuses, déclara l'intéressée.

– Je voudrais aussi m'excuser auprès de ta maman.

– Elle est occupée, tu n'auras qu'à repasser plus tard.

– D'accord.

– Quant à Crystal, ajouta Viola, c'est à elle de décider si elle veut bien te coiffer pour ton mariage.

– Bien sûr que je le veux bien, affirma Crystal. Je suis fière de toi, aujourd'hui, Jolene.

En réprimant un sanglot, celle-ci se jeta au cou de la coiffeuse.

– J'avais si peur de venir vous voir…

– Tu as été courageuse, bravo, répondit Crystal avec un sourire en coin à Viola. Viens avec moi, je vais te servir un verre d'eau fraîche.

– Dottie, tu le fais, ce shampooing ? La récréation est terminée.

– Granny, que s'est-il passé chez Griff ? interrogea Shelby.

– Ce que j'ai dit. Quelqu'un a pénétré chez lui et aurait fouiné dans son ordinateur. Je n'en sais pas davantage. Tu lui demanderas.

– OK. Bon, je dois aller chercher les plateaux-repas, déclara Shelby avec un coup d'œil dans la direction de la réserve, où Crystal et Jolene avaient disparu. Il faut parfois un choc pour revenir à la raison, je suis bien placée pour le savoir. Jolene a enfin réagi.

– Cette fille n'est pas bien maligne, et elle ne le sera sans doute jamais, mais, et c'est tout à son honneur, elle nous a présenté des excuses sincères. Allez, file chercher les repas, ou les clientes rouspéteront. Je me demande si je ne devrais pas ouvrir un petit café dans le salon…

Cela n'aurait pas étonné Shelby, mais, pour l'heure, elle prit son sac et se dépêcha de partir, renonçant à appeler Griff, de peur de faire attendre les clientes.

*Le Menteur*

Au pas de course, elle se rendit chez Sid and Sadie, puis à la Pizzateria, et, les bras chargés, reprit le chemin du salon.

– Oups, excusez-moi, dit-elle en bousculant légèrement un homme qui étudiait une carte topographique. Je suis désolée, je ne regardais pas où j'allais.

– Vous avez bon appétit ! dit-il avec un sourire aimable.

– Tout n'est pas pour moi ! répondit-elle en riant.

– Vous connaissez les environs ?

– Je suis née et j'ai grandi ici. Vous êtes perdu ?

– Pas vraiment. Je suis en vacances quelques jours dans la région, et je voulais faire la randonnée jusqu'aux cascades de Miller, en passant par Bonnie Jean Overlook et Dob's Creek.

Shelby se posta à son côté et examina la carte.

– Prenez cette route, la continuité de la grand-rue. À la sortie de la ville, vous verrez un grand hôtel. Le chemin débute un peu plus loin, sur la gauche. Vous ne pouvez pas vous tromper.

– OK, acquiesça-t-il en hochant la tête. Je vous remercie. Savez-vous où je pourrais acheter de quoi casser la croûte ?

Elle lui indiqua Sid and Sadie, qui vendaient des pique-niques à emporter.

– Merci encore.

– Il n'y a pas de quoi. Bonne balade !

– Bon après-midi à vous.

Quand Shelby s'éloigna, l'homme plia sa carte et la glissa dans sa poche, avec les clés discrètement subtilisées dans le sac à main de Shelby.

## TROISIÈME PARTIE

LE RÉEL

*Ils n'aiment pas,
ceux qui ne montrent point leur amour.*

William Shakespeare

## 21

À la fin de la journée, Shelby retourna son sac à main pour la deuxième fois.

– Je suis sûre qu'elles étaient dans la petite poche latérale. Je les mets toujours là, pour ne pas avoir à les chercher.

– Crystal est retournée jeter un coup d'œil dans la réserve, lui dit Viola en regardant elle-même sous les tables de manucure et autour des fauteuils de pédicure. Tu devrais encore vérifier dans ta voiture. Tu les as peut-être fait tomber ce matin.

– Possible, mais je me revois les ranger dans la poche de mon sac. Cela dit, je le fais tout le temps, je repense peut-être à une autre fois.

– Je rappellerai Sid et la Pizzateria. Tu étais tellement chargée et pressée, ma chérie, tu les as peut-être sorties de ton sac par mégarde.

– Merci, Granny. J'ai un double de la clé du monospace, mais ça me contrarierait d'avoir perdu les autres : celles de chez maman, du Bootlegger's et du salon. Si je ne les retrouve pas, tout le monde devra changer ses serrures. Je ne sais pas comment j'ai pu être aussi étourdie !

Elle ramena ses cheveux en arrière, quand son téléphone portable sonna sur le comptoir, au milieu du contenu épars de son sac.

– La Pizzateria ? chuchota-t-elle. Allô ? Vous les avez ?... Oh, merci ! Oui, je passe dans cinq minutes. Merci beaucoup !

– Eh bien, voilà ! soupira Viola. Personne n'aura besoin de changer ses serrures.

– Je suis soulagée. J'ai dû les faire tomber sans m'en rendre compte. Johnny m'a dit qu'un des serveurs les avait retrouvées sous le comptoir. Quelqu'un a sûrement donné un coup de pied dedans. Je suis désolée d'en avoir fait tout un plat.

– Pas de souci. Je dirai aux filles que tu les as retrouvées.
– Je vais être en retard pour récupérer Callie, dit Shelby en remettant tout pêle-mêle dans son sac – elle rangerait plus tard. Je garde Jackson demain, je te l'ai dit ? Ça permettra à Clay de passer du temps à la maternité avec Gilly et le bébé, et de préparer la maison pour leur retour. Il m'a dit que Jackson avait besoin de se faire couper les cheveux. Je l'amènerai au salon avec Callie, si ça ne t'ennuie pas.
– Pas du tout, venez quand vous voudrez. Je vernirai les ongles de Callie, si j'ai le temps.
– OK, à demain.

Shelby embrassa sa grand-mère et quitta l'institut à la hâte. Elle alla chercher Callie chez Tracey, puis, sachant que ses parents rentreraient tard, décida de passer chez Griff. Callie jouerait avec le chiot, et Griff pourrait lui donner des détails sur l'intrusion dont il avait été victime.

Il ne lui vint pas à l'esprit, avant de s'engager sur son chemin privé, qu'elle aurait dû l'appeler ou lui envoyer un texto. Les visites à l'improviste étaient risquées, et parfois malvenues.

Trop tard pour se raviser, Callie était trop excitée, mais quand Shelby se gara près du camion, elle avait préparé une excuse.

Griff était dehors avec Snickers, qui se rua vers le monospace, tandis qu'un sourire se peignait sur les traits de son maître.

– Tu arrives pile-poil au bon moment. Je viens juste de rentrer !

Shelby détacha Callie, qui se précipita sur le petit chien sitôt que sa mère l'eut déposée sur le sol.

– J'ai été détrôné en moins de temps qu'il ne faut pour le dire, bougonna Griff en s'accroupissant à côté d'elle. Je n'ai plus droit aux câlins, moi ?

La fillette tendit ses bras vers lui, lui colla un bisou sur la joue et lui caressa le menton en riant.

– Ça gratte !
– Je n'attendais pas la visite de charmantes dames.
– J'aurais dû te passer un coup de fil. Ça ne se fait pas, de débarquer sans prévenir.
– Mon Dieu, quel manque de savoir-vivre !

Callie sur la hanche, il embrassa sa maman.

– Shrek embrasse Fiona, et elle redevient comme elle était en vrai.
– Parfaitement. Es-tu en vrai, Red ?
– Il me semble. Comment vas-tu ? demanda-t-elle, un peu gênée, en se baissant pour cajoler Snickers.
– Pas mécontent de ma journée : la salle de bains est terminée.

– Déjà ?! s'étonna-t-elle en redressant la tête, le chiot la couvrant de coups de langue. Maman sera folle de joie. Papa est venu la chercher au salon. Ils vont voir Gilly et le bébé, puis ils se feront un restau et un ciné à Gatlinburg. Elle ne sait pas que vous avez fini.

– Elle le découvrira en rentrant, répondit Griff en reposant Callie. Rends-moi un petit service, Little Red : fais courir Snickers, il a besoin d'exercice.

– Allez, viens, Snickers ! Tu as besoin d'ézercice.

– Je boirais bien une bière fraîche. Tu en veux une ?

– Non, je te remercie, mais vas-y. Tu l'as méritée, pour avoir travaillé si tard et fini la salle de bains.

Il pensa à sa virée à Gatlinburg, à la bague. Mais il avait juré de ne rien dire.

– Ouais...

– Je passe juste en coup de vent, pour faire plaisir à Callie, et pour te demander ce qui t'est arrivé hier soir. Il paraît que quelqu'un s'est introduit dans ta maison... ?

– Les rumeurs ne courent pas, ici, elles planent dans l'air en permanence ! Oui, on a copié mes fichiers informatiques.

– Pourquoi diable... Oh, je parie que tu gères tes comptes en ligne.

– Gagné. J'ai changé mes mots de passe et tout sécurisé. Mais c'est louche, non ? Quelqu'un qui s'introduit chez vous en pleine nuit, au risque de se faire prendre en flagrant délit, alors qu'on peut tranquillement cambrioler la journée... Je vais installer une alarme, en complément de mon redoutable chien de garde.

– C'est sans doute plus prudent, quoiqu'il n'y ait pas beaucoup de voleurs dans le coin. Mais on a déjà eu des ennuis, ces derniers temps. Je te porte la poisse !

– Mais non.

Shelby s'efforça de chasser cette idée de son esprit.

– Va prendre une bière. Je vais laisser Callie se défouler un moment, si ça ne t'embête pas, et nous rentrerons manger.

– On pourrait manger ici ensemble...

– J'ai des milliers de choses à faire, et j'ai déjà perdu du temps. J'avais égaré mes clés, et j'ai mis une heure à les retrouver.

– Tu les ranges toujours dans la poche zippée de ton sac.

Shelby arqua les sourcils.

– Tu es très observateur.

– Tu le fais tout le temps.

– J'avais dû les mettre ailleurs, pour une fois. Elles étaient sous le comptoir de la Pizzateria. Je ne sais pas comment elles ont atterri là. Je suis sûre de ne pas les avoir sorties de mon sac, là-bas. Toujours est-il qu'elles traînaient par terre dans un coin.

– Tu avais ton sac avec toi toute la journée ?

– Bien sûr. Enfin, pas sur moi. Je ne peux pas le garder sur l'épaule quand je travaille.

– Allons jeter un coup d'œil à ton ordinateur.

– Hein ? Pourquoi ?

Shelby faillit éclater de rire, puis sentit sa gorge se nouer.

– Tu ne crois tout de même pas qu'on m'a volé mes clés dans mon sac et qu'on les a ensuite abandonnées à la pizzeria ?

– Allons jeter un coup d'œil à ton ordi. Il n'y a probablement pas lieu de s'affoler, mais je préfère en être sûr. Callie jouera dans le jardin avec Snickers. Au passage, j'achèterai quelque chose pour le dîner.

– J'avais l'intention de réchauffer les restes du jambon rôti que maman a préparé dimanche, avec de la purée et des haricots.

– Mmm ! Je vote pour, s'il y en a assez pour trois.

– Quand il y en a pour deux, il y en a pour trois !

Une bonne cuisinière savait toujours se débrouiller, et Shelby ne demandait pas mieux que de souper avec Griff.

– Mais tu ne penses pas sérieusement que quelqu'un m'a pris mes clés... Ce serait dingue !

– Allons vérifier.

Car, dingue ou pas, il le pensait sérieusement.

Il verrouilla toutes les portes, puis suivit le monospace sur les petites routes en lacets – et fusilla du regard le grand chêne en négociant le virage.

Matt avait-il passé la bague au doigt d'Emma Kate ? Pas encore, sans doute, sinon Shelby aurait reçu un appel ou un texto de son amie.

Sa patience s'usait. Il pouvait garder un secret, mais les secrets le démangeaient.

Il jeta un coup d'œil à Snickers, qui voyageait, comme tout chien qui se respecte, la tête par la fenêtre, la langue au vent.

Convaincre Callie de s'amuser dans le jardin ne fut pas difficile. Avec la machine à bulles, un chiot et le vieux chien de la famille, elle était au paradis.

– Regarde Clancy, il galope comme un jeune chien. Snickers le rajeunit de cinq ans !

– Il reste encore trois de ses frères à adopter.

– Tu en parleras à mon père... Bon, je vais chercher mon ordinateur, pour te tranquilliser. Tu veux une bière ?

– Volontiers.

Tandis qu'il attendait, Griff réfléchit. Si l'ordinateur de Shelby avait été visité, comme le sien, cela signifiait qu'un cyberpirate rôdait à Rendezvous Ridge, et qu'il avait sévi ailleurs, ou s'apprêtait à le faire.

Ou alors, s'ils étaient les deux seuls concernés, la coïncidence serait extrêmement troublante... Faudrait-il y voir une attaque personnelle ?

Sur le seuil de la cuisine, perplexe, il regarda les deux chiens se disputer le nœud de corde qu'il avait confectionné pour Snickers, Callie virevoltant autour d'eux dans un nuage de bulles. Des milliers de pensées se bousculaient dans son esprit.

Il n'était pas venu s'installer à Rendezvous Ridge sur un coup de tête – comme il avait adopté le chiot. Il avait longuement soupesé le pour et le contre, et ne regrettait pas sa décision – pas plus qu'il ne regrettait d'avoir adopté Snickers.

La vie était douce, ici. Tranquille, mais il aimait la tranquillité. Et si le monde rural lui avait réservé quelques chocs culturels, il savait s'adapter.

Par ailleurs, n'était-ce pas un heureux hasard que Shelby soit revenue à Rendezvous quelques mois après son arrivée ? Une aubaine, ce serait le mot du jour !

– Oh, Griffin !

– Qu'y a-t-il ? répondit-il en pivotant sur ses talons. Ton ordinateur a été visité ?

– Je n'en sais rien, je n'ai pas encore regardé. La salle de bains... Elle est magnifique ! Superbe ! Je m'en doutais, je l'ai vue prendre forme. Mais terminée... J'ai intérêt à prévoir plusieurs paquets de mouchoirs, parce que maman va verser des torrents de larmes ! C'est exactement ce qu'elle voulait. Et tu as tout nettoyé. Tout est d'une propreté étincelante !

– Ça fait partie du service.

– Même le bouquet de fleurs ?

– Pour les clientes exceptionnelles.

– Ta cliente exceptionnelle va prendre un bain sitôt rentrée. Quand je pourrai m'acheter une maison, je saurai à qui m'adresser s'il y a des travaux à faire.

– Je te réserve un créneau. Regarde ton ordi.

– D'accord.

Shelby le posa sur le comptoir et l'alluma.

– As-tu téléchargé ou envoyé des fichiers aujourd'hui ?

– Clay m'a transmis des photos du bébé par mail, ce matin.

Griff afficha l'historique.

– Voyons voir... Tu as ouvert un de ces documents aujourd'hui ?

– Non, répondit-elle, une main sur la gorge. Non, j'ai juste consulté ma messagerie ce matin.

– Regarde... Ils ont été copiés sur une clé USB ou un disque dur externe.

– Comme pour toi.

– Ouais. Appelle ton frangin.

– Tu ne veux pas l'appeler, s'il te plaît ? Je voudrais jeter un coup d'œil à mes comptes bancaires.

– OK.

Le regard furibond, Griff s'éloigna afin de téléphoner à Forrest.

– Aucun mouvement sur mes comptes, déclara Shelby, la voix tremblante de soulagement.

– Ton frère arrive. Tu devras changer tes mots de passe. Mais...

Elle était déjà en train de le faire.

– Mais quoi ?

– Si on voulait te voler de l'argent, on l'aurait fait, il me semble. Ils avaient amplement le temps.

– Que cherchait-on, alors ?

– Des informations, peut-être. Dans nos mails, sur nos comptes, sur les sites que nous fréquentons, nos agendas. J'ai toute ma vie sur mon ordi. Et... nous sommes liés, tous les deux.

– Je... Oui.

L'exprimer à voix haute lui fit un drôle d'effet.

– Mon ordi et le tien ont été piratés à une douzaine d'heures d'intervalle. Tu devrais aller regarder dans ta chambre, vérifier qu'on ne t'a rien volé, voir si on a fouillé. Je surveille Callie.

Sur un hochement de tête, elle remonta à l'étage.

Griff jeta un coup d'œil dans le jardin. Ici, tout allait pour le mieux dans le meilleur des mondes. Une jolie petite fille, un arc-en-ciel de bulles, deux chiens bienheureux, les montagnes verdoyantes à l'arrière-plan.

Mais une ombre malfaisante planait au-dessus de ce tableau idyllique.

Shelby mit un peu de temps ; elle voulait tout vérifier consciencieusement. Or, manifestement, on n'avait touché à rien.

– Ma chambre est telle que je l'ai laissée ce matin, dit-elle en redescendant. Mais j'ai allumé l'ordinateur de papa, dans son bureau, et j'ai l'impression qu'il a aussi été visité. Aucun fichier n'a été copié, mais quelqu'un a mis le nez dedans, à un moment où je suis sûre que mes parents n'étaient pas là.

– OK. Assieds-toi une minute.

– Je dois préparer le dîner, il faut que Callie mange.

– Tu ne veux pas une bière ?

Elle fit non de la tête, puis soupira.

– Par contre, je boirais volontiers une goutte de vin. Je suis sur les nerfs.

– Ça ne se voit pas. Je te sers de celui-ci ? demanda Griff en prenant une bouteille de vin rouge sur le comptoir, fermée par un bouchon en verre bleu.

– Oui.

Il chercha un verre tandis qu'elle sortait un éplucheur et des pommes de terre.

– Ça m'étonnerait que ce soit Melody, dit-elle en en pelant une. À mon avis, elle n'y connaît pas grand-chose en informatique.

– Non, ce n'est pas elle. Son truc, c'est le vandalisme, la violence.

– Tu penses au meurtre ?

– Je pense connections, à comment les choses s'imbriquent entre elles.

Les mains de Shelby s'immobilisèrent, elle leva les yeux.

– Richard. C'est à cause de lui que j'ai des problèmes, et c'est à cause de moi que tu en as, toi aussi.

– Non, Red, tu n'es pas responsable.

– Les faits sont les faits, dit-elle.

Griff s'apprêtait à répliquer, lorsque le bruit de la porte d'entrée se fit entendre.

– Ça doit être Forrest, dit-il.

Celui-ci entra dans la cuisine et prit d'emblée une bière dans le réfrigérateur.

– Alors ? demanda-t-il.

– Quelqu'un m'a pris mes clés pour entrer dans la maison et fureter dans mon ordinateur, comme chez Griff. On n'a rien volé, j'ai vérifié. Je garde un peu de liquide dans un tiroir de ma commode, on n'y a pas touché.

– Or c'est le premier endroit où regardent les voleurs. Range ton argent ailleurs. Dans une boîte de tampons.

– Je note le conseil. Mais, apparemment, notre intrus n'était pas à la recherche d'argent ou d'objets de valeur.

– Les données ont de la valeur. Où étaient tes clés ?

– Dans mon sac à main. Je les avais quand je suis allée répéter, puisque j'ai ouvert et fermé le Bootlegger's – Derrick m'a donné un double pour que je puisse y aller lorsqu'ils ne sont pas là. Je les ai ensuite rangées dans la poche zippée de mon sac, comme d'habitude. Je les mets toujours là.

– Tu as toujours été organisée. C'est une maniaque, précisa Forrest à l'intention de Griff. Tu ne comprends pas forcément pourquoi elle range telle chose à tel endroit, mais elle ne perd jamais rien.

– Au salon, mon sac était derrière le comptoir. Aucune des filles ne m'aurait piqué mes clés. Et il me semble impossible qu'une cliente ait pu passer derrière la caisse et fouiller dans mon sac sans que personne s'en aperçoive. D'autant qu'il n'y avait pas grand monde aujourd'hui.

– Ton sac est donc resté derrière le comptoir jusqu'à la fin de la journée ?

– Oui. Enfin, non. Je l'ai pris pour aller chez Sid and Sadie, et à la Pizzateria, où on a retrouvé mes clés sous le comptoir. Je me suis dit que j'avais dû les faire tomber.

– C'est ce qu'on voulait que tu penses. Heureusement que Griff a eu le nez creux.

– J'ai tout de suite flairé quelque chose de louche.

– Je ne me serais pas posé plus de questions, dit Shelby.

– As-tu été bousculée par quelqu'un ? lui demanda Forrest.

Une fois de plus, elle retraça mentalement son itinéraire, comme elle l'avait déjà fait à maintes reprises en cherchant ses clés.

– Non. Je suis allée chercher les commandes juste après l'heure d'affluence, parce que Jolene est venue nous présenter des excuses, ce qui a pris du temps. Si quelqu'un avait mis la main dans mon sac, je m'en serais rendu compte. Ah, si ! J'ai failli rentrer dans un touriste qui consultait une carte, se souvint-elle tout à coup.

– Tiens donc. Il t'a demandé des renseignements ?

– Oui, il voulait faire la randonnée de… (Shelby ferma les yeux.) Mon Dieu que je suis bête ! Oui, il m'a demandé sa route, et je la lui ai indiquée sur sa carte. De retour au salon, j'ai remis mon sac derrière le comptoir, sans regarder dedans. C'est lui… C'est la seule personne qui ait pu subtiliser mes clés… alors que j'avais mon sac sur l'épaule…

– À quoi ressemblait ce gars ? s'enquit Griff, avant de jeter un coup d'œil à Forrest. Pardon, lui dit-il.

– Pas de mal. J'allais poser la même question.

– Il était grand. Attends…

Shelby emporta les pommes de terre dans l'évier, les rinça, puis les déposa sur la planche à découper.

– Une petite quarantaine, ajouta-t-elle. Blanc. Il portait des lunettes noires – moi aussi, le soleil était éblouissant – et une casquette de baseball.

– Couleur ? Logo ?

– Beige, je ne me rappelle pas si elle était imprimée. Il était brun, les cheveux un peu longs, ondulés. Une barbe et une moustache grisonnantes. On aurait dit... un prof de fac qui joue au foot.

– Grand, tu dis ?

– Oui, grand et costaud. Plutôt bien bâti, pas une once de graisse.

Après avoir coupé les patates en quartiers, elle les mit à bouillir. En hochant la tête, Forrest sortit son téléphone de sa poche et chercha dans ses fichiers.

– Il ressemblait à ça ?

Shelby se pencha au-dessus de l'écran et examina la photo de James Harlow.

– Non, il était un peu plus vieux.

– C'est la barbe grisonnante qui te fait dire ça ?

– Oui, et... ce look d'enseignant.

– Regarde bien, essaie de l'imaginer avec une barbe et des cheveux plus longs.

Griff se pencha par-dessus l'épaule de Shelby.

– Pas évident... dit-elle. Il avait des sourcils plus épais, aussi bruns que ses cheveux. Oh, mon Dieu... Je suis vraiment trop bête ! J'ai eu affaire à Jimmy Harlow, et ça ne m'a pas effleuré l'esprit une seule seconde !

– Il change d'apparence comme de chemise, lui rappela son frère. Il t'a abordée à un moment où tu étais pressée, distraite, avec une question anodine. Il t'a piqué tes clés pendant que tu étais concentrée sur sa carte, et il les a ensuite rapportées à un endroit où tu irais logiquement les chercher. Tu imputerais leur perte à la précipitation et à l'inattention, et tu ne penserais pas à vérifier ton ordinateur.

– Que cherchait-il ? Qu'espérait-il trouver dans mon ordinateur ?

Forrest se tourna vers Griff.

– Qu'en dites-vous, mon cher Watson ?

– Qu'il voulait voir si nous avions des millions planqués quelque part.

– Moi oui, répliqua Shelby, mais toi ?

– Nous passons pas mal de temps ensemble, depuis ton retour.

– Je sais que tu couches avec ma sœur, épargne-moi les euphémismes, dit Forrest. Toi, tu reviens à Rendezvous, et tu es sans cesse fourrée avec Griff, dit-il à Shelby, qui s'est installé ici il y a seulement quelques mois. Normal qu'on vous soupçonne d'être de mèche.

– Maintenant qu'Harlow s'est débarrassé de Warren, il ne reste plus que lui. Il cherche les timbres et les bijoux, et tu es sa seule piste, Red.

– J'ignore où ils sont. Richard a pu les vendre, dépenser l'argent, l'enterrer, le planquer en Suisse. Toujours est-il que je ne suis au courant de rien. Et toi encore moins, Griff.

– Espérons qu'il en restera là, bougonna Forrest, mais n'y comptons pas trop. Je préviendrai le shérif. Qu'y a-t-il pour le souper ?

– Jambon rôti, purée de pommes de terre et haricots beurre.

– Pas mal. C'est ton chien, dehors, Griff ? Le chiot que tu as acheté à Rachel Bell ?

– Ouais. Snickers.

– S'il arrache les delphiniums de ma mère, elle vous tordra le cou à tous les deux.

– Oh, mince ! s'écria Griff, et il détala aussi sec dans le jardin.

Sourire aux lèvres, Forrest s'adossa au comptoir.

– Je n'aime pas trop m'imaginer ma sœur au lit avec un mec.

– Alors n'imagine rien.

– Je m'y efforce. Cela dit, il y a des gens qu'on met un moment à cerner avant de savoir s'ils te sont sympathiques ou non. Et d'autres avec qui le courant passe tout de suite. Tu vois ce que je veux dire ?

– Tout à fait.

– Avec Griff, j'ai tout de suite accroché. Avec Matt, il m'a fallu un peu plus de temps, et l'entremise de Griff... (Tout en parlant, Forrest composa un numéro sur son portable.) Mais, maintenant, je les considère tous les deux comme des potes, et des bons. Enfin, bref... Tout ça pour dire que Griff est un chic type. Je suis content pour toi. Tu méritais mieux que l'autre salopard. Allô, shérif ? Je ne vous dérange pas à table, j'espère ?

Et Forrest sortit dans le jardin afin de faire son rapport à son supérieur.

Après le dîner, qui se révéla excellent en dépit du fait que la cuisinière n'avait pas vraiment la tête à ses casseroles, Shelby envoya Griff et Callie observer les vers luisants, qui commençaient à faire leurs premières apparitions. Bientôt, en juin, les collines et les forêts seraient constellées de reflets scintillants.

L'été approchait, le rude hiver du Nord n'était plus qu'un souvenir presque irréel. Shelby avait hâte d'oublier complètement cet épisode de sa vie. Cependant, malgré les lucioles, le jardin féerique et les contreforts des montagnes en toile de fond, elle ne parvenait à se défaire des funestes résurgences du passé. Sa petite fille dansait avec les étoiles dans le clair-obscur du soir tombant, sous l'œil protecteur de l'homme avec qui sa maman... s'était liée. Son frère était reparti, déterminé à mettre un terme à ses tourments. Néanmoins, une ombre rôdait autour d'elle, et elle ne pouvait l'ignorer.

Elle avait quitté le cocon familial en quête d'aventure, d'amour, d'un avenir de rêve, et l'avait regagné désillusionnée et criblée de dettes. De surcroît, elle était à présent confrontée à une situation aussi laide qu'effrayante.

Elle aurait aimé être en possession de ces maudits millions. Elle les aurait enveloppés dans du papier doré et se serait fait une joie de les remettre à Jimmy Harlow.

*Qu'on me laisse en paix*, songea-t-elle, *qu'on me laisse vivre ce possible qui se profile à l'horizon.*

Elle ignorait ce que Richard avait fait de ces bijoux et de ces timbres, ou de l'argent qu'il en avait retiré s'il les avait revendus. Comment aurait-elle pu le savoir alors qu'elle ne savait rien de cet homme ? Il avait porté un masque tout au long de leur mariage et jamais elle n'avait vu son vrai visage.

En revanche, elle comprenait, maintenant, ce que Richard avait vu en elle : un accessoire de déguisement, précieux un temps, puis délaissé sans scrupules.

Il ne lui avait légué que des dettes, dont elle s'extirpait peu à peu. Elle avait fait face, elle avait bravé l'adversité. Et si l'adversité s'acharnait sur elle, elle continuerait de la défier.

Sa vie ne serait pas hantée par les actes d'un homme qui s'était servi d'elle, qui lui avait menti, qui n'avait jamais été qu'un étranger. Elle trouverait un moyen de se désencombrer, une bonne fois pour toutes, de ce passé qui, malgré elle, ne cessait de revenir l'empoisonner.

Une fois la vaisselle rangée, elle se versa un autre verre de vin, et décida de laisser Callie danser encore un moment avec les lucioles avant de lui donner son bain.

Son verre à la main, elle s'apprêtait à sortir dans le jardin lorsque son téléphone lui signala qu'elle avait reçu un message. D'Emma Kate.

*Je vais me marier ! Incroyable mais vrai ! Je ne savais pas que je le désirais avant qu'il me fasse sa demande. Il m'a offert une bague, je suis folle de joie. Il faut qu'on se parle, dès demain – pas le temps ce soir !*

*Le Menteur*

Un sourire sur les lèvres, Shelby relut le texto deux fois. Son amie dansait, elle aussi, sous les étoiles.

*Trop contente pour toi*, répondit-elle. *Passe une super soirée. On se parle demain. Tu me raconteras tout en détail. Dis à Matt qu'il est l'homme le plus chanceux de la terre. Grosses bises à vous deux.*

Elle envoya le SMS, descendit les marches de la galerie, et esquissa elle-même un pas de danse.

## 22

Shelby avait donné rendez-vous à Emma Kate au parc, afin que Callie et Jackson en profitent pour jouer.

– Doc m'a accordé une heure, béni soit-il. Il savait combien je tenais à te voir. Regarde !

Emma Kate montra sa main, et le diamant princesse qui scintillait à son annulaire.

– Elle est magnifique, parfaite !

– Je l'adore. Matt m'a dit qu'il avait fait exprès de choisir une monture sans griffe, pour que je ne l'accroche pas quand je travaille. Pour la taille, il avait dessiné un modèle à partir de l'une de mes bagues. C'est Griff qui lui a soufflé cette idée.

– Il me l'a dit, quand je lui ai annoncé la nouvelle, après avoir reçu ton texto. Il a su tenir sa langue. Je ne me serais jamais doutée qu'il avait accompagné Matt dans les bijouteries !

– Matt m'a toujours dit que Griff était une tombe.

– Raconte-moi tout ! Oups, attends…

Shelby se précipita auprès de Jackson, qui venait de trébucher. Elle l'épousseta, puis lui embrassa le genou, et sortit un camion en plastique de son sac, que le garçonnet fit aussitôt rouler dans le bac à sable.

– Il est gentil comme tout. Callie joue la cheftaine avec lui, mais c'est normal, elle est l'aînée.

– On a parlé d'avoir des enfants. Pas tout de suite, d'ici un an ou deux peut-être… Seigneur, le mariage, une famille… (En riant, Emma Kate pressa ses deux mains contre son cœur.) Je n'arrive pas à y croire.

– Tu es heureuse ?

– Bien sûr ! Matt m'avait envoyé un texto, hier après-midi, pour me prévenir qu'il rentrerait tard mais qu'il rapporterait le dîner. Il avait aussi acheté du vin et des fleurs. J'aurais pu deviner que quelque chose se tramait, mais je ne me suis pas posé de questions. J'étais contente de ne pas avoir à cuisiner, de boire un verre de vin en bavardant tranquillement. J'étais en train de lui dire que je devais absolument aller chez la coiffeuse. Il m'a assuré que j'étais superbe, que tout en moi lui plaisait. J'ai cru qu'il avait des idées coquines derrière la tête.

– Emma Kate !

– Cela dit, je n'avais rien contre, et nous avons bel et bien fini au lit ! Mais d'abord, il a pris ma main, et il m'a regardée… Ça fait trois ans, maintenant, qu'on est ensemble, mais je te jure, Shelby, que mon cœur s'est mis à battre comme à notre premier rendez-vous ! Il m'a dit qu'il m'aimait, que j'avais donné un sens à sa vie, qu'il voulait finir ses jours avec moi. Là-dessus, il s'est agenouillé à mes pieds – tu imagines ?

– C'est un romantique.

– Je ne m'y attendais pas du tout, et je n'aurais jamais cru être aussi émue.

– Comment t'a-t-il présenté la chose ?

– Il m'a dit : « Épouse-moi, Emma Kate. Construisons l'avenir ensemble. »

La voix d'Emma Kate se brisa et son regard s'embua. Shelby lui tendit un mouchoir en papier, puis s'essuya elle aussi les yeux.

– C'est une très belle demande.

– Absolument. J'ai dit oui, bien sûr. Il m'a passé la bague au doigt, et j'ai fondu en larmes.

Avec un soupir, Emma Kate posa la tête sur l'épaule de son amie.

– Je voulais t'appeler hier soir, ajouta-t-elle, mais…

– Tu étais trop occupée.

– Ce n'est rien de le dire !

Callie rejoignit les adultes et caressa la joue ruisselante d'Emma Kate.

– Tu pleures de joie ?

– Oui, mon chaton. Je vais me marier avec Matt, je suis très heureuse.

– Moi, je vais me marier avec Griff !

– Ah oui ?

– Oui, c'est mon amoureux.

Emma Kate cajola la fillette.

– Tu sais quoi ? lui dit-elle. Tu seras ma demoiselle d'honneur.

Callie écarquilla les yeux et poussa un petit cri de ravissement.

– Maman !

Redoutant de nouvelles larmes, Shelby prit Jackson sur ses genoux.

– C'est génial, ma puce. Tu n'as encore jamais été demoiselle d'honneur.

– Je ne me suis encore jamais mariée ! s'exclama Emma Kate.

– J'aurai une belle robe et des chaussures qui brillent !

– Nous aurons toutes les deux une très belle robe et des chaussures brillantes. Et ta maman aussi. Tu veux bien être mon témoin, Shelby ?

– Évidemment !

Transportée de bonheur, Shelby jeta ses bras autour du cou de son amie, prenant les enfants en sandwich entre elles deux.

– C'est un immense honneur pour moi. Je t'organiserai les plus belles fiançailles qu'on ait jamais vues dans tout le Tennessee, comme prévu depuis notre enfance ! Vous avez fixé une date ?

– Si j'écoutais maman, on se marierait demain, ou dans deux ans, le temps qu'elle trouve le moyen de louer le manoir du gouverneur, pour le moins !

– Tu es sa seule fille, répliqua Shelby, en songeant avec un petit serrement de cœur qu'elle était, elle aussi, la seule fille de sa mère. C'est normal qu'elle soit tout excitée.

– Maman est née excitée. Elle a déjà commencé à dresser la liste des invités. Avec Matt, on comptait organiser une fête en petit comité, à l'automne, mais maman ne voit pas les choses de cet œil. Du coup, on a consenti à un grand mariage, en avril.

– C'est chouette de se marier au printemps. D'ici là, nous célébrerons vos fiançailles. Ce sera l'occasion de faire deux fois la fête.

– Moi, j'aime bien les fêtes ! pépia Callie.

– Tout le monde aime les fêtes. Pas vrai, Jackson ?

– J'aurai des cadeaux ? balbutia le garçonnet.

– Sans cadeaux, une fête n'est pas une vraie fête.

– Je voulais faire un barbecue dans le jardin pour les fiançailles, mais maman rêve d'un repas à l'hôtel. J'ai cédé sur ce point. Comme ça, je pourrai décider de tout le reste. Et je l'ai prévenue que ce ne serait pas négociable. Je compte sur toi pour m'aider à la canaliser.

– Pas de problème. Vous voulez faire de la balançoire, les enfants ?

– Tu nous pousses, maman ? s'écria Callie en courant vers l'aire de jeux. Je veux monter dans le ciel !

– Allons les pousser, déclara Shelby, et nous discuterons de ta robe de mariée.

– Le plus sympa des sujets de conversation !

Shelby ne parla pas de la disparition de ses clés ni du piratage de ses fichiers informatiques. Elle ne voulait pas gâcher la joie de son amie. Néanmoins, elle ne parvenait pas à en faire abstraction.

Dès qu'elle eut couché les enfants pour la sieste, elle alluma son ordinateur. *Priorité aux affaires à régler*, s'ordonna-t-elle. Elle paya méticuleusement ses factures, mit ses comptes à jour et calcula ce qu'il lui restait à rembourser pour solder une autre carte de crédit.

Encore beaucoup.

Les nouvelles du dépôt-vente se raréfiaient, ce qui n'était guère étonnant, et Shelby s'estimait heureuse de la somme qu'elle avait retirée par cet intermédiaire.

En revanche, elle essayait de ne pas penser à quel point il était humiliant de savoir que quelqu'un était au courant de ses déboires financiers – quelqu'un qui avait copié tous ses mails, sa correspondance avec les avocats et le fisc, son tableau comptable.

*Peu importe*, se raisonna-t-elle. Le côté positif de la mésaventure était que Jimmy Harlow savait maintenant qu'elle ne recelait pas des millions, mais qu'elle tirait le diable par la queue.

En toute logique, il cesserait de la harceler, désormais, s'il ne voulait pas risquer de retourner sous les verrous. Cela dit, l'appât que représentaient ces millions de dollars pouvait justifier cette prise de risques...

Déterminée à se tirer de ce guêpier, Shelby se munit d'un bloc et d'un stylo, et visionna les photos archivées dans son ordinateur.

Harlow en ferait-il de même ? Était-il en train d'examiner à la loupe ses années avec Richard ? Pourquoi diable n'avait-elle pas supprimé toutes ces photos de lui, de leurs séjours à Paris, Trinidad, New York, Madrid ? Ils avaient fait tant de voyages...

Richard avait-il ainsi écoulé un à un les bijoux volés ? Les avait-il planqués çà et là, dans des coffres éparpillés à travers le monde ?

Les photos étaient datées, elles permettraient de retracer leurs déplacements. Du coup, Shelby se félicita de les avoir conservées. Peut-être tenait-elle là des éléments susceptibles de l'éclairer sur les méfaits de Richard.

Après la naissance de Callie, alors qu'ils étaient censés mener une vie moins frénétique, il avait continué de s'absenter fréquemment. Et malgré les réticences de Shelby, il avait encore à plusieurs reprises insisté pour emmener femme et enfant en vacances.

– Pourquoi s'encombrer de nous ? s'interrogea-t-elle à voix haute.

Elle se leva, arpenta la cuisine, puis ouvrit la porte pour faire entrer un peu d'air.

Pour se couvrir, bien sûr. Elle n'avait jamais été qu'un artifice destiné à tromper le monde. Quels mauvais coups avait-il manigancés lors de ces voyages avec Callie ? Elle n'osait y songer.

Néanmoins, elle se sentait le devoir d'essayer de lever le voile sur les délits auxquels elle avait, sans le savoir, contribué.

En se rasseyant devant l'écran, elle s'efforça de se remémorer leurs séjours à l'étranger. Mais Seigneur… Elle était parfois si fatiguée, si stressée d'avoir à s'occuper d'un nourrisson dans une chambre d'hôtel, dans un pays dont elle ne parlait pas la langue, dont elle ignorait les us et les coutumes…

Penchée sur les photos, elle jeta quelques notes sur la feuille de papier, et tenta de se rappeler les gens qu'il lui avait présentés, avec qui ils étaient sortis prendre un verre, toujours dans les bars des plus grands palaces.

Des complices ? Des associés ? Probablement.

Elle sursauta en entendant des bruits de pas et, le cœur battant, s'empara d'un grand couteau sur le comptoir.

– Shelby ? Shelby Anne ?

– Ah, c'est toi, maman, dit-elle en reposant discrètement le couteau et en arborant un sourire.

– Tu es là… Où sont les petits ?

– Ils font la sieste. Ils ne vont sûrement pas tarder à se réveiller et à réclamer un goûter.

– Je m'en occuperai. Regarde, j'ai pris de nouvelles photos du bébé, ce matin à l'hôpital. Un vrai petit prince, non ?! s'extasia Ada Mae en faisant défiler les clichés sur son téléphone. Il a le menton de son père, tu ne trouves pas ? J'ai fait un saut chez Clay, afin de m'assurer que tout était prêt pour le retour de Gilly et de Beau. Ils sortent de la maternité demain.

– Super. Gilly sera contente de retrouver Jackson et sa maison.

– Elle voulait rentrer aujourd'hui, mais on lui a recommandé d'attendre encore un jour. J'ai acheté un joli chien en peluche, que j'ai posé dans le berceau de Beau, et un bouquet pour la chambre de Gilly. Celle du petit est ravissante. Je préparerai des spaghettis, tout à l'heure – Gilly adore mes spaghettis. Je les leur apporterai, pour qu'ils n'aient pas à se soucier de préparer le dîner, demain.

– Tu n'es pas seulement la meilleure des mamans, tu es aussi la meilleure des belles-mères.

– Gilly est l'une des lumières de ma vie. Dans l'immédiat, je vais consacrer le reste de ma journée aux deux plus grands de mes petits-enfants. Profites-en pour sortir et te faire plaisir.

– Maman, tu n'as pas arrêté de faire des allers-retours à Gatlinburg, tu as fait un grand ménage chez Clay, et tu vas cuisiner pour eux, sans compter que tu as travaillé au salon…

– Et alors ? répliqua Ada Mae, radieuse, en prenant un pichet de thé dans le réfrigérateur. Maintenant, je vais me détendre avec mes bouts de chou adorés. Regarde les barboteuses que j'ai achetées pour Beau. J'ai pris un jouet pour son grand-frère, pour qu'il ne soit pas jaloux, et un petit quelque chose pour Callie.

– Décidément, tu es aussi la meilleure des grands-mères. Tu les gâtes trop.

– C'est mon rôle, dit Ada Mae en remplissant deux grands verres, puis elle coupa quelques feuilles de menthe dans le pot sur le rebord de la fenêtre. Je ne sais pas depuis combien de temps je ne m'étais pas sentie aussi heureuse. Rien de tel que l'arrivée d'un bébé dans une famille ! Et qu'une salle de bains digne d'un magazine ! J'aurais dormi dans la baignoire, hier, si je m'étais écoutée. J'ai ma fille et la sienne auprès de moi, un mari qui m'invite encore au cinéma et au restau… Que demander de plus ? J'ai tout ce que je pourrais désirer.

Elle tendit un verre à Shelby et déposa un baiser sur sa joue.

– Enfin presque, ajouta-t-elle. Il me manque juste une chose.

– Laquelle ?

– Voir ma fille heureuse. À ta place, j'inviterais ce beau jeune homme à dîner et j'irais m'acheter une belle tenue pour lui plaire.

– J'ai des tonnes de vêtements, protesta Shelby en pensant à son tableau comptable.

– Une nouvelle tenue fait toujours plaisir. Tu travailles, maintenant, ma chérie. Je sais que tu as des dettes à rembourser, et je sais que tu étais en train de t'en inquiéter, devant ton ordinateur. Tu assumes tes responsabilités, d'accord, mais je vais te donner… (Ada Mae cala ses poings sur ses hanches, comme Viola le faisait souvent.)… un conseil de mère : va t'acheter une jolie robe, avec l'argent que tu as gagné et mérité. Ça te remontera le moral. Et ensuite, Griff finira de te changer les idées. J'appellerai Suzannah, pour qu'elle amène Chelsea à la maison. Les filles se feront une soirée pyjama. Accorde-t'en une, toi aussi.

– Une soirée pyjama ?

Avec un petit rire, Ada Mae but une gorgée de thé.

– Tu as très bien compris ce que je voulais dire. Allez, file t'acheter une robe, passe au salon, qu'on te fasse belle, et dépêche-toi d'aller retrouver Griff.

– Tu sais que je t'aime, maman.
– Encore heureux !
– Mais je ne te dis pas assez souvent, je crois, que tu es une femme sensationnelle, au-delà de la maman, de la belle-maman et de la Gamma.
– Voici la cerise sur le gâteau de ma journée ! dit Ada Mae en serrant Shelby contre elle.
– Laisse-moi juste ranger mes affaires. Je n'étais pas seulement en train de payer des notes. De ce côté-là, je m'en sors, petit à petit, ne t'inquiète pas. Je tentais de faire le point sur mes années avec Richard, en regardant des photos. J'essayais de me rappeler tous les endroits où nous sommes allés, à quel moment et pour quelle raison.
– Vous voyagiez beaucoup, c'est certain. Voilà au moins quelque chose qu'on ne peut pas te reprendre. J'adorais recevoir tes cartes postales, tes lettres ou tes e-mails de l'étranger.
– Tu ne les as pas gardés, j'imagine...
– Bien sûr que si !
– Maman, tu es formidable ! Je pourrais y jeter un coup d'œil ?
– Tout est dans une boîte bleue avec des tulipes blanches, dans le placard du petit salon.
– Merci, maman ! s'exclama Shelby en embrassant sa mère.

Elle s'acheta une robe d'été, toute simple, de la couleur des brins de menthe que sa mère avait ajoutés dans le thé. Ada Mae avait raison : s'offrir une robe avec l'argent qu'elle avait gagné lui procura une satisfaction incroyable.
En posant deux ou trois questions, elle apprit vite où Griff travaillait, ce jour-là, et le trouva, avec Matt, tous deux torse nu, construisant une terrasse en bois dans une propriété à la lisière de la ville.
– Salut, lui lança-t-il en s'épongeant le front avec un bandana. Ne m'approche pas, je pue la transpiration.
– J'ai des frères, lui rappela-t-elle, en se baissant pour caresser Snickers. Félicitations, Matt ! Je t'embrasse en pensée.
– Merci. Emma Kate m'a dit que vous vous êtes vues au parc, ce matin, et que tu seras son témoin. Je te présente le mien !
– Enchantée, mon co-témoin. Nous allons devoir nous concerter, tous les deux. En attendant, j'aurais une petite faveur à te demander.
– Je t'écoute.
Griff s'empara d'une gourde et but à grandes goulées.
– Maman s'occupe des enfants, et j'ai... quelques recherches à

faire. Je pourrais m'installer chez toi, pour être au calme ? En contrepartie, je préparerai le dîner.

– Pas de problème, je suis gagnant !

De sa poche, il retira un trousseau de clés et en décrocha une qu'il tendit à Shelby.

– Tiens. Je ferme à clé depuis… Bref.

– Merci. Matt, il faudra qu'on se réunisse tous les quatre, sans tarder. Un mariage requiert de la stratégie. Je sais que miss Bitsy a déjà des idées…

– Ne me fais pas flipper quand je manipule des outils électriques.

– Nous la gérerons, le rassura-t-elle. Avec ta chère et tendre, nous préparons nos mariages depuis l'âge de dix ans. Cela dit, j'imagine qu'elle a renoncé au carrosse argenté tiré par six chevaux blancs !

– Là, tu commences vraiment à me faire flipper.

– Mais je sais ce qu'elle veut, en gros, et je peux contribuer à calmer les ardeurs de miss Bitsy.

– Tu me mettras ça par écrit ? répliqua Matt en prenant la gourde des mains de Griff. En lettres de sang, peut-être. Peu m'importe le sang de qui.

– C'est une promesse solennelle. Par contre, il faudra que je connaisse aussi tes souhaits. Je suis une excellente coordinatrice.

– C'est ce qu'affirme Emma Kate. Je compte sur toi.

– Tu peux. Donc on se réunit très bientôt, d'accord ?

– Chez moi, samedi soir ? suggéra Griff. On fera un barbecue. Si tu ne veux pas demander à tes parents de garder Little Red, anticipa-t-il, amène-la. On l'enfermera dans un placard, au besoin.

– Je verrai comment je peux me débrouiller avec Callie. Sur ce, je vous laisse vous remettre au boulot. Je t'embrasse encore une fois en pensée, Matt. Grâce à toi, ma meilleure amie nage dans le bonheur.

– Je vais me marier… soupira l'intéressé lorsque Shelby fut partie.

– Eh ouais, mon pote. Attends une minute…

Griff rattrapa Shelby en courant.

– Et moi, je n'ai pas droit à un baiser en pensée ?

– Non. Tu auras droit à beaucoup plus ce soir.

– Ah oui ?

– Sur les conseils de ma mère.

– J'adore ta mère.

– Moi aussi. Allez, à plus.

– On finira sûrement vers 16 heures, 16 h 30.

– Je serai chez toi.

– Impeccable, murmura-t-il en regardant Snickers, qui ne le lâchait pas d'une semelle – ou, plutôt, qui suivait partout les lacets de ses chaussures.

Shelby passa d'abord au supermarché, faire les courses pour le dîner, dont elle avait établi le menu en voyant Griff sur son chantier.

Puis elle s'installa dans sa cuisine, face à la vue qu'offraient les baies vitrées. Cependant, à partir du moment où elle ouvrit la boîte bleue et commença à parcourir les lettres envoyées à sa mère, elle ne leva plus guère les yeux.

L'heure tournant, elle s'interrompit toutefois pour préparer le repas. Et réfléchir.

Il était étrange et fascinant de se revoir à travers le prisme du temps. Quelques années seulement, qui pourtant avaient modifié le cours de sa vie.

Elle voyait, maintenant, la naïveté, l'ardoise quasi vierge qu'elle avait été. Elle comprenait, à présent, pourquoi Richard avait jeté son dévolu sur elle, une jeune fille candide et confiante, dont il pouvait faire presque tout ce qu'il voulait.

Toutefois, Callie l'avait transformée – le changement était perceptible tant sur les photos que dans sa correspondance. Elle n'écrivait plus les mêmes choses, plus de la même manière, après la naissance de Callie.

Sa mère avait-elle été dupe du ton enjoué des brefs e-mails et des cartes postales affranchies à la hâte par sa fille, devenue mère à son tour ? Shelby en doutait. Son amertume transparaissait entre les lignes.

Elle était vite redescendue de son petit nuage, et sa belle assurance s'était peu à peu effritée. Il n'y avait que lorsqu'elle parlait de Callie que l'on sentait un vrai bonheur.

Non, sa mère n'avait pas pu se laisser tromper. Elle devait parfaitement se rendre compte que Shelby évoquait de moins en moins souvent Richard.

Ses lettres de la première année, heureusement, foisonnaient de détails sur les lieux qu'ils avaient visités, les gens qu'elle avait rencontrés, si bien qu'elle parvenait sans mal à se les remémorer.

Elle creuserait ces souvenirs, se promit-elle. Certaines questions demeureraient peut-être à tout jamais sans réponse, mais elle avait tout de même déjà trouvé un coffre bancaire à partir d'une clé égarée au fond d'une poche.

Cela valait donc la peine de creuser.

Shelby avait dressé le couvert sur le comptoir et débouché la bouteille de vin achetée au supermarché – il faudrait espérer de généreux pourboires, vendredi soir – lorsqu'elle entendit le camion de Griff.

Elle sortit une bière, la décapsula et se porta à sa rencontre.

Il paraissait fourbu, mais son sourire n'en était que plus sexy.

– Voilà ce qui manquait dans cette galerie, dit-il en relevant ses lunettes de soleil tandis que le chien s'élançait à travers la pelouse. Une superbe rousse offrant une bière fraîche !

– Je me doutais que tu en aurais envie, dit-elle en descendant les marches. J'ai des frères !

– Bien vu. Je ne te touche toujours pas. On n'est qu'en mai, mais il a fait une température digne d'un mois d'août, aujourd'hui.

– C'est souvent comme ça.

– Prépare-toi, je vais te dévorer dès que j'aurai pris ma douche ! Comment va Callie ?

– Elle s'apprête à déguster des hot-dogs avec son cousin et sa meilleure copine, après une grande bataille d'eau sous le tourniquet d'arrosage.

– Cool. Je mangerais volontiers des hot-dogs.

– Ce sera pour la prochaine fois.

– Quand une belle rousse m'accueille avec une bière fraîche et le dîner tout prêt, je ne peux pas faire le difficile.

Ils rentrèrent dans la cuisine, le chiot se faufilant entre leurs jambes.

– Ça sent bon, dit Griff. Qu'est-ce que tu mitonnes ?

– Un *meatloaf*, avec des pommes de terre nouvelles et des carottes.

– Non ?!

– Un plat viril... En te voyant travailler, tout à l'heure, j'ai pensé que tu apprécierais un bon pain de viande maison.

– Je n'en ai pas mangé depuis ma dernière visite chez ma mère à Baltimore.

– Laisse-moi vérifier que le mien ne brûle pas.

– Je vais me laver. Et après... gare à toi !

Amusée, elle baissa le thermostat du four et gagna l'étage par l'escalier de derrière.

Griff sirotait sa bière sous la douche, pur bonheur après une rude journée à suer dans la poussière. La terrasse aurait de l'allure, songea-t-il, mais il n'était pas encore acclimaté aux grosses chaleurs.

Le printemps avait été doux, et il avait oublié combien l'été pouvait être étouffant dans les Smoky Mountains. Du reste, la journée n'avait été qu'un petit avant-goût de la canicule à venir.

Matt et lui commenceraient alors leurs journées plus tôt et s'arrêteraient en début d'après-midi. Il aurait ainsi du temps à consacrer à l'aménagement de sa maison. Puis il faudrait dessiner les plans du bar-grill, dès la réception du permis d'agrandissement.

Et, naturellement, il désirait voir Shelby autant que possible.

Alors qu'il pensait à elle, la cabine de douche s'entrouvrit, et elle y pénétra, ne portant rien d'autre que sa crinière de boucles flamboyantes et un sourire enjôleur. Les yeux rivés aux siens, elle s'empara de sa canette et la posa sur le bord du lavabo.

– Tu auras besoin de tes deux mains.
– C'est le jour des miracles, dit-il en lui ouvrant les bras.
– L'eau est glaciale.
– Trop froide ?

Sur la pointe des pieds, elle plaqua sa bouche contre la sienne. Et son baiser n'avait rien de glacial.

Il s'étonna que l'eau ne bouillonne pas. Lui-même était en feu, prêt à soulever des montagnes malgré sa dure journée de labeur et sa longue nuit d'insomnie.

La douceur de la peau de Shelby, sa bouche avide, ses mains impatientes... à cet instant, elle lui offrait tout ce qu'il désirait.

– Te toucher me rend dingue, murmura-t-il.
– Ne t'arrête pas...

Chaleur, désir et plaisir se mêlaient dans le cœur de Shelby, frémissaient sous sa peau. Plus il lui donnait, plus elle avait faim de lui, de s'abandonner à ses mains fortes, calleuses, à son corps de travailleur. Sa bouche, à la fois patiente et pressante, lui faisait tourner la tête.

L'attrapant par la taille, il la cala sur ses hanches. Elle se sentait aussi vulnérable que désirable et puissante.

Le regard au fond de ses yeux verts, elle noua ses jambes autour de lui, s'agrippa à ses épaules. Elle ne put retenir un cri lorsqu'il s'immergea en elle. Ruisselante, haletante, elle se laissa porter jusqu'à des sommets de volupté, pour sombrer en même temps que lui dans un glorieux orgasme.

– Attends... articula-t-il en cherchant le robinet à tâtons.
– Mmm... J'ai l'impression de m'être dissoute.

Elle demeura soudée à lui tandis qu'il gagnait le lit, puis s'y écroulait.

– J'ai besoin d'une minute, dit-il.
– Prends ton temps.
– C'était mon intention. Si tu n'étais pas venue me rejoindre sous la douche. J'irai chercher des serviettes dans trente secondes.

– Je me suis acheté une nouvelle robe.
– Ah oui ?
– Je voulais la mettre pour le dîner, pour que tu me l'enlèves. Mais j'étais trop pressée, moi aussi.

Cette image éveilla en Griff un soudain regain d'énergie.

– Où est-elle, cette robe ?
– Dans ta buanderie, sur un cintre.

D'une main lascive, il lui caressa le creux de la taille.

– Tu la mettras pour dîner et, cette fois, nous prendrons notre temps.
– Je suis d'accord. Je n'ai pas pensé à apporter un sèche-cheveux. Tu n'en as pas, je suppose ?
– Non, désolé.
– Entre la douche et l'humidité ambiante, je vais avoir une tête de folle. Heureusement, j'ai des élastiques et des barrettes dans mon sac.
– J'aime tes cheveux.

Elle se pelotonna contre lui.

– J'aime les tiens. Le soleil commence à les décolorer. Ça te coûterait une fortune si tu te faisais éclaircir des mèches chez ma grand-mère.
– Les hommes qui aiment le *meatloaf* ne se font pas faire des mèches.

Elle lui embrassa l'épaule.

– Bon, je vais chercher des serviettes et remonter le thermostat du four.
– Tu l'avais baissé ?

En battant des cils, elle lui décocha un sourire charmeur, qui rappela à Griff les mimiques de Callie.

– J'avais envie de toi, sous la douche. Le dîner sera prêt un peu plus tard que prévu.
– Je ne m'en plaindrai pas, dit-il en se levant pour aller dans la salle de bains. Quel genre de recherches faisais-tu ? Ou bien était-ce une ruse pour me rejoindre sous la douche ?
– Ce n'était pas une ruse, juste un bonus, répondit-elle, sourire aux lèvres, en prenant la serviette qu'il lui tendait. Griffin, mes cheveux sont comme une autre personne, et cette autre personne a, elle aussi, besoin d'une serviette.

Il retourna en chercher une autre, ainsi que la bière abandonnée sur le lavabo.

– Tu ne m'as toujours pas dit sur quoi portaient tes recherches.

Shelby s'enveloppa dans la première serviette, puis se pencha en avant pour rassembler ses cheveux dans la seconde.

– J'imagine que tu ne tiens pas à aborder ce sujet. Ça concernait Richard.

– Tu n'as pas envie d'en parler ?

Elle se redressa et se confectionna une sorte de turban, avec une dextérité fascinante.

– Si. J'aimerais en parler à quelqu'un qui puisse mettre les choses en perspective. À Forrest, peut-être, demain, bien qu'il ait sans doute déjà pensé à la moitié de ce que j'ai à lui dire, mais...

– Mets ta nouvelle robe, on discutera pendant que le *meatloaf* finit de cuire.

## 23

Shelby remonta la température du four, enfila sa robe et attacha ses cheveux de façon qu'ils ne prennent pas un volume délirant en séchant.

Puis elle rejoignit Griff dans la galerie à l'arrière de la maison, avec un verre de vin, et demeura un instant silencieuse, à contempler les montagnes.

– J'ai fait mes comptes, aujourd'hui, pendant que les enfants dormaient, et j'ai pensé que Jimmy Harlow – ça ne peut être que lui – devait les éplucher lui aussi. C'est ennuyeux, mais au fond, c'est peut-être un mal pour un bien, s'il finit par comprendre que je n'ai pas ce qu'il cherche.

– Bon raisonnement. Intelligent, positif.

– J'ai pensé qu'il regarderait aussi les photos archivées dans mon ordinateur – quand la police m'a rendu mon ancien PC, je les ai transférées dans mon nouveau portable. Je n'ai jamais eu le temps de les trier... Harlow pourra retracer tous les voyages que j'ai faits avec Richard.

– Et tu peux, toi aussi, retrouver tous les endroits où vous êtes allés.

– Exactement ! Si Richard m'emmenait avec lui, ce n'était pas pour rien. Il ne faisait jamais rien sans raison. J'étais sa couverture. Avec une femme et un enfant, il passait pour un brave père de famille. Et qui se méfierait d'un homme accompagné d'une femme enceinte ? Il y a de fortes chances qu'il ait caché les bijoux et les timbres, ou qu'il les ait revendus, dans l'un des pays où nous sommes allés ensemble.

– Très certainement, même si c'est dur pour toi à avaler.

– J'ai dépassé ce stade. En regardant les photos et les lettres envoyées à mes parents, je me suis rappelé ce que Richard me disait tout le temps quand nous devions rencontrer du monde : « Sois toi-même, Shelby. » Ce n'était pas grave si je n'y connaissais rien à l'art ou à l'œnologie ; au contraire, ça me donnait un charme... Moi qui n'avais jamais été complexée, j'étais devenue d'une timidité presque maladive.

– Il te rabaissait.

– Oui... Il me disait de ne surtout pas chercher à impressionner les gens, que ça se verrait tout de suite. Du coup, je n'osais plus ouvrir la bouche. Je jouais le rôle de la belle potiche, exactement comme il le souhaitait. Enfin, bref, soupira-t-elle en buvant une gorgée de vin. Tout cela pour dire que j'ai eu une idée : je vais consulter la presse en ligne, voir s'il n'y a pas eu de cambriolages, d'escroqueries, ou pire, aux dates auxquelles nous étions à tel ou tel endroit.

– Y a-t-il des choses qui te paraissent suspectes, maintenant que tu sais ce que tu sais ?

– Quelques-unes. Par exemple, que faisait-il à Memphis quand nous nous sommes rencontrés quatre jours après le cambriolage chez cette veuve fortunée, Lydia Redd Montville ?

– Quatre jours plus tard, selon la brune, il s'enfuyait avec le butin...

– Et moi, comme une gourde, je me suis laissé séduire par ce type qui semblait plein aux as.

– La police recherchait Jake Brimley. Il devait se douter que ses partenaires le balanceraient. Du coup, il avait prévu de disparaître, avec une nouvelle identité, un nouveau look. Mais il avait besoin d'autre chose : être en couple.

– Pour donner l'image de deux tourtereaux inoffensifs.

– Il ne voulait plus de la brune, il se méfiait d'elle. Il lui fallait une femme jeune, innocente, malléable et confiante. Et prête à se laisser conquérir.

Shelby hocha la tête, poussa un long soupir.

– J'étais le pigeon idéal.

– C'était un manipulateur professionnel. À dix-neuf ans, tu n'avais aucune chance de le percer à jour. Il se trouve donc une belle rousse, que tout le monde regarde, mais dont personne ne se souvient, et, ainsi accompagné, il voyage en toute tranquillité. Où t'a-t-il emmenée en premier ?

– Il est resté quatre jours à Memphis. Je n'avais jamais rencontré quelqu'un d'aussi charmant, d'aussi intéressant. J'étais fascinée par tous les voyages qu'il avait faits, la façon dont il en parlait... Notre tournée se terminait, et j'avais prévu de passer une semaine chez mes parents avant la suivante. Mais quand il m'a dit qu'il devait se rendre à New York, pour affaires, et m'a demandé de venir avec lui, j'ai accepté. L'aventure était trop tentante... conclut Shelby avec un petit rire amer.

– Je le conçois, commenta Griff.

– Nous sommes partis en jet privé. Dans mon entourage, personne n'était jamais monté dans un jet privé.

– Pas de contrôle des bagages. Tu peux transporter n'importe quoi, n'est-ce pas ?

– En effet, je n'y avais pas pensé. Il ne se déplaçait quasiment qu'ainsi, ce que je trouvais d'une classe folle. J'avais toujours rêvé de voir New York, et il était si beau, si gentil... Il paraissait fou de moi. Ce n'était pas son argent qui m'attirait, bien que je mentirais en disant que je n'appréciais pas ses cadeaux. Mais avant tout, j'étais éblouie par son mode de vie.

– Rien que de la poudre aux yeux.

– Aujourd'hui encore, j'ai du mal à croire qu'il ne pensait pas un traître mot de ce qu'il me disait : qu'il ne savait pas comment il avait pu vivre jusque-là sans moi, et bla-bla-bla. Je voulais tellement le croire... Si bien que lorsqu'il m'a ensuite suppliée, à New York, de ne pas rentrer chez moi mais de partir avec lui pour Dallas, je n'ai pas eu une seule seconde d'hésitation.

– Une autre grande métropole.

Les yeux fermés, Shelby acquiesça de la tête.

– Tout à fait. Tu commences à comprendre ? Il m'a emmenée de grande ville en grande ville. Il me donnait de l'argent pour que j'aille faire les magasins pendant qu'il était en rendez-vous. À son retour, il m'offrait des fleurs – des roses blanches. Il me disait qu'il était sans cesse sur la route, ou dans les airs, mais qu'il avait hâte, maintenant qu'il m'avait rencontrée, de s'établir quelque part et de fonder une famille.

– Exactement ce que tu avais envie d'entendre. Il était fin psychologue, il savait analyser les gens et renvoyer l'image que l'on attendait de lui.

Shelby garda un instant le silence, appréciant la luminosité du soleil déclinant, le chuchotement de la brise dans les arbres, le chant du ruisseau.

– À cette période de ma vie, il incarnait l'homme idéal... Durant ces premières semaines, nous avons sillonné le pays.

– Il couvrait ses traces.

– Et il devait planquer de l'argent un peu partout. S'il avait un coffre bancaire à Philadelphie, il en avait peut-être aussi ailleurs. Il avait toujours des liasses de billets sur lui. Il devait les retirer de ces coffres. Ou alors, il commettait des vols partout où il passait.

— Probablement les deux.

Shelby changea de position, afin de faire face à Griff.

— Probablement, oui, acquiesça-t-elle. En relisant les lettres que ma mère a gardées, un souvenir m'est revenu : une nuit, à Saint-Louis, je me suis réveillée, et il n'était pas là. Quand il avait des insomnies, il sortait marcher, méditer, disait-il. Il n'est pas revenu avant l'aube, ce jour-là. Il était euphorique. Dans la matinée, il a loué une voiture, et nous sommes partis pour Kansas City, où l'un de ses associés avait, disait-il, besoin de le voir de toute urgence. Avant de prendre la route, il m'a offert une montre Cartier, tirée de sa poche... Deux ans plus tard, j'ai voulu la mettre : elle avait disparu. Il s'est énervé, il m'a dit que je n'étais pas soigneuse, que je l'avais perdue, alors que j'étais certaine que ce n'était pas possible. J'ai fait une recherche sur Internet, aujourd'hui : il y a eu un casse dans une bijouterie, cette nuit-là, à Saint-Louis. Un vol d'un quart de million, en bijoux et en montres.

— Il les a refourgués à Kansas City.

— Je vais continuer à chercher sur le Net.

Griff lui frictionna le bras.

— Qu'est-ce que ça t'apportera ?

— Ce qui est fait est fait, et je ne peux rien y changer, répondit-elle en regardant ses mains. Mais je pourrai au moins fournir quelques pistes à la police, et j'aurai le sentiment d'agir.

— Tu agis.

— Dans l'immédiat, je vais servir le dîner, déclara-t-elle en se levant. Merci de m'avoir écoutée.

— C'est la moindre des choses, dit-il en la suivant dans la cuisine. De mon côté, j'ai essayé de faire le point.

— À propos de quoi ?

— De cet imbroglio dans lequel tu as été entraînée malgré toi. Évidemment, il me manque des éléments, dit Griff en regardant la boîte de lettres et de cartes postales. Je pourrais y jeter un coup d'œil ? En fait, j'ai ébauché une chronologie : le cambriolage de Miami, avec Warren et Harlow ; la fuite ; toi, ensuite. Je n'avais pas réalisé que tu l'avais rencontré quelques jours seulement après Miami...

— J'étais faite pour lui, comme je pensais qu'il était fait pour moi.

Elle déposa le *meatloaf* sur un dessous-de-plat, dénicha dans les placards l'unique plat de service que Griff possédait, puis y transféra la viande et les légumes.

– Je ne voudrais pas te contrarier plus que tu ne l'es déjà, poursuivit-il, mais je ne pense pas qu'il soit entré par hasard dans ce club où tu chantais, à Memphis, et qu'il se soit dit de but en blanc : « OK, elle sera ma couverture. »

– Quelle est ton hypothèse ?

– Il t'a d'abord observée, et il s'est renseigné sur toi. Ton nom était sur les affiches, il n'a pas dû avoir trop de mal à découvrir que tu étais célibataire, sans attache.

Consciencieusement, Shelby garnit le plat de persil et d'anneaux de poivrons rouges et verts.

– Une péquenaude du fin fond du Tennessee.

– Tu n'as jamais été une péquenaude. Tu étais seulement jeune, fraîche, sans expérience, mais audacieuse – il faut de l'audace pour monter sur scène, comme il en faut pour tout quitter pour un homme.

– J'aurais pu refuser de le suivre à New York.

– Dans ce cas, il en aurait trouvé une autre. Désolé.

– Il n'y a pas de quoi. Ça me soulage, en quelque sorte, de savoir que la malchance aurait pu tomber sur une autre.

– Waouh ! On se croirait au restaurant !

Flattée, Shelby posa le plateau sur le comptoir.

– Ma mère m'a appris à ne jamais négliger la présentation. Si ton plat n'est pas bon, au moins il est beau. Espérons que le mien sera les deux ! Assieds-toi, je vais te servir. Continue ta chronologie.

– Vous êtes ensuite allés à Houston, n'est-ce pas ?

– Oui, nous y sommes restés environ six mois.

– Vous en êtes partis pour Atlanta, puis Philadelphie, et Richard a trouvé la mort à Hilton Head. Tu dis qu'il ne faisait jamais rien sans raison. À ton avis, pourquoi voulait-il vous emmener à Hilton Head, Callie et toi ?

– Tu penses qu'il préparait un coup, là-bas, et qu'il avait besoin de nous pour donner le change ? demanda-t-elle en découpant une copieuse tranche de *meatloaf*, qu'elle servit à Griff accompagnée d'une généreuse part de pommes de terre et de carottes. Oh, mon Dieu... Et si sa mort n'était pas un accident ? On l'a peut-être tué, et jeté son corps à la mer...

– Tu ne le sauras probablement jamais. Il a lancé un SOS, non ?

– Va savoir qui l'a lancé... Maintenant que j'y pense... D'après Forrest, Harlow s'est échappé juste avant Noël... et Richard est décédé quelques jours plus tard.

– Liquider Richard n'aurait pas été judicieux, si Harlow voulait savoir où il avait planqué les millions.

– C'est vrai, tu as raison. Mais ils ont pu se battre, il a pu tuer Richard involontairement... Enfin, comme tu le disais, nous ne connaîtrons probablement jamais le fin mot de l'histoire. À moins qu'on attrape Harlow.

Shelby se servit une portion plus petite et s'installa en face de Griff.

– Mais les choses ont dû se passer peu ou prou comme le pense la police. Richard aimait le risque. Il conduisait vite, il skiait hors piste, il faisait de la plongée, de la varappe, du parachutisme. Il n'avait pas peur des tempêtes. Et pourtant, c'en est une qui l'a emporté.

– Hum, succulent ! s'exclama Griff après la première bouchée. Ma décision est prise : je te garde. Ton *meatloaf* est meilleur que celui de ma mère ! Ne le lui répète pas, ou je jurerai que tu es une menteuse.

– Je ne critique jamais la cuisine des autres. Tu le trouves si bon ?

– Repose-moi la question quand j'aurai léché l'assiette.

– C'est la bière qui fait toute la différence.

– Tu mets de la bière dans le *meatloaf* ?

– Une vieille recette familiale.

– Plus aucune hésitation : je te garde.

Griff s'arrêta de manger, puis plaça une main derrière le cou de Shelby, pour l'attirer à lui et l'embrasser.

– Je n'avais pas préparé de *meatloaf* depuis des années. Je suis contente qu'il soit réussi.

– Je lui décerne le prix d'excellence. Mais laisse-moi finir mon exposé. Quelqu'un t'a mis un privé aux trousses, qui te retrouve à Philadelphie, puis te suit jusqu'ici. Forrest a vérifié qu'il était agréé, mais il n'a pas réussi à lui soutirer le nom de son client. Le détective jure néanmoins qu'il n'a pas été engagé par la brune.

– Mon frère ne m'en a pas dit autant.

Griff haussa les épaules.

– On discute souvent de choses et d'autres, lui et moi. Le détective a un alibi pour la nuit du meurtre. Par conséquent, il n'y a pas de raison de le poursuivre, mais...

La tête inclinée, Shelby piqua sa fourchette dans une rondelle de carotte.

– Tu en sais plus...

– Guère plus... Je peux toutefois te dire que la veuve et son fils nient tous les deux avoir fait appel à un privé. L'assurance les a dédommagés, et ils s'efforcent de tirer un trait sur cette sombre histoire. La police de Miami les a interrogés : manifestement, ils ont, eux aussi, un alibi pour le meurtre.

– Forrest t'a mis dans les secrets de l'enquête !

– Il se fait du souci pour toi. Cela dit, ces infos ne nous avancent pas à grand-chose. C'est pour ça, je suppose, qu'il n'a pas jugé utile de les communiquer.

– J'aurais aimé savoir.

– Tu sais, maintenant. Tout le reste n'est que spéculation. Notamment, nous pouvons spéculer, à un degré raisonnable de certitude, qu'Harlow est venu à Rendezvous Ridge et, de là, qu'il a tué la brune. Son mobile ? Elle a déclaré qu'il avait tiré sur le fils de la veuve. Seulement la balle provenait du flingue que tu as découvert dans le coffre de Richard.

– Hein ? Qu'es-tu en train de me dire ? Le revolver que j'ai trouvé... Le revolver de Richard ?

Griff décida qu'il avait besoin d'une longue gorgée de vin.

– OK, écoute : Forrest vient de recevoir cette information aujourd'hui même – je l'ai croisé par hasard cet après-midi. La police de Miami a procédé à des analyses balistiques, et il s'avère que l'arme qui a blessé le fils Montville est celle que tu as trouvée dans le coffre.

– Richard a fait feu sur un homme...

– Peut-être, peut-être pas. Le flingue était le sien, en tout cas. Harlow a toujours nié et, jusque-là, il n'avait jamais été inculpé pour des agressions armées.

– La brune a menti. Elle était amoureuse de Richard – de Jake. Tout du moins, elle l'aimait d'une certaine façon. Elle a menti, bien qu'il l'ait trahie. Ce n'était pas seulement pour l'argent qu'elle voulait me retrouver. Elle était jalouse, furieuse et jalouse des années qu'il a passées avec moi. De l'enfant qu'il m'a fait.

Griff hocha la tête, il en était venu à la même conclusion.

– Certainement, acquiesça-t-il. Et elle ne pouvait pas croire que tu étais mariée à lui sans être impliquée dans le reste. Cette femme était une manipulatrice, une traître. Dans son esprit, tu étais comme elle.

– Jimmy Harlow doit tenir le même raisonnement.

– Je n'en sais rien.

– Tu peux me le dire, si tu le penses. N'aie pas peur de m'effrayer.

– Tu es déjà bien assez effrayée.

– Certes, mais je ne veux pas qu'on me protège.

– OK. Une chose est sûre : Harlow n'était pas amoureux de Richard ; sa façon de penser est donc peut-être plus facile à cerner. À mon avis, il est resté dans les parages, pas loin d'ici, pas aussi loin que Gatlinburg, comme la brune. Et je doute qu'il séjourne à l'hôtel. Plutôt dans un camping, un bungalow ou un motel.

– Il me surveille.

Après une brève hésitation, Griff opina de la tête.

– Il joue la prudence. Avant de t'aborder, il collecte des renseignements. Il cherche à savoir qui tu es. Il ne veut pas prendre de risques, il tient à sa liberté.

– Espérons-le.

– S'il est un tant soit peu malin, il analyse la situation, comme nous le faisons. Il relie les pointillés, il retrace l'itinéraire de Richard.

Tout comme les déductions de Griff aidaient Shelby à relier les pointillés.

– C'est à Atlanta que nous sommes restés le plus longtemps. Mais nous en sommes partis dans la précipitation. Il a dû monter un coup là-bas, et après, il a voulu déguerpir au plus vite. J'ai à peine eu le temps de faire mes valises, une fois qu'il m'a annoncé qu'on déménageait. Il est même parti avant moi.

– Je l'ignorais. Il est parti dans le Nord avant toi et Callie ?

– Une dizaine de jours plus tôt. J'étais censée faire les cartons et rendre les clés. J'étais persuadée que nous avions acheté cet appartement, or nous n'en étions que locataires. Quand je l'ai découvert, j'ai failli ne pas prendre l'avion, retourner chez mes parents, mais je me suis dit qu'un changement nous serait peut-être bénéfique... Je savais que nous habiterions dans une maison avec un grand jardin, où Callie pourrait jouer. Et il m'avait promis que nous ferions un deuxième enfant.

– Miroir aux alouettes.

– Clairement. En triant ses papiers, après sa mort, j'ai découvert qu'il avait subi une vasectomie, après la naissance de Callie. Nous ne risquions pas de faire un autre bébé.

– Ce type était vraiment une ordure.

– Une chance que nous n'ayons pas eu un autre enfant. Il devait se douter que j'envisageais de le quitter, d'où toutes ces belles promesses.

– Il t'a fait croire que vous alliez prendre un nouveau départ.

– Exactement. Enfin, bref. Je disais que c'était à Atlanta que nous sommes restés le plus longtemps, mais je ne pense pas qu'il y ait laissé quoi que ce soit d'important. Il avait dû prévoir de partir bien avant de m'en parler. Il a certainement emporté ce qu'il avait à cacher.

Griff remarqua que Shelby ne mangeait plus, qu'elle faisait juste semblant, et regretta de lui avoir fait part de ses suppositions, de ses théories. Toutefois, elle ne voulait pas être ménagée.

– Tu dis qu'il voyageait aussi beaucoup sans toi ?

– De plus en plus. À Atlanta, j'ai eu envie de me poser, de mener une vie plus tranquille. De toute façon, il ne me demandait plus de l'accompagner. Parfois, il ne me prévenait même pas quand il partait. Je ne sais pas exactement où il est allé sans moi. En revanche, je sais où je suis allée avec lui : c'est un début.

– Tu devrais fournir ces éléments à la police.

– J'en ai l'intention, mais j'aimerais d'abord tenter d'y voir plus clair.

– Bien. Moi aussi.

– Pourquoi ?

– Pour toi, répondit Griff du tac au tac. Et pour Callie.

– Tu aimes réparer les choses.

– Oui. En général, on aime ce pour quoi on est doué. Et j'aime ton visage. J'aime tes cheveux.

Il les lui caressa, résistant à l'envie d'ôter l'élastique qui les retenait.

– J'aime ton *meatloaf*, ajouta-t-il en terminant son assiette. J'aime emmener Little Red à la pizzeria. Et ses sourires charmeurs me font craquer. Ce n'est pas seulement une question de réparer les choses, Shelby. Tu es bien plus que cela.

Sans un mot, elle se leva et ramassa les assiettes.

– Tu as cuisiné, alors je ferai la vaisselle.

Tandis qu'il débarrassait, elle ouvrit son ordinateur et y chercha une photo.

– Qu'en penses-tu ? lui demanda-t-elle en orientant l'écran vers lui.

Il s'approcha et scruta le cliché : Shelby et Richard, à l'une des dernières soirées, à Atlanta, où il l'avait emmenée.

– Tu es superbe, et triste – c'est ce que j'ai pensé la première fois que je t'ai vue. Tu souris, mais ton regard est éteint. Qu'avais-tu fait à tes cheveux ? Où sont tes boucles ? Tu les avais vendues ?

Elle le regarda longuement, puis posa la tête sur son épaule.

– Sais-tu de quoi j'ai envie ?

– Dis-moi.

– D'aller me promener dans le jardin, de regarder le soleil se coucher, de te donner toutes sortes d'avis non sollicités sur les arbres et les fleurs que tu devrais planter. Ensuite, tu m'enlèveras ma nouvelle robe. Je ne porte rien dessous.

– Si on commençait par là ?

En riant, elle secoua la tête.

– Laisse-moi d'abord te rendre un peu dingue.

– Je le suis déjà, répliqua-t-il tandis qu'elle lui prenait la main et l'entraînait au-dehors.

Il la suivit de nouveau en camion jusque chez ses parents et mit le trajet du retour à profit pour réfléchir. Il prolongea le temps de réflexion par une longue promenade avec Snickers. Puis il consacra une bonne heure à la fabrication du cadre d'un placard pour l'une des chambres en cours d'aménagement.

Tout doucement, la maison commençait à prendre forme, songea-t-il en rangeant ses outils, puis en passant le balai.

Après quoi il s'installa devant son PC, en quête de cambriolages ou d'escroqueries non classés, survenus à Atlanta durant la période où Shelby y résidait.

Pendant que Griff menait ses recherches, Jimmy Harlow travaillait sur un ordinateur portable dérobé à Tampa, dans le bar d'un hôtel où se tenait un salon commercial. Tout le monde était à moitié soûl et n'y avait vu que du feu.

Outre l'ordinateur, dans une élégante sacoche de cuir, il s'était ainsi procuré 2 000 dollars en liquide, deux iPhone et les clés d'une Chevrolet Suburban, qu'il avait directement conduite chez un ferrailleur peu regardant sur l'origine des véhicules.

Il avait acheté une nouvelle carte d'identité – heureusement, il n'avait pas perdu le contact avec la filière – et emprunté une vieille Ford, qui l'avait mené en Géorgie. Là, il l'avait revendue à une connaissance, pour 500 dollars.

Il avait ensuite fait profil bas, le temps de se laisser pousser la barbe et les cheveux, vivotant d'expédients : pickpocket et menus larcins.

Puis il s'était rendu à Atlanta par des chemins détournés, dormant dans des motels miteux, volant des voitures quand l'occasion se présentait – une spécialité de sa jeunesse. De passage à La Nouvelle-Orléans, il avait dépouillé et tabassé un dealer qui vendait de la drogue devant un lycée du Ninth Ward.

Il réprouvait fermement la vente de drogue aux mineurs.

À Bâton-Rouge, devant un bar, il avait escamoté un 4X4 Toyota dernier cri ; un ferrailleur avait repeint la carrosserie et changé les plaques d'immatriculation. Une ancienne relation lui avait fourni une carte grise.

Se sachant recherché, il consultait la presse en ligne de façon compulsive.

Il s'était taillé la barbe avec soin, et acheté des vêtements passe-partout, qu'il avait plusieurs fois passés à la machine, dans une laverie, afin qu'ils ne paraissent pas neufs. Il s'appliquait méticuleusement de l'autobronzant pour dissimuler son teint blafard de taulard.

Tel un touriste, il achetait des cartes routières, et s'était même offert un Canon numérique, qu'il portait en bandoulière. Sur son 4X4, il avait collé des autocollants de parcs nationaux.

Il mangeait ce qu'il voulait, quand il voulait. Dormait lorsqu'il était fatigué, se levait lorsqu'il ne l'était plus.

Chaque jour, durant ses années de prison, il avait rêvé de cela : la liberté. Néanmoins, il avait un but.

Il ne croyait pas en l'honneur des truands – lui-même en avait été un trop longtemps. Mais les trahisons appelaient des représailles. Il avait été trahi, et il était déterminé à se venger.

À Atlanta, il lui avait suffi de graisser quelques pattes pour obtenir de précieux renseignements.

Il avait volé le calibre 25 dans un luxueux duplex de Marietta, où un crétin l'avait laissé dans le tiroir de sa table de chevet, n'ayant pas jugé utile de le ranger sous clé. Chez le même crétin, il avait également trouvé un 9 mm, dans le tiroir d'un bureau.

Des enfants vivaient là – il avait rapidement fait le tour de la chambre d'un petit garçon et de celle d'une fillette. Il leur avait peut-être sauvé la vie.

Il n'avait pas voulu priver les mômes de leur Xbox, mais il avait emporté les iPad, un autre ordinateur portable, l'argent planqué dans le freezer, un bracelet de tennis en diamants, des boucles d'oreilles en diamants, la liasse de billets roulée dans le coffret à bijoux et, parce qu'elles étaient à sa pointure, une paire de chaussures de randonnée.

Quand il était arrivé à Philadelphie, la poule de Jake s'était volatilisée.

Il avait désactivé le système d'alarme et fait le tour de la villa. Jake s'était payé une chouette baraque, il se la coulait douce, et cela lui restait en travers de la gorge.

Avec un téléphone jetable, il avait contacté l'agent immobilier et appris que la maison avait été mise en vente en urgence. OK, Jake n'était donc peut-être pas si à l'aise.

Après quelques jours à Philadelphie, où il avait mené sa petite enquête, il avait pris la route du Tennessee.

Il avait loué un bungalow à une quinzaine de kilomètres de Rendezvous Ridge. Il avait payé sous la table, pour trois mois, en liquide. Ici, il était Milo Kestlering, de Tallahassee, responsable des ventes chez un grossiste en produits alimentaires. Divorcé, sans enfant.

Au besoin, il pouvait fournir force détails sur son nouveau personnage, mais le propriétaire du bungalow s'était contenté d'empocher son loyer sans poser de questions.

Harlow n'avait aucun contact dans la région. Il devait être prudent. D'autant plus que les flics étaient sur les dents, après le meurtre de Melinda. Comment avait-elle pu se faire tuer aussi bêtement ? À croire que la prison avait émoussé ses instincts. Toujours était-il qu'il n'avait plus à se soucier d'elle.

La rousse, maintenant, était une autre paire de manches.

Il l'avait échappé belle chez son jules. Il avait agi de manière irréfléchie, il l'admettait. Ce n'était pas malin de s'introduire chez quelqu'un en sa présence, mais la porte était ouverte, et l'ordinateur portable lui tendait les bras…

Il avait également pris des risques en accostant la rouquine dans la rue, mais, là aussi, il s'en était tiré sans encombre. Elle ne l'avait pas reconnu.

Il avait été surpris, elle ne correspondait pas au type de Jake. Était-ce délibéré ?

Restaient encore de nombreux points à éclaircir. Les photos, les e-mails et les comptes seraient peut-être révélateurs. Il avait toute la soirée pour les passer au crible. Des vies entières étalées à l'écran.

Ensuite, il déciderait de la stratégie à adopter.

## 24

Les rhododendrons sauvages étaient en pleine floraison le long des rivières, tapissant les prairies de fuchsia. Sur les hauteurs, la clintonie boréale agitait ses clochettes jaune d'or, au milieu des fougères, de plus en plus denses et vertes.

Dès qu'elle en avait l'occasion, Shelby emmenait Callie en promenade. Elles s'asseyaient dans la forêt, écoutaient le chant des merles bleus et des juncos. Un jour, au loin, elles eurent la chance d'apercevoir un ours brun pêchant dans un torrent.

Callie souffla sa quatrième bougie dans le jardin de la maison où sa mère avait grandi, avec des amis de son âge, avec sa famille, entourée de gens qui tenaient à elle.

Pour Shelby, c'était là ce qu'elle pouvait offrir de plus beau à sa fille.

Il y eut un gâteau au chocolat en forme de château, surmonté de tous les personnages de *Shrek*, des jeux, des ballons et des serpentins, et des montagnes de paquets cadeaux.

– C'est son plus bel anniversaire.

Son arrière-petit-fils dans les bras, Viola regardait les enfants jouer sur le ventriglisse, le cadeau d'entre tous les cadeaux.

– Elle commence à être grande, elle sait qu'elle est la reine de la fête.

– C'est plus que cela, Granny.

– Je comprends. Demande-t-elle parfois après son père ?

– Non. Elle ne m'a pas parlé de lui une seule fois depuis que nous sommes ici. On dirait qu'elle l'a oublié. Je ne sais pas si c'est un bien ou un mal.

– Elle est heureuse, c'est l'essentiel. Tôt ou tard, elle te posera des questions et tu devras y répondre, mais chaque chose en son temps. Regarde-la, elle est folle de Griff.

Shelby se tourna vers eux : agrippée aux mollets de Griff, la fillette se laissait entraîner à plat ventre sur le tapis savonneux.

– C'est vrai, acquiesça-t-elle, un sourire sur les lèvres.

– Et toi, où en es-tu avec lui ?

– Je profite des bons moments, sans penser au lendemain.

– Tu n'as plus cet air triste et inquiet au fond des yeux. Tu as mes yeux, ma chérie. Ada Mae te les a transmis, et tu les as transmis à ta puce. Ne crois pas que je ne sache pas lire dedans...

– Je ne suis plus triste, et je suis moins inquiète. Dis-moi, vas-tu lâcher ce bébé et me le laisser un moment ?

Viola embrassa le front de Beau.

– Tiens, prends-le. Il dort comme un ange malgré le bruit. Emmène-le quelques minutes au soleil. Pas trop longtemps, mais je crois qu'un peu de vitamine D ne lui fera pas de mal.

Shelby avait presque oublié combien il était merveilleux de tenir un nourrisson entre ses bras, de sentir son poids, sa chaleur, le parfum du fin duvet de ses cheveux. Elle se tourna vers Callie. Une grande fille, à présent, qui poussait comme un champignon.

Dans son sommeil, Beau remua l'une de ses petites mains. Elle aurait donné cher pour sentir à nouveau une vie éclore en elle.

Lorsque Clay la rejoignit, en maillot de bain, à l'instar des enfants, elle secoua vigoureusement la tête.

– Ne songe même pas à me prendre ton fils. Tu es trop mouillé pour le porter. Et je n'en ai pas assez profité.

– Je me doutais qu'il ne m'appartiendrait plus, aujourd'hui.

– Il te ressemble.

– C'est ce que dit maman.

– Parce que c'est vrai.

– Je boirais volontiers une bière – Gilly conduit. Tu en veux une ?

– Je préfère m'en tenir à la citronnade...

Son frère lui passa un bras autour des épaules et l'entraîna vers l'énorme glacière remplie de canettes.

– Forrest m'a expliqué ce qui t'arrive.

– Ne te fais pas de souci pour moi. Tu dois penser au bébé, sans parler de Gilly et de Jackson.

Il la serra affectueusement contre lui.

– Il y aura toujours de la place pour ma sœur dans mes pensées, répondit-il. Je n'ai vu personne dans les parages correspondant au signalement de ce Harlow. La police est à sa recherche, ils font leur boulot, mais à mon avis, il a mis les voiles. N'empêche, ajouta-t-il en décapsulant une bière, sois prudente. Ça me rassure de savoir que Griff veille sur toi.

Instantanément, Shelby se contracta.

– Je n'ai pas besoin qu'on me protège, rétorqua-t-elle.

– Ne t'énerve pas, répliqua Clay en lui tapotant le nez – une vieille manie. Je sais que tu n'as besoin de personne, mais je préfère quand même savoir que Griff est là, c'est tout. C'est normal, non ? Il n'y a pas de quoi en faire un plat.

– Je...

Le bébé s'agita, poussa un gémissement plaintif. Clay jeta un coup d'œil à sa montre.

– Réglé comme une horloge ! C'est l'heure de la tétée.

– Je l'amène à Gilly, dit Shelby en s'éloignant, agacée.

Elle ne voulait pas qu'on « veille » sur elle. Cela lui rappelait trop ce qu'elle avait vécu avec Richard. Ne l'avait-elle pas laissé décider de tout, régenter sa vie, la mener par le bout du nez ?

Il était hors de question qu'elle retombe dans ce schéma. Et elle mettrait un point d'honneur à montrer à sa fille de quatre ans qu'elle était capable de se tirer seule des ennuis qu'elle s'était attirés. Callie devait savoir qu'il ne fallait jamais compter que sur soi-même.

L'après-midi touchant à sa fin, elle ramassa les reliquats de la fête tandis que sa mère et sa grand-mère remettaient la cuisine en ordre.

– Je prépare un pichet de margarita, annonça Ada Mae. On en avait envie, avec maman.

– J'en boirai une avec plaisir.

– Forrest et ton père continueront sûrement à la bière, déclara-t-elle en jetant un coup d'œil par la fenêtre. Les hommes ont presque fini de ranger les tables et les chaises, parfait. Emma Kate se laissera sûrement tenter par la margarita. Quant à Matt et à Griff, tu ne voudrais pas leur demander ce qu'ils préfèrent ?

– J'y vais.

– À moins que vous n'ayez envie de sortir tous les quatre... Oh, regarde ! Griff a attaché des ballons aux poignets de Callie. Que c'est mignon !

– Elle croit qu'elle va s'envoler !

– Ce garçon est né pour être père, minauda Ada Mae en branchant son blender. Comme Clay. Dommage qu'ils n'aient pas pu rester plus longtemps, mais Beau avait besoin de retrouver sa maison, et Jackson dormait debout. Pour sa part, Callie a encore de l'énergie à revendre !

– Le gâteau au chocolat, plus l'excitation. Elle va faire la folle jusqu'à ce que je la mette au lit.

– Elle s'est prise d'affection pour Griff, et il le lui rend bien. On voit le caractère d'un homme à la façon dont il se comporte avec les enfants et les animaux. Tu as décroché le gros lot. Il s'occupera bien de toi.

– Ada Mae, souffla Viola en levant les yeux au ciel.

– Je suis assez grande pour m'occuper de moi toute seule, riposta Shelby.

– Mais bien sûr, ma chérie ! Il suffit de voir comment tu as élevé ta fille, toute seule justement, par-dessus le marché. Je suis tellement contente de te voir avec un homme aussi gentil, et beau garçon, pour ne rien gâcher. Nous avons rencontré une partie de sa famille, l'an dernier, quand ils sont venus lui rendre visite et lui donner un coup de main dans la maison du vieux Tripplehorn. Ce sont des gens très bien. Tu devrais l'inviter à dîner, dimanche prochain.

Le cœur de Shelby se mit à cogner. Elle ne savait que trop bien ce que cela signifiait lorsqu'une femme du Sud parlait famille et dîners dominicaux.

– Maman, je ne le connais que depuis deux mois.

Toute guillerette, Ada Mae versa la tequila dans le blender, le mix de margarita et une généreuse dose de glace pilée.

– Il te rend lumineuse, et ta puce l'adore. Et Dieu sait qu'il te regarde comme une praline dans une boîte de confiseries. Du reste, il est très sociable, et il a une petite entreprise qui tourne bien. Tu ne vas tout de même pas laisser filer un aussi beau parti !

– Laisse-moi t'aider, intervint Viola, en mettant le blender en marche, ce qui coupa court au moulin à paroles de sa fille.

Shelby n'invita pas Griff à dîner chez ses parents, pas plus qu'elle ne suggéra qu'ils sortent avec Matt et Emma Kate. Et si elle l'évita, les jours suivants, ce n'était pas vraiment calculé – pas tout à fait. Simplement, elle avait des tas de choses à faire, dont, notamment, se prouver qu'elle n'avait besoin de personne.

Elle profita ainsi d'une après-midi de liberté, pendant que Callie était invitée chez une nouvelle amie.

Elle prit le temps de composer une nouvelle playlist – à nouveau sur le thème des années 50. Et avec l'augmentation obtenue la semaine précédente de ses deux employeurs, elle combla le déficit de l'une de ses cartes de crédit.

Si elle ne dépensait pas trop – si elle n'achetait plus de nouvelles robes, en dépit des conseils de sa mère –, elle l'aurait soldée d'ici son anniversaire, en novembre.

C'était le plus beau cadeau qu'elle puisse se souhaiter.

En entendant toquer à la porte, elle rabattit l'écran de son ordinateur et descendit ouvrir.

Griff se tenait sur le porche, tout sourire.

– Salut.

– Salut, répondit-elle, s'efforçant d'ignorer le frisson dans son bas-ventre.

Elle s'écarta pour le laisser entrer, esquivant son baiser.

– Ta mère veut des étagères dans la buanderie.

– Elle en a déjà.

– Elle en veut plus.

– Maman tout craché. Suis-moi, je vais te montrer.

– Comment vas-tu ?

– Bien. Débordée, comme je te l'ai dit. Je prépare mon prochain concert. Et j'ai des tonnes de papiers à trier. J'ai l'impression de constamment crouler sous la paperasse. Voici la buanderie...

Griff s'avança dans la petite pièce attenante à la cuisine.

– C'est vrai qu'il y a déjà pas mal d'étagères. Je pourrais peut-être plutôt faire des placards, au-dessus de la machine à laver et du sèche-linge...

– Ça semble une bonne idée, acquiesça Shelby, se prenant aussitôt au jeu des plans de réaménagement. Maman et papa rangent tout un tas de bric-à-brac, ici, leurs chaussures de jardinage, leurs bottes d'hiver...

– On pourrait supprimer ces rayonnages, là, mettre un banc à la place, avec des casiers ouverts dessous, pour les chaussures et les bottes.

– Pas bête. Ils auraient un endroit où s'asseoir pour se chausser et se déchausser. Je crois que maman serait d'accord.

– Des étagères au-dessus du banc, assez hautes pour qu'ils ne se cognent pas la tête. Un plan de travail rabattable sous la fenêtre. Si j'étais chez moi, j'élargirais la fenêtre. La pièce serait plus claire. Ici, je mettrais un autre plan de travail, plus long, avec l'évier au bout plutôt qu'au centre, des placards dessous, avec des rayonnages coulissants. Ou bien tout simplement une étagère ouverte dans l'angle, comme elle avait pensé. Dans un premier temps, laisse-moi prendre les mesures.

– OK, je te laisse travailler tranquillement.

– Il y a quelque chose qui ne va pas ? demanda Griff en retirant un mètre et un stylo de sa ceinture à outils.

– Non. Pourquoi ?

– On ne s'est pas revus depuis l'anniversaire de Callie, et tu ne t'approches pas de moi à moins de cinquante centimètres.

– J'avais plein de trucs à faire, je te l'ai dit.

Il mesura les murs et reporta les chiffres dans un petit carnet à spirales.

– Ne me prends pas pour un idiot, Shelby, c'est insultant.

– Je ne te prends pas pour un idiot, tu es dingue. J'avais des milliers de choses à faire, je te le jure. (Néanmoins, il avait raison, elle se comportait de façon blessante.) OK, je voulais prendre un peu de distance, reconnut-elle.

– Ai-je fait ou dit quelque chose qui t'ait donné à penser que je te mettais la pression ? demanda-t-il, ses yeux verts rivés au fond des siens.

– Non, pas du tout. J'avais juste besoin de… Tu me protèges, Griff ?

Il nota encore quelques chiffres, traça rapidement un schéma, puis abaissa son carnet afin de la regarder.

– Bien sûr, répondit-il.

– Je ne veux pas qu'on me protège, répliqua-t-elle, sans se soucier, puisque c'était la vérité, de paraître cassante ou sur la défensive. Je m'assume seule. Je n'ai aucune envie de retomber dans un schéma de dépendance.

Elle vit dans ses yeux un éclair de colère, d'une violence surprenante.

– Tu sais, dit-il, je fais très attention à prendre des mesures précises. Si tu te trompes dans tes mesures, tu peux être sûr de faire un travail de cochon. Si tu veux te mesurer à l'aune de Richard, de ton passé, ce sont tes bagages, Shelby. À toi de te débrouiller avec. Mais si tu me mesures à lui, tu risques de me fâcher.

– Ce n'est pas ça, pas vraiment. Il y a seulement six mois, je croyais être mariée…

– Il se trouve que tu ne l'étais pas.

Il avait prononcé ces mots sur un ton si plat qu'elle n'aurait su dire ce qui la hérissait.

– J'avais l'impression que tu avais tourné la page, ajouta-t-il, que tu commençais à te reconstruire. Si tu ne veux pas que je participe à ta reconstruction, j'en souffrirai, parce que je suis amoureux de toi.

Seulement être amoureux de toi ne signifie pas que j'accepterai d'être comparé à ce salopard qui t'a menti, qui t'a manipulée et brisée. Du reste, ne crois pas pouvoir te débarrasser de moi aussi facilement, soi-disant pour « respirer ». Je tiens à toi ; par conséquent, je te protège. Si tu as des choses à tirer au clair, fais-le, et nous en rediscuterons. Sur ce, je vais voir ta mère, conclut-il en rempochant son mètre.

Et là-dessus, il quitta la buanderie sans qu'elle ait eu le temps de réagir.

À aucun moment, il n'avait haussé le ton. Au contraire, il s'était exprimé de façon si posée qu'elle en avait la chair de poule.

Il n'avait pas le droit de lui dire des choses pareilles, de lui parler de la sorte, puis de clore le sujet de manière aussi abrupte. Il avait initié un conflit, et il était parti avant qu'elle puisse parer le coup ou riposter.

Elle n'était pas obligée d'encaisser sans broncher.

Furieuse, Shelby sortit de la buanderie, résolue à remettre les pendules à l'heure. Par ailleurs, elle avait également quelques mots à dire à sa mère. Car les étagères n'étaient qu'un grossier stratagème élaboré par Ada Mae Donahue Pomeroy, la reine des entremetteuses, Shelby en aurait mis sa main à couper.

Hélas, elle fut trop lente, ou Griff trop rapide : elle entendit son camion démarrer avant de parvenir à la porte.

*Tant pis*, se dit-elle en montant l'escalier d'un pas rageur. *Et même tant mieux*. Sous le coup de l'emportement, elle aurait pu prononcer des paroles malheureuses.

Comme elle avait les joues en feu, elle passa par la salle de bains pour s'asperger le visage d'eau fraîche. Mais elle bouillonnait encore intérieurement. Il lui faudrait un peu de temps pour retrouver son calme.

Elle avait mis Griff en colère, et jamais elle ne l'avait vu dans cet état.

Cela dit, elle ne le connaissait que depuis deux mois. Elle ne regrettait pas d'avoir pris du recul ni de s'être exprimée en toute franchise.

Elle s'épongea le visage.

Il avait dit qu'il était amoureux d'elle... À cette pensée, son cœur se gonfla. Elle en tremblait presque, elle avait envie de pleurer. De se serrer contre lui comme si sa vie en dépendait.

Mais elle ne pouvait pas penser à cela maintenant, non, impossible. Elle avait d'autres soucis, beaucoup trop. Au demeurant, il avait prononcé ces paroles sous le coup de la colère.

Elle allait sortir marcher, voilà ce qu'elle allait faire. Prendre l'air, s'éclaircir les idées, se calmer. Téléphoner à Emma Kate. Oui, elle éprouvait le besoin de parler à son amie.

Pressée de sortir, Shelby redescendit au rez-de-chaussée. Quand elle entendit la porte d'entrée s'ouvrir, elle dévala les marches deux à deux.

– Écoute-moi ! cria-t-elle, puis elle se figea en voyant Forrest accompagné de deux hommes en costume noir.

– Tu as l'air énervée, constata-t-il.

Il avait croisé le camion de Griff et devinait la cause de cette mauvaise humeur.

– Je... Je partais me promener.

– Il va falloir remettre ta promenade à plus tard. Ces messieurs travaillent pour le FBI. Ils souhaitent s'entretenir avec toi.

– Oh... D'accord, je...

– Sers-nous donc une boisson fraîche, l'interrompit son frère.

– Bien sûr, asseyez-vous, je vous en prie. Je suis à vous dans une minute.

Forrest lui avait fourni un prétexte afin qu'elle ait le temps de se ressaisir. Elle lui en savait gré et s'efforça donc, tout en préparant des verres de thé glacé, de faire abstraction de son altercation avec Griff. Elle y ajouta de la glace pilée, et quelques brins de menthe, à l'instar de sa mère, déposa des petites serviettes en papier bleu ciel sur le plateau et s'apprêtait à préparer une assiette de cookies, comme le faisait Ada Mae lorsqu'elle recevait une visite impromptue. Puis elle songea que les agents du FBI n'étaient pas venus pour grignoter des biscuits.

En emportant le plateau dans le salon, elle entendit Forrest dire que son frère était moniteur de rafting, et que si ces messieurs avaient le temps, Clay se ferait une joie de leur faire découvrir les rivières de la région.

Lorsqu'elle entra dans le séjour, le plus grand des agents, très mince, très brun, se leva et lui prit le plateau des mains.

– Merci, lui dit-il, et elle perçut dans sa voix un léger accent géorgien.

Il posa le plateau et lui tendit la main.

– Agent spécial Martin Landry, se présenta-t-il. Et voici mon coéquipier, Roland Boxwood. Nous aimerions vous poser quelques questions.

– À propos de Richard, je suppose, dit-elle en les regardant tour à tour.

Boxwood était plus corpulent, plus musclé, aussi blond que Landry était brun, les yeux d'un bleu glacial, le type scandinave.

– Assieds-toi, Shelby, dit Forrest en prenant la main de sa sœur pour l'attirer près de lui sur le canapé. Nos amis du FBI arrivent aujourd'hui même d'Atlanta.

– Atlanta… murmura-t-elle.

– Je leur ai transmis les renseignements que tu m'as communiqués, poursuivit-il en lui frictionnant la jambe, de même qu'aux services de police de Miami, Atlanta et Philadelphie.

– Tu avais dit… tu avais dit que tu le ferais.

– En effet. Et à présent, ils désirent s'entretenir directement avec toi.

Elle acquiesça de la tête, et Landry se pencha vers elle.

– Madame Foxworth…

– Je n'ai jamais été madame Foxworth. Je le croyais, mais non. Appelez-moi Shelby Pomeroy, s'il vous plaît.

– Madame Pomeroy, vous avez vendu des montres au mois de février. À la bijouterie Easterfield, sur Liberty Boulevard, à Philadelphie.

– Oui, Richard en avait un certain nombre… (Elle ferma les yeux.) Elles avaient été volées, n'est-ce pas ? J'aurais dû m'en douter. Manifestement, le bijoutier n'a eu aucun soupçon… Je rendrai l'argent. Je ne…

Elle n'avait plus cet argent, songea-t-elle. Elle en avait gardé un peu de côté, mais si peu…

– À condition qu'on me laisse un peu de temps, ajouta-t-elle.

– Ne t'inquiète pas pour ça, Shelby.

Elle se tourna vers son frère et secoua la tête farouchement.

– Il avait volé ces montres, je les ai revendues et j'ai dépensé l'argent. C'était une erreur de ma part.

– Il n'y avait pas que des montres, intervint Boxwood, d'une voix rocailleuse et légèrement menaçante. Il y avait aussi des boutons de manchettes, des boucles d'oreilles et une barrette à cheveux très ancienne.

– J'ai toujours cette barrette ! s'écria Shelby. Je pensais qu'elle ne valait rien, je n'ai même pas essayé de la vendre.

– Reste assise, lui dit Forrest en lui posant une main sur la jambe.

– Les bijoux que vous avez vendus à Philadelphie, poursuivit Boxwood, ont été volés dans la région d'Atlanta entre mai 2011 et septembre 2014.

– Il a donc commis plusieurs cambriolages…

– Et ces bijoux ne sont pas les seuls objets qui ont été volés. Nous souhaiterions vous montrer des photographies.

– Oui, naturellement. Nous avons emménagé à Atlanta à l'automne 2011. Nous n'y habitions pas encore en mai... Cela dit, il était souvent en déplacement.

– Vous viviez à Atlanta en avril 2012 ? demanda Boxwood.

– Oui.

– Pouvez-vous nous dire où vous étiez le 13 avril de cette même année ?

– Je... Non, je suis désolée. Je ne me rappelle pas. Ça remonte à plus de trois ans...

– Réfléchis, dit Forrest d'une voix douce, la main toujours posée sur la cuisse de sa sœur. C'était le Vendredi saint.

– Juste avant le dimanche de Pâques, donc... Mais oui, je me rappelle ! Callie allait avoir un an. Je lui avais acheté un petit ensemble de printemps, avec un petit bonnet, et je l'ai emmenée chez un photographe, qui a fait des portraits d'elle avec toutes sortes d'accessoires, des poussins et des lapins en peluche, des paniers d'œufs colorés. J'avais envoyé des tirages à maman et à Granny.

– Je me souviens de ces photos.

– C'était le vendredi après-midi. Je ne sais plus à quelle heure, exactement. Le nom du studio était Kidography. Je l'avais trouvé drôles. J'y ai remmené Callie plusieurs fois, par la suite. La photographe s'appelait... Tate... Tate Mitchell, oui, j'en suis certaine. Après la séance photo, j'ai emmené Callie manger une glace. Je lui avais promis que si elle était sage, nous irions en manger une. Elle était toute petite, mais elle connaissait très bien le mot « glace »... Nous sommes allées chez Morelli.

– Les meilleures glaces d'Atlanta, commenta Landry.

– Vous connaissez ? Callie en raffolait. Du coup, elle n'a rien mangé au dîner. Oui, oui, je me souviens... L'après-midi était déjà bien avancée quand je lui ai offert ce goûter.

– Vous rappelez-vous la soirée ?

Shelby se pressa les paumes contre les yeux.

– Laissez-moi réfléchir... Il y avait des embouteillages monstres... Callie s'est endormie dans la voiture. J'étais un peu inquiète. Je craignais de ne pas arriver à la maison avant Richard. Il détestait ne pas savoir où j'étais... J'ai pensé à lui envoyer un texto, mais je ne l'ai pas fait. Il n'aimait pas que je l'appelle ou que je lui laisse des messages quand il était au travail.

Elle noua les mains sur ses genoux, s'efforça de respirer calmement.

– Il devait être environ 18 heures lorsque nous sommes rentrées à la maison. Charlene, notre aide ménagère, avait pris un jour de congé. Elle n'était donc pas là, et j'étais contente d'être seule à l'appartement. Je ne veux pas dire par là que je n'aimais pas Charlene, elle était très sympathique, mais...

– Vous étiez tranquilles, juste vous et votre fille.

– Tout à fait, opina Shelby en souriant à Landry. Callie était fatiguée, grognon. Je l'ai installée dans son parc avec Fifi, son chien en peluche, et des cubes musicaux qu'elle aimait bien. Et je me suis dépêchée de préparer le dîner. Je ne pourrais pas vous dire ce que j'ai préparé, mais le repas était prêt pour 19 heures, ou 19 h 30, et j'étais soulagée. Richard n'était toujours pas rentré. J'ai fait manger Callie, ou, tout du moins, j'ai essayé, mais elle n'avait pas faim, comme je vous l'ai dit. Puis je lui ai donné son bain, je lui ai lu une histoire et je l'ai mise au lit. Là, j'ai envoyé un texto à Richard pour lui dire que son repas était au réfrigérateur, qu'il n'aurait qu'à le réchauffer si j'étais déjà couchée à son retour. J'étais furieuse, je suppose, et fatiguée, aussi.

En se massant les tempes, Shelby s'efforça de fouiller dans sa mémoire.

– Je me suis mise au lit peu après Callie. Je n'ai pas entendu Richard rentrer. Le lendemain matin, je l'ai trouvé endormi dans la chambre d'amis.

Ce détail lui semblait si intime qu'elle se sentit rougir.

– Il lui arrivait de dormir dans la chambre d'amis, parfois, quand il rentrait tard, précisa-t-elle. J'ai préparé le petit déjeuner de Callie, et j'ai fait cuire des œufs, que nous avons décorés plus tard dans la journée. Richard s'est levé vers midi, d'excellente humeur. Oui, ça me revient, maintenant... Il n'arrêtait pas de plaisanter, il faisait rire Callie. Il s'est excusé d'être rentré si tard la veille. Je ne me rappelle plus ce qu'il m'a fourni comme explication... Il avait toujours de bonnes excuses, une réunion imprévue, un rendez-vous de dernière minute...

Elle s'interrompit un instant, se tordit les mains.

– Et il m'a offert la barrette, un petit cadeau de Pâques... Il m'a dit d'habiller Callie, de me faire belle : il nous invitait à déjeuner. Callie était folle de joie. D'habitude, il ne voulait jamais l'emmener nulle part... La barrette... murmura Shelby. Il l'avait volée... Il me l'a donnée comme on jette un os à un chien...

Elle poussa un long soupir.

– Les photos doivent être datées, vous pouvez vérifier, dit-elle, mais je n'ai aucune autre preuve. Quelqu'un nous a sûrement vus rentrer à la maison, avec Callie, mais après tout ce temps, pourquoi s'en souviendrait-on ? Si vous pensez que j'étais avec Richard, que j'ai participé à ce cambriolage, je ne peux pas vous prouver le contraire.

– Vous avez une mémoire d'éléphant... souligna Boxwood d'un air soupçonneux.

– C'étaient les premières Pâques de Callie, et ses premières photos professionnelles. Je voulais que nous fassions des photos de famille, à sa naissance, mais son père n'était jamais disponible. Cette séance-là était donc un peu spéciale. Tate a pris une photo de nous deux, que j'ai envoyée à mes parents. Callie avait enlevé son bonnet, elle avait sa crinière de boucles folles, comme moi. Je ne m'étais pas fait lisser les cheveux, comme aimait Richard. Cette photo est l'une de mes préférées.

Elle se leva et prit le cadre sur la cheminée.

– La voici, dit-elle.

– Votre fille vous ressemble, commenta Landry.

– Quand il s'agit de sa puce, Shelby se souvient de tout, déclara Forrest.

– C'est vrai, surtout des premières fois, acquiesça-t-elle en remettant la photo à sa place, puis elle se rassit à côté de son frère. Oh ! s'exclama-t-elle soudain, et elle voulut se lever mais Forrest la retint. J'ai noté la séance photo dans son grand livre, et j'y ai collé un portrait. Je peux aller le chercher.

– Ce ne sera pas nécessaire, je crois, madame Pomeroy.

– Ce n'est pas facile d'admettre qu'on a été stupide, dit-elle avec circonspection, qu'on a été dupée. J'ignorais que mon mari était un escroc. Je vivais dans le luxe parce qu'il volait, et je ne me doutais de rien. Malheureusement, ce qui est fait est fait... Je ne peux pas revenir en arrière... Voulez-vous cette barrette ? Je sais où elle est rangée. Vous pourriez la rendre à son ou sa propriétaire.

– La barrette, l'une des montres que vous avez vendues ainsi que d'autres bijoux d'une valeur approximative de 65 000 dollars ont été volés à une certaine Mme Amanda Lucern Bryce, à Buckhead. Sa fille l'a découverte dans l'après-midi du samedi 14 avril 2012.

– Découverte... ?

– Elle s'était brisé la nuque en tombant dans l'escalier – à moins qu'on ne l'ait poussée.

Livide, Shelby regarda fixement Boxwood.

– Elle est morte ? Elle a été tuée ? Richard... Il était de si bonne humeur. Il faisait rire Callie. Excusez-moi, j'ai besoin d'une minute.

Elle se leva abruptement, les jambes flageolantes, et se rua dans la salle de bains, le cœur au bord des lèvres. Mais elle lutta contre la nausée, elle ne voulait pas être malade, elle devait poursuivre cet entretien jusqu'au bout. Elle avait juste besoin d'un instant pour se reprendre.

– Shelby ? appela Forrest en frappant à la porte.
– Deux secondes, s'il te plaît.
– J'entre.
– Deux secondes, bon sang ! pesta-t-elle quand il poussa la porte, puis elle se jeta dans ses bras. Oh, mon Dieu, Forrest... Il nous a emmenées au restaurant, alors qu'il venait de tuer une innocente... Il a commandé du champagne... Il avait quelque chose à fêter... Et pendant ce temps-là, une fille découvrait le cadavre de sa mère...
– Je sais, je sais... dit-il en lui caressant les cheveux, en la berçant doucement. Et un jour, ça aurait été ton tour, je le sais aussi.
– Comment ai-je pu être à ce point aveugle ?
– Tu as été habilement manipulée, et tu n'es pas la seule. Personne ne te soupçonne d'avoir été sa complice.
– Tu dis ça parce que je suis ta sœur.
– Personne, répéta-t-il en s'écartant d'elle pour la regarder dans les yeux. Ces messieurs du FBI font leur boulot, c'est tout. Ils vont te montrer des photos d'objets volés, de victimes de cambriolages. Tu leur diras ce que tu sais, si tant est que tu saches quelque chose. C'est tout ce que tu peux faire. Ils ne t'en demanderont pas davantage.
– Je veux les aider. Ces vêtements sur mon dos, les vêtements dont j'ai habillé ma fille... Ça me rend malade de savoir d'où ils venaient.
– Dis-moi où est la barrette. Je la leur apporterai.
– Dans le premier tiroir de droite du meuble de la salle de bains que je partage avec Callie, dans une boîte, avec d'autres pinces à cheveux. Elle est en nacre, avec des petites pierres bleues et blanches. J'étais persuadée qu'elle était en toc.
– Ne t'inquiète pas pour ça. Si tu ne te sens pas la force de poursuivre l'entretien, je leur dirai que tu es trop bouleversée pour le moment.
– Non, finissons-en.
– Si tu sens que tu risques de craquer, n'hésite pas à le dire.
– Allons-y.

Quand Shelby regagna le salon, Landry se leva.
– Je suis navrée, bredouilla-t-elle.

— Je vous en prie, vous n'avez pas à vous excuser. Nous vous savons gré de votre coopération, madame Pomeroy.

Shelby reprit son verre et se réinstalla sur le canapé. La glace avait fondu, mais le thé était encore frais.

— A-t-il tué d'autres personnes ?

— C'est possible.

— Il n'a jamais été violent avec moi ni avec Callie. S'il l'avait été... Je l'aurais sûrement quitté. En fait, il était quasiment indifférent envers sa fille, et il s'intéressait de moins en moins à moi. Il me disait parfois des choses cruelles, mais il n'a jamais été violent.

Avec précaution, elle reposa son verre.

— Je ne me suis jamais doutée de qui il était, continua-t-elle. Sinon je ne l'aurais pas laissé approcher mon bébé. J'espère que vous me croyez... Callie sera là d'ici une petite heure. Si nous n'en avons pas terminé, j'aimerais que nous continuions ailleurs, ou que nous remettions la suite à demain. Je ne voudrais pas que ma fille entende quoi que ce soit. Elle n'a que quatre ans.

— Pas de problème, je comprends.

— Donnez-moi une autre date, elle m'évoquera peut-être un fait marquant, et à partir de là, j'essaierai de faire ressurgir des souvenirs. Je ne vois pas ce que je pourrais faire d'autre pour vous aider, et je veux vous aider.

— Restons-en à Atlanta pour le moment et progressons chronologiquement, suggéra Landry, tandis que Boxwood approuvait de la tête.

— Le 8 août 2012, enchaîna celui-ci.

— L'anniversaire de mon père tombe le 9, celui de Forrest le 5. En général, nous les fêtons le même jour. Je voulais venir. Ma famille n'avait pas encore vu Callie. Richard a refusé. Ce jour-là, nous devions assister à un gala de charité. Il tenait absolument à être accompagné de son épouse. La soirée avait lieu au Ritz-Carlton de Buckhead.

— Le mercredi 8 août 2012, des bijoux et des timbres de collection ont été volés au domicile d'Ira et Gloria Hamburg, invités à un gala au Ritz.

— Des bijoux et des timbres, comme en Floride, murmura Shelby. Ce devait être... sa spécialité.

— Pour ainsi dire, répliqua Landry. Parlez-nous de cette soirée.

## 25

Shelby connaissait les Hamburg, un peu, pour avoir dîné chez eux. Richard avait quelquefois joué au golf avec Ira ; Shelby et Gloria les avaient rejoints au country-club.

Ce ne fut pas difficile de se remémorer la soirée du 8 août, durant laquelle elle n'avait pas cessé de penser à sa famille, qui célébrait le double anniversaire.

Elle revoyait encore Richard lui apportant une coupe de champagne et lui disant, agacé, de se mêler aux autres, pour l'amour de Dieu, d'arrêter de bouder. Il était ensuite sorti fumer un cigare avec un couple de clients potentiels.

Elle avait participé aux enchères, comme il le lui avait demandé. Combien de temps était-il resté dehors ? Elle ne s'en souvenait pas. Une heure, peut-être.

– Il était de bonne humeur quand il est revenu. J'ai pensé qu'il avait conclu un marché. Il a placé une grosse enchère sur une caisse de vin.

– Les Hamburg habitent à moins de deux kilomètres du Ritz, déclara Boxwood.

– Je sais...

Ils évoquèrent d'autres dates, certaines dont elle se souvenait. D'autres, en revanche, demeuraient enfouies dans le brouillard de l'oubli. Sur les photos, elle reconnut des boutons de manchettes, des boucles d'oreilles en diamant, et un bracelet à trois rangs de diamants et d'émeraudes que Richard lui avait offert – et qu'il l'avait encore accusée d'avoir perdu quand il avait disparu de son coffret à bijoux.

Forrest s'attarda un instant après le départ du FBI.

– Tu veux que je reste avec toi ?

– Non, non, ça va aller. Maman et Callie ne vont pas tarder. Tu… Tu crois qu'ils m'ont crue ? Ne me réponds pas en tant que frère mais en tant qu'officier de police.

– Oui, ils te croient. Ils ont joué le duo du gentil et du méchant, Boxwood a essayé de t'intimider, mais ils t'ont crue, tous les deux. Tu leur as été utile. N'y pense plus, maintenant, et laisse-les poursuivre leurs investigations.

– J'ai vendu des bijoux volés.

– Tu ne savais pas d'où ils provenaient, tu n'avais aucune raison de te méfier.

– Comment ai-je pu être aussi naïve ? Comment peuvent-ils croire que je n'étais au courant de rien ? Si je ne me connaissais pas, je ne me croirais pas.

– Dennis Rader, dit BTK, avait une femme et deux enfants, il allait à l'église. Personne autour de lui ne se doutait qu'il était un tueur en série. Certains ont l'art de porter le masque, de dissimuler leur côté monstrueux derrière une vie ordinaire.

– Il était malade, n'est-ce pas ? Je veux dire, Richard ne pouvait pas être normal, pour avoir fait ce qu'il a fait.

– L'officier de police te confirme que cet homme était un sociopathe, ou je ne sais quel terme pompeux qu'un psy emploierait. Richard n'était pas normal, non, mais il appartient au passé. Tu seras sûrement encore mise à contribution pour les besoins de l'enquête, mais cela ne doit pas t'empêcher de vivre le présent et de songer à l'avenir.

– J'essaie, crois-moi, mais il n'arrête pas de me hanter.

– Le bout du tunnel n'est plus très loin, maintenant. Si tu as besoin de moi, n'hésite pas à m'appeler.

– D'accord. Je ne sais pas comment j'aurais fait, aujourd'hui, si tu n'avais pas été à mes côtés.

– Je serai toujours à tes côtés, ne t'inquiète pas.

Se doutant que la moitié de Rendezvous Ridge était déjà au courant de la visite du FBI, Shelby en informa ses parents au plus vite, de même que sa grand-mère et ses collègues, le lundi matin, au salon, avant l'arrivée des premières clientes.

– Ada Mae m'a téléphoné hier soir, déclara Viola. Je vais te rapporter ce que je lui ai dit : tu n'y es pour rien dans cette sombre histoire. Et nous pouvons remercier Dame Nature d'avoir provoqué cette tempête en mer, qui t'a débarrassée à tout jamais de cette ordure.

Shelby médita un instant cette remarque.

– D'une certaine manière, je préférerais qu'il soit encore en vie. Au moins, je pourrais lui dire ce que je pense de lui. C'est trop bête qu'il soit mort persuadé que j'étais la dernière des gourdes, à qui il pouvait faire avaler n'importe quoi.

– L'ex de ma sœur Lydia a eu une maîtresse pendant six ans, intervint Vonnie. Il avait pris un appartement avec elle à Sweetwater. Personne dans la famille ne se doutait de rien. Il allait à l'église tous les dimanches, il entraînait une équipe de Little League, il faisait du bénévolat dans une association humanitaire. Ma sœur n'aurait jamais rien su si la maîtresse de Lorne ne lui avait pas téléphoné, après avoir découvert qu'il fricotait avec une troisième femme. Et pourtant, nous avions tous beaucoup d'estime pour lui…

– Merci, Vonnie. Je suis navrée pour ta sœur, mais ça me remonte un peu le moral.

– Certains cachent bien leur jeu, enchaîna Crystal en préparant son poste pour son premier rendez-vous. Le mari de la cousine de mon amie Bernadette, par exemple… Il travaillait dans la quincaillerie de son beau-père. Eh bien, il a détourné 12 000 dollars avant de se faire prendre la main dans le sac. La cousine de Bernadette est restée avec lui. Franchement, je ne sais pas comment elle a fait. Pour moi, il n'y a rien de pire que de voler sa famille.

– Ah ça, c'est sûr ! acquiesça Lorilee, les poings sur les hanches. Vous vous souvenez de Lucas John Babott, le gars que j'ai failli épouser il y a une dizaine d'années ? Heureusement, mon petit doigt m'a soufflé de bien réfléchir, mais je l'ai échappé belle. Un jour, j'ai appris que son grand-père lui avait légué une espèce de petit cabanon, à Elkmont. Vous savez ce qu'il faisait là-bas dedans ? Il fabriquait de la meth ! Il est en prison, aujourd'hui.

Et chacune y alla de sa petite histoire, puis Viola enlaça la taille de Shelby.

– Souvent, on me demande : « Tu n'as pas envie de prendre ta retraite, Vi ? Vous pourriez voyager, avec Jack, ou siroter de la citronnade dans le jardin toute la journée. » Eh bien, même pour tout le thé de Chine, je ne voudrais pas arrêter de travailler au salon. Où m'amuserais-je autant tout en gagnant de l'argent ? conclut-elle en faisant claquer une bise sur la joue de sa petite-fille. Tu as bien fait de tout nous raconter, ma chérie.

– Mes collègues sont ma deuxième famille.

– C'est ce que je dis toujours. Crystal ! Ton rendez-vous de 9 heures arrive ! Allez, au boulot, les filles !

Le lendemain, après le travail – et après avoir passé une bonne heure avec Bitsy –, Shelby retrouva Emma Kate au Bootlegger's.

– Je t'offre un verre, je te dois bien ça.

– Je ne dis pas non, répondit Shelby en sortant un petit carnet de son sac. Bon, commençons par les fiançailles. Tout est fixé : le lieu, la date, l'heure. J'ai réussi à convaincre ta mère de mettre la pédale douce sur les fleurs et le repas, en suggérant subtilement qu'il valait mieux réserver l'artillerie lourde pour le mariage. Selon moi, les fiançailles se doivent d'être simples, ce qui n'exclut pas une touche d'élégance ! Comme tu as choisi le jaune et l'orchidée pour les couleurs du mariage, j'ai proposé que nous nous en tenions au blanc virginal pour les fiançailles. C'est ce que tu souhaitais, non ?

– Tout à fait. Uniquement des fleurs blanches. Ma mère est d'accord ?

– Je lui ai montré des photos que j'ai trouvées dans des magazines et sur Internet. Elle a adoré. J'ai surfé sur son enthousiasme et nous avons immédiatement passé commande chez la fleuriste. En vérité, j'avais déjà discuté avec elle ! (Fière et satisfaite, Shelby se frotta les mains.) Et voilà, simple comme bonjour !

– Je te dois deux verres.

– Tu m'en dois plus que tu ne peux compter. Bitsy a également renoncé à cet orchestre de Nashville qu'elle voulait faire venir. Tansy va réserver les Red Hot and Blue, le groupe que vous avez bien aimé, avec Matt, quand ils sont passés ici.

– Ouf ! Je me voyais mal danser des valses jouées par des pingouins en smoking.

– Ça va rocker ! dit Shelby en cochant sa liste. S'ils assurent, vous les ferez revenir pour le mariage. Sinon on prendra un DJ, on a encore le temps de réfléchir. Ensuite, j'ai dit à ta mère que je m'occupais de la déco de la salle, à l'hôtel, des plans de table, etc. Comme ça, elle aura tout le temps de se pomponner. Je lui ai fait comprendre qu'il était hyper important que la mère de la fiancée arrive à la fête fraîche et dispose.

– Bien joué ! approuva Emma Kate.

– Un jeu d'enfant ! fanfaronna Shelby en frottant ses ongles contre sa manche. Bitsy était tout excitée, et du coup, elle m'a suivie sur toute la ligne. Pour la déco, j'ai déjà fait des croquis.

– Des croquis ?!

– J'ai décidé de ne pas te les montrer. Tu dois me faire confiance. Pour le mariage, tu auras ton mot à dire sur chaque petit détail, mais les fiançailles seront une surprise, et je te promets que tu seras ravie.

– Je n'ai à me soucier de rien ?
– De rien du tout.
– Si je n'étais pas amoureuse de Matt, je risquerais de changer d'avis et de me marier avec toi. Cela dit, il possède certains attributs qui te font défaut, et Griff et lui savent tout réparer. Ils sont ensemble, en ce moment, chez Griff. Ils montent un placard, ou je ne sais quoi. À mon avis, mon homme ne sera pas rentré de sitôt, ce soir. Il doit avoir des milliers de choses à dire à son copain. Finalement, il ne cherche plus un terrain à construire, mais une maison à retaper.
– Ça te plairait ?
– Comme je sais que, grâce à toi, mes fiançailles seront magnifiques, je sais que, grâce à lui, nous aurons un parfait petit nid d'amour.
– Super.
Et elles continuèrent à discuter de l'organisation des festivités, Shelby prenant note de tout. Au bout de vingt minutes, toutefois, Emma Kate tapota le carnet.
– Ferme ça, dit-elle. Ça me donne le vertige.
– Nous avons déjà un bon début.
– Plus qu'un début, mais il est temps de changer de chaîne. Parle-moi donc de toi. Des nouvelles du FBI ?
– Non. Je m'attends à tout instant à ce qu'ils reviennent sonner à la porte avec un mandat d'arrêt pour complicité.
– S'ils pensent que tu es impliquée, ils ne méritent pas le titre d'agents spéciaux.
Forrest avait dit la même chose, pensa Shelby, mais cela la réconfortait de l'entendre de sa meilleure amie.
– Je vais encore regarder les photos et les lettres. J'avais besoin d'un ou deux jours de relâche avant de m'y remettre. Il me reviendra peut-être d'autres souvenirs importants.
– À quoi bon, maintenant ?
– Je n'espère pas découvrir une carte au trésor qui nous mènera au butin des vols, mais j'éprouve le besoin de savoir.
– Tu ferais mieux de laisser tomber, mais la fille avec qui j'ai grandi n'a jamais laissé tomber les choses qui lui semblaient importantes.
– Imagine que je trouve un indice susceptible d'aiguiller la police sur une piste... Les victimes des cambriolages seraient contentes qu'on arrête au moins l'un des membres de la bande.
Emma Kate prit la main de son amie et la serra dans la sienne.
– Tu voudrais les dédommager, de la même manière que tu t'es sentie obligée de rembourser cette montagne de dettes. Mais tu es

blanche comme neige, tu n'as rien à te reprocher, rien à expier. Or c'est l'une des raisons, je le sais, pour lesquelles tu as repoussé Griff.

Mal à l'aise, Shelby feignit de feuilleter ses notes.

– Ce n'est pas vraiment ça.

– Mais pas loin. Vous paraissiez heureux, ensemble. Vous aviez l'air de vous être bien trouvés.

– Je voulais juste ralentir un peu les choses.

– Avance à ton rythme, tu as raison. Sur ce point, je suis entièrement d'accord.

– Il vous en a parlé, je suppose.

– Pas à moi, en tout cas. Et il n'a pas dit grand-chose à Matt, ou je le saurais. Matt ne sait pas garder les secrets comme Griff, et moi, je sais le faire parler. Mais ils vont sûrement en discuter aujourd'hui, en bricolant et en buvant des bières. Matt me racontera tout.

– Il était dans une colère noire, bien qu'à aucun moment il n'ait haussé le ton. C'est dur de réagir face à quelqu'un qui reste si calme alors qu'il est furax intérieurement.

– Je détesterais ça, dit Emma Kate en riant. Comment veux-tu avoir le dernier mot avec un homme qui garde la raison ?

– Et le plus dur ? Il est passé à la maison un jour où je travaillais. Maman m'a dit qu'il avait joué pendant presque une heure avec Callie et le chiot, dans le jardin.

– Voilà qui te montre à quel odieux personnage tu as affaire !

– Pauvre de moi, soupira Shelby. En fait, je ne sais pas quoi faire, maintenant. J'ai tout de même le droit d'être fâchée par ce qu'il m'a dit.

En sirotant une gorgée de vin, Emma Kate arqua un sourcil.

– Des choses terribles ?

– Il ne voulait sûrement pas être méchant, au fond, mais il m'a fait de la peine.

– Tu sais, Shelby, je te fais confiance pour l'organisation de mes fiançailles, et jusqu'à présent, tu ne m'as pas déçue.

– Je ne te décevrai pas.

– C'est pour ça que je te fais confiance. Alors fais-moi confiance aussi.

– Bien sûr que j'ai confiance en toi.

– Parfait. Dans ce cas, je te conseille d'aller parler à Griff.

– Mais…

– T'ai-je opposé des « mais » au sujet de mes fiançailles ? Non. Alors fais-moi confiance et va parler à Griff. D'après Matt, il est au trente-sixième dessous. Toi aussi, je le vois. Vous vous torturez inutilement. Va lui parler, ça vous fera du bien à tous les deux. Au moins, vous saurez l'un et l'autre sur quel pied danser.

Shelby n'avait pas l'intention d'aller lui parler – ne valait-il pas mieux laisser les choses se tasser ? Néanmoins, le conseil de son amie lui trotta dans la tête tout au long du dîner, puis du rituel du coucher avec Callie.

Elle essaya de penser à autre chose, et s'installa devant les lettres et les photos. Mais elle ne parvenait pas à se concentrer.

Au bout d'un moment, elle redescendit donc au salon, où sa mère tricotait pendant que son père regardait la télévision.

– Callie est au lit. Ça ne vous embête pas si je m'absente un moment ?

– Pas le moins du monde, répondit son père sans vraiment lever les yeux du match de baseball.

– Ne t'inquiète pas, nous n'avions pas l'intention de sortir, ajouta Ada Mae, à part peut-être dans le jardin, pour boire un thé et sentir le parfum des roses, quand le match sera fini.

– Merci. Passez une bonne soirée. Je ne rentrerai pas tard.

– Prends ton temps. Et donne-toi un coup de peigne, et mets du rouge à lèvres. Tu ne vas tout de même pas aller voir Griff sans rouge à lèvres ?!

– Qui a dit que j'allais chez Griff ?

– Une mère devine ces choses-là. Farde-toi les lèvres.

– Je ne rentrerai pas tard, répéta Shelby, et elle s'éclipsa avant que sa mère ne lui suggère de changer de robe.

Griff ne s'était pas encore douché, car sa journée n'était pas terminée. Après le départ de Matt, il avait continué à travailler, et ne s'était interrompu que brièvement, pour sortir le chien, manger un sandwich et faire rentrer le chien.

Grâce à Matt, il avait achevé le placard, si bien qu'il avait ensuite commencé la banquette sous la fenêtre dans la chambre qui donnait sur l'arrière de la maison. Ce serait un petit coin agréable où s'asseoir avec un bouquin, avec au-dessous un espace de rangement pratique – pour les jouets, par exemple.

Il avait une vision très claire de la pièce terminée. Et même si cette image le taraudait douloureusement, il était résolu à mener son projet à bien. Il avait l'habitude de mener ses projets à bien.

Une fois qu'il eut poncé l'assise de la banquette, il regarda autour de lui. Ne restait plus maintenant qu'à peindre les murs, et quelques finitions : les plinthes, les interrupteurs, les cache-prise. Poser un ventilateur au plafond, avec une lampe intégrée.

Il jetterait un coup d'œil sur Internet, dans la soirée, pour voir s'il existait des ventilateurs tel que celui qu'il avait en tête.

Dès le lendemain, il s'attaquerait à la petite salle de bains attenante à la chambre.

Malgré les écouteurs vissés à ses oreilles, il entendit Snickers aboyer, et le chien fila dans l'escalier.

Griff arrêta la musique et descendit à son tour, armé d'un marteau. Il fallait à tout prix qu'il installe une sonnette – bien qu'il doutât qu'un visiteur d'ordinateurs prît la peine de sonner.

À la vue du monospace de Shelby, mille pensées contradictoires le submergèrent. La joie – Seigneur, elle lui avait tellement manqué ! La contrariété – la faute à qui s'il ne l'avait pas vue depuis tout ce temps ? L'étonnement – comme si ce n'était pas d'elle, de débarquer après 9 heures du soir. Le soulagement, immense, qu'elle ait pris l'initiative du premier pas.

Il posa son marteau au pied des marches et rejoignit le chiot, qui jappait en frétillant devant la porte.

— Je ne te dérange pas, j'espère… balbutia-t-elle. Je voulais te parler.

Le cœur battant à cent à l'heure, il résista à l'envie de la soulever entre ses bras.

— Pas du tout.

— Salut, Snickers, dit-elle en se baissant pour caresser le chiot. Il a grandi, on dirait. Asseyons-nous dehors, d'accord ? La nuit est si douce.

— OK. Tu veux boire quelque chose ?

— Non, je te remercie. Tu travaillais ? Tu sens la sciure de bois et la sueur – une bonne odeur.

— Je bricolais. Une pause sera la bienvenue.

— Je sais que tu m'en veux, dit-elle en s'installant dans l'un des fauteuils de la galerie.

Snickers posa les pattes avant sur ses genoux. Elle lui grattouilla le menton.

— J'ai essayé de t'expliquer ma position, ajouta-t-elle, mais je crois que tu n'as pas compris.

— J'ai très bien compris. Seulement tes explications ne tiennent pas la route.

— Tu n'as pas vécu ce que j'ai vécu, Griffin. Mon passé m'a valu la visite du FBI.

– C'est ce qu'on m'a dit. Il paraît qu'ils étaient satisfaits de ta coopération.

– Forrest t'a fait son rapport ?

– Ils sont venus m'interroger.

Les mains de Shelby se figèrent. Elle redressa la tête.

– Ils... Ils sont venus ici ?

– Ce n'est pas un secret d'État que nous nous fréquentons. Et ça ne me gênait pas de répondre à leurs questions. Je n'ai rien à cacher.

Un éclair s'alluma dans les yeux de Shelby. De colère, de ressentiment, de frustration. Griff déchiffra clairement ce qu'elle ressentait.

– Tu ne comprends donc pas que ça me dérange, moi, que la police fédérale vienne t'interroger à propos de quelque chose avec quoi tu n'as rien à voir ?

– Ils savaient que mon ordinateur avait été visité, et ils voulaient m'entendre. Si tu veux mon avis, c'est une bonne chose que le FBI épaule notre police locale.

– Il a tué quelqu'un.

– Quoi ?

– Ils ne te l'ont pas dit ? Et Forrest non plus n'a pas jugé nécessaire de mentionner ce petit détail dans son rapport ?

– Ne sois pas désagréable, s'il te plaît. Ton frère est mon ami. Il ne me fait pas des rapports, il me parle.

Elle avait pris la mouche, elle ne pouvait pas dire le contraire... *Garde ton calme*, s'ordonna-t-elle, *et dis ce que tu as à dire.*

– Richard a tué une femme, à Atlanta. Elle s'est brisé la nuque en tombant dans un escalier. On ne sait pas s'il l'a poussée ou s'il s'agissait d'une chute accidentelle. Toujours est-il qu'il était en train de la cambrioler. Il l'a laissée morte, ou agonisante, et il s'est enfui. Voilà avec qui je me suis mariée, eu un enfant et vécu pendant près de cinq ans.

– C'est horrible, je suis désolé, mais ce qu'il était ou ce qu'il a fait n'a rien à voir avec moi. Ni avec toi et moi.

– Avec moi, si, malheureusement. Et par conséquent avec toi et moi. Pourquoi refuses-tu de le reconnaître ?

– Parce que je ne veux pas que ton passé pourrisse le présent. Parce que je t'aime. Parce que je vois que tu as des sentiments pour moi. Tu ne les as peut-être pas encore analysés clairement, ce que je peux tout à fait concevoir, mais tu as des sentiments pour moi. Or tu les refoules et tu me repousses parce qu'un sociopathe, un escroc, et apparemment un assassin, t'a manipulée, trahie, ce dont tu te sens à tort coupable et responsable.

– Je suis responsable de mes choix, de mes actes et de leurs conséquences.

– OK, acquiesça Griff au bout d'un moment. Tu as raison sur ce point. Mais quand vas-tu cesser de te flageller ?

– Je n'ai pas droit à une autre erreur.

– Je ne suis pas une erreur, riposta-t-il.

S'efforçant de conserver son sang-froid, il se leva et arpenta la galerie.

– Bien sûr que non ! s'écria-t-elle. Ce n'est pas ta faute, c'est…

– Ce n'est pas toi, c'est moi ? Le baratin classique…

– Arrête, bon sang ! Bien sûr que j'ai des sentiments pour toi, et ils m'effraient. J'ai une petite fille. Je dois assurer son avenir. Je dois penser à elle, et pas seulement à moi. Je ne peux pas me permettre de prendre une décision à la légère. J'ai déjà fait assez de mal à ma famille, je ne veux plus jamais leur en faire, plus jamais. Et je ne veux plus souffrir comme j'ai souffert.

Elle se leva à son tour, et s'appuya contre la balustrade, à plusieurs pas de Griff, l'escalier entre eux.

Au-delà de la pelouse, des milliers de lucioles clignotaient dans les arbres, dans la chaleur de la nuit.

– Je ne me flagelle pas, reprit-elle, et j'ai cessé de m'apitoyer sur mon sort. J'ai passé ce cap. Je m'efforce maintenant d'aller de l'avant. Callie a l'air heureuse, c'est l'essentiel. Je n'en demandais pas davantage. J'avais l'impression d'avoir retrouvé un certain équilibre… mais je t'ai rencontré, Griffin, et je… Oui, j'ai des sentiments pour toi.

– J'avais prévu de prendre mon temps. Je pensais que pendant un mois ou deux, nous aurions fait connaissance, en sortant avec Matt et Emma Kate. Puis je t'aurais invitée en tête à tête. Mais je n'ai pas suivi mon cahier des charges.

– Tu as un cahier des charges ?

– Toujours. L'ennui, avec les cahiers des charges, c'est que, souvent, on se rend compte après coup qu'ils peuvent être optimisés. Alors on optimise… T'ai-je bousculée ?

– Non, répondit-elle, se voyant mal le laisser penser le contraire. Non. Tu me plaisais.

Elle s'interrompit, contempla les lucioles. Il avait allumé une lumière en elle, pensa-t-elle, quand elle était perdue dans les ténèbres.

– Tu m'attirais, reprit-elle. Tu m'attirais comme un aimant, je n'ai pas pu résister. Je veux que nous restions ensemble. Tu es l'antipode de Richard. Est-ce cela qui m'a séduite ? Tu es tout ce qu'il n'était pas. Tu n'es pas flambeur, tu n'as pas ce côté « m'as-tu-vu »…

– Je manque d'éclat ?

Elle se tourna vers lui, soulagée de le voir sourire.

– Non, tu es naturel, tu es vrai. J'avais besoin de réel, tu ne peux pas imaginer à quel point, et tu me l'as apporté. J'ai des sentiments, oui, et ils me font peur.

– Ce n'est pas grave, tu prendras le temps de les apprivoiser. Mais ne te cherche pas des excuses pour les fuir. Sois sincère.

– Je ne fuyais pas. J'avais besoin de faire le point, seule à seule avec moi-même, et je ne savais pas comment te l'expliquer.

– La réunion avec toi-même est terminée ?

– Elle a été trop longue.

– Beaucoup trop. Si tu savais comme tu m'as manqué, Red.

– Tu es venu voir Callie pendant que j'étais au travail.

– Elle me manquait, elle aussi. Et je ne m'étais pas disputé avec elle.

À nouveau, Shelby porta son regard sur les lucioles scintillant dans la nuit.

– J'espérais que tu me tendrais une perche. Tu étais au Bootlegger's, vendredi soir, mais tu m'as évitée.

– Tu m'avais blessé.

Elle pivota face à lui.

– Oh, Griff…

– Ne me compare plus jamais à lui.

– Je ne peux pas te le promettre, mais je me surveillerai.

– OK.

– Toi aussi, tu m'avais blessée.

– J'en suis désolé. Je ne peux pas te promettre que je ne le referai pas, mais je me surveillerai.

Elle rit.

– Tu m'as manqué, toi aussi. J'avais terriblement envie de faire l'amour avec toi, mais pas seulement. J'avais envie de te parler, de te voir, d'être avec toi.

– Si ce n'est pas de l'amour, ça y ressemble.

– Je croyais avoir connu l'amour, le coup de foudre. Mais, en vérité, je n'ai jamais aimé Richard. Pas véritablement, à aucun moment.

– L'aurais-tu aimé s'il avait été celui qu'il prétendait être ?

– Je…

– Tu n'en sais rien, tu ne peux pas le savoir. Pour ma part, je t'ai désirée dès l'instant où je t'ai vue. J'ai eu le sentiment d'être à un tournant de ma vie, plutôt que d'être frappé par ce qu'on appelle le coup de foudre. Tu es la plus belle femme que j'aie jamais vue.

Shelby eut envie de rire, mais sa gorge se noua.

– J'étais trempée, je ne devais pas ressembler à grand-chose.

– Tu étais triste, et si belle. Puis je t'ai trouvée au bord de la route. Tu rentrais à pied avec Callie, une poussette, des sacs de provisions. Tu étais épuisée, et furieuse contre toi-même. Callie était trop mignonne. J'ai eu envie de vous aider. J'ai craqué d'abord pour ta fille, je te le dis honnêtement. Elle m'a emballé en deux secondes.

– Elle sait y faire.

– Elle tient de toi. Je suis étonné que tu ne t'en rendes pas compte. Et puis je t'ai entendue chanter. J'ai été conquis. Nous sommes sortis ensemble, et j'ai commencé à tomber amoureux. Mais ce qui a été décisif... Mince, dit-il en enfonçant les mains dans ses poches, tout en scrutant le visage de Shelby. Tu préfères peut-être ne pas savoir ce qui a été décisif...

– Bien sûr que si. Quelle femme ne voudrait pas connaître son principal atout ?

– Ce qui a été décisif, c'est le gnon que tu as flanqué à Melody. Je ne pense pas être quelqu'un de particulièrement violent, mais quand tu l'as frappée, j'ai pensé : « Punaise, Griff, tu es raide dingue de cette fille. Elle est la femme de ta vie. »

– Là, tu inventes.

– Absolument pas, dit-il en s'avançant vers elle, avant de poser les mains sur ses épaules. Je vous ai séparées, il fallait que quelqu'un le fasse, mais je l'ai fait à contrecœur, et j'ai pris conscience que j'étais amoureux de toi. J'avais envie de t'aider, mais, en même temps, j'ai vu que tu n'étais pas du genre à attendre qu'on t'aide, que tu étais capable de te débrouiller seule, et avec brio, dans n'importe quelles circonstances. Voilà ce qui m'a plu chez toi, au-delà de tout le reste.

– C'est vrai ? demanda-t-elle, bouleversée par l'admiration qu'elle percevait dans le ton de Griff.

– Oui. À ce moment-là, j'ai pensé : « Respect. » Je t'aime, Shelby. Tant pis si ça te fait peur. Je ne suis pas inquiet, tu sauras très bien gérer cette peur. Mais quand tu me regardes, ne vois que moi, s'il te plaît. Quand tu penses à moi, ne pense qu'à moi.

– Je ne pense à rien d'autre quand tu m'embrasses, quand tu me touches.

Sur ces mots, elle l'enlaça et pressa ses lèvres contre les siennes.

– Montons dans la chambre, suggéra-t-il.

– Oui, murmura-t-elle en lui caressant le dos, heureuse de sentir à nouveau la fermeté de ses muscles, ce délicieux parfum de sueur et de sciure. Oh, attends ! s'écria-t-elle quand ils franchirent la porte.

– Je t'en supplie, ne dis pas non.

– Non. Enfin, oui. Je dois envoyer un texto à maman. Je lui avais dit que je ne rentrerais pas tard.

– OK.

Elle tapa rapidement son message, Griff la tenant par la taille et l'entraînant dans l'escalier.

– Elle savait que je venais te voir. Elle ne sera pas surprise. Attends, deux secondes, s'il te plaît, elle m'a déjà répondu...

– Un problème ?

– Non, non, répondit-elle en riant. Elle me dit que je n'ai qu'à passer la nuit chez toi, que ça t'évitera de me raccompagner. Et de ne pas m'inquiéter pour Callie : elle n'aura pas le temps de me chercher, demain matin – ma mère me connaît bien ! Elle nous invite à nous lever de bonne heure et à venir prendre le petit déjeuner avec eux. Elle préparera des pancakes.

– J'adore les pancakes.

– Oui, mais...

– Réponds : « Merci, maman. À demain matin. »

Il lui tendit la main et posa sa bouche contre la sienne.

– Passe la nuit avec moi, murmura-t-il. Réveille-moi demain matin.

Comment aurait-elle pu résister ?

– Je n'avais pas prévu de dormir ici, dit-elle en lui caressant la joue. Je n'ai pas de pyjama.

– Ce n'est pas très grave. Je dormirai tout nu, moi aussi. Tu te sentiras moins gênée.

– Trop sympa, dit-elle en riant, et en poussant un petit cri lorsqu'il la souleva entre ses bras.

# 26

Shelby arriva en avance au Bootlegger's afin de répéter, s'étonnant elle-même, et s'en réjouissant, d'en être déjà à son septième concert.

Tansy l'applaudit chaleureusement lorsqu'elle termina « Rolling in My Sweet Baby's Arms ».

– J'adore ! s'exclama-t-elle.

– Je ne t'avais pas vue, au fond de la salle. Comme c'est notre deuxième soirée années 50, j'ai choisi des morceaux de bluegrass, en plus des standards de variété.

– Excellente idée. Bientôt, tu auras des musiciens pour t'accompagner, et tu chanteras sur une vraie scène. D'ici septembre, octobre au plus tard, d'après Matt. Le permis de construire est arrivé ce matin.

– Génial !

– J'ai hâte que les travaux commencent, bien que ça me fasse peur… Cette extension va nous coûter les yeux de la tête. Heureusement, les gens nous prouvent chaque week-end qu'ils aiment la musique live.

– Tu as réussi à convaincre Derrick de faire venir un groupe tous les samedis ?

Les mains jointes au-dessus de la tête, Tansy tournoya sur elle-même en une petite ronde de victoire.

– Nous allons faire l'essai jusqu'à la fin de l'été. C'est grâce à toi, Shelby, que nous nous sommes lancés dans toutes ces initiatives. Derrick n'aurait jamais été d'accord pour agrandir si tu n'avais pas autant de succès.

– Vous m'avez donné ma chance, et elle nous a été favorable, à vous et à moi. Comment se porte le bébé ? demanda Shelby en descendant de la petite estrade.

– J'ai toujours des nausées au réveil, mais Derrick m'apporte des biscuits salés et de la ginger ale. En général, ça se tasse rapidement. Et regarde ! s'exclama Tansy en se tournant de profil. Ça se voit !

– Tu es énorme, plaisanta Shelby en contemplant le très léger renflement.

– Peut-être pas encore, répondit Tansy en soulevant son tee-shirt. Mais je suis obligée d'attacher mes pantalons avec un élastique. Je ne peux plus les boutonner. Je ne vais pas tarder à m'acheter des vêtements de grossesse – dès que j'aurai cinq minutes.

Shelby se souvenait de cette joie.

– On en fait de jolis, maintenant. Dieu merci, les tenues pour femme enceinte ne ressemblent plus à des tentes ou à des nappes de mamie !

– J'ai déjà rempli un panier en ligne. Je veux juste y jeter un dernier coup d'œil avant de passer ma commande. Allez, je te laisse terminer ta répétition. Essaie d'oublier tes tracas.

C'était inévitable, pensa Shelby. Le passé la poursuivait telle une ombre par un soir de pleine lune.

– Je suis désolée que vous ayez été interrogés par le FBI.

– Ce n'est pas grave, ne t'en fais pas pour ça.

– Forrest m'a dit qu'ils étaient repartis à Atlanta. Je n'ai pas pu faire grand-chose pour les aider. C'est idiot, je sais, mais j'ai l'impression que si je parviens à me rappeler un indice qui puisse les orienter sur une piste, je me sentirai mieux. Cela dit, ils m'en ont appris davantage que je ne leur en ai appris.

– Et ces révélations sont dures...

– J'en ai retiré une leçon : si je veux que Callie devienne une femme forte et intelligente, qui chérit sa famille et ses amis, qui se respecte, je dois lui montrer la voie à suivre. Si je veux qu'elle connaisse la satisfaction de la réussite par l'effort et le travail, je dois l'éduquer en ce sens. C'est ce que j'essaie de faire.

– C'est ce que tu fais.

– Je me sens le devoir de contrebalancer ce qu'elle entendra un jour ou l'autre à propos de son père.

– À ce moment-là, elle pourra s'appuyer sur toi, et sur ta famille. Et sur nous, tes amis.

– Richard n'a manifestement jamais compris que l'argent ne fait pas le bonheur. Le seul point positif, dans ma relation avec lui, c'est que j'ai pris conscience, au plus profond de moi, qu'il y a des tas de choses beaucoup plus précieuses que l'argent et les bijoux. Je ne m'en rendais pas vraiment compte, avant.

Shelby comprenait désormais combien étaient précieux les éclats de rire dans le salon de coiffure, les soupirs de bien-être dans la salle de relaxation.

En déposant une pile de serviettes près des bacs à shampooing, elle donna un baiser à sa grand-mère.

– Pourquoi m'embrasses-tu ?

– Je suis heureuse d'être là avec toi. Je suis heureuse tout court.

– Je serais heureuse, moi aussi, si j'avais un homme comme Griffin Lott qui me regardait comme si j'étais la Vénus de Milo, Charlize Theron et Taylor Swift à la fois ! déclara Crystal, ses ciseaux en suspens au-dessus de la tête de sa cliente. Je vous jure que j'aime les hommes, mais si Charlize Theron entrait dans le salon et me disait : « Salut, Crystal, on va chez toi se rouler dans les draps ? », eh bien, j'accepterais sans hésiter.

– Charlize Theron ? répliqua Viola, amusée, en rinçant une couleur. Est-elle la seule qui te tenterait de faire l'expérience des filles ?

– Je crois. Quoique... Jennifer Lawrence est superbe, et je suis sûre qu'elle est rigolote... Mais elle n'est pas Charlize Theron. Et toi, Shelby, par qui serais-tu tentée ?

– Pardon ?

– Qui est ton fantasme de l'amante lesbienne ?

– Je ne me suis jamais posé cette question.

– Pose-la-toi.

Ô combien étaient précieuses ces conversations délirantes, pensa Shelby tout en réfléchissant un instant.

– Mystique, peut-être.

Crystal la regarda d'un œil perplexe.

– Qui ?

– C'est un personnage des X-Men, une méchante. Tu te souviens, Granny ? Forrest et Clay étaient fans des X-Men. Mystique est une mutante métamorphe. C'est Jennifer Lawrence, justement, qui joue son rôle au cinéma.

– Se rouler dans les draps avec une mutante métamorphe ne doit pas être inintéressant, déclara Viola en installant sa cliente dans un fauteuil.

Deux heures plus tard, Shelby berçait Beau entre ses bras tout en surveillant Callie et Jackson, qui jouaient sur la balançoire. La soirée s'annonçait pluvieuse, elle le sentait, elle le voyait, mais, pour l'heure, elle savourait une délicieuse fin d'après-midi.

Son père avait été retenu à la clinique, si bien que Clay était venu arroser le jardin. Bannie de la cuisine par sa belle-mère, confortablement installée dans un rocking-chair, Gilly bavardait avec sa belle-sœur.

– Ce devrait être illégal d'être aussi heureux, dit-elle.

– Heureusement que ça ne l'est pas ! répondit Shelby. Aujourd'hui, je partagerais une cellule avec toi !

– J'ai vu Griff, ce matin.

Il lui faudrait s'habituer, songea Shelby, à ce que l'on impute son bonheur à Griff. Cela dit, il n'y était pas pour rien.

– Où ça ?

– Quand je suis sortie me promener avec les enfants, il réparait le portail de miss Hardigan, la mère du shérif.

– Elle avait rendez-vous au salon, aujourd'hui.

– Nous avons bavardé un moment. C'est sympa de sa part de faire ce genre de petits travaux gratuitement. C'est elle qui me l'a dit, qu'ils ne lui feraient rien payer. En échange, elle leur a donné des gâteaux, et elle va leur tricoter des bonnets et des gants pour Noël. Regarde comme Jackson a grandi ! Il n'y a pas si longtemps, il était incapable de grimper tout seul sur la balançoire.

Les yeux de Gilly s'emplirent de larmes, et Shelby lui tapota le bras.

– J'ai encore trop d'hormones en moi, j'imagine. Mais… je ne crois pas que je vais reprendre le travail à la fin de mon congé maternité.

– Je ne savais pas que tu envisageais de t'arrêter. Tu en as marre de ton boulot ?

– Pas du tout ! répondit Gilly en caressant du doigt la joue de Beau. J'adore mon métier, et mes collègues, mais j'ai envie de profiter de mes enfants tant qu'ils sont petits. Au moins jusqu'au premier anniversaire de Beau. On en a discuté, avec Clay. On sera un peu juste financièrement, mais…

– C'est dur d'être obligé de faire des choix.

– Un peu… Mais ma décision est presque prise : j'éprouve vraiment le besoin de consacrer une année à ma famille. Ce sera vite passé, mais, pour moi, ce sera énorme.

– Alors n'hésite pas. Tu travailles à l'hôtel depuis la fin de tes études. Je suis sûre qu'ils t'accorderont une année sabbatique. Peut-être même qu'ils te garderont ton poste, et tu n'auras aucun regret.

– C'est faire porter beaucoup à Clay.

– Il a les reins solides.

– Je n'aurais jamais cru désirer un jour être mère au foyer, mais aujourd'hui, c'est mon souhait le plus cher. Et toi, que souhaites-tu ?
– Je suis comblée.
– Pour demain...

Shelby coula un regard en direction de la porte de la cuisine.

– J'ai peut-être un projet, mais personne n'est encore au courant.
– Je sais tenir ma langue.
– Je ne m'inquiète pas de ce côté-là. Quand j'aurai enfin la tête hors de l'eau, j'aimerais m'installer à mon compte dans la décoration d'intérieur.
– Tu as toujours eu du goût.
– Le goût ne fait pas tout. Je me suis inscrite à une formation en ligne.
– Tu as le feeling, c'est le plus important.
– Si je fais mes preuves, je me dis que je pourrais travailler en collaboration avec Matt et Griff, ou qu'ils pourraient me recommander à leurs clients.
– L'hôtel fait régulièrement redécorer ses chambres. Je parlerai de toi.
– Oh, je ne sais pas si...
– Il faut viser haut.
– Je suis d'accord, mais chaque chose en son temps. Il faudra aussi que je prenne des cours de gestion, de compta...
– Ah, les chiffres ! soupira Gilly. Moi aussi, j'aimerais bien créer ma petite entreprise, ouvrir une pâtisserie ; mais j'ai trop peur de ne pas être une bonne femme d'affaires. En revanche, je ne me fais pas de souci pour toi, tu es une McNee. Tu sais quoi ?
– Quoi ?
– Notre chambre a grand besoin d'un coup de neuf. On a refait celles des petits, avant la naissance, mais la nôtre n'a pas été touchée depuis cinq ans. Ça commence à se voir.
– C'est sympa, les rénovations, mais...
– Mais ça a un coût, voilà bien une McNee qui parle, rétorqua Gilly en riant. Peu importe, je ferai des sacrifices, et Dieu sait qu'il faudra que j'en fasse si je prends cette année sabbatique. Je suis sûr qu'il y a moyen de transformer une chambre à moindre coût, surtout si tu me conseilles. S'il te plaît, insista-t-elle, une main sur le bras de Shelby. J'aimerais tellement avoir une vraie chambre d'adultes, un endroit pour Clay et moi, où être ensemble de temps en temps. Tu te rends compte, on a encore des vieux meubles qui viennent de chez nos parents, et cette affreuse lampe que ma tante Lucy nous a offerte pour notre mariage !

– C'est vrai qu'elle est moche.

– Si ce n'était pas un héritage familial, j'aurais eu un geste maladroit, et elle se serait cassée en mille morceaux. Je ne veux pas faire de folies, j'ai juste envie d'une jolie chambre. Aide-moi, s'il te plaît !

– Ce sera avec plaisir.

La lampe devait disparaître, mais les meubles pouvaient être repeints, retapés...

– Et je fourmille d'idées qui ne reviendront pas cher, ajouta Shelby. Parfois, il suffit de simplement changer les meubles de place, et on a l'impression que tout est transformé. Nous repeindrons les murs, aussi.

– Super, merci ! Tu auras un moment de libre, cette semaine ?

– Je peux faire un saut chez vous demain matin, après avoir déposé Callie chez Chelsea et avant d'aller au salon. Vers 8 heures et demie, ce n'est pas trop tôt ?

– Avec un nouveau-né, tu te lèves aux aurores ! Je me demandais si je ne pourrais pas... Hé, salut, Forrest !

– Salut, Gilly, répondit celui-ci en sortant de la cuisine et en se penchant au-dessus du bébé. Quand va-t-il faire autre chose que dormir, celui-là ?

– Passe donc à la maison à 2 heures du matin...

Décodant le regard de Forrest, Gilly se leva et prit Beau des bras de Shelby.

– Je l'amène à sa grand-mère, dit-elle. Ça me fera un prétexte pour squatter la cuisine, que ça lui plaise ou non.

Et sur ces mots, elle disparut à l'intérieur de la maison.

– Je peux te parler une minute ? demanda Forrest à Shelby.

– Bien sûr. Assieds-toi.

– Les enfants n'ont pas besoin de toi ?

– Ils jouent, et Clay jardine. Il a la main verte, comme papa.

– Allons de l'autre côté, nous serons plus tranquilles.

– Que se passe-t-il ?

– Allons de l'autre côté, répéta Forrest en prenant le bras de sa sœur.

– Tu m'inquiètes. Tu ne vas pas me gâcher cette belle journée, j'espère...

– Désolé...

– Vais-je avoir des problèmes ? Le FBI pense...

– Non, rien de tel, dit-il en l'entraînant derrière la maison, où personne ne risquait de les entendre. Il s'agit de Privet, le détective privé de Floride.

– Je me rappelle qui est Privet, répliqua-t-elle sèchement. Il t'a finalement révélé l'identité de son client ?

– Non, et il ne me dira plus rien. Sa secrétaire l'a trouvé mort, ce matin.

– Oh, mon Dieu ! Que lui est-il arrivé ?

– Il a reçu une balle provenant de la même arme que celle qui a tué Warren. Hier soir, entre 22 heures et minuit.

– Il a été assassiné ? bredouilla Shelby, sous le choc.

– On a tenté de faire croire à un cambriolage, mais la police de Miami est sceptique. Il a été tué dans son bureau. Il avait un 9 mm dans un tiroir. Rien n'indique qu'il ait cherché à s'en emparer, pas de signe de lutte. On lui a tiré dans la tête, comme Warren. Pas à bout portant, mais d'assez près.

Shelby se pencha en avant, les mains sur les cuisses. Elle avait du mal à respirer.

– Ce type ne me disait rien qui vaille... murmura-t-elle. Mais il m'a laissée tranquille à partir du moment où tu lui as donné un avertissement.

– On a trouvé des photos de toi et de Callie dans son bureau.

– Callie...

– Des rapports à ton sujet, des notes de frais, facturées mais impayées, sans mention du nom du client. La police locale interroge sa secrétaire et son associé. Apparemment, ils ignorent qui l'avait engagé pour enquêter sur toi.

– Il enquêtait peut-être pour son propre compte. Il a peut-être menti.

– Peut-être.

– Tu as dit qu'on a voulu faire croire à un cambriolage, mais que ce n'en était pas un...

– La porte a été forcée de l'extérieur. La pièce était sens dessus dessous. On a volé sa montre, son porte feuille, un peu d'argent liquide, sa tablette et son ordinateur portable. Il semblerait que du matériel informatique ait aussi disparu de son domicile.

– Quelqu'un se serait également introduit chez lui ?

– Il n'y a pas eu d'effraction. Tout porte à croire que ce meurtre est lié au cambriolage en Floride dont il nous a parlé. Rappelle-toi, une grosse récompense était en jeu.

Shelby se raidit, les joues en feu, en proie à un léger vertige. Néanmoins, elle était encore capable de suivre sa logique.

– Voilà qui nous ramène à Richard, soupira-t-elle. Ou, tout du moins, à Harlow, à présent. Il s'est enfui de prison, il a dû prendre une nouvelle identité. Il a engagé un privé pour l'aider à retrouver la trace de Richard. Or le privé n'a trouvé que Callie et moi. Harlow est lui-même venu à Rendezvous Ridge, où il est tombé sur son autre complice. Elle avait tenté de le doubler, il l'a tuée.

– On sait qu'il était là. Tu l'as vu.

– Soit le détective a pris Harlow pour un client lambda, soit ils étaient de mèche. Ils se connaissaient, en tout cas, si bien que Privet ne s'est pas méfié.

– Soit Harlow n'a pas aimé ce que Privet lui a dit, soit il le trouvait gênant. Il s'est débarrassé de lui, il a mis en scène une effraction, pris ce dont il avait besoin, et il s'est barré en emportant au passage un peu de pognon et quelques objets de valeur.

– J'espère qu'il ne me considère pas comme un élément gênant. De par les informations qu'il a en sa possession, il sait que je suis criblée de dettes. S'il court toujours après ces millions, il faudrait qu'il soit idiot pour continuer de croire que je sais où ils sont cachés.

– Je ne vois pas pourquoi il reviendrait rôder par ici, mais reste prudente. Il a déjà commis deux meurtres. La police de Miami nous tiendra au courant de l'enquête, par courtoisie professionnelle, et j'espère que le FBI nous donnera aussi des nouvelles. Le hic, c'est qu'ils auront du mal à mettre la main sur un type que personne n'a vu, à part toi.

– Il m'a laissée le voir.

– C'est exact.

Shelby jeta un coup d'œil en direction des balançoires, où les enfants jouaient toujours entre eux. Clay était encore occupé dans le potager.

– Je ne peux pas m'enfuir, Forrest, je n'ai nulle part où aller, et je ne vois pas où Callie serait davantage en sécurité qu'ici. Je n'ai rien qui puisse intéresser cet homme. J'espère de tout mon cœur qu'il s'est juste débarrassé d'un élément gênant, comme tu disais.

– Ne te déplace jamais sans ton téléphone portable.

– Je l'ai toujours sur moi, assura-t-elle en tapotant sa poche.

– Ne t'en sépare jamais, insista son frère. Pose-le quelque part dans la salle de bains pendant que tu te douches. Et ça avec, ajouta-t-il en lui tendant une petite bombe.

– Qu'est-ce que c'est ?

– Du gaz lacrymogène. La Constitution te confère le droit de porter une arme, mais tu as toujours été nulle au tir.

– Pas tant que ça, protesta-t-elle, un peu vexée.

– De toute façon, avec Callie, ce ne serait pas judicieux d'être armée. Donc prends ça, au cas où, et vise les yeux. Mets-la tout de suite dans ta poche, dit-il alors qu'elle examinait la bombe.

– Je serai prudente, affirma-t-elle, s'il suffit de le dire pour te tranquilliser. Harlow n'a pas de raison de s'en prendre à moi. J'aspire à tourner la page – ce qui ne signifie pas que je me comporterai bêtement –, cette histoire n'est plus le centre de ma vie. Maman a préparé des pommes de terre sautées et du chou braisé. J'ai fait mariner du poulet, que papa fera cuire au barbecue quand il sera rentré. Tu restes souper avec nous ?

– Pas possible, malheureusement. J'adore les patates sautées de maman, mais j'ai des trucs à faire. Gardez-moi des restes. Je repasserai peut-être en fin de soirée.

– OK. Je dois aller voir les enfants.

– Vas-y vite. À plus.

Forrest la regarda se diriger vers la balançoire. Des trucs à faire, pensa-t-il. En premier lieu, rendre une petite visite à Griff, et l'informer des derniers développements. Plus ils seraient nombreux à ouvrir l'œil, mieux Shelby serait protégée.

À quatre pattes, Griff carrelait le sol de la salle de bains. La teinte sable doré des carreaux lui évoquait la plage, l'été, la gaieté.

Tout en écoutant Forrest, il se redressa en position accroupie.

– Ça ne peut pas être un hasard. La police ne pense tout de même pas que ce privé a été victime d'un coup de malchance ?!

– L'enquête est en cours, répondit Forrest, appuyé contre le chambranle de la porte. Non, ce n'est pas un coup de malchance. Privet a sans doute été tué par Harlow, mais pourquoi ? Que savait-il ? Avec qui était-il en cheville ? Il existe peut-être d'autres protagonistes dont nous ignorons l'existence.

– Pas très rassurant !

– Globalement, toute cette affaire n'est pas très rassurante.

– En somme, ce cambriolage commis à Miami il y a cinq ans continue d'avoir des répercussions aujourd'hui.

– Il semblerait.

– Si Harlow avait le butin de ce vol, il aurait filé avec. Le détective privé représentait peut-être un dernier obstacle à éliminer, et maintenant, il a mis les bouts.

Griff posa les croisillons et plaça le carreau suivant.

– Cela dit, ajouta-t-il, si le privé savait où était le butin, lui aussi aurait filé avec.

– C'est à n'y rien comprendre.

– Tu as peur que Jimmy Harlow s'imagine que Shelby détient certaines pièces du puzzle ?

Forrest s'accroupit près de son ami.

– Nous ne pouvons pas faire grand-chose d'autre que continuer à rechercher ce type, poser des questions, montrer son portrait. Le FBI mène son enquête mais, si j'ai bien compris, toutes leurs pistes se terminent en cul-de-sac. Ils ont retrouvé d'anciens partenaires de cet enfoiré de Foxworth, de Warren et d'Harlow aussi, mais ils ne sont guère plus avancés. Tout du moins, c'est ce qu'ils m'ont laissé entendre.

– Tu crois qu'ils ne te disent pas tout ?

– Je n'en sais rien. Je ne vois pas pourquoi ils feraient de la rétention d'informations, mais on ne sait jamais, avec eux. Tout ce que je sais, c'est qu'un meurtre a été commis à Rendezvous Ridge, en lien avec ma sœur, d'une manière ou d'une autre, et je n'aime pas ça du tout. Nous gardons un œil sur elle, et les patrouilles sont sur le qui-vive. Mais on ne peut pas la surveiller en permanence. Elle n'est pas encline à dîner avec le shérif ou à passer la soirée avec Nobby.

– Encore heureux, ou je me retrouverais en taule pour voies de fait contre un officier de l'ordre public ! Je veille sur elle, Forrest. Cette terminologie ne lui plaît pas, mais qu'à cela ne tienne. Ce sera plus simple quand elle viendra vivre ici.

– Parce qu'il est question qu'elle emménage avec toi ? s'étonna Forrest.

– Absolument. J'ai installé un système de sécurité – ça m'a fait mal au cœur, mais je l'ai fait – et j'ai un redoutable chien de garde !

Ils se tournèrent tous deux vers Snickers, endormi sur le dos, les pattes en l'air.

– Il ne paraît pas bien méchant !

– Normal qu'il se repose, entre deux rondes.

– Ouais... Pour en revenir à ma frangine, c'est vrai qu'elle va venir habiter chez toi ?

Griff poursuivit son travail. Poser un rang de carrelage exigeait de la méthode, et les tâches méthodiques lui procuraient une certaine sérénité.

– J'aimerais bien, mais je préfère attendre un peu avant de lui en parler. Pour le moment, elle refuserait. L'autre enfoiré lui a fait du mal. Elle s'en remet, petit à petit, mais elle n'est pas encore prête à vivre de nouveau en couple. Le mot du jour sera donc « ténacité », avec un zeste de patience. En tout cas, pour ma part, j'ai hâte que nous vivions ensemble, elle, Callie et moi.

– Si vous vous installez ensemble, ma mère va commencer à parler mariage.

– Pas de problème. C'est l'étape suivante de mon plan. Mais Shelby n'en est pas encore là, tant s'en faut.

Forrest garda un instant le silence, tandis que Griff appliquait de l'enduit sur le sol.

– Tu épouserais ma sœur ? demanda-t-il au bout d'un moment.

Griff se redressa, enroula les épaules et se massa la nuque.

– Comment trouves-tu cette chambre ?

Forrest se retourna pour la regarder.

– Bel espace, lumineux, chouette vue. Grand placard pour une chambre d'amis. J'aime bien la banquette sous la fenêtre, et la salle de bains promet d'être superbe.

– Je pense y mettre une baignoire rétro, une vasque ovale, avec un petit meuble dessous, une armoire à pharmacie au-dessus – ancienne, si j'en trouve une.

– Baignoire rétro, armoire ancienne... Voilà qui me paraît très féminin.

– Ouais. Je crois que je peindrai les murs de la chambre en vert pâle.

Forrest hocha la tête, il commençait à comprendre.

– Ce sera la chambre de Callie ?

– Le vert est sa couleur préférée, elle me l'a dit. Rapport à *Shrek*, une obsession qui finira par lui passer. Toujours est-il que j'aime bien le vert, moi aussi. D'ici quelques années, elle appréciera d'avoir sa salle de bains privée.

– Tu vois loin !

– Je suis autant amoureux de la mère que de la fille. Observateur comme tu l'es, tu as dû t'en apercevoir. Callie est prête à m'épouser ! En ce qui concerne sa maman, ce n'est qu'une question de temps. Quand cette galère dans laquelle l'autre ordure l'a laissée sera derrière elle, elle pourra envisager l'avenir plus sereinement. Quoi qu'il en soit, je suis patient. Elle est la femme de ma vie, je le sais. Et Callie est un amour. Elle me mérite. Elles me méritent toutes les deux. Je suis un sacré bon parti !

– Si tu avais des nibards, je te demanderais ta main.

– Tu vois...

Parvenu à un point où il devait prendre des mesures, puis découper des carreaux, Griff se leva.

– C'est l'heure de ma pause, dit-il. Je vais me préparer un sandwich. Tu en veux un ?

– Merci, mais ma journée n'est pas terminée. Et j'ai dit que je passerais manger chez mes parents. Ce sera sûrement meilleur que tes sandwichs.

— OK. Je descends avec toi. Tu viens, Snickers ?

Le chiot agita les pattes et roula pataudement sur lui-même.

— Un de ces jours, je prendrai un chien, moi aussi, déclara Forrest en s'engageant dans l'escalier, tandis que Snickers montait et redescendait les marches devant eux.

— Les frères et sœurs de Snick sont casés, mais j'ai vu un panneau pour des jeunes beagles à donner, au croisement de Black Bear et de Dry Creek.

— Un de ces jours, pas maintenant. Il faudrait peut-être d'abord que je me trouve une femme. Le shérif n'apprécierait pas que j'emmène un clébard au boulot !

Au passage, Forrest examina le tableau de commande du système de sécurité.

— Que comptes-tu faire si l'alarme se déclenche ? demanda-t-il.

— T'appeler. Et empoigner ma clé à molette. Elle pèse son poids.

— Un flingue pèse plus lourd qu'une clé à molette.

— Je n'en ai pas et je n'en veux pas.

— Citadin.

Dehors, Griff inspira une grande goulée d'air frais tandis que le chien filait vers un carré d'herbe à la lisière du bois, en bordure du ruisseau.

— Je suis devenu un gars de la campagne, mais je ne veux pas d'arme à feu pour autant.

Il se tourna vers l'ouest, où le soleil rosissait les nuages couronnant les montagnes.

— Je n'ai jamais eu d'ennuis ici, ajouta-t-il. Pourtant, j'ai stocké pas mal de cuivre quand j'ai refait l'électricité et la plomberie. On aurait pu me le voler, mais non. Mis à part nos récents désagréments, dus au sac de nœuds dont Shelby s'efforce de se dépêtrer, on est tranquille, ici.

Comme son ami, Forrest contempla le coucher du soleil.

— Tu as une belle maison, Griff. Elle a du cachet et du caractère. Mais le fait est qu'il nous faudrait au moins dix minutes pour arriver jusqu'ici si tu appelais le 911. Tu devrais au moins t'équiper d'un pistolet à grenaille.

— Je te laisse les armes à feu, officier. Je préfère ma bonne vieille clé à molette.

— Comme tu voudras.

Une fois Forrest parti, Griff attendit que le chien ait terminé de faire ses besoins, tout en observant la première étoile qui s'allumait dans un ciel de la couleur du plus beau des velours mauve.

– Une balancelle, dit-il à voix haute, en se baissant pour flatter l'encolure de Snickers lorsque celui-ci fut revenu à ses pieds. Je la fabriquerai moi-même. Les choses ont plus de valeur quand on les fabrique soi-même. Allons casser la croûte, on y réfléchira.

S'il avait su, en mangeant son sandwich et en dessinant des croquis de balancelle, que quelqu'un l'observait à travers des jumelles, peut-être Griff aurait-il décidé de s'armer.

## 27

Il lui fallut du temps pour terminer la chambre de Callie, puis pour construire la balancelle. Mais il en avait à revendre, puisque Shelby était accaparée par les préparatifs des fiançailles – et au moins autant par Bitsy.

Il occupait donc ses fins de journée, solitaire, à bricoler dans la maison et ses nuits à ébaucher des projets d'avenir.

Lorsque Griff et Shelby parvinrent enfin à caler une soirée ensemble, elle déclina son invitation au restaurant et proposa qu'ils dînent plutôt chez lui, à la bonne franquette.

Cela lui convenait.

Quand elle arriva, il était dans le jardin en train d'accrocher à l'une des plus grosses branches d'un vieux noyer la balançoire qu'il avait fabriquée avec un pneu.

– Waouh ! s'exclama-t-elle. Callie va adorer.

– Cool, hein ? C'est ton grand-père qui m'a donné le pneu.

Il l'avait choisi de taille moyenne, adaptée au postérieur d'une petite fille. Afin de protéger la branche, il avait inséré les chaînes dans du tuyau d'arrosage.

– C'est super sympa.

– Tu veux l'essayer ?

– Avec plaisir.

Elle lui tendit un pichet isotherme, l'enlaça et lui donna un baiser.

– Qu'est-ce que c'est ?

– De la citronnade à la vodka. Une recette de mon grand-père, un délice, affirma-t-elle en s'installant sur le pneu et en testant les chaînes. Ça a l'air costaud.

– Sécurité avant tout, répondit-il en lui donnant de l'élan.

Elle se renversa en arrière, les cheveux au vent.

– Comment t'est venue cette idée ?

– L'un de mes copains avait une balançoire en pneu dans son jardin, quand j'avais l'âge de Callie. Mais chez lui, le pneu était à la verticale. Il me semble que c'est mieux à l'horizontale, non ?

– C'est génial. Callie sera aux anges.

Hypnotisé, Snickers inclinait la tête d'un côté, puis de l'autre, au gré du va-et-vient de Shelby.

– J'ai l'impression qu'il a encore grandi, dit-elle.

– Mon prochain projet d'extérieur sera une niche. Une grande niche.

– Il aura besoin de place, acquiesça Shelby en sautant de la balançoire. Je suis désolée d'avoir été aussi peu disponible, ces derniers temps. Je n'ai pas arrêté de courir.

– Pas de problème, Red. Nos meilleurs amis se marient, c'est géant.

– Ce serait l'apocalypse si je n'étais pas là pour canaliser Bitsy. Elle mobilise toute mon imagination et toute mon énergie. Elle va me rendre folle, un coup à me parler des fiançailles, un coup du mariage, et à nouveau des fiançailles. Elle s'était mis dans la tête, par exemple, que la mariée devait arriver à la cérémonie dans un carrosse de princesse, tiré par des chevaux blancs, comme Emma Kate en rêvait quand elle avait douze ans. Heureusement, j'ai fini par lui faire comprendre que ce serait ridicule.

– Emma Kate t'en sera reconnaissante jusqu'à la fin de ses jours.

– J'espère bien. Si on... Oh, une balancelle !

Shelby courut jusqu'à la galerie, sa robe verte ondulant autour de ses jambes.

– J'adore les balancelles ! Et ce bleu est magnifique. Où l'as-tu trouvée ?

– Je l'ai fabriquée. J'ai eu de la chance, j'ai trouvé de la peinture du même bleu que tes yeux.

– C'est toi qui l'as faite, vraiment ? Remarque, je ne devrais pas être étonnée, dit-elle en y prenant place. Ce sera parfait pour les après-midi de farniente ou les soirs d'été. Si tu allais chercher deux grands verres, qu'on goûte cette citronnade à la vodka ?

– De suite.

Lorsque le chien tenta maladroitement de grimper sur la balancelle, Shelby le hissa à ses côtés, tant bien que mal.

– Tu deviens presque trop gros, dit-elle en passant un bras autour de son encolure.

Rarement avait-elle vu d'endroits aussi beaux, songea-t-elle tout en se balançant. Tout était si vert, si paisible, sous le dôme bleu du ciel parsemé de nuages blancs. Elle entendait le ruisseau, rapide et vif depuis les dernières pluies, le *rat-a-tat-tat* obstiné d'un pic-vert ponctuant le chœur des oiseaux.

— Snickers m'a piqué ma place, maugréa Griff en revenant avec les cocktails.

— Il ne voulait pas être en reste.

Résigné, Griff s'installa de l'autre côté du chien, qui frétilla de joie.

— C'est l'endroit rêvé pour une balancelle, déclara Shelby avant de goûter la citronnade. Hmm ! Je crois que j'ai fait honneur à Grandpa.

— C'est délicieux, en effet.

— Ça descend tout seul, mais il faut se méfier... À siroter doucement. Par une belle soirée, sur une balancelle, c'est divin. Tu as un véritable petit Éden, ici, Griffin.

— Il y a encore du boulot.

— Si Adam et Ève avaient davantage travaillé, au lieu de cueillir des pommes, ils seraient peut-être encore là. Les maisons, les jardins, les vies sont des chantiers perpétuels, tu ne crois pas ? Je suis restée quelques années en stand-by, mais je rattrape le temps perdu. C'est un havre de paix, ici. La lumière, la balancelle, cette exquise citronnade. Toi, ce gentil toutou. Quand mes ennuis seront réglés, nous pourrons savourer pleinement cette merveilleuse sérénité.

— Il y a du nouveau ?

— Tu n'as pas vu Forrest, aujourd'hui ?

— Non.

— Il devait savoir que je viendrais te voir... La police a peut-être un témoin, concernant le meurtre du détective. Le FBI va l'interroger.

— Qu'a-t-il vu ?

— Le hic, c'est qu'on n'est pas sûr qu'il ait vu quelque chose. Il s'agit d'un jeune homme qui se trouvait dans l'immeuble le soir où Privet a été tué. Il a déclaré avoir entendu une déflagration, comme un bruit de pétard assourdi. L'horaire colle. Et il pense avoir vu l'assassin.

— Harlow ?

— Pas sûr. Il a décrit un individu de stature moyenne, plutôt mince. Sans barbe. Blond, très blond, a-t-il dit. Des lunettes à monture épaisse, de couleur foncée. Vêtu d'un costume sombre. Il ne l'a aperçu que furtivement, d'une fenêtre. L'homme quittait l'immeuble, il s'est engouffré dans une grosse berline garée juste en face.

— Harlow a pu mettre une perruque, des lunettes, se raser.

– Le témoin n'aurait pas dû se trouver là, et il était sous l'emprise de la drogue. Voilà pourquoi il n'a rien dit avant d'être interpellé pour possession de cocaïne. Surtout que ce n'était pas la première fois. Il est employé chez un photographe, dans l'immeuble. Il était revenu au studio la nuit pour tourner des vidéos porno. Il essaie de négocier, dans l'espoir d'éviter la prison.

– Dans ce cas, il raconte peut-être n'importe quoi.

– Possible. Toujours est-il que l'heure à laquelle il dit avoir entendu la détonation correspond à celle du crime. Et il est catégorique : il n'y a eu qu'une seule détonation. Or la police n'a pas précisé combien de coups de feu avaient été tirés.

Griff réfléchit un instant, tout en se balançant et en dégustant son cocktail.

– Privet et Warren ont été tués avec la même arme, donc par le même assassin, peut-on supposer, en l'occurrence Harlow, vraisemblablement. Mais imaginons que quelqu'un d'autre voulait la peau du détective : la personne qui l'a engagé, par exemple, ou quelqu'un en lien avec les Montville de Miami, ou avec la compagnie d'assurances, ou encore un individu qui aurait été en cheville avec Richard à un moment ou à un autre.

– Et qui aurait tué Richard, peut-être, en faisant croire à un accident de bateau.

– Qui sait ?

– Richard voulait à tout prix partir... Il avait peut-être rendez-vous avec celui à qui il devait fourguer les bijoux volés. Et il est tombé dans un traquenard.

– Que ferais-tu si tu avais volé pour plusieurs millions de bijoux et commis un meurtre ?

– Je m'enfuirais le plus loin et le plus vite possible, mais...

– Mais tes complices veulent leur part du magot, compléta Griff. Alors tu engages un détective et tu le mets sur le coup. Lequel s'intéresse à toi, Red, au cas où tu saurais quelque chose.

– Quand je pense à tous les gens que j'ai fait entrer dans cette villa, à Philadelphie, dans les semaines qui ont suivi la disparition de Richard... Si ça se trouve, j'ai parlé à son assassin – si tant est qu'il ait été assassiné. C'était peut-être un soi-disant expert venu estimer le mobilier, ou quelqu'un à qui j'ai vendu quelque chose. Par ailleurs, je me suis souvent absentée de la maison pendant plusieurs heures d'affilée. Quelqu'un a pu venir fureter, en quête d'un indice que Richard aurait laissé. Va savoir...

– C'est risqué de mettre en scène un accident de bateau en pleine tempête. Pourquoi ne pas s'être contenté de jeter le corps à la mer ?

– Pour gagner du temps ? Mais cessons de chercher midi à quatorze heures. Je crois que nous compliquons les choses encore plus qu'elles ne le sont déjà. Richard a sûrement été emporté par la tempête. La brune et le détective ont vraisemblablement été tués par Harlow. Quant à ce témoin, il n'était pas en possession de toutes ses facultés, et il n'a vu qu'une silhouette dans la pénombre. Nous nous prenons la tête pour rien. Profitons plutôt de cette belle soirée que nous pouvons passer ensemble.

– Et si tu restais dormir ici ? Tes parents m'inviteront peut-être encore pour le petit déjeuner…

– Il se trouve, répondit Shelby avec un petit sourire en coin, que tu es invité, justement, et que j'ai un sac, dans la voiture, contenant quelques affaires pour la nuit.

– Je vais le chercher.

– Merci. Il est par terre, devant le siège passager. Oh, et il y a un plaid sur la banquette arrière. Prends-le.

– Tu as froid ? s'étonna Griff en se dirigeant vers la voiture. Il fait au moins 25 °C !

– J'aime rester dehors le plus longtemps possible, en été, regarder le ciel changer, écouter les premiers oiseaux de nuit.

– On restera dehors aussi longtemps que tu le voudras, dit-il en revenant avec le sac et la couverture. J'ai acheté des steaks, on les fera cuire au barbecue.

– Parfait. Mais on a le temps.

Elle lui prit le plaid des mains et le déplia.

– Où est passé le chien ?

– Je l'ai enfermé à l'intérieur, avec un os à mâcher que j'avais dans ma poche. On sera plus tranquilles sans lui, dit-elle en étalant le plaid sur le sol. Pour faire l'amour dans la galerie, ajouta-t-elle dans un sourire.

– Voilà un programme qui me plaît.

– J'attendais ce moment avec impatience, dit-elle en s'approchant de lui.

Il avait une façon de l'embrasser qui éveillait ses sens tout en douceur. Sous ses baisers, elle entrait lentement en fusion. Le désir l'enveloppait d'une onde de chaleur, une vibration davantage qu'une explosion, qui amollissait ses jambes et engourdissait son esprit.

Étroitement enlacée contre lui, séduite alors qu'elle avait l'intention de séduire, elle baignait dans un flot de sensualité. Sous la lueur mordorée du soleil couchant, la nature était si calme que pas une feuille ne frémissait.

Griff descendit la fermeture Éclair dans le dos de sa robe, s'attardant sur chaque centimètre de peau qu'il découvrait, aussi douce que de la soie, prenant le temps de savourer ce délicieux frisson qu'il faisait naître.

Puis il écarta les brides de ses épaules, s'accorda le plaisir de poser là ses lèvres. Elle était plus forte qu'elle ne paraissait, songea-t-il. Des épaules qui ne se dérobaient pas sous la charge.

Il avait envie, il avait besoin de l'aider à porter ce fardeau.

Sa robe glissa à ses pieds, révélant des sous-vêtements de dentelle du même vert tendre.

– Je les ai achetés exprès, dit-elle en voyant qu'il les regardait. Je n'aurais peut-être pas dû faire cette dépense, mais...

– Elle en valait la peine. Je te dédommagerai.

– Je l'espère bien, répondit-elle avant qu'il ne referme ses lèvres autour des siennes, plus ardentes, cette fois, plus pressantes.

Elle renversa la tête en arrière afin d'accepter tout ce qu'il lui offrait, afin de lui donner tout ce qu'il attendait.

Lentement, ils s'agenouillèrent sur le plaid. Leurs lèvres ne s'écartèrent que le temps qu'elle lui enlève son tee-shirt, puis se retrouvèrent lorsqu'elle le jeta de côté. Son torse brûlant sous ses paumes, elle déposa mille baisers au creux de son épaule, s'enivrant du parfum de son savon.

Et toujours ces légers effluves de sciure de bois, ces paumes calleuses lui rappelant qu'il travaillait de ses mains.

Elle se cambra quand il dégrafa son soutien-gorge. Ses mains d'artisan se posèrent sur ses seins, ses pouces rugueux en effleurant le bout, attisant le désir, déchaînant une tempête dans son bas-ventre.

Ses caresses jouant partout sur son corps, à la fois comblée et affamée, elle s'étendit sur le dos.

Lorsque les mains de Griff remontèrent en haut de ses cuisses, au pli de l'aine, un son rauque s'échappa de sa gorge, mi-gémissement, mi-soupir.

Maîtrisant son désir, il frotta sa paume contre la dentelle, répandant la chaleur sous la fine étoffe ajourée. Sa respiration s'accéléra, ses paupières se fermèrent sur le bleu magique de ses yeux.

À lui tout entière.

Il ôta cette fine étoffe et la pénétra de ses doigts.

Une décharge la secoua, un éclair de plaisir fulgurant, mêlé d'un désir puissant, urgent. D'une main pressée, elle défit sa ceinture, impatiente de prendre, d'être prise.

Il se redressa afin de l'aider, immobilisa ses mains qui cherchaient les boutons de son jean.

– Doucement, murmura-t-il.

Haletante, en proie à un désir presque douloureux, elle plongea son regard au fond de ses yeux, y lut le même désir, la même urgence.

– Viens, s'il te plaît...

– Une minute... Je t'aime.

– Oh, Griff...

– Il fallait que je le dise, il fallait que tu l'entendes, nue dans la galerie. Je t'aime. Je tenais à prendre le temps de te le dire.

– Je ne peux pas réprimer mes sentiments, ce que tu provoques en moi même quand tu n'es pas là. Quelque chose de si fort... dit-elle, le visage contre son épaule. Tellement fort...

– Ça me convient, murmura-t-il en lui relevant la tête, en lui prenant les mains pour les lui embrasser. Ça me convient parfaitement.

Il se rallongea sur la couverture, elle au-dessus de lui, caressa ses cheveux. Il aimait leur volume, leur couleur, leurs boucles rebelles.

Elle n'avait pas sa patience, mais elle s'efforça de se maîtriser, le guidant, à présent, au travers du baiser, laissant ses mains l'émouvoir, l'exciter, goûtant les battements de son cœur sous ses lèvres.

Quand enfin il n'y eut plus rien entre eux, elle se souleva, l'amena en elle.

Puis elle prit ses mains et les posa contre son cœur, afin qu'il le sente palpiter.

Ondulant doucement, elle essaya de ne pas s'emballer, et savoura les délices de la lenteur. Le crescendo du plaisir, montant vague après vague.

Dans la douceur du soir tombant, sous les rayons du soleil déclinant, portée par un océan de volupté, de plus en plus près des nuages, elle s'abandonna aux déferlantes, jusqu'à se laisser engloutir par l'orgasme.

Revenant peu à peu à la surface, elle entendait à nouveau les oiseaux, concert de trilles et d'arpèges dans le sous-bois tout proche. Elle percevait même le très léger souffle de la brise dans les feuillages, telle une respiration paisible, maintenant que son cœur ne cognait plus à ses tympans.

Et elle savoura l'incommensurable joie d'être étendue nue dans la galerie, repue aux côtés d'un homme assouvi.

– Je me demande ce qu'aurait dit le livreur d'UPS s'il avait débarqué là, maintenant…

– Tu attends un colis ?

– On ne sait jamais. Je n'y ai même pas pensé. En vérité, je n'étais plus capable de penser.

– C'est bon de ne pas penser. Je ne pense à rien quand je chante, et j'arrête de penser dès que tu commences à m'embrasser. Tes baisers sont pareils à des chansons.

– Je pensais…

– Mmm…

– Je pensais que tu ressemblais à une déesse de la montagne.

– Une déesse ? répéta-t-elle en riant. Continue.

– Avec ta chevelure flamboyante, ta peau d'albâtre. Svelte et forte. Tes yeux comme des ombres bleues.

Émue, elle se souleva sur un coude.

– On dirait une chanson. Tu as une âme de poète, Griffin.

– Mon inspiration s'arrête là.

– C'est déjà pas mal, dit-elle en lui caressant la joue du bout du doigt. Tu pourrais être un dieu, avec ton torse d'athlète, tes cheveux blondis par le soleil.

– Nous nous sommes bien trouvés.

Dans un éclat de rire, elle posa son front contre le sien.

– Si on allait se baigner dans le ruisseau ?

Il ouvrit un œil, un œil félin d'un vert perçant.

– Tu veux te baigner dans le ruisseau ?

– Oui, avec toi. Ça finira de nous ouvrir l'appétit. Ensuite, nous préparerons le repas en buvant de la vodka-citron.

Avant qu'il ait pu trouver une raison d'objecter, elle se leva et lui prit la main.

– On est tout nus…

– Et alors ? On ne se serait pas baignés tout habillés ! Ouvre la porte au chien.

Et elle s'éloigna en courant à travers la pelouse.

Une déesse, pensa-t-il. Ou une elfe. Quoique les elfes n'avaient pas d'aussi longues jambes.

Il libéra Snickers, puis, toujours l'esprit pratique, rentra chercher deux serviettes.

Il n'était pas prude, et se serait senti insulté d'être ainsi qualifié. Néanmoins, cela lui fit un drôle d'effet de traverser le jardin dans le plus simple appareil.

Derrière le rideau d'arbres, il entendit un *splash*, un grand éclat de rire, les jappements réjouis de Snickers.

Dans un arc-en-ciel de gouttelettes irisées, le chien s'ébattait gaiement autour de Shelby. Il accrocha les serviettes à une branche.

– Elle est délicieusement fraîche. Tu devrais poser une ligne de temps en temps. Je suis sûre que ça mordrait.

– Je n'ai jamais pêché.

Elle se redressa, étonnée.

– De ta vie ?

– J'ai grandi en ville, Red. J'avais des loisirs urbains.

– On ira à la pêche, un de ces jours. C'est relaxant, tu verras. Tu es patient, ça te plaira. Quel genre de loisirs urbains pratiquais-tu ?

Il entra dans l'eau, en effet délicieusement rafraîchissante.

– Basket en hiver, baseball en été. Je n'ai jamais joué au foot, j'étais trop chétif.

– J'aime bien le baseball, déclara Shelby en s'asseyant sur un petit rocher. Mon père m'aurait échangée contre un autre modèle, sinon. À quel poste jouais-tu ?

– J'ai été lanceur, puis deuxième base. Je préférais la 2B.

– Nous avons une bonne équipe de softball à Rendezvous, les Raiders. Ça ne te dirait pas de jouer avec eux ?

– L'an prochain, peut-être. Je voulais consacrer tout mon temps libre à la maison, cette année. Tu n'as pas mal aux fesses sur les cailloux ? Tu n'as pas peur qu'un poisson remonte… là où je pense ?

En riant, elle se renversa en arrière pour mouiller ses cheveux.

– Tu es décidément un vrai citadin ! Je connais des coins assez profonds pour nager. Je t'y emmènerai, un soir.

– Je vais peut-être aménager un étang dans le jardin. C'est mieux qu'une piscine. Les piscines demandent trop d'entretien. Et ça gâcherait le paysage.

– Tu saurais aménager un étang ?

– Je pense.

– J'adore nager, dit-elle, parfaitement détendue, rêveuse, en agitant doucement les bras dans l'eau. Callie a appris à nager avant de savoir marcher. On avait une piscine dans l'immeuble, à Atlanta. On pouvait se baigner toute l'année. Quand elle sera un peu plus grande, d'ici un an ou deux, je l'emmènerai faire du rafting, avec Clay. Elle est téméraire, ça lui plaira. Tu as déjà fait du rafting ?

– Ouais, j'ai adoré. J'en referai sûrement avec mes parents, quand ils seront là, en août. Je te les présenterai.

Shelby se figea.

– Je veux qu'ils voient par eux-mêmes que je n'exagère pas, ajouta Griff.

– Tu leur as parlé de moi ?

– À ton avis ? répondit-il avec un clin d'œil.

Malgré une légère angoisse, elle s'efforça de paraître enthousiaste.

– Mes parents font généralement une grande fête dans le jardin au mois d'août. Si les tiens sont là à ce moment-là, ils seront les bienvenus.

– Super. Tu as des frissons, tu as froid ?

– Non, pas vraiment.

Elle éprouvait toutefois une drôle de sensation. Soudain mal à l'aise, elle jeta un coup d'œil derrière son épaule.

– Ça m'a fait froid dans le dos, dit-elle en sortant de l'eau et en se dirigeant vers les serviettes.

– Ça t'ennuie de rencontrer mes parents ?

– Non. J'appréhende un peu, mais c'est normal, je suppose. *Brrr !* J'ai la chair de poule, dit-elle en s'enveloppant dans une serviette. C'est bizarre, il ne fait pas froid, pourtant.

– Tu verras, j'ai des parents très cool. Vous vous entendrez bien.

– Sûrement. Rentrons, d'accord ?

Griff s'empara de l'autre serviette et, main dans la main, ils regagnèrent la maison.

Suivis, à leur insu, par une paire de jumelles.

## 28

En acceptant le massage facial proposé par sa mère, Shelby aurait pu se douter que celle-ci profiterait de ce moment d'intimité pour essayer de lui soutirer des confidences. Du reste, elle ne pouvait s'en prendre qu'à elle d'avoir commis l'erreur de parler des parents de Griff.

– Ils reviennent cet été ? Quelle bonne nouvelle ! s'exclama Ada Mae. Je te l'ai dit, nous les avons rencontrés l'an dernier. Ce sont des gens très sympathiques. Sa mère est une femme forte, qui ne rechigne pas à la tâche. Elle a débroussaillé le terrain, tu te rends compte ? Je lui avais apporté un panier de tomates du jardin, elle m'a offert un thé, et nous avons un peu bavardé. Je lui ai montré comment utiliser la sève d'impatiente, si jamais elle était en contact avec du sumac vénéneux. Elle a toujours vécu à Baltimore, elle ne connaît pas bien les plantes.

– Tu lui as apporté des tomates pour te faire inviter.

– Quoi de plus normal entre voisins ? Elle s'appelle Natalie, et elle est des plus aimables. Et elle a épousé un bel homme, Brennan. Griff ressemble énormément à son père. Et tu sais quoi ?

– Quoi donc ?

– Ils sont très attachés à Matt et à Emma Kate. Matt serait leur fils qu'ils ne se comporteraient pas différemment. Voilà qui en dit long sur leur mentalité, n'est-ce pas ? Ils ont une vision large de la famille, c'est bien. Bon... Laissons le masque poser. Pendant ce temps, je vais m'occuper de tes mains et de tes pieds.

Shelby aurait pu refuser, mais personne ne massait les pieds comme Ada Mae.

– Tu as besoin d'une pédicure, ma chérie. Ne me dis pas que tu n'as pas le temps. Les employées du salon se doivent d'être les porte-drapeaux de nos produits et services, tu sais que Granny y tient. Et c'est tellement plus joli, des orteils vernis, en été. Nous avons un très beau bleu glycine, assorti à tes yeux. Tu demanderas à Maybeline ou à Lorilee de te le montrer. Il y en a bien une qui aura cinq minutes pour te faire les ongles, entre deux clientes.

— OK, acquiesça Shelby.

— Tu as une peau superbe, en ce moment. Toi-même, tu es resplendissante. Ça me fait plaisir.

— La cuisine, la maison, le travail, et la joie de voir ma petite fille s'épanouir.

— Plus une vie sexuelle !

Shelby ne put s'empêcher de rire.

— Je ne peux pas dire que ce n'est pas un facteur, concéda-t-elle.

— Tu es encore soucieuse, je le sais, mais ça finira par te passer. Si le FBI n'a pas retrouvé ce Harlow, c'est qu'il est loin. Il a dû partir à l'étranger. En France, peut-être.

Les yeux fermés, les pieds miraculeusement détendus, Shelby esquissa un sourire.

— Pourquoi en France ?

— C'est le premier endroit qui m'est venu à l'esprit. Où qu'il soit, il n'est plus là, c'est l'essentiel, déclara Ada Mae en passant des chaussons aux pieds enduits de crème de sa fille. Une chance aussi que nous soyons débarrassés de ce voyou d'Arlo Kattery. Il en a pris pour au moins cinq ans de prison fermes, paraît-il. Quant à Melody Bunker, j'ai entendu dire qu'en sortant de sa cure, elle irait s'installer à Knoxville, où habite le frère de miss Florence.

— J'ai l'impression que cette histoire ridicule remonte à des années, alors qu'elle ne date que de quelques semaines. Cette fille se prenait pour le centre du monde, mais nous l'avons tous oubliée en moins de temps qu'il ne faut pour le dire.

— Sa sottise aurait pu te causer des torts irréparables.

— Ça n'a pas été le cas.

— Tu es forte, Shelby. Nous sommes fiers de toi.

— Je le sais, vous me le montrez chaque jour.

— Quels sont tes projets, ma chérie ? Je vois bien que tu as une idée derrière la tête.

Une main abandonnée aux bons soins de sa mère, Shelby poussa un soupir de bien-être.

— Je suis une formation professionnelle en ligne.

– J'étais sûre que tu nous cachais quelque chose ! Une formation en quoi ?

– Décoration intérieure. C'est très intéressant, et ça me plaît beaucoup. Par la suite, quand je pourrai me le permettre financièrement, je prendrai aussi des cours de gestion.

– Tu as toujours eu un don pour la déco. Inscris-toi aux cours de gestion. Nous te les paierons.

– Je me les paierai moi-même, maman.

– Nous avons travaillé dur, ton père et moi, pour envoyer tes frères à l'université. Ils ont dû travailler, eux aussi, mais nous avons financé la plus grosse partie de leurs études, ce qui est tout à fait normal. Nous aurions fait la même chose pour toi, mais il se trouve que tu avais choisi une autre voie. Maintenant, si tu veux reprendre tes études, nous t'aiderons. Tu feras la même chose pour Callie, ne me dis pas le contraire.

– Voilà pourquoi je ne voulais rien te dire, soupira Shelby.

– Tu en parleras à ton père, il te dira la même chose que moi. Ce n'est pas comme si tu te reposais sur nous. Tu travailles, tu élèves ta fille et tu… tu désires développer un talent que Dieu t'a donné. Je serais une mère indigne si je ne te donnais pas un coup de pouce.

Shelby souleva les paupières. Ada Mae se tenait au-dessus d'elle, l'expression déterminée et le regard farouche.

– Je t'aime tellement, maman.

– Tu as intérêt. En contrepartie, tu n'auras qu'à m'aider à rafraîchir le séjour. Maintenant que nous avons fait tous ces travaux à l'étage, il me paraît fatigué.

– Tu embobineras papa en lui disant que j'ai besoin de me faire la main.

– Ce ne sera que la vérité, répliqua Ada Mae en enfilant des mitaines aux mains de sa fille, avant d'entreprendre un délicieux massage de sa nuque. Pour en revenir à Griff… Quand ses parents seront là, il faudra que tu passes une soirée chez lui et que tu prépares le dîner. Qu'ils voient quel cordon bleu tu es.

– Maman…

– Je sais que la plupart des femmes n'aiment pas en avoir une autre dans leur cuisine, poursuivit joyeusement Ada Mae, faisant fi des objections de sa fille. Mais Mme Lott sera en visite, et Griff la mettra sans doute encore à contribution. Elle appréciera qu'on lui serve un bon repas après une longue journée de travail. Est-ce que je n'apprécie pas les bons petits plats que tu nous concoctes ?

– Bien sûr que si, mais...
– Tu leur feras cette salade de pâtes que tu nous as faite l'autre jour, avec du poulet mariné et des petits pois frais.
– Maman, le mois d'août est encore loin.
– On y sera vite.
– Le temps file à toute allure, c'est vrai. Emma Kate se fiance cette semaine, alors que j'ai l'impression que Matt l'a demandée en mariage hier. Et il me reste encore des milliers de choses à organiser.
– Tu ne veux vraiment pas que je t'offre une robe de soirée ?

Elles avaient déjà eu cette discussion, et Shelby avait chaleureusement remercié sa mère, mais la dépense lui paraissait superflue.

– Non, maman, c'est gentil, je n'ai pas besoin de robe de soirée. Je ne la porterais qu'une fois, ce serait de l'argent jeté par les fenêtres. Du reste, je ne vais pas arrêter de courir, le soir des fiançailles, à vérifier que tout se passe bien, et à chaperonner miss Bitsy, si je puis dire.
– Dieu sait qu'elle a besoin qu'on la chaperonne, comme tu dis !
– Je serai sur tous les fronts. Une robe longue ne serait vraiment pas pratique.

Shelby avait revendu ses nombreuses robes de cocktail. En acheter une nouvelle lui aurait fait mal au cœur.

– À ton avis, je devrais laisser mes cheveux détachés ou me faire un chignon ? demanda-t-elle, sachant que sa mère embraierait volontiers sur le sujet des coiffures.
– Oh, Granny te fera un joli chignon ! Un chignon flou avec des anglaises. Ce serait dommage de camoufler tes boucles.

Laissant Ada Mae babiller, Shelby referma les yeux et savoura le reste de son soin facial.

Elle avait encore beaucoup à faire, oui, et le temps lui était désormais compté. Échanger des mails, des appels et des textos avec la coordinatrice de l'hôtel se révélait chronophage, la jeune femme n'étant que trop heureuse de traiter avec elle plutôt qu'avec « la maman survoltée » de la future mariée.

Shelby déchiffrait clairement ce non-dit.

Dans l'après-midi, elle fit une ultime mise au point avec la fleuriste et ne manqua pas de rassurer Bitsy quant au bon déroulement des préparatifs.

Cependant, malgré son planning chargé, elle prit un moment, en fin de journée, pour s'asseoir avec sa grand-mère dans le petit patio de l'institut.

– Tu as une mine splendide, ma chérie.

Shelby but une gorgée de thé.

– Maman est une fée.

– Ta mère est une esthéticienne hors pair, mais elle est partie d'une bonne base. Tu as l'air heureuse, ces temps-ci, et il n'y a pas de meilleur soin de beauté. C'est difficile de faire resplendir quelqu'un qui n'a pas le moral.

– J'ai tout pour être heureuse. Callie se porte comme un charme, nous avons un nouveau bébé dans la famille, et ma meilleure amie se marie. Travailler ici m'a rappelé combien j'aime Rendezvous Ridge. Mes concerts au Bootlegger's me procurent une immense satisfaction. Enfin, et surtout, j'ai rencontré un homme formidable. J'ai une chance inouïe, Granny. Les secondes chances arrivent parfois trop tard.

– Tu as su aider la chance.

– Maintenant que je la tiens, je ne la lâcherai plus. Dis-moi, tu auras le temps de me coiffer, samedi ?

– Tu me laisseras te coiffer comme je l'entends ? demanda Viola en regardant sa petite-fille par-dessus son verre de thé glacé.

– Je m'en remets entièrement à la pro.

– Très bien, j'ai déjà ma petite idée. Mais tu voulais me dire autre chose, n'est-ce pas ?

Granny avait toujours lu en elle comme dans un livre ouvert.

– Avec les fiançailles, je suis débordée, en ce moment. Figure-toi que miss Bitsy a failli engager un quatuor à cordes, à la dernière minute... J'ai eu du mal à l'en dissuader, mais j'ai finalement réussi ! Dieu sait ce qu'elle va nous inventer pour le mariage...

– Elle aime sa fille, bénie soit-elle, mais elle a toujours eu de drôles de lubies. Emma Kate doit s'arracher les cheveux. Mais qu'avais-tu donc à me dire, Shelby ?

– J'aurais besoin de ton avis et de tes conseils avisés. Je... Je suis contente de travailler au salon, pas seulement parce que j'avais besoin d'argent, mais parce que ça m'a permis de me réintégrer à Rendezvous. Je t'en serai éternellement reconnaissante.

– Si tu as un autre emploi en vue, je ne t'en voudrai pas le moins du monde. Je me doutais bien que tu trouverais une situation plus intéressante, tôt ou tard.

– Il n'y a encore rien de concret, mais je suis une formation sur Internet, en décoration intérieure.

– Tu as le génie de la déco, comme ta mère a celui des soins esthétiques. J'ai toujours pensé que si tu ne devenais pas chanteuse, tu ferais carrière dans la décoration.

– La musique demande trop de travail. Et je ne me sentirais plus le courage de partir en tournée, de donner des concerts tous les soirs… J'ai laissé passer ma chance, mais, de ce côté-là, je ne chercherai pas à en saisir une seconde.

– La vie est un choix perpétuel.

– Ma fille guide les miens, à présent.

Un sourire approbateur se dessina sur les lèvres de Viola.

– Les enfants sont aussi importants qu'une vocation.

– Je crois que j'ai trouvé la mienne. Cette formation me plaît énormément. Dans un deuxième temps, je m'inscrirai aussi à des cours de gestion.

– Tu penses t'installer à ton compte ?

– En temps voulu, oui, j'aimerais bien. J'ai aidé Gilly à rénover sa chambre, et j'ai donné quelques idées à Emma Kate pour tirer le meilleur parti de son appartement, histoire de m'assurer que j'étais capable d'être à l'écoute des autres, de cerner leurs goûts personnels. Maintenant, maman veut que je l'aide à rafraîchir son séjour. Je ne sais pas ce que papa en pensera…

– En règle générale, les hommes n'aiment pas le changement, déclara Viola avec un clin d'œil complice, mais ils finissent par s'y faire.

À présent libérée de toute réserve – quelle meilleure consultante en création d'entreprise que Viola McNee Donahue ? –, Shelby s'avança sur le bord de sa chaise.

– En parlant d'hommes, je fourmille d'idées pour la maison de Griff. Parfois, je me mords la langue, parce que cette maison est la sienne et qu'il a lui-même beaucoup de goût.

– Quand on est intelligent, l'avis des autres est toujours bon à prendre.

– Il m'écoute, et il tient compte de ce que je lui dis. Mais revenons-en à nos moutons : crois-tu que ce soit une bonne idée de m'installer à mon compte, sachant que je commencerai petit, naturellement, comme toi et Grandpa.

– Seras-tu heureuse ? C'est la seule question à te poser. C'est déjà dur d'aller travailler chaque matin pour un patron lorsqu'on n'aime pas ce que l'on fait ; ça l'est encore plus quand on est seul sur le navire. Si l'on ne trouve pas de plaisir dans son métier, mieux vaut se contenter d'encaisser un salaire tous les mois et laisser les soucis à quelqu'un d'autre.

– Voilà pourquoi je voulais te parler avant de tirer des plans sur la comète. La déco me rendra heureuse, j'en suis persuadée. Si tu savais comme c'était gratifiant de voir la joie de Gilly et d'Emma Kate. Et j'étais hyper fière de moi quand Griff a peint sa chambre de la couleur que je lui avais suggérée. Il a même acheté la petite commode dont je lui avais parlé, que j'avais vue à The Artful Ridge. C'est la preuve, il me semble, que je suis capable de me mettre à la place des autres.

– Alors n'hésite pas, lance-toi.

Avec un long soupir, Shelby se renversa contre le dossier de son siège.

– Ce n'est pas facile de prendre une décision aussi importante... Je croyais que Richard me rendrait heureuse...

– Tu as fait une erreur, c'est tout, et tu en feras sûrement d'autres.

– J'espère en tout cas que je n'en ferai plus jamais d'aussi grosse, soupira Shelby en prenant la main de sa grand-mère. Tu m'aideras, Granny ? Pas financièrement ; sur ce plan, je me débrouillerai. Mais quand je serai prête à franchir le pas, je pourrai te poser les milliers de questions que je me poserai sûrement ?

– Je serais vexée si tu ne me les posais pas. J'ai le sens des affaires, ton grand-père aussi. À ton avis, à qui s'est adressé ton père avant de prendre des parts à la clinique ?

– À vous, bien sûr. Je compte sur toi, Granny.

– Et j'ai confiance en toi. Tiens, regarde qui est là...

– Bonjour, miss Vi ! lança Matt en s'approchant de Viola pour l'embrasser. Excusez ma tenue, on vient juste de terminer notre journée au Bootlegger's.

– Le chantier avance ?

– Plutôt pas mal. L'inspecteur passe demain. Comment vas-tu, Shelby ?

– Bien, je te remercie. Tu veux boire quelque chose de frais ?

Il montra sa bouteille de Gatorade.

– J'ai ce qu'il me faut, merci.

– Un verre avec des glaçons, alors ?

– Les hommes, les vrais, n'ont pas besoin de verre, répondit-il en buvant au goulot. Emma Kate m'a dit que tu voulais me parler, en privé, ajouta-t-il en remuant les sourcils.

– Tout à fait, acquiesça Shelby en riant, mais je ne pensais pas que tu te libérerais aussi vite. Tu as tellement à faire, ces temps-ci !

– Tu ne chômes pas non plus ! J'ai appris que tu nous avais épargné un orchestre à cordes. Tu as ma gratitude éternelle.

– Assieds-toi, prends ma chaise, dit Viola en se levant. Je vais rentrer mes vieux os fatigués à la maison et me préparer un cocktail plus dynamisant que le thé glacé. Tiens-toi bien avec ma petite-fille, Matthew.

– Entendu, madame.

– À demain, Granny. Bises à Grandpa.

– À demain, ma chérie.

Matt s'installa, s'étira les jambes.

– Waouh, ça fait du bien ! soupira-t-il.

– Un homme qui travaille aussi dur que toi devrait se faire masser par Vonnie au moins une fois par semaine.

– Emma Kate n'arrête pas de me répéter que je devrais faire du yoga. Me contorsionner comme un bretzel, laisse tomber. Je préfère encore les massages.

En vérité, il aurait surtout préféré que Shelby aille droit au but, et sans doute le sentit-elle.

– En fait, je voulais attendre que les fiançailles soient passées pour te dire ce que j'ai à te dire. J'étais juste en train d'en parler avec Granny. Pour l'instant, seules elle et maman sont au courant.

– Pas de contretemps de dernière minute ? demanda-t-il, visiblement soulagé.

– Non, ce sera une belle fête, rassure-toi. Je voulais t'annoncer que… je suis une formation de décoratrice d'intérieur.

Et prenant son courage à deux mains, Shelby lui exposa son projet.

– Griff dit que tu as l'œil. On ne peut pas se fier à un homme amoureux, mais j'ai pu le constater par moi-même : pour moins de 200 dollars, notre salon est transformé du tout au tout.

– Il était déjà très joli.

– C'était une super idée d'encadrer les napperons en dentelle de l'arrière-grand-mère d'Emma Kate. Je n'étais pas emballé, au départ, je trouvais ça gnangnan, mais ça rend drôlement bien.

– Oh, c'est fait ?

– Elle est allée les chercher chez l'encadreur hier soir. Et on les a accrochés là où tu l'avais suggéré. Même si ça ne m'avait pas plu – et ça me plaît sincèrement –, Emma Kate était tellement contente que je n'aurais rien dit.

– Je suis heureuse que ça vous plaise à tous les deux.

– Du coup, elle voudrait redécorer les autres pièces, mais je la retiens. On va voir un terrain, dimanche après-midi.

– Vous avez trouvé quelque chose ? Où ?

– À un jet de pierre de chez Griff. Douze mille mètres carrés. Moins grand que le sien, mais au bord du même ruisseau.

– J'adore ce coin, mais je ne pensais pas que vous vouliez vous installer aussi loin du village.

– Emma Kate craint que ce soit un peu trop isolé, mais je suis sûr qu'elle aura le coup de foudre. Donc si tu as des idées de déco à lui souffler, attends au moins que je commence à construire la maison.

– En fait... Je voulais te demander – juste à toi, Matt ; je ne veux pas en parler tout de suite à Griff ni à Emma Kate – si tu penses, une fois que je serai installée à mon compte, que vous pourriez travailler en collaboration avec moi, au besoin. Ou me recommander à vos clients. J'ai deux de mes travaux pratiques sur mon téléphone, dit-elle en tirant son portable de sa poche. L'écran est trop petit pour voir les détails, mais ça te donnera un aperçu de mes modestes talents.

– Tu n'as encore rien dit à Griff ?

– Non, répondit-elle en tendant son téléphone à Matt. Il me dirait oui, parce qu'il ne voudrait pas me dire non. Emma Kate aussi. Ce n'est pas ce que je cherche, ce n'est pas de cette manière que je veux démarrer. Je te donne ma parole que, si tu n'es pas chaud, je ne dirai rien à Griff ni à Emma Kate. Je ne voudrais pas que tu aies le sentiment d'être pris au piège.

Elle retint sa respiration pendant qu'il examinait le premier de ses projets, puis afficha le second à l'écran.

– Vous vous êtes forgé une réputation de gens sérieux, toi et Griff, bien que vous ne soyez pas à Rendezvous depuis très longtemps. Je crois pouvoir vous apporter un plus. En tant que consultante externe.

Il leva les yeux vers elle, puis reporta son attention sur les infographies.

– C'est toi qui as fait ça ?

– Oui. J'ai des topos écrits, aussi.

– C'est grandiose.

– Honnêtement ?

– Si je te le dis. Griff a plus l'œil que moi, en général, pour l'archi intérieure. Tu devrais lui montrer.

– Je ne voudrais pas qu'il se sente obligé...

– Montre-lui, insista Matt. Lui et moi, nous formons une équipe. Nous ne prenons jamais de décision l'un sans l'autre. Cela dit, de mon côté, c'est dans la poche.

– Regarde-moi dans les yeux. Tu es sincère ?

– Je vois notre intérêt avant le tien.

– Merci ! s'écria-t-elle. Je montrerai mes TP à Griff. Créer une entreprise demande des tonnes de démarches qui prendront sûrement un temps fou, mais de savoir que je peux compter sur vous m'ôte déjà un énorme poids.

– Tu ne pourrais pas commencer dès maintenant en free-lance ?

– Je n'ai pas encore terminé ma première session de formation.

– Tansy est en train de rendre Derrick dingue, avec les nuanciers, les catalogues, les plans, etc. Tu pourrais l'aider à faire ses choix. Elle a de bonnes idées, mais légèrement tendance à s'éparpiller. D'autant plus qu'elle doit aussi aménager la chambre du futur bébé.

– Je me ferai une joie de l'aider, si elle le souhaite.

– Cool. Tu indiqueras tes tarifs à Derrick.

– Oh, je ne leur ferai rien payer.

En secouant la tête, Matt lui rendit son téléphone.

– Alors ça, ce n'est pas une bonne idée.

– Pourquoi ?

– Sais-tu combien d'amis et de connaissances nous ont demandé de refaire leur carrelage, leur cuisine, leur terrasse, quand on a démarré, Griff et moi ?

– Non.

– Moi non plus. Trop, en tout cas, beaucoup trop. Crois-en quelqu'un qui est passé par là : à vouloir faire plaisir, on se fait prendre pour un pigeon. Si Tansy te demande des conseils pour la chambre du petit, d'amie à amie, pas de souci. Par contre, s'ils agrandissent le bar-grill, c'est dans l'objectif de gagner plus. Si tu contribues au développement de leur affaire, tu mérites d'être rémunérée.

– Encore faut-il qu'ils veuillent de mes services !

– Je passerai un coup de fil à Derrick. S'il est intéressé, il te le fera savoir. Sur ce, il commence à se faire tard. Je dois te laisser.

– Je pars aussi, déclara Shelby en se levant. Maman et Callie doivent se demander ce que je fabrique. Merci, Matt, dit-elle en l'embrassant chaleureusement. Réserve-moi une danse, samedi soir.

– Promis. Montre tes projets à Griff.

– À la première occasion.

Elle regagna le salon, où il restait encore quelques clientes, deux dans la salle de relaxation se reposant après leur soin, et deux autres venues se faire coiffer en sortant du travail.

Shelby ayant pour sa part terminé sa journée, elle prit son sac, dit au revoir à tout le monde, et se retrouva nez à nez avec Griff sur le pas de la porte.

– Salut, dit-il en l'embrassant.
– Salut !
– J'ai vu que ton monospace était toujours là. Je passais te faire un petit coucou.

Crystal et la shampouineuse, balai en main, se postèrent derrière la vitrine. Crystal porta la main à son cœur lorsque Shelby leur fit signe de retourner à leurs tâches.

– Nous nous donnons en spectacle.

Avec un grand sourire, Griff agita la main en direction des deux jeunes femmes.

– Tu finis tard, aujourd'hui.
– J'ai discuté avec Granny, et j'avais un petit rendez-vous avec Matt.
– Dois-je lui casser la figure ?
– Sûrement pas. Il faudrait que je te parle d'un truc, et je voudrais te montrer quelque chose.
– À propos de la fiesta de samedi ?
– Pas du tout. Si tu venais dîner à la maison ? Maman et papa seront contents de te voir, sans parler de Callie.
– Dîner offert, trois belles rousses et un médecin ? Je serais crétin de refuser. Mais il faut que je passe chez moi me doucher et me changer.
– Tu prendras une douche à la maison. Nous mangerons sans doute dans le jardin, comme il fait beau.
– Dans ce cas, je te suis.
– Je téléphone juste à maman, pour la prévenir que j'arrive avec toi. Qu'elle se mette du rouge à lèvres...

Alors que Shelby sortait son portable de sa poche, celui-ci lui signala la réception d'un message.

– Ta mère ?
– Non. Derrick.

*Oui, s'il te plaît*, disait-il. *Épargne-moi l'enfer de la déco.*

– Je t'expliquerai, dit-elle à Griff en déverrouillant sa portière. Que faisais-tu si tard au village ?
– Je t'attendais.

Cette réponse amena un sourire sur ses lèvres. Du début jusqu'à la fin, la journée ne lui avait donné que matière à sourire.

Tandis que Shelby s'installait au volant, une grosse berline remonta lentement la rue. Elle ne lui jeta qu'un regard distrait, mais probablement n'aurait-elle, de toute façon, pas reconnu l'homme qui la conduisait.

Il avait encore changé d'apparence.

Quand Shelby sortit de la ville, il s'engagea dans les montagnes.

Son plan était maintenant au point, prêt à être mis à exécution. Enfin, il touchait au but. Enfin, il allait bientôt pouvoir jouir du butin de Miami.

## 29

Snickers fit sensation lorsque, le samedi, Griff entra dans le salon de coiffure. Clientes et employées s'agglutinèrent autour du chien avec des « ooh » attendris, qui lui grattant le ventre, qui lui caressant les oreilles, pour sa plus grande joie.

Griff repensa à l'époque de ses vingt ans, quand tous les stratagèmes étaient bons pour aborder les filles.

Il aurait dû louer un chiot.

Bon gré, mal gré, il était venu se faire couper les cheveux, sur ordre d'Emma Kate. Il détestait aller chez le coiffeur, mais elle avait été impérative, voire quelque peu menaçante.

– Ta coupe avait grand besoin d'être rafraîchie, déclara Viola.

Penaud, il rentra la tête dans les épaules.

– C'est ce que m'a dit Emma Kate, mais vous avez tellement de travail...

– Mon fauteuil est libre, regarde. Assieds-toi.

Snickers posa aussitôt son arrière-train par terre, suscitant un nouveau chorus de « ooh » émerveillés.

– Un homme se doit d'avoir une allure soignée pour les fiançailles de son meilleur copain. Allez, assis, comme ton chien.

– Pas trop court, marmonna Griff en s'installant à contrecœur dans le fauteuil.

– T'ai-je déjà ratiboisé ?

– Non, madame.

Elle le drapa d'une cape, s'empara d'un spray et humidifia ses cheveux.

– Tu as de beaux cheveux, Griffin. Ne t'inquiète pas, je ne vais pas te faire une brosse. Toi, tu as dû être traumatisé par le coiffeur quand tu étais petit !

– Il y avait un clown qui me terrorisait. Un clown avec une perruque de dément. Vous avez lu *Ça* de Stephen King ? Ce genre de clown.

– Il n'y a pas de clown ici, d'aucune sorte, assura Viola, amusée, en lui passant une main sur la joue. Tu as aussi besoin d'un bon rasage.

– Ouais, je m'en occuperai tout à l'heure.

– Je te raserai. (Devant son regard affolé, elle lui adressa un sourire dans le miroir.) As-tu déjà été rasé par une femme ?

– Non.

Elle régla la hauteur du fauteuil et s'empara d'une paire de ciseaux.

– Un bonheur, tu verras. Tu ne me demandes pas où est Shelby ?

– Je comptais sur vous pour me le dire.

– Dans la salle de relaxation, avec un groupe de six jeunes dames. D'anciennes copines de fac qui s'offrent un week-end entre filles. C'est beau d'entretenir les vieilles amitiés. Comme entre toi et Matt.

– Ouais.

Tout en taillant mèche après mèche, elle bavardait gaiement de choses et d'autres. Pour le détendre, il le savait. La séance de coupe se déroulait toujours de la même manière, tous les deux mois, quand il se résignait à pousser la porte du salon – ou qu'on l'y contraignait.

Il aimait la regarder travailler – ses gestes précis, adroits, vifs ; la façon dont ses yeux mesuraient la longueur à couper en même temps qu'elle papotait, lançait des ordres ou répondait à des questions.

Elle pouvait participer à cinq ou six conversations à la fois. Ce talent épatait Griff.

– Elle sera superbe, ce soir.

– Shelby ?

Leurs regards se rencontrèrent dans le miroir, Viola sourit.

– Dès qu'elle aura terminé avec notre bande de copines en goguette, elle s'occupera de Callie, et elle reviendra se faire coiffer. J'ai déjà une idée en tête…

– Vous n'allez pas lui lisser les cheveux, j'espère ?

– Sûrement pas ! Mais je ne t'en dirai pas plus, ce sera la surprise. Elle doit être de bonne heure à l'hôtel. Vous ne pourrez pas arriver ensemble. C'est dommage, vous auriez fait une entrée grandiose, tous les deux. Lorilee, peux-tu me passer une serviette chaude, s'il te plaît, pour le rasage de Griff ?

– Bien sûr, miss Vi.

– Vous n'êtes vraiment pas obligée…

– Griffin Lott, comment veux-tu me convaincre de plaquer mon mari, après cinquante ans de vie commune, et de partir avec toi, si tu as peur que je te tranche la gorge ?

Il la laissa donc basculer le fauteuil en arrière, puis lui recouvrir le bas du visage d'une serviette tiède et humide. Force lui était de reconnaître que ce n'était pas désagréable – jusqu'au moment où il entendit Viola affûter la lame.

– J'utilise encore le coupe-chou de mon arrière-grand-père, dit-elle. Pour des raisons purement sentimentales. Il l'avait donné à mon grand-père, et c'est lui qui m'a appris à raser un homme.

Griff sentit très nettement sa pomme d'Adam se contracter.

– Quand avez-vous rasé un homme pour la dernière fois ?

– Je rase Jackson presque toutes les semaines, répondit-elle en se penchant au-dessus de lui. En guise de préliminaires.

Il faillit s'étrangler, elle ôta la serviette.

– Je rasais aussi le maire Haggerty, tous les samedis matin, jusqu'à ce qu'il prenne sa retraite. Il est parti s'installer à Tampa, en Floride. Nous avons une mairesse, maintenant.

Elle versa de l'huile au creux de ses mains, se les frotta l'une contre l'autre, puis les passa sur le visage de Griff.

– Voilà qui assouplira le poil, et qui fera comme un coussin entre ta peau, la crème et la lame. Hum, j'adore ce parfum !

– Je ne crois pas que votre grand-père faisait autant de chichis.

À l'aide d'un blaireau, elle entreprit de lui enduire visage et gorge de mousse.

– Il faut vivre avec son temps. J'ai également un ou deux clients qui aiment se faire raser par mes soins. Les autres vont chez Lester, le barbier. Il n'arrête pas de dire qu'il a l'âge de la retraite. Le jour où il finira par la prendre, j'étendrai mes services aux messieurs.

– Toujours des projets.

– Toujours, c'est ce qui me maintient.

Il jeta un coup d'œil au coupe-chou à manche nacré, puis détourna le regard.

– Il faut procéder par tout petits coups, expliqua-t-elle en joignant le geste à la parole. Dans le sens du poil. Éventuellement, si tu veux être rasé de près, tu repasses ensuite en sens inverse.

Du pouce, elle lui tira la peau au niveau de la mâchoire.

– Tu ne sens presque rien, n'est-ce pas ? Une lame bien aiguisée glisse sur la peau. Si tu as besoin d'appuyer plus, c'est qu'il faut l'affûter.

Elle procédait méthodiquement, dans un torrent de paroles. Et il se sentait parfaitement en confiance, même lorsqu'elle lui rasa la gorge.

– As-tu l'intention d'épouser ma petite-fille, Griffin ?

Il ouvrit les yeux, regarda dans les siens, et y lut de l'amusement.

– Dès qu'elle sera prête.

– Voilà une réponse sensée. Je lui ai appris à raser un homme.

– C'est vrai ?

– Elle manque peut-être de pratique, mais elle a le coup de main. Tiens, quand on parle du loup…

N'osant pas bouger, Griff tourna seulement les yeux. Il entendit Snickers se redresser, la voix de Shelby, son rire.

– Éperdu d'amour, murmura Viola. Tu es éperdument amoureux, Griffin.

– Et chaque jour davantage, ajouta-t-il.

– Ça alors ! s'exclama Shelby. Je ne savais pas que tu te faisais raser.

– C'est une première.

Elle s'approcha et lui passa deux doigts sur la joue gauche.

– Mmm, c'est doux.

– Préliminaires, dit Viola, ce qui fit rire sa petite-fille.

– Voilà qui laisse songeur, n'est-ce pas ? Granny, je suis désolée, mais je dois partir. Je viens de recevoir un SOS : miss Bitsy est à l'hôtel, alors qu'elle avait promis qu'elle n'y mettrait pas les pieds de la journée. Je vais devoir éteindre quelques petits incendies avant qu'elle ne mette le feu aux poudres.

– Vas-y vite. Je t'avais dit de prendre ta journée.

– Je pensais qu'elle avait autre chose à faire : se coiffer, se maquiller, par exemple. J'espère que je n'en aurai pas pour trop longtemps. J'ai promis à Callie et à Chelsea de les emmener à L'Heure du conte. Tracey a besoin de tranquillité pour travailler, et miss Suzannah a rendez-vous chez le dentiste. Je ne peux pas laisser Bitsy sur le dos du personnel de l'hôtel, et je ne voudrais pas décevoir les filles.

– Je m'en occuperai, déclara Griff.

Shelby lui tapota l'épaule avant de s'emparer à la hâte de son sac sous le comptoir.

– Je ne doute pas que tu saches éteindre les incendies, mais…

– Non, je te laisse miss Bitsy. J'emmènerai les petites à L'Heure du conte.

Encore une fois, un chœur de « ooh » admiratifs s'éleva dans le salon.

– Griff, je te parle de deux enfants de quatre ans.

– Je sais.

– Tu n'as pas de travail ?

– Matt ne bosse pas, aujourd'hui. Ils sont allés voir une salle de mariage, avec Emma Kate.

– Quelle salle ?

– Je n'en sais rien. Toujours est-il que j'ai bossé seul jusqu'à maintenant. Mais là, je suis bloqué. J'attends du matos.

– Je suis censée amener les filles chez miss Suzannah aux environs de 15 heures. C'est elle qui les garde, ce soir.

– File à l'hôtel. J'irai chercher les puces, je les emmènerai à L'Heure du conte, et on ira jouer au parc, s'il le faut, en t'attendant. Ou on trouvera comment s'occuper, ne t'inquiète pas. Prends mon camion, je prendrai ton monospace.

– Je ne sais pas si Tracey sera d'accord...

– Mais bien sûr, intervint Viola. C'est une femme intelligente, elle connaît Griff, et elle sait que tu as du pain sur la planche, aujourd'hui.

– Tu as raison, Granny. J'en perds la tête. Merci, Griff. Je fais au plus vite.

– Prends ton temps. Si tu n'es pas là à 15 heures, je donnerai une cloueuse à Callie et une scie sauteuse à Chelsea. Ça les amusera.

– Tu es très réconfortant ! railla Shelby en lui remettant ses clés.

– Les miennes sont dans la poche droite de mon jean.

Elle haussa un sourcil.

– Tu veux que je mette la main dans ta poche ?

– Je n'avais pas pensé à ça en les mettant là, mais ce sera le petit plus du rasage...

Elle glissa une main dans son jean et y attrapa le trousseau.

– Merci encore, dit-elle à Griff en l'embrassant, avec un nouveau « *mmm* ». Priez pour moi, les filles !

Installé sur un pouf, au milieu d'une douzaine de bambins hauts comme trois pommes, Griff sirotait un café frappé tout en écoutant l'histoire d'un garçonnet et d'un jeune dragon à l'aile cassée.

Il connaissait miss Darlene, une institutrice à la retraite qui travaillait à temps partiel à Rendezvous Books. Il lui avait construit une véranda, avec Matt, à l'automne dernier, où elle avait aménagé un joli petit salon de lecture.

Elle possédait un réel talent de conteuse : elle changeait de voix, mimait la joie, la tristesse, l'étonnement ou la colère avec juste ce qu'il fallait d'emphase.

Les enfants étaient suspendus à ses lèvres. Griff lui-même était captivé par les aventures de Thaddeus et de son dragon Grommel.

Au fond de la librairie, un bébé se mit à pleurer. Griff entendit une femme tenter de l'apaiser, marcher de long en large, et les sanglots cessèrent.

Le soleil entrait à flots par la vitrine, par les carreaux de la porte vitrée, dessinant des motifs géométriques sur le vieux parquet de bois.

Les ombres changèrent lorsque la porte s'ouvrit ; le carillon tintinnabula et les motifs géométriques se remirent en place. Un homme traversa la boutique, auquel Griff ne prêta guère attention.

Puis le conte prit fin, et Callie se précipita vers lui.

– Tu as entendu ? L'aile de Grommel a guéri, et Thaddeus va le garder ! J'aimerais bien avoir un dragon !

– Moi aussi, déclara-t-il en prenant Chelsea par la main.

– On peut acheter le livre de Thaddeus et de Grommel ? demanda Callie.

– Bien sûr. Ensuite, on ira manger des glaces et on ira au parc.

Ils achetèrent l'album illustré, et comme il se révéla qu'une suite était déjà parue, ils prirent aussi le deuxième tome, pour chacune des fillettes.

Ils dégustèrent ensuite des cornets de glace à la fraise, qui fondait plus vite qu'elles ne pouvaient les laper. Après leur avoir rincé les mains à la fontaine du parc, il les poursuivit à travers l'aire de jeux.

Quand il se laissa tomber dans l'herbe, feignant la défaite, elles continuèrent de courir en cercle autour de lui, puis Callie tira Chelsea par la main afin de l'entraîner à l'écart et lui chuchota quelque chose à l'oreille.

– Et moi ? lança Griff. On ne me met pas dans la confidence ?

– Chelsea dit que c'est les garçons qui doivent demander.

Il s'installa en tailleur.

– Demander quoi ?

Après de nouvelles messes basses, Callie rejeta la tête en arrière, dans un mouvement très féminin, et s'avança vers lui.

– Oui, ben, si je veux, je peux demander.

– OK.

– Est-ce qu'on va se marier ? Parce que je t'aime. On habitera chez toi, avec maman.

– Waouh. Moi aussi, je t'aime.

– Alors on va se marier, comme Emma Kate et Matt. On habitera tous dans ta maison, avec Snickers, et on sera heureux et on aura beaucoup d'enfants.

Touché, il l'attira contre lui.

– Je vais y réfléchir, dit-il.

– Tu piques pas, aujourd'hui, s'étonna la fillette en lui caressant la joue.

– Non, pas aujourd'hui.

– J'aime bien quand ça gratte.

*Éperdument amoureux*, songea-t-il en l'embrassant.

– Ça reviendra bientôt, assura-t-il.

Dans sa poche, son téléphone vibra.

*Désolée d'avoir été si longue, Incendies éteints. J'arrive.*

Un bras autour de Callie, il répondit :

*On est au parc. On t'attend en fumant des clopes et en buvant des bières.*

Un nouveau texto ne tarda pas à arriver :

*Ne jetez pas les canettes et les mégots n'importe où. Je vous rejoins dans dix minutes.*

Il rempocha son téléphone.

– Ta maman sera bientôt là, Callie.

– Mais on veut jouer avec toi !

– Je dois aller travailler, mais d'abord...

Il se leva, attrapa les deux petites filles tels des ballons de foot et piqua un sprint à travers la pelouse, déchaînant des hurlements de joie, Snickers cavalant derrière eux.

En apercevant l'homme qui était entré dans la librairie pendant L'Heure du conte – ou, tout du moins, il lui sembla que c'était lui –, il serra les fillettes dans une étreinte protectrice.

L'homme se retourna, adressa un signe de la main à quelqu'un que Griff ne voyait pas, puis s'éloigna vers le fond du parc.

Avec des enfants, pensa Griff en les déposant sur le sol, on avait tendance à voir le mal partout.

En coup de vent, Shelby récupéra Callie, Chelsea et sa voiture, puis elle les conduisit chez miss Suzannah. En embrassant sa fille, elle songea avec un petit serrement au cœur que c'était la première fois que celle-ci dormirait en dehors de la maison, sans sa maman.

Elle retourna ensuite au salon, où Granny la coiffa pendant que Crystal la maquillait. Elle aurait préféré se farder elle-même, mais Crystal avait tellement insisté qu'elle n'avait pas pu refuser, de crainte de la vexer. Sa nervosité devait toutefois transparaître, car la jeune femme lui promit de ne pas la transformer en « pot de peinture ».

Cela lui fit incontestablement gagner du temps, de se faire pomponner telle une célébrité, temps qu'elle mit à profit pour échanger quelques textos avec l'hôtel, la fleuriste et Emma Kate.

Et, bien sûr, miss Bitsy.

Viola et Crystal l'avaient placée dos au miroir. Quand elles eurent l'une et l'autre terminé, elles firent pivoter le fauteuil.

Toute appréhension se dissipa.

– Bravo, c'est sublime !

– J'ai ombré tes paupières un peu plus qu'à ton habitude, précisa Crystal, mais ça reste discret et élégant.

– J'ai l'air naturelle, on ne dirait pas que j'ai passé une heure chez l'esthéticienne. Tu es fantastique, Crystal, je ne douterai plus jamais de toi. Et j'adore ma coiffure, Granny. Tu as eu une excellente idée, de retenir les mèches qui s'échappent du chignon avec ce fin bandeau à paillettes.

– Quelques accroche-cœur autour du visage… murmura Viola en peaufinant son œuvre. Et voilà ! On dirait que tu t'es coiffée toi-même, avec grand art !

– Je ne sais pas si ma tenue sera à la hauteur de vos prouesses, mais je ferai de mon mieux. Merci, mille mercis ! dit Shelby en embrassant tour à tour sa grand-mère et sa collègue. Il faut que je file, maintenant. Je veux absolument arriver à l'hôtel avant miss Bitsy. On se voit ce soir. À tout' !

Elle calcula qu'elle aurait la maison pour elle seule pendant au moins une heure avant le retour de sa mère – voire deux, si Ada Mae décidait de se faire coiffer et maquiller au salon.

Une lui suffirait.

Dans la cuisine, elle décapsula une canette de Coca et souffla cinq minutes. Elle avait prévu de mettre sa petite robe noire, un classique chic adapté à toute occasion, mais avec le style grec de la coiffure de Granny, elle pouvait peut-être se permettre une tenue un peu plus recherchée. Du reste, elle avait déjà porté la robe noire trois fois au Bootlegger's.

Elle allait mettre sa robe gris argenté, décida-t-elle en montant à l'étage. La seule robe de soirée rescapée de son ancien dressing était trop tape-à-l'œil pour le bar-grill, mais pour des fiançailles…

Elle la sortit de l'armoire, la plaça devant elle, se posta devant le miroir. Sa ligne fluide se mariait à merveille avec sa coiffure. Du coup, elle ne pouvait pas mettre ses escarpins noirs. Trop austères. Plutôt les nu-pieds bleus à petits talons. Oui, les petits talons seraient plus pratiques. En plus, la robe grise avait des poches. Elle pourrait y glisser son téléphone. Son choix était arrêté.

Elle le compléta par de longs pendants d'oreilles et un trio de fins bracelets qu'elle avait prêtés à Callie pour se déguiser.

Puis elle prépara un sac avec une trousse de toilette et des vêtements pour le lendemain, puisqu'il était convenu qu'elle dormirait chez Griff.

Une heure plus tard, satisfaite de son look, elle remonta dans sa voiture, direction l'hôtel.

Elle y avait passé plus de temps au cours des trois semaines précédentes que durant toute sa vie, mais cela lui donnait toujours le sourire de prendre ce tournant et de voir l'imposante bâtisse de pierre se dessiner derrière les arbres.

Une fois garée, elle remonta l'allée d'ardoise menant à la grande véranda, encadrée de deux grosses jardinières blanches, plantées de bégonias rouges et blancs et de lobélies bleues.

Si Emma Kate et Matt décidaient de fêter leur mariage ici, ces jardinières, imaginait-elle, déborderaient de fleurs jaunes et lavande.

La réceptionniste la salua quand elle traversa le hall d'entrée jusqu'à la salle de réception.

Les tables étaient déjà dressées, et Shelby se félicita de ses choix : les nappes violettes et blanches, les coupes d'hortensias et les photophores carrés étaient du meilleur effet.

Conformément à ses souhaits, on avait mélangé chaises à dossier haut, à dossier bas et tabourets.

La fleuriste s'affairait à disposer des gerbes de roses, de pivoines et de lys blancs sur la terrasse.

– Dites-moi ce que je peux faire pour vous aider, lui demanda Shelby.

Lorsque les futurs mariés arrivèrent, tout était en place, et la lueur qui s'alluma dans les yeux d'Emma Kate récompensa chaque heure de travail, chaque aller-retour, chaque migraine provoquée par miss Bitsy.

– Ne pleure pas, je t'en supplie ! Tu vas me faire pleurer, et nous serons obligées de nous remaquiller. Belles comme nous sommes, ce serait dommage, non ?

– Tout est splendide, exactement tel que je l'imaginais, en mieux ! J'ai l'impression d'être dans un rêve.

Shelby prit la main de son amie, puis celle de Matt, et les unit.

– C'était notre rêve. C'est le vôtre, maintenant. Je vous déclare officiellement fiancés !

– Pourrions-nous te demander une dernière petite faveur ?

Shelby glissa son poing dans sa poche, l'en retira, puis ouvrit la paume.

– Il se trouve qu'il m'en reste une. Comment puis-je vous faire plaisir ?

– Tu connais « Stand by Me », je suppose.

– Bien sûr.

– Tu pourras la chanter ?

– Mais vous avez un groupe !

– Nous voudrions que ce soit toi qui la chantes, dit Emma Kate en prenant la main de son amie entre les siennes. S'il te plaît. Juste cette chanson. Pour nous.

– OK. Je verrai avec le groupe comment on peut s'arranger. Pour le moment, buvons un verre, et je vous montre tout avant que la foule arrive et que vous n'ayez plus une minute.

– Griff ne devrait pas tarder, dit Matt. Ah, le voilà !

– Quelle classe ! s'extasia Shelby en effleurant le revers de son complet gris et en se félicitant d'avoir opté pour la robe grise. Tu es très smart.

– Déesse de la montagne, murmura-t-il. Ta beauté me coupe le souffle.

Il lui prit la main, la porta à ses lèvres, et Shelby sentit son visage s'empourprer – elle qui, dès l'adolescence, comme bien des rousses, avait appris à ne pas rougir.

– Merci, prince charmant. Nous faisons tous les quatre honneur à la salle. Je crois qu'il est l'heure de déboucher la première bouteille de champagne. Viens voir la terrasse, Emma Kate. On a accroché des guirlandes lumineuses dans les arbres en pot. On se croirait dans un conte de fées.

– Des fleurs, des bougies, des lumières féeriques... C'est à la fois magique et sans prétention, commenta Griff tandis qu'ils faisaient le tour des lieux.

– Nous avons échappé aux folies rococo de miss Bitsy, mais j'espère que ça lui plaira. Vous avez vu qu'on annonce de l'orage pour ce soir ? Je n'arrête pas de consulter la météo, ajouta Shelby en tapotant son téléphone dans sa poche. En principe, il ne pleuvra qu'après minuit. Espérons un peu plus tard... Ah, voilà miss Bitsy. Superbe dans sa robe rouge. Laissez-moi aller l'accueillir.

– Tu as besoin de soutien ? s'enquit Griff.

– Plus que jamais, opina-t-elle en lui prenant la main.

Elle dansa avec lui, et ne réalisa que tard dans la soirée qu'elle n'avait pas encore une seule fois pensé aux mondanités auxquelles elle avait accompagné Richard, qui portait le smoking comme une seconde peau.

Seul comptait le moment présent.

Elle dansa avec son père, qui avait retenu quelques-uns des pas appris aux cours de danse de salon où son épouse l'avait presque traîné de force. Avec son grand-père, qui l'entraîna dans des gigues irlandaises endiablées, où elle eut un peu de mal à le suivre. Avec Clay, qui n'avait pas le sens du rythme pour un sou, et avec Forrest, qui en avait hérité la part de son frère.

– Tu as de la chance qu'on t'ait laissé entrer, lui dit-elle. Tu aurais pu mettre un costume !

– J'ai dit à miss Bitsy que j'étais en service, répondit-il dans un gracieux pas de polka.

– C'est vrai ?

– Je me considère comme toujours en service. Et je n'ai pas porté de costard depuis le bal du lycée. J'entends bien poursuivre dans cette veine.

– Nobby est en costume.

– Mais il a juré de ne pas cafter.

– Comment l'as-tu soudoyé ?

– Avec un café et deux pattes d'ours toutes fraîches de chez le boulanger.

En riant, Shelby tournoya avec lui.

– Tu es magnifique, petite sœur.

– Je suis heureuse, grand frère. Tout le monde est heureux, ce soir. Regarde Emma Kate, elle rayonne.

Griff les rejoignit sur la piste de danse.

– Je te la pique, dit-il à Forrest en s'interposant entre eux.

– Je pourrais t'arrêter pour cet outrage, mais je ne dirai rien pour cette fois. Il y a une jolie blonde là-bas qui a l'air de s'ennuyer.

Shelby suivit le regard de son frère.

– Elle s'appelle Heather. Elle travaillait avec Emma Kate à l'hôpital de Baltimore. Elle est célibataire.

– Impeccable.

Tandis que Forrest s'éloignait, Griff prit Shelby dans ses bras.

– La soirée ne pourrait être plus réussie, Red.

Elle l'enlaça, posa sa joue contre la sienne.

– Je suis contente que tout le monde soit content. Même miss Bitsy...

Oh, mince, voilà qu'elle se remet à pleurer. La pauvre, elle retourne se cacher aux toilettes. Je vais la voir. J'espère que je n'en aurai pas pour longtemps, bien qu'une crise de larmes puisse durer vingt minutes... J'apprécierai une goutte de champagne, je pense, après ça.

– Je veille à ce qu'une coupe t'attende.

Elle déposa une bise sur sa joue et traversa la salle, quand son téléphone sonna.

– Miss Suzannah ? Tout se passe bien ?

– Oui, oui. C'est juste que Callie a oublié Fifi. On ne s'en est aperçus qu'à l'heure d'aller au lit. Je lui ai proposé des substituts, mais elle ne peut pas s'endormir sans son Fifi.

– Comment ai-je pu oublier Fifi ?! Je vais aller le chercher et le lui apporter en vitesse. Ce serait trop bête de gâcher sa première vraie soirée pyjama. Je serai chez vous dans un petit quart d'heure.

– Je suis navrée de te déranger. Bill y serait allé, mais je sais que ta maman a fermé toutes les portes à clé.

– Ne vous en faites pas, j'y vais. Dites à Callie que Fifi arrive.

Crystal se rendait elle aussi aux toilettes.

– Je peux te demander un petit service ? Miss Bitsy est en pleurs, trop d'émotions. Tu ne voudrais pas rester avec elle un moment – ou envoyer Granny la consoler ? Callie a oublié sa peluche à la maison, et je dois la lui apporter. Préviens Griff, aussi, si tu le vois, que je serai de retour d'ici une demi-heure.

– Tu veux que j'aille chercher la peluche ?

– Non, tu es gentille ; je n'en aurai pas pour longtemps.

– Oh, attends ! J'ai oublié de te donner ça, au salon : le rouge à lèvres avec lequel je t'ai maquillée.

– Merci, Crystal. Veille à ce que l'ambiance ne s'essouffle pas.

– Compte sur moi !

Tout en se dirigeant rapidement vers le parking, Shelby glissa le tube de gloss dans sa poche droite et son téléphone dans la gauche. Elle se revoyait mettre Fifi dans le sac de Callie. Comment se faisait-il... Mais oui ! Callie avait repris son chien en peluche pour lui expliquer qu'ils dormiraient chez la grand-mère de Chelsea.

*Sur la fenêtre de ma chambre*, se souvint-elle.

Comment mère et fille avaient-elles pu l'abandonner là ? Mystère.

Mais ce n'était pas grave. Fifi retrouverait bientôt sa maîtresse. Et Shelby serait de retour avant qu'on ne s'aperçoive de son absence.

Elle contourna la ville, afin d'éviter les encombrements d'un samedi soir d'été, et parvint chez ses parents en moins de dix minutes.

Se félicitant d'avoir opté pour des talons bas, elle sortit de la voiture en courant. « Stand by Me » était programmé pour la mi-soirée. Elle avait une trentaine de minutes devant elle. Mais pas plus.

Elle monta à la hâte dans sa chambre.

– Te voilà, Fifi. Pardon de t'avoir oublié, dit-elle en prenant la peluche sur le rebord de la fenêtre et en faisant aussitôt demi-tour.

C'est alors qu'il apparut dans l'encadrement de la porte. Le chien lui tomba des mains quand il s'avança vers elle.

– Salut, poupée. Ça faisait un bail qu'on ne s'était pas vus !
– Richard...

Il avait les cheveux bruns, presque noirs, une nuque longue négligée, le visage mangé par une barbe de plusieurs jours. Il portait un tee-shirt de camouflage, un pantalon de treillis et des rangers éculées – une tenue totalement improbable pour un maniaque de l'élégance.

– Je... Je te croyais mort.
– On t'a dit ce que j'ai voulu qu'on te dise. Tu n'as pas mis longtemps, hein, avant d'écarter les cuisses pour un menuisier. M'as-tu pleuré ?
– Je... Je ne comprends pas.
– Tu n'as jamais rien compris à rien. Mais peu importe, viens avec moi.
– Hors de question.

Tranquillement, il porta la main à l'arrière de sa ceinture et en retira un revolver.

– Viens avec moi, répéta-t-il.

Elle le dévisagea d'un air interdit. La scène lui paraissait irréelle.

– Tu vas me tuer ? Pourquoi ? Je n'ai rien qui puisse t'intéresser.
– Plus maintenant, non, répliqua-t-il avec un geste du menton en direction du cadre posé sur la commode, qu'il avait démonté. Je te connais, Shelby. Tu es si simple. Jamais tu ne te serais débarrassée de cette photo de toi et de la gosse. S'ils m'avaient chopé, ils n'auraient rien trouvé sur moi. Merci, ma petite femme chérie, d'avoir veillé sur mon bien le plus précieux.
– Derrière la photo, murmura-t-elle. Qu'y avais-tu caché ?
– La clé du paradis. Je t'expliquerai. Allez, viens.
– Non.
– Je sais où est Callie, dit-il posément. Chez la grand-mère de sa copine Chelsea. Veux-tu que j'aille lui rendre visite ?
– Non ! cria-t-elle, glacée de peur.
– Alors magne-toi, si tu ne veux pas que je te bute et que ta famille découvre ton cadavre. Je n'hésiterai pas, s'il le faut, et la gamine sera la prochaine. À toi de voir, Shelby.

– OK, je viens avec toi. Ne touche pas à Callie, et je te suis.

– Tu as tout intérêt, maugréa-t-il en la poussant hors de la chambre. Tellement prévisible... Tu l'as toujours été, et tu le seras toujours. À l'instant où je t'ai vue, j'ai su que tu étais le pigeon rêvé.

– Tu as ce que tu es venu chercher, maintenant. Pourquoi ne pas t'en contenter et ficher le camp ?

En sortant de la maison, il lui enlaça la taille, le canon du revolver appuyé contre ses côtes.

– J'imagine que je n'aurais pas le temps d'aller bien loin avant que tu ne préviennes ton frangin de flic. Nous allons marcher un peu et prendre ma voiture. Un monospace, Shelby ? Tu me fais honte.

Ce ton, ce mépris... Combien de fois l'avait-elle entendu ?

– Je ne suis rien, pour toi.

Il lui embrassa la tempe, un frisson la parcourut.

– Oh, tu m'as été très utile. Et au début, tu n'étais pas désagréable. Dieu sait que tu en voulais, au lit. Monte dans cette bagnole. Tu conduiras.

– Où allons-nous ?

– Quelque part où nous ne risquerons pas d'être dérangés.

– Pourquoi n'es-tu pas mort ?

– Tu aurais aimé ?

– Oh, oui.

Il la poussa dans la voiture, la força à se glisser derrière le volant.

– Je ne t'ai rien fait. Je me suis toujours soumise à tes quatre volontés, je suis allée avec toi partout où tu voulais. Je t'ai donné un enfant.

– Tu parles d'un cadeau... Démarre, et respecte les limitations de vitesse. Si tu roules trop vite, ou si tu roules trop doucement, je te tire une balle dans le ventre. Tu mourras dans d'atroces souffrances.

– Comment veux-tu que je conduise si je ne sais pas où nous allons ?

– Prends la petite route qui contourne ce trou paumé que tu appelles une ville. Pas d'entourloupe, ou je te zigouille et je vais chercher la môme. L'enjeu est trop gros. Je me suis donné trop de mal et j'ai attendu trop longtemps pour te laisser tout foutre en l'air.

– Je me moque des bijoux et de l'argent. Prends-les et va-t'en.

– Ne t'inquiète pas : lundi à la première heure, j'aurai déguerpi. Si tu ne t'étais pas pointée chez tes vieux, tu n'aurais jamais su que j'étais passé par là. Nous allons nous offrir un petit week-end en tête à tête et je disparaîtrai. Fais ce que je te dis, comme d'habitude, et tu t'en tireras bien.

– On me cherchera.

– On ne te trouvera pas, rétorqua-t-il avec un ricanement mauvais, en enfonçant le revolver entre ses côtes. Pauvre idiote, crois-tu que ces flics de campagne sont plus malins que moi ? Je me suis joué des plus grandes polices du pays. Tourne à droite.

– Ton acolyte Jimmy Harlow est dans le coin. Lui saura peut-être te retrouver.

– Pas de risque, je lui ai réglé son compte. Roule doucement sur ces routes épouvantables. Je ne voudrais pas qu'une balle parte toute seule.

Le ventre noué, Shelby s'efforça de négocier au mieux le virage en épingle à cheveux.

– Pourquoi m'as-tu épousée ?

– J'avais besoin d'une petite femme. Malheureusement, je n'ai jamais rien pu faire de toi. Je t'ai donné du pognon, je t'ai appris à t'habiller correctement, à recevoir, mais tu es restée une indécrottable paysanne. Je ne sais pas comment j'ai fait pour ne pas t'éclater la tronche.

– Tu n'es qu'un voleur et un escroc.

– Tout à fait, ma chérie. Et de haut vol. Toi, par contre, tu n'es qu'une bonne à rien. Prends ce chemin de bouseux, sur la gauche. Ralentis, maintenant.

Il la considérait peut-être comme la dernière des idiotes, mais elle connaissait la région. Et savait parfaitement où ils allaient.

– Que s'est-il passé à Miami ? demanda-t-elle dans l'unique but de continuer à le faire parler, tandis que, discrètement, elle glissait la main gauche dans sa poche.

– Oh, je t'expliquerai, je t'expliquerai tout. Depuis tout ce temps, nous avons des tas de choses à nous dire !

Elle avait conscience qu'il était dangereux de taper un texto en conduisant, de surcroît au bord de la panique. Néanmoins, elle espérait y parvenir.

Car si elle connaissait la région, elle connaissait aussi celui qui l'avait prise en otage. Et elle savait qu'il avait l'intention de la tuer.

## 30

La piste obscure, tortueuse et escarpée lui donna une excuse pour ralentir encore davantage. Elle ne cachait plus sa terreur – à quoi bon fanfaronner ? Du reste, l'aveu de la peur pouvait être une arme. Ou au moins un bouclier.

– Pourquoi n'as-tu pas pris la fuite ? demanda-t-elle, la main dans sa poche, tentant de taper un message cohérent.

– Ce n'est pas mon genre, répondit-il sur un ton suffisant. Tu m'as aidé à consolider ma nouvelle identité, après le coup de Miami. Je me suis vite rendu compte que je ne pourrais jamais t'affranchir, mais pour un temps, tu faisais une parfaite couverture.

– Presque cinq ans…

– Je ne pensais pas te garder aussi longtemps, mais tu es tombée en cloque. Qui se méfierait d'un brave père de famille ? De toute façon, je devais attendre que l'affaire se tasse. Et que Melinda sorte de taule. Elle a négocié une bonne remise de peine – je la croyais à l'ombre pour quelques années de plus, ce qui m'aurait laissé tout le temps d'effacer mes traces. Rendons-lui ce mérite : elle a toujours su me surprendre.

– Tu l'as tuée.

– Impossible, je suis mort, rappelle-toi. Tourne à droite. On est presque arrivés.

Ils étaient en pleine forêt. Il n'y avait là que quelques cabanes de chasseurs, se souvenait Shelby. Tout du moins en était-il ainsi lorsqu'elle avait quitté Rendezvous Ridge.

Elle appuya sur *Envoyer* – elle l'espérait – car elle devait reprendre le volant à deux mains.

– Mais tu n'étais pas mort, et tu l'as tuée.

– Ces imbéciles de flics se figurent que c'est Jimmy. Je suis tranquille. Et lundi matin, je serai riche à millions. Les gros coups demandent de la patience. Celui-ci m'a coûté un peu plus d'un an par million. Mais le jeu en valait la chandelle. Gare-toi à côté de ce pick-up.

– Qui est là ?

– Plus personne, maintenant.

– Bon sang, Richard, à qui appartient ce bungalow ? Qui d'autre as-tu tué ?

– Un vieux pote. Coupe le contact et rends-moi les clés, ordonna-t-il en la menaçant du revolver. Et reste là jusqu'à ce que je te fasse signe. À la moindre connerie, je te loge une balle dans la peau. Et je vais retrouver Callie. Je connais des gens prêts à débourser une fortune pour une jolie petite fille de son âge.

Shelby réprima un haut-le-cœur. Comment pouvait-on être aussi abject…

– C'est ton enfant, ton sang.

– Que veux-tu que ça me fasse ?

La main dans sa poche, elle pianotait frénétiquement.

– Tu n'as aucune morale, mais je ferai tout pour la protéger.

– Alors la suite du week-end devrait bien se passer pour nous deux.

Quand il fut descendu de la voiture, elle songea à verrouiller les portières, le temps seulement de taper un autre message. Mais ça aurait été jouer avec le feu. Mieux valait le laisser croire qu'elle était totalement à sa merci.

Ce qui n'était pas loin de la vérité.

Lorsqu'il revint et lui ordonna de le suivre, elle obéit docilement.

– Voici notre chaumière d'amour, dit-il en allumant une lampe-stylo.

Le mince faisceau révéla un chalet rudimentaire, flanqué d'une galerie délabrée. Deux vieux fauteuils, une table branlante.

Shelby avait beau regarder autour d'elle, elle ne voyait rien qui pût lui servir d'arme.

Il remit la lampe dans sa poche et lui tendit une clé.

– Ouvre.

À nouveau sous la menace du revolver, elle s'exécuta.

Malgré elle, elle frissonna lorsqu'il alluma la lumière – jaune et glauque, dispensée par les ampoules nues d'une vieille roue de chariot suspendue au plafond.

– Elle n'est pas mignonne, cette baraque ? Nous y serons comme chez nous. Assieds-toi.

Comme elle ne bougeait pas, il la poussa vers un fauteuil à carreaux rouges et verts. Elle y prit place, et découvrit des traînées de sang sur le plancher, jusqu'à une porte fermée.

– Ouais, tu me nettoieras ça, et ensuite je te filerai une pelle. Tu enterreras ce crétin de Jimmy. Ça m'évitera de me salir les mains.

– Tous ces meurtres pour de l'argent ?

– Un paquet d'argent.

Une lueur brillait dans les yeux de Richard, cette lueur qui l'avait séduite, quelques années plus tôt, et qu'elle voyait à présent pour ce qu'elle était : de la cruauté à peine déguisée.

– Un paquet d'argent, répéta-t-il, et le frisson. Le frisson de savoir que tu es le plus fort, que tout ce que tu veux est à toi.

– Même ce qui appartient aux autres.

– Surtout ce qui appartient aux autres, bécasse. Voilà ce qui m'excite. Je vais me chercher une bière. Tu veux boire quelque chose, ma chérie ? demanda-t-il, mielleux.

Elle ne répondit pas. Il gagna la petite kitchenette ouverte.

Persuadé qu'elle était tétanisée, pensa-t-elle, il n'avait pas pris la peine de la ligoter. Elle garda les mains entrecroisées sur ses genoux, les articulations blanchies, autant de rage que de frayeur à présent.

Une lampe était posée sur une table, en forme d'ours étreignant un tronc d'arbre. Elle paraissait lourde...

Et il devait y avoir des couteaux dans la cuisine.

La Winchester au-dessus de la cheminée n'était sûrement pas chargée. Quoique...

« William C. Bounty » était gravé sur la crosse.

Elle dénoua ses doigts, glissa lentement une main vers sa poche, mais s'immobilisa lorsque Richard revint s'asseoir en face d'elle.

– On n'est pas bien, ici ?

– Comment as-tu survécu à l'accident de bateau ?

– Je suis un as de la survie. Melinda devait sortir de prison. Je ne pensais pas que Jimmy me jouerait un sale tour. Je le croyais loyal. En revanche, je me doutais que Mel risquait de poser un problème. Elle a toujours été une chienne enragée. Il fallait que je m'occupe d'elle avant de récupérer le magot.

Il se renversa contre le dossier de son siège, apparemment détendu.

– Je n'ai pas arrêté de cogiter pendant cinq ans, mon plan était au point... Des petites vacances en famille, la tragédie... Et à moi la belle vie.

– Nous serions parties avec toi si Callie n'était pas tombée malade, murmura Shelby, horrifiée. Tu nous aurais tuées. Tu aurais tué ta propre fille.

– Le voyage de rêve tourne au cauchemar. Ce sont des choses qui arrivent.

– Tu ne t'en serais pas tiré comme ça. Si la police ne t'avait pas arrêté, ma famille t'aurait rattrapé.

– Pas si j'étais mort en voulant te sauver. Tout le monde y aurait cru. Pendant deux ou trois jours, nous aurions donné l'image d'un couple heureux, amoureux. Les gens croient ce qu'ils voient. Une petite famille idyllique, une jolie petite fille. Nous serions partis pour une excursion en mer. Je t'aurais fait boire du vin, j'aurais attendu le soir.

Sourire aux lèvres, il but une gorgée de bière.

– J'aurais jeté la môme par-dessus bord, et il y a gros à parier que tu aurais sauté à l'eau.

– Tu es un monstre.

– Je suis un gagnant. J'aurais coulé le bateau. Avec du matos de plongée, une tenue sèche et mes nouveaux papiers d'identité dans une poche waterproof, j'aurais regagné Hilton Head en quelques heures. C'est d'ailleurs ce que j'ai fait.

– En pleine tempête ?

– Un avantage inespéré.

– Tu aurais pu y rester. Pourquoi risquer la mort ?

– Tu ne comprendras jamais, rétorqua-t-il, penché vers elle, toujours ce même éclat malsain dans le regard. Pour le frisson, l'adrénaline. Il m'a suffi de planquer mes bouteilles d'oxygène, de prendre un taxi et de récupérer la bagnole qui m'attendait sur le parking de l'aéroport. Manque de bol, j'ai eu un petit contretemps à Philadelphie. Impossible de remettre la main sur la clé de mon coffre. Heureusement que j'en avais un autre à Savannah. Où était cette maudite clé, Shelby ? demanda-t-il en portant sa canette à ses lèvres.

– Dans la poche du blouson en cuir que je t'avais offert pour ton anniversaire il y a deux ans. La doublure était déchirée.

– Putain de bordel de merde ! maugréa-t-il avec un demi-rire, en secouant la tête d'un air blasé, comme s'il avait manqué un putt sur le green. Cette fichue clé m'aurait bien simplifié les choses. Enfin, bref... As-tu joué la veuve éplorée ?

– Non. J'étais contente d'être débarrassée de toi.

En riant, il lui porta un toast.

– Ton retour chez les bouseux a ravivé ton culot... Voyons voir si un peu de ménage te rabattra le clapet.

Là-dessus, il retourna dans la cuisine, y prit une bouteille de Javel et une brosse.

– Tu veux que je nettoie le sang ? demanda-t-elle en se levant.

– Et que ça saute, si tu ne veux pas aussi nettoyer le tien.

– Je ne peux pas...

Du revers de la main, il la gifla si violemment qu'elle retomba dans le fauteuil.

Elle ne s'attendait pas à ce geste, pourtant prévisible, maintenant qu'elle le connaissait, maintenant qu'il lui avait révélé sa face la plus laide. Mais jamais il ne l'avait frappée.

– Ah ! Il y avait des années que ça me démangeait !

Le plaisir vicieux qui se lisait sur ses traits lui glaça le sang. Quand il s'avança vers elle, elle leva une main tremblante – de rage, croissante, plus que de frayeur. Néanmoins, elle ne laissa paraître que de la peur.

– Je voulais juste dire que j'ai besoin d'un seau. D'un seau d'eau et d'une serpillière. Je ne pourrais pas nettoyer correctement avec seulement une brosse et de la Javel. C'est tout. Je t'en supplie, ne me fais pas de mal.

– Pourquoi as-tu dit « non », connasse ?

Elle baissa la tête, et le simple fait de penser qu'elle pourrait ne plus jamais revoir Callie, sa famille, Griff lui fit monter les larmes aux yeux.

– Ne commence pas à pleurnicher, ou je te file une vraie trempe. Trouve un seau quelque part. Au moindre geste suspect, ce sera ton propre sang que tu essuieras.

Shelby fit le tour de la cuisine. Pas de bloc à couteaux, mais il y avait forcément une lame dans un tiroir. Une poêle en fonte posée sur le poêle, ainsi qu'une cafetière. Il suffirait de la remplir de café brûlant...

Dans un placard sous l'évier, elle trouva un balai, une serpillière, un seau. De la corde, des vieilles chaînes, une recharge de gaz à briquet, de l'insecticide.

L'insecticide aurait pu remplir le même office que le gaz lacrymogène resté dans son sac à main, dans le monospace, mais Richard se tenait à côté d'elle, la dominant de toute sa hauteur.

Elle se contenta donc de remplir le seau d'eau chaude, puis le versa sur le sol maculé de sang.

– J'ai besoin d'aller aux toilettes.
– Retiens-toi.
– Je ferai tout ce que tu voudras, Richard, je te le promets, mais laisse-moi aller aux toilettes, s'il te plaît.

Les yeux plissés, il scruta son visage. Elle baissa la tête.
– OK, mais la porte reste ouverte.
– Ne me regarde pas, alors.

Elle pénétra dans la minuscule salle de bains – des rasoirs, peut-être, dans l'armoire à pharmacie rouillée ? La fenêtre était trop étroite pour qu'elle puisse s'y faufiler.

– Ne me regarde pas, sanglota-t-elle en abaissant la lunette des WC. La porte est ouverte, tu es juste là. Que veux-tu que je fasse ? Pour l'amour de Dieu, retourne-toi.

Il s'appuya contre le chambranle et leva les yeux au plafond.
– Que de manières pour une fille de la campagne !

Ravalant sa fierté, elle remonta sa robe, baissa sa culotte. Et glissa une main dans sa poche.

*Mon Dieu, si vous m'entendez, aidez-moi !* pria-t-elle.

Quand elle se redressa, elle avait le visage en feu.
– Si tu te voyais… ricana-t-il. Toute rouge, transpirante, des cheveux où un rat ne nicherait pas… Comment ai-je fait pour me maquer avec toi ?!

Elle trempa la serpillière dans le seau, l'essora, puis entreprit de frotter la plus grosse des taches de sang.

– Et c'est comme ça que tu me remercies ? En pleurnichant ? Ce que tu peux être faible… Tu crois que cet abruti que tu t'es dégoté restera longtemps avec toi ?

– Il m'aime.

De le dire, de le savoir raffermit son courage.
– Il n'aime que ton cul. Ça le fait bander quand tu trempes ton petit cul dans les ruisseaux ?

Elle se figea, leva lentement les yeux.
– Tu nous as espionnés ?
– J'aurais pu vous dégommer comme des lapins, dit-il en pointant son revolver vers sa tête. *Pow ! Pow !* Mais je voulais mettre ça sur le compte de Jimmy.

– Je croyais que tu l'avais tué.
– J'ai été obligé de modifier mes plans. Ne t'inquiète pas, j'ai couvert mes arrières, comme toujours. Allez, mets-y de l'huile de coude, Shelby.

Feignant la soumission, elle continua de frotter le sol, mais son cerveau tournait à plein régime.

À bavarder travaux avec Derrick, Griff n'avait pas vu le temps passer. Il tenait la coupe de champagne promise à Shelby, mais celle-ci n'était nulle part en vue. Bitsy était revenue des toilettes. Les yeux rougis, elle dansait avec son futur gendre.

Shelby devait probablement gérer une autre petite crise, pensa-t-il. Néanmoins, il se mit à sa recherche.

– Griff ! l'interpella Crystal. Oh, du champagne ! Merci, c'est gentil, dit-elle en lui prenant la coupe des mains. Dieu sait que j'ai grand besoin d'un remontant ! J'ai cru qu'on n'arriverait jamais à consoler miss Bitsy. Elle a pleuré des torrents !

– Shelby n'est pas avec toi ?

– Non, c'est pour ça que je te cherchais, justement. Quelle ambiance ! Callie avait oublié Fifi, Shelby est partie le lui apporter. Elle ne devrait pas tarder à revenir.

– À quelle heure est-elle partie ?

– Je ne sais pas... Il y a une vingtaine de minutes... Difficile de dire combien de temps je suis restée avec Bitsy et sa sœur Sugar, qui pleurait comme une Madeleine, elle aussi !

Les circonstances étant ce qu'elles étaient, saisi d'une angoisse sourde, Griff s'empara de son téléphone et découvrit qu'il venait de recevoir un SMS.

– C'est elle.

– Eh bien, voilà ! minauda Crystal en lui tapotant le bras. Elle te prévient qu'elle est sur le chemin du retour. Il n'y avait pas de quoi s'affoler.

Il afficha le texto, et le monde bascula.

– Où est Forrest ?

– Forrest ? Je viens de le voir, qui draguait une jolie blonde. Je...

Mais Griff s'éloignait déjà à travers la piste de danse, ignorant les apostrophes des uns et des autres. Dès que Forrest le vit, il quitta la blonde abruptement.

– Que se passe-t-il ?

– Elle a des ennuis, répondit Griff en lui montrant son téléphone.

*richard vivt arm m frce coduir durango noir oest bb*
*road imm ky 529kpe*

– Oh, punaise !

– Où se trouve BB Road ?

– Black Bear Road, je suppose. Attends… (Forrest retint Griff par le bras.) Tu ne vas pas partir tout seul comme un fou.

– Hors de question de la laisser aux mains de ce psychopathe.

– Va chercher Nobby, il est au bar. J'appelle le shérif.

– Il faut la retrouver.

– Je ne te dis pas le contraire, mais mettons toutes les chances de notre côté. Va chercher Nobby.

Ils entraînèrent Nobby à l'extérieur, embarquant au passage Clay et Matt.

– Procédons avec méthode, déclara Forrest. Formez des équipes de deux. Le shérif déploie des hommes dans le secteur ouest. Il y a des chances qu'il reste sur les petites routes. Clay, regarde…

Une main sur l'épaule de Griff, Clay se pencha au-dessus de la carte que son frère affichait sur son smartphone.

– Nobby et toi, vous allez couvrir cette zone, là. Notez le numéro d'immatriculation, il s'agit apparemment d'un Durango noir. Matt, tu es sûr de vouloir y aller ?

– Évidemment.

– Alors tu rejoins le shérif au village, il…

– Que se passe-t-il ? demanda Viola en apparaissant sur le seuil de l'hôtel. Oh, mon Dieu… Qu'est-il arrivé ? Où est Shelby ?

Voyant Forrest hésitant, Griff prit la parole.

– Richard est en vie, il l'a prise en otage. Nous partons à sa recherche.

Viola blêmit, mais ses yeux bleus lancèrent des flammes.

– Si vous formez une troupe, nous en sommes, ton grand-père et moi.

– Granny…

– Ne me donne pas du « Granny », rétorqua-t-elle sèchement à Forrest. Qui t'a appris à tirer ?

– Allons-y, les coupa Griff. Nous avons perdu assez de temps.

– Nobby, tu fais équipe avec Clay, OK ? Je pars avec Griff.

– Et Callie ? s'inquiéta Viola.

– Pas de souci de ce côté-là, Griff s'en est assuré, et nous avons un gars en faction devant chez Suzannah, la rassura Forrest.

D'une malle en fer qui se trouvait dans son pick-up, il sortit un fusil et une boîte de munitions.

– Je t'ai déjà vu tirer, dit-il à Griff. Je sais que tu es capable de manier un Remington.

Bien qu'il n'eût jamais tiré que sur des cibles, Griff ne protesta pas. Forrest monta dans la cabine et retira son colt favori de la boîte à gants.

– On va la retrouver, promit-il à Griff.
– Pas en restant là.

Forrest mit le contact et démarra sur les chapeaux de roues.

– Je compte sur toi pour garder la tête froide. N'utilise pas ta ligne, au cas où elle enverrait un autre message. Prends mon téléphone pour communiquer avec les autres. Le shérif a prévenu les fédéraux, ils sont mieux équipés que nous, et ils ont l'habitude de ce genre d'intervention. Shelby a laissé son téléphone allumé, ils vont le localiser.

– Il devait la guetter, ou être chez vos parents quand elle y est allée.
– On le saura quand on l'aura retrouvée.
– C'est lui qui a dû tuer la brune.
– Il y a des chances, bougonna Forrest, le visage de marbre, le pied au plancher.
– Je l'ai vu, je crois, quand j'étais à la librairie avec Callie, et ensuite au parc. Un type louche, en tout cas.
– Concentrons-nous sur le factuel.

Le factuel emplissait Griff d'une frayeur sans nom.

– Il doit avoir un endroit où l'emmener. Shelby a toujours dit qu'il ne faisait jamais rien sans raison.
– On va la retrouver. Saine et sauve.

Avant que Griff ait pu répondre, son téléphone vibra.

– C'est elle. Purée, elle a des nerfs d'acier.

Ballotté par les tournants, il s'efforça de déchiffrer le message, pour le moins confus.

– Old Hester Road. Je pense que c'est ça...
– Odd Hester. Un vieux camping au fond des bois, et quelques bungalows, un coin où chasser le cerf. Transmets l'info à Nobby.
– Que lui veut-il, bon sang ?!
– Quoi qu'il veuille, il n'aura rien.
– C'est loin d'ici, ce coin ?
– Un peu, mais on y sera vite. Transmets aussi l'info aux autres.

Griff tapa des textos à la hâte, et dénoua sa cravate.

Il ne voulait pas perdre Shelby. Il ne la perdrait pas. Et Callie ne perdrait pas sa maman.

Furtivement, il jeta un coup d'œil au fusil posé en travers de ses genoux. Il était prêt à tout.

– Nouveau texto : *Piste de terre après Mulberry Stand. Bungalow isolé. Camion.* Il y avait déjà un camion devant le bungalow.
– Il a peut-être d'autres otages. À moins que ce ne soit son ancien partenaire. Préviens les autres.

Griff se demandait comment Forrest parvenait à rouler aussi vite dans des virages aussi serrés. Plus d'une fois, ils dérapèrent et mordirent le bas-côté.

Néanmoins, ils n'étaient pas encore assez rapides.

– Un message... Willm... William, je suppose – William Bunty.

– Bounty, rectifia Forrest. Je sais où c'est. Même avec leur matos high-tech, les feds ne nous auraient pas mieux guidés.

– C'est loin ?

– Dix minutes.

– Accélère.

Les mains glacées, Griff entreprit de charger le fusil.

Shelby vida le seau deux fois, le remplit de nouveau.

À quatre pattes sur le vieux plancher de bois, elle avait beau frotter, les taches persistaient.

– Voilà le genre de boulot pour lequel tu es faite.

– Il n'y a pas de sot métier.

– Grâce à moi, tu as connu la belle vie pendant quelque temps. J'espère que tu m'en es reconnaissante, dit-il en la poussant du pied.

– Je te suis reconnaissante de m'avoir donné Callie. Tu avais l'intention de les tuer dès le départ, tes complices, la femme avec qui tu vivais. Elle m'a dit que vous étiez mariés. C'est vrai ?

– Je n'étais pas plus marié avec elle qu'avec toi. Je ne sais pas comment elle a pu s'imaginer que je l'aurais épousée. Les femmes sont décidément d'incorrigibles sentimentales. Mais elle était intelligente, et elle avait la gnaque. Elle me croyait mort, mais elle n'a pas lâché l'affaire. C'est qu'elle aimait le fric, elle aussi. Et elle a bien failli rafler le magot. Je l'ai rattrapée dans ce troquet où tu chantais pour une bande de péquenauds.

Tandis que Shelby récurait, il marchait en cercle autour d'elle.

– Je t'ai épargné une vie d'humiliations. Comment pouvais-tu croire que tu ferais quelque chose de cette voix médiocre ? Mais pour en revenir à Mel... La tête qu'elle a faite quand elle m'a vu... Impayable ! Non, en vérité, elle n'était pas très futée, sinon elle n'aurait pas baissé sa vitre. « Jake, qu'elle m'a dit, j'aurais pu m'en douter. » Ses derniers mots. Évidemment qu'elle aurait pu s'en douter !

– Elle t'aimait.

– Tu vois où l'amour te mène ? railla-t-il.

– Il me faut plus de Javel. Il y en a une autre bouteille ?

– Il t'en reste plein.

Elle se redressa en position accroupie, puis se releva lentement, le seau à la main, rempli de chlore presque pur, rosi par le sang.

– Oui, mais il faudrait...

Et le lui jeta à la figure.

Il poussa un hurlement de douleur. Elle lui envoya un coup de pied dans l'entrejambe. Sur le sol mouillé, elle faillit glisser, mais parvint à se rattraper et tenta de s'emparer du revolver.

Il serrait la crosse fermement. Un coup partit, assourdissant. Il lui empoigna les cheveux. Les oreilles bourdonnantes, le crâne en feu, elle planta son coude dans ses organes génitaux. Fou de rage, il la projeta au sol.

– Salope, putain de salope ! grogna-t-il.

Elle roula sur elle-même, espérant de tout son cœur l'avoir au moins partiellement aveuglé. En désespoir de cause, elle ôta l'une de ses chaussures et la jeta de l'autre côté de la pièce, en priant pour qu'il suive le son.

Les yeux injectés de sang, il s'avança vers elle à tâtons.

– Je ne me contenterai pas de te tuer, tu vas souffrir, proféra-t-il.

De sa main libre, il se frotta l'œil gauche, ne faisant qu'aggraver les lésions ; elle le savait et s'en réjouissait.

– Pour commencer, je vais te faire sauter la rotule.

Elle se recroquevilla sur elle-même, puis bondit en arrière lorsque la porte à laquelle menaient les traînées de sang s'ouvrit brusquement.

Richard fit volte-face, les yeux révulsés, sanguinolents. Un homme bâti comme une montagne s'abattit sur lui.

Des sons horribles, des grognements, des râles, des coups de poing, des craquements d'os. Mais seul comptait le bruit que fit le revolver en tombant au sol.

Shelby se rua dessus, faillit le manquer, mais agrippa la crosse entre ses mains mouillées et se redressa sur les genoux.

Le colosse était en sang, à bout de forces. Richard le tenait à la gorge.

– Je te croyais mort, Jimmy.

*Moi aussi, je te croyais mort, Richard,* pensa-t-elle, et, sur un ton calme et froid, elle prononça son prénom :

– Richard.

Il tourna la tête vers elle. Que voyait-il, à travers ses yeux brûlés ? se demanda-t-elle. La Vengeance, elle espérait qu'il voyait la Vengeance.

Les dents serrées, il émit un petit ricanement.

– Tu n'auras pas les tripes.

Et il se jeta sur elle.

Ils arrivaient au bungalow lorsque les premiers coups de feu éclatèrent. Forrest écrasa la pédale de frein, les pneus du pick-up chassèrent sur le gravier. D'autres détonations retentirent.

– Vas-y vite ! cria-t-il tandis qu'ils sautaient tous les deux au bas de la cabine. S'il est encore debout, plaque-le au sol.

Ils parvinrent à la porte ensemble. Griff la poussa d'un coup d'épaule, le fusil en joue.

Mais Richard était déjà à terre.

À genoux, Shelby brandissait un revolver à bout de bras, serré entre ses deux mains. Du sang coulait sur son visage. Sa robe déchirée laissait voir une épaule marbrée d'ecchymoses.

Le regard féroce, les cheveux emmêlés en une cascade flamboyante, jamais elle n'avait paru et jamais elle ne paraîtrait plus belle aux yeux de Griff.

Elle braqua son arme dans leur direction. Il vit ses bras trembler, puis elle les abaissa.

– Je crois qu'il est mort, cette fois. Je crois que je l'ai tué. Je crois qu'il est vraiment mort, maintenant.

Griff donna son fusil à Forrest. Et son cœur se remit à battre à tout rompre lorsqu'il referma les bras autour de Shelby.

– Mon amour... Tu es vivante, mon amour.
– Ne me lâche pas.
– Jamais.

Il ne s'écarta d'elle que pour ôter le revolver d'entre ses doigts crispés.

– Il t'a blessée.
– Il aurait pu me faire beaucoup plus de mal. Où est Callie ?
– Chez miss Suzannah, elle dort, elle va bien.
– Il m'a dit qu'il la tuerait si je refusais de le suivre. Je n'avais pas le choix.

Elle se tourna vers Forrest, qui tâtait le pouls de Richard, trois doigts au creux de sa gorge.

– Tu as fait ce que tu devais faire, lui assura-t-il.
– Il est mort ?
– Il respire encore. L'autre aussi. Mais ils sont dans un sale état. Les médecins et Dieu décideront de leur sort.
– Il croyait avoir tué Jimmy, mais il n'était pas mort. Je lui ai jeté de la Javel dans les yeux, et je lui ai donné un coup de pied dans les parties. Mais j'ai glissé, et il m'a empoignée par les cheveux. Il allait me tuer, mais l'autre a surgi comme un démon de l'enfer. J'ai réussi

à prendre le revolver. Jimmy n'avait plus de forces, il se vidait de son sang. Richard voulait l'étrangler. J'ai prononcé son nom. J'ai dit : « Richard », et il m'a regardée. Je ne sais pas comment j'ai pu croire que je pouvais avoir de l'influence sur lui. Il me considérait comme une moins que rien. Il me prenait pour une faible, une idiote, une lâche. Il m'a dit que je n'aurais pas le cran de tirer, et il s'est jeté sur moi. J'ai tiré, trois fois. Il n'est tombé qu'à la troisième balle.

– Tu as fait ce qu'il fallait faire, répéta Forrest en s'accroupissant face à elle.

Dans les yeux de Shelby, l'éclat féroce se noya soudain dans les larmes.

– Tu n'as plus qu'à le retirer, bredouilla-t-elle.

– Retirer quoi, petite sœur ?

– Ce que tu as dit : que je ne savais pas tirer.

Les genoux tremblants, Forrest appuya son front contre le sien.

– Je le retire. Emmène-la, Griff. Je gère la suite.

– Je vais bien, protesta-t-elle.

Plutôt que de discuter, Griff la souleva dans ses bras.

– Tu es venu à mon secours, murmura-t-elle en lui effleurant la joue. Je le savais. Je n'étais pas sûre d'avoir envoyé les textos, mais j'étais certaine que s'ils te parvenaient, tu viendrais. Tu es mon sauveur.

– Tu l'avais déjà mis hors d'état de nuire.

– Il y a quelqu'un ! s'écria-t-elle en s'agrippant à ses épaules. Des phares… Il y a une voiture qui arrive !

– Les renforts, ne t'inquiète pas, la rassura-t-il, le visage enfoui dans ses cheveux. Le shérif a déployé tous ses hommes et appelé le FBI.

– Ouf, soupira-t-elle. Tu peux m'emmener voir Callie ? Je ne la réveillerai pas, je ne veux pas qu'elle me voie dans cet état, mais j'ai besoin de la voir. Oh, mon Dieu ! Grandpa et Granny… Lâche-moi, ou ils vont s'imaginer le pire.

Il la déposa sur le sol, mais garda un bras autour de sa taille. En la sentant frissonner, il enleva sa veste et lui en drapa les épaules.

– Tout va bien, affirma Shelby à ses grands-parents. Je n'ai pas mal, je…

Le reste se perdit contre le torse de son grand-père, secoué de sanglots étouffés. Elle pleura avec lui, tandis qu'arrivait une cohorte de véhicules officiels.

– Où est cette ordure ? demanda Jackson.

– À l'intérieur, je lui ai logé trois balles dans le corps, mais il n'est pas mort… toujours pas.

Jackson lui encadra le visage de ses mains, embrassa ses joues ruisselantes. Viola le poussa pour prendre sa petite-fille dans ses bras.

– Tu as été très forte, ma chérie. Tu as toujours été forte. Nous allons te ramener à la maison et… Griff va te ramener à la maison, se corrigea-t-elle. Ton père et ta mère sont chez Suzannnah, avec Callie. Elle dort, ne te fais pas de souci pour elle. Ils ont besoin d'entendre ta voix.

– Je les appelle tout de suite. J'avais mon téléphone dans ma poche. Il ne le savait pas. Son erreur a été de me sous-estimer. Shérif…

Un léger vertige s'empara d'elle, et sa vision se brouilla lorsque Hardigan s'avança vers elle.

– Il voulait me tuer, j'ai tiré la première.

– Racontez-moi ce qui s'est passé.

– Elle a tout expliqué à Forrest, intervint Griff. Elle voudrait voir sa fille.

– C'est lui qui vous a fait ça ? demanda Hardigan en désignant la joue meurtrie de Shelby.

– Oui. Il ne m'avait jamais frappée. Dieu merci, il ne me touchera plus.

– Rentrez chez vous, mon petit. Je vous entendrai demain.

Pour autant, ils ne purent pas prendre congé. Clay arriva, il souleva sa sœur de terre et la maintint devant lui comme s'il ne voulait plus jamais la lâcher. Puis Matt, après l'avoir embrassée, lui colla son téléphone dans les mains afin qu'elle parle à Emma Kate. Rapidement, toutefois, Griff coupa court aux effusions.

– Informe Forrest que je prends son pick-up, dit-il à Matt.

Il roula quelques centaines de mètres, loin du bungalow, du sang, des gyrophares, puis s'arrêta à l'embranchement de la route. Et prit Shelby dans ses bras.

– J'ai besoin d'une minute.

Contre lui, elle osa enfin se relâcher.

– Prends toutes les minutes que tu veux. Oh, mince ! J'ai oublié de leur dire… Richard a une clé sur lui. Elle était cachée dans le cadre, derrière la photo de Callie et de moi que je lui avais offerte. Si j'ai bien compris, il avait un coffre dans l'une des banques de Rendezvous Ridge. Il y avait planqué les bijoux et les timbres, je suppose… Tu te rends compte ? Ils étaient juste là…

Les yeux fermés, Griff respira le parfum de ses cheveux.

– Qui aurait eu l'idée de les chercher ici ?

– Il était malin… Il faut que je le dise au shérif.

– Ça attendra demain. Ça a attendu cinq ans. Ça peut attendre une nuit de plus.

– Une nuit de plus... J'ai envie d'une douche chaude et d'une bombonne d'eau fraîche. Et de brûler cette robe. Mais avant tout, je veux voir Callie.

– Bien sûr.

– Sais-tu comment retourner à Rendezvous ?

– Absolument pas. Je n'ai aucune idée de l'endroit où nous sommes.

– Ce n'est pas grave, dit-elle en lui prenant la main. Je t'indiquerai la route.

# ÉPILOGUE

Shelby dormit longtemps, d'un sommeil profond, apaisée par l'image de sa fille endormie, par les mille attentions de sa mère, par l'examen médical pratiqué par son père.

Le soleil était déjà haut quand elle se réveilla. Derrière la fenêtre, le paysage qu'elle aimait tant resplendissait d'un vert radieux, lavé par l'orage qui avait éclaté en fin de nuit.

Elle grimaça en se regardant dans le miroir, et grimaça encore davantage en palpant l'hématome qui s'étalait sur sa pommette.

Bientôt, tout cela ne serait plus qu'un mauvais souvenir, se réconforta-t-elle.

Richard n'aurait plus jamais d'emprise sur elle ni sur les siens.

Dans la cuisine, accoudé au comptoir, Griff bavardait avec sa grand-mère. Son grand-père expliquait à Matt comment réparer l'attache-remorque de son camion. Sa mère préparait un plateau. Son père buvait un café dans un rayon de soleil. Emma Kate discutait avec Forrest. Clay et Gilly berçaient leur bébé, tendrement enlacés.

– Mais c'est la fête, ici ! lança-t-elle.

Toute conversation cessa, tous les regards se tournèrent vers elle.

– Oh, ma chérie, j'allais t'apporter ton petit déjeuner au lit. Tu as besoin de repos.

Elle embrassa sa mère, puis chipa un morceau de bacon, dont elle n'avait pas vraiment envie, voulant amener un sourire sur les lèvres d'Ada Mae.

– J'ai bien dormi, maman. Je me sens bien. Je suis navrée, Emma Kate, d'avoir gâché la soirée.

Son amie se leva et la serra contre elle.

– Ne dis pas d'âneries, s'il te plaît. Tu m'as fait une de ces frayeurs... Ne recommence plus jamais.

– Je suis heureuse de pouvoir te le promettre.

– Viens t'asseoir là, ordonna son père, que je t'examine.

– Tout de suite, docteur. Où est Callie ?

– Nous avons déposé Jack chez miss Suzannah pour qu'elle ait plus de compagnie, répondit Gilly en prenant la main de Shelby. On pensait que tu te lèverais plus tard.

– Ça me fait plaisir de vous trouver tous là, à mon réveil.

Elle se tourna vers Griff, lui sourit amoureusement, et s'installa devant son père, qui lui ausculta le visage sous un angle, puis sous un autre.

– Tu as mal à la tête ? demanda-t-il en projetant un faisceau lumineux dans ses yeux.

– Pas du tout, je te le jure.

– Des douleurs ailleurs ?

– Non. Enfin si, à la joue.

Viola lui donna une poche de glace et un baiser sur le sommet du crâne.

– Mmm, ça fait du bien. Il m'a giflée, et il m'a tiré les cheveux, comme une fille. Mais comme d'habitude, il a surtout essayé de me blesser par ses paroles. En vain. Il aurait pu me dire n'importe quoi... Oh, mon Dieu, j'allais encore oublier... Forrest, il faut que je te dise pourquoi il était là, dans la maison, quand je suis venue chercher Fifi. Il a récupéré...

– Une clé ? D'un coffre qu'il paie sous le nom de Charles Jakes depuis presque cinq ans ?

Déçue, Shelby ajusta la poche de glace contre sa joue.

– Oui, c'est ce que j'avais oublié de te dire.

– Griff me l'a dit hier soir, quand je suis passé. Pendant que tu faisais la grasse matinée, nous avons découvert ce que le FBI cherchait, pas plus loin qu'à la First Bank of Tennessee, dans High Street.

– Tout était là ?

– Pratiquement. Les fédéraux vont avertir les propriétaires et leurs compagnies d'assurances.

– Dis-lui le reste, Forrest, s'impatienta Ada Mae. Je n'arrive toujours pas à y croire.

Sentant son estomac se contracter, Shelby prit le Coca que sa mère avait posé devant elle.

– Il est mort ? Je l'ai tué ?

– Non, il a passé la nuit, il s'en sortira.

Elle ferma les yeux, laissa échapper un soupir. Elle avait fait ce qu'elle devait faire, comme avait dit son frère, mais elle ne voulait pas d'une mort sur la conscience. Pas même celle de Richard.

– Les médecins l'ont tiré d'affaire, précisa Forrest. Il finira sa vie derrière les barreaux. L'autre est un dur, il devrait aussi s'en sortir.

– Annonce-lui la bonne nouvelle, insista Ada Mae.

– Dix pour cent de la valeur des biens volés à Miami reviennent à celui qui a permis de les retrouver. D'après l'agent Landry, tu vas toucher environ 2 millions, petite sœur !

– 2 millions de quoi ?

– 2 millions de dollars, banane.

– Mais… il avait volé ces bijoux.

– Et grâce à toi, nous les avons retrouvés.

– Il nous reste une bouteille de champagne ? bredouilla Ada Mae, avant de fondre en larmes.

Son mari lui enlaça les épaules.

– On va me donner tout cet argent ? murmura Shelby, abasourdie. De quoi rembourser toutes mes dettes ?

– Ces dettes n'ont jamais été les tiennes, déclara Viola. Tu ne dois rien à personne. Ce type n'est pas mort, et tu n'as jamais été sa femme. Si tes avocats ne sont pas des charlatans, ce malentendu sera vite dissipé. Tu as maintenant un bon capital, ma chérie, pour créer ta petite entreprise.

– Je n'arrive pas à y croire… Je pense qu'il va me falloir un certain temps pour digérer cette excellente surprise. Je suis libérée de ce poids. Je suis libérée de Richard. C'est formidable !

– Maintenant, mange ton petit déjeuner. Et tu retourneras t'allonger un moment.

– Je voudrais voir Callie, maman.

– Que vas-tu lui dire ?

– La vérité, excepté les détails les plus sordides.

– Elle a dans les veines le sang des McNee, des Donahue et des Pomeroy, déclara Viola. Elle sera capable de l'entendre.

Dans l'après-midi, Shelby ramena Callie chez Griff, un homme qui ne leur ferait jamais de mal, un homme qui leur apportait à toutes deux la sérénité et la joie de vivre, un homme auprès de qui elles trouveraient toujours du réconfort. Il était grand temps de le lui dire. Shelby n'avait que trop retardé ce moment.

*Le Menteur*

Tandis que la fillette caracolait avec le chien dans une nuée de bulles, ils s'installèrent dans la galerie.

— Tu es dingue de lui avoir acheté une autre machine à bulles.

— Elle en aura une chez ses grands-parents et une ici.

— Je suis contente que tu aies bien voulu que je l'amène avec moi.

— Tu l'amènes quand tu veux.

— C'est vrai, je sais... Tu ne peux pas imaginer tout ce qui m'est passé par la tête, hier soir, dans cet affreux bungalow. Je ne veux plus parler de Richard, mais je voulais quand même te dire que papa a téléphoné à l'hôpital : on est sûrs, maintenant, que le pronostic vital n'est pas engagé, ni pour l'un ni pour l'autre. Richard a même pu être entendu par la police : il a tenté de négocier, en pure perte. Forrest avait raison : il finira ses jours sous les verrous. Je n'ai pas à me faire de souci pour Callie, il ne représente plus aucun danger.

— Moi vivant, il ne l'aurait jamais approchée.

— Je sais... J'ai encore un peu l'esprit confus. J'ai dû te raconter n'importe quoi, hier soir.

— Peu importe, déclara Griff. Tu es là, c'est l'essentiel.

— Je préparerai un bon dîner, tout à l'heure, pour nous trois.

— Je m'en occuperai.

Tout en souriant, Shelby posa la tête sur son épaule.

— Tu ne cuisines pas mal, pour un homme, mais je préfère me mettre aux fourneaux. J'ai envie de quelque chose de simple, de normal. C'est comme ça que je me sens quand je suis là, simple et normale.

— Alors reste. Pour dîner, pour la nuit, pour le petit déjeuner. Pour la vie.

— J'ai Callie.

Griff garda le silence un instant, puis se leva.

— Viens, je voudrais te montrer quelque chose. Hé, Little Red ! lança-t-il à Callie. Tu surveilles Snickers ? Fais attention qu'il ne s'échappe pas. Ta maman et moi, on rentre à l'intérieur deux minutes.

— Oui, oui ! Il aime bien les bulles ! Tu as vu, maman ? Elles font des arcs-en-ciel !

— Je vois, ma chérie. Reste bien dans le jardin avec Snickers. Je suis juste là.

— Où voudrais-tu qu'elle aille ? plaisanta Griff. De toute façon, tu la verras par la fenêtre.

— Tu t'es attaqué à une nouvelle pièce ?

— Et je l'ai presque finie, dit-il en l'entraînant dans l'escalier.

Par les vitres ouvertes leur parvenaient les éclats de rire de Callie et les joyeux jappements du chien.

Une vie normale, sereine et réelle, pensa Shelby, tandis que Griff poussait une porte, à l'étage.

La lumière entrait à flots par les fenêtres. Un attrape-soleil faisait danser des arcs-en-ciel sur les murs verts.

– C'est très joli. Avec la couleur que tu as choisie, on dirait que le paysage s'invite à l'intérieur. Oh, une banquette sous la fenêtre, j'adore !

– Je pensais mettre des étagères, là, mais j'hésite encore. Il y a déjà pas mal d'espace de rangement, il me semble.

Griff ouvrit des doubles portes, et les yeux de Shelby s'écarquillèrent.

– Tu as même peint l'intérieur du placard ? C'est très chouette. Et là, qu'est-ce que c'est ? demanda-t-elle en poussant une autre porte. Une salle de bains, superbe. Oh…

Son regard se posa sur un porte-savon à l'effigie de Shrek, et son cœur se gonfla de joie.

– C'est pour Callie…

– Tu sais qu'on va se marier, elle et moi ? Je ne pouvais pas faire dormir ma fiancée dans une chambre en chantier.

– Elle m'a dit qu'elle t'avait demandé en mariage, murmura Shelby, les yeux brûlants de larmes.

– Et toi, tu voudrais ?

– Quoi donc ?

– Mauvais timing, bougonna Griff en fourrageant dans ses cheveux. D'habitude, je suis le roi des plannings, mais là, j'ai dû me planter quelque part… Je veux qu'elle se sente bien, ici. Tu pourras l'amener quand tu resteras dormir. Et tu pourras travailler dans le bureau sous les combles.

– Le bureau sous les combles ?

– À moins que tu ne le préfères ailleurs. Perso, le deuxième étage me paraît pas mal pour travailler tranquillement. Ton bureau serait juste en face du mien. Ce n'était pas une mauvaise idée d'aménager le coin travail en bas, mais ne vaut-il pas mieux le séparer plus nettement de l'espace de vie ?

Manifestement, elle ne comprenait toujours pas.

– Tu veux me faire un bureau ici ?

– Comment voudrais-tu gérer une affaire sans bureau ?

Elle s'approcha de la fenêtre, regarda Callie et le chien.

– Qui t'a dit que j'avais l'intention de monter une affaire ?

– Miss Vi.

– J'aurais dû m'en douter… Crois-tu que ce soit une bonne idée ?
– Je crois que tu es capable de tout. Tu l'as prouvé. Quoi qu'il en soit, tu auras ici ton coin privé, tu pourras venir plus souvent – si tu le souhaites, bien sûr…
– Et toi, le souhaites-tu ?
– Je t'aime, Shelby. Je peux attendre un peu. Tu viens de traverser une rude épreuve, je comprendrais que tu aies besoin de réfléchir. Mais de mon côté, c'est tout réfléchi. Je…
– Vas-y, dis-le. Je suis prête à l'entendre, maintenant.
– Je veux vivre avec toi. Je veux vivre avec vous deux. Callie est bien avec moi, et Dieu sait qu'elle me mérite. Je l'aime, presque autant que je t'aime.

Shelby s'assit sur la banquette devant la fenêtre, prit une profonde inspiration.

– Je serai là pour toi autant que je serai là pour elle, poursuivit Griff. Tu sais ce qu'est la peur, tu l'as vécue. Le genre de peur qui te donne la sensation que ton corps s'est vidé de tout son sang, qu'il ne reste rien d'autre en toi que cette peur. Tu as connu cette terreur quand il te détenait en otage. Je peux être patient, Shelby, mais tu dois savoir ce que tu représentes pour moi, ce que toi et Callie représentez pour moi.
– J'ai ressenti cette terreur, c'est vrai, mais aussi une rage terrible, aveuglante. Les deux étaient inextricablement mêlées. Si sa sinistre machination s'était réalisée, je n'aurais plus jamais revu ma petite fille, je ne l'aurais plus jamais bordée dans son lit, je ne l'aurais plus jamais regardée jouer, apprendre. Je n'aurais plus jamais séché ses larmes. Et je ne t'aurais plus jamais revu, je n'aurais plus jamais pu me blottir dans tes bras, te donner la main. Et tant d'autres choses que je ne peux pas toutes les énumérer ; il me faudrait une vie entière. Mais je savais que tu viendrais, et tu es venu.

À nouveau, elle prit une profonde inspiration avant d'ajouter :
– Je ne t'ai encore jamais dit que je t'aimais.
– Tu y viendras.
– Et si je te le disais maintenant ?

Shelby vit la joie se peindre sur le visage de Griff, illuminer son regard.
– Je veux bien.
– Je ne t'ai encore jamais dit que je t'aimais parce que je n'avais pas confiance. Pas en toi, Griff, je t'ai donné ma confiance si facilement que c'en était effrayant. J'avais perdu confiance en moi.

Les mains croisées sur son cœur, elle aurait juré qu'elle le sentait près d'exploser.

– Tout est allé si vite, je ne voulais pas m'emballer. Mais, malgré moi, je me suis laissé porter par la vague. Je t'aime, Griff. J'aime celui que tu es avec moi, avec Callie. J'aime celui que tu es, tout simplement. C'est peut-être cette peur et cette rage qui m'en ont fait prendre conscience. Je suis au clair avec moi-même, à présent, mes sentiments me sont parfaitement clairs. Tu as conçu une chambre pour Callie, qui est déjà tienne. Je le suis aussi.

Griff s'approcha d'elle, lui prit les mains.

– Y avait-il un « oui » dans cette déclaration ?

– Des milliers de « oui ». Tu ne m'écoutais pas ?

– J'avoue qu'après le « je t'aime », mon attention s'est quelque peu dissipée.

Il la serra contre lui, dans la lumière du soleil, dans les arcs-en-ciel tournoyants.

– Je t'aime, murmura-t-elle. Tu me combles, tu éclaires ma vie. Comme Callie. Je ne savais pas que quelqu'un d'autre pourrait m'apporter autant de joie. Tu me rends heureuse.

Bouleversé, il la berça entre ses bras.

– Je ne cesserai jamais.

– Je te crois. Nous construirons des choses merveilleuses ensemble. Avec toi, je peux regarder au-delà de ce jour, et entrevoir demain, les semaines, les mois et les années à venir.

– Il faudra que je t'offre une bague. À Callie aussi !

Le cœur de Shelby fondait, littéralement.

– Elle te mérite, tu as raison. Je te comblerai et j'éclairerai ta vie, moi aussi. (Elle s'écarta de lui, lui encadra le visage.) Je veux d'autres enfants.

– Tout de suite ?

– Pourquoi attendre ? Nous aimons les enfants, toi et moi, et Callie grandira dans une grande famille bruyante.

Un large sourire illumina le visage de Griff, et ses yeux verts pétillèrent.

– Grande comment ?

– Trois de plus, ça en fera quatre.

– C'est faisable, il y aura de la place pour tout le monde.

– Je fourmille d'idées pour cette maison, dont je n'osais pas te parler.

– Vraiment ?

– Absolument, et je serai intraitable sur certaines ! déclara-t-elle en jetant ses bras autour de lui. À deux, nous allons construire quelque chose de beau, de fort et de réel.

– Je crois qu'on a déjà commencé. Si tu as autant d'idées à me souffler et que tu veux m'aider à aménager la maison, tu devrais venir t'y installer au plus tôt.

– Demain ?

Shelby se délecta de voir la surprise se lire sur ses traits, aussitôt supplantée par la joie.

– C'est faisable aussi, acquiesça-t-il. Ce sera le mot du jour : faisable. Tout est faisable !

– Si nous allions annoncer la nouvelle à Callie ?

– Allons-y. Reste pour dîner, ajouta-t-il tandis qu'ils redescendaient au rez-de-chaussée. Reste pour la nuit, reste pour le petit déjeuner. Je n'ai pas encore de lit pour Callie, mais on se débrouillera.

– Je te fais confiance.

Main dans la main, ils sortirent de la vieille maison dans laquelle ils bâtiraient leur vie. Dehors, une petite fille et un chiot extatique gambadaient dans un tourbillon de bulles irisées, les montagnes verdoyantes se découpant au loin sur la toile d'un ciel radieux, le ruisseau babillant musicalement dans l'ombre et la lumière des arbres.

Elle avait trouvé ses racines, songea Shelby.

De solides racines qui ne demandaient qu'à s'étoffer.

Mise en pages
PRESS·PROD

MARQUIS

Québec, Canada

*Imprimé au Canada*
Dépôt légal : mai 2016
ISBN : 978-2-7499-2788-6
LAF 2134